Louise Erdrich ***Geschichten von brennender Liebe***

Deutsch von
Adelheid Zöfel

Roman Rowohlt

Die Originalausgabe erschien 1996
unter dem Titel «Tales of Burning Love»
bei HarperCollins, New York

1. Auflage Juli 1998
Copyright © 1998 by Rowohlt
Verlag GmbH,
Reinbek bei Hamburg
«Tales of Burning Love»
Copyright © 1996 by Louise Erdrich
Alle deutschen Rechte vorbehalten
Umschlaggestaltung Walter Hellmann
(Foto: Transglobe/Attard)
Satz aus der Sabon PostScript (PageOne)
Gesamtherstellung Clausen & Bosse, Leck
Printed in Germany
ISBN 3 498 01664 4

Für Michael
♥ Q, ♥ J

Danksagung

Mein Dank gilt Diane Reverand für ihr einfühlsames Lektorat und Susan Moldow, die dieses Buch seinem Verleger zuführte. Eileen Cowin für ihre Fotografien, die provozieren und trösten. Gail Hand sei Dank dafür, daß sie in einer stürmischen Nacht in West Fargo mit mir Blackjack gespielt hat. Den Männern von Northern Improvement, meinem Vorarbeiter Hadji, meinen Freunden in Wahpeton und dem anderen Jack, der mir erklärt hat, wie das mit den Pfandrechtverzichtserklärungen beim Empire Builder in Montana funktioniert. Mr. Ralph Erdrich, meinem lieben Vater, Dank für einschlägige Zeitungsausschnitte. Sandi Campbell, du hast mir täglich auf unzählige Arten beigestanden. Tausend Dank an Trent Duffy für seine genialen Detailkenntnisse. Michael, so eng verbunden mit diesen Seiten, so wichtig und so sehr Teil der Geschichte, danke für deine strenge, großzügige Aufmerksamkeit.

Teil 1 *Jack von den Sonnenblumen*

Osterschnee 1981
Williston, North Dakota

Karsamstag in einer Ölboom-Stadt und keine Versicherung. Zahnschmerzen. Von seinem wochenweise gemieteten Motelapartment aus rief Jack Mauser sechs Telefonnummern an. In seinem Kiefer klopfte es, silberfeine Nadeln pikten, bohrten darin, verschwanden wieder. Eine Handvoll Aspirin half nicht. Ein Stein wäre wahrscheinlich besser gewesen – den hätte man sich an den Kopf schlagen können. Wie er es auch versuchte, er konnte den Schmerz nicht betäuben. Der streunende Kater, dem er einen Schlafplatz in der Badewanne eingeräumt hatte, strich ihm um die Hosenbeine. Jack wählte und wählte, bis sich schließlich eine vergnügte Stimme meldete. Völlig unpassend, befand er, daneben. Munterkeit bei einer Zahnarzthelferin! Er brauchte Anteilnahme, grenzenloses Mitgefühl. Er schilderte seinen Zustand, beantwortete Fragen, bat flehentlich um einen Termin, obwohl er hier in der Stadt eigentlich gar nichts zu melden hatte – er war quasi auf der Durchreise, ein Bauingenieur, der demnächst versetzt wurde. Heute! Bitte? Er hörte sie blättern, mit dem Kaugummi knallen. Der Kater machte sich lang, legte ihm mit eingezogenen Krallen die Pfote aufs Knie und heftete den Blick auf seinen Schoß, wo er vorher gestreichelt worden war. Jack versetzte ihm einen leichten Klaps. Spielerisch schlug der Rotgetigerte zurück.

«Mr. Mauser?»

Die Stimme klang hinterhältig, als wollte sie ihm eine Fangfrage stellen. Obwohl Luft an seinen Zahn kommen würde, öffnete Jack den Mund, um zu betteln. Er stand auf, schwindelig von zuviel Aspirin. In dem Moment begann der Kater zielstrebig an ihm hochzuklettern wie an einem Baum. Er grub ihm die scharfen Krallen tief in den Oberschenkel, hakte sich ein.

Jack schrie ins Telefon. Die Katzenklauen krallten sich panisch fest. Jack vollführte einen gequälten Tanz, riß sich den Kater vom Bein und schleuderte ihn mit solcher Wucht von sich, daß er gegen die Wand prallte; aber noch in der Luft drehte er sich und landete auf den Pfoten. Nur kein Würdeverlust.

Schweigen am anderen Ende der Leitung, dann die Stimme, weniger munter.

«Haben Sie Beschwerden?»

Jack wimmerte, während auf der anderen Seite eine gedämpfte Besprechung stattfand, vermutlich mit der Hand über der Sprechmuschel.

«Er ist bereit, Sie dazwischenzuschieben.» Die Stimme klang jetzt ernst und feierlich. «Wie wär's in einer Stunde?»

Auf dem Weg zu einem unbekannten Zahnarzt, mit Kratzwunden am Schenkel, der Kiefer ein pochender Klumpen, den er sich am liebsten aus dem Gesicht gesägt hätte, suchte Jack vorübergehend Betäubung. Er war groß, Anfang Dreißig, und der Schmerz ließ ihn sehr konzentriert aussehen. Sonst war nichts Auffälliges an ihm, bis auf die ungewöhnlich dunklen, schräggeschnittenen braunen Augen und seine Hände, eher grob, aber sorgsam im Umgang mit den Dingen, die sie berührten. Ein grimmiger, selbstmitleidiger Mund. Von der Rigger Bar aus blickte er hinaus auf die Straße. Eine vorbeigehende Frau schlug einen kurzen Funken in ihm – ihre Hüften üppig, aber nicht zu üppig, bloße kalte Hände, straffe Beine. Er klopfte gegen die Scheibe, machte sie auf sich aufmerksam, grüßte. Als sie hereinkam, war er sich nicht mehr so sicher. Aber da stand sie, schlank in einer weißen Kunstlederjacke, das Haar eine toupierte dunkle Mähne, ein feingeschnittenes, vom Alkohol gezeichnetes Chippewa-Gesicht.

Sie schaute zu, wie er ein Osterei schälte, blau. Ihre hartgeschminkten Augen wirkten traurig; dann entspannten sich ihre Züge. Sie setzte sich neben ihn und schlug locker die Beine übereinander, so daß die Oberschenkel ein V bildeten.

«Was fehlt Ihnen?» fragte sie.

«Zahnschmerzen.»

«Ach, wie gräßlich.» Sie tippte mit dem Finger auf die Packung Zigaretten, die er zwischen sie gelegt hatte, zog die Augenbrauen hoch, nahm eine aus der Schachtel und hielt sie so, daß er ihr Feuer geben konnte. Er nickte. Sie grinste schief und schnorrte gleich noch eine, die sie in ihrer Handtasche verschwinden ließ. Die Flamme seines Pappstreichholzes erhellte warm die glatte Rundung ihrer Wangenknochen, das zarte Netz aus Lachfältchen um ihre schwermütigen Augen. Sie hatte ein hübsches Lächeln – ein Zahn stand etwas schräg, leicht vor den Nachbarzahn geschoben. Jack machte eine Bewegung, als wollte er ihn mit dem Finger berühren.

Sie wich zurück.

«Tut's sehr weh?»

«Das hier hilft bestimmt.»

Er trank mit der Mundseite, die nicht schmerzte, und bestellte ihr dann ein Bier.

«Da hab ich was Besseres.» Sie drehte sich weg. «Ein altes Ojibwa-Mittel: Man nimmt eine Gewürznelke in den Mund.»

«Ich hasse Gewürznelken.»

«Tja, dann müssen Sie eben leiden.» Sie lachte.

Außerdem ging es ihm jetzt, beim zweiten Drink, wirklich schon besser. «Gewürznelken – kommen die nicht aus Europa oder so?»

«Okay, also dann vielleicht Dürrwurz. Man drückt ihn ein bißchen, etwa so» – sie rollte eine nicht vorhandene Faser zwischen den Fingern –, «und legt ihn dann um den Zahn. Fertig ist die Betäubung.»

Sie nahm sich ein Ei, ein blaugefärbtes wie das, das er gepellt hatte, als sie zur Tür hereingekommen war. Er registrierte, daß sie es rasch aß, während der Barkeeper ihnen den Rücken zudrehte. An verschiedenen Kleinigkeiten, die sie tat und sagte, merkte er, daß sie aus demselben Reservat kam wie seine Mutter.

«Also gut!» Er erhob sich. Es ging ihm so viel besser, daß er es kaum glauben konnte.

«Wenn das auch nichts hilft» – sie machte sich über das nächste Ei her –, «dann nimmt man einen Hammer ...»

«Lieber Gott, hören Sie bloß auf!» Doch es machte ihm nichts; er spürte zwar noch den Schmerz, aber irgendwie war er ihm egal. Er empfand auf einmal eine überschwengliche Leichtigkeit, die er im Zaum halten, kontrollieren mußte, damit sie ihn nicht zu schnell himmelwärts beförderte. Damit sie ihn nicht davonwirbelte, so wie er den Kater.

«Ich habe eine Katze.»

«Wie heißt sie?»

«Sie hat keinen Namen.»

«Wenn Sie 'ne Katze hätten, dann hätte sie auch einen Namen.»

Sie trank mit einem kräftigen Zug, behielt das Bier im Mund, schluckte.

«Ich habe einen Sohn», sagte sie nach einer Weile.
Darauf wollte Jack nicht eingehen.
«Lassen Sie uns in mein Motel gehen. Die Katze ist so allein dort. Ich habe eine ganze, äh, Suite. Wir besuchen die Katze. Sie hat mir heute morgen das Bein zerkratzt.»
«Wo?» Sie lachte plötzlich, ein bißchen gequält, zu gezwungen. Hörte auf, als Jack sie länger anschaute.
«Kommen Sie, wir sehen nach der Katze.»
«Auf keinen Fall.» Sie machte ein ernstes Gesicht, stellte ihr Glas ab. «Ich muß meinen Bus kriegen.»
«Wohin?»
Ihr Blick hob sich flackernd und hielt dem seinen stand.
«Nach Hause.»

Es war später, viel später. Der Zahnarzttermin verstrichen. Sie lehnte es wieder ab, den Kater zu besuchen, begleitete Jack aber auf seiner Runde. Eine Bar, die nächste. Inzwischen wußte sie vielleicht, wer er war, obwohl er gelogen und behauptet hatte, er wüßte den Mädchennamen seiner Mutter nicht. Den seiner Großmutter auch nicht. Seine Abstammung hätte ihr zuviel über ihn verraten, sie mißtrauisch gemacht. Also gab er vor, er sei adoptiert worden, zu früh vom Stamm entfernt, um sich zu erinnern.
«Weiß erzogen?» Sie runzelte die Stirn.
«Seh ich so aus?»
«Du benimmst dich so. Wie geht's deinem Zahn?»
Prompt meldete er sich, ein zuckender Schmerz.
«Ich brauch noch 'nen Drink. Einen doppelten. Ich trinke aber wie ein Indianer, was?»
Ein Fehler. Sie fand das nicht witzig, lachte nicht. Gleich darauf fragte sie jemanden neben sich nach der Uhrzeit und machte ein besorgtes Gesicht.
«Ich hab meinen Bus verpaßt, Andy.»

«Meine Schuld.» Er hatte ihr einen falschen Namen genannt. «Komm, du brauchst auch Nachschub.»

Ihr Haar war lang, fein, leicht gewellt, wurde von einer billigen Spange zusammengehalten. Er faßte um ihren Kopf herum und öffnete die Spange. Sofort bauschte sich, elektrisch aufgeladen, eine dunkle Wolke um ihr Gesicht. Ein heraufziehender Sturm. Er schloß die Augen, stellte sich vor, wie ihr Haar in wehenden Strähnen auf sein Gesicht fiel, während sich ihr Mund auf seinen senkte. Ihr verborgener Mund. Er verspürte immer noch den Wunsch, mit einem Finger ihren Zahn zu berühren und ihn in die Reihe zu drücken. Ein leichtes Stippen würde genügen. Ihr Mund war sogar noch hübscher als beim ersten Lächeln – sobald sie sich entspannte, bildete sich in ihrer Unterlippe eine geschwungene Vertiefung. Sehr traurig jedoch die Augen, die ihn manchmal so eindringlich ansahen. Er steckte sein Geld weg.

«Hey», murmelte sie. «Du mußt es sein.»

Er wollte sie nicht fragen, was er sein mußte, aber er tat es trotzdem, wobei er den Arm enger um sie schlang. Sie hätte es ihm sowieso gesagt.

«Anders», flüsterte sie.

Er heuchelte Schwerhörigkeit.

«Ich kenne dich», sagte sie lauter. «Du bist's. Du.»

Er tat ihre Worte mit einem Achselzucken ab. Es wurde dunkler, und die Bierlampen gingen an – kräftige Farben, Kutschen und Pferde, falsches Tiffany. Sie tranken weiter. Immer weiter, und dann taten sie sich mit ein paar Leuten zusammen. Sie bekamen Hunger oder wollten sich irgendwie beschäftigen, gingen essen. Steak, gebackene Kartoffeln, Salat mit French Dressing. Sie bestellte in schüchternem Ton, bedankte sich höflich, als die Kellnerin die Gerichte servierte. Als sie den ersten Bissen Fleisch in den

Mund steckte, seufzte sie, bemühte sich, nicht zu schnell zu schlucken, legte nach jedem zweiten Bissen die Gabel weg. Sie trank inzwischen kaum noch etwas. Einmal fing er ihren Blick auf. Sein Gesicht fiel dem ihren entgegen. Fiel einfach. Ihres war unbewegt, ein wartender Teich. Sie musterte ihn freundlich. Die harten Linien um ihre Augen verschwammen zu einem sanften Geheimnis. Mit halbgeschlossenen Augen lächelte sie ihn an, und plötzlich merkte er, daß sie die wunderbarste, die schönste, die ungewöhnlichste Frau war, die er je kennengelernt hatte.

«Jack.» Ein Kumpel, mit dem er manchmal das Zimmer teilte, stieß ihn an. «Deine Squaw hat dich Andy genannt.»

«Halt die Fresse. Du bist ein Arschloch.»

Gelächter. Gelächter.

«Wir gehen.»

«Ach, komm.»

«Nichts für ungut.»

«War nur'n Witz.»

«Wir heiraten.» Er sagte das seinem Kumpel ins Gesicht, legte der Frau den Arm um die Schulter, ganz vorsichtig, unter ihrem Haar. Er spürte ihre dünnen Schulterblätter, streichelte ihren mageren Arm. Sofort griff ihre Hand nach seiner, auf eine Art, die ihm sehr süß und sehr kindlich vorkam, als würde er sie irgendwie beschützen. «Gibt's hier 'nen Pfarrer?» brüllte er und ging zum Tresen. «'nen Kapitän? Oder 'nen Priester?»

Sofort meldete sich der Mann, der auf dem gepolsterten Hocker neben ihm saß, mit sanfter Stimme, halb besoffen, aber doch würdevoll.

«Ich stehe zur Verfügung. Möchten Sie meine Karte sehen?»

Holte die Karte raus. Pfarrer mit Lizenz. Potzblitz.

«Mann! Trauzeuge, wo bist du?»

Ein falsches Machtgefühl wallte in Jack empor. Er kippte noch einen Drink, bestellte auch einen für seine Braut, einen doppelten. Und noch einen. Dann lachten sie beide, und die Leute, mit denen sie sich zusammengetan hatten, wurden als Trauzeugen bestellt. Jack hielt einen Zwanziger zwischen den Fingern. Für den Pfarrer. Sie traten schwankend vor, mit einem dunklen Tunnelblick, so daß sie es kaum schafften, die Finger in die Bierdosenlaschen-Eheringe zu stecken. Der lizenzierte Pfarrer rückte seine Brille zurecht, fuhr sich mit der Hand durchs Haar und sprach vor, bat sie zu antworten, sprach erneut vor. Schleppend und feierlich, aber gewissermaßen rechtsgültig. Hält vor jedem Gericht stand! versicherte er mehr als einmal. Jack taumelte. Andy, gab er wieder den falschen Namen an. Und ihrer? Wie? May? June? Irgendein Monat. Das Lächeln des reisenden Pfarrers zuckte, als er sie zu Mann und Frau erklärte.

Sie fuhren auf dem Highway meilenweit aus der Stadt hinaus, dann bogen sie ab, ziellos, holperten langsam über die alte Straße. Schotter. Sie saß dicht neben ihm, die Hand auf seinem Oberschenkel. Die Katzenklauenwunden brannten. Er wußte, daß er mit ihr schlafen würde, er wußte es – na, sie waren ja schließlich auch verheiratet, oder? Flitterwochen. Sie war so still. Sie wirkte kleiner neben ihm, federleicht, wie ein Mädchen. Seit ein paar Stunden hatte sie langsamer getrunken. Das letzte Glas hatte sie mit winzigen Schlückchen geleert, bis er es hinuntergekippt hatte. Sie war älter als er, älter, als er anfangs gedacht hatte. Aber diese Jahre, ihr schiefer Zahn, die traurigen Augen ließen ihn sie begehren, schmerzlich, mehr als üblich. Mehr. Anders. Sie war die Richtige.

Sie würde ihn aufnehmen wie ein streunendes Tier,

dachte er vage, um ihn zu beschützen, so wie er sie ihrer Meinung nach beschützte. Wenn er erst einmal in sie eindrang, würde er in Sicherheit sein. Würde ganz sein. Es würde ihm leichtfallen, der zu sein, der er war, und alles würde sich zum Guten wenden. Sein ganzes Leben. Indem er sich in ihren Körper versenkte, würde er existieren. Deshalb dröhnte es, als sie anhielten und er sich ihr zuwandte, in seinem Innern so laut wie aus dem Heizgebläse, sein Blut brannte, und seine Hände waren schwer. Bewegten sich langsam. Er schob ihr gestricktes Oberteil hoch, und ihre Brüste wölbten sich warm gegen seinen Mund. Dann stand ihm eine weiße, leere Wand im Weg.

Bestürzt, verlegen merkte er, daß er nicht steif war. Und noch schlimmer: Tränen liefen ihm übers Gesicht.

Seine Haut war plötzlich ganz empfindlich, registrierte jede heiße Tränenspur. Die Tränen juckten und brannten. Er senkte den Kopf, bewegte sich nicht mehr, atmete langsam. Sie schüttelte ihn, aber er wagte es nicht, sich zu rühren. Sie nannte ihn Andy. Alles war still. Dann sprang die Heizung wieder an und blies ihnen heiße, trockene Luft entgegen. Er spürte, daß sie sich aufsetzte, sich zurechtzupfte. Sie fuhr sich durchs Haar und schloß ihre Handtasche, als machte sie sich zum Kirchgang bereit. Sie drückte den Türgriff und sprang hinaus. Er hörte sie leicht auf dem Schotter landen. Und dann knirschten ihre Schritte zweimal. Er blieb noch einen Augenblick liegen, dann setzte er sich auf, so daß ihn das Gebläse der Heizung traf. Er stellte es niedriger, zog die Tür zu, machte die Scheinwerfer des Trucks an und legte den Gang ein. Er wollte hinter ihr herfahren, aber etwa nach einer halben Meile glitt sie im Scheinwerferlicht von der Straße und verschwand hinter dem Zaun.

Sie überquerte flink eine leichte Anhöhe. Ihre Jacke leuchtete weißer als der Schnee. Ihr Schritt war fest, wie der eines Rehs, als strebte sie einem Ziel entgegen. Sie strauchelte nicht, kam zügig voran, blickte sich nie um, ob er folgte. Er blendete einmal die Scheinwerfer auf, dann stellte er sie ab. Sie drehte sich nicht um, blieb auch nicht stehen. Er sprang aus dem Führerhaus und stand am Straßenrand.

Draußen brauste die Dunkelheit, die Luft war feucht von ungefallenem Schnee. Helle Wolken fegten im stürmischen Wind dahin und trieben Schatten über den Mond. Tiefe Wolken umhüllten ihre entschwindende Gestalt. Er wollte ihren Namen rufen, doch seine Kehle war wie zugeschnürt. Er hatte sie nie danach gefragt, und jetzt konnte er sich nicht erinnern. Er wandte sich ab, und immer noch zogen die Schatten über die eisige Kruste des offenen Ackerlands, über die Wiesen, unberührt und weglos, über die Felder, die weite Ebene.

Es schneite die ganze Nacht und den ganzen folgenden Tag hindurch, immer mehr. Jack verkroch sich in sein Zimmer. Er wußte, was er getan hatte, sagte sich aber immer wieder: Ich war's nicht. Ich war's nicht. Trotzdem sah er sie ständig vor sich, wo er auch hinschaute. Er warf den Dosenring in den Mülleimer, aber auch dort ließ der Ring ihm keine Ruhe, bis er ihn zusammenknickte und dem Kater verfüttern wollte. Der Kater weigerte sich. Darauf verschluckte Jack den Ring. Aus Protest gegen den Metallgeschmack pochte und stach ihn der Zahn. Sobald er den Kopf aufs Kissen legen wollte, explodierte der Schmerz. Betrunken sah er den Zahn auf einer Leinwand im Kopf vor sich. Die Wurzeln waren schwarze Haken. Der Nerv ein blaßblaues, summendes Licht. Tränen rannen ihm aus den Augenwinkeln, und dann hörte das Klopfen im Mark schließlich auf, er spürte nichts mehr; nur ihr Gesicht war noch da, sah ihn an. Das unverhohlene Mitleid in ihrem Blick ließ ihn die Verleugnung wiederholen, und während der Kater auf seiner Brust schnurrte, sprach er sie laut aus. Ich war's nicht. Dennoch sank die Zimmerdecke immer tiefer herunter, mit jedem Schluck ein Stück weiter, so daß sie ihn schon fast zerquetschte, als er die Flasche leergetrunken hatte und die Polizei anrief.

Das Unwetter war so schnell gekommen und abgezogen wie alle Frühlingsstürme. Die Männer in ihren nüchternen Uniformen schwärmten in mildem Sonnenschein aus. Diesmal war Jack ihr gefolgt, und deshalb gehörte er zu denen, die sie fanden, meilenweit entfernt im Weideland. Sie hatte keine Lust mehr gehabt, in ihren leichten Schuhen weiterzulaufen, hatte sich hingesetzt und an einen Pfosten gelehnt. Um auf den Bus zu warten, dachte er. Sie blickte ostwärts, das Haar voll schmelzender Sterne. Noch hatte niemand sie berührt. Sie machte ein erwartungsvolles Gesicht. Eine Faust aus Luft schlug Jack zu Boden, und er kniete mit ausgestreckten Händen vor ihr. Doch dann griff der Polizist an ihm vorbei, schloß ihr mit den Daumen die Augenlider, nahm ihr die Handtasche vom Schoß und klopfte ihr die Schneedecke ab.

1994 *Ein heißer Junimorgen*
Argus, North Dakota

Als sie den Lokschuppen von Argus mit einer Abrißbirne und tausend Hammerschlägen einrissen, gab die so entstandene Lücke von der Hauptstraße aus eine Aussicht auf den Horizont frei, eine Wohltat aus Licht und Raum, unterbrochen nur durch eine entfernte Baumgruppe und eine schräge Dachfläche, die in der Sonne glänzte. Das eine Meile südlich gelegene Kloster unserer lieben Frau vom Weizen, mit seinen Steinmauern und seinen Dachschindeln, schwebte wie eine Fata Morgana über dem aufgewirbelten Staub. Den wühlten Straßenbaumaschinen auf. Denn zugleich mit dem Abriß des Lokschuppens wurde eine Zufahrt zur Interstate gebaut, eine Verbindungsader, mit deren Hilfe die Stadt wirtschaftlich saniert werden sollte.

Es fuhren zwar noch immer Züge von Ost nach West, aber die Fahrpläne wechselten häufig. Jedes Jahr wurde reduziert, hier ein Halt weniger, dort eine Fahrplanänderung, so daß jetzt, obwohl noch Güter transportiert wurden, nichts mehr dabei war, was für die Stadt Bedeutung gehabt hätte. Die Züge beförderten auch Menschen, aber keine, die für irgend jemanden in Argus eine Rolle spielten – keine Angehörigen, keine Landmaschinenvertreter, keine Getreide-Inspektoren oder Samenhändler und schon gar keine Touristen. Der Zug war Hinterhofmusik in der Nacht, und niemand merkte es, wenn er eine oder gar zwei Stunden zu spät kam. Die Zufahrtsstraße war jetzt die Lebensader der Stadt. Alles für Argus Wichtige rollte über die Straße heran, auf den Aufliegern der Sattelschlepper, die an der ersten Ampel mit ächzenden Druckluftbremsen zum Halten kamen.

In einem dieser gewaltigen Laster fuhr an einem ruhigen Morgen während der ersten Frühjahrstrockenheit Jack Mauser in die Stadt, dreizehn Jahre älter als an jenem Karsamstagmorgen, an dem June erfroren war, seither dreimal standesamtlich getraut und jetzt erneut verheiratet, mit einer Frau mit rotbraunem Haar. Er rührte keinen Alkohol mehr an, aber erst seit kurzem. Seit zwei Monaten. Seine klaren, nüchternen Gesichtszüge kündeten von fester, wenngleich verhaltener Entschlossenheit. Nur ein paar dunkle Äderchen verrieten den ständigen, beiläufigen Mißbrauch. Sein Körper war nicht mehr stählern, keine Metallgerte mehr, aber noch immer muskulös und zäh. Was seine Ehen betraf, so lautete seine persönliche Erkenntnis folgendermaßen: Er konnte keine Frau mehr festhalten, seit er die erste aus seinen Armen in den Osterschnee hatte hinausgehen lassen.

Der Laster hielt. *Mauser & Mauser* stand auf der Tür. Jack schwang sich hinunter. In seiner Tasche befand sich ein teures Schmuckstück, ein blauer Diamant, gehalten von einer Weißgoldkralle, auf einem breiten Ring aus demselben Metall. Dies war der letzte Ring, den er einer Frau schenken würde, versprach er sich. Schwor er sich. Er hatte kein Gepäck dabei. Der Ring war nicht bezahlt und würde eines Tages gepfändet werden, aber noch gehörte ihm der Laster, und der Fahrer, der jetzt mit einem kurzen Nicken davonfuhr, war sein Angestellter.

Der vater- und mutterlose Jack war viel herumgekommen. Ein High-School-Jahr hatte er in Argus verbracht – sein bestes Jahr, fand er. Er hatte noch immer Kontakte hier.

Football-Kumpel. Geschäftspartner. Und Eleanor, seine frühere Frau.

Sie bezeichnete sich als Berufskatholikin, als Dilettantin, als dysfunktionale Diva, als Königin der Ambivalenz – sie hatte viele Namen für sich selbst. Sie war ein schwieriger Mensch. Obwohl sie im Lauf der Jahre ihre schlimmsten Marotten abgelegt hatte, glich sie immer noch einer der «Ungewöhnlichen Persönlichkeiten» aus dem *Reader's Digest*, dachte Jack, auch wenn sie sich, hätte er ihr das gesagt, über seinen banalen Lesegeschmack mokiert hätte. Er fragte sich, ob er ihr wohl begegnen würde, und war irritiert, als ihm der Gedanke Herzklopfen machte. Dieses Gefühl mußte er unterdrücken. Es war vorbei. Sie war faszinierend, äußerlich ebenso wie innerlich, aber unberechenbar. Ihre Begeisterung war leicht zu wecken, hielt aber oft nicht lange vor. Sie recherchierte irgend etwas über Nonnen hier in der Gegend, aber Jack wußte nicht, wo sie wohnte.

Und er würde sich auch nicht die Mühe machen, es herauszufinden. Auf gar keinen Fall, sagte er sich.

Denn für ihn hatte sich nun endlich der Kreis geschlossen. Seine jetzige, letzte Ehefrau war ebenfalls in Argus aufgewachsen. Dot Adare Nanapush hatte sich geweigert, mit ihm zu schlafen, wenn er sie nicht heiratete. Sie hatte nicht erwartet, daß er sie beim Wort nehmen würde, aber er hatte ihr sofort einen Antrag gemacht und war dann mit ihr zum Amtsgericht gefahren. Hatte sie überrumpelt. Dot war offen, praktisch und ungestüm. Sie war ihm gleich aufgefallen, als sie energischen Schrittes den Bauhof überquert hatte. Dot trödelte nie, ging nie langsam, sondern schritt zielstrebig aus. Selbst an Tagen, an denen kein Lüftchen ging, schien sie gegen den Wind zu laufen. Ihre Energie glich der von Jack, und sie war auf eine tüchtige Art sexy –

sie nahm sich rasch und entschlossen seiner an. Außerdem hatte sie mit ihrem Buchführungsgeschick seine Firma gerettet. Jack mochte ihren stämmigen Körper und ihr dichtes, zerzaustes Haar. Manchmal war sie schön, manchmal bullig und kompakt. Es war schwer, sich von einem so ungeheuer rastlosen Menschen ein Bild zu machen. Sie konnte knochenhart sein und dann wieder ganz weich. Manchmal brachten ihre braunen Augen die seinen zum Blitzen. Trotzdem machte Dot ihn nicht so verrückt wie die anderen, aber das war auch gut so. Diese besondere Form des Irrsinns hatte er hoffentlich hinter sich. Er wollte jemanden, der addieren, subtrahieren, multiplizieren, dividieren und ihn bemitleiden konnte. Er wollte jemanden, der zu ihm hielt, auch im Untergang. Dot war zäh. Ein Mensch mit strikten Prinzipien. Sie wollte nicht mit ihm schlafen. Wie beeindruckend! Er hatte genug von seiner Wischiwaschi-Moral. Oh, wie hatte er dem Laster gefrönt! Er hatte genug von den ganzen Rechtfertigungsarien. Die letzten dreizehn Jahre seines Lebens waren nichts als Ausreden und Katastrophen gewesen, und die letzten beiden die schlimmsten.

Während dieser Jahre hatte er sich eine Million Dollar geliehen und verloren, war vor seinen Schulden davongelaufen, hatte in Motelfoyers gesungen, um zu vergessen, und sich ein Traumhaus gebaut, das er nicht abbezahlen konnte. Er hatte sich von der einzigen Frau, die ihm je ein Kind geboren hatte, scheiden lassen und dann eine andere geheiratet, die er erst einen Monat kannte. Trotzdem glaubte er, daß er jetzt, mit Dot, noch einmal von vorn anfangen würde.

Um seiner neuen Frau eine Stunde mit ihrer Mutter zu gönnen, hatte er beschlossen, sich Zeit zu lassen und das letzte Stück zu Fuß zu gehen. Offenbar mußte Dot sie noch darauf vorbereiten. Als er auf dem glühendheißen Gehweg der Hauptstraße abgesetzt wurde, bog er durch die Schneise des Lokschuppens südwärts ein. Er bewegte sich, als wäre er für andere unsichtbar, und grüßte niemanden. Unterwegs wurden die Straßen immer länger und die Häuser immer neuer, bis es nur noch unfertige Musterhäuser waren. Argus war vom Zentrum aus gleichmäßig in alle Richtungen nach außen gewachsen, seit er dort gelebt hatte, nur nicht gen Osten, weil dort der Fluß eine natürliche Grenze bildete. Jack blieb stehen, wischte sich den Schweiß von der Stirn, drehte sich einmal im Kreis, als wollte er den Horizont befragen. Ging dann durchs Stadtrandgebiet und weiter, durch eine kleine neue Siedlung aus pastellfarbenen Häusern im Ranchstil, auf das Kloster und das Land drumherum zu. Alte Farmen, Ställe mit durchhängenden Dächern, verdorrendes Gras. Häuser mit winzigen Fensterchen duckten sich viereckig unter den hochragenden Pappeln und dem Eschenahorn; Windschutz, der zu Beginn des Jahrhunderts angepflanzt worden war. All das interessierte ihn jetzt nicht. Er suchte nach einem gartengrünen Häuschen in einem Fliedermeer, das Dot ihm während ihres einen stürmischen Wochenendes beschrieben hatte. Seine neue Frau hatte auch einen verzweifelt durchdringenden Blick. Der Gedanke an diesen Blick trieb ihn durch die heiße Luft, durch den Staub voran.

Schattenkeil Juni 1994
Dot

Jeder Ort, den ich auf der weiten Welt nennen könnte, hat Besseres zu bieten als Argus. Ich bin nur zufällig dort aufgewachsen, und so ist die Erde ein Teil von mir geworden, und die Luft hat etwas in sich, was ich geatmet habe. Das Wasser in Argus, das aus tiefen Brunnen heraufgepumpt wird, hat schon immer abgestanden, nach uralten Mineralien geschmeckt. Jetzt kommen noch die durchsickernden Düngemittel hinzu. Trotzdem stelle ich mich, sobald ich das Haus meiner Mutter betrete, an die Küchenspüle und kippe ein Glas nach dem anderen.

«Bist du abgefüllt?» Meine Mutter steht hinter mir. «Wenn ja, setz dich.»

Sie ist groß und kantig wie ein Brett, mit langen Armen und dicken Gelenken. Ihr Gesicht ist grobknochig, grimmig und fast maskulin mit seinen Kanten und Flächen. Vor ein paar Monaten hat eine Schönheitsberaterin sie dazu überredet, ihr Aussehen durch Locken femininer zu machen. Jetzt sträubt sich die herausgewachsene Dauerwelle in grauen Wuscheln wie ein Terrierfell. Ich sehe ihr nicht ähnlich. Nicht nur hinsichtlich der Haare – ihre sind graumeliert, meine rotbraun –, sondern auch hinsichtlich der Figur. Ich bin kräftig, eher klein, untersetzt, mehr wie meine Tante Mary, aber auch von ihr habe ich nicht viel. Trotzdem, es stimmt, ich werde diese Stadt offenbar nicht los. Ich komme immer wieder zurück. Tante Mary und Mom hoffen jedesmal, daß ich bleibe.

«Es gibt Jobs in der Zuckerrübenfabrik.»

Dieses Gerücht, das vermutlich nicht stimmt, weil es so vielen Leuten dreckig geht, daß keiner mehr freiwillig einen Job aufgibt, läßt Mom in die dämmrige, stickige Luft der Küche fallen. Wir haben die Jalousien unten, weil es ein heißer Juni ist, über dreißig Grad, und wir versuchen, das Haus kühl zu halten. Draußen ist aus allem das Wasser herausgesogen. Die Adern der Blätter sind leer, das Gras im Graben knistert. Der Himmel hat jeden einzelnen Tropfen Flüssigkeit absorbiert. Wie ein dünner, weißlichblauer Schleier erstreckt er sich über uns, ein flacher Mullverband.

Wir schwitzen wie in einem großen, schmutzigen Backofen. Seit einer Woche ist es so heiß, daß man sich nicht mehr rühren kann und schon gar nicht putzen, und das Getreide verkümmert. Der Farmer nebenan hat sein Land für einen Siedlungsbau verkauft, aber die Arbeiter tun auch nicht viel. Sie haben sich feuchte Tücher um den Kopf gewickelt und sitzen am Rand der Baustellen in der gleißenden Mittagshitze. Die Holzbalken ragen nutzlos über ihnen in die Höhe. Nichts wirft einen Schatten. Selbst den hat die Sonne aufgetrocknet.

«In der Zuckerrübenfabrik», sagt meine Mutter noch einmal.

«Kann schon sein», gestehe ich ihr zu.

Meine Tochter habe ich in Fargo gelassen, damit meine Mutter und ich in Ruhe reden können. Ich muß ihr nämlich etwas sagen. Ich bin eine erwachsene Frau. Ich habe mich darauf vorbereitet. Trotzdem klingt alles, was ich sage, kindisch, und ich bin nervös.

«Vielleicht geh ich hin und bewerbe mich», sage ich, um Zeit zu schinden.

«Ach ja?» Jetzt ist sie beunruhigt. Fragt sich, ob ich meinen Job in Fargo gekündigt habe. Oder ob mir gekündigt wurde. Sie mustert mich, meinen grünen Rock, das T-Shirt: zu lässig, als daß ich direkt von der Arbeit kommen könnte. Meine Zehensandalen. Sie runzelt die Stirn.

«Alles in Ordnung? Wo ist Shawn?» Ihr Blick ist durchdringend.

«Gott, das ist ja schrecklich!» Ich nehme das Glas und kippe mir Wasser über den Kopf. Aber ich spüre keine Kühlung, merke nur, wie die Feuchtigkeit aufsteigt.

«Der Ventilator ist kaputt», erklärt sie. «Jetzt sind beide futsch. Der Motor oder so. Wenn Mary ihre gottverdammte Lohnsteuerrückzahlung kriegen würde, könnten wir nach Pamida fahren und zwei neue kaufen, damit wir Durchzug machen können.»

«Dein Garten ist sicher ganz vertrocknet.» Ich hebe eine Ecke der Jalousie hoch.

«Er leidet, aber ich hab ihn gegossen. Und ich werd den Boden nicht mulchen, das lockt nur die blöden Schnecken an.»

«Da draußen kann doch gar nichts überleben, nicht mal Ungeziefer.» Meine Augen brennen schon, wenn ich nur in den Garten hinausgucke, der an der Nordseite bereits geräumt ist und fast weißglühend.

«Daß du dich da ja nicht täuschst.»

Ich würde so gern einfach herausplatzen und ihr alles erzählen. Schon schwellen die Wörter, der eine Satz, in meinem Mund, aber ich habe Angst, und zwar nicht ohne Grund. Mit meiner Mutter ist das nämlich so eine Sache: Es ist furchtbar, wenn sie wütend wird. Sie preßt dann die Lippen aufeinander und wird innerlich ganz starr, wie Holz. Ihr Gesicht wird reglos und distanziert, und sie sagt kein Wort mehr. Es dauert lange, bis ihre Worte in das Vakuum heraussickern, und so lange bleibt man in Hochspannung. Nichts, was sie sagt, ist so schlimm wie diese Angst. Also warte ich ab, halb im Glauben, daß sie mein Geheimnis schon selbst aufdecken oder es mir entlocken wird. Nicht daß sie das je versuchen würde. Sie ist nicht wie Tante Mary, die mich immer zwingt, mehr zu sagen, als mir selbst bewußt ist.

Meine Mutter seufzt. «Es ist zu heiß zum Backen. Es ist zu heiß zum Kochen. Aber es ist ja auch zu heiß zum Essen.» Sie redet mit sich selbst, was mich tollkühn macht. Vielleicht ist sie so mit der Hitze beschäftigt, daß sie meine Mitteilung schlicht überhört. Ich sollte einfach drauflosreden, aber ich verliere gleich den Mut und beginne mit einer Einleitung, die sie sofort aufhorchen läßt.

«Ich muß dir was sagen.»

Jetzt habe ich mich ihr ausgeliefert, kann keinen Rückzieher mehr machen, es sei denn, mir fällt schnell noch etwas ein. Mein Hirn läuft auf Hochtouren.

Sie wartet, vergißt die Hitze einen Augenblick lang.

«Eiswürfel», sage ich. «Wir brauchen Eiswürfel.» Ich spreche mit Nachdruck, beuge mich vor, starre sie richtig an, aber sie läßt sich nicht hinters Licht führen.

«Daß ich nicht lache», sagt sie. «In der ganzen Stadt gibt's keinen einzigen Eiswürfel. Die Kühlschränke werden nicht mehr kalt genug.»

Sie beäugt mich, als wäre ich ein Tier, das gleich aus seinem Bau flitzen und ausreißen wird.

«Okay.» Ich gebe auf. «Ich hab dir wirklich was zu sagen.» Ich stehe da, drehe ihr den Rücken zu. In dieser lichtlosen Hitze ist mir schwindelig, fast übel. Jetzt bin ich zu ihr durchgedrungen, und sie hat Angst vor dem, was kommt, wartet atemlos.

«Red schon», drängt sie. «Komm, bring's hinter dich.»

Also sage ich es.

«Ich habe wieder geheiratet.»
Erleichtertes Aufatmen, als würde ein frischer Wind durchs Zimmer wehen, aber dann ist es vorbei. Der Vorhang fällt, und wir sind wieder gefangen, sitzen in einer noch drückenderen Hitze fest. Jetzt bin ich dran mit Warten, und ich wirble herum und setze mich ihr frontal gegenüber. Aber ich kann diesen Ausdruck nicht ertragen, die Überraschung, die ihr den Mund offenstehen läßt, diese sprachlose Gekränktheit in ihren Augen, daß ich einfach heirate, schon zum zweitenmal, ohne es ihr vorher zu sagen.

«Wann hast du ...» Sie sinkt zusammen, kriegt sich aber wieder in den Griff. «Wann hast du dich von Gerry scheiden lassen?»

Gerry ist mein erster Mann. Er sitzt im Knast, zweimal lebenslänglich. Ich kann meiner Mutter nicht antworten, obwohl ich brav den Mund aufmache. Ich weiß nicht, wie ich es sagen soll: Ich war und bin nicht fähig, mich von meinem ersten Ehemann scheiden zu lassen, obwohl ich einen zweiten geheiratet habe. Mein Schweigen nimmt mir diese Aussage ab, und meine Mutter, die langsam begreift, nickt.

«Ist das nicht wie bei den Mormonen?» fragt sie, allzu ruhig.

«Bei den Mormonen ist es andersrum. Mehrere Frauen auf einen Mann.»

Aber sie ist sich trotzdem sicher, daß ich gegen irgendein Gebot verstoße, zumindest gegen ein Kirchendogma, obwohl ich gar nicht in die Kirche gehe. Sie zermartert sich den Kopf, zaubert irgendwelche Kommentare aus dem Hut.

«Das ist unmöglich. Sie hätten dir keine Urkunde ausgestellt, nicht mal in South Dakota.»

«Wir haben in Minneapolis geheiratet», erwidere ich.

«In Minneapolis!» Sie macht ein entsetztes Gesicht, als hätte ich «auf dem Pluto» gesagt.

Gleich darauf aber wechselt sie, weil sie meine Mutter ist, von Empörung und Schock zu Rechtfertigung über. Es muß doch ein Schlupfloch geben, denkt sie, irgendwo.

«Vielleicht ist deine Ehe mit Gerry ja nur in einem Staat gültig ... Wenn er dann die Staatsgrenze überquert ... Vielleicht hat er vergessen, irgendeine Gebühr zu bezahlen. Durch irgendein Versehen. Bei den alten Chippewas früher ging so was bestimmt», sagt sie und überlegt angestrengt, während sie sich schwungvoll zurücklehnt. «Außerdem gibt's doch so was wie Nichtinanspruchnahme. Eine Art Verjährung der Eheschließung, wenn der Mann im Knast sitzt. Das Recht auf Vollzug, kann man das nicht anwenden? Davon hab ich schon gehört, glaub ich. Automatische Annullierung nach einer bestimmten Anzahl von Jahren. Ihr wart so gut zueinander», sagt sie leise. «Gerry wird das bestimmt verstehen.»

«Ich habe aber nicht vor, es ihm zu erzählen», sage ich, damit sie's nicht tut. «Sonst gibt er womöglich noch auf.»

Sie versteht. Aber sie macht sich Sorgen.

«Was ist mit dem neuen Mann? Was hält *er* davon? Und alles so plötzlich! Bist du ...»

Unwillkürlich taxiert mich ihr Blick. Aber ich habe wie immer nur zehn Pfund mehr als mein Idealgewicht – kein Unterschied zu sonst. Nichts Weiches.

Nicht schwanger, beschließt sie, wendet sich aber erneut der Frage des Zeitpunkts zu.

«So plötzlich!» wiederholt sie.

«Du haßt doch Hochzeiten!» erwidere ich. «Überleg doch nur – stell's dir einfach mal vor. Ich mit weißem Schleier. Oder wahrscheinlich einem eierschalfarbenen. An einem Tag wie heute. Du in dein Sommerwollkleid gezwängt, und Tante Mary in Gott weiß was ... Und der Smoking, der Mietwagen, der Bräutigam ...»

Sie hat den Kopf gesenkt, während meine Worte auf sie niederprasseln, aber jetzt hebt sie ihn; ihre Augen sind wieder sichtbar. Sie werden hart. Meine Zunge flüchtet sich zurück in den Mund.

Sie äfft mich nach, wiederholt das letzte Wort als Frage: «Der Bräutigam ...?»

Ich sitze in der Falle, den Mund halb geöffnet, ein Stottern in der Kehle. Wie soll ich anfangen? Ich hab's geübt, aber die Sätze, mein Anfang, meine lockeren Einleitungen entfallen mir. Mir fällt nichts ein, was auch nur andeutungsweise vermitteln würde, wer er ist. Also schiebe ich nur die Hand über den Tisch und berühre ihre.

«Mutter», sage ich, als wären wir mitten in einem Bühnenstück. «Er kommt gleich her.»

Etwas entsteht in ihr, eine Reaktion. Ich habe Angst zu warten, bis sie Gestalt annimmt.

«Komm, wir gehen raus und warten auf der Treppe, Mom. Dann siehst du ihn.»

«Ich versteh das nicht», sagt sie mit erschreckend ausdrucksloser Stimme. Das ist es, was ich meine. Alles ist gezwungen, unnatürlich, als würden wir vom Blatt ablesen.

«Er muß ein ganzes Stück laufen.» Ich kann nichts dagegen tun, ich rede wie eine schlechte Schauspielerin. «Ich habe ihm gesagt, er soll mir eine Stunde Zeit lassen. So lange wartet er, dann kommt er.»

Wir stehen auf und zupfen uns die Blusen von den Bäuchen, die Röcke hinten von den Beinen. Dann gehen wir im Gänsemarsch hinaus, ich hinten, und setzen uns auf die mittlere Stufe. Der verkümmerte Eschenahorn auf der einen Seite wirft einen sparsamen Schatten, und der staubige Flieder auf der anderen scheint eine leichte Brise abzubekommen. Es ist gar nicht so übel hier draußen, heiß, aber nicht so drückend, so eng. Jenseits der Bäume ist es schlimmer. Die Hitze ist ein flirrender Streifen über den Feldern und über dem Gerippe der Häuser, die uns demnächst die Sicht versperren werden. Jetzt kann man durch die Zwischenräume noch den Horizont und den Stadtrand sehen, und während wir da sitzen, sehen wir den Arbeitern zu, wie sie sich langsam voranbewegen, fast wie bei einer Prozession, hin und her. Kühlende, wassergetränkte Kopftücher hängen ihnen bis auf die Schultern. Die Helme sind gelbe Kleckse, und die weißen T-Shirts verschwimmen mit der erbarmungslosen Luft und dem Himmel. Sie scheinen nichts zu tun, obwohl wir dumpfe Hammerschläge hören. Ansonsten herrscht Stille, bis auf gelegentliches Vogelgezwitscher. Wir reden sowieso nicht.

Wir müssen länger warten als gedacht. Vielleicht will er mir Zeit lassen. Schließlich kommen die Schatten angekrochen, hart, heiß, verkohlt, und die Hitze dehnt sich aus, senkt sich nieder. Wir treten gerade in die schlimmste Phase des Nachmittags ein, da erscheint am Ende der Straße ein Punkt.

Mom und ich sehen genau hin. Wir haben unsere Augen kaum bewegt, und jetzt kneifen wir sie zusammen und blinzeln, um scharf sehen zu können. Der Punkt verändert sich nicht. Jedenfalls lange nicht. Und dann wird er plötzlich ganz deutlich, eine Silhouette, die einen Moment lang im Geflimmer verschwindet, dann wieder auftaucht. In der schimmernden Weite ist er ein kleiner, sich bewegender Schattenkeil. Er wächst unmerklich, bis er Form annimmt, und dann kann man sehen, daß es ein großer, kräftig gebauter Mann ist. Als er an den Bauarbeitern vorbeigeht, drehen sie sich nach ihm um und bleiben stehen, unisono mit ihren Helmen, reglos.

Er wird noch größer, als hätte er ihre Blicke in sich aufgesogen, und kommt immer näher. Jetzt sind Einzelheiten erkennbar. Zunächst mal ist er älter. Das habe ich meiner Mutter nicht gesagt. Seine Arme sind kräftig, seine Brust breit, die Gesichtszüge markant und düster. Er hält nichts in der Hand. Er trägt ein weißes Hemd mit aufgerollten Ärmeln und Stiefel wie die Bauarbeiter. Er ist ihr Boss, genauer gesagt: mein Boss. Seine Jeans wird unter seinem festen Bauch von einem Gürtel festgehalten, dessen Schnalle ein Adler ziert. Sein Haar ist dicht, braun, noch frei von Grau, kurz geschnitten. Ich bin die falsche Frau für ihn. Ich bin blasser, kleiner, unspektakulär. Aber ich erhebe mich. Mom auch, und als sie mich fragt: «Wie heißt er?», antworte ich stolz.

«Jack.»

Wir gehen eine Stufe hinunter und bleiben wieder stehen. Hier werden wir ihn begrüßen. Unsere Hände sind vor dem Bauch gefaltet. Wir sind gelassen, ruhig. Er kommt auf uns zu, sein weißes Lächeln wird breiter, seine Augen füllen sich mit meinem Bild und meine mit seinem. Am Ende der Straße, hinter ihm, ist nun ein zweiter Punkt zu erkennen. Er bewegt sich schnell voran, und die Sonne spiegelt sich doppelt darin, ein Fahrzeug. Jetzt sind zwei Silhouetten zu sehen. Eine, die sich aus dem Hintergrund in einer Staubwolke nähert, und Jack, der unbeeindruckt weitergeht, weder langsamer noch schneller wird. Es ist wie eine durchgeplante Choreographie. Sie nähern sich vor unseren Augen in komplementärem Tempo und kommen beide gleichzeitig an unserem Vorgarten zum Stillstand, als wäre nun die Vorstellung beendet.

Jack steht da und sieht zu uns hinauf, die Daumen im Gürtel. Er nickt Mom respektvoll zu, mustert mich ruhig, halb lächelnd. Er hebt die Brauen, und wir rühren uns nicht. Officer Lovchik steigt aus dem Polizeiwagen, gebückt und müde. Er tritt hinter Jack und spricht ein paar

Worte. Jack zuckt die Achseln und nimmt die Hände hinter den Rücken. Ich höre das Klicken der Handschellen, dann springe ich auf. Aber Jacks Blick stoppt mich, und er entfernt sich von mir, immer noch zärtlich lächelnd. Auf halber Strecke bleibe ich wie gelähmt stehen. Jack gibt mir einen Luftkuß, während Lovchik ihn vorsichtig stupst; er will seine Beute im Auto haben. Und dann knallen die Türen, der Motor heult auf, und sie wenden, fahren los. Keine Sirene. Ich glaube, gehört zu haben, daß Lovchik etwas von einem Verhör gesagt hat. Bestimmt ist es viel Lärm um nichts, ein Irrtum, aber man kann nicht leugnen, daß der Zeitpunkt sehr unglücklich gewählt ist.

Ich streiche achselzuckend meinen Rock glatt und wende mich mit empörtem Blick meiner Mutter zu.

«Was sagst du dazu?» Ein Versuch.

Sie ist perplex. Sie klingt beeindruckt, erleichtert.

«Die arbeiten wirklich schnell. Na ja – inzwischen haben sie ja alle Computer. Was machen sie jetzt? Wird deine Ehe für ungültig erklärt?»

«Oh, darum geht es nicht», erkläre ich ihr. «Es geht um ein Konkursverfahren. Neben ein paar anderen Kleinigkeiten.» Ich schweige, denke an das Heft mit den Schecks, die nun, wie ich Jack gesagt habe, geplatzt sind, weil das Konto aufgelöst ist. Hat er es aus der untersten Schublade meines Aktenschranks gezogen? «Um Zahlungsrückstand, Subunternehmer, Mißverständnisse.» Ich erhole mich. «Im Grunde alles White-collar-Kriminalität.»

Plötzlich hat sie die Handtasche in der Hand, den Autoschlüssel bereit.

«Komm, ab dafür», sagt sie. «Das reicht mir erst mal.»

«Okay», sage ich, als ich hinter ihr zum Auto gehe. «Gut. Wohin?»

«Zu Tante Mary.»

«Ich würde lieber versuchen, ihn gegen Kaution rauszubekommen, Mom.»

«Kaution?» sagt sie. «*Kaution?*»

Sie sieht mich mit so kaltem, wütendem Erstaunen an, daß ich sofort im Beifahrersitz versinke. Ich begrüße fast das Stechen des aufgeheizten Plastiks an Rücken, Schenkeln und Schultern.

Tante Marys Hunde liegen wie Fußabtreter im Staub, geplättet von der Hitze des Tages. Keiner von ihnen bellt uns an, um seine Herrin zu warnen. Wir steigen über sie hinweg, und die einzige Reaktion ist ein Winseln, ein träges Schwanzschlagen. Drinnen antwortet auch niemand, obwohl wir den Flur rauf und runter nach Tante Mary rufen. Wir gehen in die Küche und setzen uns an den Tisch, auf dem eine ganze Versammlung von Gesundheitssalzen und Fläschchen mit Vitamintabletten steht. In einer Zinndose bei der Spüle sind die Zigaretten. Meine Mutter nimmt sich eine und zündet sie vorsichtig mit einem Streichholz an, die Stirn gerunzelt.

«Ich hab eine Idee», sagt sie. «Sieh mal im Kühlraum nach.»

Es gibt zwei. Einen großen mit etikettiertem Fleisch und Mietfächern, und einen kleineren, der eigentlich nur ein Nebenkühlraum ist. Als ich an der Theke vorbeigehe, fällt mir auf, daß das rote Licht neben dem Außenschalter des kleinen Raums leuchtet. Daran sieht man, ob drinnen Licht brennt.

Ich ziehe den langen Metallgriff zu mir her, und die schwere Tür öffnet sich mit einem zischenden Geräusch. Ich trete in die kühle, herb riechende Luft. Da sitzt Tante Mary. Sie ist zu stolz, um je auch nur eine Spur von Erstaunen zu zeigen. Sie nickt bloß und sieht weg, als wäre ich nur kurz draußen gewesen, dabei haben wir uns mindestens zwei Monate nicht gesehen. Oder noch länger. Sie ruht sich aus, liest eine wissenschaftliche Zeitschrift. Ich setze mich auf ein Aluminiumfaß, auf dem Sansibar steht, und lasse ohne Vorwarnung meine Bombe hochgehen. «Ich habe wieder geheiratet.» Es ist egal, wie ich Tante Mary davon erzähle, weil sie sich sowieso durch nichts überraschen läßt. Sie weigert sich einfach.

«Was macht er?» fragt sie nur, noch immer die Zeitschrift in der Hand. Ich habe gedacht, als erstes würde sie mich ausschimpfen, weil ich meiner Mutter nichts davon gesagt habe. Aber es ist merkwürdig. Für zwei Frauen, die gemeinsam langweilige Zeiten und Katastrophen durchlebt haben, verteidigen sie einander selten, und oft nützt die eine die Abwesenheit der anderen aus. Im Moment profitiere ich davon. Offenbar interessiert sich Tante Mary tatsächlich für Jack. Also bin ich ehrlich.

«Er ist Bauunternehmer und baut vor allem Siedlungen. Aber in letzter Zeit gab's Probleme. Finanzieller Art.»

Sie mustert mich scharf.

«Ist er dein Boss?»

Ich nicke. Da weiß sie, daß ich mich um die Steuern kümmere.

«Hat er dich geheiratet, damit du nicht gegen ihn aussagen kannst?»

«Nein.» Ich bin zu verblüfft, um richtig wütend zu werden. «Nein, deswegen hat er mich nicht geheiratet», flüstere ich vor mich hin. «Natürlich nicht.»

Ihre Haut ist zu hart, um faltig zu sein, aber sie sieht nicht mehr jung aus. Wir sind umgeben von Wurstketten – alle nur denkbaren Sorten, alle Farben, vom Lilaschwarz der Blutwurst bis zu den bläßlichweißen Würsten, die meine Mutter am liebsten mag. Butter- und Sülzequader, eine Kanne Rohmilch, unidentifizierbare Pakete und Räucherschinken füllen die Regale um uns herum. Mein Herz ist ganz still und kühl geworden.

«Warum hat er dich dann geheiratet?»

Ich zögere, streiche mein T-Shirt glatt. «Aus Liebe.»

«Kannst du das näher erklären?»

«Aus Liebe», wiederhole ich mit mehr Nachdruck.

Sie mustert mich mit zusammengekniffenen Augen.

Die Tür schwingt auf, Mom kommt herein, räumt etwas weg, setzt sich auf eine Tonne Trockenmilch. Sie seufzt ob der köstlichen Luft und entnimmt unserem Schweigen, daß Tante Mary und ich geredet haben.

«Also bist du unter der Haube.» Tante Mary versucht lässig mit den Fingern zu schnippen, aber sie sind fettig von den Wurstzubern. «Einfach so.»

«Ich weiß, es kommt ein bißchen plötzlich, aber wer mag schon Hochzeiten? Ich hasse das ganze Getue um die Kleider der Brautjungfern, damit ja die Stoffe zusammenpassen. Und ich habe auch keine Freundinnen, wie peinlich, nicht? Wer würde ‹Oh Perfect Love› singen? Wer würde den Ring bringen?»

Sie hört gar nicht richtig zu.

«Und er steckt in Schwierigkeiten.»

«Ja.»

«Geldprobleme.»

Ich nicke. Sie läßt die Zeitschrift sinken, legt den Kopf zur Seite und starrt mich mit ihren kalten gelben Augen an, ohne zu blinzeln. Sie hat den Blick eines Falken, eines Menschen, der in die Zukunft sehen kann, einem aber nichts davon erzählt. Sie hat schon Kunden verloren, weil sie sie zu lange angestarrt hat, aber das ist ihr egal.

«Warum bist du nicht als erstes zu mir gekommen? Ich bin gut darin, Sachen in Ordnung zu bringen.»

Sie springt auf, eine untersetzte Frau mit prägnanten Gesichtszügen und feinen grauen Haarstoppeln. Ihre Ohrringe zittern und funkeln, feuerrote kleine Opale. Die braune Plastikbrille hängt ihr schief an einem Band um den Hals. Ich habe noch nie erlebt, daß sie so unvermittelt wütend wird, so aus der Fassung gerät.

«Du heiratest einen Mann, der in Schwierigkeiten steckt, und du hast ein Kind», sagt sie.

Der Kühlraum wird sofort kleiner, die Würste schlagen mir gegen die Schulter, und von dem grellen Licht muß ich blinzeln. Aber ich bin genauso stur wie Tante Mary, und sie weiß, daß ich es mit ihr aufnehmen kann.

«Wir sind verheiratet, und damit hat sich's. Shawn mag ihn.» Ich schaffe es, mit dem Fuß aufzustampfen.

Tante Mary wirft einen Arm zurück, bläst die Backen auf und wischt fuchtelnd meine Verteidigung weg.

«Kann er dich auch ernähren?»

Ich starre ärgerlich auf meinen Schoß, verfolge die Fadenführung meines blauen Baumwollrocks und sage ihr, daß er mehr oder weniger solvent ist. Außerdem ist Geld unwichtig.

«Große Worte», erwidert sie sarkastisch.

«Aber entscheidend!» sage ich. «Was soll's ... ich meine, warst du denn nie verliebt, hat dich nie jemand genau hier getroffen?» Ich schlage mir mit der Faust auf die Brust. Unsere Blicke verhaken sich, aber Tante Mary verschwendet keine Sekunde darauf, die Gekränkte zu spielen, und sie weiß, daß meine große Liebe sowieso Gerry ist. Offenbar bin ich für Männer in Schwierigkeiten bestimmt.

«Natürlich war ich schon verliebt!» schäumt meine Tante. «Denkst du wirklich, ich hätte das noch nie erlebt? Ich weiß, wie sich das anfühlt, du Klugscheißerin. Du würdest dich wundern. Aber er war kein Krimineller, der alles verloren hat. Hör mir gut zu ...» Sie hält inne, holt tief Luft, und ich unterbreche sie nicht. «Ich sage dir, was ich mit ‹in Ordnung bringen› meine. Wenn er sein letztes Hemd verliert, bringe ich ihm und dir bei, wie man Würste macht und ein Lebensmittelgeschäft führt. Ich hab sowieso bald die Schnauze voll, und deiner Mutter geht's genauso. Wir machen es wie meine Tante und mein Onkel – wir überlassen dir den Laden und ziehen nach Arizona. Oder nach Florida. Irgendwohin, wo es im Sommer kühler ist als in North Dakota. Mir gefällt's zwar hier.» Sie blickt hinauf zu der brennenden Sicherheitsbirne, dann wieder zu mir. Ihr Gesicht saugt das Licht auf. «Aber was soll's. Ich wollte immer schon reisen.»

Ich bin irgendwie perplex, geplättet, und ich schäme mich dafür, daß ich bei so edlen Motiven widerspreche.

«Du hast doch nicht die geringste Lust, anderswohin zu gehen», sage ich, und das stimmt auch.

Dann sitzen wir lange da. Sind erschöpft. Als die Kühle zu uns durchdringt, fallen meiner Mutter die Augen zu. Tante Mary auch. Ich komme ebenfalls nicht dagegen an. Meine Lider schließen sich, obwohl mein Gehirn hellwach ist. Aus dem Dunkel heraus kann ich uns in der strahlenden Helligkeit sehen. Das Licht regnet auf uns herab. Wir sitzen so, wie wir die ganze Zeit schon sitzen, auf unseren Behältern mit Milch und Mehl, aufrecht und reglos. Unsere Hände liegen locker im Schoß. Unsere Gesichter sind leer wie die der Götter. Wir könnten Statuen sein in einem Felsengrab. Wir könnten die Welt in unseren Köpfen erträumen.

Es wird später, und das Wetter kennt kein Erbarmen. Wir sind ausgelaugt, nur noch zu den einfachsten Gedanken fähig. Es ist zu heiß für Gefühle. Auf der Heimfahrt sehen wir, daß die Rüben Feld für Feld dem Hitzeschock verfallen sind. Teilweise auch die Sojabohnen. Sie liegen schlaff am Boden, in die Erde gebrannt. Nur die Sonnenblumen halten sich tapfer aufrecht, strotzend, aber klein.

Was mich zu Gerry, meinem ersten Ehemann, hingezogen hat, war das Unerwartete. Ich ging, um ihn sprechen zu hören, gleich nachdem ich mich an der University of Minnesota eingeschrieben hatte, und dann demonstrierte ich, als sie kamen und ihn vom Podium holten. Er ging immer ganz fügsam mit, ähnlich wie Jack vorhin bei Lovchik. Höflich. Ich begann ihn im Gefängnis zu besuchen. Ich verkaufte Mondkalender und Poster, um seine Sache zu unterstützen und ihn letztlich freizubekommen. Eins ergab das andere, und eines Abends fanden wir uns alleine in einem Howard Johnson's Motel in Grand Forks, wo man ihn nach seiner Rede einquartiert hatte. Er war umgeben von schönen Frauen, hätte sich Schwedinnen und Yankton-Sioux-Mädchen nehmen können, die von allen am besten aussehen. Aber ich war anders, sagt er. Er mochte es, wie ich mit dem Leben umging. Und dann gab's kein Zurück mehr, nachdem es einmal angefangen hatte, keine Umkehr, als wäre es so vorbestimmt gewesen. Wir hatten keine Wahl.

Mit Jack habe ich noch eine, glaube ich.

Ich habe das Gefühl, daß er da sein wird, als wir uns dem Haus nähern, in diesem schicksalhaften Licht, wenn der Tag sich langsam abwendet und die Hitze noch drückt und die Dunkelheit, die die Wärme normalerweise aufsaugt, erst langsam niedersinkt. Wir müssen zum Ende kommen. Der Tag muß irgendeinen Abschluß finden.

Als wir in die Einfahrt biegen, sitzt Jack auf den Stufen. Jetzt sind wir diejenigen, die begrüßt werden. Ich stoße die Wagentür auf und taumele hinaus, noch ehe der Motor aus ist. Ich renne zu ihm und halte ihn fest, während meine Mutter sich an die angemessene Reihenfolge hält und erst den Wagen ordentlich parkt. Dann kommt auch sie herüber, ihre Handtasche am Riemen tragend. Sie baut sich vor Jack auf und sagt kein Wort, sieht ihm nur ins Gesicht, starrt ihn an, als wäre er aus Pappe, ein Mann hinter Glas, der sie nicht sehen kann. Ich finde sie unhöflich, aber dann merke ich, daß er zurückstarrt, daß die beiden gleich groß sind. Ihre Augen sind auf gleicher Höhe. Er streckt die Hand aus.

«Ich heiße Jack.»

«Jack, und wie weiter?»

«Mauser.»

«Wie heißt Ihre Mutter?»

Er mustert sie beunruhigt, öffnet den Mund, aber das Wort bleibt ihm in der Kehle stecken und kommt so leise geflüstert heraus, daß ich es nicht höre.

Sie nickt, verlagert das Gewicht. «Sie stammen von dieser Linie ab, von dem alten Zweig, von denen, die ...» Sie bringt den Satz nicht zu Ende.

«Die Kashpaws.» Sie ändert die Strategie. «Das ist meine Linie. Wahrscheinlich sind wir verwandt.»

Sie rühren sich nicht. Sie sind wie zwei Gegenspieler in einem geteilten Land, die über die provisorische Grenze starren. Sie rühren sich nicht, sie blinzeln nicht, und ich sehe, sie sind sich ähnlicher, als ich es bin, so groß, kompakt, dunkelhaarig. Ich habe nicht gewußt, daß er eine Verbindung zum Reservat meiner Mutter hat. Aber ich kenne ihn ja auch erst seit einem Monat, abgesehen davon, daß ich mich an ihn erinnere, von damals, als er das Jahr hier in Argus gewohnt hat. Er hat mir nie etwas über seine Herkunft erzählt. Ich habe ihn auch nie danach gefragt. Es war schon eine plötzliche Angelegenheit, diese Heirat. Jetzt scheint er zugeordnet, inventarisiert. Trotzdem gibt es so vieles, was wir nicht übereinander wissen.

«Na ja, Sie sollten mit reinkommen, denke ich mal», lädt Mom ihn ein. «Immerhin sind Sie ja ein entfernter Verwandter.» Sie wirft mir einen Blick zu. «Entfernt genug.»

Ganze Moskitoschwärme stürzen sich jetzt auf uns. Wir können nicht bleiben, wo wir sind. Also gehen wir ins Haus, wo es wegen der aufgestauten Hitze noch viel heißer ist als draußen. Sofort tritt uns der Schweiß aus den Poren, und ich kann an nichts anderes mehr denken, als wie ich Kühlung schaffen könnte. Ich versuche die Fenster in ihren Rahmen weiter nach oben zu schieben, aber da ist kein Zug, nichts rührt sich, kein Lüftchen.

«Bist du sicher», ächze ich. «Ich meine, wegen der Ventilatoren.»

«Oh, die tun keinen Mucks mehr», versichert mir meine Mutter. Selten hat sie so genervt geklungen. Sie knipst das Licht an, wodurch es im Zimmer noch heißer wird, und wir lassen uns in die Sessel sinken. Unsere Worte hallen wider, als wären die Wände ausgehöhlt von der Hitze.

«Zeigen Sie mir die Ventilatoren», sagt Jack.

Meine Mutter deutet in die Küche. «Sie stehen da auf dem Tisch. Ich hab vielleicht schon zuviel an ihnen rumgebastelt. Probieren Sie doch mal, ob Sie's schaffen.»

Was er auch tut. Nach einer Weile rafft Mom sich auf und folgt ihm. Ihre Stimmen gehen jetzt ineinander über, und ihr Werkzeug klappert heftig, als würden die beiden ein Duell ausfechten. Aber es ist nur ein Wettlauf mit der Glocke der Dunkelheit und der schwindenden Energie. Ich denke an Eiswürfel. In meinem Kopf ist nur noch Eis.

«Bin gleich wieder da», rufe ich und nehme mir die Schlüssel aus der Tasche meiner Mutter. «Braucht ihr irgendwas?»

Aus der Küche kommt keine Antwort außer wildem Metallgeklapper, dem Gepolter von Schrauben und Muttern, die auf den Boden fallen.

Ich fahre zum Super Pumper, einer riesigen neuen Tankstelle am Stadtrand, wo meine Mutter höchstwahrscheinlich noch nie war. Sie weiß nichts von Tankstellenshops, hat keine Kreditkarten für Lebensmittel oder Benzin, zahlt nur mit kleinen Scheinen und Münzen. Sie hat noch nie eine Eismaschine bedient. Es würde sie ärgern, daß eine Tüte gefrorenes Wasser neunzig Cent kostet, aber mich stört das nicht. Ich nehme den Kühlbehälter aus Styropor und fülle ihn für ein paar Dollar. Ich kaufe zwei Sixpacks Shastasoda und versenke sie in den gleichmäßig geformten Eisstücken. Zwei Dosen trinke ich gleich auf dem Heimweg, und dann hebe ich den schweren Behälter aus dem Kofferraum, schleppe ihn zur Tür.

Die Ventilatoren surren, peitschen die Luft.

Schon beim Eintreten höre ich, daß sie im Wohnzimmer laufen. Das einzige Licht kommt aus der Küche. Jack und meine Mutter haben die Kissen vom Sofa auf den Fußboden gelegt und sitzen im schwirrenden Luftzug. Ich trage den Kühlbehälter hinein und stelle ihn neben uns ab. Ich habe lauter dunkle Geschmacksrichtungen ausgewählt – Schwarzkirsche, Traube, schwarze Johannisbeere, und während wir trinken, scheint es fast so, als würde die Dunkelheit zusammen mit der Nachtluft in uns wirbeln, süß und scharf, angetrieben von kleinen Motoren.

Ich hole von oben noch ein paar Kissen herunter. Es ist unmöglich, die Schlafzimmer zu benutzen, die erstickenden Betten. Und so halte ich im Dunkeln Jacks Hand. Er steckt mir einen Ring an den Finger, und ich sage laut: *Das ist unfair*, aber er redet einfach weiter mit meiner Mutter. Während ich mir den Finger vors Gesicht halte und rätsele, mit was für einem Ring er mich wohl überrascht hat, läßt er sich zwischen uns nieder. Ich habe immer noch die Wahl, denke ich, während ich den locker sitzenden Ring überstreife, abstreife, überstreife. Wie kann er sich den nur leisten?, muß ich mich fragen. Der Stein fühlt sich groß an, und ich hoffe, er ist echt, und hoffe gleichzeitig, daß er's nicht ist. Immer noch eine Wahl. Shawn betrachtet ihn noch nicht als Stiefvater. Ich kann jederzeit alles abblasen. Immerhin bin ich noch nicht von Gerry geschieden. Wie real ist diese Ehe überhaupt? Ich drehe mich um, ich drehe mich weg, ich drehe mich zurück. Ich beuge mich zu meiner Mutter. Aber sie ist plötzlich so weit weg, und er sitzt so gewaltig wie ein Berg zwischen uns beiden, unverrückbar im pfeifenden Wind.

Weißer Moschus Oktober 1993
Eleanor

Ein kühler Herbstabend in einem Nobelrestaurant in Minneapolis. Eleanor Mauser, Jacks zweite Ehefrau, lauerte mit gezückter Gabel andächtig über einem Teller Räucherlachs. Nach jedem dritten Bissen von dem pfirsichfarbenen Fisch knabberte sie an der knackigen Frühlingszwiebel. Als sie sie bis zum Strunk verspeist hatte, schleuderte sie die steifen grünen Blätter auf ihren Begleiter und sah grinsend zu, wie er sich das Grünzeug ungeschickt vom Schoß pflückte. Er war dünn, hatte lockiges Haar, strahlendblaue Augen mit Schmetterlingswimpern und die Aura eines scheuen Welpen. Seinen Namen hatte sie schon wieder vergessen. Kim, Tim, Vim oder so ähnlich.

«Im», sagte sie sanft. Er blickte auf und grinste schüchtern. Er war so herzzerreißend jung, seine Haut schimmernd. Errötet.

Sie trug ein neues rotes Samtkleid, das auf Figur geschnitten war. Ihr Haar war kurz und dicht, und sie hatte ein Silberkreuz im einen Ohr und im anderen ein ägyptisches Henkelkreuz. Ihre Strümpfe waren von einem dunklen Kastanienbraun, und die Füße steckten in blutroten teuren Schuhen mit zehn Zentimeter hohen Absätzen. Kreditkartenschuhe. Sie hatte enorme Rechnungen angehäuft, aber ihr Stipendium würde mit Sicherheit bewilligt werden, und außerdem war sie stolz auf ihre Füße. Angenehm mittelgroß, gewölbt, sehr biegsam, zu perfekter Weichheit gepflegt, die Zehennägel lackiert. Fußpflege, statt Sätze, Abschnitte, Kapitel zu schreiben! Bei Schreibstörungen pflegte sie sich selbst. Jetzt war sie so makellos, daß es ihr richtig weh tat, auch nur an ihre zarten Füße zu denken. Sie kickte einen Schuh weg und legte dem Jungen den Fuß in den Schoß. Es gab kein Tischtuch und kaum Bewegungsfreiheit. Das Gesicht des Jungen erstarrte vor Verlegenheit, als der Kellner Eleanors Teller mit Lachs beiseite schob, um den Nachtisch zu servieren. Sie aß nie Hauptgerichte. Sie betrachtete ihr Gesicht in der Spiegelwand hinter dem Knaben, reckte das Kinn, fuhr sich über die Rundung ihrer Kehle. Ihre Züge waren ausdrucksvoll, theatralisch, wie die ihrer Mutter im entsprechenden Alter.

Der Kellner plazierte einen neuen Teller vor ihr, eine Art Vanillecreme, mit Himbeersauce verquirlt, in der Mitte ein kleiner Kuchen.

«Ein Rorschach-Gericht.» Eleanor starrte nachdenklich auf das Muster, während sie ein Zweiglein Minze entfernte.

Der Junge beäugte ihren Teller.

«Du weißt doch» – sie drehte den Teller langsam –, «dieser Psychotest, bei dem man sagen muß, was man in den Fleckenmustern sieht.»

«Oh, ja. In den Tintenklecksen.»

«Also, was siehst du?» fragte sie mit übertrieben süßer Stimme.

Der Junge kniff die Augen zusammen.

«Mäuseohren?»

Eleanor knurrte leise, drehte den Teller weiter, fuhr mit der Gabelzinke über die Oberfläche der Creme. «Ich sehe Menschen. Zwei Menschen, die zusammen sind.» Etwas boshaft Kaltes fuhr ihr durchs Herz. «Und sie sitzt nackt in einem Schaukelstuhl. Die Beine gespreizt. Der Mann... Ich weiß nicht.»

Der Mund des Jungen klappte auf, blieb offen stehen. Eleanor legte ihre Gabel weg und griff zum Löffel.

«Er kniet vor ihr, das Gesicht zwischen ihren Beinen», sagte sie leise. Mit einer zärtlichen Bewegung löffelte sie sich Vanillesauce in den Mund und kostete den Geschmack auf der Zunge, während sie ihren Begleiter ernst musterte. Der zuckte zusammen, senkte dann aber den Blick auf seine Hand und schob sich ungeschickt eine Gabelvoll Essen in den Mund.

«Weißt du, was ich mir wünsche?» Sie schluckte, lächelte, sprach an ihm vorbei.

Er nickte mit vollem Mund und stierem Blick.

«Ich wünschte, ich hätte meine früheren Liebhaber hier», dachte sie laut. «Ich habe eine endlose Spur des Jammers hinterlassen, abgebrochene Verbindungen. Unglück.» Sie musterte ihn skeptisch und leckte die Sauce vom Löffel. «Weißt du, was das ist?»

Er antwortete mit einem eifrigen, unsicheren Nicken.

«Natürlich weißt du's nicht. Ich würde so gern die Zeit zurückdrehen, o Gott, und jedem einzelnen meiner Liebhaber mit dem ihm gebührenden Respekt begegnen.»

Sie redete weiter und gestikulierte dabei mit dem Löffel.

«Im Ernst! Es ärgert mich furchtbar, wenn ich daran denke, daß ich wohl sterben werde, ohne ihnen alles gesagt zu haben. Besonders einem. Dem würde ich sagen wollen, daß er mich vollkommen befriedigt hat, trotz all meiner Gemeinheiten. Einem anderen würde ich gerne sagen, daß ich nie aufgehört habe, an ihn zu denken, und daß ich meinen blöden Brief sehr bereue. Ich hasse mich wegen der affektierten, selbstgerechten Art, wie ich meine Affären und auch meine Ehe gehandhabt habe, und weil sich immer alles um *mich, mich, mich* drehen mußte. Ich würde so gern die Zeit zurückdrehen und noch mal von vorn anfangen. Ich würde niemanden mehr foltern. Ich wäre verständnisvoller, würde mich nicht mehr an ihrem Verlangen ergötzen, außer wenn ich es befriedigen wollte. Nein!» Sie verrührte jetzt die Sauce zu einem roten Einheitsbrei, den sie langsam und bedächtig, immer mit etwas Kuchen dazu, auflöffelte. «Ich wäre eine bessere Frau. Ich hätte edlere Gefühle, ein höheres Bewußtsein. Ich wäre jemand völlig anderes, wenn ich noch mal zurück könnte. Wenn ich nur noch mal zurück könnte! Ich würde gern mit jedem von ihnen noch eine Nacht verbringen!»

«Wie lang würde das dauern?» fragte der Junge. Wundervoll, dachte Eleanor zuerst, doch dann merkte sie zu ihrer Enttäuschung, daß er die Frage ohne jede Ironie gestellt hatte.

«In Wochen, Monaten, Tagen, meinst du?»

Er bekam rote Ohren.

«Monate», entschied Eleanor. «Es würde Monate dauern, zwei ungefähr, vierzig oder fünfzig Tage und Nächte, wenn man das Projekt absolut gewissenhaft durchführen wollte. Ich habe kein Interesse an neuen Männern, verstehst du, nicht das geringste. Ich möchte die alten zurückhaben, die, denen ich alles bedeutet habe, selbst wenn es nur für kurze Zeit war. Ich will sehen, was aus ihnen geworden ist. Ich will endlich sagen, hier bin ich, und ihnen menschlich gereift gegenübertreten.»

«Leben sie alle noch?» fragte der Junge.

Eleanors Gesicht wurde ausdruckslos. Sie nahm eine Zigarette aus ihrer Handtasche, obwohl sie eigentlich kaum noch rauchte.

Es war ein Fehler gewesen, so lange zu reden. Der Junge schaffte es, noch eine Gabel mit rutschigen Nudeln zu beladen, und duckte dabei den Kopf über den Teller. Mit einem kräftigen Schluck leerte sie ihr Weinglas und versank in nachdenkliches Schweigen, wobei sie zitternde kleine Rauchwolken ausstieß. Unvermittelt trat sie mit dem Fuß zu, den sie im Schoß des Jungen vergessen hatte.

«Ein paar sind verheiratet», sagte sie. «Ich würde den Ehefrauen natürlich sagen, daß ich weiter nichts von ihren Männern will, keine Anrufe, keine Briefe, nichts außer dieser einen Nacht.»

Der Mund des Jungen war zu einem stummen O erstarrt. Mit einem wilden Triumphgefühl versenkte Eleanor ihre Kippe in den Ruinen des teuren Fisches, daß es zischte. Eine typische Siebziger-Jahre-Geste, dachte sie voller Befriedigung. Häßlich. Nicht mehr im Trend, nirgends mehr. Der Junge sah richtig krank aus.

Als sie später in ihrer Wohnung auf dem komplizierten Muster des alten kaukasischen Teppichs mit ihm schlief, sah sie im Geiste wieder ihr eigenes Gesicht vor sich. Ihre selbstzerstörerische Gier langweilte und erregte sie zugleich. Je intensiver sie den Jungen berührte, desto leerer fühlten sich ihre Hände an. Sie rieb ihn fest, und Kraft strömte durch ihren rechten Arm. Sie schlug ihm ins Gesicht, worauf ihm Tränen der Überraschung in die Augen traten.

«Du bist doch noch ein Baby», sagte sie verächtlich und liebevoll.

Je weniger sie spürte, desto mehr spielte sie, schrie auf, ließ ein Lustgewimmer los, das eher nach Schmerz klang. Sie versuchte, ein bißchen Leidenschaft aus ihm herauszuquetschen, aber schließlich verkrampfte er sich, wurde schlaff und verbreitete einen beißenden jugendlichen Schweißgeruch.

«Herrgott», fluchte Eleanor. «Reg dich ab. Du führst dich ja auf wie ein nervöser Kasper.» Dann flüsterte sie, etwas netter: «Du bist wunderbar, eins plus.»

Aber er zitterte, sein Atem ging so schnell und kalt, als würde er gleich ohnmächtig, und nach einer Weile fand Eleanor seine Angst nur noch ärgerlich, aber auch beschämend. Sie zog eine Wolldecke von der Couch, wickelte den Knaben darin ein und machte mit der Fernbedienung den Fernseher an. Gurgelndes Konservengelächter erfüllte den Raum. Sie zündete sich eine Zigarette an, und unter ihren Hüften wedelte der Student den Rauch weg. Schmollend. Wenn sie nicht schnell Abstand zwischen sich und ihn brachte, würde sie nach ihm treten. Es war schwierig, für Erfahrungen offen zu bleiben, wenn sie sich als derart bodenlos blöd herausstellten.

«Du kannst bleiben, bis Letterman vorbei ist», sagte sie und berührte dabei das glänzende, widerspenstige Gewirr seiner Stirnlocken. Sie seufzte. Katastrophe abgewandt. Er sah sie nicht an, aber sie wußte, morgen würde er wieder im Kurs sitzen mit seinem läppischen kleinen Notizbuch, in das er jedes ihrer Worte notierte, und auf eine andere Art Eins hoffen. Den Kragen hochgeschlagen, die Krawatte gelockert. *Ich werde ihm eine Frage stellen und ein Mädchen antworten lassen.* In Gedanken listete Eleanor noch weitere Gemeinheiten auf. *Um meiner eigenen Selbstachtung willen werde ich außerdem so tun, als wäre das hier nie passiert.*

Sie ging ins Bad, verriegelte die Tür und ließ heißes Wasser in die Wanne laufen. Sie kippte mehrere Kappen Lavendelaroma hinein, dann weißen Moschus, dann Jasmin. Die Unterhaltung beim Essen, ihre Wunschphantasie, hatte zu viele Erinnerungen geweckt. Sie vermißte Jack Mauser, vermißte ihn bis ins Mark. Sie redeten selten länger miteinander, höchstens bei irgendwelchen Krisen. Sie war unruhig in seiner Gegenwart, aber sie würde ihn nie verletzen, jedenfalls jetzt nicht mehr. Er rührte eine zärtliche Saite in ihr an, und sie ärgerte sich über diese Gefühle, aber sie waren trotzdem immer da, zuverlässig und weitgehend nutzlos. Von den Männern in ihrem Leben war er der einzige, den sie geheiratet hatte, und der einzige, von dem sie träumte. Transparente Träume. Peinliche. Sie hatte sich nie die Mühe machen müssen, sie zu analysieren. Offenbar, so sagte sie sich, entsprach Jack einem verborgenen Paradigma in ihr, wie ein Mann sein sollte, wie ein Mann einen berühren, gehen, lachen, einen Basketball werfen, sich hinkauern, sich die Hände mit Staub abreiben sollte. Ihn konnte sie nicht herumschubsen. Er tat Dinge, die *sie* verrückt machten – vor Ungeduld, vor Verlangen.

Stop! Ihr Kopf summte vor Müdigkeit. Sie war den ganzen Monat über gehetzt gewesen, haltlos, und jetzt beschloß sie, wie jeden zweiten Tag zur Zeit, daß sie sich hier und heute, in diesem Moment der Klarheit, ändern würde. Egal, wie viele solcher Erkenntnismomente schon gekommen und vergangen waren, dieser jetzt zählte für immer, für alle Zeiten, ein für allemal. Sie würde aufhören, vergebliche Gedanken an Jack zu verschwenden, sie würde sich zusammenreißen, an ihrem neuesten Projekt weiterschreiben, das sich mit dem Hunger der Heiligen beschäftigte, vor allem mit dem einer alten Nonne namens Leopolda. *Ich studiere die Heiligen, weil ich selbst so weit davon entfernt bin, eine zu sein.* Diese Erkenntnis traf sie wie ein Blitz, Befriedigung breitete sich aus – das war's. Sie angelte ihr Notizbuch vom Regal neben der Wanne.

Ich habe den Tiefpunkt erreicht, schrieb sie begeistert. *Das ist es. Ich habe einen Studienanfänger verführt! Einen Minderjährigen! Wahrscheinlich wird er jetzt Priester, nachdem ich ihn verdorben habe, dabei ist er noch nicht mal interessant! Er hat nichts zu bieten, keinen überzeugenden Gedanken, keine Ideen, nur vage, verquaste Noti-*

zen in seinen jämmerlichen Heften – halbgare Angebereien. Hoffnungslos!
Zwei minus, schloß sie. *Vielleicht drei minus. Vier. Was mich betrifft, so ist dies der Wendepunkt.*

Sie stöhnte laut auf, genüßlich diesmal, schloß fest die Augen und ließ sich in die prickelnde Hitze sinken. Sie redete sich seit vielen Jahren ein, daß sie nach gewissen Prinzipien lebte. Selbst wenn sie gegen ihren Kodex verstieß, war es doch immer noch ihr Kodex. Waren es ihre Gebote. Jetzt schien sie in einem Raum jenseits der Moral zu operieren, getrieben von Verlustangst, von Zwängen und von Schmerz. *Mein Leben ist unerträglich geworden*, dachte sie friedlich.

Es sollte noch schlimmer werden.

Als sie ihm eine Zwei minus gab, zeigte der Junge sie wegen sexueller Belästigung bei der Ethik-Kommission des College an. Er erzählte seinen Eltern sämtliche Details der Verführung – der Fuß in seinem Schoß, die Ohrfeige, die versprochene gute Note, alles. Die empörte Mutter stürmte ins Büro des College-Präsidenten, und zwei Stunden später kam sie wieder heraus, erschöpft, das Leinenkostüm zerknittert, aber mit Eleanors unterschriebener Kündigung in der Hand. Eine Gruppe von Studenten verließ Eleanors Seminar über die neue Enthaltsamkeit; sie behaupteten, einer Gehirnwäsche unterzogen worden zu sein. Eine Eleanor zugeschriebene Bekanntschaftsanzeige wurde an die Tür ihres Büros geklebt, und ein Journalist rief an.

«Wie würden Sie Ihr Ausscheiden charakterisieren», fragte er, «wurden Sie gebeten zu gehen oder rausgeschmissen?»

«Freigestellt», entschied Eleanor nach kurzem Schweigen.

Ihr Leben lang hatte Eleanor unter einer glücklichen Kindheit gelitten. Immer wenn etwas schiefging, zog sie sich in den Schutz ihrer Vergangenheit zurück. Als Einzelkind hatte sie die ganze Zuwendung ihrer Eltern genossen und all ihre Hoffnungen getragen – bis zur Katastrophe der Trennung, als alles anders wurde. Als sie noch ganz klein gewesen war, hatte es einen Garten gegeben. Einen Fenstersitz. Eine Puppe, so groß wie sie selbst, und lauter Bücherregale. Ihre Mutter hatte sie in einem breiten, zimtbraunen Sessel gewiegt und angesichts bevorstehender Impfungen und aufgeschürfter Knie mit ihr zusammen geweint. Ihr Vater hatte sich Blasen an die Hände gearbeitet und sich mit dem Hammer auf die Fingernägel gehauen, um für sie ein Puppenhaus zu bauen. Nichts glich der Perfektion ihrer frühen Kindheit. Sorglos, liebevoll umhegt. Sie war sogar gerettet worden, als das Haus brannte! Aber sie war nicht auf das vorbereitet gewesen, was ihr das Leben als Erwachsener meist bot. Ungestilltes Verlangen. Unzufriedenheit. Geistigen Hunger. Einen scharfen, aber faulen Verstand. Selbstzweifel. Eine fragile Seelenruhe, immer wieder von Pfeilen durchbohrt. Von Pfeilen der Erkenntnis. Der Entbehrung. Des Durstes. Der sexuellen Not. Ein Jahr türmte sich aufs andere. Freiheitsdrang und öde Isolation. Ach, und außerdem noch Geldmangel!

Der Entschluß, ihre Wohnung unterzuvermieten, half. Aber sie haßte es, wenn es knapp wurde, und sie haßte es, ihr Nest verlassen zu müssen, diese plüschige Höhle mit dem alten Kamin und den hohen, weinberankten Fenstern. Spätnachts, im goldenen Lampenschein, eingekuschelt in alte Samtkissen, als der ganze Rotwein ausgetrunken war und kein Schlaf in Sicht, war sie auf die perfekte Lösung gestoßen. Die Idee stand fertig im Raum, und Eleanor beschloß, sofort zu handeln. Sie würde das Objekt ihrer Forschungsarbeit aufsuchen: die alte Nonne Leopolda. Sie interviewen. Mit ihr arbeiten. Ihr Vertrauen gewinnen, während sie in der Nähe oder sogar inmitten der Gemeinschaft der Gläubigen lebte. Das Problem der Einsamkeit wäre gelöst. Die Mutter Oberin würde ihr erlauben, eine Klosterzelle zu beziehen. Sie würde eine Pro-forma-Gebühr dafür bezahlen. Das Geldproblem wäre gelöst. Informationen sammeln, recherchieren, leben wie die anderen Frauen dort. Zölibatär. Ein zusätzlicher Vorteil: keine Männer. Nur Priester. Nicht, daß sie da nicht auch schon in Versuchung geraten wäre. Aber sie würde sich auf nichts einlassen. Diesmal nicht und überhaupt nie, nie wieder. *Kein Sex lohnt die Qualen*, beschloß sie ermattet und ließ sich in die Sandelholzstille sinken. Die Kerzen auf dem Nachttisch flackerten, waren weit heruntergebrannt in den blauen Votivgläsern. *Andererseits*. Ihre Gedanken wanderten Jahre zurück, zu anderen Momenten, gewissen Nächten. *Vielleicht hat er sich doch gelohnt. Manchmal. Damals.*

Der Trost des Vertrauten Juni 1994
Argus, North Dakota

In der beklemmenden Hitze der Nacht, in der gequirlten heißen Luft, öffnete Jack die Augen und war prompt am Ende eines Gedankens angelangt. Er wollte es nicht, wirklich nicht, aber er sah Eleanor vor sich. Er hatte herausgefunden, daß sie im Kloster in Argus wohnte. Er sah sie vor sich, wie sie in einem enganliegenden Gymnastikanzug meditierte und nicht aufhören konnte zu zappeln. Oder wie sie recherchierte, den Stift zwischen den Zähnen, mit einer runden, altmodischen Nickelbrille, die sie auf- und absetzte. Er drehte sich um; die Knochen taten ihm weh vom harten Fußboden im Haus seiner neuen Schwiegermutter, und er dachte an Eleanors Bett – stabil, breit, gemütlich, voll mit Büchern und Stiften, Tabletts mit Tee, Apfelkernen, Goldfischcrackern. Extra Kondome in Silberfolie, die er für Schokotaler gehalten hatte. Sie hatte schon immer in ihrer eigenen dampfigen kleinen Intellektuellenwelt gelebt, mit Zitaten und Vorträgen. Langweilig. Pedantisch. So rührend. Er hatte sie schmerzlich geliebt. Und natürlich hatte sie ihn letzten Endes verlassen, wie all die anderen, wie auch diese hier ihn verlassen würde.

Nicht daß er Dot keine Chance geben wollte! Sie atmete entspannt neben ihm, erschöpft von der Hitze. Wieder einmal war er zwischen Mutter und Tochter gefangen. Das war nur eines seiner Lebensthemen. Aber diesmal würde es anders laufen. Er wollte Eleanor unbedingt von seiner neuen Nüchternheit erzählen – endlich ein neues Szenario!

Sie würde ihn auslachen, aber sie würde es gut finden. Vielleicht hatte er seine Leidenschaft aufgebraucht, abgetötet. Er war nicht richtig verliebt, aber das machte es eigentlich nur leichter. Er und Dot waren eher Geschäftspartner, die zusammenarbeiteten, und sie sprachen dieselbe Sprache, nämlich seine. Es war etwas Neues für ihn, daß er mit jemandem so entspannt sein konnte, sich so mit ihm verbunden fühlte. Dot. Dot Adare. Vorher selbstverständlich mit einem Nanapush verheiratet. Kein Wunder, daß er und sie den gleichen Hintergrund hatten, das war wahrscheinlich einer der Gründe dafür, daß er sich in der Beziehung so wohl fühlte. Und ihre Tochter Shawn – zäh, kräftig, hübsch – hatte er auch gern um sich. Er würde gut aufpassen und Dot keinen Anlaß geben zu gehen, aber sie machte ihm angst mit ihren wilden Drohungen, ihrer Unabhängigkeit, ihren plötzlichen Wutausbrüchen. Die den seinen viel zu ähnlich waren.

Trotzdem quälte ihn das alte Verlangen zu beichten. Seine Firma arbeitete an einer Überführung in der Nähe des Klosters, in dem Eleanor wohnte. Er fand immer heraus, wo sie sich gerade aufhielt, das machte er ganz automatisch. Ihm war es wichtig zu wissen, wo sie war – er führte Buch über sie. Sie befand sich auch in seinem Schreibtisch zu Hause. Dort füllten ihre gelegentlichen Postkarten zwei Fächer. Seit der Scheidung, vor langer Zeit, hatten sie eine locker intime Gesprächsebene. Oft brauchte er sie lange nicht, und dann kam plötzlich ein Einbruch, der ihn verzweifeln ließ. Eine neue Beziehung machte ihm immer angst, weil sie noch keine Geschichte hatte, weil sie so unverbraucht war, wegen der trügerischen, hastigen Gier nach Sex, wegen der Illusionen, von denen er wußte, daß er sich ihnen hingeben würde. Alles an Eleanor war für ihn Geschichte, war Wissen.

Ob verheiratet oder nicht, er und Eleanor liebten und stritten sich noch immer. Sie würde ihn empfangen, da war er sich ganz sicher, auch wenn sie an diesem mittelalterlichen Ort gelandet war – ein Kloster, typisch! Er dachte an ihre schmalen Finger und an ihr dichtes, kurzes, männliches Haar. Manchmal ging ihm ihre Stimme auf die Nerven wie ein Turbobohrer, aber dann spürte er wieder das Knistern, wenn sie ihre gemeinsame Wellenlänge fanden, und er ergab sich der Spekulation, die sie so liebte, und beteiligte sich am endlos faszinierenden Spiel der Selbstbefragung. Oh, und ihre Stirn, die meerblaue Ader, in der an ihrer Schläfe ein winziger Puls pochte, fast so, als könnte man ihrem Verstand bei der Arbeit zusehen. Er hatte diese Ader immer gern geküßt, hatte gewußt, wo er ihre Arme und Handgelenke berühren mußte. Das war natürlich vorbei. Darüber waren sie sich einig gewesen.

Juni 1994 **_Nachtgebet_**
Eleanor, Leopolda und Jack

Es war heiß und windig im Garten des Klosters unserer lieben Frau vom Weizen, aber im Gebäude selbst war es noch schlimmer. Die Wände erdrückten einen, die Zellen waren ein Inferno, und Eleanor hatte sich stundenlang herumgewälzt, unfähig, den feinen Faden des Vergessens zu erhaschen. Sie dachte nach, dachte nach wie wild. Ideen mahlten in ihrem Kopf. Sie stand auf, notierte ein paar Sätze auf den kleinen Spiralblock auf ihrem Nachttisch. *Die Wirkung des Gebets auf materielle Objekte testen! Freudianische Analyse, wie eine Ladung Einmachgurken im Kloster aufgenommen wurde. Frage des Glücks – wirklich oder immateriell? Leopolda hat sich eine Zeitlang unter anderem von Moos und Flechten ernährt; ihre «dreißig Tage in der Wildnis». Die erste Heilige gemischter Abstammung?*

Als Eleanor schließlich die Hoffnung auf Schlaf aufgab, war es sowieso schon fast Zeit für das Nachtgebet; deshalb zog sie ihr Baumwollhemd an, darüber die wallende braune Ordenstracht, die sie sich erbettelt hatte, sowie einen Novizinnenumhang. In der Hitze braute sich ein Gewitter zusammen, aber sie nahm den Umhang mit, weil er als romantische Verhüllung dienen konnte. Hier im Kloster vermißte sie ihre auffällige Kleidung. Leise schlüpfte sie hinaus. Zwar war das Betreten des Gartens nachts eigentlich untersagt, aber das Frühjahr war so trocken und erbarmungslos gewesen, daß niemand schimpfte, wenn eine Schwester am Schrein der heiligen Jungfrau dabei angetroffen wurde, wie sie diese anflehte, sie möge doch den Farmern in der Gegend helfen und das in die staubige Erde gesäte Getreide retten, das im flachen Schwemmland dahinwelkte.

Gleich hinter den Klostermauern ratterten seit einem Monat fast ununterbrochen die Straßenbaumaschinen. Zuerst wurden endlos lange die Materialien für den Unterbau angeliefert und planiert, dann der Rippenstahl gebündelt, der Beton gegossen, und schließlich wurde tonnenweise dampfender Asphalt abgeladen und plattgewalzt. Die Bauarbeiten schienen sich ewig hinzuziehen. Da die Äbtissin fand, daß man ihrem Kloster dafür einen Gefallen schuldete, hatte sie den Vorarbeiter veranlaßt, die kaputte Statue der heiligen Jungfrau von ihrem Sockel im Garten zu heben. Demnächst sollte aus Italien eine neue Statue kommen, ein bedeutendes Kunstwerk, und die Äbtissin wollte sichergehen, daß der Sockel im Garten dann bereit war.

Erst vor ein paar Tagen hatte Eleanor von dem kleinen, quadratischen Fenster ihres Zimmers im oberen Stockwerk aus die Aktion beobachtet. Der Vorarbeiter dirigierte den sperrigen Arm des Ladekrans über die Mauer. Einer der Männer, die für Jack arbeiteten, stieg aus, und drei weitere halfen, die steinerne Jungfrau in den Korb zu wuchten. Die Statue schwebte durch die dichten Zweige der Weiden himmelwärts und kam direkt vor Eleanor leicht pendelnd zum Halten. In diesem Moment, so schien es Eleanor, verzog sich der in Stein gehauene Mundwinkel auf einer Seite leicht nach oben. *Ein Schattenspiel der Blätter? Vielleicht hat die Jungfrau es satt, angebetet zu werden.* Sie wollte diesen Gedanken gerade schriftlich weiterverfolgen, da fiel ihr Blick auf die Männer unten. Jacks Leute. Mauser & Mauser. Sie sah ihnen zu und stöhnte angesichts des neuen

Firmenemblems: ein blaugelber Laster, in dem die Worte *Mauser & Mauser* standen. Das auf die Helme gedruckte Logo warb grell für Jacks konkursgefährdete Baufirma.

Seit Jahren hörte sie von seinen finanziellen Schwierigkeiten. Das überraschte sie nicht – er hatte sich schon immer wie ein kleiner Junge benommen, der mit Lastern spielte. Selbst die Schrift, die er für die Helme verwendet hatte, war so primitiv wie aus einem Kinderstempelkasten. Entweder war er nicht professionell genug, um sich in dieser Welt durchzusetzen, oder, so überlegte Eleanor, er war noch immer hin- und hergerissen. Er hätte nach der Ingenieursschule aufs College zurückgehen und Architekt oder sonst ein Akademiker werden können. Aber nein, er hatte die Ausbildung nicht weitergemacht und war ins Baugewerbe eingestiegen, hatte sich hochgearbeitet, nur um wieder abzurutschen, sobald er sein eigener Chef war.

Eleanor hatte sich vom Fenster abgewandt, um sich wieder den Dingen zu widmen, mit denen sie sich zur Zeit beschäftigte. Was als Forschungsprojekt begonnen hatte, dehnte sich zu Wochen der Ruhe aus, genau wie sie gehofft hatte. Keine Referate. Keine Publikationen. Kein Manuskript. Keine Dissertation. Keine Studenten. Sie machte sich Notizen und folgte Leopolda möglichst diskret durch den Tag. Keine Abgabetermine. Keine Kontrollbesuche. Nichts als Inspiration! Eleanors Ideen strömten wie Wasser, zu schnell, um sie festzuhalten. Manchmal konnte sie den Gedankenstrom vorübergehend eindämmen und versuchte, ihn zu ordnen. Sie malte sich aus, ihre Notizbücher würden veröffentlicht – Bruchstücke, Gedankenfetzen, Beobachtungen, eine Collage brillanter, unzusammenhängender Einfälle zum Thema Heiligkeit, aber auch zu anderen Themen. Beispielsweise zur Frage der Wortzwischenräume.

Wer hat je die Zwischenräume zwischen den Wörtern untersucht? Irgendein Zusammenhang mit den Botenstoffen, mit den Verbindungen im Gehirn?
Das war eine Überlegung wert. Seit sie sich hier im Kloster aufhielt, hatte ihr Verstand Freundschaft mit sich selbst geschlossen, gingen ihre Tage im Zustand ständiger Faszination ineinander über. Leopolda war wie ein Magnet. Die alte Frau verachtete sie. Perfekt! Eleanor hatte es nicht, noch nicht, gewagt, Leopolda mitzuteilen, daß sie ein Buch schreiben wollte. Sie befürchtete, die mürrische, fromme Alte dadurch vollends zu verprellen. Eleanor war Anfang Dreißig, hatte zwei Magister und war schon öfter wegen kleinerer Delikte verhaftet worden und jetzt fast wegen Verführung Minderjähriger. Gott sei Dank lasen diese Nonnen keine Zeitung. Eleanors Gegenwart im Kloster war für sie zwar ein leises Ärgernis, aber abgesehen von ihrem Gelübde der Gastfreundschaft waren sie auch neugierig, was Eleanors Forschungen anging, und stolz darauf, daß eine von ihnen einer wissenschaftlichen Untersuchung für wert befunden wurde. Außerdem war Leopolda sehr anstrengend. Da konnte man zwei zusätzliche Hände gut gebrauchen. Eleanor durfte bleiben.

Es gibt ein Weingut in Minnesota, das auf seinen Etiketten mit den Leiden seiner Trauben prahlt. Intellektuelle im Mittleren Westen waren wie diese Trauben, fand Eleanor – die Unsicherheit, die Kälte, die Einsamkeit erzeugten eine merkwürdige Resonanz. Sie blieb im Kloster, um ihren Willen auszutesten, ihre Möglichkeiten auszuloten. Oft endete es damit, daß sie die Bettwäsche wechselte. Daß sie der alten Nonne Wasser holte. Kaltes Wasser. Heißes. Lauwarmes. Die Frau interessierte sich mehr für die Temperatur als für den Inhalt ihrer schlichten Tasse. Jedesmal wenn Eleanor den Fußboden der Zelle gefegt, ein heruntergefallenes Meßbuch aufgehoben oder einen Apfel gebraten hatte, um sich bei Leopolda beliebt zu machen, oder wenn sie ihr die gekrümmten, tauben Füße gerubbelt hatte, schöpfte sie neue Hoffnung. Leopolda blieb zwar stur und gab ihr Leben nicht ihrer Feder preis, aber sie entzog sich ihr auch nicht. Die Situation schien eine Logik jenseits der Logik zu besitzen, schien ein irrationales Vertrauen zu fordern. Jedenfalls empfand Eleanor seit kurzem eine Spur des Seelenfriedens, den sie suchte, und sie hoffte, daß die Beschäftigung mit Leopolda nach und nach Früchte tragen würde.

Da gab es vor allem einen alten Bericht von einem Reservatspriester. Er hatte dokumentiert, daß sich in Leopoldas Gegenwart die Hände eines Mädchens aus dem Reservat genau an den Stellen der Wunden Christi geöffnet und zu bluten begonnen hatten. Stigmata. Kleinere Heilungen. Mysteriöse Anekdoten. Eleanor wollte den mühsamen Fortschritt nicht gefährden. Sie beugte sich über ihr Notizbuch, überlegte und spekulierte. Versuchte sich zu konzentrieren. Aber die Nachricht von Jack und dann der Anblick der ungeschickt beschrifteten Helme störten ihre innere Ruhe.

Denn vor zwei Tagen hatte Eleanor in ihrem Fach eine Botschaft gefunden: *Triff mich um Mitternacht im Garten.* Alle paar Stunden schaute sie nach, ob wieder etwas im Fach war, weil die Mitteilung nicht spezifiziert hatte, in welcher Nacht. Sie kannte Jacks Handschrift – die kräftigen, krakeligen Druckbuchstaben des Konstruktionszeichners. Während der langen, dunklen Stunden des ersten Abends hatte sie wenig erfolgreich mit dem stärkeren Teil ihres Ichs gerungen, mit dem, der immer neugierig auf Jack war. Als sich dann die schwarze Hitze über ihr Schlafzimmer senkte, war es keine Frage mehr, daß sie ihn treffen würde.

Jetzt, nachts, war der Garten so üppig, so luftig. Erdgeruch lag in der Luft – Geruch nach Regen, duftender Wärme, zerdrückten Geranien. Hinter den Mauern hörte man den Widerhall der Stille. Dann ein frischer Windstoß. Beim Betreten des Gartens schloß Eleanor die Augen und versuchte ihre Gedanken zu ordnen. Der Duft von verblühtem Geißblatt umwehte ihre Schultern, und Sand wirbelte vom Pfad auf, stach ihr in die Wangen.

Der Wind legte sich wieder. Plötzlich war sie hellwach. Hinter der hohen Mauer hörte sie – da war sie sich ganz sicher – das Tuckern eines großen Dieselmotors. Reifen knirschten über den Kiesweg, und Hydraulikbremsen zischten mit einem abfallenden Seufzer.

Mit klopfendem Herzen krallte sie die Hände ineinander, trat rasch vom Sockel der Statue zurück in den Schatten der Bohnenstauden und wartete.

Der Motor ruckelte erneut an. Eleanor hörte das schwere Ächzen der hydraulischen Hebevorrichtung und blickte schnell zum Wohntrakt hinüber, um zu sehen, ob dort die Lichter angingen. Die Fenster glänzten schwarz und spiegelten die silberbäuchigen Gewitterwolken. Die Mondscheibe, zwischen Halb- und Vollmond geformt wie ein Football, kam für einen Augenblick hervor, und plötzlich war genug helles Licht da, daß sie sehen konnte, wie der lange Arm des Ladekrans mit dem Korb daran sanft über die Mauer schwebte.

Die Maschine hielt schwankend inne, und Jack Mauser erhob sich in seinem metallenen Nest. Er ließ den Blick über den Garten unter ihm schweifen, übersah Eleanor anfangs, doch dann kehrte sein Blick zurück, und er entdeckte sie im Gewirr von Blättern und Schatten. Er nickte, zog seinen Helm tiefer, drückte dann auf einen Schalter und schwebte erdwärts. Auf Höhe des Grases hielt er an und öffnete das Türchen an der Seite des Korbs. Er besaß die muskulöse, mühelose Anmut eines ehemaligen Schulsportstars. Geschickt sprang er seitlich aus dem Korb, blieb einen Moment neben der Maschine stehen, zog die Augenbrauen hoch und schlenderte dann lässig zu Eleanor hinüber. Doch ihr Schweigen und ihr feierlicher Ernst schienen am Lack seiner Selbstsicherheit zu kratzen, denn als er näher kam, vergrub er die Hände in den Taschen seiner leichten Jeansjacke, zögerte. Eine Wolke wanderte über den Mond, und der Wind frischte auf.

«Ich mußte dich sehen», erklärte er.

Sie sog seinen Anblick in sich auf. So nahe war sie seit Monaten keinem Mann mehr gewesen, und er roch nach irdischen Dingen wie Farbe und Wolle und frisch gesägtem Holz. Sie trat näher.

Er räusperte sich und sagte heiser: «Was zum Teufel hast du eigentlich hier verloren, so weit weg von allem?»

Sie wollte die blöde Geschichte von ihrer Entlassung nicht erzählen. Unvermutet stiegen ihr Tränen in die Augen, und sie schämte sich. Sein Anblick zertrümmerte ein unsichtbares Glas in ihrem Innern. Äußerlich war sie der absurden Sexepisode und dem Skandal unbeschadet entronnen, aber tief in ihr hatte, bruchsicher verpackt, eine gläserne Vase darauf gewartet, zerschlagen zu werden.

Sie wollte ihm sagen, wie leicht es gewesen war, wie beängstigend kalt sie sich dabei gefühlt hatte und wie wenig sie die Person wiedererkannte, die Knaben verführte und schlug und Studenten manipulierte und Priester anmachte. Doch eine Woge der Verwirrung schlug über ihr zusammen, und wieder stiegen ihr Tränen in die Augen. Tränen waren schädlich. Sie brannten wie Säure.

«Ich bin wieder verheiratet», sagte Jack, Eleanors Schweigen nutzend.

Eleanor nahm sich zusammen. Was hatte sie erwartet? Unvorbereitet war sie von alten Gefühlen überwältigt worden. Ihre Reaktionen waren zu nah an der Oberfläche. Sie versuchte, die richtigen Worte zu finden, ihm Glück zu wünschen, wenigstens nachzufragen, aber sie brachte den entsprechenden Satz nicht heraus und gab statt dessen nur einen verächtlichen Laut von sich.

«Keine Frau, die du kennst.»

Jacks Stimme wurde sofort kalt. Er war schon immer fähig gewesen, einfach das Visier herunterzulassen, seine Augen, seine ganze Erscheinung distanziert und roboterhaft zu machen. Er hatte gelernt, andere niederzustarren. Aber was tun, wenn das Gegenüber einen von innen heraus anschaute? Der Distanztrick funktionierte zwar noch bei Eleanor – nur daß er jetzt spürte, wie er selbst den Panzer überzog, und er sich marionettenhaft, verzweifelt, unnatürlich fühlte.

«Bitte», flüsterte er leise.

«Nein», sagte Eleanor.

Sie beugte sich vor, zuckte aber vor der Wärme seines Atems auf ihren Fingern zurück. Hinter den Mauern hörte sie, wie die Schwestern sich im Dunkeln regten. Ihnen gehörte nichts, sie hatten keinen Besitz. Sie standen um diese Zeit auf, um für die Sünden zu beten, die der Rest der Welt ständig beging. Unausdenklich, wenn sie Mauser hier fanden, aber als sie ihm sagen wollte, er müsse gehen, blieben ihr die Worte im Halse stecken. Wieder verheiratet! Der Idiot. Sie wollte, daß er blieb. Sie konnte nicht schnell genug denken, brauchte Zeit.

Die Klosterpforte fiel zu. Vom Pfad her kam ein rasselndes Husten, ein leises Murmeln. Jemand näherte sich. Fragen erschienen auf Jack Mausers Gesicht und verschwanden. Er wandte sich zum Gehen, drehte wieder um. Hob die Hände. Rasch legte sie ihm ihren Umhang um die Schultern. Als sie die Schnalle unter seinem Kinn schloß, berührten ihre Fingerspitzen sein Ohrläppchen. Er wollte sie festhalten, doch sie duckte sich, ging hinüber zum Krankorb, wählte einen der leuchtenden Schalter an der Schalttafel und drückte darauf. Der leere Korb schwebte aufwärts und verschwand in der Nacht.

Staub wirbelte auf, und schon nahm Eleanor Jack an der Hand und zog ihn zum Podest der nicht mehr vorhandenen Statue. Sie schob ihn in die Nische zwischen den gestutzten Zweigen der Eiben und des falschen Jasmins. Ungeschickt und hektisch riß sie Zweige von den blühenden Büschen und drückte sie ihm in die Hand.

«Stell dich da rauf und rühr dich nicht. Halt die hier fest. Und zieh dir die Kapuze ins Gesicht.»

Die Luft wurde schwärzer, die Schatten verdichteten sich, der Himmel rollte so schnell heran, daß der ganze Garten bebte. In den Wolkenkörben gefangene Blitze zogen sich zusammen und entspannten sich wieder, ohne sich zu entladen. Vom Hintereingang des Klosters näherte sich nun eine winzige, knorrige Gestalt, die sich mit einer Gehhilfe aus schimmerndem Aluminium den Gartenpfad entlangquälte. Es war Schwester Leopolda, einhundertacht Jahre alt und so leicht und gebrechlich, daß ihre Knochen kaum noch die Gewänder ihres Habits tragen konnten. Obwohl verkrüppelt und geistig manchmal abwesend, wanderte sie zu allen möglichen Zeiten durch den Garten. Eleanor hatte gehört, sie sei seliggesprochen worden, oder jedenfalls beinah. Es ging das Gerücht, daß sie während eines kargen Winters eine Wiederholung des Wunders mit den Broten und den Fischen bewirkt habe: Eine große Schüssel Vanillesauce im Kühlschrank des Klosters füllte sich über viele

Nächte hinweg immer wieder auf. Leopoldas Träume prophezeiten Ereignisse, und sie wurde oft um Rat gefragt, wenngleich die Bedeutung dessen, was sie sagte, etwas dunkel geworden war. Dennoch wurde sie verehrt, und man duldete es, daß sie nach ihren eigenen Regeln lebte. Heute nacht nun steuerte sie, wie in vielen Nächten, auf die Statue der Jungfrau zu, um ihre einsamen Gebete zu sprechen. Als sie den Alkoven betrat, sah sie den Saum von Eleanors Gewand und blieb stehen.

Eleanor tat das einzige, was ihr in diesem Moment einfiel – sie kniete zu Mausers Füßen nieder, als wäre sie ins Gebet vertieft. Wie während ihrer Ehe, wenn sie gezwungen gewesen war, sich ihm unterzuordnen, packte sie augenblicklich eine finstere Wut. In einem kindischen Anfall von Trotz kreuzte sie die Finger, während sie sich bekreuzigte. Er hatte keine Macht über sie, nicht mehr, aber trotzdem ließ die Idiotie ihrer Lage sie laut aufstöhnen. Doch dann nahm sie sich zusammen und versuchte schnell, ihr Stöhnen in ein Gebetsmurmeln umzufunktionieren.

Da erklang Leopoldas Stimme – schrill, dünn, hell wie ein Flötenton, abgeschliffen von Jahrzehnten kontemplativer Stille.

«Liebes Kind.» Mit den Fingern tastete die alte Nonne nach ihr.

«Nehmen Sie meine Hand», sagte Eleanor.

«Oh.» Die Nonne musterte sie von nahem und wich dann irritiert zurück. «Sie schon wieder.»

«Tut mir leid.» Eleanor bemühte sich um einen demütigen Ton.

Ein plötzlicher Wind blies Leopoldas Gewand auf, wechselte dann die Richtung und wickelte es eng um ihren Körper. Eleanor stützte die bucklige Frau, half ihr beim Niederknien. Sie nahm eines nach dem anderen ihre gebrechlichen Beine und bog sie mit aller Kraft durch, als wäre die alte Frau eine große Puppe. Mit gewaltiger Anstrengung ließ sich die Nonne auf die hölzerne Kniebank nieder. Das Gewitter war näher gekommen, und das Auge des Sturms schien sich jetzt direkt über dem flachen Steinbau des Klosters zu befinden. Die schwarzen Blätter zitterten an ihren Stengeln, aber die Luft war reglos.

«Lassen Sie mich allein», befahl die Nonne, und mit den Worten «Gehe hin in Frieden» schickte sie Eleanor fort. Doch Eleanor konnte nicht gehen. Statt dessen sank sie auf den Rasenstreifen, der den Schrein umgab, und fragte mit leiser, unterwürfiger Stimme, ob sie sich der Schwester bei ihrem Gebet anschließen dürfe.

«Ich bete allein!» Das klang entschieden. Eleanor mußte strategisch vorgehen. Obwohl Leopoldas Augen trübe waren und ihr Körper schwach, obwohl ihre Kraft sich leicht erschöpfte, bestand doch die Gefahr, daß sie in einem Moment der Klarheit die Statue genauer betrachten oder sich daran erinnern würde, daß sie entfernt worden war. Wer wußte schon, wie lange es her war, daß sie einen nicht ordinierten Mann gesehen hatte? Zwar hatte Leopolda die Angewohnheit, geistesabwesend irgendwelche Papierfetzen oder ähnliches zu verzehren, wenn sie hungrig war, zwar starrte sie stundenlang auf die einzelne Rose oder Zinnie, die man ihr jeden Morgen neben das Bett stellte, zwar schien sie zeitweilig schon halb in einer anderen Welt zu leben, doch war sie auch oft klar im Kopf und bekannt für ihre plötzlichen Geistesblitze.

«Gehe hin in Frieden», wiederholte sie.

Eleanor versuchte, sie mit Fragen abzulenken. «Ich will Sie nicht schon wieder belästigen, aber bitte, sagen Sie mir» – sie zögerte kurz, dann dachte sie an ihre Notizen –, «ich hatte gehofft, Sie zum Thema Beten befragen zu können. Haben Sie damit schon viele» – hier stolperte sie – «schon viele Resultate erzielt?»

Leopolda ächzte ungläubig und murmelte leise. «Resultate?»

Sie schien fast an dem Wort zu ersticken.

«Das Gebet ist Selbstzweck! Es *ist* das Resultat!» stieß sie schließlich hervor. «Obwohl ich durchaus auch etwas erreicht habe. Gott fordert mich! Ich werde genährt – Honig aus dem Felsen –, ich werde genährt.»

Leopolda preßte die Lippen aufeinander. Neben ihr, im stacheligen Gras, fühlte Eleanor die Welle ihrer Wut nachlassen, verebben. Verkrampft faltete sie die Hände. Sie spürte, daß Mauser sich über ihre Lage amüsierte, und die Empörung übermannte sie.

«Bevor ich hierhergekommen bin, das heißt, schon ziemlich lange vorher», flüsterte sie in einem aufgesetzten Beichtton, «habe ich mit einem Idioten zusammengelebt.»

«Sie lebten allein?»

Über ihnen raschelten die Zweige.

«Nein, natürlich nicht. Ich war verheiratet. Ich habe mit einem Mann zusammengelebt, der alles von mir forderte, der kaum je da war, der andere Frauen liebte und behauptete, er würde mich lieben, der aber trotzdem Schlimmes zugelassen hat und auf den kein Verlaß war.»

«Dann haben Sie ja Übung.»

«Übung worin?»

«In der Liebe zu Gott.»

Eleanor schwieg. Jetzt müßte sie ihr Notizbuch dabeihaben. *In der Liebe zu Gott. Für sie ist Gott also ein treuloser Ehemann.*

«Wie meinen Sie das genau? Ich habe von meinem früheren Mann geredet, von Jack Mauser. Was ist mit ihm?»

«Mit *ihm*!»

Der Ton der Nonne war voll genüßlicher Verachtung und scharf wie ein Peitschenknall.

«Was mit ihm ist? Ich sehe das Bild einer armen, blutenden Seele vor mir. Er wird von einer Frau erdrückt werden. Er wird schreiend in den Armen einer Frau sterben. Sie wird ihm die Knochen brechen wie Streichhölzer und ihn mit ihrem Kuß ersticken.»

Über ihnen schockiertes Lauschen.

«Sprechen Sie von Jack?» fragte Eleanor. «Jack?» Sie konnte nicht umhin, alarmiert zu sein.

Die alte Frau schien noch mehr zu schrumpfen und an Kraft zu verlieren. Sie gab einen leisen Seufzer von sich, wie ein Windhauch, der durch die Blütenblätter einer Blume weht. Es folgte eine lange, zögernde Pause.

«Oh, meine schöne, gesegnete Schwester», murmelte Leopolda schließlich. «Es ist schwer, schwach zu sein. Schwer, so alt zu sein. Früher hätte ich den Stampfer des Butterfasses genommen und Ihnen damit kräftig eins übergezogen!» Wieder schwieg sie eine Weile, und als Eleanor keine Anstalten machte, sich zu erheben, stöhnte Leopolda und fuhr dann fort: «Doch jetzt muß ich mich wohl Ihrem Wunsch beugen und Ihnen gestatten, mit mir zu beten. Da Sie darauf bestehen, hier zu knien, müssen Sie Ihre Bitte wiederholen. Was genau wollen Sie?»

Die plötzliche Freundlichkeit in der Stimme der Nonne beschämte Eleanor, aber sie spürte, daß es eine geheuchelte Sympathie war, Bestechung, ein Trick, um sie in Sicherheit zu wiegen. Trotzdem blieb ihr nichts anderes übrig, als zu bleiben, wo sie war, und sie beschloß, ihre Absichten offenzulegen. Ihr Kopf war leicht, klar.

«Ich schreibe ein Buch, und ich möchte» – sie holte tief Luft – «ich möchte Sie als Thema nehmen.»

«Sie schreiben was?»

«Ein Buch.»
«Ein Buch.»
Eleanor wartete. «Ich würde gern über Sie schreiben.»
«Über mich!» Die knarrende Stimme der alten Nonne klang ehrlich überrascht.
«Sie haben so viel gesehen. Möchten Sie das nicht gern der Welt erzählen?»
Eleanor spähte hinauf zu Mausers massiver Gestalt und zu den gepflegten Büschen und Ranken dahinter, zu der hohen Mauer aus Backstein mit dem abblätternden Gipsverputz. Plötzlich schien es ihr, als würden sich die Zweige und Blätter deutlich von der Mauer abheben, beschienen wie von sommerlichem Licht. Kahle Zweige, rauhe Rinde. Die Muster waren komplex, labyrinthisch und bedeutungsvoll. Dann ein helles Aufblitzen, und die Blätter schlossen sich wieder über dem skelettartigen Untergrund.

Die alte Nonne sprach leise und in sich gekehrt, vielleicht ehrlich neugierig. «Was habe ich denn zu erzählen? Was weiß ich schon?»

«Sie kennen das Wesen heiliger Bindungen.» Eleanor machte den Fehler, zu fromm zu antworten. «Sie haben ein Leben voller Opfer und voller Liebe gelebt.»

«Liebe?» Leopoldas Stimme bebte. «Liebe?» Sie überlegte, dann setzte sie zu einer sich langsam steigernden Zorntirade an.

«Sie wollen also wissen, was die Liebe bringt? Sehen Sie das denn nicht selbst!? Für die Liebe gibt es kein Wanken, kein Weichen, kein Ende, kein Fallen, nur ständigen Aufstieg.» Sie winkte mit der verkrümmten Hand, die Finger knorrig wie die Wurzeln des Wermutstrauchs. «Sie wollten es wissen!» rief sie unvermittelt, dann sackte sie mit einem hohen, gellenden Lachen, das klang, als würde Glas über Glas schrappen, in sich zusammen.

Die schrillen Belustigungsschreie taten Eleanor in den Ohren weh. Sie konnte nichts anderes hören, nichts anderes fühlen. Sie merkte, daß sie stoßartig atmete, als wäre sie auf den Bauch gefallen und bekäme keine Luft mehr. Ein eisernes Band schloß sich eng um ihre Brust.

Vielleicht ließ sie sich ihre Bedrängnis und Enttäuschung anmerken, vielleicht fand auch nur Mauser die ganze Situation plötzlich lächerlich. Jedenfalls war Eleanor sich sicher, daß sie das Echo seines Lachens hörte. Es war ein leises, fast innerliches Glucksen. Hätte sie ihren Exmann nicht so genau gekannt, dann hätte sie sein sarkastisches Amüsement nicht von der Hysterie der Nonne oder vom Wind, der raschelnd im Gras gegen die Mauer blies, unterscheiden können.

«Sei *sofort* still!» rief sie.

Stille. Die alte Nonne bekam einen Schluckauf. Ihr Gelächter wurde immer wilder, gellte so durchdringend, daß es weh tat.

«Höre mein Gebet! Höre mein Gebet!» japste sie in einem hohen Falsett. «*Day wi kway ikway!*» Sie drehte den Kopf und starrte Eleanor an. «Mein Gebet ist eine Geschichte von brennender Liebe, mein Kind, aber Sie sind noch nicht bereit, sie zu hören.»

«Doch!» Eleanor neigte sich zu ihr.

Leopoldas Stimme bebte vor Erregung; sie stieß die Worte hervor, als risse jemand an den Saiten einer Harfe.

«Beende diese Qual.»

Mit einer furchtbaren Anstrengung, als wollte ein Baum seine krummen Zweige begradigen, legte die Nonne den Kopf zurück und verdrehte die Augen nach oben, um einen Blick auf die heilige Statue zu werfen. Was sie dort sah, ließ sie erstarren. Genau in dem Moment, als sie die Statue in ihr begrenztes Gesichtsfeld bekam, schien es ihr, als würde die

Jungfrau sich zu ihr herunterbeugen und ihr ganz vorsichtig ihr Bündel Zweige in die ausgestreckten Arme legen.

Der Kopf schnappte ihr wieder auf die Brust. Sie drückte die grünen Blätter an sich, vergrub das Gesicht in den Zweigen und wurde von einem unaussprechlichen Frieden erfüllt. Es war nicht einmal der getrocknete Weizen, von dem wir leben, noch sonst ein Getreide, das die Schutzherrin verwandelt hatte; es waren Zweige des süßen Geißblatts, das plötzlich aufblüht und berauschend duftet. Leopolda sank nieder und atmete den Duft der schlaffen weißen Blüten so ekstatisch ein, daß ihr das Herz brach. Sie sank vornüber, und ihr Gebet ward erhört.

Als die Nonne mit einem sanften Plumps umfiel und ihre verlassene Gehhilfe scheppernd auf den Steinfliesen landete, war Eleanor sofort bei ihr. Mauser sprang leichtfüßig von seinem Postament und kniete neben ihr nieder, während sie nach dem Puls der alten Frau tastete. Sie konnte nicht glauben, was passiert war. Sie tätschelte Leopoldas winziges knochiges Handgelenk und rief leise ihren Namen, als wollte sie die Nonne aufwecken. Erst als Mauser ihr sanft die Hände auf die Schultern legte, gab sie auf.

«Sie ist tot», klagte sie leise. «Du hast sie umgebracht. Oh, Jack.»

Verzweifelt stieß sie seine Hände weg.

Jack trat von einem Fuß auf den anderen und versuchte sich zusammenzunehmen, während Eleanor die Arme der Nonne über den Blütenzweigen kreuzte, ihr vorsichtig die Augen schloß und die verdrehten Arme und Füße geradebog. Mit einem letzten Blick auf das spitze, uralte Gesicht, das in seiner Ekstase so rätselhaft und friedlich wirkte, wandte sie sich ab. Sie stolperte, fing sich aber gleich wieder und drängte sich an Mauser vorbei zum Hintereingang des Klosters. Er folgte ihr, bereit, alles zu leugnen oder auf sich zu nehmen. Aber Eleanor strebte auf die Tür zu und verschwand, ohne sich umzusehen, ließ ihn einfach draußen stehen, neben der unverputzten Mauer, die zu hoch war, um drüberzuklettern. Der einzige Ausgang führte durch das Gebäude. Jack schüttelte den Kopf, zog den Umhang enger um die Schultern und öffnete die Tür.

Das Innere des Klosters sah überraschend normal aus. Nicht, daß Mauser etwas anderes erwartet hätte. Nur eben nicht das. Der Korridor war mit haltbarem, aber billigem grauem Linoleum ausgelegt, die Rigipswände waren in neutralen Grau- und Brauntönen gestrichen. Ein schwacher Lichtschimmer lockte ihn zur Küche, einem großen, luftigen Raum voller Vorratsschränke. Er hoffte, einen Ausgang zu finden, aber statt dessen gelangte er zum Fuß einer Treppe. Er ging die Stufen hinauf – von hier aus hörte er das ferne An- und Abschwellen der Nonnenstimmen beim Gebet – und erreichte das obere Stockwerk mit dem langen, schmalen Gang, von dem die Schlafzellen abgingen.

Nachdem er nun bis zu den Privatgemächern der Nonnen vorgedrungen war, schien es ihm weniger dringend, das Gebäude zu verlassen. Er mußte mit Eleanor sprechen, entscheiden, was – er fröstelte – was mit der armen, kranken, toten alten Frau zu tun war. Ihre Prophezeiung hatte ihm Angst eingejagt. Außerdem wollte er sich, ob aus Egoismus oder aus Dummheit, noch immer rechtfertigen. Er wollte noch immer, daß Eleanor seine Heirat verstand und billigte, daß sie sein neues, nüchternes Wesen und die Veränderungen akzeptierte, die für ihn so ungeheuerlich waren, für sie jedoch erstaunlich schwach wahrnehmbar. Er brauchte ihren Segen, ihre Bestätigung, ein Okay. Vielleicht ein bißchen gesunden Menschenverstand. Das war alles, was er sich ersehnte. Das sichere Gefühl des Verstandenwerdens.

Er begann sie zu suchen. Da er davon ausging, daß er ihr Zimmer an den vertrauten Gegenständen erkennen würde, an ihren Wandbehängen, dem alten silbernen Zerstäuber und den afrikanischen Schnitzereien, betrat er erst vier fast leere Zellen, ehe er richtig nachdachte.

Jede Zelle, ein schlichtes Rechteck mit Dachschräge und einem quadratischen Fenster, enthielt eine Bettpritsche, einen kleinen Tisch mit Schublade und einen Einbauschrank. An der Wand hing ein Kruzifix, und als Beleuchtung diente eine nackte Glühbirne. Außerdem eine winzige Nachttischlampe. Das identische Aussehen der vier Räume bedrückte Mauser. Er kniff die Augen zusammen.

Was konnte er tun? Wie sollte er vorgehen? Er rieb sich das Kinn. Der Umhang. Er drückte ihn gegen das Gesicht und atmete tief und aufmerksam ein. Dann nahm er ihn wieder weg. Er legte den Kopf zurück, überlegte, berührte erneut mit der Nase den Stoff. Nicht ihrer. Er versuchte sich zu erinnern. Keine Seife. Kein Parfüm. Nur Eleanor. Er rief sich eine Zeit ins Gedächtnis, als sie zusammen gezeltet hatten und er nichts als sie gerochen hatte – aber nein, damals hatte sich der Rauch von Birkenreisig in ihrem Haar eingenistet. Doch dann hatte er es, perfekt. Als er sie zum ersten Mal geküßt, gerochen hatte. Sie duftete wie ... Apfelschale. Nicht wie das süße Fruchtfleisch, sondern wie die grüne Schale, wächsern, sauer, bevor man sie schält. Er begann noch einmal von vorn, mit der ersten Zelle, trat leise ein, schlich vorsichtig und mit leiser Erregung zum Bett, zog die Decke zurück und atmete den Geruch des Lakens ein.

Im einen Raum roch er den Bodensatz einer Milchtasse,

im nächsten Schwefel. Er roch siedende Mineralien tief in der Erde. Er roch Blut, Salz, Hafer und frische Nägel, direkt vom Eisenwarenhändler. Teig, gegangene Hefe, die zu lang unterm Handtuch gelassen worden war. Er roch Aprikosen, Zedernholz und Mottenkugeln. Wolle mit dem unverkennbar beißenden, traurigen Geruch, der entsteht, wenn sie mit Dampf gebügelt wird. Er roch junges Haar und altes Haar. Und schließlich kam er zu Eleanor.

Ihr Geruch traf ihn wie ein Schlag, der sein Herz aufgehen ließ. Er strich die Bettdecke glatt, setzte sich und wartete.

Eleanor war ins Kloster gerannt, um Hilfe zu holen, doch dann hatte sie plötzlich das starke Bedürfnis, ihre Erlebnisse aufzuschreiben. Die Worte der alten Nonne hatten in ihrem Gehirn ein rasendes Räderwerk in Bewegung gesetzt. *Mein Vermächtnis!* Gleichzeitig schwirrte ihr vor Erschöpfung der Kopf, ihr Gesicht schien unter dem erdrückenden Gewicht der Müdigkeit zu kribbeln. Sie fürchtete, sie könnte unter Schock stehen und die vielleicht unbezahlbaren letzten Worte vergessen. *Beende diese Qual.* Aber wer würde das vergessen? Was bedeutete es? Sie sagte sich, daß es Leopolda bestimmt nicht weiter stören würde, im Gras liegenzubleiben, bis jemand sie fand. Es würde sowieso nichts nützen, wenn sie jetzt ein Theater machte. Möge sie in Frieden ruhen mit ihren Blumen, dachte Eleanor, während ihre Hand über die Seiten des Notizbuchs eilte. Das war es, was sie jetzt tun mußte.

Als die Andacht zu Ende war und der Vorfall so gut wie schriftlich fixiert, ging Eleanor den Korridor hinunter. Ihre Hirnwindungen waren wie glattgebügelt. Sie konnte keinen klaren Gedanken fassen. Der aufkommende Wind klang wie das Rauschen eines gewaltigen Stromes. *Beende diese Qual.* Hatte sie wirklich so gelitten? Die arme alte Hexe. Sie hätten ihr Morphium geben sollen, aber vielleicht hatten sie das ja. Und dieser Satz über Jack – erdrückt, zu Tode geküßt. Treffend. Vielleicht hatte diese neue Frau, Nummer fünf, Übergewicht? Eleanor strich sich mit der Hand über den straffen Bauch. Sie schloß die Tür fest hinter sich und knipste die trübe Nachttischlampe an.

Mauser saß auf dem Bett, den Umhang säuberlich zusammengefaltet neben sich. Er deutete mit dem Finger auf die Lampe. Eleanor drückte mit der Handfläche auf den Schalter, und es wurde dunkel im Raum. Mit einem Streichholz entzündete sie die kleine Votivkerze neben dem Bett, und als sie aufflammte, bekam sie sofort einen klaren Kopf. Sie spürte die alte Wut wie einen hohlen Flammenstrahl.

«Raus hier, Jack.»

Wenn Mauser, so wie jetzt, in sich zusammensank, als würde er plötzlich vom Gewicht seines eigenen Körpers erdrückt, dann verlor er viel von seiner Leichtigkeit, wodurch er rührend alt wirkte. Selbst im Dunkeln spürte Eleanor, wie er unsicher wurde, und Mitleid ergriff sie, trotz aller Empörung über seine Dreistigkeit.

«Tut mir leid ...» Seine Stimme klang beschämt und leise.

«Sie war über hundert Jahre alt, Jack. Ein lebender Schatz. Du hättest das nicht tun dürfen. Außerdem hat sie mir gehört.»

Mauser rührte sich nicht und sprach nicht weiter. Eleanor legte einen Moment lang die Hand auf seine, und als er sich nicht bewegte, sondern ihre Berührung hinnahm, ohne groß zu reagieren, erinnerte sie sich ganz genau und voller Trauer daran, wie es war, mit ihm zusammenzusein. Er entschuldigte sich erneut.

«Ich wollte nur ... weißt du, ich hatte das Gefühl, sie bittet mich – sie hat die Arme ausgestreckt, als wollte sie die Blumen haben. Sonst hätte ich das nie getan. Ich wäre gar nicht auf die Idee gekommen.»

Eleanor starrte ihn wortlos an; in ihrer Miene spiegelte sich eine Mischung aus gequälter Unruhe und alter, unwilliger Zuneigung. Letztere erkannte Mauser an ihrem gesenkten Blick. Sie fuhr sich mit den Fingerspitzen über die Lippen und legte sich den Handrücken auf die Wange, um sich zu beruhigen.

«Soll ich verschwinden? Du kannst ja wieder rausgehen», sagte er leise. «Tu so, als würdest du sie finden.»

«Nein.»

Ein Blitz erhellte das Dachgeschoß, und in dem grellen Lichtstrahl begegneten sich ihre Blicke. Der Wind hatte den Fensterflügel zugeschlagen. Eleanor ging und drückte ihn wieder auf. Frische Luft strömte herein; sie war abgekühlt und roch nach dem Vorgewitterduft von aufgewühltem Staub. Die Kerze tropfte, dann wurde die Flamme kräftiger. Sie schwiegen lange, ehe Eleanor beiläufig fragte:

«Also. Ehefrau Nummer ... wieviel? Fünf? Und wann ist der Freudentag?»

«Letzte Woche.»

Gerade als Eleanor auflachte, peitschte ein gezackter Blitz die Erde, meilenweit entfernt, und sie hörten, wie der Donner auf sie zurollte. Eine Sekunde. Zwei. Drei. Dann ein Knall, laut, emphatisch, tröstlich, als wäre ein riesiger hohler Spielzeugklotz über das Kloster gestülpt worden.

«Warum bist du hergekommen, Jack?»

Eleanor kämpfte sich aus ihrer Kluft, warf sie auf den Boden und trat vor Mauser. Um ihre üppigen Hüften zu verbergen, hatte sie sich eine bestimmte Haltung angewöhnt, die sie für elegant hielt. Von ihrer Mutter hatte sie die mühelose Energie einer Tänzerin geerbt. Träge, lässig streckte sie die Arme aus. Die Kopfhaltung abwartend, dunkles Haar, auffallend geschwungene Augenbrauen, die sie selbst besonders mochte. Ihre Haut war glatt, zu hell. Ihr Gesicht war faszinierend, ungewöhnlich – die grünen Augen so tief, die Lippen so voll –, aber sie hatte etwas Übersteigertes. Zu dramatisch. Eleanor sah immer aus, als trüge sie starkes Make-up, und doch litt sie an schrecklichen Schüchternheitsanfällen, die oft als Streitlust gedeutet wurden. Trotz oder wegen ihrer idyllischen Kindheit ungenügend sozialisiert, depressiv aufgrund einer schwierigen Pubertät, mißtrauisch, gelegentlich perfektionistisch und zwanghaft – Eleanor hatte Jack Mauser immer zur Raserei gebracht, und jetzt versuchte er sich daran zu erinnern, obwohl es ihm in den Fingern juckte.

«Niemand kann uns hören, also können wir meinetwegen ruhig reden.»

Sie trug ein grobes Unterhemd, und als sie sich umdrehte, schwangen ihre Brüste. Beim Gedanken an ihren Körper überkam Mauser ein schmerzhaftes Verlangen. Er nahm zögernd den Stoff ihres Hemdes zwischen die Finger und rieb ihn, scheinbar aus Interesse am Material, in Wirklichkeit aber, weil er alles berühren wollte, was sie berührte.

«Baumwolle.»

Sie zog an dem Hemd, und er nickte und ließ die Falte los. Eleanors Haar war aufgeladen von der elektrischen Gewitterluft, und automatisch streckte er die Hand aus, um es zurückzustreichen, als es ihr in die Stirn fiel. Mit einer heftigen Geste beugte sie sich vor und stieß ihn um wie ein Möbelstück. Sie faßte in die ein wenig offenstehende Nachttischschublade und holte eine dünne Rolle Klopapier heraus. Darin war eine einzelne Zigarette versteckt. Sie zündete sie an der Kerze an, inhalierte tief und gab sie an ihn weiter.

«Die neue Ehefrau. Wie ist sie?»

Mauser nahm einen Zug und gab ihr die Zigarette zurück. Er sprach normal, und die unruhige Nacht übertönte seine Stimme. Auch in seinen eigenen Ohren klang er normal, wieder wie er selbst, was ihn tröstete. Er erzählte, geradezu trunken vor Eifer. Er und Dot hatten ganz nebenbei an einem Wochenende geheiratet. Natürlich mochte er sie. Früher, vor langer Zeit, waren sie auf dieselbe Schule gegangen. Dot war sehr willensstark. Zäh. Sie liebte ihn, das sprach für sie, oder? Im vergangenen Sommer hatte sie angefangen, für ihn zu arbeiten. Während der ganzen Jahre seit der High-School hatten sie sich nicht mehr gesehen. Sie hatten sofort beschlossen, daß sie füreinander –

«Sag ja nicht, daß ihr *füreinander bestimmt* wart. Das sagst du immer.» Eleanors Stimme war scharf. «Außerdem, wenn jemand füreinander bestimmt war, dann wir beide. Du und ich. Füreinander bestimmt, aber unerträglich füreinander.»

«Ich kann dich durchaus ertragen», sagte Mauser und sah ihr in die Augen.

«Schau mich nicht so an. Ich kenne diesen Blick.» Sie fuchtelte mit der Hand zwischen ihnen hin und her, als wollte sie visuelle Störsignale erzeugen. Mauser zögerte.

«Na, jedenfalls fändest du sie bestimmt nett», sagte er dann. «Dot Adare. Dot Nanapush. Auch wenn sie im Gegensatz zu dir keine Intellektuelle ist. Aber sie ist klug. Und ich gebe ihr Bücher», fügte er mit falscher Ernsthaftigkeit hinzu.

Eleanor unterbrach ihn. «Du? Bücher?»

«Du Snob.» Mauser spielte den Gekränkten. «Du Intelligenzbestie», sagte er, wohl wissend, daß sie sich darüber ärgerte. Mit Genugtuung spürte er, daß sie plötzlich mit den Fingern gegen den Bettkasten trommelte. Sie hatte sich nicht verändert, war so dünnhäutig wie eh und je. Er lehnte sich an die Wand und streckte sich aus, die Beine locker und schwer zugleich.

«Was mich angeht, also die ganze Sache mit dem Heiraten, das kam ziemlich plötzlich, ich weiß. Es hat sich rausgestellt, daß sie auch teilweise Chippewa ist. Zufall oder ein Zeichen?» Jack lachte, dann sagte er ernster: «Glaubst du, es ist ein Zeichen, daß ich was unternehmen soll? Meine Identität finden? Außerdem ist sie katholisch, oder war es. Konvertieren – zurück in den Schoß der Kirche? Nur bin ich leider Atheist. Und da ist noch was.»

Jack schwieg eine Weile. «Meine Hände zittern», sagte er dann leise. «Als hätte ich Angst, es dir zu erzählen.»

Er streckte die Hände aus, und tatsächlich zitterten seine stumpfen Finger im flackernden Licht. Unwillkürlich wurde Eleanor neugierig. Sie beugte sich über ihn.

«Was ist es? Komm schon. Sag's.»

Aber Jack merkte, daß er Eleanor nicht von dem Baby erzählen konnte. Eines ihrer Hauptprobleme waren Kinder gewesen. Sie hatten sich beide nicht darüber klarwerden können, ob sie welche wollten oder nicht. Sie würde kein Verständnis dafür haben, und außerdem hatte sie Marlis, die Ehefrau vor dieser jetzt, verachtet. Er beschloß, das Thema zu wechseln.

«Ich habe gehört, du hast deinen Job verloren», sagte er statt dessen. Das war taktlos, aber Eleanor schien es nicht zu stören.

«Ich bin nicht rausgeschmissen worden.»

«Was dann?»

«Nennen wir's mal einen längeren unbezahlten Urlaub?» Eleanor strich sich über die Wange, und Jack ließ sich dadurch ablenken und platzte mit einer unpassenden Frage heraus.

«Wen hast du diesmal gevögelt? Den Bischof?»

Wieder reagierte sie überhaupt nicht abwehrend – bei Jack mußte sie das nicht dauernd tun. Bei ihm konnte sie ganz sie selbst sein. Verglichen mit seinen Verfehlungen waren ihre Sünden banal.

«So 'nen Knaben halt.»

Eine Weile saßen sie schweigend da. Jack sammelte Mut.

«Ich mußte sie heiraten», stieß er schließlich leise hervor. Er wartete, nur flach atmend.

«Ich hoffe, ihr beide lebt glücklich und zufrieden, bis daß der Tod euch scheidet», entgegnete Eleanor nach einer Weile tonlos.

Ein greller Blitz ließ die Szenerie für einen Moment erstarren. Eleanors Worte kamen im Rhythmus fahleren Wetterleuchtens, und scharfes Ozon füllte ihre Lungen. Sie sah Mausers Gesicht überdeutlich vor sich: groß, attraktiv, der Mund geschwungen und ausgewogen, die Augen dunkel, eine Mischung aus Slawe, Hunne und Ojibwa. Auf dem schmalen Bett streckte sie sich vorsichtig neben ihm aus.

«Vergiß es, Jack», warnte sie ihn, als er ihr mit den Fingern über Kinn und Hals strich. Sie drückte ihn in eine Lage, die für sie bequem war, raschelte mit den Laken, um den Unterton in ihrer Stimme zu überdecken, und tat so, als wollte sie einschlafen. Jack nahm die Hand von ihrem Gesicht und legte ihr den Arm um die Taille. Ruhig atmeten die beiden nebeneinander, während der Regen gegen das Fenster pladderte. Anfangs trommelte er laut und hohl, dann waren es nur noch ein paar Tropfen und schließlich gar nichts mehr.

Sie wollte die Hand eigentlich nicht bewegen, aber sein Holzgeruch, der Teer, das schwere Motoröl, die kaum wahrnehmbare Mischung aus Gras und Seife tröpfelten beim Einschlafen auf ihre Nerven, hinter ihre Zunge, ihre Augen, belebten alte neurale Verbindungen, die ein vages Assoziationsmuster hervorriefen. Seine Hand begann darauf zu reagieren und sich so langsam zu bewegen, daß sie die Wärmespur seiner Finger spürte, die über ihre Brüste wanderten, ohne sie zu berühren. Dann drehte er sich mit der Schnelligkeit eines Otters und schlang den Arm um sie, so daß er nun auf sie hinunterschaute, und sie öffnete sich gespannt und argwöhnisch seinem forschenden Blick. Als sie in die Augen ihres Exmannes sah, empfand sie wider Erwarten eine vertraute, beglückende Ruhe, die zwar zwischen ihnen existierte, aber unvorhersehbar, nicht festzuhalten, vielleicht unwirklich war.

Jack hob ihr Hemd, fuhr mit den Händen über ihre Hüften, zu ihrer Taille, drückte seinen Daumen in ihren Nabel. In seinem Blut rauschte die Energie; er liebte sie noch immer, hatte nie aufgehört, sie zu lieben. Meistens, außer zu Zeiten, wenn sie sich nicht ausstehen konnten, war ihre gegenseitige Anziehung heftig und verzweifelt gewesen. Genau wie ihre Wut. In den vergangenen Jahren waren sie sich gelegentlich auf neutralem Terrain begegnet. Sie hielten den Kontakt aufrecht. Genau zwölfmal hatten sie seitdem miteinander geschlafen. Niemand wußte davon. Sie gaben es kaum sich selbst gegenüber zu. Aber der Subtext jeder Mitteilung, jeder Weihnachtskarte, jedes Anrufs lautete: Ich lebe. Bin noch hier. Für mich hat sich nichts geändert. Und für dich?

Sie preßten sich Körperteil für Körperteil aneinander. Schon der Gedanke daran, was als nächstes kommen würde, erschöpfte sie; sie lehnten sich zurück und atmeten hoffnungslos, mit weit geöffneten Augen. Mauser schob sich auf Eleanor, betrachtete ihr Gesicht in dem gedämpften und rhythmischen Wetterleuchten, das ringsum am Horizont flackerte und hin und wieder noch grell aufblitzte. Sein Gesicht war ernst und konzentriert. Ihres glühte vor Hitze. Er sah sie fast vorwurfsvoll an, als er in sie eindrang, und Eleanor spürte verwirrt, daß ihr die Tränen in die Augen stiegen. Ihre Oberlippe schob sich leicht nach oben. Der Schimmer weißen Schmelzes bannte ihn.

Das Gewitter zog ab, alles war still draußen, deshalb wagten sie es nicht, irgendwelche Geräusche zu machen. Jedesmal wenn eine Tür quietschte, ein Fenster seufzte oder die Dielen ächzten, hörten sie auf, sich zu bewegen. Einmal, während einer solchen Pause, flüsterte Mauser ihr alles zu, was er fühlte, aber so leise, daß sie es nicht verstehen konnte. Seine Arme zitterten. Ein Schweißschleier kühlte ihm Brust und Rücken, und er betrachtete Eleanor mit einer quälenden Hoffnung, die ihm angst machte. Er brauchte mehr, ein Zeichen. Eleanors Gesicht glänzte in stummem Erstaunen. Was war los? Die Zeit stand still. Stunden vergingen. Ein Vogel begann zu singen, fünf klare Töne. Sie drehten sich um, so daß Eleanor oben lag; er hatte vergessen, wie sie sich anfühlte, wenn sie auf ihm kam – leicht wie Reif und dann so schwer, daß sie die Luft aus ihm herauspreßte, dunkel wie ein Fels und dann weit weg.

Sie trennten sich voneinander, und sofort breitete sich eine erdrückende Erkenntnis über sie, umhüllte sie wie ein Mantel aus Nichts. Was für eine schreckliche, was für eine blöde, was für eine ungeheuerliche Geschichte da passiert war. Das letzte Mal sollte doch das letzte Mal gewesen sein – sie hatten sich gestritten deswegen, sich voneinander losgesagt. Ihre Münder öffneten sich keuchend: Wörter spannen sich darin wie Baumwolle. Gedanken erstickten sie.

«Was soll ich sagen?» fragte Mauser. «Was soll ich tun? Ich habe mich verändert, ich wollte das nicht.»

«Einen Scheiß hast du dich verändert, oder vielleicht ja doch, was weiß ich.»

Eleanor richtete sich argwöhnisch neben ihm auf, blickte ihm so tief in die Augen, daß alles verschwamm. Sie wandte sich ab. Während sie in wachsender Panik neben ihm lag, legte sie sich seine Hand aufs Gesicht wie eine Sauerstoffmaske. Lange hielt sie die Hand so und atmete gegen die Handfläche, bis er schließlich ging. War es je schon einmal so gewesen? Genau so? War es diesmal grundlegend anders gewesen? Sie hatten sich auch früher schon geliebt und dabei geweint, aber am nächsten Morgen hatte das Leben sie weitergetragen, der Pfad war steil gewesen, der Grund tief unten, und die Ehen, die großen Pläne, die Geldsorgen und die Karrieren waren wie Erdrutsche, die sie einst auseinandergerissen hatten und nun verhinderten, daß sie wieder zueinander fanden. Diesmal jedoch, von der Nacht an, in der Jack Mauser sie besucht hatte, konnte Eleanor nicht mehr richtig schlafen.

Ein Blitz hatte in die hydraulische Hebevorrichtung eingeschlagen, die gleich hinter der Mauer weit ausgefahren zum Stillstand gekommen war. Statt harmlos in die Erde abgeleitet zu werden, war der Funke übergesprungen und hatte etwas auf dem Gartenweg getroffen, vermutlich Schwester Leopoldas metallene Gehhilfe, die später gefunden wurde – verbogen, schwarz und zusammengeschnurrt. Einige der Schwestern behaupteten, Leopolda selbst habe als Häuflein Asche in Form eines Kreuzes daneben gelegen. Als Eleanor am nächsten Morgen vor dem leeren Podest der Statue kniete, beobachtete sie, wie der Staub der heiligen Nonne von den Bienen weggetragen wurde. Ihre ganze

Bitterkeit wurde nun in Honig verwandelt, der eines Tages in eine Tasse Tee gerührt werden würde. Aber nicht alle waren überzeugt. Ein paar Schwestern glaubten, daß Leopolda einfach in einem Anfall seniler Ekstase fortgelaufen war. Die Felder in der Umgebung wurden erfolglos abgesucht, aber das war kein Beweis dafür, daß sie nicht doch irgendwo steckte, tot oder lebendig.

Letzten Endes einigte man sich mehrheitlich darauf, daß sie durch den Blitzschlag einfach verdampft war. Selbstverständlich wurden Stimmen laut, die in diesem Verschwinden ein neuerliches Wunder sahen. Das Wort Himmelfahrt wurde gewispert, bis schließlich der Priester, Vater Jude, sich veranlaßt sah, Beweise dafür vorzulegen, daß vom Wetteramt in North Dakota auch früher schon Fälle menschlicher Konflagration dokumentiert worden waren. Dennoch wurde hinter vorgehaltener Hand weitergeflüstert, vielleicht sogar noch eifriger. Diskussionen, Pläne, schließlich der Beschluß, die übriggebliebene Asche an Ort und Stelle in Glas zu gießen und als heiligen Schrein zu weihen. Ehe jedoch der Bischof geholt werden konnte, um alles endgültig zu regeln, erhob sich ein lebhafter Wind und fegte den ganzen Garten leer.

Vielleicht, weil Eleanor für Mauser Zweige vom Geißblatt und vom falschen Jasmin abgerissen hatte und jetzt daran dachte, daß deren Blütezeit vorüber, ihre Saison beendet war, achtete sie als einzige auf den Ort ihrer Herkunft. Sie bemerkte, daß sich nach dem Vorfall die Blüten an den Lieblingsbüschen der alten Nonne drei Wochen lang so üppig vermehrten, daß der Duft nachts um das halbe Gebäude wehte. Er drang durch Eleanors Fenster, weckte sie mit seiner beharrlichen Süße, löste ihre Gedanken, so daß sie schwebend im Dunkeln lag und ihr Kopf sich mit gewissen Vorstellungen füllte.

Jacks Hände auf ihr, sein Mund auf ihrem – wie sie es auch anstellte, sie wurde diese Phantasien nicht mehr los. Tagsüber drehte und wendete sie sein Bild in ihrem Kopf, der unermüdlich arbeitete wie ein Drehorgelspieler, unermüdlich Geräusche und Szenen reproduzierte. Immer wieder ließ sie Leopoldas Worte Revue passieren und versuchte, sie auseinanderzunehmen, zu entmythologisieren, ihre rätselhaften, mürrischen Antworten einer erbarmungslosen Analyse zu unterziehen, damit ihr Gewissen endlich zur Ruhe kam. Nichts half. Sie dachte ständig an Jack. Eines Morgens kniete sie so lange vor dem Schrein, daß die Vögel sie vergaßen. Sie beobachtete, wie zwei perlfarbene, lehmäugige Trauertauben ihr Gefieder spreizten und sich paarten. Vorher und nachher hackten sie einander die schwarzen Schnäbel so blitzschnell in die Federn, daß ihre Köpfe ganz unscharf wurden. Als er sie mit aufgeplustertem Gefieder bestieg, rollten ihre Augen plötzlich hinter Membranen aus metallischem Blau.

Nach drei Lebensjahrzehnten wußte Eleanor nun endlich, wen sie wollte. Vor lauter Schwäche ließ sie den Kopf in die Hände sinken und versuchte zu beten. Ihre Gedanken fügten sich nicht ineinander. Nur eine Nacht, nur noch eine Nacht. Würde das genügen? Konnte sie dann in ihr geregeltes, befriedigendes Refugium zurückkehren? Ihr Friede war zerbrochen, als hätte das Unwetter alles vernichtet. Nach mehreren Wochen, in deren Verlauf die Versuchung nicht kleiner wurde, wußte Eleanor, daß ihr etwas Schreckliches, etwas Erstaunliches widerfuhr – sie war dabei, sich in ihren Exmann zu verlieben. Vielleicht stimmte es ja, und er hatte sich wirklich verändert. Oder sie. Sein Bild erfüllte sie ganz und gar. Seine Handbewegungen, sein wechselndes Mienenspiel, die Kleider, die er bei ihrer letzten Begegnung getragen hatte, selbst das läppische neue

Firmenlogo. All diese Dinge wurden Glaubenssätze im Haus ihrer Schlaflosigkeit. Sie wünschte sich nun, sie hätte Mauser gebeten, ihr etwas dazulassen, eine Erinnerung, irgend etwas. Sie wollte seine Kleidung. Sie wollte sein eisblaues Hemd. Seine Hose aus grobem braunem Stoff. Sie wollte die Sachen, die er getragen hatte, als sie noch verheiratet gewesen waren. Seine Arbeitsjacke fiel ihr wieder ein, Inbegriff von Männlichkeit. Sie sah sie vor sich, vorn an den Ärmeln speckig vor Schmutz und ölig am Rücken, wo Mauser unter dem Auto gelegen hatte. Sie wollte die Taschen, in die er die Hände gesteckt hatte. Sie wollte den Kragen, der seinen Hals berührt hatte.

Nach zwei Wochen konnte sie überhaupt nicht mehr schlafen. Sie begann ihre Zelle zu fürchten und das Bett, das flache Kopfkissen und die mit Buchweizenspreu gefüllte Matratze zu hassen. Manchmal lag sie nachts auf dem Fußboden, in einer Ecke des Zimmers zusammengerollt, und döste. Bei Tag begann sie sich aufzulösen. Sie spürte ihre Nerven; die Fasern spalteten sich, rissen wie Bogensehnen. Sie spürte, wie ihr Kopf größer wurde. Er war vollgestopft mit weicher Watte. Über ihren Augen schwoll das Hirn und saugte die Erfahrung auf. Sie hatte immer Angst davor gehabt, nicht genug Schlaf zu bekommen, und jetzt war sie die Geisel dieses Mangels. Sie beschaffte sich einen Geheimvorrat an Antidepressiva. Ihre Mutter, Anna Schlick, schrieb einen besorgten Brief, in dem sie ihre Tochter bat, nach Fargo zurückzukommen. Aber sie blieb im Kloster, lebte von Xanax und Rolaids. Es gab keine Ablenkung. Außer dem Neuen Testament durfte sie nur ein Buch mit aufs Zimmer nehmen.

Was hätte sie vor einem Jahr ausgewählt, überlegte sie, um es auf ihre verlassene Insel mitzunehmen? Vielleicht Colette oder Tanizaki. Ein Videogerät mit Madonna-Videos. Oder die erotischen Tagebücher von Prinzessin Labanne DeBoer. Sie hatte an einem Artikel über katholische Bildersprache in der zeitgenössischen Populärkultur gearbeitet. Jetzt schauderte ihr bei diesen Bildern. Sie wollte etwas Trockenes, das Trockenste, was es gab. In der Klosterbücherei standen nur wenige Bücher, aber immerhin waren sie alle harmlos. Sie hatte das dickste Buch ausgewählt, ein Nachschlagewerk, das nun immer auf ihrem Nachttisch lag. *The New York Public Library Desk Reference* wurde zu ihrer einzigen Lektüre. Sie schlug es irgendwo auf, prägte sich beliebige Informationen ein, als könnte sie Mauser durch Fakten und Statistiken vertreiben. Sie kannte die Währungssysteme sämtlicher Länder der Erde, wußte alle Visumsbestimmungen auswendig und wurde zu einer Expertin in Sachen Fleckentfernung. Fischschleim? Lauwarme Salzwasserlösung. Korrekturflüssigkeit? Amylacetat. Kaugummi? Einfrieren. Aber hier im Kloster machte sie ihre Kleidung nie schmutzig, nichts blieb an ihr haften, nicht einmal der Saft der Trauben, die sie durch ein Mulltuch preßte, um Gelee zu machen. Nicht einmal Tinte. Einen Monat lang verwendete sie die Nächte dazu, die Tabellen mit den Nährwerten verschiedener Speisen zu studieren. Als sie dann eines Morgens, vor ihrem weichgekochten Ei sitzend, das Tischgebet sprach, dachte sie *73,3 Prozent Wasser, 12,7 Gramm Eiweiß, 11,6 Gramm Fett, 0 Ballaststoffe, 0,6 Gramm Kohlehydrate* und so weiter, bis zum letzten Milligramm Phosphor – und an diesem Punkt mußte sie sich schließlich eingestehen, daß es ihr schlechtging.

Überall Kohlehydrate. *Kohle.* Feuer. Asche. Sie mußte an all die Dinge denken, die seit der Entstehung der Welt verbrannt waren, einschließlich Schwester Leopolda. Ihr Geschmackssinn wurde so empfindlich, daß sie bei jedem

Bissen vom Feuer verzehrte Dinge vor sich sah und schmeckte – die Balken und Dielen von Häusern, gelbe Blätterhaufen, Zuckerrübenabfälle, Menschen, Hunde, Kühe, Katzen, alle möglichen Bäume, Strohballen, Zeitungen, Tüten, allerhand Müll. An den meisten Tagen brachte sie kaum einen Bissen hinunter. Das Essen zerbröselte ihr auf den Lippen. Die harmlosesten Sachen – Haferflocken, Mandeln – verwandelten sich auf ihrer Zunge. Sie bekam den Knoten nicht aus ihrer Kehle, konnte nicht atmen, außer in die bleischwarze Gegend um ihr Herz. Sie erschrak, wenn irgendwo eine Tür geschlossen wurde, und seltsame Gedanken schlichen sich in ihren Kopf.

Schneid dir die Kehle durch. Sofort. Immer wieder hörte sie diese Zeile aus Robert Lowells Gedicht, wenn sie in der Küche mit den Messern arbeitete. Wenn sie sich draußen auf dem Grundstück des Klosters betätigte, faßte sie gute Vorsätze, wünschte sich aber zugleich, ein Baum möge umstürzen und ein abgebrochener Ast ihren Kopf durchbohren. Und was die Jungfrau Maria betraf, deren neue Statue mit Verspätung geliefert werden sollte, so sah Eleanor in ihr nun das Inbild der entsexualisierten und absolut prüden passiven Hingabe – ein entklitorisiertes Gefäß, von Kopf bis Fuß in braves Tuch gehüllt, für immer und ewig das Wunder des heilgebliebenen Eis in sich tragend. Unbefleckte Empfängnis? Eleanors Herz riß sich von der blauen Schachtel mit den Papiertaschentüchern los. Sie wollte, daß das Blut und das Feuer, die sie verzehrten, real wurden. Die Schwestern staunten über ihren plötzlichen Gebetseifer und glaubten, sie hätte Gott gefunden. Eleanor wußte, sie hatte Mauser gefunden. Aber er war wieder verheiratet, und sie ließ sich ungern auf blöde aussichtslose Situationen und schmerzliche Verwicklungen ein. Damit war es vorbei. Vielleicht brachte die Arbeit Erlösung. Ströme wilder Energie flossen ihr durch Arme und Beine, und eines Abends spülte sie das ganze bereits saubere Geschirr im Kloster, um am folgenden sämtliche Fußböden und Korridore zu schrubben.

«Dies», meinte die Mutter Oberin hoffnungsvoll, aber doch auch argwöhnisch angesichts ihres Eifers, «könnte ein Zeichen für die tiefe Liebe sein, die Sie in sich tragen. Sie sind nahe dran.»

Näher, noch näher.

Eleanor hatte keine Beruhigungsmittel mehr und lebte eine Woche lang wie die heilige Theresa von destilliertem Wasser und Hostien. Dann brach sie zusammen. Sie wurde sofort in das kleine Krankenhaus in Argus gebracht, und da kein Einzelzimmer zur Verfügung stand, bekam sie ein Bett im Schlafsaal. Dort, in einer lauten Baracke voller Frauen, die sich von verschiedenen Malaisen und kleineren Operationen erholten, und nur von zwei braunen Vorhängen geschützt, konnte Eleanor endlich schlafen.

Sie schlief so tief, daß die Ärzte in regelmäßigen Abständen vorbeikamen, um zu überprüfen, ob sie nicht ins Koma gefallen war. Aber es war echter Schlaf, die reinste Form der Ruhe seit ihrer Kindheit. Das allgemeine Gemurmel entspannte sie, das Klappern der Bettpfannen beruhigte sie, das Stöhnen der anderen Frauen mitten in der Nacht ließ sie nur noch tiefer in die Bewußtlosigkeit sinken. Wenn sie aufwachte, aß sie den lauwarmen Wackelpudding, der auf ihrem Tablett wartete. Wenn sie sich wieder hinlegte, übermannte sie sofort wieder der Schlaf, eine warme Decke, die alle Gedanken begrub.

Sie träumte von Wasser. Von unendlich viel Wasser. Das sie rauschend wegspülte.

Schließlich, als der Sommer zu Hitze, Einsamkeit und sexueller Strapaze geworden war und die kurze Wachstumsphase zu Ende ging, erhob sich Eleanor, verließ den Krankensaal und spazierte den Flur hinunter zum Telefon im Aufenthaltsraum. Sie rief die Auskunft von Fargo an und wählte dann Jack Mausers Nummer. Er war nicht zu Hause, also führte sie ein angestrengtes Gespräch mit Dot, seiner neuen Frau, die sie bemitleidete und versprach, sie werde Jack ausrichten, wo sie sich befand, sobald er nach Hause kam. Zwei Tage vergingen. Vielleicht hat Jack die Botschaft nicht bekommen, dachte Eleanor, vielleicht hat die blöde Kuh doch nichts ausgerichtet. Sie versuchte, ihre Gedanken unter Kontrolle zu behalten, und wählte wiederholt Mausers Nummer bei der Arbeit, bis sie ihn endlich am Apparat hatte.

«Jack.»

«Was ist los?»

«Ich bin im Krankenhaus. Ich war krank, aber jetzt geht's mir wieder gut. Ich brauche jemanden, der mich abholt.»

«Bin schon unterwegs.»

Seine Stimme war so ruhig und voll und tief, daß ihr Herz auflöderte, als würde ein Streichholz an Alkohol gehalten. Er verstand, das spürte sie, er verstand sie vollkommen, sie brauchte gar nichts zu erklären.

«Was soll ich mitbringen?»

«Fahr beim Weinladen vorbei», stieß sie hervor. «Kauf einen guten Cabernet. Mit Korken, Jack, ich geb dir das Geld.»

«Sonst noch was?»

«Ein Sandwich.» Plötzlich lief ihr das Wasser im Mund zusammen, und ihre Augen wurden feucht. «O Gott. Pastrami, dunkles Roggenbrot, scharfen Senf und eine koschere Gurke.»

Der Wiesenstärling August 1994
Dot und Jack

«Wenn du wenigstens was gesagt hättest, Jack.» Dot schien eher verletzt als wütend, zumindest anfangs, und das machte Mauser hellhörig. Er wußte immer noch nicht, wie er ihre Launen einschätzen sollte, was sie in Rage brachte, wie er sie besänftigen konnte, aber er wußte immerhin, daß er aufpassen mußte, wenn sie nicht sofort reagierte.

«Als sie angerufen hat, war ich total geplättet. Ich wußte nicht, was ich sagen sollte. Du hast mir nie von einer ersten Frau erzählt, Jack. Hast du mir nicht vertraut?»

«Doch.»

«Also, dann red schon.» Dots Stimme wurde höher und bebte heiser. «Was für ein Mann hat eine Exfrau, die ins Kloster geht und einen Nervenzusammenbruch kriegt? Was für ein Mann bleibt in Kontakt mit ihr, nimmt ihre Anrufe an, kauft ihr eine Flasche Wein für zwanzig Dollar, holt sie raus?»

Mauser war fast erleichtert über diesen Schnellangriff, weil er hoffte, daß damit das Schlimmste vorüber war. Er öffnete den Mund, aber ehe er noch ein Wort herausbrachte, antwortete Dot sich selbst.

«Du bist nett zu den Leuten. Das weiß ich. Du bezahlst ihre Rechnungen in der Bar. Du machst tolle Geschenke.» Sie wedelte mit dem Glitzerstein an ihrer Hand. «Du hast mir für meine Science-fiction-Bücher ein Regal aus Ahornholz gebaut. Du hast einen Pflanzenständer geschnitzt. Und jetzt machst du Shawn einen Tennisschläger.»

Sie brütete. «Wie lange sind wir jetzt verheiratet? Sechs Wochen? Du hast diese ganzen Holzschichten für den Schläger verleimt, du lernst, wie man die Bespannung aufzieht ... Irgendwie ist das beängstigend, Jack, du solltest dich lieber um deine –»

«Sag's nicht.»

«Um deine Steuer kümmern. Mit mir zusammen. Ich frage mich langsam, was du eigentlich wolltest – eine Ehefrau oder eine Rund-um-die-Uhr-Steuerberaterin? Hey, hör einfach auf, Sachen zu basteln! Wer weiß, was du für diese durchgeknallte Exfrau alles gebastelt hast! Du kommst nicht nach, und du willst nichts aufgeben. Gerry sitzt lebenslänglich im Knast. Er kann dich nicht belästigen, nicht anrufen. Du weißt ja gar nicht, wie das ist, wie bedrohlich so eine Ehemalige sein kann.»

«Fühl dich nicht bedroht», sagte Mauser. «Komm her.»

Dot blieb stehen, wo sie war, blind vor Wut. Sie hatte ihre Haare sorgfältig gesprayt, um wild und frei auszusehen, und ihre Augen mit einem exotischen Lidstrich umrahmt. Ihre Nase war groß, markant, die Lippen sorgfältig geschminkt, ihr Kinn trotzig. Mauser ging zu ihr. Sie machte sich steif wie ein Brett. Er schloß die Arme um sie.

«Fühl dich nicht bedroht», wiederholte er sanfter. «Du kannst doch mitkommen. Hast du Lust?»

«Lust? Nicht direkt, nein.»

Mauser hielt sie fest, bis sie ihn abschüttelte.

«Was kann ich tun? Sag's mir. Was soll ich deiner Meinung nach tun?»

Dot schlang die Arme um ihren Oberkörper und blickte zu Boden. Dann fuhr sie mit den Händen die Knöpfe ihrer Bluse auf und ab.

«Sag deiner Exfrau, sie soll bleiben, wo der Pfeffer wächst.»

Jack sah sie nur an.

«Du hast mich gefragt», sagte Dot pampig. «Womit wolltest du mich denn bestechen? Mit Bargeld jedenfalls bestimmt nicht.»

Statt der Interstate nahmen sie den alten Highway, der aus Fargo, wo sich die Verwaltung von Jacks Firma befand, herausführte. Es war eine gute Straße mit sanften Kurven und tiefen Gräben voller Gras. Gelegentlich schwirrte ein Fasan vorbei, ein Regenpfeifer stieß von seinem Nest herunter. Der Weizen wogte, schwerköpfig, leuchtend. Hochbeinige Silberreiher staksten die Feldraine entlang, hier und da ein Blaureiher; Schwarzdrosseln, die sich zu einem Beutezug versammelten, flogen in großen Spiralbewegungen himmelwärts und stoben wieder auseinander, Wirbelmuster in der hellen Luft. Etwa auf halber Strecke nach Argus schoß ein Stärling auf sie zu, blitzte gelb auf und verschwand. Mauser zuckte zusammen, verlangsamte das Tempo, blickte in den Rückspiegel, war beruhigt.

«Ich glaube, ich hab ihn nicht erwischt.» Er grinste seine Frau nervös an.

Dot musterte ihn. Die Sonnenbrille mit den graduell getönten Gläsern ließ ihr Gesicht distanziert und hart erscheinen. «Sag mir eins», sagte sie. «War es besser, ich meine, damals? Mit ihr?»

«Herrgott, Dot, was willst du von mir hören?»

Dot holte ihr Strickzeug hervor und begann wütend mit den Nadeln in der pastellfarbenen Wolle herumzustochern. Sie räusperte sich ungeduldig, dann warf sie das Strickzeug auf den Boden.

«Nein», sagte sie. «Ich will ein ‹Nein› von dir hören.»

«Nein», sagte Mauser.

«Danke. Danke vielmals.»

Das Krankenhaus war ein rotes Backsteingebäude mit weißen Giebeln und hölzernen Veranden. Von dem großen asphaltierten Platz blickte man über einen schnellfließenden, schmalen braunen Fluß. Jack stellte den Wagen ab, und sie stiegen aus. Dot streckte die Arme über den Kopf und schwang die Hüften vor und zurück. Jack ging um den Wagen herum und überprüfte den Kühlergrill.

«Verdammt, ich hab ihn doch erwischt», sagte er nach einem Moment.

Der Stärling steckte zwischen Stoßstange und Kühler. Von außen war keine Verletzung festzustellen – im Gegenteil, der kleine Vogel sah aus, als wäre ihm ganz behaglich, als hätte er sich zum Schlafen niedergelassen, die Flügel zu beiden Seiten der gelben Brust angelegt, ein schwarzes V.

«Kann man wohl sagen.» Mit einer schnellen Handbewegung pflückte Dot den Vogel vom Auto, trug ihn hinüber zum Abfalleimer und warf ihn hinein.

«Hey», rief Mauser seiner Frau nach. «Du kannst einen Vogel nicht einfach so wegschmeißen.»

«Hey, du bist doch derjenige, der ihn totgefahren hat.» Dot musterte ihn argwöhnisch. «Seit wann macht dir das was aus?»

Schon immer, wollte Jack antworten, aber das hatte er in letzter Zeit zu oft gesagt, und außerdem begann die Klarheit, die er in den Wochen nach dem Sex mit Eleanor empfunden hatte, sich langsam zu trüben und dahinzuschwinden. Er liebte sie. Da gab es keinen Zweifel. Dot liebte er auch, oder er mochte sie jedenfalls. Was sollte er machen? Da stand er nun, mit zwei Ehefrauen und nur einer Flasche Wein und einem Sandwich. Zu spät dachte er daran, daß er auch für Dot etwas hätte kaufen sollen; sie war immer hungrig.

«Was ist das?» Mit einer Kopfbewegung deutete Dot auf

die Tüte in seiner Hand, als sie in Richtung Krankenhaus gingen. Jack brummte ausweichend, suchte in ihren Augen nach einer Reaktion, weil er hoffte, sie könnte diese absurde Situation vielleicht doch komisch finden, aber sie gab nicht nach. Sie fragte ihn noch einmal: «Jack, was ist in der Tüte?» Er tat so, als würde er sie nicht hören, und blickte sich unsicher um. Der Boden war geteert, mit präzisen weißen Linien darauf. Die Gehwege waren von dicken Matten aus kurzgeschnittenem braunem Gras begrenzt. Es gab nichts, wo man einen Vogel hätte hintun können, keine umgegrabene Erde – nicht, daß er ihn hätte begraben wollen; er wußte einfach nicht, was er tun sollte. Als sie durch die gläserne Doppeltür des Hospitals gingen, atmete er in flachen Zügen die abgestandene weiße Krankenhausluft. Selbst der Fahrstuhl roch nach irgendwelchen Verzweiflungsmedikamenten.

«Eins will ich unter keinen Umständen. Ich will nicht im Krankenhaus sterben», sagte er plötzlich zu Dot, als die Aufzugstüren sich schlossen und sie nach oben fuhren. Es war ein Gedanke, den er das erste Mal dachte.

Sie musterte ihn prüfend. «Wer will das schon?»

«Ich meine es ernst. Ich will überall anders sterben, nur nicht im Krankenhaus.»

«Okay», erklärte Dot. «Sollst du haben. Und jetzt holen wir die arme Irre und bringen sie ins Kloster zurück.»

«Ich glaube nicht, daß sie wieder ins Kloster will.» Dann schwieg Jack, schaute weg.

«Wohin dann?» Dot drängte sich in sein Gesichtsfeld. Der Fahrstuhl öffnete sich mit einem klackenden Geräusch, und Jack trat schnell heraus. Auf der Station gingen sie zur Anmeldung, und Mauser stellte sich vor. Die Krankenschwester musterte die beiden fragend.

«Heißt das, daß Mrs. Mauser uns verläßt?»

«Ja», antwortete Jack. «Wir bringen sie zurück nach Fargo.»

Das Gesicht der Frau hellte sich auf, und sie nahm einen Stapel Unterlagen an sich.

«Ich hab's gewußt!» rief Dot. «Scheiße!» Nach dieser Explosion versuchte sie, sich zu beherrschen. «Aber wir befreien Sie auf alle Fälle von ihr», versicherte sie der Schwester. Diese zog die Augenbrauen hoch und lächelte.

«Da ist sie.»

Mit Schwung zog sie die Vorhänge beiseite, die das Krankenhausbett umgaben. Auf der glattgestrichenen Decke liegend, mehrere Kissen im Rücken und einen Stapel Bücher neben sich, wartete Eleanor. Statt des Krankenhaushemds trug sie einen dunkelroten Satinunterrock. Sie hatte abgenommen. Ihr Gesicht war hager, die strengen Linien tiefer eingegraben. Ihr dichtes schwarzes Haar war schwungvoll aus der Stirn gebürstet, und ihre Augen brannten tief in den Höhlen.

«Gott, ich bin ja so froh, daß du da bist!» sagte sie zu Mauser und spähte auf die braune Tüte in seiner Hand. «Hi!» Sie nickte Dot zu.

«Hi», antwortete Dot schrill und automatisch. Sie stemmte langsam die Hände in die Hüften, als Jack aus der Papiertüte ein säuberlich verpacktes Deli-Sandwich holte, dazu eine Gurke in einem Plastikbeutel. Andererseits sah Eleanor kaum aus wie eine Rivalin, und Dot schämte sich. Jacks Exfrau wirkte bedauernswert, obwohl sie die Schwester so streng anblitzte. Sie war erschreckend dünn, ihr Gesicht so mager, daß die Zähne vorzustehen schienen. Der Blick ihrer großen Katzenaugen war so durchdringend, daß Dot sich bedrängt fühlte. Sie schauderte, als Jack Eleanor das Sandwich gab und die Frau mit gierigen Klauen zugriff.

«Kommen Sie, ich helfe Ihnen. Hier.»

Dot trat ans Bett, sobald Eleanor begann, das Brot hinunterzuschlingen.

«Oh, das schmeckt ja so gut, Jack, *so gut!*»

Ihre übertriebene Dankbarkeit wirkte lächerlich, und Dot wandte den Blick ab. Hier war eine Frau, die lange nichts gegessen hatte. Wahrscheinlich hatte sie gefastet – etwas, was Dot noch nie eingeleuchtet hatte. Jack entkorkte die Flasche, goß ein bißchen Wein in den Plastikbecher neben dem Bett. Eleanor kostete und spitzte langsam und dankbar die Lippen, was Dot unerträglich fand. Sie drehte sich weg und rief der Schwester zu: «Einen Rollstuhl, bitte!»

Die Schwester kam.

«Der Konsum von Alkohol ist im Krankenhaus verboten», mahnte sie und verschwand.

Jack verkorkte die Flasche wieder. Die Krankenschwester brachte einen Rollstuhl, und Dot regelte die Entlassung. Eleanor füllte die Formulare aus, und Jack packte ihre Sachen zusammen. Dann gingen die drei den Gang hinunter. Mauser fuhr den Wagen direkt vor die Tür, und Dot half Eleanor auf den Rücksitz. Sie schob ihr eine alte Wolldecke unter den Arm und beugte sich über sie, um den Sicherheitsgurt zu befestigen.

«Das ist nett von Ihnen.» Eleanor schaute Dot neugierig ins Gesicht. «Wie schaffen Sie es, den Lidstrich so gleichmäßig hinzukriegen? Absolut perfekt.»

Dot spürte ihren scharfen, heißen Atem am Hals. Sie sagte nichts. Ihre Gesichter waren nur eine Handbreit voneinander entfernt.

«Ich nehme einen kleinen Pinsel.» Ihr blieb die Stimme weg. Eleanor musterte sie ruhig. Dot ging um den Wagen herum und kletterte neben Mauser auf den Beifahrersitz.

«Sie ist klasse», sagte Eleanor, während Dot Platz nahm. «Du hast wirklich Glück, Jack. Ich hoffe nur, du weißt das. Ich hoffe, du sorgst gut für sie, und zwar nicht nur materiell. Du hast eine gute Wahl getroffen. Ich kann dir gar nicht sagen, was für Sorgen ich mir gemacht habe. Herzlichen Glückwunsch.»

«Sie haben sich Sorgen gemacht?» Dot blickte über die Schulter zurück, während sie vom Parkplatz fuhren.

Eleanor runzelte leicht die Stirn, nickte, erwiderte treuherzig-komplizenhaft ihren Blick. Als sie antwortete, waren sie bereits auf dem Highway.

«Aber klar! Nach Marlis?»

«Wer ist Marlis?» Dot beugte sich über den Sitz, ihr Profil aufmerksam und reglos wie das eines Hütehundes. «Wovon spricht sie?»

«Oder wissen Sie etwa gar nichts von Marlis? Jack?»

Jack griff ans Armaturenbrett, als wollte er die Klimaanlage anstellen, aber dann legte er energisch die Hand wieder aufs Lenkrad. Eine ganze Weile war es still im Auto. Die beiden Frauen atmeten kaum.

«Ich wollte's dir erzählen – zum richtigen Zeitpunkt», sagte Mauser schließlich. «Es gab noch eine Ehefrau.»

«Was soll das heißen?» Dot sprach langsam, dumpf vor Erstaunen. Sie wand sich in ihrem Sicherheitsgurt. «Vor Eleanor?»

«Nein. Danach. Nur sehr kurz.»

«Du Dreckskerl.»

Eleanor legte die Hände in den Schoß und versuchte, aus dem Fenster zu sehen, ohne in den Rückspiegel zu schielen, der, wie sie wußte, Jacks wütenden Blick reflektierte.

«Ich hätte nichts sagen sollen.»

«Halt die Klappe, Eleanor», sagte Mauser.

Aber Eleanor redete weiter, während sie beschleunigten.

«Jack hat sie in einer Zeit kennengelernt, als er nicht besonders klar denken konnte.» Und nach einer Pause fügte sie hinzu: «Ich bin mir sicher, daß er absolut bei Verstand war, als er *Sie* kennenlernte.»

«Blöde Kuh», sagte Dot. «Und so was schimpft sich Nonne.»

«Bring's doch am besten gleich ganz hinter dich.» Jack redete laut, verzweifelt, nahm beide Hände vom Steuer, griff aber wieder zu, ehe der Wagen im Graben landete. «Erzähl ihr alles. Mach ruhig wieder alles kaputt, Eleanor. Warum nicht? Du bist ja auch auf den anderen herumgetanzt.»

«Auf den anderen?»

Dot fuhr nach hinten herum, das Gesicht hart und angespannt unter dem gepflegten Make-up, ihr Blick pfeilspitz. «Er erzählt mir nichts – also erzählen Sie's mir. Erzählen Sie mir von den anderen.»

«Ich werd's dir erzählen. Was willst du wissen?» sagte Mauser.

«Zuerst mal: wie viele?»

«Fünf», sagte er schnell, ehe Eleanor antworten konnte. «Fünf, dich mitgerechnet.»

«Fünf? Verdammt – ich bin also die fünfte?»

Dot bewegte ruckartig den Kopf zur Seite, als hätte jemand sie geschlagen, dann beugte sie sich vor, schien sich zu fassen, doch plötzlich begann sie wie wild herumzufuhrwerken. Sie wühlte in dem Strickbeutel zu ihren Füßen und holte eine dünne blaue Metallnadel heraus. Mauser sah die Nadel in ihrer Hand blitzen und duckte sich rasch nach vorn, klammerte sich ans Lenkrad – genau in dem Moment, als Dot ausholte und die Nadel tief in die Rückenlehne seines Sitzes rammte, knapp an seinem Nacken vorbei. Sie schnallte sich los und wühlte wieder in der Wolle.

«Herrgott!» schrie Mauser. «Halt sie fest!»

Eleanor warf sich nach vorn und versuchte, die Arme um Dot zu schlingen, aber Dot befreite sich mühelos. Mauser fuhr auf die Standspur. Die Bremsen quietschten. Er packte Dot an den Handgelenken.

«Beruhige dich doch!» sagte er. «Nimm dich zusammen! Ich wollte es dir ja erzählen – Dot, ehrlich –, aber ich hatte Angst, daß du genau so reagierst.»

«Angst? Du hattest Angst? Hör zu. Ich muß alles wissen.» Sie blickte ihn herausfordernd an. «Gibt es Kinder?»

Mauser nickte langsam, wobei er sorgsam Eleanors Blick im Rückspiegel mied.

«Wie viele?»

«Eins.»

«Junge oder Mädchen?» Diese Frage kam von Eleanor.

«Ein Sohn», sagte Jack.

«Ein Sohn?» rief Eleanor. «Ein Baby? Von wem?»

Jack drehte sich mit flehendem Blick um. Er ließ Dots Handgelenk los und berührte Eleanors Gesicht.

«Laß das!» schimpfte Dot.

Jack wandte sich wieder ihr zu.

«Dreh dich wieder um!» schrie Eleanor entschlossen. «Sieh mich an! Erklär mir das!»

Jack starrte geradeaus.

Nach und nach wich die Anspannung aus Dots Gesicht, und ihre Finger lockerten sich. Sie ließ die zweite Nadel fallen. Auf dem Rücksitz füllte Eleanor mit feuchten Augen und zitternden Lippen einen Krankenhausplastikbecher mit Cabernet, leerte ihn mit zwei Schlucken, wischte sich dann die Mundwinkel mit dem Ärmel ab und sah auf ihren Schoß.

«Ich bin immer noch derselbe Mann wie der, den du geheiratet hast», sagte Mauser zu Dot.

«Nein, bist du nicht.» Dot riß sich los. «Einen Scheiß weiß ich von dir!» Sie wandte sich ganz ab und blickte, die Stirn an die Scheibe gelehnt, aus dem Seitenfenster.

«Aber er ist noch derselbe wie der, den *ich* geheiratet habe», sagte Eleanor. «Nicht der geringste Unterschied.»

Lange Zeit sprach niemand ein Wort, und dann startete Mauser schließlich den Wagen und fuhr wieder auf die Straße. Er beschleunigte immer mehr, bis zur Geschwindigkeitsbegrenzung, dann darüber hinaus. Die Fugen der Betonstraße schlugen hart und zornig gegen die Räder. Auf beiden Seiten sausten Felder voll reifender Sonnenblumen vorbei, mit schwarzen, hängenden Köpfen, wie Ketten, und verschwammen in der Abenddämmerung.

«Na, ihr wißt ja, was ich immer sage», begann Mauser. Seine Stimme zerriß das Brausen des Luftstroms, in dem sich der Wagen bewegte.

Niemand fragte, was er immer sagte, also brüllte er.

«Ich sage irgendwas Schlichtes wie: ‹Kommt, wir hören ein bißchen Musik.›» Er rammte eine Kassette in den Schlitz über dem Radio, und eine samten heisere Männerstimme sang: *I'm staring at the wishing well, looking up at a falling star.*

Jack konnte wohl der Versuchung nicht widerstehen, seinen Charme auszuprobieren, oder vielleicht wollte er auch die Frauen ausblenden; jedenfalls sang er mit, aber als er schmachtend zu jaulen anfing, drückte Dot die Eject-Taste, kurbelte das Fenster herunter, nahm die Kassette und warf sie ins wehende Gras des Straßengrabens. Sie schloß das Fenster, holte eine andere Kassette aus der Seitentasche unter ihrer Armlehne und schob sie in den Recorder.

«Ich möchte Mädchenmusik», sagte sie, und schon füllte das verrauchte Timbre von Rumble Doll das Wageninnere.

Erst nach einer ganzen Weile, das heißt, eigentlich erst am Schluß der ersten Kassettenseite, in der Pause vor der zweiten, merkte Mauser, daß beide Frauen herzzerreißend schluchzten, hinter ihm, neben ihm und im gleichen unerbittlichen, regelmäßigen Rhythmus wie der Beton unter den Rädern.

Das Weinen hörte nicht auf, als das Band zu Ende war, sondern ging Meile für Meile mit der gleichen Intensität weiter. Es war ein ächzendes, stampfendes Wellenrauschen, und sein regelmäßiges Anbranden erfüllte den Wagen mit einem satten, unirdischen Widerhall, der die Frauen noch anzustacheln schien. Sie schluchzten unisono, sie schluchzten in alternierenden Harmonien, sie schluchzten im Gleichklang. Sie schluchzten sich in eine andere Zeit, an einen anderen Ort, in eine andere Erinnerungswelt. Sie schluchzten sich das Herz aus dem Leib und das Gesicht naß, schluchzten eifrig, beharrlich, bis sie an den Stadtrand von Fargo gelangten, wo sie beide abrupt aufhörten, so daß das Sausen der Luft wieder den Wagen erfüllte.

Mauser hatte sich über ihr Schluchzen geärgert, sich dabei aber auch irgendwie wohl gefühlt. *Alles meinetwegen*, dachte er. Aber jetzt spürte er an seiner linken Schläfe die entsicherte Intelligenz ihrer plötzlich tränenlosen, kritischen Blicke, als befände er sich im Fadenkreuz eines Zielfernrohrs.

«Was wollt ihr hören?» fragte er laut.

Keine von beiden antwortete. Er wußte, er war in Schwierigkeiten. «Irgendwelche Wünsche?»

Es war nicht so, als hätten sie beschlossen, ihn zu ignorieren, sie verspürten nur keinerlei Neigung, auch nur den Klang seiner Stimme zu registrieren, weil sie dabei waren, sich zu transformieren, sich neu zu konfigurieren. Sie werden eine neue Spezies, dachte Jack, eine, die er nicht mochte. Er rutschte hilflos auf seinem Sitz hin und her.

«Kommt schon», schmeichelte er. «Redet mit mir. Stellt euch folgende Frage: Habe ich euch je absichtlich weh getan? Einer von euch beiden? Na?»

Es schien jetzt keine Rolle mehr zu spielen, ob er eine von beiden oder beide ansprach. Das Weinen hatte unsichtbare Bande gewoben, Stromkreise geschlossen. Ihre Geschichten stimmten Satz für Satz überein. Er wollte anhalten, aussteigen und davonlaufen, weg von dieser immer mächtiger werdenden Komplexität neben und hinter ihm. Es gab da so ein wissenschaftliches Experiment mit Kohlestücken. Mit der richtigen chemischen Mischung wuchsen auf der schwarzen Oberfläche bunte Kristalle. Blaue, weiße, rote, die sich zu Hügeln und Bergketten aus komplizierten, nadelspitzen Formen verbanden. Das passierte jetzt. Als sie zu Mausers Haus kamen, wußte er, daß sich etwas Unbekanntes mit ihm im Wagen befand, eine fremde Gestalt, glitzernd, ultraweiblich, etwas, was er lieber nicht ansehen wollte. Er bog in die Einfahrt, hielt an, stieg vorsichtig aus und betrat den Neubau. Erst als er hinter einem Fenster in Sicherheit war, blickte er zurück.

Eine Weile gar nichts. Dann Dot, die ausstieg und für Eleanor die Tür öffnete. Eleanor schien zittrig, aber nicht mehr so schwach. Sie tauchte mit ausgestreckten Händen vom Rücksitz auf. Es wirkte wie eine ganz normale Geste, und Jack entspannte sich, holte tief Luft und dachte schon, er habe vielleicht überempfindlich reagiert. Alles normal, dachte er, während er die Frauen beobachtete, oder jedenfalls einigermaßen normal. Er gab die Hoffnung nicht auf, bis Dot Eleanors Hände ergriff und etwas sagte. Eleanor sah ihr direkt ins Gesicht, und dann lachten die beiden plötzlich los, gemeinsam, sich immer noch an den Händen haltend.

Da wußte Jack, daß es um ihn geschehen war.

Am nächsten Morgen hüllte Dot sich in den alten braunen Bademantel, den sie seit ihrer Mädchenzeit besaß, und ging nach unten. Vielleicht war Jack zu Eleanor ins Zimmer geschlichen, hatte dort geschlafen. Das Haus war so groß, daß sie es nicht wissen konnte – trotzdem, interessierte es sie überhaupt? Jack hatte ihr einen goldenen Seidenmorgenmantel geschenkt, aber im Moment konnte sie den dünnen Stoff, das immaterielle Gefühl auf der Haut, nicht ertragen. Sie tappte in dicken Socken durch die Küche, setzte sich in einen hellen Lichtkeil an der eierschalfarbenen Resopaltheke. Gleich würde ihre Tochter aus ihrem Zimmer herunterkommen, um ihr Lieblingsfrühstück zu verdrükken – getoastete Bagels und süße rosarote Preiselbeermuffins, die Dot im Supermarkt in kleinen Plastikschalen kaufte. Dot trank zwei Tassen dünnen Kaffee und bereitete sich aufs Reden vor. Ihr kupferrotes Haar stand vom Kopf ab wie Sprengdraht, und ihr Gesicht war rund, hart und weich zugleich. Ihr Körper hatte die kräftige und frohgemute Kompaktheit eines Ringers, aber ihre Augen waren sehr traurig und kaffeebraun.

Die dreizehnjährige Shawn kam herein und ließ sich neben ihre Mutter plumpsen. Sie war groß und athletisch und weigerte sich standhaft, ein richtiger Teenager zu werden. Sie blieb lieber ein Wildfang und hing an ihrem kaputten Indiana-Jones-Schlafanzug, ihren abgetragenen Basketballschuhen aus Leinenstoff. Ihre braunen Haare glänzten, waren so glatt wie die ihres Vaters Gerry. Sie hatte helle, olivenfarbene Haut und einen wachsamen Blick. Heute morgen war sie sauer gewesen, weil Dot die

Schalter am Fernseher mit einer Kneifzange entfernt und in ihre Handtasche gesteckt hatte. Gelangweilt hatte sie den Morgen damit verbracht, einen Lehmklumpen nach der Form ihres eigenen Gesichts zu modellieren. Für den Kunstunterricht mußte sie ein Selbstporträt anfertigen, aber da Shawns Selbstbild täglich wechselte, war sie frustriert. An manchen Tagen war sie riesig, monumental. An anderen ein Insekt, eklig, leicht zu zerquetschen. Heute war sie nicht mal ein Mädchen, wenn es nach ihr gegangen wäre. Ihre Brüste schmerzten, weil sie von innen heraus wuchsen, die eine schneller als die andere. Sie würde sowieso als Kuriosum enden, warum sich also nicht gleich damit abfinden? Sie hatte ihr Lehmbildnis auf den Tisch geklatscht und dann während der vergangenen Stunde fasziniert ein verführerisches Barbie-Ich daraus geformt. Jetzt war sie viel besser gelaunt. Sie war regelrecht glücklich, so überglücklich sogar, daß es sie nicht einmal mehr umbrachte, nett zu sein.

«Danke, Mom», sagte sie angesichts der rosaroten Muffins. Die Freundlichkeit ihrer Tochter rührte Dot immer. Sie selbst hatte Phasen durchgemacht, denen sie bei ihrer Tochter mit Grauen entgegensah. Sie hatte sich größte Mühe gegeben, Shawn so wenig wie möglich zu ihrem jüngeren Ich zu machen: frech zu ihrer Mutter, hoffnungslos in ihrer Kleidung, ständig am Qualmen. Dot hatte ihre Unschuld zu früh verloren und damit vielleicht ihre Selbstachtung angeknackst. Sonst hätte ich jetzt einen besseren Job, dachte sie. Vielleicht hätte sie sich nicht so lang an der Erinnerung an Gerry festgeklammert und sich nicht auf die Männer eingelassen, die sie seither kennengelernt hatte, wie Caryl Moon und jetzt Jack. Seit gestern durchschaute sie ihn nur allzu gut.

Da erschien er in der Tür – zerzaust, groß, ohne Hemd,

in Jeans mit Gürtel. Seine Brust war leicht gebräunt von der Arbeit im Freien; ein paar Haare sprossen am Brustbein, und seine Brustwarzen waren blaßrosa, zart wie bei einem jungen Mädchen. Sein Bauch war muskelhart. Darauf war er sehr stolz.

«Box mich mal da hin.» Er deutete darauf.

Shawn machte eine Faust, wobei der mittlere Fingerknöchel weiter vorstand als die übrigen, holte aus und schlug zu.

«Volltreffer», schrie sie.

«Tut dir die Hand weh?» spottete Jack.

«Bring ihr nicht solches Zeug bei», sagte Dot.

Sie trank schnell noch einen Schluck Kaffee und verkniff sich die Frage nach Eleanor und ob sie heimlich durchs Haus geschlichen war. Die arme Frau konnte ja kaum gehen. Und es ergab überhaupt keinen Sinn, aber plötzlich war sie an Gerrys Stelle eifersüchtig wegen seiner Tochter. Während sie Jack und Shawn beim Sparring zuschaute, sah, wie das Mädchen entschlossen auf Jack losging und Jack sie abwehrte, wie sie beide in dem großen, quadratischen Wohnzimmer mit dem eingebauten Backsteinkamin fintierten, attackierten und blockierten, wurde ihr plötzlich ganz flau im Magen, sie spürte diese Einsamkeit in sich, ein fließender Schwächeanfall, der ihr das Wasser in die Augen trieb.

Sie versuchte ihre Gefühle zu ignorieren und konzentrierte sich auf den Kamin. Sie versuchte sich die schönen Feuer vorzustellen, die sie im kommenden Winter machen würde. Sie versuchte sich an dem großen neuen Haus zu freuen, von dem Jack behauptet hatte, er habe es für sie gebaut – eine Lüge. Am liebsten wäre sie weggegangen, hätte das Haus fest hinter sich verriegelt und sich keine Sorgen mehr gemacht um die Farbe, den Fußboden, die empfindlichen Kacheln, den brummenden Kühlschrank und die ewig fleckigen Badezimmerspiegel.

Jack wich jedem Gespräch aus und brach rasch in sein Büro auf. Dot zog sich an, sah nach, ob Eleanor aufgestanden war. Fehlanzeige. Also nahm sie ihre Tochter mit ins Lebensmittelgeschäft, kaufte ihr anschließend Schuhe und setzte sie dann bei einer Freundin ab, bei der sie auch übernachten würde. Sie ließ zwei Bilder rahmen, das eine von ihrer Mutter, das andere von Shawn. Sie ließ Fotos entwickeln, von einem Tag, den sie in Manitoba verbracht hatten, und dann, sie wußte nicht genau warum, konnte sie einfach nicht mit einem Kofferraum voller Einkaufstüten nach Hause zurück. Sie wollte Eleanor sehen und doch wieder nicht. Sie versuchte Zeit zu schinden. Sie fuhr kreuz und quer durch Fargo, machte kleine Besorgungen, kaufte Stoffe, kaufte ohne jede Begeisterung frühe Weihnachtsgeschenke, aß etwas, trank noch mehr Kaffee. Sie sah sich im Cineplex einen Film an, hing in einem Buchladen herum, fand sich auf einer Bank am Red River wieder und schaute dem Wasser zu, wie es floß – nämlich allen Naturgesetzen und jeder Vernunft zum Trotz und anders als die meisten Flüsse in Richtung Norden.

Als Eleanor aus ihrem Endlosschlaf erwachte, wanderte sie ruhelos durchs ganze Haus, öffnete Schranktüren und schaute in Spiegel. Wo waren die anderen alle? An der langen Küchentheke sitzend, trank sie ein Glas Saft. Das Haus war still, sehr hübsch in seiner eierschalfarbenen Perfektion und Neuheit. Alles paßte so perfekt zusammen, daß die magische Überblendung des einen Objekts ins andere sie fast hypnotisierte. Während sie das Mobiliar ihres Exmannes und seiner neuen Ehefrau betrachtete, verlor sie jedes Zeitgefühl.

Ich bin am Ende, dachte sie plötzlich und war enttäuscht, daß sich ein derart melodramatischer Satz in ihrem Kopf bildete – und das nach dem Krankenhaus, dem Schlaf, dem heilenden Wackelpudding. Sie hatte das Gefühl, daß ihre Augen furchtbar konzentriert waren und aufpaßten, ob jemand ihre Gedanken gehört hatte. Sie setzte sich aufrecht hin, wie in der Erwartung, daß gleich etwas passieren würde. Nicht einmal eine Uhr tickte, und draußen wehte kein Wind. Kein Ton. Sie strich sich die Haare zurück und holte ihr kleines Notizbuch aus der Handtasche. Sie rief ihre Mutter an, obwohl sie – Dot hin oder her – in Jacks Nähe bleiben wollte. Keine Antwort. Sie wählte die Geschäftsnummer ihres Vaters, bekam seine gut geschulte, professionell einfühlsame Sekretärin im Bestattungsinstitut an den Apparat, legte aber sofort auf. Sie schob die Glastür auf und trat hinaus auf die Terrasse aus Redwoodholz. Die Luft draußen war frisch, kühl, lebendig.

Ein hölzerner Liegestuhl. Eleanor setzte sich auf das bequeme alte Möbelstück, sank in die riesigen, abgenutzten Blumenkissen. Der Stuhl war das einzige im Haus, was nicht neu war. Vielleicht hatte Jack oder eher noch Dot ihn auf einem Flohmarkt entdeckt. Eleanor holte eine selbstgehäkelte Wolldecke vom Sofa nach draußen. Sie deckte sich damit zu und beobachtete, wie die Sonne immer kräftiger auf den grünlichen Teich schien, der leicht nach Chlor und totem Köder roch. In ihr Notizbuch schrieb sie Anweisungen an sich selbst. *Mit «Dot», der neuen Frau, reden, Selbstbeherrschung wiedergewinnen, alle Puzzleteile der Gefühle wieder in die Schachtel packen. Die Schachtel per Schneckenpost abschicken, zurück in die Wohnung in Minneapolis. Erst wieder mit den Gefühlen beschäftigen, wenn das Paket ankommt.* Sie fühlte sich besser. Ihre Liebe war da, aber die Wut brannte ein Loch hinein. *Ich liebe ihn, aber irgend etwas fehlt bei ihm. Ein Feigling, er ist ein Feigling!* Sie beschloß: *Ich reise ab.* Der ausgebaggerte Teich spiegelte einen rosagoldenen Sonnenuntergang, lauter glühende Wolken. Jack hatte tonnenweise Kieselsteine angekarrt, den Schlamm damit befestigt und hartes Gras hineingepflanzt. Auf der Oberfläche spielten jetzt dunkelblaue und silberne Lichtstreifen, während die Sonne langsam von einer niedrigen Mauer schiefergrauer Wolken verschluckt wurde.

In der Abenddämmerung und mit zugehaltener Nase betrachtet, mochte Jacks kleiner Teich ja ein hübscher Anblick sein. Flach atmend lehnte Eleanor sich in die dicken Kissen zurück. Ihre Augen klappten zu wie die einer Puppe. Als sie aufwachte, war es viel später. Die Sterne hatten sich fast bis zu ihr herabgesenkt. Keine einzige Straßenlaterne brannte in dieser Geistersiedlung; sie waren noch nicht angeschlossen. Das Haus hinter ihr schien zu seufzen und sich zu strecken, als die Heizung ansprang und das Wasser in den Heizkörpern stöhnte. Ein bleischweres Gewicht lastete ihr auf der Brust, ein Gewicht aus Nichts. Sie konnte nicht normal atmen – als fehlte ihr die Kraft, die ganze Traurigkeit in sich aufzunehmen oder abzuschütteln. Ihre Liebe zu Jack lebte noch, als ein Allgefühl verkleidet. Der Schmerz zog sie hinunter, raubte ihr den Atem, drückte ihr auf den Kopf wie Wackersteine, versiegelte ihr die Lippen wie Mottenflügel.

Es war noch später, als Dot schweren Schrittes durch den Garageneingang das Haus betrat. Sie bedauerte es, daß ihre Tochter die Nacht bei einer Freundin verbrachte, weil sie die Ablenkung durch die Anwesenheit eines Kindes gebraucht hätte. Eleanor kam hereinspaziert, und die beiden Frauen setzten sich sofort an die Küchentheke. Dot holte zwei Metallbecher aus dem Schrank, mahlte koffeinfreie Bohnen und goß frisches Wasser in ihre Kaffeemaschine, alles schweigend. Sie deckte Löffel, Teller, ein Keramiksahnekännchen. Zucker in einer bienenstockförmigen Dose.

«Meine Eltern leben in Fargo», sagte Eleanor schließlich entschuldigend. «Mein Vater führt das Bestattungsinstitut Schlick. Meine Mutter und ich sind ... na ja, wir sind uns sehr nah, aber manchmal vielleicht ein bißchen zu nah. Die üblichen Machtkämpfe.» Sie lachte halbherzig. «Ich hab sie noch nicht telefonisch erreicht. Ich bräuchte jemanden, der mich in die Stadt fährt – das heißt, wenn es dir nichts ausmacht.»

«Du mußt hier nicht weg.» Dot saß ihr gegenüber und klopfte mit dem Löffel auf den Tisch. Ihr Gesicht war bleich und schwer. «Meinetwegen brauchst du nicht fortzulaufen.»

«Warum nicht?»

Eleanor konnte sie nicht ansehen, fuhr immer nur mit dem Finger den glatten Rand der Theke entlang, wo die Kacheln so sorgfältig verarbeitet waren. «Du bist mit ihm verheiratet. Ich bin noch nicht mal seine letzte Exfrau. Ich weiß gar nicht, was mit mir los ist – was ich im Auto zu dir gesagt habe, war wirklich sehr unpassend. Ich müßte mich eigentlich entschuldigen, finde ich.»

«Dann entschuldige dich.»

Eleanors umständliche Art zu reden nervte Dot, aber Jack hatte ja auch gestern abend gesagt, sie sei Lehrerin. Oder so was ähnliches.

«Es tut mir leid», sagte Eleanor nach einer kurzen Pause.

Dot zuckte die Achseln, dann wurde sie lockerer. Verzeihen fiel ihr nicht schwer. «Es war Jacks Schuld. Er hätte es mir erzählen müssen, stimmt's? Er hat mich reingelegt. Er hat gelogen.»

«Eine Auslassungslüge, eine indirekte Lüge.» Eleanor überlegte laut. «Sind alle Lügen ausgeschmückte Geschichten oder nur durch die Abwesenheit der Wahrheit gekennzeichnet?»

«Egal», sagte Dot. «Ich hätte es wissen müssen. Ich meine, es ist ja nicht so, als wäre ich nie auf die Idee gekommen, daß da irgendwas faul ist. Aber er kommt so gut mit Shawn aus.»

«Kinder», sagte Eleanor. «Ich hatte keine Ahnung, daß er von dieser gehirnamputierten Lolita namens Marlis ein Kind hat. Das war ein Schlag auf den Solarplexus.»

Dot musterte sie neugierig. «Ein Tritt in den Bauch», stimmte sie schließlich achselzuckend zu. «Meine Mutter mag ihn. Ich weiß auch nicht, warum. Sie hat normalerweise einen sechsten Sinn, wenn's um Männer geht.»

Eleanor blickte auf. Ihre Augen waren jetzt hellwach. «Deine Mutter mag ihn?»

«Sie sind irgendwie verwandt, hat sich rausgestellt, und ich wußte das gar nicht. Ich hätte viel mehr über Jack wissen müssen, ehe ich ihn geheiratet habe. Ich bin schon so lang ohne meinen eigentlichen Ehemann. Er sitzt im Gefängnis.»

«Wie schrecklich», sagte Eleanor, die gern Genaueres erfahren hätte. «Tut mir leid.» Sie wartete in der Hoffnung, Dot könnte weitererzählen, erklären, berichten, was ihr «eigentlicher» Ehemann angestellt hatte und wo er eingesperrt war. Dot begann sie zu interessieren, und ihre Hand zuckte nach ihrem Notizbuch, das sie draußen in den Falten der Wolldecke hatte liegenlassen. Nicht vergessen, es zu holen!

Sie stellte ein paar Schlüsselfragen zum Thema erster Ehemann, erreichte aber nichts. Dot ihrerseits hatte noch nie jemanden kennengelernt, der Verbindungen zu einem

Bestattungsinstitut hatte, und das faszinierte sie. Sie hätte gern gewußt, ob man die Leichen ins Haus brachte oder nicht und ob das unangenehm war, aber sie wußte nicht, wie sie ihre Fragen formulieren sollte. Vielleicht war es ja taktlos, so was überhaupt zu fragen. Trotzdem versuchte sie immer wieder, das Gespräch auf Eleanors Eltern zu lenken, und Eleanor wehrte das ab, indem sie indirekt auf Dots ersten Mann zu sprechen kam, bis sie schließlich zum Thema Jack überging.

«Wie hast du ihn noch mal kennengelernt?» fragte sie, als wüßte sie schon alles und hätte es nur gerade vergessen.

Dot lehnte sich zurück. «Du zuerst», sagte sie, denn es stimmte, diese Frage war eine Brücke, ein Markstein in ihrem Gespräch. Sie gab ihnen etwas Gemeinsames und verringerte irgendwie Jacks Bedeutung, als wäre er nur eine Nebenfigur im komplexeren Drama des Lebens.

«Ich kenne ihn schon sehr lange», sagte Eleanor. «Man könnte sagen» – sie lachte seltsam, und ihr Gesicht verdüsterte sich – «er war ein Freund meiner Mutter.»

Dot nickte, offenbar zufrieden mit dieser Information. In ihrer Vorstellung war Eleanors Vater hager und ernst, während Eleanors Mutter ... was für ein Typ Frau heiratete wohl einen Leichenbestatter?

«Ausgeflippt», murmelte Eleanor, sozusagen als Antwort auf Dots Frage. «Meine Mutter ist total ausgeflippt. Und dabei unglaublich strapaziös. Zuviel für mich. Zuviel für sich selbst. Jetzt ist sie krank, sie hat ein schwaches Herz.» Sie schwieg, erinnerte sich. «Ich habe mich ihretwegen immer geschämt. Früher war sie nämlich Akrobatin. Kannst du dir das vorstellen? Wer hat schon eine Akrobatin als Mutter? Eine Trapezkünstlerin?»

Wer hat schon einen Leichenbestatter als Vater? dachte Dot, sagte aber nichts. Eleanor fuhr fort:

«Meistens haben Leute wie meine Mutter keine Kinder. Aber sie hatte mich. Frühreif auf die falsche Art. Ich habe schon mit drei lesen gelernt, aber ich kann nicht mal radschlagen. Kein Gleichgewichtsgefühl.»

Die Kaffeemaschine zischte und spuckte die letzten Tropfen aus dem Filter, und Dot erhob sich, füllte Eleanors Becher, schob ihr den Zucker und die Milch hin. Sie schenkte sich selbst auch ein, stellte die Kanne wieder auf die Heizfläche der Maschine und holte dann vom unteren Regal Kekse, ein paar Cupcakes, die rosaroten Muffins, ein Stück Bananenbrot. Sie arrangierte alles auf einem Teller, den sie vor Eleanor hinstellte. Diese griff schon danach, ehe der Teller den Tisch berührte.

«Hat deine Mutter im Zirkus gearbeitet?» fragte Dot.

Eleanor schüttelte den Kopf, breitete scheinbar genervt die Arme aus, aber insgeheim war sie stolz. «Ja, hat sie wohl. In so einem mickrigen kleinen. Nach der Trapeznummer rannte sie hinter den Manegenvorhang, zog sich ein Löwenbändigerinnenkostüm an und schnappte sich die Peitsche. Ich würde annehmen, die Löwen hatten keine Zähne. Aber ich weiß gar nicht, wo ich bei Anna anfangen soll. Vielleicht solltest du mir lieber von Jack erzählen.»

Dot musterte sie von der Seite und wandte den Blick eine ganze Weile nicht ab. Sie lachte kurz auf. «Er hat versucht, meinen Freund umzubringen.»

Eleanor nickte zustimmend, als würde diese Mitteilung sie nicht im mindesten überraschen, aber sie hätte zu gern ihr Notizbuch dagehabt, und angesichts ihres gespannten Blicks redete Dot weiter.

«Er war eigentlich nicht mein Freund. Caryl Moon ist halt irgend so ein Typ. Ein Problem. Jack war eifersüchtig.» Als Eleanor den Blick nun doch senkte, schüttelte Dot zornig den Kopf, aufgebracht und resigniert zugleich.

Mai 1994 *Caryl Moon*

«Man muß Caryl Moon kennen, um ihn nicht zu mögen, das ist das Problem», begann Dot und wischte sich die Krümel von den Fingern. «Die Leute, die ihm das erste Mal begegnen, vor allem die Frauen, denken, sie haben einen interessanten Mann kennengelernt. Sein Schnurrbart ist piekfein gestutzt. So ein helles, fast blondes Braun. Er hat eine ganz sanfte Stimme. Augen wie Jesus, klar wie zerlassene Butter.»

Dot strich das gefältelte Papier glatt, in dem sich ihr Muffin befunden hatte, dann knüllte sie es zusammen. «Caryl will mir also eines Abends einen Drink spendieren, an einem Abend, an dem ich einen brauche, und sagt zu mir: *Du solltest nicht allein sein*, einer seiner vielen Sprüche. Er macht es gern auf die schmalzige Tour. Ich habe gerade meinen Job bei Mauser & Mauser angefangen, und schon fällt mir Caryl Moon auf. Er trägt immer ein sauberes T-Shirt, das nagelneu aussieht und frisch gebügelt ist. Seine Unterarme sind gebräunt und muskulös, der linke dunkler, weil er immer im Lastwagenfenster liegt.»

«Darf ich fragen, wo sich dein Mann aufhält?»
Ich erzähle es ihm, obwohl er es weiß.
«Er ist unschuldig.» Caryl ist so verblüffend direkt und ehrlich, daß ich ihm irgendwie glaube oder mich wenigstens freue, daß jemand genug Interesse daran hat, um überhaupt soviel Theater zu spielen. Mauser & Mauser ist mein erster Job in Fargo.

«Ich würde dich nicht beleidigen wollen, indem ich dich unverblümt anmache, ich schwör's», sagt er. Er hebt die Hand, sieht mich ganz ernst an.

«Und ich habe nicht vor, eine Dummheit zu machen», entgegne ich.

Er nimmt die Hand herunter, zieht den Kopf ein und beugt sich zu mir, als würde er in einen kleinen, dunklen Raum blicken.

«Ehrlich gesagt ...» Er reibt sich die Augen, um besser sehen zu können, und legt dann die Finger an die Stirn. «Ich hatte dringend gehofft, du würdest genau das tun.»

«Ich find's wirklich nett, daß du mir so einen Antrag machst», sage ich. «Echt, samt Bier und allem. Aber wie dem auch sei. Was passiert denn so in deinem Leben? Bei Mauser?»

Plötzlich sieht Caryl deprimiert aus. Sein T-Shirt schlägt Falten, weil er die Schultern sinken läßt. Sein Gesicht sackt nach unten. Die Linien um seinen Mund vertiefen sich, er kneift die Lippen zusammen.

«Man könnte sagen, ich würde den Kerl am liebsten umbringen», vertraut er mir an. «Oder man könnte noch was Schlimmeres sagen. Ich kann diesen Typen jedenfalls nicht ausstehen. Führt sich auf wie ein Feldwebel. Tu dies. Mach jenes.»

«Na ja, Jack ist dein Chef», sage ich.

Caryl sieht mich verdutzt an, als wollte er sagen: Was hat das damit zu tun?

Dann sagt er mit gedämpfter Stimme, während er sich nach beiden Seiten umsieht: «Verehrte Dame, wissen Sie überhaupt, was mit dem los ist?»

Ich beiße fast an, entscheide mich dann aber doch dagegen. Nein, wenn ich anfange, über den Chef zu tratschen, ihn auseinanderzunehmen, hört es nie auf.

«Klatsch ist fies», sage ich zu Caryl und drehe ihm den Rücken zu.

Du siehst, wohin Edelmut führen kann, in welche Scheiße.

Mauser und Caryl haben sich in eine Art Pattsituation manövriert. Mit ineinander verhakten Hörnern wühlen sie sich immer tiefer in die Erde. An manchen Tagen ist Mauser der Überlegene, an anderen sieht Caryl besser aus. Von außen betrachtet ist der Kampf alles andere als gleichwertig – ich nehme an, du weißt das. Jack hat diese verrückte Seite, diesen Jähzorn, der plötzlich aufflammt.

Ich sage im Spaß, daß ich Caryl mag, ehe ich rausfinde, daß er in Wirklichkeit ein fauler, egoistischer Typ ist, auf eine dumme Art sentimental, mit peinlichen Sprüchen, Basketball-Trophäen aus der High-School als Staubfänger auf dem Fernseher und jeder Menge Freundinnen neben der Ehefrau. Jack hat Caryl eingestellt, weil er seinem Vater, dem Anwalt Maynard Moon, was schuldet. Jack läßt Caryl da arbeiten, wo er ein Auge auf ihn haben kann, obwohl Caryls Job nur darin besteht, Kies, Asphalt oder Sand zu fahren, je nachdem, was anfällt. Caryl tut so verlogen eifrig. Er macht den Eindruck, als sei er sehr beschäftigt, springt aus der Kabine, hüpft wieder hinein, kickt gegen die Reifen, redet viel und schnell. Aber am Ende des Tages hat er mit Abstand die wenigsten Tonnen transportiert, ausnahmslos. Anderswo hätte man ihn keine Woche behalten. Jack weiß das und ist sauer.

Jacks knallroter Cadillac – kennst du den? Das einzige auf der Welt, was er zu der Zeit zu lieben scheint. Der Wagen wirbelt eine graue Wolke aus Frühlingsstaub auf, die in der Luft hängt, sich rötlich verfärbt, den Morgenhimmel reflektiert. Alle, selbst die Leute von der Lohnbuchhaltung, fangen an zu arbeiten, solange es noch Nacht ist, und hören erst auf, wenn es abends längst dunkel ist. Der Druck ist enorm. Es gibt gleich nach der Schneeschmelze so viel zu tun, daß mich mein Job vollauf beschäftigt. In vieler Hinsicht ist es für Jack die beste Jahreszeit. Er jagt mit seinem Caddy durch die Gegend, organisiert alles, fährt von Baustelle zu Baustelle und schreit herum, damit die Termine eingehalten werden.

Für Caryl ist es natürlich die schlimmste Zeit des Jahres. Niemand hat Zeit, sich groß zu unterhalten. Panik liegt in der Luft. Man kann nicht herumsitzen und rauchen oder auf der Beifahrerseite von Caryls Truck eine Pepsi aus der Kühlbox trinken. Die Leute spitzen die Ohren, sind auf dem Quivive. Denn Mauser kann plötzlich und zu jeder Tageszeit aus dem Nichts auftauchen, wie Batman oder so, ein Blitz aus Staub und Feuer.

Ich mache meine Arbeit gut, also raßle ich nie mit ihm zusammen. Meinetwegen können er und Caryl sich gegenseitig umbringen, mir ist das egal.

Mein Büro ist ganz hinten in einem Trailer. Ich habe praktisch meine eigene Toilette, und nach neun habe ich meine Ruhe. Dann trinke ich einen Kaffee und starre auf meinen Computerbildschirm. Es ist etwa um die Mittagszeit, an einem Tag, als ich schon ziemlich weit bin mit der Lohnabrechnung, da erzittert der Trailer auf seinen Zementblöcken und Caryl kommt herein.

«Kann ich ganz offen zu dir sein?» fragt er. Ich bin immer entzückt, wenn Caryl so tut, als wollte er vernünftig reden. Ich versuche allerdings, nicht darauf reinzufallen.

«Nicht, wenn du deine Lohntüte willst.»

«Mir egal. Hier.»

Er holt ein Kettchen aus der Tasche, beugt sich zu mir,

nimmt mein Handgelenk und klickt das Armband an. Daran hängt ein Talisman, ein kleiner silberner Vogel. Ich betrachte das Ding an meinem Handgelenk. Es ist so eine Geste, die einen erst mal sprachlos macht. Als ich zögere, beugt Caryl sich zu mir herunter und drückt seine Lippen genau auf die Stelle, wo der Arzt den Puls fühlt. Ich spreize die Finger und stoße ihn weg.

«Raus hier!»

Aber ich behalte den Talisman. Es ist ein *Talisman*, verstehst du? Es ist nicht übel, wenn jemand wie Caryl, der äußerlich so attraktive Caryl, sich um mich bemüht.

«Dieses Ding wurde wie Millionen anderer aus einem Stück Blech gestanzt», sage ich am Abend zu Shawn, als ich das Kettchen abnehme. Ich will eigentlich, daß sie es bewundert. Aber das geht ins Auge.

«Er ist knickrig, Mom», warnt sie mich, als sie die Kette inspiziert.

Trotzdem mache ich sie am nächsten Morgen vor der Arbeit wieder an den Arm. Ich sage mir, daß das überhaupt nichts zu bedeuten hat. Aber sobald Caryl mich mit dem kleinen Vogel sieht, macht er sich an mich ran. Wirft sich in Pose. Wenn er weiß, daß Mauser außer Reichweite ist, stellt er den Motor seines Lasters ab, steigt aus, streckt sich. Und zwar immer genau vor dem Fenster des Buchführungstrailers. Er sorgt dafür, daß er immer im Blickfeld der jeweiligen Frau steht, weil ihn das aufwertet, ihn wärmt. Er ernährt sich von weiblicher Bewunderung wie die Biene vom Honig.

Aber warum denke ich trotzdem an Caryl Moon? Warum helfe ich ihm an dem Tag, bevor Mauser kommt, um die Gewichte und die Maße zu überprüfen und die Schecks zu unterschreiben? Ohne es ihm zu sagen, ändere ich sein Ladungsgewicht. Ich lasse ihn nützlicher erscheinen. Es ist eine Art Versicherung, damit er bleibt. Ich mache das, obwohl ich weiß, daß der gelbe Durchschlag des noch unveränderten Originals bereits bei den Akten in der Innenstadt ist. Akten zwar, die in irgendwelchen Kartons herumliegen oder als Kaffeetisch dienen, aber trotzdem offizielle Unterlagen.

Es wird schlimm. Ich wache mitten in der Nacht auf und habe Hunger. Shawn und ich wohnen in einem Apartmentkomplex beim Fluß. Ich gehe nach unten zum Kühlschrank, starre in den kalten, hellen Raum und denke an Caryl Moon. Diese tiefbraunen Augen, traurig, unverstanden; aber ich könnte sie selbstverständlich zum Leuchten bringen. Diese glatten, muskulösen Arme. Wie kommt es, daß er so kräftig ist? Er hebt doch nie etwas.

Eines spätem Abends nehme ich gerade die Milch aus dem Kühlschrank, weil ich noch ein Glas trinken will, um wieder einschlafen zu können. Da klingelt das Telefon. Ich lasse es klingeln. Aber es schrillt so laut, so unwirklich, daß ich doch den Hörer abnehme und ihn vorsichtig ans Ohr halte.

«Bitte, ich muß dich sehen.»
«Gut», sage ich. «Morgen.»
Meine Stimme zittert. Ich lege auf. Ich warte. Es klingelt wieder.
«Jetzt gleich», sagt Caryl.

Ist es so, wie ich dachte? Schlimmer. Es ist besser. Für mich sind diese Stunden so, wie wenn man toter Mann spielt, ehe man richtig schwimmen lernt. Solange ich den Atem anhalte und Arme und Beine ausstrecke, bleibe ich oben. Aber wenn ich Atem holen muß, gehe ich voller Panik unter.

«Ich bin kein Mensch, der es sich leisten kann, verletzt zu werden», sage ich zu Caryl.

Er dreht sich im Schlaf zu mir um, aber ich weiß, der Schlaf ist gespielt. Ich beuge mich über ihn, drücke seinen Arm nach unten und spreche ihm direkt ins Gesicht.

«Tu mir ja nicht weh.»

«Laß das, Baby. Du tust *mir* weh.»

Stelle ich mir vor, daß Caryl und ich zusammenbleiben, bis daß der Tod uns scheidet? Nein. Ich möchte einfach nur die Möglichkeit haben, jemanden anzufassen, bis ich wieder Gerry umarmen kann; ich will die Lust haben, nicht die Illusionen. Aber die sind trotzdem da. Irgendwie bilde ich mir ein, daß ich Caryl Moon etwas bedeute. Weil es ja sein könnte. Klischees aus Liebesliedern. Rosen. Veilchen. Kleine Vögel aus gestanztem Blech. Manchmal kann man nicht schnell genug denken, um zu verhindern, daß einen diese Sachen einholen.

Ich bin gegen zehn in meinem Büro und warte auf den Chef. Ich höre die Schritte, die Tür geht auf, aber es ist Caryl mit einer kalten Limo-Dose in der Hand.

«Was willst du?»

Ich bin nervös, schließe die Tür hinter ihm.

Caryl stellt die Dose auf meinen Schreibtisch und kommt herum zu mir. Er will mich hochheben, mich auf den Schreibtisch setzen. Aber ich mache mich schwer, ich will nicht. Er versucht mich hochzuziehen, zerrt an mir, aber das ist gar nicht so leicht, und als ich Widerstand leiste, beginnt er vor Anstrengung zu keuchen.

«Komm schon. Hilf mit.»

Ich lache, dann höre ich Schritte, die eindeutig Mausers sind, und will mich ihm seitlich entwinden.

«Laß mich los!»

Er läßt nicht los. Er hält mich fest und betatscht mich mit den Händen, während er erwartungsvoll über meine Schulter schielt, und in dem Moment sehe ich, daß er beschlossen hat, mich zu benutzen, um Mauser eins auszuwischen. Ich bin ein Requisit, eine Plastikpuppe zum Aufblasen, jemand, den man jederzeit fallenlassen kann. Es geht ihm nicht um mich oder um sonst eine Frau, sondern um Jack Mauser, der wie eine Backsteinmauer ist.

Die Tür geht auf. Ich versetze Caryl einen so heftigen Faustschlag, daß er vor Schreck eine grinsende Fratze zieht. Dann trete ich nach. Er läßt sofort los, krümmt sich in der Ecke zusammen. Ich drehe mich blitzschnell um, aber die Tür ist schon wieder zugefallen, und ich höre den roten Cadillac aufjaulen. Caryl würdige ich keines Blicks. Ich setze mich an meinen Schreibtisch und reibe mir die Arme. Sie tun weh, und ich bin nervös, furchtbar müde. Eine Welle der Erschöpfung überschwemmt mich, der plötzliche Wunsch, den Kopf auf den Schreibtisch sinken zu lassen, und ich schaffe es mit Mühe, aufrecht sitzen zu bleiben.

«Entschuldige bitte tausendmal.» Caryl steht hinter mir. «Ein ziemlich alberner Scherz.»

Er legt mir die Hände auf die Schultern, fängt an, meine Rückenmuskeln zu kneten. Er beugt sich vor, stützt sich mit der einen Hand auf den Schreibtisch, um das Gleichgewicht zu halten. Ich packe die Hand wie ein Sandwich und beiße kräftig hinein.

«Herrgott!» schreit er auf und preßt sich die Hand an die Wange.

«Das war auch ein Scherz.»

Jack feuert mich ohne großes Trara, das muß ich ihm lassen. Er geht die Unterlagen durch und findet die Zahlen, die ich zu Caryls Gunsten gefälscht habe. Am Donnerstag morgen liegt die Kündigung auf meinem Schreibtisch. *Um eins sind Sie hier raus.* Ich gehe um elf. Ich fahre gerade die Straße entlang, die von der Baustelle wegführt, da sehe ich

Caryls Truck kommen. Ich sehe ihn ganz deutlich. Das Führerhaus ist gelb und grün, wie das Getreide, grell.

Ich habe einen Kleinwagen, aber ich fahre in die Mitte der Straße. Ich bin gar nicht so anders als Mauser. Oder als du. Auch mich kann man in den Wahnsinn treiben. Und dieses Gefühl hat sich seit zwei Tagen aufgestaut, ein Fieber, das mich dazu bringt, Sachen an die Wand zu schmeißen und die Kühlschranktür so heftig zuzuknallen, daß die Dichtung abspringt. Jetzt fühlt sich alles richtig an. Der Augenblick ist gekommen, beschließe ich. Caryl Moon hat es viel zu leicht gehabt im Leben. Ich trete aufs Gas und fahre weiter. Die Farben seines Trucks verschwimmen. Die Straße saust vorbei. Felder. Dann sind wir ganz nahe voreinander. Der Kühlergrill des Lasters ragt vor mir auf, und Caryl drückt auf die Hupe. Ich halte das Lenkrad fest, trete das Pedal durch, und wie ich es vorausgesehen habe, weicht Caryl mit einer vollen Ladung Kies in den Graben aus.

«Moment mal!» Eleanor unterbricht sie, streckt ihr die erhobenen Hände entgegen. «Dot», sagt sie langsam, «das muß ich noch mal hören. Ich will sicher sein, daß ich richtig verstehe, was du mir gerade erzählt hast. In dem Moment beschließt du – eine erwachsene Frau mit einem minderjährigen Kind –, dich in einem Kleinwagen auf eine Mutprobe mit einem Baulaster einzulassen?»

«Ja.»

«Gut, ich verstehe.»

«Was meinst du mit ‹ich verstehe›? Warum hast du mich unterbrochen?»

«Es ist nur ... wie soll ich das sagen? Du spinnst.»

«Ja», sagt Dot. «Gut möglich.»

Jedenfalls landet Caryl im Graben. Er hängt schräg an der Böschung. Das sehe ich, sobald ich anhalte und wieder ans Atmen denke. Ich steige aus und gehe zurück. Er ist langsam genug gefahren, um nicht umzukippen, aber der Boden ist weich, weil sich unten im Graben vor einem Monat viel Wasser angesammelt hat. Die Hinterräder versinken gerade so weit im Matsch, daß er festsitzt – er kann nicht vor Jacks Cadillac fliehen, der in einer Staubwolke in der Ferne auftaucht. Und schnell näher kommt.

Caryl und ich sehen uns an, über den Matsch und das Gras hinweg. Viel Zeit, um zu reden, aber nicht genug, um zu überlegen, was man sagen soll. Wir hören Mauser aus dem offenen Fenster schreien, noch ehe der Wagen nahe genug ist, um ein Wort zu verstehen. An der Kreuzung fährt er in den flachen Graben hinunter und vorsichtig weiter, die trockenen Ränder nutzend, bis er bei Caryls Laster ankommt, dann fährt er hoch und kommt an der Fahrerseite direkt neben ihm zum Stehen. Er springt heraus, ein Brecheisen in der Faust.

Hast du schon mal gesehen, wie sich im Himmel eine Gewitterwolke zusammenballt? Dieses glutrote Gebrodel? Und hast du schon mal einen Spieß auf dem Truppenübungsplatz in einem schlechten Film gesehen? Wenn Jack wütend ist, dann ist er eine Kombination aus beidem. Er ist eine Naturgewalt und ein hirnloser Schreihals zugleich. Gefährlich. Er kreischt und krächzt in drei Stimmlagen. Sein Gesicht läuft rot an, und der Kamm schwillt ihm. Er bläst sich auf wie ein Ochsenfrosch. Und schließlich geht er hoch.

Caryl springt ins Führerhäuschen und wirft den Motor an, aber seine Räder graben sich nur noch tiefer ein. Er versucht, sich aus dem Loch herauszuschaukeln, aber er ist zu schwer. Und während er macht und tut, schwingt Jack das

Eisen, stampft mit den Füßen auf und schreit so laut, daß man denkt, er müßte gleich platzen. Ich weiche langsam zu meinem Wagen zurück. Ich lehne mich an die hintere Stoßstange, und da bleibe ich, um alles genau mitzukriegen. Ich kann richtig sehen, wie dem verzweifelten Caryl der Einfall kommt. Ich kann richtig sehen, wie er kapiert, daß er einfach zu schwer ist! Ich sehe, daß er die Kippautomatik einschaltet. Die Pritsche geht hoch, aber die hintere Bordwand klemmt, klappt nicht herunter, deshalb geht die Ladung nicht ab, sondern rutscht nur nach hinten. Und langsam, ich sehe es kommen, beginnt das Gewicht die Vorderräder vom Boden zu heben.

Mauser springt in die Luft, kreischt wie die Mittagssirene, aber Caryl hört nur das laute Jaulen der hydraulischen Kippe. Höher, immer höher geht der Laster, bis der Kies seitlich überschwappt, und dann ist es zu spät. Wir kapieren das vermutlich alle gleichzeitig, aber nur Mauser reagiert. Er rennt zur Beifahrerseite des Lasters, holt mit dem Brecheisen aus, um das Fenster einzuschlagen, kommt aber nicht richtig ins Gleichgewicht, weil der Laster hinten nun immer weiter einsinkt und sich langsam, ächzend seitwärts neigt. Sein Schatten fällt auf den Cadillac, der direkt neben ihm steht. Dann bekommt der Laster das Übergewicht und kippt vollends zur Seite, zerquetscht den Wagen unter sich.

Plötzlich steht Mauser auf der Tür, die jetzt den Boden unter seinen Füßen bildet. Er blickt nach unten. Durchs Fenster sieht er Caryl, der zu ihm hinaufschaut, sieht das eingedrückte knallrote Dach. Ich kann hören, wie etwas im Cadillac nachgibt, vielleicht das Lenkrad oder die feinen Ledersitze. Ein dumpfer Knall, dann eine Reihe leiser Geräusche, sanfter als das erste, gräßliche Knirschen. Vermutlich sind es diese unscheinbaren Töne, die Mauser innehalten lassen. Er steht auf dem Laster, drinnen ein Mann, darunter ein plattgedrückter Wagen. Dann richtet er sich auf. Er sieht aus, als wäre er nur um der Aussicht willen dort hinaufgeklettert. Er blinzelt zum Horizont, der sich leer und reglos hinter dem Feld erstreckt. Als Caryl unter ihm herumfuhrwerkt und gegen die Tür klopft, damit Jack ihn rausläßt, beugt Mauser sich mit dem Brecheisen vor. Ich denke schon, er holt Caryl raus, und sei es nur, um ihm danach eine Tracht Prügel zu verpassen. Aber statt das Fenster einzuschlagen, reißt er nur den Griff von der Tür. Läßt Caryl einfach drin. Dann klettert er von der Kabine herunter und kommt auf mich zu.

Auf halber Strecke zwischen ihm und mir wirft er das Brecheisen ins gelbe Gras. Er sieht mich an. Ich weiß nicht warum, vermutlich ist es dieser direkte Blick, aber der Raum zwischen uns schrumpft. Wird magnetisch. Sirrt vor Spannung. Es knistert zwischen uns, will ich sagen. Ganz plötzlich. Ich bin verwirrt. Mein Herz rast. Mein Puls pocht. Er behält den Türgriff in der Hand, als gehörte da noch etwas dran. Wir stehen einander gegenüber. Er hält mir den Türgriff hin.

Ich nehme ihn. Ich bin ganz durcheinander und beflügelt.

«Ist er okay?» frage ich und bemühe mich, das so klingen zu lassen, als meinte ich es ehrlich.

Er nickt, dann wartet er.

«Lassen wir ihn einfach drin sitzen», schlage ich vor.

Jack findet das gut. Er geht zur Beifahrerseite meines Wagens. Wir steigen beide gleichzeitig ein, und ich fahre von der Unfallstelle weg. Als wir in der Stadt an der Kreuzung mit den vier Ampeln halten, sehe ich Jack an, warte auf Anweisungen, und er sieht mich an, sagt nichts. Also stehen wir da. Ein Auto fährt um uns herum, noch eins, hupend, und wir sehen uns immer noch an und warten auf einen Wink des Himmels.

«Ich glaube, man kann sagen, das war unser erstes richtiges Rendezvous.» Dot trommelte mit ihren kurzen Fingern auf die Theke. «Wahrscheinlich hat es Jack irgendwie fasziniert, daß ich Caryl Moon da drin stecken gelassen habe.»

«Verlassen werden», murmelte Eleanor. «Allein sein. Verlustangst. Klar.»

«Wenn man das alles analysieren wollte oder so», entgegnete Dot, «könnte es einen verrückt machen.» Sie schwieg ein wenig betreten. «Entschuldigung ... ich meine, vielleicht hat dich ja genau das verrückt gemacht.»

«Ich war nicht verrückt, nicht in dem Sinne», sagte Eleanor. «Ich hatte die Wirklichkeit durchaus im Griff, ich konnte sie nur nicht ertragen.»

«Na ja.» Dot war erleichtert, fast schon ungehalten um Eleanors willen. «Das hat mit Verrücktsein nichts zu tun.»

Sie schüttete den Rest ihres kalten Kaffees in die Spüle und goß sich eine frische Tasse ein. Sie hätte das Gespräch gern beendet, wußte aber nicht, wie. «Jedenfalls fing ich unwillkürlich an, Jack zu mögen», erklärte sie zögernd.

«Das ist mir genauso gegangen», sagte Eleanor leise und beschämt.

Ihre Hand lag mit gespreizten Fingern flach und hoffnungslos auf der Theke. Eine Weile starrte sie Dot an, begegnete ihrem Blick aber nicht richtig, sondern sah an ihr vorbei zu dem beigefarbenen Teppich und den eleganten Möbeln dahinter.

Der Entschluß, beide Ehen zu beenden, stimmte Dot nostalgisch. Normalerweise wachte sie an perfekten Wochenendvormittagen spät auf, den Salzgeschmack der Hände ihres ersten Ehemannes im Mund, obwohl Gerry Nanapush ja im Gefängnis war. Die Tatsache, daß sie von Jacks früheren Ehefrauen erfahren hatte, schien eine Geheimtür in ihrem Kopf geöffnet zu haben, die Gerry hereinließ, wirklicher denn je, liebevoll. Sie hatte in bezug auf beide Männer rechtliche Schritte eingeleitet und einen Anwalt beauftragt, der sie für verrückt hielt. Jack löste noch immer etwas bei ihr aus, aber die Ehe fühlte sich verkehrt an. Gerry andererseits war mehr im Recht denn je, aber Dot bemühte sich, praktisch zu denken, obwohl sie mit ihrer Geduld am Ende war.

Sie konzentrierte sich darauf, Jacks Buchführung in Ordnung zu bringen, in dem neuen Haus zu leben, das sie würden verkaufen müssen. Genieß es, solange du kannst, sagte sie sich und sah sich um. Licht strömte durch die hohen Fenster. Der Raum war hoch und hell. Dot trank immer mehr Kaffee, den billigsten, den es im Sonderangebot gab. Sie versuchte, in der Gegenwart zu leben und sich dabei zu überlegen, wie es weitergehen sollte, aber der satte Salzgeschmack und die Erinnerungsfetzen straften sie immer wieder Lügen. Die Tage wurden immer schaler. Die Zeit zerfloß wie Toffee in der Hitze.

Dot drehte und wälzte sich in dem breiten Bett aus solider Eiche, das schwer auf dem Fußboden des großen Schlafzimmers stand. Jack mochte keine Betten, die sich bewegten. Draußen vor dem Haus waren die üppigen schwarzen Sonnenblumen- und Rübenfelder in gepflegte Rasenflächen verwandelt worden. Zarte Bäume hatte man gepflanzt, schnell wachsende Pappeln mit winzigen, wie Münzen aussehenden Blättern. Sie spendeten keinen Schatten. Wenn Jack über Nacht bei ihr blieb und in dem hellen Licht aufwachte, stupste Dot ihn, und sie liebten sich stumm, mit der nüchternen und melancholischen Distanz, die sich seit Eleanor zwischen ihnen eingestellt hatte. Meistens jedoch schlief Jack auf dem Klappbett in der Werkstatt am anderen Ende der Stadt, wo er bis spät in die Nacht an kaputten Maschinen herumbastelte oder vergeblich seine Konten auszugleichen versuchte und mit neuen, raffinierten Strategien Zahlungsaufschub erbettelte. Er ging erst in den kühlen grauen Stunden vor der Morgendämmerung schlafen, in der Hoffnung, so seinen Träumen zu entgehen. Und vielleicht auch Dot.

Eines Morgens in einer ungewöhnlich heißen Septemberwoche bekam Dot ihn zu Hause zu fassen. Sie liebten sich mit der üblichen Effizienz, und nun lagen sie umschlungen da, freundschaftlich, fast friedvoll.

«Wie geht's Eleanor?»

Jack drehte sich so, daß er durchs Fenster das ruhige Viereck blauen Himmels sehen konnte. «Ich weiß nicht mal, wo sie ist», sagte er. Aber er stellte sie sich bei den alternden Nonnen vor, die offenbar ihre Lieblingsmenschen waren – diese ausgemergelten, dünnen Frauen mit der durchsichtigen Haut und den leisen, ausgehungerten Silberstimmen. Er sprang aus dem Bett und tigerte auf und ab, dann zog er Jeans und Hemd an und schnürte sich die Arbeitsstiefel zu.

«Wohin gehst du?» Dot hatte gehofft, Eleanor in die Flucht zu schlagen, indem sie von ihr sprach, aber genau das Gegenteil war geschehen, und nun stand ihr Bild beiden vor dem geistigen Auge. Es drängte sich zwischen sie, schattenhaft und traurig, eine drückende Einsamkeit, die sie beide zugleich ansprach.

«Es ist, als wäre in meinem Kopf so eine blinkende Zeit-Temperatur-Anzeige.» Jack schüttelte sich, setzte sich zu Dot auf den Bettrand. «Ich schulde so viel. Ich habe so wenig.» Die merkwürdige Herbstluft war schon schwer und viel zu ruhig.

«Ich weiß.»

Dot strich ihm die glatten Haare aus der Stirn und berührte seine Ohren. Am liebsten hätte sie sie abgerissen. Aber sie wußte, daß ihre Eifersucht ein vorübergehender Reflex war. Sie wußte, wie es war, wenn man jemanden unauslöschlich liebte, und es gab Momente, in denen sie daran dachte, ihm einfach zu raten: Geh zu ihr zurück. Er hatte Dot schon eine Weile nicht mehr liebevoll angesehen oder sich ihr offen zugewandt, aber es war schwer zu sagen, was ihn mehr beschäftigte – Eleanor oder der miserable Zustand seines Unternehmens. Er war ständig unkonzentriert, müde, bekümmert. Dot wußte, daß er hoch verschuldet war, und doch arbeiteten Bulldozer und Männer mit vollem Einsatz, und die Häuser der neuen Siedlung um sie herum waren fast fertig, und zwar termingerecht. Sie hielt Jack die Hand vors Gesicht, ließ sie da und stellte sich vor, sie hätte eine fette Sahnetorte darin. Sie würde sie ihm ins Gesicht klatschen. Da würde er ganz schön staunen! Aber das war nicht fair, überhaupt nicht fair, denn sie ertappte sich selbst öfter dabei, wie sie mit dem Gedanken spielte, zum Bundesgefängnis zu fahren, um Gerry zu besuchen.

Sie würde Shawn mitnehmen, ihr winziges Konto räumen, die Plastikteile einer Knarre abbauen und das Ding in einem Karamelpudding verstauen. Wer würde da schon Verdacht schöpfen? Mit jedem Tag, den sie bei Jack blieb, wuchs ihre erste Liebe, während sie vermutete, daß für ihn seine Erinnerungen an Eleanor immer wichtiger wurden. Ihr Zusammensein wirkte wie Gedächtnistreibstoff. Sie waren sich in mancher Hinsicht zu nahe, wurden immer mehr wie Cousin und Cousine. Ihre Erinnerungen an Gerry wurden deutlicher, stärker, greifbarer. Ihre erste Liebe war plötzlich so wirklich, so präsent, daß Gerrys Abwesenheit sie überraschte. Wenn sie Jacks unrasiertes Gesicht berührte, spürte sie Gerrys glatte Haut. Wenn sie Jacks kühle, harte Hand hielt, umklammerte sie die von Gerry – kräftig und warm. Jacks Haar war kurz, Gerrys lang, zu schweren Zöpfen geflochten. Jack war groß und schlank, wohingegen Gerry, milde gesagt, gut gepolstert war. Während der Jahre, in denen sie sich auf ihre Tochter konzentriert hatte, waren Dot die besonderen Eigenschaften ihres ersten Mannes entfallen, war ihr Gedächtnis gnädigerweise stumpf geworden. Jetzt wurde es schlagartig wieder lebendig. Manchmal schloß sie im Bett mit Jack die Lider und sah statt dessen das verzückte Licht in Gerrys Augen, wenn sein Gesicht sich ihr näherte, oder die konzentrierte Lust auf seinen Lippen.

Jacks Haus 31. Dezember 1994

An dem Abend, als seine fünfte Ehefrau ihn zum vierten und letzten Mal verließ, krabbelte Jack Mauser mit einer weihnachtlich verpackten Flasche ins Bett und vergaß das unbeaufsichtigte Kaminfeuer im Wohnzimmer. Oben auf der Geschenkpackung klebte als Dekoration eine rote Schleife. Er entkorkte den Scotch, Single Malt, Feuer, das aussah wie flüssige Butter, und trank den ersten Schluck Alkohol seit unzähligen Monaten. Er hatte sich sehr eingeschränkt, seit Dot ihn mit den Folgen konfrontiert hatte. Sie hatte ihn gezwungen, ganz und gar aufzuhören, ehe sie sich bereit erklärte, ihn zu heiraten – also waren jetzt gleich zwei Sachen vorbei.

Es war Silvester, und nach vier kräftigen Schlucken hatte Jack nur noch einen Wunsch: nach draußen zu gehen und den Mond um einen unsterblichen Fick zu bitten, um Eleanor, aber es schien kein Mond. Es gab niemanden, den er ansehen oder auch nur anrufen konnte, seit sie wieder nach Minneapolis gezogen war, wie er erfahren hatte, und ihre Telefonnummer geheimhielt. Er hatte den Zeitungsartikel über ihren Fall aufbewahrt; irgendein Knabe hatte sie angezeigt. *Der kleine Arsch hätte auf die Knie fallen sollen, den Boden küssen, auf dem sie ging, seinem Glücksstern danken!* Stellvertretend für seine frühere Frau hatte Jack sich so geärgert, daß er richtig überrascht gewesen war, als Dot den Zeitungsausschnitt fand und ihn fragte, ob er sie für schuldig hielt. Selbstverständlich war sie schuldig!

Eleanor hatte eben solche Neigungen, was in den meisten Fällen kein Problem war. Seit ihrer Ehe hatte sie eine ganze Reihe von jungen Liebhabern gehabt – und eine Sehnsucht nach unerreichbaren Männern.

Sie mag Sex, sie mag einfach Sex mit Männern, hatte Jack gedacht, aber nichts gesagt. Er vermutete, daß Dot an Sex mit ihm nicht mehr viel lag.

Jetzt saß er auf der Satindecke des breiten Bettes, das er mit Dot geteilt hatte. Er schloß die Augen, stellte sich sein 450-Quadratmeter-Haus und die gesamte Anlage in der Draufsicht vor. Es lag am Ende einer geteerten Sackgasse in einem teuren Wohnpark um einen riesigen Baggersee herum, in den Mauser selber im vergangenen Frühjahr zweihundert Kaulquappen und einen Eimer voller kleiner Forellen gekippt hatte. Mit der ausgehobenen Erde hatte er einen Hügel aufgeschüttet, und da es in der ganzen Umgebung von Fargo nirgends eine Erhebung gab, hatte dieser sich als große Attraktion für die Hauskäufer herausgestellt – bis die Erde ins Rutschen kam und ein Teil des Hügels kollabierte.

Er hatte es gehört; mitten in der Nacht war er vom Donnern der unaufhaltsamen Erdlawine aufgewacht. Er hatte gedacht, es sei ein Gewitter, und war wieder eingeschlafen. Jetzt war der Hügel abgesperrt. Die Straße ebenfalls. Seine nagelneuen Luxushäuser standen leer, weil potentielle Käufer keine Darlehen bekamen. In Finanzkreisen herrschte gelinde Panik, auf dem Markt braute sich ein Unwetter zusammen. Stück für Stück zerstörte sich das Projekt vor seinen Augen selbst. Am Tag nach Weihnachten hatte Mausers ehemaliger Freund Hegelstead, Präsident der First National Bank, angerufen. Mit ungewohnt verlegener Stimme hatte er sich entschuldigt und eine Zahlung für den ersten gefordert, sonst könne er für nichts mehr garantieren. Mauser hatte den Hörer hingeknallt, das Kabel aus der Wand gerissen und den Apparat in den Müll geworfen. Aber es gab keinen Ausweg. Mit der Post kam ein Brief von seinem Onkel Chuck, der drohte, den Rest seines Grundstücks wieder in Besitz zu nehmen und zu besäen, wenn Jack die Hypothek nicht zahlte. Außerdem waren im Januar die vierteljährlichen Steuern fällig. Er stand mit dem Rücken zur Wand. In den vergangenen sechs Tagen hatte er endlich begriffen, wie riesig seine Probleme waren: ein festes Fundament aus vergeudeten Gefühlen und immensen Schulden, und darüber verzweigten sich so viel mehr unvollendete Räume, als er je fertigstellen oder auch nur zählen konnte. Der einzige Ausweg war eine Bankrotterklärung, was bedeutete, daß es mit seinem Leben an dem einzigen Ort, der ihm etwas bedeutete und den er kannte, vorbei war.

Mauser setzte erneut die Flasche an und ließ sich dann bedächtig in die großen Kissen zurücksinken. *Booshkay neen*, sagte er. *Booshkay neen*. Woher hatte er das? Aus einem Buch? Von seiner Mutter? Manchmal kamen ihm plötzlich Ojibwa-Wörter auf die Zunge. Manchmal deutsche. Manchmal imitierte er Eleanor. Er bewunderte ihre Bildung, aber seine Bemühungen erbrachten zweifelhafte Erfolge – seine Männer etwa fanden es komisch, wenn er Gedichtzeilen brüllte und Eleanors philosophische Maximen in seine Strafpredigten einbaute. *Was einen nicht umbringt, macht einen stärker,* rief er seinen erschöpften Leuten kurz vor den Abschlußterminen zu. *Nietzsche! Nietzsche!* Jetzt holte er voll zufriedenem Selbstmitleid aus dem Einbauregal ein Buch von Eleanor, ein dünnes, zerlesenes Taschenbuch, und las immer wieder die Klage des Chu Shu Chen. *Frühlingsblumen, Herbstmonde, Seerosen* ... Weiter kam er nicht. Wo war Eleanor? Er wäre beinahe in Tränen ausgebrochen, bremste sich, überlegte dann.

Warum sollten Tränen – ihr Gebrauch und die damit verbundene Erleichterung – die alleinige Domäne der Frauen sein? Mit feuchten Augen lächelte er zur Decke hinauf. *Trag mein Herz davon wie ein verirrtes Boot.* Es war so befreiend zu trinken. Er hatte sonst keine Entschuldigung für Gefühle. *Du kannst die Scheißdinger nicht einfach so haben, sie müssen* dich *haben!* Er lachte laut auf. Er trug alte, weiche Jeans, kein Hemd. So hatte Dot ihn verlassen, halb ausgezogen, vor einem Feuer, in das sie gerade zwei billige Sektgläser geworfen hatten, von denen eins so dick war, daß es nicht einmal zerbrach, und nachdem sie auf das, was war und nicht sein sollte, mit sprudelnder Apfelschorle angestoßen hatten.

«Scheiß drauf», sagte Mauser.

Er trank noch einen Schluck. *Solange ich Fleisch und Blut bin, werde ich keine Ruhe finden. Es wird nie so weit kommen, daß ich meinen Gefühlen widerstehen kann.* Eleanor hatte ihm das Buch geschenkt, natürlich, deshalb hatte er es aufbewahrt, deshalb drückte er es jetzt an die Lippen. Sich wieder in die zweite Ehefrau zu verlieben, während man mit der fünften verheiratet war, war einfach blöde. Er mußte im Moment für so vieles bezahlen, teuer und für alles auf einmal.

Er schleuderte Eleanors Buch weg, summte ein selbstmitleidiges Kitschlied. «Stormy Weather». Noch ein Schluck. Und noch einer.

Wenn man betrunken ist, wenn man alleine säuft und dann aufhört zu singen, tritt eine erwartbare Stille ein, die sich mächtig und friedlich über alles legt. In dieser Stille hörte Mauser das Brummen des Kühlschranks wie etwas ganz Neues, wie ein Atmen, und das Summen der Kabel hinter dem Fernseher empfand er plötzlich als tröstlich. Graupel, Schnee und der heulende Wind draußen umgaben ihn wie ein Schoß aus wirbelnder Luft. Er wußte, daß er am Morgen vor Schmerzen und Übelkeit die Zähne zusammenbeißen würde, aber im Augenblick, unter seiner Glocke, kam ihm die kleine, heimelige Welt um ihn herum sicher vor. Er sehnte sich schon jetzt nach der Solidität dessen, was er besaß und verlieren würde.

Die Wände seines Hauses waren hell gestrichen, in den frostig rosaroten Farbtönen einer Meeresmuschel, und die Tür und Fußleisten in einem etwas dunkleren Lila. Klar, die Maler waren ein Haufen versoffener Wichser. Sie hatten geschlampt. Aber wie hätten sie so einen Palast völlig ruinieren können? Überall Eiche – die Geländer, die Simse – und Bleiglasfenster in den Türen des Fernsehschranks. Das große Badezimmer glich einem römischen Bad, mit riesiger Wanne, Massagedüsen und Seifenspendern. In der Dusche gab es einen Strahl für Dampf und einen für Heißwassermassage, wenngleich keines von beiden funktionierte. Um diesem Luxus etwas entgegenzusetzen, hatte Dot überall kleine eingepackte Seifenstücke hingelegt, die sie, zusammen mit winzigen Shampoofläschchen, aus Hotelzimmern mitgenommen hatte. Sie hatte sich geweigert, neue Handtücher zu kaufen. Er hatte sie angefleht, wenigstens im Hotel welche zu stehlen, nur damit er grobes Frottee auf der Haut spüren konnte. Aber auch das wollte sie nicht. Sie hatte die alten Handtücher aus ihrem alten Leben mitgebracht und würde, wie Jack jetzt dachte, sie wohl so lange benutzt haben, bis sie sich zu weichen Lappen abgerubbelt hatten. Dann hätte sie sie zerrissen und als Staubtücher weiterverwendet. So war sie eben. Um sich in dem Palast wohl zu fühlen, führte sie merkwürdige hauswirtschaftliche Prinzipien ein, ritualisierte Sparmaßnahmen, die das Leben strapaziös machten.

Sie verwertete wieder, bewahrte auf, rettete, besserte

aus, trug Sachen auf und ließ keinen Bissen verkommen, auch wenn sie ihn grimmig in sich hineinlöffeln mußte.

Er spazierte ins Wohnzimmer, berührte die eierschalfarben gestrichenen Wände, fuhr mit den Fingern über die dunkle Maserung eines Sideboards. Er summte niedergeschlagen vor sich hin, zog die schweren weißen Damastvorhänge auf, so daß er auf den gefrorenen Teich hinausblicken konnte. Er hatte Lampen auf dem Grund verschraubt und vorgehabt, jemanden einzustellen, der die Oberfläche reinigte, damit die Kinder darauf Schlittschuh laufen konnten. Aber es gab keine Kinder außer Shawn, und jetzt hatte Dot ihre Tochter in irgendeine Wohnung mitgenommen und ihm nicht einmal gesagt, wo diese lag. Eine Weile stand er nachdenklich im sanften Licht des Kamins, bis er merkte, daß das Feuer, an dem er sich wärmte, nicht in der mit Kacheln und Backsteinen ausgelegten Nische brannte, sondern daneben, wo sich einmal ein dekorativer Korb mit Tannenzapfen befunden hatte.

Er griff automatisch nach dem Teppich, der aber nicht da war; egal, es war ein hübscher Teppich, ein guter Pseudo-Navajo und ohnehin zu wertvoll, um ihn beim Feuerlöschen zu ruinieren. Jack fiel ein, daß es irgendwo ein Löschgerät gab, vermutlich in der Küche neben dem Herd. Er beobachtete das Feuer eine Weile. Es sah nicht besonders gefährlich aus. Es hinterließ noch keine Spuren an der Wand. Der Anstrich schlug noch nicht mal Blasen. Bestimmt ging es von alleine wieder aus. Der Qualm reichte nicht aus, um die sensiblen Rauchmelder in den Lichtinstallationen zu aktivieren, und das Feuer erzeugte gewiß nicht genug Hitze, daß die Sprinkleranlage anging. Das Haus war angeblich total verkabelt – Einbruchs- und Bewegungsmelder, Gegensprechanlage, Beleuchtung natürlich, Dimmer, und außerdem war in die Wände ein Staubsaugsystem eingebaut. Der Feuerschutzalarm würde die Feuerwehr alarmieren, und die Sprinkler würden die Flammen löschen, noch bevor der Einsatzwagen kam. Es war ein Haus, das für sich selbst sorgte; es konnte sogar seinen Rasen selbst sprengen und automatisch den Zugang beleuchten, wenn die Sonne unterging, denn Mauser hatte eine spezielle, solarzellenbetriebene Fußwegbeleuchtung installiert, die bei Anbruch der Dunkelheit aufstrahlte. Es war ein Haus, um das sich der Mensch eigentlich keine Gedanken zu machen brauchte. Er mußte nur die richtigen Schalter betätigen. Mäuser gähnte. Er ging in die Küche und öffnete einen Schrank nach dem anderen.

Zuerst ärgerte er sich über die Verarbeitung. Total mies. Die Klappen fielen auf und ließen sich nicht wieder schließen. Er merkte, daß Dot in die lockeren Schließmechanismen Papier geklemmt hatte, und er fluchte auf den Schreiner. Entweder war er sturzbesoffen, oder er kam gar nicht. Aber die besseren Handwerker in der Gegend von Fargo weigerten sich inzwischen, mit Jack zusammenzuarbeiten. Als nächstes ärgerte er sich über den Lebensmittelvorrat, den Dot angelegt hatte. Sie hatte eine Hamstermentalität, als wäre sie während der Weltwirtschaftskrise aufgewachsen. War sie natürlich nicht. Jedenfalls kaufte sie Lebensmittel immer in großen Mengen. Er entdeckte Suppencontainer, Zehn-Pfund-Säcke mit Bohnen, Erdnußbutter eimerweise. Sie bewahrte jedes Plastikgefäß mit Deckel auf, für den Fall des Falles. *Welches Falles?* dachte Mauser genervt und antwortete sich selbst: *Des Falles, daß ich bankrott mache.* Offenbar hatte sie doch den Instinkt einer Bauunternehmersgattin.

Er hätte nie und nimmer so streng mit ihr sein dürfen, ging ihm plötzlich in seinem betrunkenen Selbsthaß auf. Das war falsch gewesen, denn sie hatte doch nur sein Bestes gewollt. Ihretwegen würde er auf Monate hinaus etwas zu essen haben, auch wenn das Haus und alles, was ihm gehörte, gepfändet wurde. Er würde in ein kleines Zimmer in der Innenstadt ziehen, vielleicht im Fargoan, und seine Tage damit zubringen, daß er zusammen mit den alten Farmern, die immer noch Deutsch oder Norwegisch sprachen und sich mit ihren rauhen Händen ständig über die abgetragenen Arbeitshosen strichen, still die schwache Sonne genoß. Er würde seine Minestrone mit ihnen teilen, seine Erdnußbutter, seine gigantischen Dosen mit Wachsbohnen. Er würde die Münzen in seinem kleinen blauen Kinderportemonnaie zählen. Er sah sich um und erinnerte sich daran, was er eigentlich vorgehabt hatte, durchsuchte zweimal den Raum, konnte aber keinen Feuerlöscher finden. Er wußte, er hatte einen gesehen, also setzte er sich hin, um den Kopf klar zu kriegen. Die Flasche hatte er immer noch in der Hand. Er setze sie an die Lippen, an die Kehle und nahm noch einen tiefen, goldenen Schluck.

Inmitten dieses hitzigen Schlucks sah er mit geschlossenen Augen wieder Eleanor vor sich, so wie sie ausgesehen hatte, als sie das letzte Mal zusammengewesen waren. Ihre Haut war kreidebleich gewesen in der Dämmerung, ihr langes, hageres Gesicht eine Schneemaske mit herausgeschnittenen Augenlöchern für den glühenden Blick. Ihr Mund fein geschnitten, die Lippen trocken, ironisch geschwungen. Wenn er sie doch nur zurückgewinnen, sie irgendwie davon überzeugen könnte, daß er sich zwar verändert hatte, aber nicht völlig – im Augenblick, dachte er, während er den Kopf zurücklegte, um einen weiteren Schluck zu trinken, entwickelte er sich eher zurück –, wenn er um sie kämpfen und sie zurückerobern könnte. Aber von wem? Sie war mit niemandem zusammen. Von ihr selbst? Sein Leben war schon so lange schiefgelaufen, vielleicht, seit sie sich vor langer Zeit getrennt hatten. Wenn er jetzt zurückblickte, kam es ihm so vor, als hätte sich ein Nebel auf alles gesenkt, seit sie auseinandergegangen waren. Vielleicht würde ja eine entschlossene Rückkehr zum Anfang seines Erwachsenenlebens, zu seiner ersten richtigen Ehe, auch den Rest in Ordnung bringen.

Ungeduldig ließ er alte Geschichten Revue passieren. Wie lachhaft das alles war. Und wie verdreht sein Verstand – er hatte jede dieser Frauen aus einem tiefen Gefühl heraus geheiratet, jede einzelne! Jede Ehe hatte sich ihm als eine Fata Morgana des perfekten Glücks dargeboten. Jede Beziehung hatte so begonnen. Glücklich. Dann hatte die Wirklichkeit bei einem von beiden eingeschlagen – ob nun bei ihm oder ihr. Es war nicht weniger schmerzlich, jemanden zu verlassen, als selbst verlassen zu werden (letzteres brachte allerdings die Energie des Opferseins mit sich, weshalb er es vorzog). Selbstmitleid hatte er schon immer als stimulierend empfunden. Die erste Reaktion jedesmal – sich betrinken – hatte jetzt offensichtlich eingesetzt. Er kurbelte langsam zurück, dachte über Eleanor nach und dachte hoffnungsvoll an ihre gemeinsame neue Zukunft. Aber hieße das – der Gedanke kam ihm plötzlich und belustigte ihn irgendwie –, hieße das, daß er dann, nach Eleanor, alle noch einmal heiraten mußte?

Er dachte an Candice, seine dritte Frau. Er hielt an dem Glauben fest, daß seine längste Ehe irgendwie schön gewesen war, einfach so, schön und normal. *Ich bin zu etwas Anständigem fähig*, sagte er laut, aber kaum waren die Worte heraus, da war sein Kopf schon wieder von Eleanors altem Liebeszauber erfüllt. In einem Kloster! Ja, sie hatte viel gelernt! Ihr perfekter, verzückter Mund, ihr schlanker, üppiger, hungriger Körper, der auf seinem hockte, ihn erforschte, ihn kreuz und quer durch die Welt ihrer Bedürfnisse und Sehnsüchte zerrte, um ihn schließlich wieder hinauszuwerfen.

Benutzt! Er fühlte sich merkwürdig schwach in Eleanors Gegenwart, aber ihr damaliger Kampf, ihn zu verlassen, hatte ihn paradoxerweise gestärkt. Entschlossenheit. Ehefrau Nummer eins war June Morrissey gewesen. Nicht über sie nachdenken. Zurück ins Glied. Ein klarer Plan hatte sich erst bei Ehefrau Nummer drei herauskristallisiert, also bei seiner alten Schulfreundin Candy Pantamounty. Ihretwegen fühlte er sich immer noch am meisten schuldig. Alles war so klar, ein Muster, ein Mosaik seiner Irrtümer. In Ehe Nummer drei hatte seine Frau sich selbst als sein Opfer definiert. Er hatte Candice dazu gebracht, ihm zu vertrauen, hatte sie verletzlich gemacht, was ganz untypisch für sie war. Und dann hatte er selbstverständlich ihr Vertrauen ausgenutzt und die Schatzkammer ihrer Gefühle zerstört und geplündert, wie sie sich ausdrückte. Da drängte sich eine Frage auf. Waren diese Gefühle tatsächlich solche Schätze gewesen, und war nicht auch er verletzt worden? Wie konnte jemand, der dann in Lust und Qual zu Marlis Cook, Ehefrau Nummer vier, floh, nicht verletzt gewesen sein? *Ich bin ein gefühlsbetonter Mann!* Sie hatten ihm alle irgendwann vorgeworfen, er habe keine Gefühle, aber das Gegenteil war richtig – seine Gefühle waren gewaltig und zart zugleich.

War das so schlecht? So unmöglich? Er schloß die Augen. *Fühle! Fühle!* Er fühlte alles, und er konnte es ertragen.

Marlis hatte ihn fertiggemacht – schnell und gnadenlos. Sie war immerhin und nachweisbar eine beidseitig gepolte Herzensbrecherin, die sich seine Midlife-Krise zunutze gemacht hatte, um in ihrem jungen Leben voranzukommen. Ja, Marlis jagte ihm bis heute Angst ein, um so mehr, als sie so schnell aufgehört hatte, ihn zu lieben, und dann, weil sie, trotz ihrer Psychoprobleme sehr praktisch veranlagt, mit Candice zusammengezogen war. Möglicherweise war dies der Quell seiner Schuldgefühle – die Gewißheit, daß er seine dritte und seine vierte Frau dazu gebracht hatte, ihm so grundlegend zu mißtrauen, daß sie lieber Frieden miteinander schlossen. Sie hätten Rivalinnen sein müssen, das war's. Sein Stolz war gekränkt. Daß sich zwei seiner früheren Ehefrauen zusammengetan hatten, war irgendwie demütigend.

Mauser griff bekümmert zur Flasche und prostete Candice und Marlis wegen ihres jähen, enthusiastischen Positionswechsels unglücklich zu. Er schloß die Augen; alles drehte sich. Der Alkohol packte ihn, wirbelte ihn kurz und gemein herum. Plötzlich war Eleanor wieder um ihn, ein leichter Schleier. Sie roch nach Rauch, oder war er das? Sie hatte gern ihr Gesicht an ihn gedrückt und den Duft seiner Haut eingeatmet. Er spürte ihren Atem auf seinem Brustkorb, ihre Lust, während sie sich streckte und mit langsamen, pumpenden Schenkelbewegungen gegen ihn stieß. Fast hätte er sich geohrfeigt. Laß das, sagte er zu sich. Sie hatte es nicht gewollt und er auch nicht, aber hinter der Fassade mußten sie es beide doch irgendwie gewollt haben. Die Offenbarung, ihre Gefühle – es ging alles so leicht. Ein wunderschöner Fries zeigt sich unter einer bröckelnden Gipswand, eine kryptische Collage aus Perlen und Spiegelplättchen. Der Boden bebt, eine gewaltige Verschiebung findet statt, das Folgende wird enthüllt. Man bleibt atemlos zurück, so wie es ihm geschehen war. Gleich darauf hatte er seine Hose wieder angezogen und sich aus einem Kloster voller träumender Nonnen geschlichen. Er war nach Fargo zurückgefahren, zurück in sein bankrottes Leben, und hatte gemerkt, daß er nicht gehen konnte, daß er es nicht fertigbrachte, Dot zu enttäuschen.

Wieder rief er sich Dots Bild in Erinnerung. Soviel Sehnsucht in ihren dunkelbraunen Augen. Junes Augen hatten traurig gefunkelt. Aber sie hatte ihn angelacht. Dann Candices blauäugige Überlegenheit. Schließlich wieder Eleanor und Marlis, schwanger. Weswegen wurde er nur so bestraft?

Ihretwegen? Wegen dieser Frau vom Ölfeld? June? Wegen dem, was ich getan habe, oder wegen dem, woran ich sie nicht gehindert habe? Mauser stapfte ins Schlafzimmer, wie eine Wurst in eine Decke gewickelt. Kroch wieder aufs Bett. Streckte die Arme zur Zimmerdecke, kickte die Wolldecke mit den Füßen weg. *Du wirst erdrückt werden. Sie wird dir die Knochen brechen, dich wie Fleisch verschlingen!* Hatte die komische alte Nonne das damit gemeint? Und war das alles wegen June? *Hey, hätte ich sie wirklich retten können?* Er redete laut, und dann antwortete er sich selbst wie ein alter Priester. *Jack, du hättest der Frau, die du da gerade geheiratet hattest, wenigstens folgen können.*

Ich hätte sie nie gefunden. Ich wäre erfroren.

Das stimmt, entgegnete er sich selbst und trank noch einen Schluck. *Aber das Schreckliche ist, ich habe nicht einmal einen Schritt von der Straße getan!*

In der Tasche hatte er den Brief, den Eleanor ihm als Erklärung hinterlassen hatte.

> Lieber Jack,
> wider Willen habe ich Dot ins Herz geschlossen. Ihre Direktheit ist so erfrischend, ihre Ehrlichkeit ein solcher Kontrast zu deinem Mangel daran. Und dann ist da das Wohl ihrer Tochter zu berücksichti-

gen. Ich weiß, du magst das Mädchen. Was zwischen uns passiert ist, Jack – ich kann es einfach nicht ertragen. Es tut zu weh. Ich wollte, ich könnte die Erinnerung daran auslöschen, aber andererseits lebe ich davon. Egal – wir wissen beide, es würde nicht funktionieren, es hat nie lang geklappt. Vergiß nicht, wie es war, als wir zusammengelebt haben! Ich muß mein Buch schreiben, mich zurückziehen, nachdenken. Vielleicht bin ich dafür geschaffen, mein Leben in Einsamkeit zu verbringen.

Immer wieder las er diesen Satz. Er klang so ... na ja, viktorianisch. Und dann der Schluß. *Laß uns weitermachen wie bisher.* Was bedeutete das – vögeln oder nicht vögeln?
 Er begehrte sie. Sein Herz war zerquetscht worden. In Eleanors Händen hatte es sich entfaltet und wieder Gestalt angenommen. Er wußte um die Wahrhaftigkeit seiner Gefühle, und alles, was noch davon übrig war, war diese alte Liebe. Er hatte versucht, sie aufzugeben, immer wieder, wie ein Pilger, der die Steinstufen einer Kathedrale abwetzt. So groß, so monumental war seine Liebe, dachte er.

Er befand sich noch immer im Schlafzimmer, und das Nebenzimmer war eindeutig voller Rauch. Er hörte laute Schnappgeräusche und sah das Flackern der Flammen im weißen Türrahmen. Er tastete mit den Händen um sich, bis er die Flasche fand. Nur noch viertelvoll. Er spürte keine Hitze von dem Feuer und glaubte immer noch, es würde von selbst ausgehen, wenn erst die Tannenzapfen, Zeitungen und so weiter verbrannt waren. Wahrscheinlich wurde es nicht mal heiß genug, um die Hartholzfußböden anzugreifen. Er lehnte sich schwindelig zurück und gähnte so heftig, daß sein Kiefer knackte. Er schüttelte sich am ganzen Körper, starrte auf seinen Handrücken. Und in dem Moment war ihm klar, was er tun wollte.

Oder eher, was er nicht tun wollte. Er beschloß, sich nicht zu rühren.

Er begriff, daß der Rauchmelder defekt war. Er hatte das vergessen, weil er darauf gebaut hatte, daß die Sprinkleranlage funktionierte. Jetzt merkte er, daß sie längst das Haus hätte überschwemmen müssen. Er blickte auf seine Hände, die ganz weit weg waren, am Ende dieser ewig langen Arme. Er hatte die gräßliche Vorstellung, daß der Alkohol ihn wie Gummi in die Länge gezogen hatte, doch als er sich mit der Größe des Betts verglich, schien er genauso darauf zu passen wie immer. Nicht gewachsen. Beruhigt packte er das Ende eines vorbeizischenden Gedankens und hielt sich daran fest. Er war eine Bulldogge an einer Fahrradkette: Von der Anstrengung des Denkens taten ihm die Zähne weh. Was könnte besser sein? Er sagte es laut. Was könnte mehr Sinn ergeben? Er stand auf. Er schloß die Tür, um den Rauch, der ihn zum Husten brachte, draußen zu halten. Nichts konnte in seiner hoffnungslosen wirtschaftlichen Situation besser sein als das, was gerade im Nebenzimmer passierte.

Sein Haus brannte ab.

Er war plötzlich ganz aufgeregt. Sein Haus brannte ab! Er setzte sich auf und begann Pläne zu machen.

Versichert, ja, er war versichert. Er hatte seine Raten immer bezahlt, egal, wie eng alles war, hatte sie sogar vorzeitig bezahlt, um sich den Papierkrieg zu ersparen. Er war gut versichert, aber nicht überversichert. Nichts, was Verdacht erweckt hätte, keine große Änderung seiner Police in letzter Zeit. Vergangenen Monat, einer dieser freundlichen Routineanrufe von seinem Vertreter, nichts als das übliche Geplauder. Jack hatte es sogar abgelehnt – ja, da war er sich sicher –, irgendeine Form von zusätzlichem Versicherungsschutz dazuzunehmen. Das stand bestimmt in den Unterlagen. Abgelehnt! Es war so perfekt, daß er am liebsten losgeheult hätte. Die Dinge regelten sich von allein, und riesige Probleme, über die er keine Kontrolle mehr gehabt hatte, lösten sich jetzt genau deswegen in Luft auf, weil er die Kontrolle aus der Hand gegeben hatte. Gott schenkte ihm ein breites Grinsen. Im Haus befand sich nichts, was ihm wichtig war, was er retten wollte, oder? Außer ihm selbst natürlich. Er hatte nicht auf das Feuer geachtet. Er hatte sich betrunken. Und weiter? Im letzten Moment würde er aus dem Fenster springen, im Schnee landen. Wenn er Glück hatte, bemerkte niemand den Brand, keiner würde die Feuerwehr alarmieren. Alle Leute in der Stadt waren bei irgendwelchen Partys – obwohl das hier draußen sowieso keine Rolle spielte. Die ganze Straße war unbewohnt, stand zum Verkauf. Es wäre zu spät, um das Haus zu retten, und vielleicht ... sein Herz klopfte schnell. Er trank einen Schluck. Vielleicht das nächste, das übernächste, die ganze gottverdammte Straße. Vielleicht waren bei allen die Rauchmelder defekt. Und die automatischen Sprinkleranlagen. Sie hatten Sensoren, die durch ein Computersystem aktiviert wurden. Einer seiner Leute hatte Mist gebaut. Gott segne ihn.

Es war ein riesiges, solides Haus, aber nach einer Weile dachte Mauser, daß es doch sehr lange brauchte, um abzubrennen. Er befand sich in einem Stadium des Suffs, in dem sich sein Gesichtskreis verengte, als würde er ständig einen Korridor hinuntersehen, der rechts und links mit schwarzen Vorhängen verhängt war. Er konnte nichts mehr hören, er spürte die Geräusche nur noch. Die Wände pumpten und ächzten wie ein Ventil. Das ganze Haus schien zu pulsieren wie das Innere eines dunklen Körpers. Plötzlich züngelte eine Flamme unter der Tür hindurch.

Er wußte, es war dumm, aber er öffnete sie. Eine enorme Hitzewelle warf ihn zurück, begrub ihn. Er spürte, wie seine Augenbrauen zusammenschmurgelten, sein Haar verbrannte. Die Weihnachtsschleife auf seiner Stirn explodierte in einem grellen Lichtblitz, und er schlug die kleine Flamme aus. Die Haut auf seinen Wangenknochen bildete Blasen, noch ehe er ins Badezimmer stürzte, um dem Flammeninferno zu entkommen. Vom Badezimmer ging ein schmaler Gang ab, der über eine Treppe mit dem Kellergeschoß verbunden war.

Von seiner Zeit als freiwilliger Feuerwehrmann wußte er, daß ein Raum, der demnächst in Flammen aufgeht, von einem merkwürdigen Druck erfüllt ist. Die Luft bebt, und die Gegenstände kochen fast vor sirrender Spannung. Mauser spürte, wie sich der Fußboden hinter ihm aufwarf, er hörte das Krachen der Balken, während er zur Treppe raste. Er hätte auch den direkten Weg ins Freie wählen können, durchs Fenster, aber in letzter Minute entschied er sich anders, weil plötzlich ein Bild in seinem Kopf auftauchte. Eine Weinflasche. Der Keller. Er fand, daß er unbedingt noch etwas zu trinken brauchte, ja, daß er es verdient hatte, ehe er das Haus verließ. Der Teppich hinter ihm ging in Flammen auf und schnurrte zusammen. Die Treppe führte direkt hinunter in ein riesiges, niedriges Kellergeschoß aus Gußbeton, solide wie ein Bombenbunker.

Die Luft schien dick und neblig hier unten. Jack holte eine Taschenlampe vom Regal, raste durch die offene Waschküche, öffnete die Tür zum Weinkeller. Dort wurden keine Flaschen gelagert, außer dieser einen, die zu teuer und zu alt war, um getrunken zu werden, auch so ein Geschenk von einem Kunden. Diese Flasche wollte Jack jetzt, aber sie war weg, wie er mit einem Blick feststellte. Der Raum war leer, bis auf eine Rinderhälfte, die Dot, wie er in fassungslosem Zorn kombinierte, irgendwo im Sonderangebot gekauft haben mußte. Vielleicht hatte auch ihre Tante sie ihr als eine Art Hochzeitsgeschenk vermacht, dachte er, innerlich brodelnd, während er die Tür hinter sich schloß. Wo war der erstklassige alte Wein? Seine heimlichtuerische Frau hatte dieses Rind ins Haus geschleift und hier gelagert, aber wo hatte sie die Flasche versteckt? Er schubste das riesengroße Stück toten Fleisches beiseite und setzte sich auf ein dekoratives leeres Faß mit Zapfen. Vermutlich hatte es als eine Art Ziertopf dienen sollen; Wein konnte jedenfalls bestimmt nicht mehr darin gelagert werden. Nicht hier. Er drehte hoffnungsvoll an dem Zapfen – es mochte ja doch sein. *Nada.* Er blickte nach oben, nach unten, um diese Flasche zu finden, die er sich so wunderschön gealtert vorstellte, mit Staub und Spinnweben bedeckt. Nichts zu sehen. Nur ein paar Gläser mit eingelegten Hähnchen, die gespenstisch auf ihren Regalen dahinmoderten.

Auch ohne Hemd begann Mauser zu schwitzen. Er zog die Jeans aus und dann die Unterwäsche. *Wie wär's, wenn ich einfach verschwinden würde?* Er dachte an seine Gürtelschnalle, an Versicherungsexperten und an Detektive, die den Schutt durchsuchten, an Dot, die aussagen würde, daß er an dem Abend, als sie am Endpunkt ihrer Ehe angekommen waren, diese verkohlten Klamotten getragen hatte, genau diese Gürtelschnalle. Die Luft wurde heißer und heißer, und Mauser wußte, er mußte raus. Er war immer noch enttäuscht wegen der Weinflasche, versuchte jedoch, gelassen zu bleiben: Er würde die Situation zu seinem Vorteil wenden, indem er eine Spur hinterließ. Man hatte ihm in der High-School beim Football ein paar Zähne ausgeschlagen, und jetzt riß er sich unter Schmerzen die kleine Porzellanbrücke heraus, die er seither im Mund trug, und grub sie dem langsam auftauenden Rind in die Seite.

Es war gleich soweit. Er durfte keine Sekunde länger warten. Er öffnete die Tür, rannte über den heißen Betonfußboden und kletterte auf den neuen Wäschetrockner. Da oben kam er fast um – kaum noch Luft, nur dichter Rauch. Hinter sich hörte er in den durch sein Werkzeugzimmer und seine Werkstatt rasenden Flammen ein merkwürdig ploppendes Geräusch, das er sofort erkannte und betrauerte. Er hörte seine Wasserwaagen; erst kochte der Alkohol darin, dann explodierten sie. Wie Knallkörper an einer Schnur. Er fummelte am Fenstergriff, ein Anderson-Produkt von bester Qualität, das er bei Renovierungsarbeiten in der Innenstadt abgestaubt hatte. Der Griff funktionierte nicht, und der Rahmen war ein bißchen verbogen, weshalb das Gitter schwer zu entfernen war. Er schaffte es aber, und dann erkannte er in einem nüchternen Moment der Klarheit, wie tief der Schnee war, der gegen das Fundament drückte.

Das Fenster ließ sich gegen die kompakte weiße Wand nicht öffnen. Er preßte das Gesicht gegen die Scheibe. Er spürte, wie das Haus über ihm zusammenfiel und dabei Schockwellen und Feuerbälle aussandte. Daß ausgerechnet der Schnee sein Untergang sein würde, damit hätte er am wenigsten gerechnet. Auf viele materielle Details hatte er in seinem Leben nicht geachtet, aber den Schnee hatte er immer respektiert, ihn einkalkuliert, sein Gewicht auf Dach und Balken berechnet. Er hatte immer genug Platz gelassen, daß man die Einfahrt räumen konnte, eine Neigung eingeplant, damit der Schnee vom Haus wegschmolz. Auch beim Straßenbau hatte er seine Tücken stets verstanden und vorhergesehen. Er hatte seinen Freund, den Schnee, als

Isolation für Rohre und Abwassersysteme verwendet, die exakt den Vorschriften entsprachen, nicht mehr und nicht weniger. Es war unfair, ausgerechnet vom Schnee umgebracht zu werden! Alle Elemente hatten sich gegen ihn verschworen, sogar die Erde und das Wasser in seiner reinsten Form. Er spürte, wie sich das Licht und die Hitze über ihm veränderten. Ein kochendheißer Tropfen drang durch die Kellerdecke und traf ihn zischend im Nacken. Die Sprinkleranlage hatte sich plötzlich selbst repariert. Das Haus, abgebrannt bis auf die Kabel, seine Nerven, hatte endlich begonnen, sich zu verteidigen. Er spürte das Wasser und das Feuer, beides zugleich, ein tosender Strom, der die Kellertreppe herunterraste. Eine Mauer aus Dampf hüllte ihn ein, und plötzlich war er stocknüchtern.

Jack Mauser sah sich selbst, splitterfasernackt, gedünstet auf einem Wäschetrockner. Mit neuer Kraft wandte er sich wieder dem Fenster zu. Der Schnee war dicht zusammengepreßt, wie feingemasertes Holz. Er holte ein Handtuch aus dem Trockner. Er spürte zwar nicht mehr, wie sich die Dinge anfühlten, aber er war sich sicher, daß er das Notwendige in der Hand hielt. Wasser wirbelte über den Boden, schwoll zu einer mächtigen Woge. Seine Hände waren ebenfalls bis auf die Nervenbahnen abgebrannt, empfindungslos vom Alkohol und hart vor Trauer. Dennoch gelang es ihm, das Handtuch über die Scheibe zu hängen und mit der Faust immer wieder dagegenzuschlagen, bis er sicher sein konnte, daß das Glas geborsten war. Er zerrte das Handtuch mit den Scherben herunter. Und dann, seine tauben Hände als Schaufeln einsetzend, warf er sich nach vorn.

Nr. 5 429 316
North Dakota, Gerichtsbezirk Cass County
Betr. Nachlaß von John J. Mauser, verstorben.
Akte Nr. 3 890–120 938 475
Mitteilung an die Gläubiger

Hiermit wird bekanntgegeben, daß die Unterzeichner als Verwalter des o. a. Nachlasses bestimmt werden. Alle Personen, die Ansprüche an den Verstorbenen haben, werden aufgefordert, innerhalb von vier Monaten nach Veröffentlichung dieser Bekanntmachung ihre Ansprüche geltend zu machen, da sie andernfalls verfallen.

Die Forderungen sind entweder mit Rückantwortschein per Post an den Nachlaßverwalter Maynard Moon, c/o Moon, Webb & Cartenspiel, Rechtsanwälte, Professional Building, Suite 6, Roberts Street, Fargo, North Dakota 58102 zu adressieren oder an der Pforte der o. a. Gerichtsbehörde abzugeben.

5. Januar 1995
Maynard Moon
Nachlaßverwalter
Moon, Webb & Cartenspiel

Teil 2 **_Die Blackjack-Nacht_**

Memoria 5. Januar 1995
Fargo

Es war ein Wintertag, kalt, aber nicht bitterkalt, der Himmel ein ödes graues Tuch, der Schnee auf den Straßen von Fargo eine Kruste aus eisigem Spitzengewebe. Autos fuhren knirschend auf die geräumten Parkplätze des Bestattungsinstituts Schlick – das beste in der Stadt –, die so sauber waren, daß die Frauen mit ihren hohen Absätzen weder rutschten noch umknickten, sondern sicher auftreten konnten. Manche in Begleitung, manche allein, so gingen sie den mit Salz gestreuten Gehweg entlang. Der Vorplatz war von dunklen, hohen Eiben gesäumt. Kunstvoll beschnittene Büsche begleiteten die Leute zum Eingang, die dichten Nadeln dämpften das Licht, und die meisten Trauergäste verfielen in Schweigen, als sie die gefächerten Steinstufen hinaufstiegen und durch die Tür aus facettiertem viktorianischem Glas und geschnitzter Eiche das Gebäude betraten.

Das Bestattungsinstitut war früher die Villa des Eisenbahnbarons gewesen, eines der ersten Häuser, die gebaut worden waren, als die Northern Pacific vor einem Jahrhundert den Red River überquerte und den Spekulanten, die an dieser Stelle Land gekauft hatten, ein Vermögen einbrachte. Mit Veranden und Seitenflügeln, jetzt in dezentem Beige gestrichen, flankiert von hohen Birken und Fichten, erstreckten Haus und Grundstück sich über mehr als einen Acre fruchtbarer Agassiz-Erde.

Nachdem die Tür sich leise hinter ihnen geschlossen

hatte, strebten die Gäste in einen Salon, in dem bunte Glasrhomben funkelten. Heute brannte dort ein kleines Gasfeuer, das unter einem Kaminsims aus italienischen Kacheln gleichmäßig züngelte. Der Sarg, in dem sich die sterblichen Überreste Jack Mausers befanden, stand auf einem mit Stoff verhüllten Tisch, umrahmt von Topfpalmen.

Eleanor hatte den Sarg ausgewählt – zum Großhandelspreis, pompös, mit Messingzierleisten und kunstvollen Griffen. Jacks dritte Frau, Candice, hatte sich mürrisch bereit erklärt, die Hälfte der Kosten zu übernehmen. Candice hatte Eleanor noch nie gemocht und hegte auch jetzt den Verdacht, daß sie ihr mehr Geld abknöpfte, als der Sarg wert war. Niemand wußte, wo sich Marlis Cook, Mausers vierte Frau, aufhielt. Jacks fünfte, Dot, begrüßte die Trauergäste. Alle Anwesenden hatten trockene Augen, außer Eleanor, die in der Duftwolke der gelben Fresien bei der Tür stand und heftig in die vors Gesicht geschlagenen Hände schluchzte.

Die Luft um Eleanor schien feucht. Ihre Kleider waren naß und fleckig. Sie wies alle Tröstungsversuche zurück, indem sie mit scharfen Fingernägeln nach tätschelnden Händen schlug. Dot merkte, daß sie Mitleid mit ihr empfand. Sie baute sich schützend neben ihr auf. Und wenn irgendein Freund von Jack geheuchelte Platitüden vorbrachte, blitzte sie ihn wütend an und knirschte mit den Zähnen.

Sie wachte über das Gästebuch, offerierte mit kräftigen, kurzen Fingern und abgekauten Nägeln einen Feinschreiber. Sie nickte jedem Gast zu und überprüfte, ob sich in den Augen Trauer zeigte. Das war selten der Fall. Mit einer gewissen Verachtung registrierte sie die kargen Beileidsbekundungen der Gäste, wenn sie den Raum betraten, stehenblieben und dann in tänzerischer Monotonie weiterschritten.

Nacheinander näherten sie sich der imposanten, verschlossenen Kiste aus Stahl und Messing, blieben einen Moment unsicher stehen, weil es ja keine Leiche zu betrachten gab, und traten dann unauffällig zur Seite. Bei fast allen das gleiche Ritual, und es kamen viele – aus Neugier, aus Hoffnung auf Geld oder weil sie Jack wirklich die letzte Ehre erweisen wollten. Es gab sogar ein paar, die Jack gemocht hatten, denn vor allem in betrunkenem Zustand war er gelegentlich sehr großzügig und spendabel gewesen. Mit Geld, das ihm nicht gehört hatte. Am späten Vormittag trug Dot das erste Gästebuch weg – es war voll –, und ein neues wurde hereingebracht und auf das verzierte Tischchen gelegt. Um die Mittagszeit stieg die Temperatur, und die Luft wurde stickig. Die Sonne schien hell durch einen Riß im Wattehimmel und erwärmte den Raum zwischen Sprossenfenster und Innenrahmen, wodurch die Fliegen zum Leben erwachten. Sie landeten in den Wassergläsern der Gäste oder verfingen sich schläfrig surrend in schwarzen Schals und Ärmeln. Eleanors Vater Lawrence Schlick, ein kräftiger, gelenkiger Mann, erschien in regelmäßigen Abständen, um mit verlegener Würde, aber nur mäßigem Erfolg eine rote Fliegenklatsche aus Plastik zu schwingen. Die lästigen Insekten wurden immer zahlreicher, schwirrten schwarenweise auf, wenn man die Samtvorhänge nur berührte, und es wurde immer wärmer im Raum. Mr. Schlick stellte fest, daß die kleinen Flammen zwischen den getüpfelten Metallholzscheiten zu hoch gestellt waren und nicht heruntergedreht werden konnten. Während er vom Hinterzimmer aus das Geschäft anrief, wo er die Heizung gekauft hatte, schwitzten die Leute in der Nähe des Kamins immer mehr und begannen zu streiten.

Der Tod bringt die Menschen aus dem Gleichgewicht,

zwingt Verwandte, persönliche Interessen neu zu überdenken, bringt das Verborgene, Chaotische, Ängstliche der menschlichen Natur zum Vorschein, zeigt die Angehörigen von ihrer besten und schlechtesten Seite. Die Hitze im Raum trug das ihre dazu bei, ebenso wie das Kaminfeuer, ein Makel in einem ansonsten so sorgfältig renovierten Haus. Vielleicht war es unvermeidlich, daß Jack Mauser auch im Tod Spannungen hervorrief, genau wie im Leben. Niemand wußte das besser als Jacks Ehefrauen Nummer zwei und drei, Eleanor und Candice. Und doch sahen sich diese beiden Frauen, die sich einst soviel auf ihre Flucht vor Jack zugute gehalten hatten, bedauerlicherweise in eine Auseinandersetzung verwickelt, die banal und provozierend zugleich war: nämlich die, was mit seinen sterblichen Überresten geschehen sollte.

Dr. med. dent. Candice Pantamounty blieb in jeder Situation beherrscht. Sie war in sexuellen Dingen streng, entnervend gepflegt, klug, aber antiintellektuell, und vor allem peinlich sauber. Und professionell. Sie hatte sich mit oder ohne Jack Mauser durchgesetzt. Sie war blond und zierlich, mit rosaroten Lippen, und höchst erfolgreich in ihrem Beruf. Eine sehr geschickte Zahnärztin. Ihr Selbstvertrauen besänftigte weniger ausgeprägte Persönlichkeiten und modellierte sie wie Gold. Sie war überzeugt, nichts Unkorrektes tun und denken zu können, und selbst wenn sie nachweislich im Irrtum war, gelang es Candice Pantamounty – sie hatte nach der Scheidung wieder ihren Mädchennamen angenommen und beschlossen, ihn nie wieder zu ändern –, noch das Eingeständnis eines Fehlers als etwas Bewundernswertes, als Triumph darzustellen. Es gab sogar Zeiten, in denen sie alle möglichen Schwächen zugab, vorausgesetzt, sie konnten als liebenswerte Launen hingestellt werden. «Ich bin ja so ein Hundenarr», konnte sie zum

Beispiel sagen und so ihre sentimentale Seite enthüllen. «Ich kann Kartoffeln einfach nicht widerstehen», gestand sie, ein Hinweis auf ihre Erdverbundenheit. «Ich weiß, ich sollte nicht so schnell fahren, aber ich komme eben gern pünktlich!» Sie verwandelte ihre kleinen Fehler in Tugenden, und wenn das nicht ging, machte sie übertriebene Geständnisse. «Egoistisch? Du hast recht. Ich bin egoistisch. Sehr egoistisch sogar!» Indem sie ihre Schwächen eingestand, bewies sie immerhin Ehrlichkeit.

Hinsichtlich ihrer Entscheidung, Marlis während der Schwangerschaft beizustehen und ihr eine Adoption anzubieten, war sie jedoch ungewöhnlich bescheiden. Sie gab nie damit an und reagierte nur mit einem schwachen, tadelnden Lächeln, wenn jemand sagte, das sei aber sehr anständig von ihr. Sie steuerte die Reaktionen anderer Leute, konzentrierte sich so auf ihre Einflußmöglichkeiten, wie sie bei einer Zahnfüllung den Biß des Patienten perfektionierte. Sie reichte Jacks Baby herum und freute sich, wenn die anderen entzückt waren, solange sie nur die entsprechende Anerkennung dafür bekam, daß sie die Ursache dieses Wohlbehagens war. Leute, die von sich aus glücklich waren, ignorierte sie ebenso wie solche, die Gefühle zeigten, die sie nicht manipulieren konnte.

Obwohl sie Jack einmal geliebt hatte, lag ihr größtes Problem mit seinem Tod, diesem Tag und dieser Situation darin, daß sie mit den unkontrollierbaren Gefühlen anderer konfrontiert war – Gefühle, die nichts mit ihr zu tun hatten. Obwohl das Baby auf ihrem Arm die Aufmerksamkeit auf sie lenkte – zwar nur indirekt, aber doch greifbar –, fühlte sie sich unscharf wahrgenommen, fast unsichtbar. Zudem erwies sich das Kind schon als ziemlich unberechenbar. Es schnitt Grimassen und erbrach sich in hohem Bogen über ihre Schulter. Sie übergab den Jungen ihrer kompetenten Kinderfrau Mrs. Kroshus, einer athletischen, grünäugigen kleinen Dame mit einer Häkelstola, die ihr unnatürlich dichtes Haar in einem Altjungfernknoten trug. Streng und geschickt wiegte diese das Baby, während sie Candices Kaschmirjackett mit dem winzigen Handtuch sauberwischte, das sie für solche Notfälle in der Handtasche bei sich trug. Indessen trat Eleanor zu ihnen, um zu besprechen, wie es nun weitergehen sollte.

Sofort besserte sich Candices Laune. Hier war eine Aufgabe zu bewältigen. Ihre blauen Augen begannen zu strahlen, ihr säuberlich pink geschminkter Mund zuckte in den Winkeln, ihr Haar schimmerte, füllte sich mit Glanz. Die beiden Frauen entfernten sich von den anderen Anwesenden. Obwohl sie sich farblich sehr voneinander unterschieden, fielen sie als Erscheinungen gleichermaßen auf. Beide trugen Kostüme, deren strenger Schnitt durch triviale Accesoires abgemildert wurde – ein Seidenschal mit Initialen bei Candice, ein geflochtener Goldgürtel bei Eleanor. Beide trugen extravagante Metallgehänge mit köderartigen Gelenken im Ohr, die hüpften, sich drehten und im Licht schimmerten. Hohe Absätze, kurze Röcke. Elegante, gelenkige Beine, die den Eindruck erweckten, sie könnten jeden Moment zutreten, während die Arme in gespielter Lässigkeit vor dem Oberkörper gekreuzt waren.

«Er hat mir gesagt», erklärte Eleanor freundlich-beiläufig, «daß er im St. Joseph's Cemetery beerdigt werden möchte.»

Neuerdings machte sie zuviel Fitnesstraining, joggte meilenweit, um ihre Nervosität loszuwerden. Seit dem Zusammenbruch war sie vor Kummer noch mehr abgemagert. Sie schwitzte schnell und weinte viel. Durch die Zeit im Kloster waren ihre Nerven empfindlich geworden, aber trotz klopfendem Herzen und trockener Kehle sprach sie nun mit professioneller Leichtigkeit über Jacks letzte Wünsche.

«Nicht der Jack, den ich kannte!» Candice fuhr sich mit den Fingern durch das auftoupierte Haar, das hell und frostig wirkte wie Glitzerschnee auf dem Weihnachtsbaum. Sie hatte sich geweigert, von Jack Alimente anzunehmen, und ärgerte sich jetzt, daß sie für den Sarg bezahlen sollte. Ein teures Begräbnis erschien ihr mehr als überflüssig – es war reine Verschwendung, ein typisches Beispiel für Exzesse à la Mauser. Jack war mit Schubladen voller unterzeichneter Pfandrechtverzichtserklärungen gestorben, mit längst überfälligen Ratenzahlungen für seine Maschinen, mit Anleihen auf geliehenes Geld, mit Portfolios ohne Wertpapiere – außer Aktien, die nie etwas gebracht hatten – und einem großen, unvollendeten Projekt, das jedem Optimismus in der Baubranche Hohn sprach und das jetzt unübersehbar riesig und wertlos am Rand von Fargo stand, lauter unverkaufte, schlampig gebaute Siedlungshäuser.

«Ich bin nicht interessiert, nicht im geringsten!» hatte sie vor drei Monaten zu Jack gesagt, als er sie wegen eines 370-Quadratmeter-Hauses angesprochen hatte. Vielleicht hatte sie zu strikt abgelehnt, hatte durch ihr spöttisches Mitleid eine gewisse Schadenfreude über seine Verzweiflung durchschimmern lassen. Trotzdem fühlte sie sich deswegen nicht verantwortlich für Jacks letzte Entscheidung – oder Entscheidungsunfähigkeit, was immer am Ende passiert sein mochte.

«Mir hat er gesagt, er will eingeäschert werden!»

Candice ging in die Offensive, sprach energisch und mit Nachdruck, ohne Rücksicht auf die Wahrheit. «Und so ist es ja dann unbeabsichtigterweise auch gekommen! Aber er hat die ganze Vorstellung von Gedenksteinen und Gräbern gehaßt. Sie ist makaber! Laß ihn in Ruhe, verstreu ihn in alle Winde!»

Eleanor verschränkte die Arme fester vor der Brust. Ihr schwarzes Haar mit den grauen Strähnen war länger als im Sommer und mit rigidem Schwung aus dem Gesicht gebürstet. Mit einer herablassenden Geduld, die Candice sehr auf die Nerven ging, hörte Jacks zweite Frau seiner dritten zu und antwortete dann langsam und dezidiert, als spräche sie mit einer Schwachsinnigen.

«Er wollte, daß seine Asche dort begraben wird, Candice. Heimat, Familie, Geschichte, all diese immateriellen Dinge haben Jack viel bedeutet. Er hatte ein ausgeprägtes Gefühl für Zugehörigkeit und Tradition. Die Urne sollte in die Erde kommen. Ich erfinde das nicht.»

Candice trat einen Schritt zurück und nahm sich zusammen, indem sie kurz und tief einatmete und die Luft in den Bauchraum sog, wie sie es sich angewöhnt hatte, wenn ein Patient völlig verängstigt war und zu befürchten stand, daß er gleich vom Behandlungsstuhl sprang.

«Moment mal.» Als sie wieder das Wort ergriff, schlug sie einen verlogen vernünftigen und pseudokooperativen Ton an. «Wir sollten noch mal darüber nachdenken, Eleanor. Ich bin mir wirklich ganz sicher, daß Jack seine Asche in alle Winde verstreut haben wollte. Das war sein Wunsch, und er wäre symbolisch für andere. Wir sollten auch an andere denken.»

«Und ich bin mir ebenso sicher», entgegnete Eleanor mit vor Anspannung kreideweißem Gesicht, «daß Jack die Vorstellung, daß seine Asche verstreut wird, ganz schrecklich gefunden hätte.»

Candice witterte einen Vorteil und senkte die Stimme zu glatter Kampfhundschärfe. «Du hast wahrscheinlich ein gewisses Interesse an den Familiengräbern auf dem Friedhof. Ich brauche das Offensichtliche wohl nicht zu erwähnen – deinen Vater.»

Beide Frauen sahen automatisch zu Lawrence Schlick hinüber. Er umklammerte noch immer die Fliegenklatsche, unnütz wie sie war. An der Tatsache, daß Lawrence Schlick Eleanors Vater war, gab es nichts zu deuten, aber was weiter? Der Gedanke, ihr Vater könnte auch nur auf den Gedanken kommen, von Jack Mausers Tod zu profitieren, dessen ganze Beerdigungskosten unter dem eigentlichen Aufwand lagen und mit dessen Trauerfeier er im Moment gerade Geld verlor, empörte Eleanor maßlos. Ihre Nerven bündelten sich zu einem einzigen Wutstrahl. Als Jack noch lebte, hatte ihr Vater viele Gründe gehabt, ihn zu hassen. Na ja, wer nicht? Aber im Tod verzieh er. Verzeihung war für ihn ein Naturgesetz. Sie wandte sich von Candice ab. Ihre ins Leere gehende Wut frustrierte sie, denn im Grunde ihres Herzens war sie genauso sauer auf Jack wie alle anderen auch. Und jetzt machte sie ihn dafür verantwortlich, daß sie sich mit Candice herumschlagen mußte, die sie noch nie gemocht hatte.

Candice ihrerseits lächelte starr und schloß die Augen, um Eleanor Mausers hübsches schmales Gesicht auszublenden. Egal was beschlossen wurde, sie würde keinen Cent mehr bezahlen. Das ging zu weit – von der zweiten Frau ihres Exmannes eine Grabstelle für ihn zu kaufen, womöglich noch zu seinem Amüsement. Das ging einfach zu weit!

Eleanor hatte sich nie eingestanden, daß sie neben Jack begraben werden wollte, wenn es denn mal soweit war. In ihren regressivsten und morbidesten Momenten klammerte sie sich an diesen letzten Plan. Denn im Grunde war sie, ungeachtet ihrer dramatischen sexuellen Ausschweifungen, ein zutiefst konservativer Mensch. Sie hatte diesen großen Plan nie bewußt durchdacht, aber offenbar sehnte sie sich nach Kontinuität, nach familiärer Nähe – wenn schon nicht im Leben, dann doch in irgendeiner anderen Existenzform. Ein typisches Beispiel dafür, wie sich verborgene Wünsche in unerwarteten Momenten mit ärgerlicher Direktheit zu Wort melden, dachte sie. Vor allem angesichts eines Mysteriums. Der Tod brachte sie aus der Fassung. Sie hatte schon immer Schwierigkeiten mit Abschieden gehabt und wußte das auch, aber nun spornten Candices allzu clevere Einwände ihren Kampfgeist an, und sie wollte sich gerade aufs Lügen besinnen und behaupten, sie besitze ein von Jack unterzeichnetes Dokument, in dem er seine Absichten darlege, als ihre Mutter erschien.

Anna Schlick hatte noch nie einen Raum betreten, ohne daß sich die Leute nach ihr umdrehten und verstummten. Wie Steine in einem klaren Teich sandten ihre Schritte Wellen zu den entlegensten Ecken und Türen aus. Sie trug ihr weißes Haar in einer herrlich lodernden Wolke, in der sich das Licht fing. Ihr Kleid war knallblau, hauteng, aus einem elastischen Material geschneidert und überall mit schuppendünnen Pailletten besetzt. Obwohl sie sich langsam bewegte und sich wegen ihres schwachen Herzens manchmal hinsetzte, um zu verschnaufen, erweckte sie doch den Eindruck von rastloser Energie.

Wie typisch, dachte Eleanor, *wie taktlos von ihr, dermaßen aufgetakelt zur Begräbnisfeier ihres Schwiegersohns zu kommen!* Deprimiert beobachtete sie, wie ihre Mutter hofhielt. Annas Brüste wölbten sich wie runde kleine Kissen in dem tief ausgeschnittenen Glitzeroberteil, und ihr biegsamer Körper wand sich in seiner Schlangenhaut. Ich hasse sie, flüsterte Eleanor aus tiefstem Herzen, aber als ihre Mutter sie ächzend am Arm packte und sich plötzlich hinsetzen mußte, fing sie sofort Feuer und schmolz vor hilflosem Mitleid. Und Sorge. Anna ging es nicht gut, aber sie sprach, als hätte sie das Gespräch zwischen den beiden jüngeren Frauen belauscht, was völlig ausgeschlossen war.

«Jack hätte das hier ziemlich kaltgelassen», sagte sie, als sie wieder Luft bekam. «Ich weiß noch genau, wie er mal im Scherz zu dir gesagt hat, wenn er den Löffel abgibt, dann will er, daß seine Asche entlang der I-29 von einem Bulldozer in den Straßengraben gewalzt wird.»

Eleanor zupfte ihre Mutter ein bißchen ungehalten am Arm, um ihr zu signalisieren, daß sie aufhören sollte, aber Anna Schlick reagierte nicht.

«Er mochte dieses Kleid», meinte sie lächelnd, und ihre großen Raubtieraugen leuchteten angesichts dieser Erinnerung.

«Was für ein Schwiegersohn», sagte Candice sarkastisch.

«In der Tat. Ein charmanter, gutherziger Schwiegersohn», pflichtete Anna Schlick nachdenklich bei. «Und ein Mann mit einem bemerkenswerten Schicksal.»

«Sie bezeichnen das, was ihm widerfahren ist, als Schicksal?» Candice warf ihr einen verächtlichen Blick zu. «Im eigenen Haus verbrennen? Ich nenne das dumm.»

Auf Anna Schlicks Gesicht machte sich leise Belustigung breit; ihre markanten Züge hellten sich auf, als hätte Candice ihr einen Blumenstrauß zugeworfen. Sie erhob sich, schob herausfordernd die Hüfte vor und fuhr sich geistesabwesend mit der Hand über den runden Schenkel, strich liebevoll über das rauhe Glitzermaterial ihres Kleides.

«Er hat sich allerdings zuweilen geirrt», stimmte sie unverblümt zu. «Bei Ihnen zum Beispiel.»

Sie blickte der jüngeren Frau so traurig ins Gesicht, daß es Candice die Sprache verschlug und sie knallrot anlief.

Zur gleichen Zeit beobachtete Dot von ihrem Standort beim Eingang aus, wie sich die verwickelte Lebensgeschichte ihres verstorbenen Ehemannes vor ihren Augen entfaltete. Ab und zu entblößte sie die Zähne zu einem matten Grinsen. Ihre Augen waren noch ein wenig gerötet von den Tränen der vergangenen Nacht und ihre Wangen aufgedunsen, weil sie ihre Schuldgefühle mit einer halben Flasche Rotwein zu besänftigen versucht hatte. Da stand sie nun mit ihrem leichten Kater, wo sie doch Jack immer gedrängt hatte, mit dem Trinken aufzuhören. Es war peinlich. Trotzdem bewahrte sie Haltung, und als sie sich nun zu den anderen gesellte, blitzte in ihrem Gesicht ein entschlossenes Lächeln auf.

«Er wollte einen großen Grabstein! Einen Engel!» rief sie. «Und niemand soll behaupten, ich wüßte das nicht! Mit mir hat er viel öfter über solche Fragen gesprochen als mit euch oder sonst jemandem. Die letzten beiden Monate waren die Hölle, und außer Shawn und mir war keiner für ihn da. Ja, mit mir hat er über den Tod geredet. Und über den Konkurs. Was für ihn aufs gleiche hinauslief.»

Eleanors Augen wurden feucht, liefen über, und sie klammerte sich an den Arm ihrer Mutter. Anna Schlick legte ihr die heiße, kräftige Hand auf die Wange und küßte sie mit ihren vollen Lippen auf die Stirn. Über ihren Köpfen summte laut und aufdringlich eine Fliege. Plötzlich drehte sich die alte Dame um, als wollte sie endlich für Ordnung sorgen, und riß ihrem gerade vorbeikommenden Ehemann die Fliegenklatsche aus der Hand. Sie holte die Fliege aus der Luft und begann dann schwer zu atmen, um sich von der schnellen Bewegung zu erholen. Schlick musterte sie besorgt, aber die Sorge ging schnell in Bewunderung über. Er lächelte erfreut, als befände er sich auf einer gelungenen Party. Etwas an diesem Tag bescherte ihm eine ungewöhnlich tiefe Zufriedenheit. Doch Anna Schlick ignorierte ihn ebenso wie alles andere, außer den störenden Fliegen, die aufzuspüren sie sich nun anschickte. Sie lehnte sich an einen Stuhl und lächelte geheimnisvoll, die Fliegenklatsche vor der Brust wie ein ägyptisches Szepter. Beim nächsten Surren schoß die quadratische Klatsche mit katzenartiger Schnelligkeit und verblüffender Genauigkeit vor, knapp am Kopf eines Trauergastes vorbei.

Eleanor machte sich nicht die Mühe, sich die Tränen abzuwischen, sondern ließ sie zum Kinn laufen, bis ihr ganzes Gesicht vor Feuchtigkeit glänzte. Im Angesicht ihrer Trauer wurde auch Dot still. «Wir sollten uns irgendwie einig werden wegen Jacks Asche», begann sie zögernd.

Eleanor schluckte und nickte zustimmend, dann deutete sie auf Candice und die kompetente Kinderfrau. Mrs. Kroshus nahte, nahm Haltung an und präsentierte Candice das picobello gesäuberte Baby, als wäre es eine Flasche Wein, die sie bestellt hatte. Candice nahm den Kleinen auf den Arm. Er hatte gerade gelernt, Gesichter zu unterscheiden. Einladend sah er Candice an und verzog seinen zarten Mund zu einem zahnlosen Lächeln, das unter den ernst gestimmten Gästen Bewunderer anlockte. In ihrer Erleichterung über die Ablenkung übertrieben sie es ein bißchen, und für eine Weile verströmten Jacks Gläubiger eine laute und aufdringliche Nettigkeit.

Mit einer raschen, fast heftigen Bewegung trat Dot näher an Eleanor heran. Die beiden konnten den Blick nicht von Candice und dem Baby wenden – immerhin war der Kleine das einzige Kind, das Jack mit seinen vielen Frauen in seinen vielen Ehen gezeugt hatte. June war gestorben. Eleanor hatte ihre Chance verpaßt. Candice war körperlich nicht dazu imstande. Dot hatte schon eines. Marlis war die einzige, die die Schwangerschaft durchgestanden und Jack ein

Kind geboren hatte. Die beiden Frauen starrten es an, blinzelten, schauten weg, aber das Gesicht des Kindes wandte sich ihnen immer wieder zu, wie eine Blume dem Licht.

Eleanor seufzte eifersüchtig. Warum? Unwillkürlich strömten ihr neue Tränen übers Gesicht. Sie weinte um ihre eigene Zukunft, um ihre Vergangenheit mit Jack, um verpaßte Gelegenheiten und die Erinnerung an jenes letzte leise Donnergrollen, als sich das Unwetter verzogen hatte. Sie wunderte sich selbst darüber, wie sehr sie trauern und wie offen sie ihre Trauer zur Schau stellen konnte, und nahm Dots Hand. Dot hatte ihr schweres Haar mit einer Perlenspange befestigt und dann zur Seite gedreht. Sie wirkte monumental, überlebensgroß, sprengte fast das schwarze Samtkleid von Ralph Lauren, das Eleanor ihr geliehen hatte. Eleanor strich über den Ärmelstoff.

Nach einer Weile hatte sie sich wieder so weit gefangen, daß Dot es wagte, ihr Fragen zu stellen.

«Wie geht's dir? Du bist so dünn. Wo hast du gesteckt?»

Eleanor antwortete mit fester Stimme.

«Ich mußte mich erholen ...» Sie wählte das Wort sehr bewußt und betonte es: «*Erholen*. Du weißt besser als alle anderen, wie schwer mir das fällt. All die Erinnerungen, die ... ach, was soll's. Ich bin für zwei Wochen nach Costa Rica geflogen und habe aufs Meer gestarrt. Vielflieger-Ticket. Jetzt bin ich blank. Ich hab's niemandem gesagt, aber du kriegst sicher bald meine Postkarten. Ich habe dir nämlich geschrieben. Von Costa Rica aus habe ich meinen Anrufbeantworter abgehört, und dann bin ich gleich zurückgeflogen.» Sie zuckte die Achseln. «Danke, daß du mir die Nachricht hinterlassen hast.»

Dot hätte die Vertraulichkeiten gern fortgesetzt, aber Eleanor wechselte das Thema.

«Candice sieht glücklich aus.»

«Unkraut vergeht nicht», sagte Dot. «Ich kenne sie von früher.»

Sie waren näher zum Sarg getreten, und schlagartig wurde beiden die endgültige Wahrheit bewußt. Eleanor fühlte ihr Blut schneller rinnen, und ihre Beine wurden so schwach, daß ihr die Knie zitterten. Die Tiefe des Schmerzes, der ebenso hoffnungslos war wie ihre Liebe zu Jack, verursachte ihr Übelkeit. Sie klammerte sich an Dots Arm. Reglos standen die beiden da, betrachteten mit gerunzelter Stirn die girlandenförmigen Griffe des Sargs, und dann machte Eleanor sich von Dot los und folgte ihren alten Gefühlen. Als sie auf Jack zuging, verdunkelte sich der Raum, und der Boden bebte unter ihren hohen Absätzen. Sie schwankte, mußte sich abstützen und lehnte sich an den glatten Sarg. Das Murmeln und Wispern der Stimmen legte sich wie ein Mantel um sie, und als sie die Augen schloß, strömte Gewitterluft herein, Chinook-Luft, und öffnete die Tür zu jenem kleinen, kahlen Raum, in dem sie das letzte Mal zusammengewesen waren.

5. Januar 1995 *Radiomeldung*

Wie soeben gemeldet, hat der Absturz eines kleinen Pendlerflugzeugs möglicherweise vier Menschenleben gekostet. Während des Transports des Strafgefangenen Gerry Nanapush vom Gefängnis in Marion, Illinois, zu einer Bundesstrafanstalt in Minnesota starben bei der Notlandung der Maschine in einem dichtbewaldeten Landstrich in der Nähe des Mississippi mindestens zwei Personen. Die Namen werden bekanntgegeben, sobald die Familien benachrichtigt wurden.

Suchtrupps durchkämmen momentan das Gebiet und untersuchen die Unfallmaschine auf weitere Hinweise.

Herz aus Satin 5. Januar 1995

Eleanor stützte sich auf den Sarg, und in einer Art Trance strich sie immer wieder über den Deckel. Es war eine ganz natürliche Geste, ungezwungen, fast beiläufig in ihrer Wehmut, ihrem Schmerz. Dot blickte sich um, weil sie wissen wollte, ob auch andere das beobachteten. Ihre Freundin – und dafür hielt sie Eleanor seit dem vergangenen Herbst, nicht so sehr wegen Jack als vielmehr um ihrer selbst willen – tat oft Dinge, die zu persönlich, zu intim schienen, um sie öffentlich zu tun. In einer so kleinen Stadt wie Fargo sah die akzeptierte Form, wie man sich Toten näherte, etwas zurückhaltender aus. Als wollte sie genau das demonstrieren, übergab Candice das Baby jetzt wieder dem Kindermädchen und trat würdevoll, die Hände auf Taillenhöhe gefaltet, vor den Sarg. Eleanor wich zur Seite, und Candice stand allein da, ernst, konzentriert, einen halben Schritt vom Kopfende des Sargs entfernt.

Sie legte sich die Hand auf die trockene, kühle Wange, als sie plötzlich ein irrer Gedanke überfiel: Soviel sie wußte, war weder Kopf noch Fuß von Jack übrig – was sollte sie also tun? Wie gelähmt blieb sie stehen und wünschte sich, daß jemand käme, ihr sein Beileid ausspräche, sie von diesem Präsentierteller herunterholte. Aber gerade ihre Reglosigkeit ließ die Leute um sie herum verstummen und zurückweichen, ließ sie noch einsamer dastehen. Alle hätten sich damit entschuldigt, daß sie nicht aufdringlich sein wollten, aber in Wirklichkeit wagte es niemand, Candice zu verstimmen. Allein blieb sie stehen, solange sie dieses Preisgegebensein ertragen konnte, dann gab sie ihren Platz auf und ging mit winzigen Schritten zur murmelnden Trauergemeinde zurück, so daß andere vortreten konnten und die Versammlung sie zu ihrer großen Erleichterung wieder in ihrer Mitte aufnahm.

Doch als die anderen sich längst abgewandt hatten, stand Eleanor noch immer wie angewurzelt an derselben Stelle.

«Er war so ...», begann sie, nach Worten suchend, «... so unbeschreiblich.»

Dot fand das unangemessen komisch und mußte sich das Lachen verkneifen.

«Völlig unbeschreiblich», murmelte Eleanor und rang ebenfalls um Fassung. «Weißt du, er hat wirklich gesagt, er will im St. Joseph's Cemetery begraben werden», sagte sie mit einem hysterischen Unterton. «Das hat er wirklich gesagt!»

«Hör doch auf!» Dot hielt sich ein Männertaschentuch vors Gesicht, um ihr Amüsement zu verbergen. «Was macht das schon? Und was kümmert's dich?»

«Das ist ja das Absurde.» Plötzlich war Eleanor wieder ganz nüchtern, beschämt. «Ich weiß nicht warum, aber es kümmert mich eben.»

Der Nachmittag hüllte sie alle ein, saugte erst das Licht aus der Luft, dann die Wärme, erledigte die Fliegen und munterte die Trauergäste auf. Eine Energiewelle strömte in den Raum, als die Sonne späte, langschattige Goldstrahlen durch die Fensterscheiben sandte. In diesem Augenblick wärmelosen Glanzes kam erneut die Frage auf, was mit Jack zu tun sei, doch wurde jetzt verträumter und weniger entschlossen gestritten. Nachdem Candice sich den ganzen

Tag lang auf die Erinnerung an Jack konzentriert hatte, verlor sie nun das Interesse an der Diskussion.

«Hat er eigentlich keine Blutsverwandten?» fragte sie in den Raum hinein.

Offenbar gab es keinen anderen Mauser außer seinem Onkel Chuck, der früh gekommen und früh gegangen war und nicht besonders traurig ausgesehen hatte.

Was also sollte mit der Asche geschehen? Eleanors leidenschaftliches Engagement in dieser Sache war noch längst nicht erschöpft. Sie stand abseits, im Schatten dünnblättriger Pflanzen, und erstaunlicherweise weinte sie noch immer mit der langsamen, verzweifelten Entschlossenheit einer mittelmäßigen Marathonläuferin auf den letzten Kilometern. Dot hingegen war im Verlauf des Nachmittags immer wieder aus ihrer Starre erwacht. Mit energischem Griff hatte sie die reich verzierte rote Pralinenschachtel gepackt, die auf dem Sideboard lag. Diese Pralinen waren Jacks letztes Geschenk an sie, das er ihr jedoch nicht mehr hatte geben können. Sie hatte die herzförmige Schachtel im Kofferraum seines Wagens gefunden und betrachtete sie als Beweis dafür, daß er schon an den Valentinstag gedacht hatte, obwohl Dot Pralinen gar nicht besonders mochte. Insgeheim fand sie, daß sie ihn vor seinem Tod schlecht behandelt hatte, und angesichts dieses Zeichens seiner zärtlichen Gefühle schämte sie sich für ihre letzten Worte und ihr Verhalten.

Verpiß dich! hatte sie ihn angeschrien. *Du hast mich geheiratet, damit ich dem Finanzamt nicht sage, wie chaotisch deine Bücher sind! Du hast mich nie geliebt. Nie,* hatte sie getobt. *Ach, was soll's,* hatte sie sich dann gesagt. *Ich liebe immer noch Gerry, nicht dich.* Jetzt erschreckten sie die Pralinen.

Deshalb bot sie jedem Trauergast eine an, in der Hoffnung, die Dinger so loszuwerden. Sie hielt die Schachtel den Leuten hin, die seine Nachbarn gewesen waren, als er in seiner eigenen Villa gelebt hatte, in einem Farmhäuschen, in einem Innenstadthotel. Vor langer Zeit hatte Jack in einer Kellerwohnung, die einer alten schwedischen Witwe gehörte, waffeldünne, mit Puderzucker bestäubte Kekse gegessen, und dann hatte er den weißen Puder von den nervösen Fingern der Tochter geleckt und das Mädchen schwermütig gebeten, ihn zu heiraten. Ebendiesem Mädchen, inzwischen eine erwachsene Steueranwältin, die froh war, daß sie Jack abgewiesen hatte, bot Dot jetzt eine Praline an. Sie griff zu, genau wie die anderen auch – die betrunkenen Sprößlinge von Bonanza-Farmern, die Bauinspektoren, die er bestochen hatte oder die sein Geld abgelehnt hatten, Spielhallen- und Restaurantbesitzer, Polizisten, große und kleine Lieferanten, alle unbezahlt, Banker, unzufriedene Kunden und vor allem Anwälte. Fast alle Anwälte der Gegend, darunter auch Jacks Nachlaßverwalter Moon, Webb & Cartenspiel, waren zur Trauerfreier gekommen. Alle nahmen eine Praline, pulten sie aus dem dünnen braunen Kräuselpapier und bedankten sich bei Dot, nachdem sie ihr prüfend ins Gesicht geblickt hatten.

Grob, gerötet, hundeartig, erhitzt und grimmig – Dots Gesicht war keines, dem man etwas abschlug, und keines, dem man vertraute. Sobald sie sich entfernt hatte, strebten die dezent gekleideten Anwälte in die begrünten Ecken des Raumes, beugten sich zur sterilisierten Erde der Palmen und Fici hinunter und schoben die Pralinen zwischen die Wurzeln. Jeder einzelne von ihnen hatte eine offene Rechnung mit Jack Mauser zu begleichen, und jeder einzelne sah, als er die Praline nahm, seine Hoffnungen schwinden. Dots dumpfe Trauer hatte etwas Untröstliches, zu real, um authentisch zu sein, überkalkuliert. Als sie durch die Versammlung ging, stach immer wieder ihr kurzer, harter Finger aus den Satinrüschen ihres Ärmels hervor. In ihrer Haltung entdeckten die Anwälte eine Rücksichtslosigkeit, die nichts Gutes verhieß. Ihr Name mochte für immer mit dem erdrückenden Schuldenhaufen verbunden sein, der Jacks Erbe war, aber die eigentliche Frage war, ob von diesem Geld je etwas eingetrieben werden konnte.

Ein Mann versuchte es. Er war klein, sommersprossig und stupsnasig wie ein zu groß geratenes Kind, mit einer Tonsur im roten Haar. Er nahm eine Praline von Dot und räusperte sich.

«Darf ich Ihnen mein Beileid aussprechen», sagte er.

«Nur zu.»

Sie wandte sich ab. Der Mann steckte die Praline in den Mund und trat dann händereibend wieder vor Dot. Mit vollem Mund konnte er sie jedoch nicht ansprechen. Also begann er mit den Händen zu fuchteln und zu zwinkern.

«Was ist denn noch?»

Der Mann hob den Finger, holte aus der Innentasche seines Jacketts seinen Zettel, entfaltete ihn und zeigte Dot die Rechnung und den Zahlungsplan für einen Diamantring – einen erschreckend teuren. Dot balancierte ihre Pralinenschachtel in der Armbeuge, nahm den Zettel und las das Kleingedruckte. Drei winzige Raten hatte Jack gezahlt; es hatte ganz offensichtlich keinen Sinn zu streiten.

«Okay», sagte sie. «Aber ehe ich den Ring zurückgebe, möchte ich einen Gutschein über die Summe, die Jack bereits bezahlt hat.»

«Ich möchte unter den traurigen Umständen nicht unhöflich sein», entgegnete der Juwelier, «aber ich kann Ihnen nur einen über die Hälfte der Summe geben, und auch das erst, wenn ich das Stück auf eventuelle Schäden untersucht habe.»

«Schäden? Die Hälfte?» Dot hatte etwas gebraucht, wo

sie ihre Wut ablassen konnte. «Nur die Hälfte als Gutschein? Was soll dieser Hälfte-Quatsch? Sie glauben wohl, eine trauernde Ehefrau kann man reinlegen?»

Erschrocken hob der Mann die Hände.

«Hier steht's.» Er zeigte ihr noch einmal den Zettel.

«Na, dann ändern Sie's!» zischte Dot.

Das Licht schwand vollends, und blaue Schatten flossen die schweren Baumstämme hinunter, bedeckten Fundamente, Einfahrten und die Schwellen der Garagen. Die Anwälte zogen sich zurück, und selbst diejenigen, die das Geld am dringendsten brauchten, wurden müde. Um vier Uhr waren nur noch Jacks frühere Ehefrauen, das Ehepaar Schlick und ein eher kräftiger, angespannter Mann mit indianischem Blut da. Dot erkannte ihn.

Lyman Lamartine hatte allein in einer Ecke gestanden, auf den Zehen gewippt und jeden einzelnen Trauergast und Gläubiger mit einem scharfen Blick beobachtet, der den Betroffenen entweder ausmusterte oder für künftige Verwendung speicherte. Er war der jüngste Halbbruder von Gerry und bekannt aus Gründen, die nichts mit Gerrys Berühmtheit zu tun hatten. Dot hatte Lyman Lamartine nie näher kennengelernt und bot ihm deshalb nur beiläufig im Vorbeigehen eine Praline an. Als er jedoch mit abwehrend ausgestreckter Hand abwinkte, hielt sie ihm drohend die Schachtel unter die Nase und schüttelte die Pralinen.

«Wieviel hat Jack dir geschuldet?» Sie konnte sich nicht bremsen. Der Juwelier war ihr auf die Nerven gegangen. «Über zehn Mille? Dann nimm zwei.»

«Ehrlich gesagt, gar nichts. Wir sind quitt.»

«Das soll wohl ein Witz sein.»

Dot ließ die Schachtel sinken, schloß den Deckel. «Dann bist du der einzige hier, mit dem er alles geklärt hat. Ich dachte schon, du hängst noch hier rum, weil du denkst, du könntest dein Geld kriegen, wenn du als letzter gehst.»

«Ich habe doch schon gesagt, er hat mir nichts geschuldet.»

Sie streckte das Kinn vor, musterte ihn nachdenklich. «Neulich hat er noch von dir geredet», sagte sie. «Hat irgendwas von deinem großen Casino erzählt.»

Lyman trat näher. Er sprach mit leiser, drängender Stimme.

«Wann?»

«Was meinst du mit ‹wann›?»

«Ich meine» – Lyman sah sich nach den anderen im Raum um, die leise miteinander sprachen oder sich ein wenig abwesend und verloren zum Gehen fertigmachten, aber die Anstrengung des Abschieds noch nicht richtig auf sich nehmen wollten –, «ist er wirklich tot?»

Die Frage erschreckte Dot. Sie ächzte ungläubig, fing sich aber schnell wieder. «Was zum Teufel meinst du mit ‹Ist er wirklich tot?›»

Lyman Lamartines breites Gesicht verschloß sich, und er trat einen Schritt zurück.

«Gerry ist raus», flüsterte er.

Dot kniff die Lippen zusammen und starrte Lyman an. Sie bemühte sich krampfhaft zu kapieren, was er da gesagt hatte. Sie trat näher, inspizierte sein Gesicht. Gerry könnte ihn angerufen haben. Könnte, obwohl Lyman der geradlinigste Mensch war, den sie je getroffen hatte. Gerry raus? Sie trat wieder zurück. Hatte sie richtig gehört? Der Kopf tat ihr weh, die Synapsen schlossen kurz, es war nur noch ein weißes Rauschen zwischen ihren Ohren. Sie sah grelle Lichter blinken, wollte sich setzen. Nirgends ein Stuhl. Wollte sich anlehnen. Nirgends eine Wand. Schwankend machte sie sich daran, Lyman weiter auszufragen, da näherte sich Lawrence Schlick und blieb in Hörweite stehen.

«Der arme Jack.» Lyman setzte ein warnendes Lächeln auf, verhalten und gespielt traurig. «Er und mein großer Bruder waren von früher her befreundet. Im Grunde schulde ich ihm etwas. Jack. Jack. Jackie. Ich kann einfach nicht glauben, daß er nicht mehr da ist. Er war der Typ, von dem man gedacht hätte, daß er alle überleben kann.»

«Na ja, offensichtlich konnte er's nicht.» Dot war irritiert über Schlicks geschicktes Timing. Sie wollte, daß er ging, aber statt dessen trat er noch näher, wie vom Mitleid angetrieben. «Der arme Jack, ja. Das ganze brennende Haus ist über ihm zusammengefallen.» Ihre Augen wurden feucht beim Gedanken daran, aber auch beim Gedanken an die größeren Fragen, die jetzt im Raum standen.

Lyman Lamartine entließ Lawrence Schlick mit einem beiläufigen Nicken, warf einen abschätzenden Blick über die anderen Gäste und wandte sich dann wieder Dot zu. Sein Gesichtsausdruck wurde scherzhaft tadelnd, väterlich, obwohl er nicht älter war als sie. Es hätte nur noch gefehlt, daß er ihr mit dem Finger drohte.

«Gerry ist raus», wiederholte er schnell. «Aber stell keine Fragen. Was ich wissen will, ist, wo du Jack versteckst –»

«Jack ist tot!»

«Nagelneue Häuser brennen nicht», flüsterte Lyman. «Hat die Versicherung sich schon gemeldet?»

«Nein, sie wollen noch ...»

Dots Augen waren sofort wieder trocken. Sie sah ihn jetzt nachdenklich an, legte die gespreizte Hand auf die Schachtel. «Ich weiß, was du meinst. Aber so was kann man feststellen. Brandbeschleuniger und so weiter. Sie haben keine Spuren gefunden. Und Jack hätte das nie getan.»

Sogar ihr selbst kam diese Verteidigung verlogen vor.

«Sein eigenes Haus abfackeln, meine ich», fügte sie hinzu, um sich deutlich auszudrücken.

«Natürlich nicht, natürlich nicht.» Lyman wippte auf den Fersen, steckte die Hände in die Taschen. Eine Weile starrte er zu Boden und hing wie Dot seinen Gedanken nach.

«Vielleicht ist es ja bloß Wunschdenken», sagte er schließlich, und bei dem falschen Tonfall, der dem ihren so ähnlich war, verzog Dot die Mundwinkel. «Ich hab einfach diese Hoffnung, daß er irgendwie noch lebt. Und ich weiß nicht, ob du dir's überlegen würdest, aber hier – ich geb dir meine Visitenkarte. Falls ich irgendwas tun kann, falls du irgendwas brauchst.»

Mit einer galanten Bewegung präsentierte er ihr die Karte. Mit der anderen hob er den Deckel der Pralinenschachtel und legte sie hinein.

«Wo ist Gerry?» fragte Dot, ohne die Karte zu nehmen. «Woher weißt du das mit ihm?»

Lyman ignorierte ihre Fragen, hob den Deckel höher und studierte das Diagramm auf der Innenseite.

«Warum liest du nicht die Karte?»

«Klar», sagte Dot. Sie überlegte, ob sie Lyman den Deckel auf die Finger knallen sollte. Er tat so geheimnisvoll. Es gefiel ihr nicht, auf Informationen von ihm angewiesen zu sein, und sie ärgerte sich, weil es ihm solches Vergnügen bereitete, sie in einer für sie so wichtigen Situation in der Hand zu haben. «Irgendwie paßt das», sagte sie mit zusammengebissenen Zähnen. «Du bist der einzige bisher, der nachgeguckt hat. Mit was diese Dinger hier gefüllt sind, meine ich.» Verzweiflung und Hoffnung wallten in ihr auf. «Nimm doch eine. Nimm gleich 'ne ganze Handvoll. Lebe wild und gefährlich.»

Dann merkte sie, daß er von seiner Visitenkarte geredet hatte, schnappte sie aus der Schachtel und las die Buchstaben B & B auf der Rückseite.

«Ich hasse Marshmallows», sagte Lyman und verzog den Mund, als würde er gar nicht auf sie achten. Seine Hand kreiste über der Schachtel, die Finger groß und habgierig, bis er eine mit dunkler Füllung fand.

Ein kurzes, unbehagliches und spöttisches Schweigen herrschte zwischen den Frauen, bis alle ganz erleichtert gleichzeitig zu reden begannen. Jetzt wurde gelacht, man war sich einig, daß Jack aufbrausend gewesen war, daß ihn sein Stolz oft in Schwierigkeiten gebracht hatte, daß er zu hochfliegende Pläne gehabt und seine Energien falsch eingesetzt hatte. Mr. Schlick drehte an Schaltern und Dimmern, und die Frauen, die Jack nahegestanden hatten, nahmen das als Zeichen zum endgültigen Aufbruch. Sie versammelten sich vor dem Sarg. Dieser ungeplante Augenblick der Besinnung, losgelöst, wortlos, einte und ergriff sie, bis Dot ihn beendete.

«Ich möchte Jack sehen», erklärte sie.

Eleanor wedelte abwehrend mit den Händen, weil sie nicht glauben konnte und wollte, was sie da hörte. Sie hatte sich wieder einigermaßen gefangen, aber die Trostschicht war dünn. Bald würde sie erneut einbrechen und vom Schmerz verschlungen werden.

«Ich auch», sagte Candice.

«Das könnt ihr doch nicht ernst meinen.» Entsetzt über die Vorstellung und die Kaltschnäuzigkeit der anderen rang Eleanor die Hände. Ein verzweifelter Ausdruck erschien auf ihrem mageren Fuchsgesicht. «Laßt ihn in Ruhe!» sagte sie heftig.

«Ganz ehrlich», sagte Schlick und breitete die Arme aus.

«Ich glaube nicht, daß das irgend etwas nützt. Natürlich gibt es immer Leute, die den Verstorbenen sehen wollen. Verschiedene Formen der Trauer. Aber nicht in jedem Fall gibt es auch eine Leiche, wenn Sie verstehen.»

«Und, was ist dann da drin?» sagte Candice nachdenklich, fast als ginge es um einen Handel.

Lawrence Schlick bemühte sich zwar um Sachlichkeit, aber seine Stimme hatte doch einen befriedigten Unterton, den allerdings nur Eleanor mit ihrem feinen Sensorium bemerkte. Sie musterte ihn scharf.

«Asche. Ein bißchen organische Materie. Das, was sich in der Nähe seiner Zahnprothese befand, soweit wir das feststellen konnten. Sie müssen wissen, es hat sehr viel Geschick erfordert» – er senkte die Stimme –, «ihn auszusortieren.»

Eleanor schüttelte Dots Hand ab, als Mr. Schlick mit professioneller Routine und der Hilfe eines Schraubenziehers vorsichtig den Deckel hob. Einen Moment lang standen sie in erstarrter Faszination. Dann trat Dot als erste vor. Sie mußte den Hals ein wenig verrenken, um in das Bett aus grauem Satin zu blicken, und als sie das Bündel sah, das auf dem schimmernden Stoff lag, ein viereckiges Paket, etwa so groß wie ein Buch, in gewachstes Metzgerpapier gewickelt, sorgfältig zusammengebunden mit einer schwarzen Kordel, da blinzelte sie heftig.

Als sie sich aufrichtete, blickte sie in die Runde.

Schlick erklärte, man habe aus Minneapolis eine spezielle wasserfeste Urne bestellt, die allerdings noch nicht eingetroffen sei. Dot schüttelte den Kopf. Ihr mit Spray fixiertes rotes Haar stand ab und glitzerte, wo das Kunstlicht der Raumbeleuchtung auf die Spitzen fiel.

«Und wie sieht sie aus, diese Urne?»

«Ungefähr so wie eine große Vase. Selbstverständlich besteht sie aus hochmodernem Material, einer wasser- und feuerfesten Gußmasse auf Zementbasis.»

«Feuerfest?» Dot lachte leise, ein bißchen irre, dann sagte sie entschlossen. «Ich werde nicht zulassen, daß Sie Jack in einem gottverdammten Topf begraben!» Ehe jemand sie aufhalten konnte, griff sie in den Sarg, nahm das weiße Päckchen an sich und trug es hinüber zum Sideboard, wo die Pralinenschachtel stand. Mit einer ungeduldigen Geste nahm sie den Deckel ab, sah alle drohend an, während sie die restlichen geriffelten Papiere herausschüttelte, und stellte die Schachtel offen auf die Holzoberfläche.

«Ich bin immer noch seine Frau.»

Sie wickelte das Päckchen mit Jacks Asche aus, indem sie die Knoten mit den Fingern zerriß und dann sorgsam die Ränder des Wachspapiers auffaltete, als wollte sie ein teures Gewürz oder eine Droge umschütten. Sie kippte die Asche und die Krümel verkohlter Knochen, die verklumpte Gürtelschnalle und das Porzellan in das leere Herz. Dann machte sie den verzierten Deckel wieder zu, klopfte mit der Hand darauf, faltete das weiße Wachspapier zusammen und reichte es Schlick.

«Irgendwie paßt das.» Beim Anblick des roten Herzens mit der Samtschleife begann Eleanor laut zu reden, gepackt von einer rasenden, unkontrollierbaren Eifersucht. «Jacks letzte, billige Geste.»

«Wen juckt's», sagte Candice mit einer Spur Neid in der Stimme. «Mir hat er nie Pralinen geschenkt. Nur diese billigen kleinen Herzen mit Sprüchen drauf. *Küß mich. Mein Schatz.*»

Dots Hände zitterten, als sie die Schachtel mit der Asche nahm, aber nun stand sie mit dem großen roten Herz im Arm vor ihnen, sichtlich erregt, getrieben von etwas in ihrem Innersten. Ihre Miene verriet Entschlossenheit.

Candice, die sich ungern die Butter vom Brot nehmen ließ, sagte streng: «Ehe wir entscheiden, was mit Jack zu tun ist, müssen wir mit Marlis sprechen. Wir haben hier quasi abgestimmt, aber Marlis' Stimme fehlt noch.»

Eleanor zuckte spürbar zurück, als der Name von Jacks vierter und schwierigster Ehefrau fiel. Marlis! Marlis! Schon der Name klang billig, und sie verzog den Mund.

«Sie hat nicht mal *Blumen* geschickt!» rief sie. Der Kopf tat ihr weh. Sie konnte nicht denken. Sie hörte sich absurde Dinge sagen, wollte Jack in Schutz nehmen, nun, da es zu spät war. Und sie hatte ihren Neid auf das Baby offenbart. Trotzdem konnte sie die Worte nicht aufhalten. «Sie hat nicht mal angerufen! Was ist bloß mit ihr? Bestimmt schaut sie nie in die Zeitung, aber das ist keine Entschuldigung. Sie wird schon Bescheid wissen. Aber sie hat es einfach nicht nötig, hier zu erscheinen! Was schulden wir ihr also? Marlis! Sie ist beschränkt, sie ist gemein, und außerdem ist sie gar keine richtige Ehefrau, eher was anderes. Warum um den heißen Brei herumreden – ich habe da so einiges gehört. Sie war Jacks Schlampe. Ich weiß, irgendwo gibt's eine Heiratsurkunde, aber gesehen habe ich die noch nie. Jack hätte Hilfe von den Anonymen Alkoholikern gebraucht, aber niemand hat ihm Einhalt geboten. Niemand hat sich gekümmert. Und dann kam Marlis und hat sich ihn gekrallt.»

«Eigentlich war gar nichts zwischen ihnen!» widersprach Candice mit unterdrückter Wut und halb erstickter Stimme. «Außer daß sie ihm geholfen hat, seinen Lebenstraum zu verwirklichen, sich auszudrücken, sein Talent ...» Vor lauter widerstreitenden Gefühlen konnte sie nicht weitersprechen.

«Talent?» kreischte Eleanor so schrill, daß sie sich gleich wieder schämte. «Eine drittklassige Salonlöwenstimme?

Talent?» Sie rang um Fassung. «Marlis ist vermutlich wieder auf Sauftour. Grund genug, sie nicht nach ihrer Meinung zu fragen.»

«Sie ist bisexuell», sagte Candice entschieden. «Aber sie hat sich eindeutig entschieden. Sie hat die gleichen Probleme wie alle intelligenten Frauen mit blöden Jobs. Wir teilen uns noch immer unser Baby, und sie arbeitet als Dealer beim Blackjack im B & B.»

«Im B & B?» Dot wurde hellhörig.

«Unser Baby?» fragte Eleanor. «*Unser* Baby? Was heißt hier ‹unser›?»

Candices Gesicht wurde starr und verfärbte sich dunkler. Sie gab keine Antwort, sondern blickte ratsuchend auf Dot. Doch die sah nur auf die protzige Satinschleife und die üppigen Rundungen der Pralinenschachtel in ihren Armen hinunter. Sie starrte so unverwandt darauf, daß die anderen still wurden und ebenfalls die dunkelrote Schachtel fixierten. Eine halbgeöffnete Plastikrosenblüte klebte auf dem Deckel, die goldene Aufschrift war kunstvoll geschwungen, dazu eine metallisch glänzende Rüschenborte, ein Zweiglein Schleierkraut.

«Wer immer sie ist – ie goldene Aufschrift war kunstvoll geschwungen, dazu eine metallisch glänzende Rüschenborte, ein Zweiglein Schleierkraut.

«Wer immer sie ist – auf ihre Art hat sie Jack vermutlich geliebt», sagte Dot schließlich. «Wie wir alle, stimmt's?»

Caryl Moon 1. Januar, 0 Uhr 01

Nach dem ganzen Tohuwabohu kam Jack schließlich ein eisiger Luftstrom zu Hilfe. Die Flammen im Rücken, das kurz vor dem Einsturz stehende Haus über sich, eine Schneewehe vor der Nase, warf er sich in Panik gegen die weiße Wand und brach durch. Der Wind rettete ihn: Er hatte in die Schneewehe an der Hauswand eine Art Schacht gegraben. Nackt bis auf die versengte Schleife auf seiner Stirn taumelte Jack nun in diesen Hohlraum.

Er sprang sofort wieder auf, weil er keine Zeit verlieren durfte, wenn er nicht erfrieren oder zumindest bleibende Schäden davontragen wollte. Auf die Idee, zu bleiben und sich an dem brennenden Haus zu wärmen, kam er gar nicht. Er raste über die vereisten Straßen in Richtung Highway-Ausfahrt, wo sich ein 24-Stunden-Café befand. Er dachte an den verlockenden Schutz der Herrentoilette, des Telefons. Im Laufen legte er sich erst die eine, dann auch die andere Hand über Penis und Hoden. Die Kälte war unangenehm, aber nicht eisig, wenigstens anfangs nicht. Doch als er an den leeren Häusern seiner Traumstraße vorbeirannte, wurde ihm klar, daß die Temperatur trog. Er spürte, wie verschiedene Körperteile taub wurden, sich abmeldeten.

Er rannte schneller, um die Zirkulation in den Extremitäten aufrechtzuerhalten, überlegte, ob er vielleicht bei einem der Modellhäuser in der nächsten oder übernächsten Siedlung anklopfen sollte, aber die Scham trieb ihn weiter bis zu der hellerleuchteten Kreuzung. In seiner Eile, hinüberzukommen, sprintete er einfach drauflos.

Der dunkle Kasten eines Lieferwagens sauste so nah an ihm vorbei, daß ihn der Fahrtwind umwarf. Er landete rücklings auf den gefrorenen Bergen aus schwarzem Schneematsch am Straßenrand. Der Fahrer bremste, geriet ins Rutschen, und der Wagen schleuderte hilflos, bis er endlich zum Stillstand kam. Die Schiebetür wurde geräuschvoll aufgestoßen, der Fahrer sprang heraus und rannte zu Mauser zurück.

«Alles in Ordnung? Ach, du große Scheiße, *Mauser*!» Der Fahrer, ein kräftig gebauter Mann mit einem selbstgefälligen, hübschen runden Gesicht, trug eine triste gepolsterte Uniform.

«Genau», sagte Mauser, dem die Stimme des Mannes irgendwie bekannt vorkam. Er rappelte sich hoch, blieb verlegen in der Hocke und bemühte sich trotz tauber Lippen und klappernder Zähne um einen lässigen Ton. «Mensch, Moon! Du arbeitest für diese Scheißfirma? Ich bin okay, glaube ich.»

«Offenbar hat man sich bestens amüsiert?» Caryl Moons Stimme bebte vor Sarkasmus, aber er half Jack auf.

«Das kann man wohl sagen.»

«Gott, du stinkst ja furchtbar! Du hast sicher nichts dagegen, wenn dich jemand mitnimmt.»

«Dreimal darfst du raten.»

Caryl blickte sich nach beiden Seiten um, ob jemand zu sehen war. Leute mitzunehmen verstieß gegen die Vorschriften, und er war mit seinen Lieferungen ohnehin schon in Verzug. Der Wagen war voller Sekt aus Seattle und Rosen aus Hawaii, und Caryl war total übermüdet, weil er, wie schon in den Nächten zuvor, Überstunden machte. Er haßte die Feiertage – keine Pausen, keine netten Abwechslungen. Mauser schwankte, hob die Hände, um sich abzuklopfen, und merkte erst da wieder, daß er nackt war.

«Entschuldige den ... meinen ...» Er zögerte. Das Wort wollte nicht so recht. «... Zustand.»
«Hier, nimm.»
Caryl zog seine graubraune Jacke aus und legte sie Jack über die Schultern. Darunter trug er ein T-Shirt, auf dem in kleinen Druckbuchstaben «Kiss My Glass» stand. Jack wollte schon einen Witz darüber machen, denn er wußte, daß Caryl nach dem Rausschmiß bei ihm in einer Glaserei gearbeitet hatte, aber nachdem er ins Fahrerhäuschen gekrabbelt war, begann er so unkontrolliert zu zittern, daß die Windschutzscheibe vor seinen Augen wackelte und er sich am Armaturenbrett festhielt, während sie wendeten und nach Fargo zurückfuhren.

«Geleite mich, o mächt'ger Herr», sagte Caryl nach zwei Ampeln und grinste mit zusammengebissenen Zähnen. «Wohin?» So langsam fiel ihm durch den Müdigkeitsschleier wieder ein, wie zuwider ihm Jack eigentlich war. Trotzdem, eine komische Nummer – oder nicht?

Die warme Luft aus dem Heizungsgebläse hatte Jack noch nicht im geringsten aufgetaut. Seine Kehle war wie zugeschnürt, viel zu kalt und ausgedörrt, als daß er hätte antworten können. Er zog die Jacke enger um sich und versuchte, auf das Armaturenbrett zu deuten.

«Wenn's dir nichts ausmacht», sagte Caryl, «beul bitte die Jacke nicht so aus.» Er war dicker geworden, wie Jack jetzt merkte, richtig aufgedunsen um die Taille, sah fast schwanger aus. Ein zusätzliches Kinn quoll unter dem ersten hervor, aber seine Zähne waren weiß und regelmäßig. Er biß sich auf die Lippe und zog ein finsteres Gesicht, während er die NP Avenue hinunterfuhr.

«Hast du dir's überlegt?» drängte er. «Wo willst du hin? Adresse? Ich bin seit drei Nächten auf den Beinen und mit der Arbeit hinterher, weißt du.»

Das Licht war schwarz und fiel in trägem Kristallgefunkel vom Himmel. Jacks Stimmbänder brachten immer noch keinen Ton hervor. Er öffnete den Mund. Nichts. Ihm war schwindelig. Er fiel nach hinten, konnte sich nicht halten, wurde wieder nach vorn geworfen.

«Okay», sagte Caryl plötzlich laut. «Soll ich dich zur Polizei bringen? Willst du das?»

«Nein», antwortete Jack so leise, daß es kaum zu hören war. Aber dann wußte er nicht weiter.

«Ich kann dich nicht die ganze Nacht durch die Gegend kutschieren! Wo wohnst du? Wo zum Teufel ist dein Scheißpalast?»

Caryl Moons Stimme zitterte vor Wut.

Jack sah ihn an, und ein elementares, namenloses Gefühl rüttelte ihn wach. Erstaunen ergriff ihn. So splitterfasernackt war er ein Nichts, oder? In Caryl Moons Augen war er, Jack Mauser, also nichts als ein grandioser Verlierer, jämmerlich, keinen Nickel wert, leichter als ein Dime. Er existierte gar nicht. Das Gefühl ärgerte ihn, und auf einmal drang seine Stimme durch die Kehle, warm wie Whiskey, klar und deutlich.

«Fahr mich zum Radisson!»

Der Wagen hielt abrupt.

«Vergiß es! Du bist mir doch piepegal», sagte Caryl. «Nur zu deiner Information – ich mache diesen Scheißjob, weil du mir nicht mal 'ne Abfindung gezahlt hast, du Arsch.»

«Ich hab dich für das bezahlt, was du gemacht hast.»

«Du hast mein Leben ruiniert. Raus hier, und zwar sofort. Und gib mir meine Jacke zurück.»

«Außerdem hast du meinen Wagen plattgemacht», sagte Jack. «Reine Fahrlässigkeit. Ich hab 'nen Anwalt.»

«Dein Anwalt ist mein Dad, du Idiot! Raus!»

«Bring mich zum Radisson!»
Caryl Moon sprach leise.
«Ich lasse mich nicht rumkommandieren. Ich lasse mich nicht rumkommandieren», wiederholte er, wie um sich zu beruhigen.

«Aber ich kommandier dich rum.» Jacks Wut barst durch ein hitziges Grinsen. «Ich kommandier dich rum.» Er wurde lauter. Von irgendwoher holte er die Kraft, die alten Wörter. «Ich sag dir, wohin. Los, du Blödarsch. Fahr schon!»

Caryl zog den Schlüssel aus der Zündung und sprang aus dem Wagen.

«Du willst los? Dann komm und lauf!» schrie er und winkte Jack heraus.

Jack sprang aus der Kabine, taumelte. Die Wut hatte ihn aufgeheizt, aber seine Beine machten nicht mit. Auch die Arme funktionierten nicht. Er war völlig geschwächt, wie ihm schlagartig aufging, als der jüngere Mann ihm einen schweren Fausthieb gegen die Brust versetzte. Er versuchte das Gleichgewicht zu halten, aber es riß ihn um wie eine große Holzpuppe, und noch im Fallen strömte die Wut in Wellen aus ihm heraus, nutzloser Dampf. Caryl packte ihn, riß ihm die Jacke herunter, zog sie sich über und begann zuzutreten, wobei er die Arme jedesmal in weiten Kreisen hochschwang, wenn er mit seinem dicken Bein ausholte.

«Das ist für uns kleine Leute», ächzte er beim Schwungholen.

Er trägt Turnschuhe mit weichen Sohlen, dachte Jack zuerst und lachte, weil es gar nicht weh tat. Einmal sah er kurz den Fuß, der auf sein Gesicht zukam, und wunderte sich, daß er sich geirrt hatte – der Fuß steckte in hartem, schwerem Leder. Dann traf ihn die Sohle, und in dem flirrenden Strudel hinter seinen Augen sah er Sonnenblumen.

In einer Art lustvoller Trance trat Caryl jetzt fester zu; er stöhnte vor Anstrengung, weil es harte Arbeit war, Jack zu verprügeln. Ein paarmal spürte Jack einen furchtbaren Schmerz, einen pechschwarzen Schock. Dann wieder nichts. Er wurde schläfrig, während Caryl Moons Füße ihn traten, ihn umdrehten, ihn herumrollten, ihn hierhin und dorthin über den Gehweg kickten. Als er einschlief, sah er wirbelnde Blütenblätter, die hoch in die Luft geworfen wurden und wilde Funken sprühten. Kreiselnde Sonnenräder mit glühenden Speichen.

Die erste Rate August 1992
Jack Mauser

Ich hätte nie gedacht, daß sie einfach weitergeht!

Jacks Hände steckten tief im öligen Getriebe des Steigers, der seinem Onkel Chuck gehörte. Der Steiger war eine Landmaschine, die sie gemeinsam reparierten, so wie sie alles reparierten, mit Tütenverschlüssen, Isolierband und Spucke und hin und wieder auch mit der richtigen Schraube oder dem passenden Bolzen. Es war August, aber keiner der heißen Hundstage. Die Luft war klar und kühl. Jahre waren vergangen, seit die Frau aus seinen Armen ins Schneegestöber hinausgewandert war, und doch kehrte er, wenn sein Kopf bei mechanischen Vorgängen auf Automatik schaltete, in Gedanken oft nach Williston zurück.

Ob die Hochzeit in der Bar nun gültig war oder nicht, er hatte sich angewöhnt, June als seine erste Ehefrau zu betrachten. Seinem Gefühl nach war es das Mindeste, was er für sie tun konnte.

«So ein Mist!» Chuck zupfte vorsichtig an ein paar Drahtenden herum, die er gerade aufgedreht hatte. «Das klappt doch bestimmt nicht.»

Die beiden Männer lagen auf lila Plastikschlitten vom Kmart und rutschten in dem orangefarben gestrichenen Wellblechschuppen unter diversen Motoren herum. Schweiß und Öl rannen Jack mitsamt einer Schicht Dreck in den Nacken, aber es war ein gutes Gefühl. Das Basteln und Flicken hatte ihm schon immer Spaß gemacht, während er die winterliche Verwaltungsarbeit, die hektische

Erntezeit, die Abhängigkeit vom Wetter nicht leiden konnte. Der Ertrag war ihm auch zu niedrig. Miserabel, nach den Ratenzahlungen für die großen Maschinen. Nichts übrig. Die Farmarbeit brachte ihn auf Fluchtgedanken. Er sollte auf die Baustelle zurück, fand er. Eigentlich hatte er seinen Onkel nur kurz besuchen wollen, aber wie immer bei Chuck hatte er sich auf eine dieser endlosen kleinen Basteleien eingelassen.

Der Onkel musterte ihn mit langem Gesicht, aber dann seufzte er nur und sagte, also, dann mach's gut. *Zieh schon Leine*. Jack hatte ihm von der Siedlung erzählen wollen, von dem Grundstück, aber er brachte es nicht fertig. Vor ein paar Jahren, als Land noch billig gewesen war und Chuck sich übernommen hatte, da hatte Jack ihm 160 Acres gleich westlich von Fargo abgekauft. Dann hatte er sie Chuck zurückverpachtet, und der hatte Blumen darauf angebaut. Sonnenblumen. Die blühten jetzt. Und morgen würde Jack die erste Kreditrate einer Finanzierung bekommen, die er im Lauf vieler Jahre ausgetüftelt, verhandelt und erbettelt hatte. Er würde Chuck mitteilen müssen, daß diese Sonnenblumenfelder einer Siedlung weichen sollten, einer guten, *einzigartig und von höchster Qualität*, so würde er es formulieren. Als ob das eine Rolle spielte.

Am nächsten Morgen nahm Jack in einem schlichten weißen Umschlag den Bankscheck entgegen. Hegelstead persönlich hatte ihn auf «Mr. Jack Mauser» ausgestellt und mit großem Tamtam unterzeichnet. Jetzt rieb Jack ihn zwischen den Fingern, hielt ihn sich vors Gesicht und atmete den strengen Geruch des Papiers ein. Doch dann – und diese zufällige Entscheidung sollte ihm die nächsten beiden Jahre seines Lebens vermiesen – zahlte er ihn nicht gleich ein. Mit dem Umschlag in der Hand ging er durch die schwere Tür aus Glas und Chrom. Er ging zu seinem Wagen. Er legte den Umschlag auf das Armaturenbrett.

Er fuhr zu Chuck zurück. Das vielversprechende weiße Rechteck spiegelte sich in der Windschutzscheibe. Während er an den beidseits neu entstehenden Häusern vorbeifuhr, dachte er nur den einfachen Gedanken: *Ich habe mehr Schwein als sonst jemand auf der Welt.* Er hatte einen Plan ausgearbeitet, und der Plan würde funktionieren. Jack Mauser würde endlich Großes leisten.

Mauser & Mauser, Bauunternehmer. Zweimal Jack. Es gab keinen anderen Mauser, keinen Partner, nur ihn selbst. Er hatte seinen Namen verdoppelt, weil er fand, daß der Firmenname so vertrauenswürdiger wirkte – als wären Generationen am Werk. Aber da war keiner außer ihm. Im Lauf der Jahre hatte er sich das Geld, die Bautrupps und die Maschinen besorgt, ganz allein, aus dem Nichts, angefangen mit einem gebrauchten Bulldozer und ein paar Typen, die den High-School-Abschluß nicht geschafft hatten. Er hatte Glück gehabt, aber sein eigentliches Geheimnis war, daß er sich selbst genauso gnadenlos forderte wie alle anderen auch. Außerdem hielt er beim Dealen und Tricksen mit den Besten mit. Jack hatte sein eigenes Unternehmen zusammengeschustert, indem er das Geld von den Kalksteinfassaden der Banken kratzte. Er wußte, wie man Anzug und Krawatte trug, wie man Hände schüttelte, einem Banker in die Augen sah und einen Terminplan versprach, den man unmöglich einhalten konnte, dann aber doch irgendwie schaffte, oder jedenfalls fast, indem man seine Leute bis zum Umfallen schikanierte.

Oh, und das allerletzte Geheimnis seines Erfolgs – Jack zahlte seinen Subunternehmern gerade genug von dem, was er ihnen schuldete, um sie für den nächsten Auftrag bei der Stange zu halten. Selbstverständlich bequatschte und bekniete er sie, bat um Geduld. Er behielt sie an der Angel, gab ihnen nie zuviel Spiel. Er bezahlte keine Rechnung vollständig, glich seine Konten nie aus. Kluge Unternehmer machen das so, dachte er; drum hatte er immer hohe Schulden und balancierte auf Messers Schneide. Jetzt begann sich das zu rächen. Einige Lieferanten, die besten, machten keine Geschäfte mehr mit ihm. Aber es gab ja noch andere, die an ihre Stelle treten konnten. Die gab es doch immer. Mußte es geben.

Jack konnte überzeugen, und er war klug. Er stürmte durch Türen aus schwarzem Glas, durch dunkelgetönte Empfangshallen, über Weizen-Teppiche und Zuckerrüben-Reichtum zu Schreibtischen aus polierter Eiche, erworben mit den Darlehenszinsen, die Sonnenblumenfarmer wie sein Onkel bezahlten. Er kam mit dem Dreck unter den Nägeln, den er sich beim Graben von Abwasserleitungen geholt hatte, und wenn er das Gebäude verließ, hatte sich dieser Dreck jedesmal wie durch ein Wunder in knisternde grüne Scheine verwandelt. Für Jack war täglich Richtfest. Der regionale Boom stand immer erst kurz vor dem Beginn. Eine große Straße sollte gebaut werden. Die Regierung stellte Bautrupps aus der Gegend ein. Jack machte ein Angebot, nicht zu niedrig, nicht zu hoch, und er blieb stur, wo es angebracht war – ein Geschick, das er am Spieltisch erworben hatte.

Die ganzen Mühen – und jetzt war es soweit. War fast schon zuviel. Er stand kurz davor, sein bislang größtes Straßenbauprojekt zu beginnen, eine Zufahrtsstraße mit Überführung am Stadtrand von Argus, und da klappte es mit dem Darlehen. Ein riesiger Betrag, die erste Rate der höchsten Summe, die er je ausgehandelt hatte. Der Scheck. So viele Nullen hatte er noch nie aneinandergereiht gesehen. *Und das mir.* Jack stockte. *Das mir.* Er wollte gerade *in Fargo* denken, aber statt dessen dachte er: *einem Indianer.* Dieser Teil seiner Abstammung war eine Art Privatscherz, den er allen vorenthielt. Seinen Trupps. Den Bankmenschen. Den Arschlöchern von Kunden. Selbst seinen Ehefrauen. Manchmal, wenn er durch die Vorhallen der Banken ging, dachte er seltsamerweise: *Zur Hölle mit euch allen. Eure Türen würden in die andere Richtung schwingen, wenn ihr wüßtet, wer ich bin!* Aber wer wußte das schon? Er war ein Mischling mit dunklen Augen und dunklem Haar, einem dicken weißen deutschen Großvater und einer verrückten Mutter. An sie dachte er nie. An ihn auch nicht. Beide von der Zeit verschlungen.

Jack bog auf einen Feldweg ab, hielt an, kurbelte die Wagenfenster herunter und ließ den Tag der perfekten Sonnenblumen herein. Ihre Blätter streiften einander in der unbewegten Luft, Dollarscheine unter einem Gewölbe blauen Himmels. Ihre dicken runden Gesichter, umgeben von Blütenblättern, gemahnten Jack an Legionen reicher Frauen mit schicken Hüten. Er ließ sich in den warmen Sitz zurücksinken, streckte sich und gähnte, bis seine Nerven kribbelten. In regelmäßigen Abständen gingen, durch kleine Zeitmesser ausgelöst, Kanonen los, damit sich die hungrigen Krähenschwärme nicht niederließen. Außerdem hatte Chuck Mauser Ballons an die Zäune gebunden und Augen darauf gemalt, damit sie Eulen glichen. Die Felder sahen lustig aus, bunt wie ein Zirkus, und natürlich fürchteten sich die Krähen kein bißchen. Jack hörte sie picken, flattern, krächzen, hörte sie laut und begeistert fressen.

Chuck Mauser fuhr vorbei und hielt seinen Laster an, als er Jack sah. Jack stieg aus, spazierte mit seinem Onkel ins Feld hinein, und dann standen die beiden Männer da und rollten mit den Stiefelspitzen Erdklumpen hin und her. Jack fühlte sich unwohl. Sein Gesicht glühte. In seinen Ohren dröhnte es. Er überlegte, ob er sich noch einmal unter die Sämaschine legen sollte oder die Ölpumpe des alten John Deere reparieren oder an dem neuen Steiger herumbasteln, aber ihm war auch nach einem Drink zumute. Also redeten er und sein Onkel über die Ernte, das Geld, das Wetter, und dann erzählte er Chuck, daß die erste Rate da war, zeigte ihm den Scheck. Chuck schien alles andere als begeistert. Er würdigte Jack keines Blickes, starrte nur über die leuchtenden, leeren Gesichter der Blumen hinweg. Jack hatte sich keine Gedanken darüber gemacht, was sein Glück für den Onkel bedeutete, aber jetzt ärgerte er sich über Chucks mangelndes Interesse. Chuck hatte die Felder nur gepachtet, und der Pachtvertrag war vor vier Monaten abgelaufen. Natürlich plante Jack, ihn die Felder bearbeiten zu lassen, bis er nächsten Monat erntete. Auch ein Farmer mußte seinen Schnitt machen. Aber diese Felder waren das erste offene Land hinter dem letzten Einkaufszentrum, zwischen dem DollarSave und dem Nichts. Jeder Idiot hätte sich das ausrechnen können.

Jacks Onkel kniff die Augen zusammen, zog die Mundwinkel nach unten und kratzte sich am Kinn. Er war schlecht rasiert, voller Schnitte. Aber er hatte den Mumm, das Thema anzusprechen.

«Was willst du denn jetzt hier bauen ... 'ne neue Siedlung?»

Jack nickte.

Auch Chuck nickte. Die beiden Männer standen am Feldrain und nickten im Gleichtakt mit den Sonnenblumenköpfen. Sie waren umgeben von heiterer, selbstverständlicher Zustimmung, aber sie dachten Unterschiedliches. Chuck blickte in die Ferne und sagte:

«Das sind gute Felder. Fruchtbarer Boden. Schade.»

Jack trat einen Schritt zurück, wiegte sich, steckte die Daumen in den Gürtel.

«Bauland, Bauland, Bauland», murmelte er.

Sie blickten zu Boden und sahen beide Geld. Sie waren beide, Jack zumindest teilweise, pragmatische Deutsche. Nicht von der romantischen Sorte. In Jacks Fall waren die Ojibwa-Anteile so verschüttet, daß er nicht wußte, was er sah, wenn er die Erde, den Himmel oder ein menschliches Gesicht betrachtete. Er betrachtete das Land nicht im alten Ojibwa-Sinn als etwas, das nur sich selbst gehörte. Für ihn war Land etwas, was man nutzte: verkäufliches Gelände. Es kam ihm gar nicht in den Sinn, daß der Grund und Boden, auf den er seine Häuser baute, lebte, daß er zerbröckeln, nachgeben, ihn im Stich lassen könnte, daß er sich einfach gegen ihn wenden oder irgendwie seine Investition nicht lohnen könnte. Land tat so etwas nicht. Für Jack war Land tot. Für Chuck war Land etwas Lebendiges.

Chuck dachte an Regen. Er dachte an Wasser. Er blickte nach oben, wie ein Farmer zum Himmel blickt – um nicht das kommende Wochenende zu sehen, sondern die ganze Zukunft. Nur ein träger Regen, ein nässender Regen, ein vorsichtiger Regen, kein Hagel. Bitte kein Hagel, der die Blumen plattmacht. Einverstanden? Nur Wasser. Auch Jack dachte an Wasser. An Brunnenwasser beispielsweise, das er für seine Siedlung hochpumpen konnte. Es kam ihm nicht in den Sinn, daß seine Brunnen durch diese fruchtbare schwarze Erdkruste zu bohren, das sinkende Grundwasser in seine Hähne und Sprinkleranlagen zu jagen und durch seine Duschköpfe und in seine Geschirrspüler zu pumpen ein flüchtiger Luxus war, den es nur so lange geben würde wie das Wasser drunten. Brunnen trocknen aus. Ackerkrume verweht. Bäume stürzen um. Das Land bleibt, aber nur die Farmer wissen, wie leicht es sich gegen dich wendet. Da er an seine Ojibwa-Anteile nicht herankam, war Jack Deutscher mit einer Falltür in der Seele, einem Innenleben, das ihm bislang verborgen geblieben war. Beide Männer sahen Geld, wenn sie das Land betrachteten. Es war nur so, daß ihre Vorstellungen von der Art und Weise, wie die Felder den Reichtum bescherten, weit auseinandergingen: als etwas Totes, als etwas Lebendiges, als etwas mehr oder weniger Autonomes und Mächtiges.

«Du wirst 'ne Menge Geld für diese Ernte kriegen», fuhr Jack fort. «Das wird 'ne Rekordernte. Dann kaufst du dir ein großes Haus direkt am Ende dieses Feldwegs hier.» Er trat mit dem Fuß gegen einen Erdklumpen. «Wir bauen es zusammen. Jedes von deinen Enkelkindern bekommt ein eigenes Zimmer. Und deine nächste Frau kriegt eine Traumküche.»

«Ich will keine neue Frau», erklärte Chuck. «Und deine Tante kommt nicht zurück. Die Frauen lassen uns sitzen. Das steckt uns in den Genen.»

Dahinter stand eine weitere Aussage: Sie hat mich sitzenlassen, so wie du mich sitzenläßt. Aber Jack hatte seinem Onkel gegenüber kein schlechtes Gewissen. Er war nur sauer. Er hatte nie gesagt, daß er Farmer werden wollte. Nicht mal andeutungsweise!

«Dann kochen halt deine Enkel.» Er lachte, ignorierte Chucks Groll über den Verlust. «Wir bauen alles in der richtigen Höhe: Bad, Spüle, alles, damit sie sich nicht dauernd auf einen Hocker stellen müssen.»

«Kinder wachsen», entgegnete Chuck.

«Gott sei Dank», pflichtete Jack bei, aber in seiner Stimme schwang ein böser Unterton mit, und Chuck schwieg, trat nervös von einem Fuß auf den anderen. Stumm standen sie da, und dann raffte Chuck Mauser sich auf. Seine Stimme knarrte, bebte fast vor unterdrückter

Wut – eine Anklage gegen den Himmel, den Horizont, die geduckten Fassaden am Stadtrand von Fargo.

«Je mehr du da hinbaust, desto leerer wird's.»

Jack trat einen weiteren halben Schritt zurück.

«Die Leute müssen irgendwo wohnen», erwiderte er und schaffte es, einigermaßen freundlich zu bleiben, aber innerlich kochte er. Vielleicht waren er und sein Onkel sich einfach zu ähnlich. Candice, mit allen Wassern der Illustriertenpsychologie gewaschen, die sie bei ihren Patienten anwandte, hatte Jack geraten, sich einen Trick anzugewöhnen, der ihm helfen sollte, sich zu beherrschen, wenn er sich im Niemandsland zwischen Normalsein und Explodieren befand. Sie hatte ihm geraten, sich einen Drahtkäfig vorzustellen. Er mußte die Kette an der Tür entfernen und wie ein Tier in das verdammte Ding hineinklettern. Im Käfig konnte er dann auf und ab tigern, konnte toben, konnte Dampf ablassen, als wäre er just im Urwald gefangen worden. Nur mußte er eben im Käfig bleiben, durfte nicht übers Gitter springen und auf keinen Fall herauskommen, bevor er sich wieder in der Gewalt hatte.

Jack hatte sich nicht in der Gewalt. Er stieg in den Wagen, setzte zurück und fuhr weg, ohne sich zu verabschieden. Der Magen krampfte sich ihm zusammen vor Enttäuschung – er wollte feiern, wollte mit jemandem einen draufmachen und nicht die Probleme eines Farmers besprechen, die Fehler eines Farmerjungen. Er versuchte, ruhig zu bleiben, sich abzuregen, das Leben durch die Brille seines Onkels zu sehen. Chuck brauchte diese Felder wahrscheinlich, um durchzukommen; beim Gedanken an ein neues Haus, das er sich nie im Leben leisten konnte, nicht in diesem jedenfalls, fühlte er sich bestimmt beschissen, und Jack hatte ihm den Mund wäßrig gemacht. Er fuhr in die Stadt und wünschte, sich mit Candy treffen und mit ihr in ihre

Lieblingsbar gehen zu können, die Library hieß, aber Candy war sicher in einer echten Bibliothek. Sie lernte mal wieder, machte einen Kurs über eine neue Zahnbehandlungstechnik, bei der angeblich der Schmerz durch kleine Stromstöße ausgeschaltet wurde.

So was brauche ich jetzt, dachte Jack, *oder vielleicht 'nen Drink.*

Er fuhr an der Bar vorbei, setzte zurück, parkte auf dem Hof, ging hinein und nahm Platz. Der Raum war schwach beleuchtet und still, die Leute redeten leise. Keine Musik, keine klickenden Billardkugeln, die TV-Quasselkiste stumm. Es war erst elf Uhr.

Er bestellte und trank zwei Bier. Aß einen Hamburger. Noch zwei Bier. Er überlegte, was tun – zurück ins Büro oder zur Baustelle. Es gab genug unerledigte Arbeit, Druck, jede Menge Kleinigkeiten, aber er fand, daß der heutige Tag anders gelebt werden sollte, außerhalb der Zeit, außerhalb der normalen Routine. Je mehr er in der Stille der morgendlichen Kneipe darüber nachdachte, desto unfairer schien ihm alles. Er dachte an die schwere Arbeit, die er geleistet hatte, stellte sich die ganze Arbeit vor, die ihn noch erwartete, und beim Gedanken daran fand er, daß es ihm durchaus zustand, sich über die Nullen auf dem Scheck zu freuen, den er in der Innentasche seines Jacketts trug. Er überlegte, ob er an die Seen fahren, angeln, zum Essen ausgehen und sich einfach an dem Bargeld freuen sollte, der dicken Rolle Scheine, die er im Vertrauen auf die demnächst folgende große Einzahlung von seinem Konto abgehoben hatte.

«Ich sollte, ich sollte», murmelte er vor sich hin und klopfte mit dem Plastikdegen, der seinen Hamburger zusammengehalten hatte, gegen den Aschenbecher, «ich sollte mich wieder an die Arbeit machen», sagte er entschlossen, und als die Bedienung vorbeikam, bestellte er statt dessen sein fünftes Bier.

Das fünfte war das, was ihn immer umwarf. Er wog sechsundachtzig Kilo. Vier schaffte er problemlos; danach schwebte er auf Wolke sieben. Als er sich das Blue Ribbon eingoß, schwor er sich, daß dies seine letzte kleine Geste sein würde. Aber dann sah er Marlis, und die Geste wurde Teil eines nicht enden wollenden Tanzes durch die Bars und Motels.

Ein Nachmittag verging. Ein Abend. Er schlief. Wachte auf. Brauchte Starthilfe. Rohes Ei in einem Glas kaltes Pilsener. Mehr Pilsener. Der Morgen verschwamm mit einem weiteren Nachmittag. Einer Nacht. Der rasende Himmel, wild und dunkel, und Marlis, zu jung. Gelähmt und passiv ließ er alles geschehen. Eine lange Fahrt nach South Dakota. Der Morgen dämmerte. Wieder brauchte er etwas gegen den Kater, aber er war pleite und stank und konnte den Scheck nicht finden.

Er beschloß, nach Hause zu fahren.

Er hatte die Autoschlüssel die ganze Zeit gehabt, aber daran, wo der Wagen geparkt war, konnte er sich nicht erinnern. Also ging er hinüber auf den Hof der Library-Bar, um zu sehen, ob er dort stand. Da war er ja. Und außerdem seine adrette, gepflegte, blonde, zähneziehende Exfrau Candy, die auf dem Vordersitz saß und ein Buch las. Sie hatte immer auf Jack aufgepaßt. Sie kümmerte sich auch jetzt noch um ihn.

Er beugte sich am offenen Wagenfenster zu ihr hinunter.

«Tut mir leid», sagte er.

Sie wedelte seinen Atem weg.

«Steig ein.»

«Wohin fährst du?» fragte er. Seine Stimme war so dünn, so unhörbar, so schuldbewußt, daß Candy sie genauso mit einer Handbewegung abtun konnte wie seine Entschuldigung.

«Ich fahr dich zur Arbeit», sagte sie.

«Ich hab dir nichts getan!»

Aus irgendeinem Grund brachte diese Antwort sie zum Lachen, und ihr Lachen klang echt, als amüsierte sie sich über seine geistreiche Art. Abrupt hörte sie auf und legte schweigend eine ganze Meile zurück, ehe sie wieder etwas sagte. Sie sprach gestelzt, als hätte sie sich den Satz lange überlegt.

«Deine Fähigkeit, Mist zu bauen, übersteigt bei weitem meine Fähigkeit, dir zu helfen.»

Sie summte leise vor sich hin, und Jack wollte ihr sagen, daß ihn das störte, daß sie damit aufhören sollte, aber er tat es nicht. Er dachte, wenn er den Mund hielte, würde sie vielleicht umdrehen, ihn nach Hause mitnehmen, in das Haus, in dem sie früher gemeinsam gelebt hatten, und ihm ein Mittagessen machen. Sie bog in den Bauhof ein. Ihr Wagen stand neben dem Bulldozer und ein paar Traktoren, weshalb er vermutete, daß irgendein Freund ihr bei der Aktion geholfen hatte. Und da, als sie ihn mit einer beiläufigen Handbewegung entließ, fühlte er es kommen. Er fühlte die Hitze im Bauch, diese Leere, die ihm die Wut in die Arme pumpte wie kaltes Gelee und die Raserei in den Kopf. Das plötzliche Gefühl machte so blind und war so sinnlos, daß sogar Jack erschrak. Er versuchte es zu unterdrücken und steckte sich schnell in den Käfig, wie Candy es ihm beigebracht hatte. Kaum befand er sich hinter Gittern, stieg Candy in ihren Wagen. Ehe er herausspringen und sie festhalten konnte, war er schon allein auf dem staubigen Platz. Ihr Auto verschwand in einer Staubwolke Richtung Stadt.

Und sie hatte seine Autoschlüssel mitgenommen. Vielleicht aus Versehen, aber jedenfalls steckten sie nicht im Zündschloß.

Er kletterte aus dem Wagen, wirbelte herum, schaute in die Fenster der anderen Wagen und der schweren Maschinen, stieg schließlich in den Bulldozer. Er hatte Glück. Der silberne Schlüssel steckte, er drehte ihn um, startete den Motor und holperte mit Vollgas hinter Candy her. Irgendwie mußte er sie erwischen, sie abfangen, ehe sie in Richtung Stadt abbog. Er würde sie anschreien, auf sie einreden, weinen, sich die Haare raufen und sich ihr zu Füßen werfen oder unter die schwarzen Reifen des Bulldozers. Er würde sich demütigen und wieder von vorn anfangen, sobald die Wut aufhörte – doch jetzt, als der Bulldozer davonschoß, war er wütend. Es war, als wäre die Maschine ein Teil seiner Wut, mit ihren Vibrationen, ihrem Gewicht und all dem, was er mit einem Hebel und einem Schalter anstellen konnte.

Die Wut wurde zu groß für ihn, zu groß, um sie in den Drahtkäfig zu sperren, zu groß für alles. Sie fegte über ihn hinweg, und eine Weile kämpfte er matt dagegen an, und dann war er raus aus dem Käfig, überlebensgroß, rasselndes Eisen auf Eisen, die Straße entlang, den Schild in der Luft, auf der Suche nach etwas, von dem er nicht wußte, was es war, bis er es sah – die Felder.

Seine Felder. Die Blumen blickten Jack an, dick und bräsig, voller Licht.

«Erntezeit!» schrie er und fuhr mit heruntergelassenem Schild hinein, und er brüllte es immer wieder, während er sie Streifen für Streifen niedermähte, während sich die Luft über ihm mit wirbelnden Blütenblättern und aufgescheuchten Vögeln füllte, während die Samen klingelnd auf das heiße Metall fielen und ihm in Nacken und Hemd regneten, während die Sonnenblumenköpfe vom Planierschild sprangen und unter die dicken Reifen flogen, und überall Staub, eine große Wolke, die ihn einhüllte, an einem kühlen, trockenen Septembertag.

Ich bin eigentlich kein destruktiver Mensch. Ich hab so ziemlich alles gebaut, was man sich denken kann. Man muß sich nur in Fargo umsehen – Banken, der halbe Krankenhauskomplex, der Highway, Vistawood Views, das Altenheim, der größte Teil der Einkaufszeile, Haus für Haus. Man sieht, es ist geplant und paßt und ist für die Ewigkeit gebaut von Jack Mauser. Ich mache Dinge nach Plänen. Ich mache sie real. Ich könnte das sogar mit mir selbst machen, wenn ich einen finden würde, der mich entwirft. Aber da das nicht möglich ist, habe ich mich immer auf Frauen verlassen. Irgendwo innen drin denke ich: Sie sind Frauen, sie müssen's wissen.

Und so fangen die Probleme an – man pflanzt seine ganze Hoffnung in ein fremdes Herz. Und wenn man so ist wie ich, läßt man sie darin wachsen, als wäre die Frau, die man geheiratet hat, eine bezahlte Gärtnerin.

Jack mähte fast das ganze Feld nieder, ehe die kalte Kraft aufhörte, ihm durch die Arme zu strömen. Er atmete schwer, und sein Blick war starr auf die Anzeigen des Armaturenbretts geheftet. Er konnte nichts hören, nichts außer sich selbst, und dann schlug sein Herz allmählich langsamer, und das Adrenalin, das ihn überschwemmt hatte, wurde so schwach, daß er sich auf dem Fahrersitz zurücklehnte. Er überschaute das Chaos aus zerquetschten Stengeln und Blüten, auf das sich schon mit enthusiastischen Schreien die Vögel stürzten. In der Ferne sah er Leute, sein Bautrupp im Anmarsch. Candys Wagen war nicht in Sicht.

Die Mittagshitze erhob sich aus den Feldern wie ein

schimmernder Schleier. Er hatte immer vorgehabt, für Candice das beste Haus der ganzen Siedlung zu bauen. Jetzt wird sie keins mehr wollen, dachte er. Aber während er da saß, sah er die Häuser trotzdem emporwachsen. Er sah Steinschnitzereien an hohen Tudor-Fensterbögen oder Häuser im Kolonialstil mit Klappläden und Säulen zu beiden Seiten des Eingangs. Die Briefkästen würde er in kleine Backsteinhütten packen, damit kein Teenager mit einem Baseballschläger sie zertrümmern konnte. Er würde große Rasenflächen anlegen, siebenjährige Ahornbäume pflanzen. Die Garagen mit zwei, drei Stellplätzen, manche mit Rundbögen, und alle würden sich automatisch öffnen, um ihre Besitzer in Empfang zu nehmen. Manager würden diese Häuser kaufen, Schulleiter, die Geschäftsleute aus der Gegend, reiche Farmer, die für den Winter ein Stadthaus haben wollten. Er würde die Siedlung Crest nennen – den Gipfel. Nicht Crest Park, Crest Acres, Crest Ridge, Crest Wood oder Crest sonstwie. Seine Siedlung würde ihre Klasse durch Schlichtheit beweisen, denn der Name zeigte ja schon, daß sie Spitze war, das, wohin wir alle wollen.

1. Januar 1995 *Die Werkstatt*
Jack

Jack raste dem Abgrund seines Lebens entgegen – über ein weites, baumloses Feld –, und von dort blickte er im schneidenden Wind auf sich selbst hinab, wie er da auf dem Gehweg lag, die Arme im Schneematsch ausgebreitet. Er war zerquetscht, bedeutungslos, zusammengerollt wie ein Fötus, nackt, grau, so grau wie der Schnee, voll unausgelebter Wut, halbtot. Er hatte es gewußt, oder? Etwas würde passieren – er war vorgewarnt worden, von der Nonne, von Eleanor, von Dot, von Marlis, von allen.

Angeekelt, verwirrt kehrte er in seinen Körper zurück und wollte auf dem harten Gras einschlafen, an einen bequemen Stein gelehnt, da, wo der Gehweg so verlockend schien und das Brausen des fernen Verkehrs ein einlullendes Reifengesumm war. Und er wäre auch eingeschlafen, wenn ihn nicht ein schriller Schmerz wie eine Hupe geweckt und gerettet hätte. Es war ein ziehender, gnadenloser Schmerz, so qualvoll, daß er aufsprang und heulend herumhüpfte, um ihn abzuschütteln.

Durch eines seiner langsam wieder lebendig werdenden Augen konnte er sehen, daß die Straße sich zu einem grünen Rachen verengte. Am Ende war eine Tankstelle, eine grelle Lichtkugel. Wenn er sich rechts hielte – und die mißhandelten Klumpen unten an seinen Beinen ihn trügen –, käme er schließlich zu einer seiner Werkstätten für schwere Maschinen. Er stellte sie sich vor – die kleinste seiner vier mit doppelten Hypotheken belasteten Immobilien. Eine

Werkstatt mit Büro und Kaffeekanne. Kein Nachtwächter, kein Zutritt, aber wieder ein Fenster, das er einschlagen konnte.

Er machte einen unsicheren Schritt vorwärts, der ihn fast zerriß. Noch einen, und er glaubte, das sei der letzte, zu dem er sich zwingen konnte. Aber er schaffte noch einen. Einen vierten. Fiel fast hin. Auf diese Art schleppte er sich durch einen Nebel, der jedesmal schlimmer wurde, wenn er erträglich schien. Während seltsam klarer Momente schwand der Schmerz, und helle Wellen der Lust überfluteten ihn. Die fliegenden Kissen der Schläfrigkeit ließen die grauen Schneestreifen und die Müllsäcke am Straßenrand weich und einladend erscheinen. Wenn seine Füße aufgaben, griff er nach unten und schob sie mit seinen Klotzhänden weiter. Durch den Tunnel. Er machte einen zögernden Schritt, noch einen. Er dachte nicht an die Entfernung, dachte überhaupt nicht voraus, sondern konzentrierte sich ganz darauf, seine Füße zu trösten und zu loben.

June Morrissey. Hatte sie ihn zu diesem Tod verdammt, weil er ihr nicht mal seinen richtigen Namen gesagt hatte? Ein Schritt. Noch einer. Er dachte nicht gern namentlich an sie. Die Sommerfrau, tot im Schnee. Er schleppte sich weiter – langsam, unmöglich –, aber als er die Backsteinwand der Werkstatt berührte, strömte eine dumpfe Energie durch seine Glieder. Er zertrümmerte das Glas hinter dem Fenstergitter, griff hinein, schob den Sicherheitsriegel beiseite und kletterte ins kalte Innere. Am Ende der Werkstatt schlug er ein weiteres Fenster ein und schritt über Glassplitter, um einen Raumstrahler anzuknipsen, den er immer benutzte, wenn er seine Bücher frisierte.

Er spürte nichts, war tot wie Feuerholz. Er stand im matten Licht einer Straßenlaterne, das in blaßleuchtenden Streifen in den Raum fiel. Er wollte nicht die Polizei oder irgendwelche Passanten auf sich aufmerksam machen, also knipste er das Licht nicht an, sondern suchte blind nach dem Schreibtischstuhl. Er schloß die Bürotür, tastete sich an den Wänden entlang, bis ihm ein öliger Overall von einem Haken in die Hände fiel. Es war, als würde er eine Schaufensterpuppe ankleiden. Er steckte die Beine in die Hose, konnte aber die Finger noch nicht biegen, um den Reißverschluß hochzuziehen. Er klemmte die erfrorenen Finger zum Auftauen in die Achselhöhlen und ließ sich dann auf den gepolsterten Stuhl fallen. Den Blick auf die Heizdrähte gerichtet, saß er da. Jedesmal, wenn eine Stromwelle durch die Drähte zitterte, holte er tief Luft. Während er zusah, wie das Quadrat des Heizkörpers langsam rot wurde, dachte er, daß er nun doch nicht sterben würde. Er roch den trockenen, heimeligen Geruch, wie beim Bügeln. Ein Drahtkäfig erwärmte die Luft.

Das B & B 5. Januar 1995
West Fargo, North Dakota

Um fünf Uhr nachmittags drang die indigoblaue Dämmerung durch die Fenster des Bestattungsinstituts, und mit routinierter Fürsorglichkeit geleitete Lawrence Schlick Jacks Ehefrauen von Raum zu Raum bis zur Eingangstür, wo er sie hinausbefördern konnte – alle außer seiner Tochter. Eleanor blieb noch einen Moment lang in seinen Armen, tätschelte dann seine glattrasierte Wange und verabschiedete sich ebenfalls.

Die Temperatur war gefallen, und die Nässe auf den Straßen hatte zu überfrieren begonnen. Eis klumpte an Baumstämmen und Zweigen und machte die Gehwege gefährlich, weshalb die Frauen langsam gehen mußten, als sie aus dem Gebäude traten. Sie hatten beschlossen, zum B & B zu fahren, wo Marlis arbeitete. Wortlos stiegen sie in Jacks Wagen. Mit der Pralinenschachtel auf dem Schoß fuhr Dot vom Parkplatz. Sie war angeschnallt, die Schachtel nicht, deshalb legte sie, als sie vor der Ampel das Tempo drosselte, schützend die Hand auf das Valentinsherz.

Der Boden von Jack Mausers neuem rotem Explorer, der demnächst verpfändet werden würde, war schon fleckig vom Öl dreckiger Motorteile, und die Zwischenräume zwischen den Sitzen waren vollgestopft mit Zetteln und alten Zeitungen. Leere Limodosen klapperten. Zu Füßen der Frauen lagen zusammengeknüllte Hemden und Jacken, die er morgens an- und mittags wieder ausgezogen hatte. Es roch nach warmer Wintersonne, nach Benzin, Schweiß und herbem Aftershave – Jacks Aura.

Eleanor saß vorn auf dem Beifahrersitz. Candice schmiegte sich an eine der hinteren Türen. Lauter Sachen, die Jack beiseite gekickt oder die seine Hände berührt hatten, umgaben sie, und sie verschränkte die Arme und wandte sich starr und stumm von allem ab, wie von Jack selbst.

Vor einem halben Jahrhundert war das Land auf beiden Seiten der Straße noch Ackerland, langweilig und schön. Damals hoben sich nur ein paar Holzhäuser, mehrere Scheunen, ein genossenschaftlicher Getreidesilo gegen den kargen Horizont ab. Ein paar der allerersten Lehmhütten kauern noch heute dort, bedrängt von alten Holzbeugen, die niemand hinter den vielen Landmaschinen- und Autohandlungen weggeräumt hat. Neue Geschäfte und Unternehmen säumen den Highway: Williams' Installationen. Sexauers Samenhandlung. Hokum-Versicherungen. Red River Valley Homes bietet mobile Blockhütten feil. Das Sunset Motel preist Wasserbetten an. Es gibt ein Mattress City. Eine endlose Kette von Restaurants. Das Kelly Inn. Das Taco John's.

Gleich hinter dem Sandhügel, dem Windschutz und den Gleisen liegt West Fargo. Der Sand ist für die Straßen, die im Winter so glatt sind. Auf den Gleisen werden natürlich Korn, Samen, Rüben und Kühe transportiert. Die Windbrecher halten den Wind nicht ab, sondern kämmen ihn zu einem langen, dicken Luftschweif, der die Main Avenue hinunterfegt, direkt durch Fargo und dann durch Moorhead hindurch und weiter über die kühle, feminine Taille von Minnesota.

In der Main Avenue gibt es eine Bar, in der man für

Wohltätigkeitszwecke spielen kann. Das B & B-Steakhaus mit angeschlossener Bar-Casino-Lounge ist ein spärlich erleuchteter Ort, alles auf einem Stockwerk, die Decke aus Styroporfliesen und der Betonfußboden mit fleckigem Kunstfaserteppich ausgelegt. Trotzdem erinnert das Ambiente eher an den Westen als an den Mittleren Westen. Hier treffen die Regionen aufeinander, hier ging früher das Hochgras in die Mischgrasprärie über und von dort in die Kurzgrasebene. Hier läßt der Regen nach, die Bügelfaltenhosen werden zu Jeans, die Frauen von der Ostküste, die Ladies aus den angrenzenden Staaten und überhaupt alle jungen weiblichen Wesen werden zu Gals, Gals, Gals. In West Fargo, im B & B, wo das Hähnchen dem Steak begegnet, vermischen sich Farm und Ranch. Hier ein Geschäft für Westernkleidung, und nebenan werden Landmaschinen verkauft. Im Fenster eines Ladens eine sorgsam aufgemalte Holsteinkuh, auf dem Dach des nächsten ein Quarterhorse aus Fiberglas. Ein Stückchen weiter ein Herefordrind. Reklame für Bullensamen. Ein Schild: *Milch. Das offizielle Getränk North Dakotas.* Dann ein Probefeld für Sunco-Sonnenblumen. Auch das B & B ist eine sorgsame Mischung. Im Vorratslager stehen Grain-Belt-Bierkästen bis zur Decke gestapelt, weniger Coors.

Das viereckige weiße Plastikleuchtschild draußen fordert Kanadier zum Eintreten auf und bietet bei Getränken einen Eins-zu-eins-Wechselkurs für ihre Dollar. Die Eingangstür ist angeschlagen und so oft wieder eingehängt worden, daß sich die Scharniere vom Holz lösen. Drinnen ist eine weitere Tür aus Isolierglas; sie wird von einem Klebebandstreifen stabilisiert, der ein breites Y bildet. Den Gang hinunter kommt man in das fensterlose Steakhaus, und nach links erstreckt sich ein durch drei Linoleumpfade unterteilter, mit Teppich ausgelegter Bereich, in dem lauter kleine schwarze Stühle und Tische stehen, auf denen in roten Schalen Kerzen brennen und die Gesichter der Bingospieler matt beleuchten. Die Spieler sind meist Freunde und Nachbarn. Die Decke ist niedrig, und es gibt einen jener erleuchteten Plastikkästen voller Stofftiere, wie man sie von nun an bis zur Westgrenze von Montana in jeder Kneipe oder Bar finden wird.

Marlis Cook jagte den Frauen Angst ein und beeindruckte die Männer. Sie zog die Blicke auf sich, denn sie entsprach einem Badeanzug-Kalender-Ideal; ihr Lächeln kam schnell und forderte eine unmittelbare Reaktion. Haare: hellbraun gesträhnt, mit Festiger fixiert und seitlich zu einem dikken Pferdeschwanz gebunden. Augen: groß, grünblau mit schwarzen Wimpern, leer. Figur: medium. Jeans: eng. Absätze: hoch. Alter: vage. All das war genau durchdacht. Seit ihrem zwölften Geburtstag hatte Marlis sich mit jugendlicher Beharrlichkeit ins Rampenlicht phantasiert, obwohl sie nicht singen konnte. Sie nahm Klavierunterricht und plante ihr Aussehen mit Hilfe unzähliger Zeitschriftenartikel und Frisur-Ratgeber, tapfer und sehnsüchtig. Hungerkuren, Wasserstoffsuperoxyd und hemmungslose Hingabe an die eigene Sache hatten die von Hause aus eher unscheinbare Marlis in ein vielbewundertes Wesen verwandelt.

Sobald sie jedoch den gewünschten optischen Effekt erzielt hatte, konzentrierte sie sich meist darauf, jeden in ihrer Umgebung unter den Tisch zu trinken. Das half beim Vergessen. Vergessen war das, worauf es wirklich ankam. Die Erinnerung wird überschätzt, sagte sie zu Candice. Leute mit schönen Erinnerungen behaupten selbstverständlich, es lohne sich, sich ein detailliertes Bild von der Vergangenheit zu machen. Marlis hingegen wollte ihre Vergangenheit auslöschen. Heute abend, das wußte sie, würde sie zum ersten Mal seit mindestens einem Jahr wieder zuviel trinken. Wenn sie Glück hatte, bedeckte dann beim Aufwachen ein sanfter schwarzer Schleier alles, was passiert war. Wie jemand, der einen Quilt zusammenfügt, verließ sie sich auf diese Schleier. Manche Quilts haben wunderbare Farben. Ihrer bestand aus Dunkelheit.

Marlis war kurz davor, sich abzuschreiben – als Mutter und in jeder anderen Hinsicht. Es war einfach nicht zu übersehen, daß Candice besser und zuverlässiger war und einen guten Einfluß auf das Baby hatte. Jack, der Vater wider Willen, war tot. In ihrer Panik hatte Marlis beschlossen, seinen Tod nicht als Tatsache anzuerkennen, sondern als blöden Witz zu betrachten. Mit Alkohol würde sie das vielleicht schaffen.

Unter ihrem Quilt aus Dunkelheit konnte sie die einundzwanzig Tische bedienen und zugleich auf der Damentoilette aus der Flasche Cuervo trinken, die sie im Spülkasten versteckt hatte. Nie merkte man ihr etwas an, nie zitterten ihr die Hände. Ihr am wenigsten bewußtes Ich war die beste Kartengeberin im ganzen B & B. Schon beim Betreten der Bar hatte sie die Erinnerung an den Tag verloren, und um sie nicht wiederzufinden, sondern vielmehr weiter zu vergessen, durchquerte sie mit schnellen Schritten den Flur zum Klo und schloß sich in der zweiten Kabine ein. Ihre milchgefüllten Brüste taten weh. Sie hörte ihr Baby weinen und zögerte, aber sie konnte nicht anders, sie mußte den Porzellandeckel des Spülkastens anheben. Der Wurm unten in der Flasche leuchtete. Sie trank zwei kräftige Schlucke und dann, obwohl sie sich dafür haßte, noch einen dritten.

Sie stellte die Flasche wieder zurück. Als sie die Toilette verließ, merkte sie, daß sie abglitt, daß heute abend ein Test stattfand und sie ihr Bestes tat, um ihn nicht zu bestehen.

Sie sollte zurückgehen, solange ihr Gehirn noch halbwegs funktionierte, und den Tequila das Klo hinunterspülen. Sie blieb stehen. Sie stand vor der gesplitterten rosaroten Tür und wartete darauf, daß der Alkohol seine Wirkung tat und es keine Rolle mehr spielte, was sie machte. *Es wird mir nicht leid tun,* versprach sie sich, aber dann fühlten sich ihre Brüste so schwer an. Jack war im Keller seines Hauses zu Asche verbrannt – sie hatte ihn einst geliebt und konnte es nicht ertragen. Sie wollte es einfach nicht glauben. Nein. Aber der dritte Schluck Tequila hatte nichts bewirkt. Sie war noch nicht betrunken. Sie mußte zurückgehen und noch einen halben Schluck nehmen.

Das tat sie auch. Behutsam betrat sie die Kabine, verriegelte die Tür hinter sich. Sie hob erneut den Deckel der Spülung ab und legte das schwere Rechteck quer übers Waschbecken. Die Flasche lag leise schaukelnd im Wasser. Sie packte sie am Hals, und der Deckel ging ab. *Ach du Scheiße,* sie hatte sie nicht richtig zugeschraubt. Der hochprozentige Tequila war jetzt mit Klowasser verdünnt. Sie schüttelte die tropfende Flasche. Das war die Frage. Sie drehte den Tequila hin und her – Klospülungswasser. Wasser. Es war doch nur Wasser, oder? Es gab keine Verbindung zur eigentlichen Toilette, richtig? Ganz normales Wasser. Sie setzte die Flasche an, setzte sie wieder ab, ohne zu trinken. Das war die Frage. In dem Moment kam ihr einer jener Gedanken, die sie haßte. Manchmal brachte ihr Gehirn sie durch einen Trick dazu, etwas richtig zu machen. *Wenn du nicht trinkst, ist Jack nicht wirklich tot, dann ist alles nur ein Irrtum, und er hilft dir, dein Baby zurückzubekommen, wenn Candice vor Gericht geht.* Ihr Gehirn dachte sich das aus. Aberglaube. Sonst nichts. Aber andererseits, was konnte sie dagegen tun? Sie versuchte ganz schnell, die Flasche an die Lippen zu führen, aber statt dessen kickte ihr Fuß den Klodeckel hoch. Ihr Arm goß die Flasche aus. Unendliche Trauer stieg in ihr auf, als sie den Alkohol davonblubbern sah.

Draußen verstärkte das Bühnenmikrofon die feierlich dröhnende Stimme des alten Mannes, der die Nummern auf den Tischtennisbällen vorlas, die aus einem durchsichtigen Plastikbehälter in seine Hand hüpften. Die letzte Bingokarte wurde gespielt; gleich mußte Marlis ihren Tisch eröffnen. Sie sah Candice im Gang. Aber sie wollte sich nicht mit irgendwelchen Beerdigungsgeschichten auseinandersetzen. Nervös blieb sie stehen und beobachtete die schlanke blonde Frau, ihr sommersprossiges, selbstgefälliges, hartes Gesicht. Sie zündete sich eine Zigarette an und schnippte das Streichholz mit einer schnellen Bewegung des Handgelenks aus. Sieh da. Noch eine von Jacks Frauen, der Name fiel ihr nicht mehr ein, eine elegante, streng aussehende, die mit in Falten gelegter Stirn versuchte, aus dem erleuchteten Plastikbehälter ein Stofftier herauszufischen. Sie warf eine Vierteldollarmünze nach der anderen in den Schlitz, betätigte den Minikran mit dem Haken dran, stieß mit den Knien gegen das Metallgestell. Sie mochte blöde Spiele, genau wie Jack. Ihr Gesichtsausdruck verriet höchste Konzentration, während sie die Steuerhebel bediente, und Marlis imitierte unwillkürlich den Hüftschwung, mit dem sie die Kiste anstieß.

«Hey», sagte sie zu Eleanor.

Eleanor drehte sich um, erkannte Marlis von einem Foto, das Jack ihr einmal gezeigt hatte, und wurde von jähem Ärger gepackt. Sie riß sich zusammen, indem sie die Hände tief in den Taschen ihres Daunenmantels vergrub.

«Wo warst du heute?» Ihre Stimme blieb kühl.

«Nirgends», sagte Marlis ein bißchen angespannt, aber freundlich. «Wie geht's Jack?»
Eleanor schüttelte ungläubig den Kopf.
«Er ist tot.»
«Ach, stimmt ja.» Marlis drückte ihre Zigarette an der Wand aus und trat dann noch drauf, zermalmte sie mit der Schuhspitze. «Gott, ich bin gleich dran. Ich muß zu den Tischen zurück. Bis später.» Sie winkte kurz und eilte dann mit schnellen, fließenden Schritten zwischen den runden schwarzen Tischchen im Barbereich hindurch ins Hinterzimmer zu den grünen Filztischen mit den Kartenschlitten und der Bank. Die Gäste saßen schon im Halbkreis auf ihren Hockern, kauften Chips und begutachteten die Untiefen ihrer Brieftaschen.

Blackjack ist ein geistloses Spiel, das Dummköpfe und Betrunkene in hypnotisierenden Nächten gleich gut spielen, aber nie gewinnen, jedenfalls nicht auf lange Sicht. Im Verlauf eines solchen Abends kann es passieren, daß zufällig zum Spiel an einem Tisch versammelte Fremde sich plötzlich leidenschaftlich für das Wohl ihrer Mitspieler interessieren oder sich ebenso plötzlich aus einer Laune heraus entzweien. Menschliche Schwächen fallen hier auf. Manchmal schließen sich die Spieler Ellbogen an Ellbogen gegen Neulinge zusammen, wenn deren Ankunft eine vielversprechende Glückssträhne unterbricht. Sie blenden Spieler, deren sture Vorsicht Pech bringt, geistig aus und scharren sich um solche, die wider alle Wahrscheinlichkeit gewinnen. Die Dealer im B & B waren Frauen, alle blond, alle verschlossen und hart, aber mit professioneller Freundlichkeit gesegnet – was notwendig war, denn ein Tisch kann sich leicht gegen sie verbünden, wenn sie zu schnell austeilen, wenn ihre Augen zu kalt sind, wenn sie kein Mitgefühl für das vor ihnen versammelte Halbrund kleiner Enttäuschungen zeigen.

Als Jacks andere Ehefrauen näher kamen, lächelte Marlis kühl und freundlich und erkundigte sich, ob sie spielen wollten.

«Je mehr man spielt, desto dümmer wird man», warnte ein Mann rechts von Eleanor.

«Kehren Sie vor Ihrer eigenen Tür.» Eleanor zog sich einen Hocker heran, bestellte einen Martini und zuckte zusammen, als er in einem Wasserglas mit einem aufgespießten Ananasstück und einer Maraschinokirsche kam. Sie nahm Platz, setzte niedrig und riskierte nur etwas, wenn sie ein gewinnversprechendes Prickeln spürte. Sie spekulierte darauf, daß ihre Geduld letztlich gegen den Gewinnvorteil des Hauses obsiegen würde. Dot hingegen neigte dazu, auf den Zufall zu bauen, und weil sie wußte, daß sie am liebsten hoch und schnell setzte, hielt sie sich zurück. Die Valentinsschachtel lag noch immer auf ihrem Schoß. Marlis zog die Brauen hoch und grinste noch breiter.

«Ich schwimm erst mal mit dem Strom», sagte Dot leise und trotzig.

Candice kam mit einer Margarita an den Tisch und schaute zu. Sie knipste ein selbstbewußtes Lächeln an und aus. Ehe sie und Marlis sich arrangiert hatten, hatte sie sich oft gedemütigt gefühlt. Zuweilen war sie so eifersüchtig gewesen, daß sie sich wiederholt ausgemalt hatte, Marlis Cook zu erwürgen, zu vergiften oder zu erschießen. Es half nichts, wenn sie sich sagte, daß Marlis eine Strafe für sich selbst war – schon allein deswegen, weil Marlis anfangs gar nicht so sehr unter ihrem Wesen zu leiden schien, wie zu erwarten gewesen wäre. Aber das hatte sich geändert. Neuerdings sorgte Candice Pantamounty sich immer mehr um sie und empfand zärtliche Zuneigung für sie. Neue Gefühle in ihrem Leben. Marlis quälte sich mit postpartalen Depressionen, aber sie war fest entschlossen, das Baby weiter zu stillen. Auf eines hatten sie sich allerdings geeinigt: kein Alkohol. Trank Marlis? Schwer zu sagen.

Seit Wochen schon stritten sich die beiden um das Baby. Candice hatte die Adoptionspapiere unterschriftsbereit, aber jetzt wollte Marlis nicht mehr unterzeichnen, nicht mehr teilen. In einem Wutanfall hatte Candice gedroht, sie rauszuschmeißen. Marlis hatte sich geweigert zu gehen. Aber sie hatte den Job als Blackjack-Dealer angenommen, und an ihren Arbeitsabenden durfte die Kinderfrau, die Candice eingestellt hatte, für John Jr. sorgen. Candice beobachtete Marlis' glatte, gepflegte Hände, die so geschickt mit den Karten umgingen. Sie machte das mit großer Leichtigkeit, mit den natürlichen Bewegungen einer Pianistin, und ihre Hände schoben die Karten von einer Seite zur anderen, ordneten, glätteten, sammelten sie wieder ein. Ihr Gesicht blieb dabei unbewegt, das einer Priesterin.

«Geht's dir gut?» fragte Candice betont beiläufig.

Marlis hob kurz den Blick und schaute dann wieder auf die Karten. Ihre Augen waren fast marineblau, rauchgrau, veilchenblau. In diesem einen kurzen Blick fand Candice die ganze Vertrautheit, das geteilte geheime Wissen, nach dem sie sich so sehnte. Sie atmete erleichtert auf und ließ ihre Gedanken abschweifen. Dann wurde ihr klar, was sie in Marlis' Blick gesehen hatte – Tequila. Sie mußten unbedingt reden! Was da passierte, war nicht gut. Bislang hatte Marlis immer geschworen, sie sei trocken. Hatte sie, Candice, zugelassen, daß sie sich gehenließ? Oder mußte Marlis selbst die Verantwortung dafür übernehmen? Soviel Selbstdisziplin müßte sie doch haben. Es war Jacks Schuld, beschloß Candice dann. Sein Tod, zumal zu einem so ungünstigen Zeitpunkt wie Neujahr, hatte Marlis einen Vorwand geliefert und Candice daran gehindert, Marlis' Tun und Treiben genauso scharf zu überwachen wie sonst.

Nach der Trauerfeier hatte das Kindermädchen den Kleinen nach Hause gebracht. Er war jetzt jedenfalls in Sicherheit, und Candice hatte die Hände frei. Für die Mutterrolle war sie Gott sei Dank sehr viel geeigneter als Marlis. Ihrer Ansicht nach gab es keinen Zweifel daran, wen das Baby bevorzugte. Keinen Zweifel daran, wen die Behörden für die geeignetere Erziehungsberechtigte halten würden. Eine Zahnärztin. Hochqualifiziert, gesichertes Einkommen. Trotzdem machte Candice sich Sorgen. Sie hatte nicht vorgehabt, darüber nachzudenken, aber jetzt wurde sie plötzlich traurig. Sie kippte ihren Drink hinunter. Der Alkohol stimmte sie gleich optimistischer. Es war schön, mal wieder vor die Tür zu kommen – selbst wenn der Anlaß eine Trauerfeier war, für die sie selbst bezahlt hatte!

Weil sie spürte, wie die Leine kleinkindlicher Bedürfnisse brüchig wurde und zerriß, trank sie zu hastig aus, kaufte fünf Eindollarchips und nahm sich einen Stuhl. Bei ihrer Arbeit und als Geschäftsfrau war sie klug und umsichtig, aber beim Spielen ging sie weder zielstrebig noch strategisch vor, und an diesem Abend war sie noch launenhafter als sonst. Sie verspielte ihre Chips schnell. Ein mürrischer Mann mit einer blauen Mütze saß neben ihr und verlor wortlos. Jetzt rückte er seine Brille zurecht.

«Sie müssen mir aus der Patsche helfen. Kommen Sie schon, spielen Sie», sagte er zu Dot.

Dot legte einen Zehner hin und stapelte ihre Chips ordentlich vor sich auf.

Beim Mischen musterte Marlis die vor ihr sitzenden Frauen. «Hey!» sagte sie munter. «Hey, wie war's?»

Sie teilte die ersten beiden Karten aus. Mit der zweiten hatte Dot einen Blackjack.

«Du bist also Marlis.» Irritiert kassierte sie ihre Chips. «Ich bin Dot, die letzte Ehefrau. Natürlich war es schrecklich – schließlich war's 'ne Trauerfeier!»

Marlis senkte den Blick. Sie hatte sich verkauft und zahlte die Spieler aus.

«Sehen Sie», sagte der traurige, wieseldünne Mann. «Es geht schon bergauf. Eindeutig bergauf.»

Eleanor spielte fünf Runden lang ebenso vorsichtig wie Dot und splittete dann, setzte alles und nahm Karten, bis sie mit einer Zwanzig gewann.

«Was sind Sie denn für eine, Lady?» Der Mann mit der Mütze trommelte aufgeregt auf den Tisch.

«Nonne», entgegnete Eleanor.

«Wow.» Der Mann zog einen zerknitterten Fünfziger aus dem Reservefach seiner Brieftasche.

«Die bringt Ihnen kein Glück!» sagte Candice. «Vergessen Sie's.»

«Nonne bleibt Nonne.» Der Mann ließ sein Geld im Spiel. In den nächsten beiden Runden setzte und verlor Candice all ihre Chips. Sie starrte auf die Kreise auf dem grünen Filz und gab, mit vor Enttäuschung und jäher Berauschtheit starrem Gesicht, Marlis die Schuld daran. Sie hatte auf leeren Magen zuviel Alkohol getrunken, und jetzt entglitt ihr alles. Sie konnte es richtig spüren, als sei sie in mehrere Lagen Papier gehüllt, die eine nach der anderen verschwanden, verbrannten, sich in Luft auflösten, bis sie nackt dastand, ungeschützt, sprungbereit.

«Warum kann ich nicht gewinnen?» Sie weinte fast. «Nur ein einziges Mal. Das hier ist für Jack!» Sie warf ihr Blatt auf den Tisch, trank noch ein Glas. Und noch eins. Nach dem vierten nahm sie einen Dollar aus ihrer Geldbörse.

«Einen Chip?» fragte Marlis.

«Zwei Fünfziger.»

«Sehr großzügig.» Marlis schenkte ihr ein winziges, scheues Lächeln, und Candices Herz zog sich zusammen; Tränen brannten ihr in den Augen, als sie die Chips in zwei benachbarten Kreisen deponierte.

«Siehst du?» Sie versuchte so deutlich und freundlich zu sprechen wie mit verängstigten Patienten, die man beruhigen mußte. «Ich geb dir meinen halben Einsatz als Trinkgeld.»

Marlis klatschte in die Hände und versenkte, als die Runde zu Ende war, das Trinkgeld im Tronc.

«Ich hab dem Haus schon wieder einen Dollar spendiert», sagte Candice. «Seht ihr?»

Sie hob die Hand und ließ den gelben Chip von ihren Fingerspitzen hüpfen.

«Auf geht's!» unterbrach sie das seichte Hintergrundgeplätscher der Band. «Macht mal 'n bißchen Tempo!»

Sie hatte wirklich laut geschrien, erschreckend laut. Die Leute im schummrig beleuchteten Teil der Bar fuhren auf ihren Stühlen herum.

«Gott!» zeterte sie weiter. «Das war wohl keine so gute Idee!» Sie kippte mit dem Kopf nach vorn, schlug gegen das Geländer am Tisch, und die anderen Frauen beugten sich über sie, rieben ihr die Schläfen, redeten ihr gut zu und setzten sie aufrecht auf den Hocker.

«Hier.» Eleanor hielt ihr einen Chip hin. «Setz den. Ein letzter Drink für dich, wenn ich gleich mit diesem Blatt gewinne.»

Candice schüttelte den Kopf, und als die Karten ausgeteilt wurden, sackte sie in sich zusammen. «Da haben wir's», sagte sie leise. «Das Herzas. Die blöde Pikdame. Das bist du.» Sie tippte mit dem Finger auf die Karte und legte den Kopf wieder auf den Tischrand.

«Alles Teil der Trauerarbeit», erklärte Marlis und knallte mit ihrem Kaugummi. Die routinierte Handhabung der Karten schien einen Schalter in ihrem Gehirn umgelegt zu haben: vorübergehend war sie total vernünftig. «Ich hab jetzt Pause», sagte sie zu Dot. «Komm, wir setzen uns irgendwohin und reden.»

Dot nickte und sah Eleanor an, die daraufhin aufstand und ihr half, die schwankende Candice zu stützen. Die Frauen ließen sich fast feierlich in einer Sesselgruppe nieder und warteten schweigend auf ihre Bestellung, während sie die Pseudoholzmaserung des Plastiktischs, den Fernseher und die Trinkenden am Tresen betrachteten und es tunlichst vermieden, einander anzusehen.

Endlich sagte Dot leise und langsam zu Marlis:

«Hör zu, Marlis, wir wollten dich fragen, was deiner Meinung nach mit Jack geschehen soll.»

«Wie, was mit ihm geschehen soll?»

Dot tippte mit dem Finger auf die Pralinenschachtel, die sie in die Bar mitgenommen hatte und auf dem Schoß hielt. Jetzt stellte sie das Herz mitten auf den Tisch. «Er ist da drin.»

Marlis starrte auf den Karton, wiegte nachdenklich den Kopf.

«Meine Pralinen», sagte sie.

«Nein.» Dot blieb geduldig, sprach die Worte langsam und deutlich aus. «Marlis, da drin ist Jack. In dieser Schachtel befindet sich seine Asche.»

«Marlis!» Candice kam wieder zu sich, legte den Arm um Marlis' Schulter und schüttelte sie heftig, als wollte sie die Freundin aus einem Fieberschlaf wachrütteln. Marlis riß den Mund auf, und dann gluckste sie los, krümmte sich plötzlich vor Lachen. «Als ich ihn das letzte Mal gesehen habe, hab ich ihm gesagt, er soll mir 'ne Schachtel Pralinen schenken.» Sie deutete auf das Valentinsherz. «Das sind meine Lieblingspralinen. Er wußte das genau.»

«Das ist aber ziemlich lange her», sagte Candice so sanft, daß es schon beinah vorwurfsvoll klang. Marlis erwiderte Candices Blick und schaute dann verwirrt zur Seite, aber dieser kleine Austausch entging den anderen, vor allem Dot, die in die Ferne starrte. Sie nahm die Hände von der Schachtel.

«Wovon zum Teufel redest du?» Ihr Gesicht war hart, faltig und spitz.

«Ich hab gesagt», erwiderte Marlis und schüttelte Candices Hand ab, «das sind meine Lieblingspralinen.» Ihre Stimme war hell und melodisch. «Er hat sie für mich aufbewahrt. Er hat versprochen, daß er mir jedesmal, wenn wir uns treffen, welche mitbringt. Daran hat er sich auch gehalten. Aber das letzte Mal hab ich vergessen, sie mitzunehmen.»

Dot schien sich zu einer harten, kompakten Masse zu verdichten. Sie schloß die Augen, konzentrierte sich ganz nach innen, ehe sie die Worte herauspreßte.

«Ich glaube dir.» Sie öffnete die Augen wieder und sah Marlis an. «Er hat gewußt, daß ich Pralinen hasse. Ich hab nur gedacht ... ach, ist doch scheißegal, was ich gedacht habe.» Dot überlegte, wobei sie die Lippen bewegte und leise vor sich hin knurrte. Dann faßte sie einen Entschluß. «Was mich betrifft, so hat sich das Problem, wo Jack begraben werden soll, soeben gelöst.»

Sie nahm die Schachtel, hob sie dramatisch in die Höhe, und dann riß sie die beiden Hälften des roten Herzens auseinander.

Im selben Augenblick öffneten sich die beiden Türen zur Bar so heftig, daß die geklebte Glasscheibe scheppernd über das harte Linoleum scharrte. Ein eisiger Windstoß, vermischt mit Schneeregen und einem penetranten Geruch, fegte durch den niedrigen Raum. Der Wind erfaßte die Asche und wirbelte sie durch die Luft wie eine Wolke, die sich jedoch gleich wieder senkte und auf die vier Frauen am Tisch herunterregnete. Der graue Staub legte sich auf ihre Gesichter, setzte sich in ihren Schals und Mänteln fest, bedeckte ihre Zungen, rieselte ihnen den Nacken hinunter, in die Ärmel, verfing sich in ihren Haaren, brannte ihnen in den Augen und flog ihnen in die Kehle. Der Wind wurde stärker. Er wehte so heftig, daß Zettel und Karten von den Tischen flogen und eine Vogelschar aus Cocktailservietten zur dunklen Decke flatterte. Frauen legten sich die Mäntel um die Schultern, Männer standen auf und stampften fluchend mit den Füßen, die Dealer versuchten vergeblich, ihre Karten festzuhalten, und zählten hektisch Zehnen und Asse. Dann fiel die Tür wieder zu, der kalte Luftwirbel legte sich. Als alles wieder seinen Platz gefunden hatte und frische Drinks eingegossen worden waren, sahen alle, die zur Tür blickten, eine massige Indianerin allein im Eingang stehen.

Ihr Gesicht konnte man unter der Maske aus Eis, die ihren Kopf wie ein Helm bedeckte, kaum sehen, aber sie hatte etwas an sich, das an die starre Ruhe von Gebeinen erinnerte. Ihr Haar floß in dichten, welligen Strähnen über den schäbigen Mantel, und die in Wollfäustlingen steckenden Hände hatte sie in die Taille gestemmt. Sie erhob eine der dicken Pranken und klopfte sich das Eis von der Braue, machte einen großen Schritt nach vorn, blieb stehen, beugte sich ein wenig vor und schlurfte in eine Ecke, wo sie einen kleinen Tisch beiseite kickte und Platz nahm. Ihre Füße waren riesig und steckten in schwarzen Gummistiefeln. Sie neigte den Kopf abrupt über das winzige runde Logo auf dem Bierdeckel, und ihr Gesicht wurde von den steifen, offenen Haaren verdeckt. Sie schien fast einzuschlafen, aber vielleicht wollte sie sich auch nur jedem menschlichen Kontakt entziehen. Doch bevor sie ganz in sich versank, warf sie einen kurzen Blick in den hinteren Teil des Raums, und Dot erhaschte einen Schimmer ihres wölfisch weißen Grinsens.

Dot ließ sich nichts anmerken, aber das Blut wich ihr aus dem Kopf, ihr stockte das Herz, und fast wäre sie von ihrem Plastikstuhl gekippt. Die anderen Frauen bekamen nichts davon mit. Sie waren allesamt aufgesprungen und bürsteten, zupften und klopften hektisch an sich herum, aber der Wind hatte so stark gepustet, daß man die Ascheflocken nicht ohne weiteres abschütteln konnte, und der Geschmack, die Farbe, die Trockenheit der Asche auf den Fingern fühlte sich an, als würde sie ewig haften bleiben. Dot war die einzige, die sich nicht gerührt hatte. Jetzt senkte sie den Blick und wühlte scheinbar geistesabwesend in ihrer Handtasche. Sie fand einen Schlüsselring, ein Papiertaschentuch, eine Rolle Pfefferminz. Sie betrachtete diese Gegenstände und rang um Fassung. Langsam zählte sie bis zehn, ehe sie es wagte, wieder in die Ecke des Raums zu sehen.

Die Frau war noch da, starrte stirnrunzelnd auf ihre leeren Hände. Die Cocktailkellnerin stand in ihrer Nähe und stritt heftig gestikulierend mit dem Geschäftsführer über die Frage, ob die Frau – betrunken, verwirrt oder so mit sich selbst beschäftigt, daß keiner sich ihr zu nähern wagte – bedient werden sollte oder nicht. Die Auseinandersetzung endete damit, daß die Kellnerin geräuschvoll ihr metallenes Serviertablett abstellte und davonrauschte. Der Geschäftsführer zuckte zusammen und wich zurück, als Dot sich erhob. Sie ging zur Bar, beugte sich über den Tresen und erklärte, sie wolle der Dame in der Ecke einen Kaffee und eine Pizza spendieren. Der Mann war verdattert.

«Eine ganze Pizza?»

«Eine große. Eine extragroße. Sie hat ziemlichen Hunger», sagte Dot ruhig.

Der Geschäftsführer holte eine gefrorene Pizza aus dem kleinen Kühlschrank. Er löste sie aus der Verpackung und schob sie behutsam in die Mikrowelle. Nachdem Dot bezahlt hatte, stand sie gedankenverloren da und beobachtete die Ehefrauen, die sich jetzt etwas langsamer abbürsteten und bestürzt auf ihre Kleider sahen. Sie wandte sich von ihnen ab und widmete sich ganz der neuen Besucherin, deren Haar inzwischen ein schmelzender Eisklumpen war. Die Frau kippte den Kaffee mit einer zugleich zarten und entschlossenen Bewegung hinunter, und als die Pizza vor ihr stand, verdrückte sie sie in einem solchen Tempo, daß die Stücke von allein zu verschwinden schienen.

Als kein Krümel mehr übrig war, erhob sich die hochgewachsene Frau. Wortlos ging Dot den langen Korridor hinunter, der zu den Toiletten, den Lagerräumen und dem Angestelltenparkplatz führte. Ein halbes Dutzend Schritte dahinter folgte ihr die unheimliche Fremde, mit einer monumentalen Ruhe und doch schwungvoll und energischen Schrittes. Schließlich verschwanden die beiden durch irgendeine Tür oder Öffnung und entzogen sich so neugierigen Blicken. Bald darauf, vielleicht eine halbe Stunde später, tauchte Dot wieder aus dem Dunkel des Lagerraums auf. Langsam und versonnen ging sie zu den anderen Frauen in die fast leere Bar zurück.

Die Eule Januar 1995
Jack Mauser

Das Licht in den Fenstern war schmutziggrau, als Jack aufwachte. Er lag zusammengerollt in dem alten Schlafsack, den er manchmal auf die Jagd mitnahm. Als er sich das zerschlagene Gesicht rieb, krümmte er sich vor Schmerzen. Er dachte an Dot, an Eleanor, sogar an Candice und Marlis, und da wurde er plötzlich ganz unruhig – es dauerte eine Weile, bis er begriff, daß ihm der Gedanke an ihre Trauer zusetzte. Wäre es zu riskant, eine von ihnen anzurufen und ihr zu sagen, daß es ihm gutging? Oder daß er jedenfalls noch lebte. Wie würden sie reagieren? Erleichtert oder enttäuscht? Ja, wie nun? Der Gedanke biß sich in den Schwanz. Die Wand war schlecht gestrichen. Verwaschenes Beige. Hautfarben. Jack hätte sie am liebsten jedesmal angeheult, wenn er sich bewegte. Jeder Muskel, jede Sehne, jeder Bluterguß machte sich bemerkbar. Langsam und unter Qualen erhob sich Jack, wobei er zwischendurch immer wieder innehielt, um nach Luft zu schnappen. Er schwang die Beine über den Rand der Armeepritsche. Seine Füße berührten den kalten Beton, und er torkelte zum Raumstrahler. Dabei stieß er sich die Zehen an. Der Schmerz schoß ihm das Bein hinauf. In der Ecke gab es eine Toilette mit einem winzigen Spiegel.

Sein Gesicht war zu einer scheußlichen Kürbismaske verschwollen. Den ganzen Tag über erschienen immer neue Schattierungen, neue Farben darin, während Jack in seinem Versteck ausharrte, Schokoriegel aus dem kaputten

Automaten aß und eisenbraunes Wasser mit Kaffee- und Kakaopulver darin trank. Das Wasser machte er in einem Kocher heiß, den er im Schrank gefunden hatte. Schlafen. Er schlief tief und fest, als müßte er beim Aufwachen nicht in die Welt seiner Schmerzen zurückkehren, wenn er nur lange genug ohne Bewußtsein blieb.

Jedesmal, wenn er zu sich kam, war er ein bißchen steifer; seine Gliedmaßen fühlten sich an wie gesplittertes Holz. Auch das Gehirn hatte sich unter dem Helm der Schädeldecke verhärtet. Jeder Teil seines Körpers schmerzte. Eine Zehe nach der anderen schwoll pochend an und wieder ab. Dann das Knie, die Unterlippe, das Augenlid. Ein Unwetter zog zu seinem Handgelenk hinunter oder, noch schlimmer, zu den mißhandelten Rückenmuskeln. Sein Körper gab auf und ließ ihn wieder einschlafen. Der Schlaf überschwemmte ihn, wie Wasser nach einem Dammbruch. Ich schlafe wie ein Neugeborenes, dachte er. So wie Marlis' Baby anfangs geschlafen haben muß. Geschlagen. Malträtiert. Unter Schock. Der Welt abhanden gekommen.

Am nächsten Morgen wieder nutzloses Fensterlicht. Die Schmerzen waren so schlimm, daß er im Fieber zu lachen begann, sich ächzend in seinem Schlafsack auf der Pritsche wälzte. Tränen liefen ihm übers Gesicht. Als er zur Toilette schlurfte, würgte es ihn trocken, er brach zusammen, schlief auf dem Fußboden weiter. Er überlegte, ob sich die Frauen bei den Wehen so fühlten; ob Marlis sich bei der Geburt seines Sohnes so gefühlt hatte.

Am dritten Morgen ging es ihm besser.

Vielleicht war es der heiße Kakao – der Geschmack führte ihn ins Haus seiner Tante Elizabeth zurück, nach Minneapolis, und zu dem kleinen Sims am Küchenfenster, wo sich wegen der Brosamen und Samenkörner, die seine

Tante abends nach dem Essen hier ausstreute, die Vögel tummelten. Die Tante, die zur Familie seines deutschen Vaters gehörte, nahm ihn immer zu sich, wenn seine Mutter zu den Kaltwasserbehandlungen mußte. Der körperliche Schock sollte das rigide Schweigen durchbrechen, in das sie sich jeden Herbst zurückzog. Sein Vater, der große Mauser, ein Abbild des Stammvaters John Mauser, nahm den sechsjährigen Jack an der Hand, führte ihn den winzigen Steinpfad hinauf und ließ ihn dort bei der Tante. Am Morgen rührte sie einen sparsamen Riegel mexikanische Schokolade in kochendheiße Milch, gab zuwenig Zucker dazu und ließ ihn den Kakao trinken – in ihrer Abwesenheit, was das Beste daran war. Beim Trinken beobachtete er, wie die Meisen die Körner aufpickten und dann mit ihnen davonflogen, um sie auf einem der dunklen Eibenzweige zu knacken und zu verspeisen. Während der langen, ereignislosen Stunden, in denen er darauf wartete, daß seine Mutter und sein Vater zurückkamen, beobachtete er immer die Vögel. In der Zwischenzeit ließ seine Tante ihn hungern. All diese Süßigkeiten und der Babyspeck – die Tante meinte, die Ojibwa-Mutter würde ihn verwöhnen!

Alles, was übrigblieb, nachdem Jack das Geld seiner Tante in den siebziger Jahren verpulvert hatte, war das andere Stück Eisenbahnland, das er von seinem Onkel gekauft hatte, und jenes Haus in Minneapolis, das theoretisch eines Tages ihm gehören würde, obwohl seine alte Tante immer noch da war, grau wie ein Rauchfleck an der Wand. Er hatte so seine Möglichkeiten, durchaus. Er konnte dorthin zurück und ihren wäßrigen rosabraunen Kakao trinken. Oder er konnte gleich hier sterben, mit einem Becher Pulverkaffee in der Hand. Er konnte in seiner eigenen Werkstatt hockenbleiben, bis er entdeckt wurde, und dann konnte er zuschauen, wie er alles verlor, was ihm wichtig war. Das Konkursverfahren, die hektische Gier seiner Gläubiger, all das würde ihm blühen, sobald sie seine Maschinen beschlagnahmten. Er konnte auch einfach verschwinden, und er wußte auch schon genau wohin, er hatte sich das sowieso schon oft ausgemalt. Er konnte einfach in Richtung Norden fahren, immer weiter nach Norden, über die Grenze und durch Winnipeg, und dann noch weiter nördlich, nach Churchill, und immer weiter, weiter nach Norden.

Die Zeit drängte. Er ging alle seine Frauen durch, und in Gedanken fühlte er sich mit allen durch unterschiedlich starke, nicht abgetötete Liebe oder Trauer verbunden. Am schlimmsten war es, Eleanor diese Lüge zuzumuten. Er wurde ihr schockiertes Gesicht nicht los, aber was sollte er tun? Er stellte sich vor, sie anzurufen und gleich wieder aufzulegen, falls sie nicht selbst dranging, aber von wo aus sollte er anrufen? Die Erinnerung an Eleanor war wie eine Fallgrube – er fiel immer wieder hinein. Er liebte sie noch immer, heiß und schmerzlich. Die Zeit verdoppelt die Intensität des Gefühls nur, die Zeit fixiert es, die Zeit baut es erst auf. Verzweiflung packte ihn ob seiner vergeblichen Wünsche. In einer bitteren Stunde erschien ihm auch das winzige Licht seines kleinen Sohnes. Sein Sohn! Als der Morgen in den Fenstern hart und fahl wurde, begann er an den Jungen zu denken. Seine Gedanken kehrten hartnäckig zu dem Augenblick zurück, als Marlis ihm zum ersten Mal erlaubt hatte, John Joseph Mauser in den Armen zu halten. Aus irgendeinem Grund hatte nicht mal Candice es geschafft, Marlis davon abzubringen, das Kind nach seinem Vater zu nennen. Wenigstens das gab ihm eine gewisse Befriedigung.

Nach der Geburt hatte Jack das Kind kurz in den Armen

gewiegt. Er war erstaunt, wie vogelknochig es war, wie leidenschaftlich sein empörter Hungerschrei, wie unzweideutig es sich an seine Brust drückte und mit dem Mund blind nach der Warze suchte. Jack hatte ein unwirkliches Gefühl gehabt, ein Angstprickeln, weil er wußte, gleich würde das Baby zu schreien beginnen, und dann überkam ihn eine plötzliche Ruhe, als es ihn zu akzeptieren schien und sich zurücksinken ließ, ins Leere blinzelte und ihm schließlich direkt ins Gesicht starrte.

Am nächsten Tag hatte Jack etwas mehr Kraft. Er zog sich die Schildmütze tief in die Stirn, zum Schutz, obwohl er mit seinem verquollenen Gesicht sowieso kaum zu erkennen war. Er brach das Geldfach des Automaten auf, holte die Münzen heraus, ging nach draußen und kaufte sich eine Zeitung und ein Hack-Sandwich. Das Sandwich stärkte und erfrischte ihn besser als jede Arznei, während er das *Forum* von der ersten bis zur letzten Seite durchlas. Ein Gefühl der Sicherheit überkam ihn, und irgendwie freute er sich ein bißchen. Allmählich verstand er, was er zu tun hatte. Er aß kleine Bissen, ganz gegen seine Gewohnheit, dehnte das Essen über Stunden aus, beobachtete, wie das Licht hinter dem Drahtgeflecht der Fenster von Grau in Schwarz überging.

Während er so dasaß und seltsam heiter und abwesend vor sich hin kaute, hörte er ein leises Scharren, und dann stand ohne jede Vorwarnung Hegelstead im Raum, Präsident der Bank und Jacks wichtigste Geldquelle, der Mann, dem er alles verdankte, sein personifiziertes Kreditsystem.

Jack sprang auf. Hegelstead stand da wie aus dem Ärmel gezaubert. Der plötzliche Kurssturz einer Aktie. Schiefgegangene Termingeschäfte mit Getreide. Verlorenes Geld. All das war präsent in seiner Person.

Der Präsident der Bank schloß die Tür hinter sich und starrte fassungslos in Jacks sonnenuntergangsfarbenes Gesicht. Auch er selbst hatte eine recht kräftige Gesichtsfarbe, weiß um die Ohren herum, aber auf der Nase und den Wangenknochen rot wie ein zartgebratenes Steak. Er trug einen schweren schwarzen Mantel mit dickem Fellkragen, dazu warme schwarze Hirschlederhandschuhe und eine unförmige Pelzmütze mit Ohrenklappen. Seine Stimme war hell und piepsig, aber er sprach mit großer Entschiedenheit.

«Dachte ich mir's doch, daß ich Sie hier finde.»

Er lehnte sich an den Schreibtisch. «Moon hat mich angerufen und mir erzählt, daß er Sie in der Silvesternacht gesehen hat, als schon alles brannte. Und daß Sie da sehr lebendig waren.»

«Nicht sehr», entgegnete Jack.

«Hier drin stinkt's.»

«Was wollen Sie?»

«Ich will mein Geld.»

In seiner Stimme lag geballte Banker-Energie. Er setzte sich auf einen Klappstuhl und holte aus der Innentasche seines Jacketts einen Packen Papiere. Zahlen schwirrten durch die Luft, endlos und mit hohlem Echo. Hegelstead faltete Kopien von Darlehen, Pfandrechtsverzichtserklärungen und Schuldscheinen auseinander und reichte Jack eine nach der anderen.

«Was soll ich damit?» Jack warf die Unterlagen auf die Pritsche.

«Lassen Sie sich was einfallen», sagte Hegelstead. «Und zwar schnell – oder Sie befinden sich hier ab morgen abend widerrechtlich auf Norwest-Grund.»

«Weiß sonst noch jemand, daß ich hier bin? Und lebe?»

«Nur ich und Caryl Moon, der erst mal mit Geld ruhiggestellt ist. Oh, außerdem habe ich noch einen Anruf von diesem Kerl aus dem Reservat erhalten. Lamartine. Freundlich. Etwas zu freundlich.»

«Es wäre besser für mich, wenn ich wirklich tot wäre.»

«In finanzieller Hinsicht, ja.»

«Für viele Leute auch in anderer Hinsicht.» Das klang traurig, aber innerlich wurde Jack plötzlich ganz heiter. «Sagen Sie's mir nicht.» In seinen Mundwinkeln zuckte es. Er hätte am liebsten losgelacht. «Sie haben eine Knarre. Ich schreibe einen Abschiedsbrief. Sie erschießen mich und drücken mir die Waffe in die Hand. Dann müssen Sie sich nicht mit meinen Subunternehmern, meinen Anwälten und meinen Ehefrauen rumschlagen.»

Hegelstead warf ihm einen angewiderten Blick zu, räumte aber ein: «Das wäre immerhin eine Idee.»

«Oder wie wär's damit?» seufzte Jack. «Sie vergessen, daß wir uns unterhalten haben. Sie haben mich gar nicht gesehen. Ich gehe in den Norden, arbeite mit ein paar Leuten zusammen, die ich dort kenne. Ein paar sind im Casino-Geschäft. Lamartine zum Beispiel, okay? Ich werde sein ergebener Diener sein. Bleibt mir ja gar nichts anderes übrig. Der kennt sich aus. Der ist clever. Der macht seine Sache gut. In der Zwischenzeit ziehen Sie hier ein paar Erkundigungen ein. Sie beschwichtigen diskret meine hartnäckigsten Subunternehmer und Lieferanten. Wir verzichten auf eine Anzeige – damit würden Sie sich doch nur einen Haufen Anwaltsrechnungen einhandeln. Und nichts dafür kriegen. Weil ich nämlich nichts habe. Und im Gefängnis nütze ich Ihnen auch nichts. Sagen wir einfach, ich nehme Urlaub. Ich fahre in den Norden, und Sie verschaffen mir ein großes Projekt, mit dem Sie dann das große Geld machen – nehmen sich einen Anteil, einen Prozentsatz des Gewinns. Sie haben doch einen Blick für die Zukunft. Rufen Sie Lamartine an – von eine Telefonzelle aus. Nehmen Sie Kontakt mit ihm auf. Ich kenne ihn von früher. Lassen Sie mich in sein Megaprojekt einsteigen, Hegelstead. Das ist Ihre einzige Chance. Auf die Art verlieren Sie nichts, sondern kriegen letzten Endes Ihr Geld.»

Hegelstead lehnte sich mit ausdruckslosem Gesicht zurück und verschränkte die Arme vor der Brust.

«Es wäre schon einiges wert, Sie hinter Gittern zu sehen», sagte er nachdenklich.

Jack wollte lachen, aber sein Gesicht fühlte sich so seltsam schwer an, als wäre eine Gipsmaske darauf getrocknet. Er faßte sich an die Nase. Vielleicht war sie gebrochen. Das Atmen fiel ihm schwer.

Nachdem Hegelstead gegangen und die Nacht wieder ruhig war, stolperte Jack in die Toilette mit den Betonwänden, pinkelte, spülte sich den Mund mit dem nach Eisen schmeckenden Wasser aus, trank einen kräftigen Schluck davon, spuckte aus und schluckte drei Aspirin, die er im Handschuhfach eines Trucks gefunden hatte. Er rieb sich unter Schmerzen kaltes Wasser ins Gesicht und kroch schließlich in den Schlafsack. Langsam gewöhnte er sich an die Situation; der gesteppte Sack und die Armeepritsche kamen ihm fast gemütlich vor. Als er erschöpft einschlief und sich keine Sorgen mehr ums Geld und die Zukunft machen konnte, geschah etwas, was ihm schon lang nicht mehr widerfahren war.

Jack dachte an seine Mutter. Die Erinnerungen an sie waren normalerweise so vage und schmerzhaft, daß er sie mied. Aber an diesem Abend erschien sie.

Groß – riesig war sie in seiner Erinnerung. Er hatte sie allerdings nie als Erwachsener gesehen, deshalb wußte er nicht, ob sie wirklich so gigantisch gewesen war und alle überragt hatte, die Haare voller Blätter, oder ob er nur so klein gewesen war, daß sie ihm wie ein massiver Baum vorgekommen war. Seine Mutter, Mary Stamper, kam von einem nichtseßhaften Stamm, der sich mit den Ojibwa zusammengetan hatte, aber vermutlich aus vielen verschiedenen Stämmen entstanden war – Crees, Menominees; möglicherweise hatte sie sogar über ein gewisses Geheimwissen der Winnebago verfügt. Wer weiß? In den Stammeslisten wurde sie als Vollblut geführt, aber von irgendwoher war französisches Blut gekommen und hatte ihre Haut zum warmen Braun von Hühnereiern gebleicht und ihr Gesicht mit dunklen Kindersommersprossen versehen.

Als Mauser in den Schlaf sank, tauchte plötzlich ihr Antlitz in seinem leeren Gesichtsfeld auf. Es war grobknochig und füllte lächelnd die breite Leinwand seines Bewußtseins. Eine Eule putzt ihre Jungen, indem sie leicht mit dem Schnabel an ihnen schabt, der so scharf ist wie eine Rasierklinge und kräftig genug, um eine Dose zu öffnen. So war auch ihre Berührung, so zart, so voller Kraft. Er öffnete im Dunkeln die Augen, schloß sie wieder. Sie war noch immer da. Schwebte, flog mit ausgebreiteten Flügeln über ihn hinweg, mit hohlen Knochen wie ein Vogel, schützend. Und ihr Gesicht hatte etwas so Vertrautes. Wild, gequält, stumm. Sie hatte katatonische Phasen, in denen sie den Verlust ihrer Eltern im Kindesalter noch einmal durchlebte, wie man ihm später erklärte. Stundenlang, ja ganze Tage lang starrte sie Jack dann an, als wollte sie ihn fressen.

Er erinnerte sich an diesen starren Blick. Einen Blick hungriger Faszination. Und als er jetzt tiefer in den Schlaf glitt, merkte er, daß es der gleiche Blick, der gleiche Ausdruck war wie der auf dem Gesicht der frommen alten Nonne im Klostergarten, das in der funkelnden Luft der Blitz erleuchtet hatte. Seine Gliedmaßen entspannten sich; der Schlaf und das Aspirin lösten die schmerzenden Knoten und Falten in Brust und Rücken. Im Schutz seiner Mutter sank er tiefer und tiefer in den Schlaf.

Er war tatsächlich Nahrung für sie, erhielt sie mit seiner Gegenwart am Leben. Sie brauchte ihn. Sie liebte ihn mit jener heimlichen, wilden, verzweifelten Leidenschaft, die Mütter für ihre männlichen Nachkommen empfinden. Eine Glut, die sich aus Verlust, Fremdheit und Wut speist. Sie betete ihn an, und sie konnte ihn auslöschen. In dem Moment, als er sich vollends dem Schlaf hingab, sah er sie noch einmal herabstoßen – seine früheste Erinnerung. Sie war der Schatten eines Baumes, der sich neigt und dann zurückschwingt und himmelwärts schnellt, und du in den Zweigen, ans Lebensherz geschmiegt, schreiend!

Der Tramper 5. Januar 1995
Dot, Eleanor, Candice und Marlis

Den ersten Blizzard des neuen Jahres hatte niemand vorausgesagt, weder der Wettermann im Fernsehen, der Zaubertricks mit Tüchern und Eiern vorführte, noch die staatlichen Meteorologen und auch nicht die vom *Forum*. Nicht einmal die Farmer in der Gegend hatten geahnt, was bevorstand. Niemand las in den Satellitenfotos oder den Infrarotkarten des nördlichen Mittelwestens, daß innerhalb von drei Stunden im Gebiet Fargo-Moorhead ein Meter Schnee fallen würde. Unter den alten skandinavischen und deutschen Großmüttern der herrschenden Generation war das Gerücht umgelaufen, daß die Welt während eines schrecklichen Winters untergehen würde. Der große Untergang würde im Januar beginnen, im Monat der Bekehrung des heiligen Paulus, der vor so langer Zeit, Drohen und Morden schnaubend, nach Damaskus gezogen war.

An jenem Tag umleuchtete den Ungläubigen, wie man weiß, ein helles Licht vom Himmel. Seither gilt für den Mittwinter die Vision des Paulus, und es empfiehlt sich, ihr Aufmerksamkeit zu schenken. «Wenn St. Paul ist hell und klar», so heißt es, «wird's bestimmt ein glücklich Jahr; wenn es jedoch schneit und regnet, ist die Ernte nicht gesegnet; oder wenn der Wind sehr weht, gibt's viel Unruh früh und spät.» Die bevorstehende «Unruhe» war, wie sich der Meteorologe des lokalen Fernsehsenders ausdrückte, ein echtes Schätzchen. Während der ganzen Sendung bezeichnet er sie mit dem weiblichen Pronomen. «Sie» war ein Sturmtief, das mit seinem plötzlichen, erbarmungslosen Frontalangriff immensen Schaden anrichtete. «Sie» war ein lauernder Abgrund tödlicher Kälte.

Winzige, glitzernde Eisspitzen bildeten sich am Boden und gefroren zu einer Decke. Während Dot mit der großen, mysteriösen Pizzaesserin verschwunden gewesen war, hatten Eleanor und Candice jeweils etwa dreißig Dollar an Marlis verloren, und obwohl sie sich ganz dem Spiel gewidmet hatten, waren sie doch erleichtert, als Dot zurückkam – und natürlich auch neugierig, aber Dots Gesicht war so verschlossen und konzentriert gewesen, daß sie keine Fragen zu stellen wagten. Dot hatte ihnen nichts erzählt, sondern darauf bestanden, daß sie sofort aufbrachen, ehe der Blizzard noch schlimmer wurde. Dünner, nasser Schnee fiel jetzt und blieb liegen, und als die Frauen das B & B verließen, kuschelten sie sich in ihre Mäntel und verschränkten die Arme gegen den Wind.

Eleanors Stiefel hatten Gummisohlen mit Profil und ein dickes Synthetikfutter, das die Wärme speicherte. Sie zog sich immer warm an, weil sie leicht fröstelte und oft an Knochenschmerzen litt, weshalb sie sich ständig die Hände rieb oder mit den Füßen stampfte, auch wenn es gar nicht so kalt war. Im Kloster hatte man ihr eine zusätzliche Decke verweigert und gesagt, diese Schwäche sei eben das Kreuz, das sie zu tragen habe. Doch ihre Empfindlichkeit sollte sie jetzt retten, denn bei den Winterexerzitien hatte sie gelernt, praktisch zu denken. Das Knien auf kalten Böden hatte sie die Wärme schätzen gelehrt. Unter ihrem Kostüm trug sie einen cremefarbenen Thermo-Unterrock und einen entsprechenden Rollkragenpullover. Dazu einen Steppmantel, der bis über die Knie ging. Weil der Kopf die Körperwärme abgibt wie eine Kerzenflamme, hatte Eleanor die Kapuze immer am Mantel befestigt, obwohl sie wußte, daß sie so ein bißchen kindlich aussah. Oh, und die doppelte Lage Socken und die mit Thinsulate gefütterten Handschuhe schadeten auch nicht.

Arme Candice! Arme Dot! Warme Mäntel, doch darunter dünne, enganliegende Baumwollpullis und Seidenblusen. Spitze Stiefel. Leichte Wollhosen und Röcke – sie hatten sich beide für die Trauerfeier herausgeputzt.

Candice Pantamounty stolperte in ihren hochhackigen Schneestiefeln aus dem B & B und wäre fast mit der Nase voran in eine frische Schneewehe gelaufen. Verdutzt über den Wetterwechsel und den heftigen Wind, wischte sie sich den Schnee vom Gesicht und spähte von der Tür aus zum Parkplatz hinüber. Es war so kalt, daß sie richtig spürte, wie ihr die Tränen in den Augenwinkeln gefroren – dieses schwache, beißende Stechen, das anzeigte, daß die Temperatur unter den Gefrierpunkt gesunken war. Schnee peitschte in eisigen Böen durch die Luft, und die Straßenlaternen trugen verschwimmende Heiligenscheine. Marlis war ohne Wagen da, und Dot hatte versprochen, sie auch noch mitzunehmen. Die beiden Frauen traten gemeinsam aus der Tür.

«Wir werden schon durchkommen!» verkündete Dot, aber ihre Augen glänzten ein wenig zu resolut, als sie die anderen zum Parkplatz führte.

Während sie unter den gelben Lampen vorwärtsstapften, die Mantelkrägen an die Ohren gepreßt und den Rücken dem scharfen Wind und dem beißenden Schnee zugewandt, hielten sie einander an Ärmeln und Schultern fest und tasteten sich an den geparkten Wagen entlang, bis sie zu Jacks Fahrzeug gelangten. Einen Augenblick lang standen sie wie ein verschworenes Häuflein davor. Der Wind pfiff und peitschte, riß Buchstaben vom Schild des B & B und wirbelte sie in den schwarzen Himmel davon. Während Candice sich schützend in den Wind stellte, gelang es Eleanor, den klemmenden Türgriff zu öffnen, und die Frauen kletterten eine nach der anderen in die eisige Höhle.

«Nichts wie weg hier.» Candice war schwindlig vor Kälte. Sie hatte immer noch ziemlich einen sitzen und bekam sich nicht richtig unter Kontrolle.

Dot grinste in den Rückspiegel. Sie liebte Unwetter.

«Zuerst setzen wir dich und Marlis ab.» Das klang richtig begeistert, als hätten sie einen tollen Ausflug vor sich. «Wir nehmen die Flughafenstraße.»

Sie startete den Explorer, und die Heizung pustete eiskalte Luft auf Eleanor, die sofort die warmen Aufschläge ihres Mantels an die Wangen schmiegte. Dot war so gelassen, so energisch, so selbstsicher, daß keine der anderen Frauen ihre Entscheidung hinterfragte. Und in der Tat kam Dot in Extremsituationen erst richtig in Fahrt. Sie war auch stets darauf vorbereitet. Zwar war sie noch nie in einen so schlimmen Schneesturm geraten, aber sie kannte sich mit Jacks Wagen gut aus und hatte auf dem Rücksitz eine Isolierdecke, eine Kuchenform, Kerzen und einen Sack mit Katzenstreu verstaut, die man gut unter durchdrehende Hinterräder streuen konnte. Diese Minimalausrüstung verlieh ihr ein gefährliches Selbstvertrauen.

Als sich der Motor warmgelaufen hatte und gleichmäßig tuckerte, fuhr sie langsam an. Die vereisten Furchen aus gefrorenem Matsch vom frühen Abend sorgten unter dem Schnee für Griffigkeit. Die Sicht war gut genug, daß man hin und wieder ein Schild lesen oder zumindest seine Umrisse erkennen konnte, aber sie hatte nicht damit gerechnet, daß schon so viele Fahrzeuge von der Straße abgekommen sein würden. Immer wieder sah man die Konturen eines Wagens, den es die glatte, verschneite Böschung hintergeweht hatte. Die Frauen waren in langsamem und stetigem Tempo etwa eine halbe Meile weit gekommen, als plötzlich im sekundenweise nachlassenden Schneesturm und im frostigen Licht einer Straßenlaterne die Silhouette einer Gestalt mit ausgestrecktem Arm und hochgerecktem Daumen zu erkennen war.

Dot schaltete herunter, fuhr langsam auf die Erscheinung zu. Schnee umhüllte sie wie eine Decke, die dann plötzlich von ihr abfiel; als hätte jemand bei der Enthüllung einer Statue eine Schnur gezogen, sah man einen Moment lang eine schwarze Figur. Dot pumpte mit dem Bremspedal. Aber da hatte sich der Schneeteufel schon wieder in einen wirbelnden Kegel verwandelt und nahm ihnen jede Sicht. Der Explorer schlingerte, rutschte seitwärts, drehte sich und kam mit abgewürgtem Motor keinen halben Meter vom stählernen Mast einer Straßenlampe entfernt zum Stehen.

Eleanor flog gegen das Armaturenbrett, obwohl alles ziemlich langsam ging. Sie hatte vergessen, sich anzuschnallen. Während sie noch Luft holte, um Dot anzuschnauzen, erschien die Gestalt an ihrem Fenster, ein Schatten im Scheinwerferlicht. Eleanor öffnete dem heulenden Schnee ihre Tür, und ein in eine Decke gewickeltes Monstrum beugte sich herein. Sie sah dunkle Lippen, die langen Fransen eines schwarzen Häkelschals, die dicken Gläser einer vereisten Brille. Dann fiel die Stoffkapuze herunter, und das Gesicht war fast verdeckt.

Candice machte auf dem Rücksitz Platz, und die in Lumpen gehüllte Gestalt taumelte herein. Mit schnellen, geschickten Bewegungen kletterte sie über den Sitz in die kleine Nische hinter der Lehne, wo normalerweise der Ersatzreifen aufbewahrt wurde.

«Da hinten ist ein Schlafsack!» rief Dot. Im Rückspiegel konnte sie sehen, daß die Gestalt einen Schal und Fäustlinge trug und in dunkle Decken gehüllt war.

Dot startete den Motor und legte den Rückwärtsgang ein.

«Sind Sie verletzt?» fragte Eleanor. «Ist alles in Ordnung?»

«Alles bestens.» Die Gestalt sprach in einer merkwürdigen Stimmlage, papiertrocken.

Dot umklammerte das Lenkrad; der Motor stotterte.

«Komm schon, komm schon, Baby!»

Sie jagte den Motor hoch und fuhr zurück auf die kaum mehr zu erkennende Straße, die nach Fargo führte. Stetig, aber mit wachsender Anspannung folgte sie den vereisten Fahrspuren, die sich schnell mit hartem Schnee füllten.

«Das ist doch viel zu gefährlich!» Eleanor schien plötzlich zu begreifen.

Marlis rutschte auf ihrem Sitz hin und her, schlang zähneklappernd die Arme um ihre Knie. «Die Straße zum Flughafen ist inzwischen sicher auch zu.»

«Glaub ich nicht», sagte Dot. «Der Räumdienst hat sie bestimmt schon freigeschaufelt.»

«Wir sollten lieber im B & B auf dem Fußboden schlafen», sagte Candice. «Komm, Dot!»

«Ich hab eine Winde samt Stahlseil am Wagen», lachte Dot seltsam schrill. «Ich schulde Marlis eine Heimfahrt. Ihre Pralinen haben mir die letzten Skrupel wegen Jack genommen. Wenn sie mir nicht gesagt hätte, daß die Schachtel ihr gehört, hätte ich noch immer ein schlechtes Gewissen, weil ich ihn verlassen habe. Das hat sich jetzt erledigt.»

Marlis drückte sich tiefer in den Sitz. «Stell die Heizung auf die höchste Stufe. Ich friere.»

Plötzlich meldete sich Eleanor wieder zu Wort.

«Dot, du bist absolut unvernünftig! Dreh sofort um!»

Aber es war zu spät. Dichte Schneeschwaden fegten über

den Highway, fielen weiß gegen die Windschutzscheibe. Es gab Momente, in denen die Straße so gut wie unsichtbar war. Hypnotisiert schaltete Dot auf höchste Konzentrationsstufe, fuhr langsam weiter, registrierte jedes Ruckeln des Lenkrads, steuerte gegen, wenn sie ins Rutschen zu kommen drohten, lenkte sie in gleichmäßigem Tempo durch die wirbelnden Schneemassen. Auf dem Rücksitz lachte Candice einmal kurz auf und riß sich dann zusammen. Sie empfand den Klang ihrer Stimme als hohl – ein Zeichen für wachsende Selbsterkenntnis und sinkenden Alkoholpegel. Sie fühlte sich ernüchtert. Selbst Dot, die nicht gemerkt hatte, daß sie durch den Adrenalinstoß, den der Beinahezusammenstoß mit dem Laternenpfahl ausgelöst hatte, ganz aufgeputscht war, begriff allmählich, daß allein die Schubkraft ihrer Bewegung sie auf der Straße hielt, und so kämpften sie gegen die Schneeböen an und versuchten, sich an der Mittellinie zu orientieren, die aber kaum je zu sehen war. Trotzdem kamen sie voran, wie von einem unsichtbaren Abschleppseil gezogen. Schließlich gelangten sie an den äußersten Stadtrand.

Plötzlich wurde Eleanor klar, daß sie ihr Leben derselben Frau anvertraute, die sich auf eine Mutprobe mit einem schweren Lastwagen eingelassen hatte.

«Wir sollten rechts ranfahren, meint ihr nicht? Halt!» rief sie, aber Dot reagierte nicht. Eleanor sah den schwachen, rötlichgelben Lichtschein der Stadt und sehnte sich nach dem Schutz eines Burger King, einer Tankstelle oder eines Taco John.

«Wir sind gleich auf der Interstate!» Dot war atemlos, besessen, viel zu sicher. «Da haben sie riesige Laster zum Salzstreuen. Wenn wir da erst mal drauf sind, ist alles okay. Es kann gar nicht sein, daß die Straße zum Flughafen nicht geräumt ist.»

Sie fuhren auf die Zufahrt, wobei Eleanor vor Angst ganz flau im Magen wurde, aber der Wagen glitt anstandslos die Rampe hinunter, bog um die Kurve und schoß, ohne langsamer zu werden, auf die vierspurige Straße. Weiter ging es durch wachsende Schneewehen, undurchsichtige weiße Schwaden und rüttelnde Böen. Sie fuhren weiter, wurden still, als der Lichtschimmer um sie herum verblaßte. Der Schnee fiel nun noch dichter, peitschte unablässig gegen die Blechwand des Wagens. Als Dot schließlich auf die Flughafenzufahrt zusteuerte, holten die Frauen tief Luft. Dies war die letzte Etappe. Sie fuhren die Rampe hinauf und bogen auf die Straße ein. Zuerst schien sie besser auszusehen als der Highway, aber schon ein paar Meter weiter konnte man sehen, daß die Straße völlig verweht war. Alle wußten, daß sie von verschiedenen experimentellen Farmen der North Dakota State University und deren Feldern gesäumt war, die sich bis zu den Runways erstreckten.

Dot versuchte die Straße mit allen Sinnen zu erspüren, ließ ihr Fenster offen, damit sie sich hinausbeugen konnte, um wenigstens eine Spur Asphalt zu erspähen. Hier und da tauchten graue Stellen auf. Sie fuhr nach Instinkt. Ihre Kehle war ausgedörrt. Hinter ihr schloß sich die Schneewand wieder, wie Meereswellen, wie Erde. Es gab kein Zurück. Gerade als sie das begriff, ertönte Candices entsetzte Stimme von hinten. «Man sieht ja gar nichts mehr.» So war es. Der Schnee begrub sie im Fahren unter sich. Sie krochen darunter hindurch wie Wintermaulwürfe. Noch gruben sich die Räder durch den Schnee und berührten die Straße. Dot spürte die Erschütterungen in ihren Waden, als wäre sie durch einen Mechanismus mit den Rädern verbunden. Und sie hätte ewig so weiterfahren können, wenn die Straße nicht unter der alten Eisenbahnunterführung hindurchgegangen wäre. In der Senke hatte sich so viel Schnee angesammelt, daß sie steckenblieben, als der Wagen hineinfuhr. Dot spürte, wie der feste Untergrund der Straße unter ihren Füßen verschwand. Die Räder verloren sofort die Haftung. Der Tramper war vor der Ladetür eingekeilt, aber die anderen wurden nach vorn geschleudert, und die Sicherheitsgurte rissen sie zurück, als der Wagen jäh zum Stehen kam.

Dot stellte den Motor ab. Die Scheinwerfer ließ sie an.

«Jetzt nur keine Panik», sagte Eleanor automatisch, während sie vor Angst Beklemmungen bekam.

«Ich habe eine Schaufel», rief Dot. «Unter dem Rücksitz. Ich habe Katzenstreu, vielleicht ein bißchen Steinsalz.»

Candice rollte sich zusammen und schloß die Augen.

Eleanor und Marlis begannen leise zu lachen. «Katzenstreu? *Katzenstreu!* Du wolltest Marlis unbedingt loswerden, deswegen hast du uns alle hier rausgekarrt. Und der Wagen ist noch nicht mal ... du hast nicht mal ein Autotelefon?»

Dots Bedauern klang eher gedämpft. «Scheiße, ich kann's nicht fassen!» Sie schlug gegen das Lenkrad, und dann war es eine Weile still, bis sie plötzlich die Tür aufzudrücken versuchte, die im Schnee festgeklemmt war. Sie überlegte kurz und kletterte dann aus ihrem offenen Fenster. Bald sahen die anderen Frauen nur noch den Saum ihres eleganten schwarzen Parkas und einen beschuhten Fuß. Schließlich hörten sie ein Klopfen auf der Kühlerhaube.

Eleanor kurbelte ihr Fenster herunter, packte Dots Parka und hielt ihn fest, während Dot mühsam zurück in den Wagen kletterte. Sie plumpste auf den Vordersitz, Haare, Mütze, Augen und Brauen mit weißen Perlen verziert.

«Wir sitzen fest, stecken mit der Nase bis zu den Scheinwerfern drin, glaube ich», japste sie. «Es hat keinen Sinn zu schaufeln.»

Sie kurbelte ihr Fenster wieder hoch und stellte die Scheinwerfer aus. Die Welt wurde stockdunkel, und in diesem schwarzen Augenblick streckte Eleanor die Hand aus und berührte den Ärmel einer alten Jeansjacke, die Jack gehört hatte. Er hatte sich mehrere zugelegt, weil er sie immer in irgendwelchen Bars vergaß. Sie nahm die Jacke und legte sie sich auf den Schoß, drückte die Manschette an ihre Wange. Der schwere Stoff hatte etwas Tröstliches. Dreck, Rauch, ein animalischer Geruch, als hätte Jack sie beim Schlafen als Kopfkissen genommen. Sie war naßgeregnet worden, getrocknet und wieder naßgeregnet. Sie fühlte sich an wie sein stilles Zentrum, und während Eleanor die Jacke an sich preßte, wurde sie auf einmal ganz fröhlich. Er war zu lebendig, zu sehr bei ihr, zu präsent, um fort zu sein, und sie konnte auf einmal nicht mehr glauben, daß nicht mehr als die Asche in ihren Haaren, ihren Mänteln und auf ihrer Haut von Jack Mauser übriggeblieben sein sollte. Er war bei ihnen und zugleich anderswo, und bei diesem Gedanken lächelte Eleanor aus dem Fenster in den dunklen, fliegenden Schnee hinaus.

«Wir haben jetzt ungefähr Mitternacht», überlegte Candice. «Sieben Stunden bis zur Dämmerung.»

«Der Tank ist dreiviertel voll.» Insgeheim gratulierte Dot sich.

«Das ist gut.»

«Wir sollten die Batterie schonen.»

«Das kriegen wir schon hin.»

Eleanor legte die Hand auf das Zifferblatt ihrer Armbanduhr, und die Dunkelheit, die sie nun umschloß, war vollkommen. Die Kälte kroch durch die Bodenbleche und Türdichtungen. Sie roch nach Erde, nach Eisen. Der Wind pfiff unter den Bahngleisen hindurch, und sein leises Klagen hüllte sie ein.

Geheimnisse 6. Januar, 0 Uhr 15
und Zuckerbabys

Die Frauen brauchten eine Weile, bis sie begriffen, was passiert war, aber in solchen Zwangslagen findet man sich nie leicht zurecht. Der Tramper schien zu schlafen. Von hinten war leises Schnarchen zu hören. Was die übrigen Anwesenden betraf, so war ihre Lage dermaßen heikel, daß sich zunächst keine von ihnen damit auseinandersetzen mochte, und deshalb fingen sie an, über eine blöde Frage zu streiten, die mit der gegenwärtigen Gefahr nicht das geringste zu tun hatte.

«Er war mindestens achtzehn Zentimeter lang, wenn nicht zwanzig», erklärte Eleanor.

«Damit liegst du aber daneben, und zwar um etwa –» Candice beugte sich zu Dot.

«Nein, er hatte 'nen Kleinen. Eher unterdurchschnittlich. Ich muß es schließlich wissen», protestierte Marlis.

Die noch immer benebelte und verkaterte Candice mit ihrem Brummschädel machte Jack Mausers bestes Stück herunter, während Eleanor es verteidigte, wobei sie von seinen körperlichen Attributen mit einer zugleich verschämten und überlegenen Geziertheit sprach, die alle anderen insgeheim gegen sie aufbrachte. Den Tramper störte das obszöne Gerede nicht im geringsten; sein Atem kam als langsames und gleichmäßiges Rasseln aus dem Hohlraum hinter dem Rücksitz. Ein gesteppter Schlafsack entzog ihn samt der Verantwortung, die Dot gegen alle Vernunft für ihn übernommen hatte, dem Blick. Und auch die Frauen, die sich über die allfällige Frage ereiferten, nahmen keinerlei Rücksicht auf den Fremden. Sie diskutierten immer heftiger und schenkten dem Mitreisenden nicht viel mehr Aufmerksamkeit als dem fehlenden Ersatzreifen.

Eleanor verbarg ihre Gefühle hinter Pedanterie, indem sie die These aufstellte, Mauser habe genau dem nationalen Durchschnitt entsprochen – nicht mehr und nicht weniger. «Fünfzehn also», sagte sie. «aber ich bin zierlich, deshalb war er für mich –»

«Halt die Klappe», sagte Marlis.

«Intelligenz», fuhr Eleanor fort. «Wir wissen, er hatte Köpfchen, aber er hat nichts damit angestellt. Ansonsten: gutes Aussehen. Enorme Einkommensschwankungen. Keine besonderen Kennzeichen. Keine Straftaten, jedenfalls keine nachgewiesenen. Er war geistig und psychisch normal, wenn nicht sogar absolut gesund. Er hatte die üblichen ödipalen Tendenzen, aber keine wirklichen Neurosen. Sein Problem war sein Temperament, aber unter diesen verrückten Wutausbrüchen –»

«Du würdest seine Wutausbrüche als sein einziges Problem bezeichnen?» meldete Candice sich plötzlich vom Rücksitz. Sie lachte heiser. «Ich würde mal behaupten, fünf Ehefrauen sind ein Warnsignal für irgendwas.»

«Das ist gar nicht so seltsam, wie es auf den ersten Blick erscheint.» Eleanor schlug einen belehrenden Tonfall an, aber sie schämte sich insgeheim dafür, daß sich ihre Trauer jetzt auf diese peinliche Art äußerte. Sie wollte unbedingt über Jack reden, und in bedrohlichen Situationen fing sie immer an zu dozieren. «Wir hatten doch alle verschiedene Beziehungen. Wahrscheinlich mehr als fünf. Wir haben nur nicht gleich Hinz und Kunz geheiratet.»

«Ich würde Mauser nicht als Hinz bezeichnen», warf Marlis ein.

«Und ich uns nicht als Kunz.»
«Mauser hat doch jede Hergelaufene geheiratet.»
«Vielleicht ist er in Wirklichkeit mit einer bestimmten Art von Bindung besser zurechtgekommen als die meisten Frauen, obwohl wir das alle leugnen», sagte Eleanor. Sie fing wieder an, ihn zu vermissen. Stechende Schmerzen schossen ihr durchs Herz, und trotz ihres streitlustigen Gehabes brannte es ihr in den Augenwinkeln.
«Tolle Theorie.» Candice klopfte mit dem Eiskratzer auf die Sitzlehne vor ihr. «Jack und mit Bindungen zurechtkommen. Na klar, er ist so gut damit zurechtgekommen, daß er sich an mehrere Frauen gleichzeitig binden konnte.»
«Solange er mit mir verheiratet war, hatte er nie eine Geliebte», versicherte Dot und vergaß in ihrer Not völlig, daß sie Eleanor im Verdacht gehabt hatte. Und dann das Valentinsherz!
Marlis hatte die Schachtel auf den Boden gelegt und die Füße auf die zerdrückte Schleife gestellt. Jetzt scharrte sie darauf herum, um die Schleife noch mehr zu zerknittern, und begann leise vor sich hin zu summen. Die Geste traf Dot wie ein Fausthieb – als jähe Erinnerung an eine Form der Perfidie, mit der sie nicht umgehen konnte. Sie atmete schnell und flach, und gelbe Punkte schwirrten von einer Seite ihres Gesichtsfeldes zur anderen, während sich ihre Augen auf die Dunkelheit einstellten.
«Nett, daß du mich dran erinnerst», entgegnete sie nach einer Weile ruhig, weil ihr wieder eingefallen war, daß Jacks Treulosigkeit sie freisprach.
Eleanor wandte sich traurig an die blaue Nacht. Trotz harter Worte war ihre Stimme voll zärtlichem Bedauern.
«Wie kommt es nur, daß wir unseren lieben Gatten, diesen Frauenhelden, Feigling und gescheiterten Bauunternehmer, ständig in Schutz nehmen? Haben wir ihn alle so ge-

liebt, waren wir blind, hatten wir ...» Sie konnte nicht weitersprechen, so sehr brachte sie die Herzlosigkeit der anderen Frauen in Rage. «Die eigentliche Frage lautet doch: Wenn er so durchschnittlich, so banal, so elend männlich war, warum haben wir uns dann bereit erklärt, ihn zu heiraten?»

Plötzlich schwiegen alle.

«Er hatte zärtliche Hände», flüsterte Eleanor schließlich. «Er hatte zärtliche, bedächtige, verzeihende Hände. Ich habe ihn wegen dem geliebt, was seine Hände wußten – und manchmal wußten sie mehr als er selbst. Jack hatte eine kluge Art, einen zu berühren.»

«Er war ein Klugscheißer», sagte Marlis leise. «Bloß nicht klug genug.»

Aber niemand widersprach Eleanor, und eine ganze Weile war nur das tiefe Heulen des Windes zu vernehmen, der über das Fahrzeug fegte.

Plötzlich griff Dot am Armaturenbrett vorbei zum Handschuhfach, drückte auf den Schnappriegel und holte eine dicke weiße Kerze heraus. Mit einem Streichholz aus ihrer Handtasche versuchte sie den Docht anzuzünden, aber er ging nicht an, und das Streichholz brannte bis zu ihrem Daumen herunter. Trotzdem war sie begeistert. «Seht mal – wenn man sie in eine Kuchenform stellt, breitet sich die Wärme aus. Unter dem Rücksitz sind noch mehr Kerzen. Und eine Isolierdecke ist auch da.»

Allen war klar, daß Dot sich verzweifelt nach einem Zeichen der Vergebung sehnte, nach einer winzigen Geste, die ihr die Last der Verantwortung für ihr impulsives, gefährliches Handeln erleichtert hätte. Aber dazu war keine der Frauen bereit, noch nicht. Stur saßen sie da, düster und distanziert, und jede wartete darauf, daß eine andere entschied, wie sie sich Dot gegenüber verhalten würden. Aber gerade als Eleanor einen winzigen Schritt auf sie zu machen wollte, indem sie nicht mehr als einen zustimmenden Laut von sich gab, zerschlug Candice mit einem kleinen Gefühlsausbruch die Chance auf sofortige Absolution.

«Was sind wir bloß für eine Schar Heulsusen! Wir sitzen hier fest, Ladies. Und wenn wir nicht das Beste daraus machen ...» Sie verstummte.

«Besten Dank, das ist wirklich *sehr* hilfreich!» Eleanor legte die dozierende Attitüde jäh ab und stolperte vor Empörung über ihre eigenen Worte. «Unser Leben steht auf dem Spiel, und du machst Dot Vorwürfe, weil du Schiß davor hast, selbst Verantwortung zu übernehmen. Schließlich hat sie dich nicht mit vorgehaltener Waffe zum Einsteigen gezwungen!»

Auch Dot wurde jetzt lauter. «Hey! Ich stecke ja auch hier fest – ich meine, ich hab das schließlich nicht mit Absicht getan!» verteidigte sie sich.

Candice hätte jetzt etwas sagen und ihr verzeihen müssen, aber statt dessen maulte Marlis:

«Als ob es darauf ankäme.»

Die schwarze Luft im Wagen schien zu vibrieren, kalt und süß vor Wut, vor köstlichen Gefühlen, die sie insgeheim hegten. Der Auslöser dieses Streits war für sie alle wie der erste Schnitt in die Kruste eines perfekten Kuchens. Das Messer drang ein, die Füllung quoll satt und dunkel über das Metall. Und nun giftete jede gegen diejenige, die sie am meisten haßte, und die gab es noch gehässiger zurück.

«Du bist immer noch dieselbe nörgelige, arrogante Kuh wie damals in Argus», zischte Dot Candice an.

«Versagerin!» stieß Candice hervor.

«Nur zu!» piesackte Marlis Candice. «Mach sie nieder, so wie du mich immer niedermachst!»

«Wenn du nicht so verdammt dickköpfig gewesen wärst...», sagte Eleanor zu Dot.

Die Auseinandersetzung spitzte sich zu, und plötzlich schrien sie alle. Warum auch nicht? Sie waren irgendwann mit demselben Mann verheiratet gewesen. Jede hatte die anderen als Thronräuberinnen und Mörderinnen betrachtet, als Diebinnen, als Schlampen mit den gleichen Gelüsten, die sie bei sich selbst sublim fanden, bei anderen jedoch verachteten. Sie hatten ihren Haß zu einem Brei verkocht, der sich im Lauf der Jahre immer mehr verdickt und aufgestaut hatte. Jetzt konnte nichts ihn aufhalten, nicht einmal die Blechwände und die beschlagenen Fenster des Fahrzeugs. Die Wut war losgebrochen, und sie war köstlich. Heiß, bekömmlich, sättigend.

«Du bist so ein Ekel, du hast mein Medikament präpariert», schrie Marlis Candice an. «Gib's zu!»

«Quatsch. Du bist doch nichts als eine arme Irre, Marlis. Was ich mir von dir alles bieten lassen muß! Du hast geschworen, du trinkst nicht, solange du stillst.»

«Und du hast die ganze Zeit mit ihm geschlafen.» Dot trommelte gegen die Seite von Eleanors Sitz, dann drehte sie sich um und schlug auf Marlis ein. «Die ganze Zeit!»

«Und wenn schon?» rief Eleanor, von erneuter Sehnsucht überwältigt. «Ich habe ihn *geliebt*, und das ist mehr, als ihr alle miteinander von euch behaupten könnt. *Ich habe Jack Mauser geliebt, als er pleite und bettelarm war!*»

Sie schlug ziellos mit den Händen um sich.

«Während du, während du» – sie holte tief Luft – «nur sein Geld wolltest, und dann, als er alles verloren hat, hast du ihn fallenlassen.»

«Ich war ihm treu! Ich war ihm treu!» schrie Dot.

Die Frauen bewarfen sich mit wüsten Beschimpfungen, tobten vor Eifersucht. Sie krallten ihre Finger zu dicken, pelzigen Pfoten und verhakten sich in den Reißverschlüssen und Kapuzen der Jacken und Mäntel der anderen. Sie saßen zu eng beisammen, um ernsthaft übereinander herzufallen, aber zwischen den beiden Sitzreihen ging es kreischend, hitzig und in mörderischer Selbstgerechtigkeit hin und her, bis sie keuchend und erschöpft, vollgepumpt mit Adrenalin und erhitzt, plötzlich wieder daran dachten, daß sie ja in Gefahr waren.

Es wurde still, und es war Eleanor, die schließlich das Schweigen brach. In ihrer Stimme schwang felsenfeste Überzeugung. «Ich habe gehört, daß in großen Familien jedes Kind letztlich andere Eltern erlebt. Vielleicht trifft das auch auf Jack zu. Für manche von euch war er vielleicht genau der richtige Ehemann.»

Die Atmosphäre im Auto war noch immer zum Schneiden, aber mit dieser jähen Einsicht hatte sich Eleanor unangreifbar gemacht, und die anderen Frauen legten eine Pause zum Atemschöpfen ein.

«Ich kann nicht behaupten, daß er mir ein schlechter Ehemann war», fuhr Eleanor fort. «Aber die Umstände, unter denen wir geheiratet haben, waren so seltsam, so hektisch.»

In der samtenen Dunkelheit wurde sie wieder unpersönlich.

«Wie gesagt – vermutlich hat Jack jeder von uns eine andere Seite von sich gezeigt. Oder wir haben sie aus ihm herausgeholt. Haben ihn so verschieden gemacht, wie wir voneinander verschieden sind. Es ist nicht mal besonders weit hergeholt, wenn ich sage, daß jede von uns einen anderen Mann geheiratet hat. Wenn wir uns darauf einigen können» – sie sprach langsamer, um ihre Schlußfolgerung zu unterstreichen –, «dürfen wir meiner Meinung nach durchaus behaupten, daß keine von uns mit irgendeiner anderen hier im Wagen Grund zum Streit hat. Jedenfalls nicht mehr, als wenn wir alle verschiedene Ehemänner gehabt hätten.»

Die verdutzte Aufmerksamkeit der anderen Frauen war einen Moment lang mit Händen greifbar, und als ihnen die Erkenntnis dämmerte, begann Marlis laut zu lachen.

«Ich war in einer Klosterschule!» rief sie. «Aber du bist eine verdammte Fernsehpredigerin! Das ist wirklich durchtrieben!»

«Ich weiß nicht», sagte Candice. «Vielleicht hat sie irgendwie recht. Warum sollten wir einander zerfleischen?»

«Herrgott, ich komm da nicht mehr mit», entschuldigte sich Dot.

Allmählich zeichnete sich zwischen den Frauen ein Umschwung ab: von Feindseligkeit zu zaghafter Schwesterlichkeit, und in letzterer lag eine traurige Weisheit. Wenn zwei Frauen, die denselben Geliebten hatten, die alten Eifersüchteleien für das gehaltvollere Brot der Analyse aufgeben, können sie eine Nähe, eine Intimität schaffen, die mit jedem Liebesverhältnis mithält. Sie können über seine Launen, seine Marotten und seine Treulosigkeit lästern, und nichts macht mehr Vergnügen, als gemeinsam über einen Mann herzuziehen, der einem weh getan hat. Candice fühlte sich mal mehr, mal weniger betrunken, und die Wut machte sie nun hellwach und zugleich so gelassen, daß sie als erste nüchtern die Veränderung der Gefühle registrierte und wieder an ihre Lage dachte.

«Ich weiß nicht, ob ihr es schon gemerkt habt», sagte sie trocken. «Aber es wird affenkalt hier im Auto.»

«Diese Kerzendinger helfen einen Scheiß», meinte Marlis. «Ich finde, wir sollten das Gerede über Jack erst mal vertagen und uns überlegen, was wir jetzt machen. Ich sehe schon die Schlagzeile: TRAUERNDE WITWEN IM

GEFRIERSCHOCK», sagte sie genüßlich. «Ein gefundenes Fressen für den *National Enquirer*. Ich hoffe bloß, daß ich überlebe und dann im Fernsehen auftreten kann.»

«Du, im Fernsehen?» lachte Candice.

«Ja, ich. Und was schreiben würde ich auch. Ich würde allemal was Besseres zustande bringen als deinen Patienten-Ratgeber – Zahnseide morgens, abends und im Schlaf!»

«Na ja, ich tue eben, was ich kann, um den Leuten unnötige Zahnfleischprobleme zu ersparen. Ich weide mich nicht an anderer Leute Qual.»

«Soll das heißen, ich tu's? Hör bloß auf. Wir waren uns doch einig, daß ich erst schwanger wurde, nachdem du und Jack euch getrennt hattet. Kurz danach, aber eindeutig danach. Ich hatte nicht mal vor, was mit Jack anzufangen, aber er war ja richtig ausgehungert.»

Darüber mußte Candice laut lachen, was sie selbst verblüffte, und plötzlich sah sie Marlis in die im Dunkeln schimmernden Augen, und sie ließ ihren Blick so lange nicht los, bis Marlis ihn abwandte, ihn auf Candices Hand senkte und sie berührte.

«Wie geht's unserem Kleinen?» fragte sie leise.

Candice legte den Arm um sie. Marlis hielt Candices Hand fest, ganz fest, und verkroch sich stumm in ihrem Mantel. Ihr Magen knurrte, und sie sank vor Verlegenheit noch mehr in sich zusammen. Candice merkte es und fragte: «Haben wir was zu essen im Wagen?»

Plötzlich richtete sich die ganze Aufmerksamkeit auf dieses Problem, und alle durchwühlten Taschen und Handtaschen. Eleanor hängte die Klappe des Handschuhfachs aus und nahm sie als Tablett, auf dem sie die Ausbeute sammelte. Aus Candices Handtasche: eine alte Tüte Erdnüsse aus dem Flugzeug und zwei Rollen Magenpastillen, außerdem ein Apfel, ein halber Müsliriegel und ein kleines Plastikdöschen mit Mints. Marlis steuerte eine Packung Krakker bei. Zu ihrer eigenen Überraschung stellte Eleanor fest, daß sie ein halbes Sandwich und ein Stück Karotte bei sich hatte – sie konnte sich nicht erinnern, wo sie diese Dinge aufgelesen hatte. Aber die Trauer hatte sie auch ziemlich durcheinandergebracht. Dot fegte die verbliebenen Ressentiments beiseite und beschwichtigte alle Vorwürfe mit Hilfe eines riesigen, gefütterten Briefumschlags voller Halloween-Süßigkeiten, den sie unter dem Vordersitz des Wagens hervorzauberte. Sie stammten aus dem übervollen Sack, den Shawn in diesem, ihrem letzten Trick-or-treat-Jahr eingeheimst hatte.

«Erdnußbutterküsse!» Candice schaufelte sich eine Handvoll Bonbons in den Schoß und schob sich eines davon in den Mund. «Gott, schmeckt das gut, ich glaube, es war die Anspannung, und dann haben wir ja vor lauter Kummer nicht richtig gegessen. Ich bin am Verhungern.»

«Du warst betrunken», sagte Marlis. «Mach dir doch nichts vor.»

Dot stellte die Heizung an, um die Temperatur auf normal zu bringen, und ein paar Minuten lang herrschte eine fast zufriedene Stimmung.

«Wißt ihr noch, wie sie immer Popcorn-Kugeln verteilt haben?» Eleanor wühlte hoffnungsvoll in dem Umschlag.

Im Licht der flackernden Kerze suchte Dot sich eine winzige gelbe Schachtel mit sechs Milk Duds aus.

«Hershey-Riegel!» Marlis war für den Augenblick besänftigt. «Ihr habt ja alle miteinander keinen Schimmer von mir. Ich lebe außerhalb von dem, was ihr kennt. Aber ich sage euch eins: Ich bin eine Kämpferin. Ich werd uns hier rausholen.»

«Oh, gut», meinte Eleanor, halb sarkastisch, halb amüsiert. «Vor einer Stunde wußtest du noch nicht mal, daß

Jack tot ist. Jetzt bist du die Überlebensexpertin. Da brauche ich mir ja keine Sorgen mehr zu machen.»

«Hör bloß auf, Eleanor», fauchte Marlis. «Es sei denn, du hast eine Idee, wie wir aus dieser Kacke rauskommen.»

«Wir müssen einen Plan machen.» Candice kaute vorsichtig, weil ihr der Kiefer weh tat. Die Karamelbonbons waren hart gefroren und klebten an den Zähnen.

«Sag ich doch.» Marlis überlegte langsam und laut. «Wir steigen nicht aus. Wir bilden keine Kette oder so – ich meine, wohin sollten wir auch? In welche Richtung? Wir bleiben also hier. Alle Viertelstunde oder so stellen wir die Heizung an, alle halbe, wenn wir's aushalten.» Erfreut, weil sie nicht unterbrochen wurde, fuhr sie fort: «Ich hab gehört, man soll regelmäßig das Auspuffrohr saubermachen, wenn man so festsitzt, weil vielleicht Schnee reinkommt, und dann sammelt sich im Auto ein Gas, das man weder riecht noch schmeckt.»

«Du meinst Kohlenmonoxyd?» fragte Eleanor und versuchte, ihren Ärger im Zaum zu halten. *Warum sitze ich hier bloß mit lauter Analphabetinnen fest?* Immerhin hatte sie irgendwo in der Tasche ihr Notizbuch. Sie konnte sich etwas notieren, auch wenn sie nicht sehen konnte, was sie schrieb. Das ist meine Überlebenstaktik, beschloß sie. Notizen machen. So werde ich, falls wir sterben, das letzte Wort haben. Sie kramte in ihrer Tasche und fand ihr liniertes Heft und einen Stift. *Marlis: In dem Hohlraum zwischen ihren Ohren hört man den Wind pfeifen. Eine geistige Tieffliegerin, wie sie im Buche steht.* Beim Schreiben wurden Eleanors Hände warm, und ihr Herzschlag beschleunigte sich.

Dot griff nach unten, zog die zerknitterte metallene Isolierdecke unter ihrem Sitz vor und reichte sie nach hinten. Marlis nahm sie und wickelte sich hinein. Eine endlose

Viertelstunde lang saßen die Frauen im schwächer werdenden Flackerlicht von Dots erster Kerze. Sie mampften ihre Süßigkeiten, und zum ersten Mal, als gäbe der süße Geschmack auf der Zunge ihnen den Mut der Verzweiflung, schafften sie es, vorauszudenken.

Es war kalt, schneidend kalt. Sobald eine von ihnen zu lange stillsaß oder der geringste Luftzug durch die Dichtungen an Fenstern oder Türen drang, stach der Wind wie mit einem Messer zu und betäubte zugleich. Ihre Notlage war nun nicht mehr zu leugnen, und mit jedem Stückchen Toffee oder Marshmallow wuchs die Fähigkeit, sie zu akzeptieren, und drang bis in die Nervenenden, so daß ihr Blut vor Zuckerenergie pulste.

«Gott, womöglich sterben wir hier alle», flüsterte Candice. Ihre ganze zahnärztliche Kunst umsonst! Ihre Patienten Händen ausgeliefert, die sich viel weniger Mühe gaben. Ihr neues Leben, ihr Baby. «Was machen wir bloß, was machen wir bloß?» Ihr Herz schlug heftig, und dann geschah etwas Merkwürdiges: Als würde sie völlig unbeteiligt ihre eigene Obduktion beobachten, hörte sie eine tiefe Männerstimme feierlich verkünden: *Ihre letzte Mahlzeit bestand aus Bonbons, die an den Zähnen kleben.*

«Nein, nein, nein!» stieß sie hervor. «Ich will nicht so sterben!»

«Ich auch nicht.» Marlis schüttelte Candices Hand ab, weil das hysterische Getue sie irritierte. «Schon gar nicht mit den hier Anwesenden.»

«Du kannst doch froh sein, wenn bei deinem Abgang jemand dabei ist, der ein Telefon hat und nicht nur eine Piepsernummer.» Eleanor sprach verträumt, wie von einer fernen Höhe herab. Sie war damit beschäftigt, sich ihren Nachruf in der *Star and Tribune* auszudenken, samt Foto. Vieles würde imposant klingen. Veröffentlichungen im

Ausland, Diplome und Zeugnisse von exotischen Kursen und Workshops. Sie wollte den Platz nicht mit anderen teilen. Und der Schlußsatz? Der müßte etwas ganz Besonderes sein, spektakulär, einsam und auf alle Fälle zitierbar.

«Ich habe große Pläne für meinen Tod», verkündete sie. «Größere, als in einem liegengebliebenen Auto vergast zu werden.»

Sie sah sich selbst mit neunzig, wie sie mit einem Hängegleiter von einer Klippe der Green Mountains in Vermont heruntersegelte, oder mit hundert, wie sie das erste Mal Heroin ausprobierte, oder vielleicht mit hundertacht wie Leopolda, wie sie den Duft der Blumen einatmete, während ihre Seele wie ein Falke ohne Kappe der Freiheit entgegenflog. *Aber noch nicht jetzt*, schrieb sie krakelig. *Ich bin noch nicht soweit*. Plötzlich sagte sie mit leiser, drängender Stimme: «Wir müssen jetzt sofort beschließen, daß wir hier rauskommen», sagte sie. «Wir müssen positiv denken.»

«Sie hat recht», sagte Dot und schlug energisch mit der Hand auf das Armaturenbrett. «Wir müssen positiv denken. Wir müssen reden.»

Marlis sprach schnell und hemmungslos. «Reden? Na gut, ich rede! Dot, du hast mich gelinkt, und ich habe Candice gelinkt, die sich ihrerseits einen Scheiß für Jacks erste Frau interessiert hat, diese Indianerin, die er in Williston kennengelernt hat. Und du, Eleanor, du stehst ja schon in den Schlagzeilen, du Mißbrauchsmonster. Warum tun wir uns das gegenseitig an, verdammte Scheiße! Wir sind Frauen. War er das wert?»

Eleanor war zwar gekränkt, fing sich aber schnell wieder. «Klar war er das wert. Meiner Erfahrung nach trifft man im Lauf seines Lebens nur drei oder vier Menschen, mit denen sich Sex wirklich lohnt. Ich hatte jede Menge Beziehungen, einfach nur, um die statistische Wahrscheinlichkeit zu testen. Aber höchstens drei oder vier würde ich als lohnend ansehen –»

«Und das bei deiner Erfahrung», unterbrach Marlis sie. «Schließlich hast du mit allem geschlafen, was sich bewegt.»

«Ich habe eben sorgfältig recherchiert.» Eleanor gab ein aufreizend trillerndes Lachen von sich. «Das verstehst du nicht. Und, ja – Jack war es wert. Nicht weil er irgendeine Zaubertechnik besaß. Nein, es war sein ...» Eleanor schnippte so heftig mit den Fingern, daß in der trockenen Kälte ein Funken davon absprang und den Satz vollendete.

«Beschluß verabschiedet.» Sie war nun nicht mehr zu bremsen. Ihre Stimme klang auf einmal so kräftig und fesselnd, daß die anderen Frauen sich vorbeugten, als wäre sie eine Wärmequelle, und sie anstarrten, weil das Schneelicht und der Glanz der tropfenden Kerze ihr Gesicht veränderten. In der Höhle der gerafften Kapuze schienen ihre Augen tiefer und schwärzer geworden zu sein. Ihr Gesicht leuchtete silbern und heiter, wie bei einem wunderschönen Weißfuchs. Um die Ohren herum stand ihre gesträhnte Mähne ab. Ihr Mund war so dunkel wie ein geöffneter Blütenkelch.

«Wir sollten einander alles erzählen», sagte sie mit einem atemlosen Grinsen. «So tun, als wäre das Auto ein Beichtstuhl.»

Die Kerze drohte auszugehen, und Dot nahm sie, ließ ein bißchen Wachs auf die schimmernde Kuchenform tropfen. Sie drückte die Kerze ins Wachs, hielt einen Augenblick lang die Hände an die Wärme und reichte das Ganze vorsichtig den Frauen auf der Rückbank.

«Wir werden nicht sterben!» sagte Candice leise.

«Scheiße, nein!» versicherte ihr Marlis. In ihrem Rücken tobte und pfiff die Januarnacht. Die Kälte drängte sich herein, zwackte ihr das Gefühl aus Füßen, Fingern und Gesicht. Sie nahm Candice die Kerze ab, und ihr Gesicht leuchtete hart im gedämpften Licht. «Wir müssen noch sechs oder sieben Stunden durchhalten, bis es hell wird. Am besten stellen wir so eine Art Liste auf, wer wann wacht, so daß immer eine für eine Stunde verantwortlich ist.»

«Wie meinst du das, verantwortlich?» Candice zitterte vor Kälte. «Was sollen wir denn machen, Lagerfeuerlieder singen? Marshmallows rösten? Die Reifen anzünden? Ich friere jetzt schon. Ich habe noch nie so jämmerlich gefroren, und es wird ja bestimmt noch schlimmer.»

Dot drehte den Schlüssel und stellte den Motor an.

«Die Batterie klingt gut», sagte sie. «Marlis hat recht, das Hauptproblem ist wirklich: Wir müssen wach bleiben. Wenn wir einschlafen, sind wir Schlagzeilen für den *Enquirer*.»

Keine sagte etwas, während sie darüber nachdachten. «Wir müssen die ganze Nacht wach bleiben», sagte Eleanor schließlich. «Die, die für die jeweilige Stunde verantwortlich ist, muß die anderen am Einschlafen hindern. Wir sollten ein paar Regeln aufstellen.»

«Regel Nummer eins», begann Dot. «Bis zur Morgendämmerung den Mund nicht mehr zumachen. Regel Nummer zwei: Eine wahre Geschichte erzählen. Regel drei: Sie muß von uns selbst handeln. Etwas, was wir noch nie einer Menschenseele erzählt haben, eine Geschichte, die Papier verbrennt und die Luft aufheizt!»

Marlis lachte laut auf. Mit gedehnter Stimme sagte sie: «Jede von uns hat doch ihre Geheimnisse. Wie alle Menschen.» Sie schüttelte den Kopf, schlang die Arme um sich und kuschelte sich zusammen, um die Wärme zu konservieren.

«Wo fangen wir an?» fragte Dot.

Die Heizung erstarb mit einem müden Keuchen, die Kerze flackerte und erlosch. Keine wußte eine Antwort. Schließlich meinte Eleanor, daß sie ja den Anfang machen könnte. Sie schlang ihren Mantel um sich und begann. Ihre Stimme war leise, Teil des Dunkels, das sie umgab, Teil dieser tiefen Schwärze, die in den Augen weh tat und hinter den Lidern grüne Rauchwirbel aufleuchten ließ. Sie sprach mit ihrer Vortragsstimme, aber schnell und mit der Leidenschaft derjenigen, die etwas vermitteln will, getragen vom Sausen des Windes.

Teil 3 *Geschichten von brennender Liebe*

Eleanors Geschichte 6. Januar, 0 Uhr 55
Der Sprung

Alle unsere Liebesgeschichten beginnen mit unseren Müttern. Denn es heißt zwar, daß wir die Liebe unserer Väter suchen, aber es sind unsere Mütter, die wir nachahmen. Wenn unsere Mutter eine Jägerin war, hetzen wir ihn durch den Wald, hinaus ins Freie. Wenn sie eine Verführerin war, stehen wir auf der Lichtung, wenn er kommt, und lassen langsam die Hüllen fallen. Eine Jammersuse? Wir locken ihn mit schnellen Tränen. Stark. Wir dominieren. Wenn sie eine jener verwandten Seelen war, die ihm zur Seite stehen, weit offen und frei von Angst, um so besser.

Anna Schlick ist alles zugleich.

Meine Mutter ist die überlebende Hälfte eines Trapezakts mit verbundenen Augen. Ihr habt gesehen, wie schwebend sie bei der Trauerfeier durch den Raum ging. Sie wird nie müde, trotz ihrer breiten Füße. Ihre Arme sind zwar schwach geworden, aber sie macht nie eine unnötige Geste. Vielleicht sieht sie heute ein bißchen plump aus, weil ihre Schenkel so kräftig sind und ihre Kleider so eng. Aber sie stößt nie irgendwo an, streift nicht mal eine Spinnwebe. Ich habe nie erlebt, daß sie das Gleichgewicht verliert oder gegen eine versehentlich offengelassene Schranktür läuft. Und obwohl ich ihrer Beweglichkeit und ihrem Mut mein Leben verdanke, geht mir ihr irritierender Gleichgewichtssinn manchmal auf die Nerven.

Ihre körperliche Überlegenheit reizt mich noch immer. Als Kind habe ich mal eine Schnur über die dunkle Treppe gespannt, damit sie mit den Füßen darin hängenbleibt. Ich hätte sie umbringen können. Aber sie stieg einfach darüber hinweg, spürte das Hindernis im schwachen Licht. Die katzenartige Präzision ihrer Bewegungen ist ihr zum Instinkt geworden – sie hat sie beim Training mit der Familie der Fliegenden Kuklenskis früh erworben. Sie war ein Springinsfeld aus Montana, der als junges Mädchen mit dem Zirkus durchbrannte. Eine uralte, drittklassige polnische Artistenfamilie nahm sie auf. Artisten? Der alte Meister hatte eine Tochter fallen lassen und der Sohn eine frühere Ehefrau. Meine Mutter wußte das, aber sie ließ trotzdem ihren Namen aufs Plakat setzen.

Mein Vater sieht die Fotos und Anzeigen aus diesem Teil ihrer Jugend gar nicht gern. Er ließ mich mit ihren Glitzerkostümen spielen, bis ich sie zerfetzte. Bei uns zu Hause gab es wenig, was an ihr Leben in der Luft erinnerte. Man sollte annehmen, daß jede Erinnerung an Doppelsaltos und atemberaubende Flugkunststücke aus ihren Armen und Beinen verschwunden ist, aber manchmal, wenn wir in meinem früheren Kinderzimmer sitzen und sticken und plaudern, höre ich ein Knistern und rieche den Rauch vom Herd unten. Dann wird es plötzlich finster im Zimmer, die Stiche brennen uns unter den Fingern, und wir nähen mit Nadeln aus glühendem Silber, mit Faden aus Feuer.

Dreifach verdanke ich ihr mein Leben. Das erste Mal, als sie sich selbst rettete. Südlich von Fargo steht, in Zement gegossen, die Nachbildung eines zersplitterten Zeltmastes. Der Mast erinnert an das Unglück, das die Stadt für einen Tag in die Schlagzeilen der Boulevardpresse brachte. Diesen alten Zeitungen, diesen nun schon historischen Dokumenten, kann man die entsprechenden Informationen noch entnehmen, aber von Anna oder von irgendeinem ihrer Angehörigen in Montana erfährt man nichts, und schon gar nicht von der anderen Hälfte ihres Trapezakts. In den Meldungen hieß es: «Der Himmel war leicht bedeckt, doch nichts ließ ahnen, mit welcher Wucht das tödliche Unwetter zuschlagen würde.»

Ich habe unter den Bäumen gelebt, wo man das Wetter schon meilenweit kommen sieht, und es stimmt, daß wir Städtebewohner da einen gewissen Nachteil haben. Wenn extreme Temperaturen aufeinanderstoßen, eine Warm- und eine Kaltfront, dann kommt ganz plötzlich Sturm auf und schlägt ohne Vorwarnung zu. So war es wohl auch an diesem Tag im August. Die Leute lobten wahrscheinlich das angenehm laue Lüftchen und waren dankbar dafür, daß nicht die heiße Sonne auf das gestreifte Zeltdach brannte. Sie lösten ihre Eintrittskarten und gaben sie voller Vorfreude ab. Sie nahmen Platz. Sie aßen Popcorn und geröstete Erdnüsse. Die Zeit vor dem Sturm reichte für drei Nummern. Die weißen Araber von Ali-Khazar stellten sich auf die Hinterhand und tanzten Walzer. Der wundersame Bernie faltete sich in eine buntbemalte Crackerdose, und die Nebeldame tauchte an den erstaunlichsten Stellen auf, um gleich wieder zu verschwinden. Während sich draußen unbemerkt die Wolken zusammenzogen, knallte der Zirkusdirektor mit der Peitsche, kündigte mit lauter Stimme die nächste Nummer an und deutete hinauf zum Zeltdach, wo die Fliegenden Kuklenskis kauerten.

Sie kamen elegant aus dem Nichts geflogen, wie zwei Glitzervögel. Manchmal schwebten sie auch auf einem schimmernden Mond abwärts, der schaukelte und rukkelte. Sie warfen Küßchen, während sie ihre glitzernden Helme und die Umhänge mit den hohen Kragen ablegten. Sie liefen auf alle Seiten des Rings, um den Applaus entgegenzunehmen, und knutschten miteinander, während der Mond sie wieder nach oben zu den Trapezstangen entführte. Bei der letzten Nummer ihres Akts sollten sie sich im Fliegen mitten in der Luft küssen, während sie aneinander vorbeisausten. Unten im Ring sprang Harry Kuklenski dann zwischen den Verbeugungen geschmeidig zu den vorderen Reihen und deutete auf die Lippenstiftspur an seinem Mundwinkel. Auf dem Mast der Trapezbühne war ein kleiner Schminktopf versteckt, aber wer konnte das wissen? Die beiden waren ein wunderschönes Liebespaar, vor allem in der Nummer mit der Augenbinde.

An diesem Nachmittag stieg die Spannung, Harry und Anna banden einander die glitzernden Augenmasken um und spitzten dabei die Lippen zu Luftküssen, Lippen, die «sich nie wieder berühren sollten», wie es ein langer, atemloser Artikel formulierte – da kam nur wenige Meilen entfernt der Wind auf, zog sich kegelförmig zusammen und heulte. Es folgte ein drohendes Donnergrollen, das durch den plötzlichen Trommelwirbel übertönt wurde. Eine Kleinigkeit, die in der Presse unerwähnt blieb und von der vielleicht keiner wußte: Anna war damals im siebten Monat schwanger, was man kaum sah, weil ihre Bauchmuskeln so straff waren. Es scheint unglaublich, daß sie so hoch über dem Boden arbeitete, wo doch jeder Sturz gefährlich war, aber wie ich aus eigener Beobachtung weiß, läßt sich das damit erklären, daß sie sich in Extremsituationen stets wohl gefühlt hat. Vielleicht zu wohl. Es wundert mich immer, wenn ich sehe, wie sie sich mit den Gebrechen des Alters, mit ihrem schwachen Herzen arrangiert, genauso wie sie sich bis zu dem Unwetter an jenem Nachmittag die Luft zur Heimat erkoren hat.

Von entgegengesetzten Enden des Zelts winkten die beiden blind und lächelnd dem Publikum unten. Dann nahm der Zirkusdirektor den Hut ab und bat um Ruhe, damit die Künstler sich konzentrieren konnten. Sie rieben sich die

Hände mit Kreidestaub ein, dann schwang Harry einmal, zweimal in großem, genau berechnetem Bogen durch den Raum. Er hing an den Knien, und beim dritten Mal streckte er die Arme weit aus, um seine schwangere Frau fangen zu können, wenn sie von ihrer schimmernden Stange sprang.

Als beide durch die Luft schwangen und ihre Hände sich gerade begegnen sollten, schlug der Blitz in den Hauptmast und zischte die Spanndrähte hinunter. Er erfüllte die Luft mit einem heißen blauen Licht, das Harry selbst durch die seidene Augenbinde gesehen haben muß. Das Zelt knickte ein, Harry wurde nach vorn geschleudert, ohne daß die Schaukel zurückschwang. Er sauste ins Publikum hinunter – ungeküßt, mit seinem letzten Gedanken, vielleicht nur einem Funken der Überraschung angesichts seiner leeren Hände.

Meine Mutter hat mir mal gesagt, ich würde mich wundern, was ein Mensch im Fallen noch alles tun kann. Vielleicht wollte sie mich lehren, den unvermeidlichen Absturz meiner Pläne nicht zu fürchten – oder meine emotionalen Bauchlandungen, denn ich sehe in diesem Gedanken die Macht der Vernunft. Aber ich glaube, sie meinte auch, daß man selbst in einer so schrecklichen, aussichtslosen Sekunde denken kann. Sie selbst hat es jedenfalls getan. Als ihre Hände nicht denen ihres Mannes begegneten, riß sie sich die Augenbinde ab. Sie hätte im Vorbeifliegen seinen Fußknöchel packen können, die Zehen seiner Strumpfhose, um mit ihm abwärts zu sausen. Statt dessen wechselte sie die Richtung. Sie entschied sich für sich selbst und damit auch für mich. Sie reckte sich nach einem dicken Draht, und es gelang ihr, sich an dem geflochtenen Metall festzuhalten, das vom Blitzschlag noch heiß war. Dabei verbrannte sie sich so die Handflächen, daß nach der Heilung keine Linien mehr darin zu erkennen waren, nur noch das konturlose Narbengewebe einer ruhigeren Zukunft. Sie wurde vorsichtig in den Sägemehlring heruntergeholt. Das Zelt war nicht ganz zusammengefallen, eine Ecke stand noch. Es war jedoch völlig zerfetzt und brannte sogar an einigen Stellen, aber mit Hilfe des Regens und der Jakken der Männer wurden die Flammen bald gelöscht.

Zwei Menschen starben außer Harry, aber meine Mutter blieb bis auf die Hände unverletzt. Allerdings brach ihr ein übereifriger Retter den Arm, als er sie von dem Draht befreite. Dabei riß er auch noch einen Teil des Zelts ein, an dem sich eine riesige Halterung befand, die Anna bewußtlos schlug. Sie wurde ins Franziskaner-Krankenhaus gebracht, wo sie höchstwahrscheinlich eine Blutung hatte, denn sie mußte anderthalb Monate das Bett hüten, bis das Baby tot zur Welt kam.

Harry Kuklenski hatte sich immer gewünscht, im Zirkusfriedhof neben seinem Onkel, dem ersten Kuklenski, begraben zu werden, deshalb schickte sie ihn mit seinen Brüdern nach Milwaukee zurück. Aber das totgeborene Kind ist hier am Stadtrand begraben. Ich bin oft über das Gras dort gelaufen, nur um mich eine Weile hinzusetzen. Es war ein Mädchen, aber ich habe es nie als Schwester betrachtet, eigentlich nicht mal als eigenständige Person. Es ist egozentrisch, eine seltsame Art von Selbstschutz, aber ich habe sie immer für eine unfertige Version meiner selbst gehalten.

Wenn es schneite und der Schnee Schatten zwischen die Grabsteine warf, konnte ich auf dem Weg zur Schule von der Straße aus ihren Stein immer mühelos erkennen. Er war größer als die anderen und hatte die Form eines liegenden Lamms. Dieses gemeißelte Lamm wird in meiner Vorstellung mit den Jahren immer größer, obwohl es wahrscheinlich nur meine Augen sind, deren Sehkraft sich langsam verändert – so wie bei meiner Mutter: Was in der Nähe ist, verschwimmt, während Entferntes immer klarer wird. Manchmal denke ich, es ist der Rand, der näher rückt, der Rand aller Dinge, der Horizont, den ich im Schutz des elterlichen Gartens nicht sehen mußte. Und es kommt mir auch so vor, obwohl das vermutlich nur Einbildung ist, als würde die Grabfigur meiner Schwester immer klarer umrissen, als würde sie nicht zu einem porösen Block verwittern, sondern da draußen auf dem flachen Feld mit jedem Schneefall härter und vollkommener werden.

Schon zu Beginn ihres Aufenthalts im Krankenhaus lernte meine Mutter Lawrence Schlick kennen, der damals in Fargo Geschäftsmann des Jahres geworden war und in einer wohltätigen Geste den Zirkusopfern Blumen überbrachte. Er blieb, saß an ihrem Bett und kam dann Woche für Woche wieder. Anfangs sagte er sich, das liege an seiner Vorliebe für Lehnstuhlreisen, denn er hatte viele ruhige Stunden damit verbracht, über die Orte zu lesen, die Anna schon gesehen hatte – Kansas City, Chicago, St. Paul, New York, Omaha. Die Kuklenskis hatten vor dem Krieg Tourneen durch die Großstädte gemacht, sich aber mehr und mehr in die Provinz zurückgezogen, als größere Unternehmen mit Elefanten und fauchenden Tigern sie verdrängten.

Im Krankenhaus begann Anna leidenschaftlich zu lesen, als Mittel gegen die Langeweile und Niedergeschlagenheit dieser Monate. Lawrence Schlick bestand darauf, ihr Bücher zu bringen. Sie lasen einander laut vor und sahen sich dabei in die Augen. Versanken darin. Manchmal frage ich mich, ob mein Vater überhaupt Zeit zum Überlegen hatte, als er sich verliebte, so schnell verfiel er ihr. Er stürzte sich in diese Liebe und sollte nie mehr der alte sein.

Ich verdanke meine Existenz also zweitens den beiden

und dem Krankenhaus, das sie zusammenbrachte. Das ist eine Schuld, die ich niemals als erloschen betrachte. Keiner von uns bittet darum, daß ihm das Leben geschenkt wird. Erst wenn wir es haben, klammern wir uns so daran.

In dem Jahr, als unser Haus Feuer fing, war ich sechs Jahre alt. Der Grund war vermutlich herumstehende Asche. Sie kann sich wieder entzünden, und meine Mutter, die im Haushalt eher vergeßlich war, hatte wohl Kohlen, die sie für ausgekühlt hielt, in einen Behälter aus Holz oder Pappe geschaufelt. Das Feuer kann auch von der Brennkammer ausgegangen sein. Oder die Kreosotablagerungen im Kamin haben sich entzündet. Jedenfalls begann das Feuer in unserem Wohnzimmer, und das Treppenhaus brannte aus. Als ich aufwachte, war der Weg über die Treppe, die zu meinem Zimmer im oberen Stockwerk führte, schon durch die Flammen abgeschnitten.

Meine Eltern waren ausgegangen, und die Babysitterin war in ihrer Panik ins Nachbarhaus gerannt. Schon beim Aufwachen roch ich den Rauch. Ich machte damals alles genau nach Vorschrift, konnte mir Anweisungen gut merken, und außerdem war ich glücklich. Die Freude am Leben sollte man nie unterschätzen – jedenfalls half sie mir, ruhig zu bleiben. Ich war felsenfest davon überzeugt, daß ich gerettet würde. Also benahm ich mich genauso, wie ich es bei den Feueralarmübungen in der ersten Klasse gelernt hatte. Ich stand auf. Ich berührte die Tür, ehe ich sie öffnete. Da sie heiß war, ließ ich sie geschlossen und stopfte meinen Teppich aufgerollt vor die Ritze. Ich versteckte mich nicht unterm Bett, ich kroch nicht in den Schrank. Ich zog meinen Bademantel über, und dann setzte ich mich hin und wartete.

Meine Mutter und mein Vater standen in ihren eleganten Mänteln und dünnen Schuhen unter meinem dunklen Fenster und sahen, daß es keine Rettung gab. Ein Löschfahrzeug kam, aber die Flammen hatten sich bereits durch eine Seitenmauer gefressen, und der Feuerschein erhellte die Mammutäste und den Stamm der dicken alten Eiche, die bestimmt schon hundert Jahre, ehe das Haus gebaut wurde, hier gestanden hatte. Kein Ast berührte die Mauer, nur ein einziger dünner schrappte über das Dach. Von unten sah es so aus, als würde selbst ein Eichhörnchen Schwierigkeiten haben, vom Baum aufs Haus zu springen, denn der Ast war kaum dicker als mein Handgelenk.

Als sie so dastanden, bat Anna meinen Vater plötzlich, ihr mit dem Reißverschluß ihres Kleides zu helfen.

Mein Vater redete ihr gut zu, als hätte sie den Verstand verloren, also erklärte sie ihm ihr Vorhaben. Sie zog die Strümpfe aus, und dann stand sie barfuß da, in Büstenhalter, Halbunterrock und Perlen. Schließlich forderte sie einen der Feuerwehrleute auf, die uralte Ausziehleiter gegen den Baumstamm zu lehnen. Verdutzt gehorchte der Mann. Anna kletterte hinauf und verschwand. Dann sah man sie leichtfüßig durch die blattlosen Zweige klettern. Immer höher. Bäuchlings zog sie sich Stück für Stück einen Ast über dem entlang, der das Hausdach berührte.

Als sie am Ende angelangt war, stand sie auf und balancierte. Viele Menschen hatten sich unten versammelt, und viele von ihnen erinnern sich noch – oder meinen das jedenfalls – an den Sprung meiner Mutter durch die eisdunkle Luft zu dem dünnen Ast, und wie sie ihn packte und im Fallen abbrach, so daß er ihr in den Händen zersplitterte, und das Splittergeräusch übertönte die Flammen, aber nur so bekam sie den nötigen Schwung zum Dachrand hin, und der Ast polterte ohne sie abwärts, und wieder richteten sich aller Augen nach oben, um zu sehen, wohin sie geflogen war.

Ich sah sie nicht durch die Luft fliegen, ich hörte nur den Aufprall und blickte aus dem Fenster. Sie hing an Zehen und Füßen von der neuen Regenrinne, die wir in diesem Jahr angebracht hatten, und lächelte. Ich war gar nicht erstaunt, sie so zu sehen, so selbstverständlich wirkte sie. Sie klopfte sogar ans Fenster. Ich weiß noch genau, wie sie das gemacht hat; es war ein sehr nettes Klopfen, fast ein bißchen zaghaft, als hätte sie Angst, zu früh zu einer Party zu kommen. Dann deutete sie auf den Riegel, und als ich das Fenster öffnete, meinte sie, ich sollte es noch weiter hochschieben und mit dem Stock abstützen, damit es ihr nicht die Finger einklemmte. Sie schwang sich herunter, hielt sich am Sims fest und krabbelte durch die Öffnung. Erst als sie im Zimmer stand, merkte ich, daß sie nur ihre Unterwäsche trug, einen enganliegenden Büstenhalter aus fester, rundgestickter Baumwolle, so wie die Frauen sie damals getragen haben, mit scheuernden Trägern, und dazu einen seidenen Halbunterrock. Ich weiß noch, daß ich ganz wirr im Kopf war und mich schrecklich erleichtert fühlte und mich für sie genierte, weil sie unbekleidet von so vielen Leuten gesehen worden war.

Ich war immer noch verlegen, als wir aus dem Fenster sprangen, ich auf ihrem Schoß, und sie streckte die Zehen durch, während wir auf das gestreifte Feuerwehrspringtuch unter uns zuflogen.

Ich weiß, daß sie recht hat. Ich wußte es damals schon. Wenn man fällt, hat man wirklich Zeit zu denken. Zusammengerollt wie ich war, an ihren Bauch gedrückt, schreckten mich das Geschrei der Menge und die glotzenden Gesichter nicht. Der Wind heulte und blies uns seinen heißen Atem in den Rücken, die Flammen pfiffen. Ich fragte mich, was passieren würde, wenn wir das Sprungtuch nicht trafen oder wieder herausgeschleudert wurden. Dann vergaß ich die Angst. Ich schlang meine Hände um die meiner Mutter. Ich fühlte die leichte Berührung ihrer Lippen, und ich hörte ihr Herz klopfen – laut wie Donner, ein endloser Trommelwirbel.

Eleanor beugte sich vor und fühlte sich seltsam hoffnungsvoll.
Ich werde nicht erfrieren, dachte sie. *Sie wird mich retten. Sie rettet mich immer.*
«Mach die Heizung an», sagte sie. «Ich erzähle gleich weiter.»
Bald fühlten sich die Frauen so wohlig müde, daß es ihnen schwerfiel, wach zu bleiben. Dot stellte die Heizung ab, und während die Kälte wieder durch die Türdichtungen drang, fuhr Eleanor mit ihrer Geschichte fort.

Jacks Mantel

Mein dankbarer Vater ging daraufhin zur freiwilligen Feuerwehr. Wie bei all seinen Unternehmungen war er auch dort erfolgreich und wurde bald zum Feuerwehrhauptmann ernannt. Zweimal hatte Feuer schon sein Leben verändert, und es sollte noch ein drittes Mal geschehen. Das erste Feuer schenkte ihm alles, durch Anna. Das zweite schenkte ihm mich. Das dritte sollte ihm alles wieder nehmen.
In der kältesten Nacht, die in North Dakota je für den Monat November aufgezeichnet wurde, gab es einen furchtbaren Brand. In der Abenddämmerung begann das Eisenbahnhotel, das seit über hundert Jahren in der Innenstadt an seinem Platz gestanden hatte, so heftig zu brennen, daß keine Hoffnung blieb, weder für das Gebäude noch für

die Frauen und Männer, die darin gefangen waren, obwohl sämtliche Tricks zu ihrer Rettung angewandt wurden. Während dieser Rettungsversuche fiel die Temperatur innerhalb von zwei Stunden um über 20 Grad. Die Feuerwehrleute stellten bei den Löscharbeiten mit Erstaunen fest, daß ihr Wasserstrahl hoch in die Luft schoß und dort kristallisierte. Das Wasser fiel als Eis auf die qualmenden Balken, während sich in den Tanks der Autos von freiwilligen Helfern und Gaffern das Benzin in Sirup verwandelte und ein Zug, der sich Fargo näherte, auf den Gleisen festfror. Die städtischen Wasserleitungen waren in größter Gefahr, und überall in Häusern und Mietwohnungen platzten die Rohre. Doch die Temperatur fiel immer weiter, und in dem allgemeinen Chaos schickte mein Vater einen übereifrigen Helfer zurück ins Feuerwehrhaus. Jack Mauser. Jack hatte beim Versuch, sich zum Helden zu machen, die Düse eines Schlauchs zu hoch gehalten und sich dabei total durchnäßt. Das war gefährlich, deshalb wurde er ins Feuerwehrhaus geschickt, um sich umzuziehen.

In demselben blauen Paillettenkleid, das sie bei Jacks Trauerfeier getragen hat, kam meine Mutter von einer Party zurück und machte meinem Vater etwas zu essen. Ich hatte sie gedrängt, mir zu erlauben, daß ich ihm im Deckeltopf sein Abendessen brachte. Also fuhr sie mich zum Feuerwehrdepot und wartete draußen, während ich stolz das Essen abliefern wollte. Ich stellte den Topf auf die Schaltertheke und ging gerade zur Eingangstür zurück, als die Hintertür aufgerissen wurde. Erschrocken fuhr ich herum. Jack trat ein. Ich hörte ihn stolpern und herumpoltern. Ich wollte ihm nicht begegnen, deshalb versteckte ich mich schnell im Schrank gegenüber der Gasheizung und spähte durch eine Ritze in der Tür in den kalten Raum.

Da sah ich ihn zum ersten Mal – ein kräftiger junger

Mann in einem weiten Gummimantel, der um ihn hing wie eine Glocke. Seine Haare waren um den Kopf herum zu kurzen Eiszapfen gefroren, sein Gesicht war mit weißem Frost bedeckt. Er blieb vor der Heizung stehen. Seine Hände machten eine Bewegung, als wollte er das Gas höher drehen, und vielleicht stellte er sich wie im Traum vor, daß Wärme ihn einhüllte und seinem Zittern ein Ende machte. Lange stand er ganz ruhig da, als würde er die imaginäre Hitze genießen, aber im Feuerwehrhaus war es eisig. Dann hustete er plötzlich, beugte sich hinunter, um durch das kleine Glasfensterchen zu sehen, und stellte offenbar fest, daß da gar keine Flamme brannte. Die Kontrollflamme war aus.

Eine Schachtel Küchenstreichhölzer lag in der Nähe des geöffneten Ventils, aber als er danach griff, knallte er sie mit seinen tauben Händen gegen die Wand und kippte die ganzen Holzstäbchen aus. Sein Mantel war so klobig und starr wie eine Rüstung; er hatte keine Chance, sich zu bükken und die Streichhölzer einzusammeln. Er fummelte hektisch an den nutzlosen Schaltern herum, wobei seine Hände zuschlugen wie Eisen. Zwischendurch schien er sein eigentliches Vorhaben zu vergessen und ging ziellos in dem kalten Raum auf und ab. Ich fror ebenfalls, aber sein seltsames Benehmen machte mich so mißtrauisch, daß ich blieb, wo ich war, bis er schließlich das Gleichgewicht verlor, langsam nach hinten kippte und mit dem Rücken gegen einen Stapel aufgerollter Leinenschläuche plumpste.

Er rührte sich nicht mehr. Ich trat endlich aus meinem Versteck und beugte mich über ihn. Nun erst merkte ich, daß er wie ein gefrorener Wasserfall aussah. Das Wasser und die Feuchtigkeit auf dem dicken gelben Mantel, dem schwarzen Helm und den Stiefeln waren zu einer durchsichtigen, festen Form gefroren. Ich rannte los, um meine Mutter zu holen. Sie ließ den Wagen im Leerlauf stehen und eilte mit mir ins Feuerwehrhaus. Sofort erfaßte sie die Lage. Sie holte einen Hammer aus dem Werkzeugkasten und zerschlug das Eis auf den Schnallen von Jacks Mantel. Als sie die starre Schale noch immer nicht öffnen konnte, durchsuchte sie den ganzen Werkzeugraum, bis sie eine kleine, silberne Bogensäge entdeckte. Damit schnitt sie Jacks Mantel in Stücke. Sie wickelte Jack in ihren eigenen Mantel, behielt aber die Handschuhe an. Dann sägte sie noch ein Stück Schlauch ab, das lang genug war, um es unter seinen Armen durchzuziehen und um seine Brust zu schlingen, so daß wir ihn mit vereinten Kräften zum Wagen zerren konnten, der immer noch im Leerlauf lief, das Heizungsgebläse auf der höchsten Stufe.

Meine Mutter packte Jack auf den Beifahrersitz und kutschierte ihn nach Hause. Wie gesagt, meine Mutter läßt sich nie aus der Ruhe bringen, nichts überrascht sie. Sie hob nur leicht die Augenbraue, als ich sie fragte, ob der Mann durchkommen würde, und antwortete, ja, natürlich, ich solle mir keine Sorgen machen. Als wir nach Hause kamen, schritt sie um den Wagen herum, öffnete die Tür auf Jacks Seite und überprüfte seinen Puls. Sie schüttelte ihn leicht und fragte ihn nach seinem Namen. Er konnte ihn nicht aussprechen.

«Desorientiert», schloß sie und zog ihn aus dem Wagen. Gemeinsam schleiften wir ihn ins Haus. Meine Mutter rief im Krankenhaus an, aber wegen des Kälteeinbruchs hatten sich so viele Unfälle ereignet und außerdem gab es so viele Brandopfer, daß die Notaufnahme proppenvoll war.

«Nimm du den Hörer», sagte sie zu mir, während sie sich wieder Jack zuwandte.

«In warmes Wasser tauchen», erklärte der gestreßte Arzt. Ich gab ihr den Hörer schnell zurück.

«Ich kann das nicht ...», hörte ich sie sagen. «Ich habe

keinen Schlafsack ... Außerdem bin ich eine erwachsene Frau ... Er ist ein junger Mann. Ein Fremder ... Gut ... Gut ... Wir versuchen's dann erst mal mit dem Bad, ja.»

Wir führten Jack nach oben und dann den Korridor entlang ins Badezimmer. Er war halb ohnmächtig und verwirrt und registrierte gar nicht, daß wir da waren, aber er begann automatisch, sich auszuziehen. Meine Mutter schickte mich mit einer Handbewegung aus dem Raum und ließ die Wanne vollaufen, in die sie bereits ihre übliche spartanische Kappe Ivory-Spülmittel gekippt hatte.

Wenn es damit beendet gewesen wäre, wenn Jack Mauser in dem belebenden Wasser aufgetaut wäre und sich dann abgetrocknet und verabschiedet hätte, wäre alles einfach weitergegangen wie bisher – oder auch nicht, denn in Wahrheit war meine Mutter unglücklich. Ihre Ehe war zwar stabil, engte sie aber auch ein. Ihre Stellung als Gattin eines der wichtigsten Bürger Fargos war befriedigend und frustrierend zugleich. Alles, was Mrs. Lawrence Schlick tat, wurde zu einer Meldung in den Lokalnachrichten. Man beneidete sie um ihr Jahrhundertwendehaus, und man wünschte sich, daß sie die Initiative ergriff und mithalf, Gelder für die Bibliothek, für die Obdachlosenheime, für das Theater, für die im Entstehen befindliche Oper von North Dakota zu beschaffen. Sie war bekannt für ihre originellen, ja exzentrischen Blumenarrangements, die bei der Gartenschau immer Preise gewannen, für ihre Rezepte, für ihren Einsatz bei dem schrecklichen Problem der Betrunkenen, die auf den Eisenbahnschienen starben, und für ihre Zeitungskolumnen, die unverblümt Themen wie die berechtigte Angst der Hausfrauen vor dem Botulismus beim Einmachen zur Sprache brachten. Seit ihrer Rettung und meinem knappen Entrinnen war sie, kurz gesagt, eine vielbewunderte Frau geworden, die getan hatte, was sie konnte, um sich vor dem Wissen zu schützen, daß sie die Rechnung mit dem Tod noch nicht beglichen hatte.

Sie war zwei Leben schuldig und hatte erst eines zurückgegeben – meines. Bei Jack stand der Kampf auf Messers Schneide, aber ich zweifelte keinen Moment daran, daß sie gewinnen würde. Im Verlauf der Jahre hatte ich beobachtet, wie der harte Schutzschild, unter dem meine Mutter ihre Gefühle verbarg, sie zu einer ungeheuren Rastlosigkeit drängte. Unermüdlich, fast manisch kochte, gärtnerte und schrieb sie, leitete Versammlungen und leistete Wohltätigkeitsarbeit. Ihr Haus war wie geleckt, ihr Garten ein Wunderwerk aus gestutzten Hecken und Irisbeeten. An windstillen Sommerabenden, wenn sie nicht schlafen konnte, konnte sie auf die Leiter klettern und die Regenrinne säubern oder auf Händen und Knien die Teppiche schamponieren. Sie nähte meine Kleider nach teuren Schnittmustern, die sie extra im Stoffgeschäft bestellte. Sie tat zuviel, kam mit Fehlschlägen nicht zurecht. Einmal sah ich sie wegen eines mißratenen Orangenkuchens weinen. Er war wegen der Feuchtigkeit und ungleichmäßiger Backofentemperaturen zu flach geraten. Sie buk einen neuen, der selbstverständlich perfekt gelang. Ihre Haushaltsführung war militärisch exakt. Es war, als würde sie die Präzision und sportliche Disziplin ihrer Darbietungen mit den Kuklenskis auf den Alltag übertragen.

Sicher gelang es ihr meist, sich einzureden, es sei völlig normal, daß sie diese kleinen Aufgaben mit solch fanatischem Eifer anging. Vielleicht war ihr an jenem Abend nicht klar, daß ihr auf den ersten Blick so ungewöhnliches Verhalten in Wirklichkeit aus dem tiefsten Inneren ihres Wesens kam, das sich selbst retten wollte, indem es Jack rettete und dadurch dem Tod ein weiteres Opfer entriß.

Meine Mutter haßt den Tod, habe ich das schon erwähnt? Mehr als alles andere. Es empört sie maßlos, daß sie sterben muß.

Sie hatte Jack im Badezimmer eingeschlossen und war nach unten gegangen. Ich klopfte leise an die Badezimmertür, erhielt keine Antwort und öffnete. Jack lag gegen das bläuliche Porzellan gelehnt, die Lippen geöffnet. Verschwommenes Licht spielte über sein Gesicht, und der Anblick fesselte mich – seine Miene spiegelte eine undurchschaubare Mischung aus Konzentration umd träumerischem Genuß. Während das Blut in die gequetschten Nerven und abgestorbenen Gefäße zurückströmte, lockerten sich seine Glieder. Das geschah direkt vor meinen Augen. Ich klammerte mich an den Duschvorhang, unfähig, mich von diesem Schauspiel loszureißen, und während ich noch zusah, rutschte er langsam unter den milden Seifenschaum.

Meine Mutter trat hinter mir herein und packte Jack sofort an den Unterarmen, ein typischer Akrobatengriff. Sie zog ihn an sich und hob ihn aus der Wanne, wobei sie leise gurrte wie bei einem Kind oder einem Geliebten, obwohl er keins von beidem war.

Nachdem sie ihm aus der Wanne geholfen hatte, rubbelte sie ihn trocken. Er schwankte, begann wieder zu zittern und hatte noch immer diesen irren Blick. Plötzlich gaben seine Beine nach. Er sackte wimmernd zusammen und zitterte so heftig, daß meine Mutter ihn nicht mehr festhalten konnte. «Hol ein paar Wolldecken», befahl sie mir. «Und dann ab ins Bett.»

Sie wickelte ihn in eine dicke Decke und führte ihn in ihr Schlafzimmer. Sie packte ihn unter die Bettdecke und legte eine Decke nach der anderen oben drauf. Nichts half. Jack zitterte weiter so heftig, daß das ganze Bett wackelte. Schließlich zog sie im Dämmerlicht der offenen Badezimmertür ihr elegantes Kleid aus und deckte seinen Körper mit ihrem eigenen zu.

«Woher weißt du das?» fragte Marlis.
«Ich bin nicht ins Bett gegangen», erwiderte Eleanor.
«Das ist genau das Richtige bei Unterkühlung», warf Dot ein. «Man wärmt den Betreffenden mit der eigenen Körperwärme und bringt ihn ... äh, das Opfer, langsam auf die richtige Temperatur.»
«Deswegen hat sie's ja gemacht», stimmte Eleanor ihr rasch zu. «Aber andererseits war er ein Mann, egal, wie sie ihn behandelte. Und so kam es, daß sich alles veränderte.»
«Ich war ja noch ein Kind», fuhr sie fort. «Das dürft ihr nicht vergessen! Ich mußte rausfinden, was los war! Außerdem war die Nacht tödlich. Eine oder zwei Stunden, nachdem sie sich zurückgezogen hatten, sprang ich aus dem Bett und tappte durch den eisigen Tunnel des Flurs. Ich schlich so leise ins Zimmer meiner Eltern und glitt so vorsichtig unter die Decke, daß meine Mutter nicht aufwachte. Normalerweise trug sie ein Flanellnachthemd, roch nach Kokosnußhandcreme und strahlte eine gleichmäßige Wärme ab. In dieser Nacht nun rutschte ich ein bißchen näher, und als sie das Gewicht verlagerte, verströmte ihre Haut eine Hitze, die nach frischer Rinde und Geschirrspülmittel roch. Sie seufzte, rollte von Jack weg und legte einen Arm um mich, ohne aufzuwachen.

Erstaunen, Angst, Empörung und grimmige Befriedigung packte am nächsten Tag so manchen unserer früheren Freunde, als sie erfuhren, daß Mr. Lawrence Schlick, der Besitzer von Möbelgeschäften und Bestattungsinstituten, vom größten Autogeschäft der Stadt, von Aktien und nicht weniger als drei historischen Gebäuden, das Eheschlafzimmer in seinem frisch renovierten Haus betreten und seine Frau dort neben ihrem Geliebten vorgefunden hatte, ihre kleine Tochter dicht an sich gekuschelt. Ohne sie zu wecken, hatte er sein vornehmes Haus verlassen und war durch die gefrorenen Gärten von Fargos bester Wohngegend zu seinem Finanzverwalter gestapft, dann zu seinem Anwalt und schließlich, als es schon taghell war und die Bürozeiten begonnen hatten, ins Büro seines Steuerberaters, wo er frischen Kaffee trank und fast eine ganze Schachtel Donuts verdrückte, während er wie im Fieber dafür sorgte, daß seine Ehefrau nichts mehr unternehmen konnte, um auch nur einen Dollar von ihm zu bekommen.

Später saß er bei einem lokalen Immobilienhändler, einem Vetter von ihm. Er trug noch immer seinen Öltuchmantel und die Feuerwehrstiefel, nur den großen, goldverzierten Helm hielt er in der Hand. Um zwölf Uhr mittags hatte er sich bereits eine neue Wohnung gemietet und seine riesige Villa zum Verkauf freigegeben.

Sonst hatte Lawrence Schlick nach allen großen und kleinen Bränden immer im Feuerwehrhaus geschlafen. Er wollte den Geruch von verbrannten Dingen, von versengter Farbe und Rauch nicht so schnell vertreiben, weil er nach jenem Heldentum schmeckte, das im Alltagsleben der Menschen so selten eine Rolle spielt. Er schlief und duschte immer dort, ehe er in seiner normalen Kleidung zur Arbeit und nach Hause fuhr. Nur dieses eine Mal hatte er seine Gewohnheit durchbrochen, weil die Heizung im Feuerwehrhaus eingefroren war. Das hatte meine Mutter nicht gewußt. Und dann überschlugen sich die Ereignisse derart, daß ihr Tag gerade erst begann, als ihr Leben bereits gerettet und zugleich ruiniert war.

Sie hatte keine Ahnung, daß die Wände um sie herum zum Schleuderpreis feilgeboten wurden, daß ihr Name von

Bankvollmachten, Grundbuchauszügen und aus einem komplizierten Testament getilgt war. Sie wußte nicht, was für eine Geschichte mit unverhohlener Rachsucht dem Chefredakteur erzählt wurde, der ihre Kolumne druckte, sowie den Mitgliedern des Damenzirkels, der so etepetete war, daß er in Fargo nicht einmal einen Namen hatte. Jeder, der ihrem Mann auf der Main Avenue begegnete, ob er ihn nun persönlich kannte oder nicht, bekam die Geschichte serviert. Mein Vater erzählte sie zwischen den Samtkordeln in den Bankhallen. Kunden, die auf der Suche nach einem guten Gebrauchten sein Geschäft betraten, erfuhren von seinem schlimmen Schicksal. Und im Verlauf des Tages schmückte er das Geschehene immer mehr aus, obwohl seine Phantasie sonst keineswegs so übersprudelte. Wahrscheinlich wurden die verzweifelten Ausgeburten seines Kummers und seines erschütterten Vertrauens nur für bare Münze genommen, weil er als ausgesprochen nüchterner Mensch galt. Seine Frau betrog ihn schon seit Jahren! Mit unzähligen Männern! Sie besuchte Bars, das berüchtigte Pink Pussycat, das Roundup! Sie griff sich ihre Opfer bei High-School-Veranstaltungen und auf ihren Runden durch die Greyhound-Busstation! In Minneapolis! Anna fuhr tatsächlich dorthin, und zwar viel zu oft!

Inzwischen widerfuhren meiner Mutter in ihrem Heim, das demnächst verschwinden sollte, merkwürdige Dinge. Es begann damit, daß sie aus dem Bett springen wollte, das Jack Mauser soeben verlassen hatte – aber sie hatte keine Lust aufzustehen! Sie war eigentlich ein Morgenmensch, sonst war sie immer schon um sechs auf den Beinen. Ich wachte im warmen Schatten ihres Körpers auf. Ein Radiosprecher verkündete, daß heute die Schule ausfiel – es war ein Schneetag. In diesem grausamen, himmlischen Frieden kam alles zum Stillstand.

Ich stand auf, aber meine Mutter wollte nicht weiter gehen als bis ins Badezimmer, wo sie sich sofort eine Wanne einlaufen ließ. Ich hörte sie oben, während ich mir selbst Frühstück machte. Sie sang. Es klang sonderbar und wenig melodiös, und ich hatte keine Ahnung, was es bedeutete. Ich hatte meine Mutter noch nie singen hören. Noch dazu in der Badewanne! Ihre Stimme drang machtvoll durch die Tür. Ein Haufen Kleider bedeckte den sonst so makellosen Fußboden im Flur. Dank der Tatsache, daß gestern abend die Wasserhähne aufgedreht worden waren, waren die Leitungen intakt. Heißes Wasser strömte heraus, Dampf stieg zwischen ihren Beinen auf, und sie kippte ein ganzes Fläschchen teures Parfüm ins Wasser. Der exotische Duft wehte durch die Räume im Obergeschoß. Während sie sich dieser Fülle von Sinneswahrnehmungen hingab, erwachte sie wieder zum Leben. Die nächtliche Begegnung hatte den Bann gebrochen, hatte die Tünche ihrer Alleskönnerschaft abgewaschen, hatte sie zum Singen gebracht.

Indem sie Jack rettete, löschte meine Mutter die Vergangenheit aus. Sie war wieder sie selbst, die alte, und zu meiner Überraschung zeigte sich, daß sie extravagant und chaotisch war, daß sie eine scheußlich laute, unmelodische Stimme besaß und die Texte von Dutzenden von Liedern auswendig wußte.

Mittlerweile ist mir natürlich der Gedanke gekommen, daß sie und Jack während der Stunden, die ich geschlafen habe, möglicherweise doch Sex miteinander hatten, wild oder romantisch. Jedenfalls verhielt sie sich so, als wäre etwas Weltbewegendes geschehen. Ich habe sie gefragt, und sie leugnet es, aber das ist ja nicht anders zu erwarten. Ich kann's natürlich nicht mit Sicherheit sagen, aber ich halte es für wahrscheinlicher, daß der Rettungsakt für sie das Fingerschnippen des Hypnotiseurs war, der Dornröschenkuß, der Zauber, der sie vom Bann der Schuld befreite und in ein echtes, wenn auch problematisches Leben katapultierte.

Das Telefon klingelte nicht – sie erzählte mir später, die ungewöhnliche Stille sei ihr im Verlauf des Morgens zwar aufgefallen, aber sie sei so in ihre Gedanken vertieft gewesen, daß sie für den Mangel an Ablenkung dankbar war. Sie dachte, mein Vater hätte im Feuerwehrhaus zuviel zu tun, um sich zu melden, deshalb rief sie auch nicht die Telefongesellschaft an, um die Leitung überprüfen zu lassen, was sie normalerweise getan hätte.

Das Telefon war jedoch abgestellt. Mein Vater hatte dafür gesorgt. Er hätte alles abstellen lassen – Gas, Heizung, Strom, Wasser, am liebsten auch die Luft. Er hätte das Holz aus dem Kamin geholt, die Lebensmittel aus den Küchenschränken, die Kleider aus den schönen Schränken meiner Mutter und aus den duftenden Kommoden und der mottensicheren Dachkammer. Auch mich hätte er mitgenommen, bloß daß er den Anblick seiner vorher so heißgeliebten Tochter nun plötzlich nicht mehr ertragen konnte. Er hätte das ganze Haus abgetragen, jede Schraube, jede Leitung. Aber er mußte sich mit dem Möglichen zufriedengeben. Auch für ihn hatte sich alles verändert.

Obwohl mein Vater eigentlich kein rachsüchtiger Mensch war, entdeckte er zu seinem großen Erstaunen, daß er ein leidenschaftlicher war. Seine Liebe zu Anna war eine lodernde Flamme, eine Wunde, eine Notwendigkeit. Das hatte er nicht gewußt. Der Schock brachte ihn aus dem Gleichgewicht, und er stürzte sich in einen Rausch von Eifersuchtstaten. Eines ergab das andere, und als meine Mutter sich schließlich doch aus dem Bett bewegte und ihrem Ehemann in Vorfreude auf seine späte Rückkehr sein Lieblingsessen zubereitete, buchte er gerade eine Reise nach Haiti. Als sie Hefebrötchen knetete und dann die Teigstücke zwischen Daumen und Zeigefinger rollte, ordnete er seine Papiere. Als sie einen großen Kürbis stampfte, den sie in süßer Butter gedünstet hatte, versuchte er, ihren Wagen zurückzugeben. Sie wusch grünen Salat und riß ihn in kleine Stücke. Er rief ihre Familie in Montana an, um sie zu informieren. Sie bepinselte und würzte den letzten großen Rinderbraten, den sie sich auf Jahre hinaus leisten konnte. Er hob von all ihren Minikonten die bescheidenen Geldsummen ab, von denen er ihrer Meinung nach gar nichts wußte und die sie in der Vergangenheit immer nur dazu benutzt hatte, um ihm Überraschungsgeschenke zu kaufen. Sie öffnete den Deckel eines Glases mit Pfefferbeerenmarmelade, die ihr Mann besonders mochte, und schaute auf das Zifferblatt ihrer teuren Armbanduhr.

Sie runzelte die Stirn, klopfte auf die Uhr. Sie steckte ein Fleischthermometer in den Braten, und dann vergaß sie alles und blickte hinaus auf den Rasen, in die dunkelbraunen Hecken und die steifen, dürren Kugeln der unbeschnittenen Hortensien. Ich beobachtete sie, wie sie überlegte und dabei mit den Händen nervös auf die geschnitzte Armlehne ihres Sessels klopfte, während der Braten hart, trokken und braun wurde.

«Dein Vater hat noch immer nicht angerufen», sagte sie leise zu mir. «Da ist irgend etwas faul.» Und dann lächelte sie so fröhlich, so frei und unbeschwert, daß ich mich fast darüber freute, daß etwas faul war.

Was sollte sie tun? Wohin gehen? Was würde mit mir geschehen?

Im Sturm ihrer Gefühle nahm sie mich in die Arme und wiegte mich. Während sie in ruhigem Rhythmus hin und her schaukelte, überkam mich ein tiefes Wonnegefühl. Sie war glücklich, unendlich glücklich, und ich spürte ihre

Leichtigkeit. Wir schwebten auf dem Sessel. Ihre Freude war ein blaues, ozeanisches Gefühl, aber es war auch scharf und spitz, und es blitzte durch jeden Nerv und ließ mich strahlen, als läge ich in einem kühlen elektrostatischen Feld, das noch vor Spannung pulste. So überträgt sich schon vor der Geburt die Freude unserer Mutter auf uns, sinkt in jede Zelle unseres Körpers, formt den Geist, liefert den Schlüssel der Wahrnehmungsfähigkeit.

Und was war mit Jack Mauser, dessen Körper sie ins Leben zurückgeholt hatte, nur um sich selbst zugrunde richten zu lassen? Er studierte Ingenieurwesen an der Universität von North Dakota, war Teilzeitfeuerwehrmann und verbrachte seine Freizeit auf der Farm seines Onkels gleich außerhalb von Fargo, wo er fanatisch an den Motoren von Traktoren und teuren ausländischen Wagen herumbastelte. Jack hat mir erzählt, er habe am nächsten Tag gearbeitet und sich in den Mysterien eines alten Mercedes verloren. Die Frau jedoch, die ihn in seiner Agonie aus dem Badewasser gezogen hatte, als es ihm in jedem einzelnen Muskel zuckte, meine arme, gute Mutter, begriff allmählich, daß ihr Mann nicht nach Hause kommen würde.

Als Kind hatte sie vom Fenster ihres Zimmers aus die düsteren Berge über Hungry Horse gesehen, die sich vor dem Himmel auffalteten. In der Dämmerung waren ihre Umrisse wie ein zerrissener Streifen grauen Millimeterpapiers gewesen. Vielleicht glaubte sie auch jetzt in eine endlose Weite zu blicken, in der nichts zu erkennen war. Ich spürte eine Bewegung in ihr, etwas Tiefes, Wildes. Ich kroch in ihren Zauberkreis. Schloß mich ihrem wundersamen Frieden an, und in dieser Nacht schliefen wir beide den Schlaf tiefer Zufriedenheit. Das war ein Glück für meine Mutter, denn sie brauchte einen klaren Kopf, um nicht das Gleichgewicht zu verlieren, als ihr Mann ihr den üppigen Geldteppich, das Plüschpolster ihres Luxuslebens, unter den Füßen wegzog.

Ihr Leben ging völlig den Bach runter, wie die Gäste in der Bar, wo sie schließlich Arbeit fand, sich ausgedrückt hätten. Der Sturz in den Ruin erfolgte blitzschnell, war irreversibel, fast fröhlich. Als sie erfuhr, was ihr vorgeworfen wurde, packte sie der Stolz. Auch mich packte der Stolz. Sie lehnte jedes Arrangement ab, sogar eine Scheidung, denn sie war und ist eine überzeugte Katholikin, die den großen Strom des Lebens mit Hilfe der Steine des Dogmas zu überqueren versucht. Selbstverständlich tritt sie nur auf jene, die nicht unter ihren Füßen wackeln. Sie glaubte an die Ehe, hielt ihr Gelübde. Wir verließen das Haus der Familie Schlick und nahmen nur mit, was wir in das Auto packen konnten, das meine Mutter bald darauf verkaufen mußte. Das heißt, nicht viel mehr als unsere Kleider.

Wie ein Schlittenfahrer, der mit einem lauten Schrei über eine Klippe saust, verschwand unser altes Leben in der Versenkung. Ich höre den Widerhall noch heute. Es geschah innerhalb eines Monats und war auch irgendwie aufregend, hatte den Reiz des Neuen. Vom schönsten Haus der ganzen Stadt zogen wir in eine Dreizimmerwohnung im ersten Stock eines Gebäudekomplexes, der so mies gebaut war, daß der Boden wackelte und der Gips rieselte, wenn der Empire Builder aus Westen einfuhr. Jeden Abend, wenn meine Mutter von der Arbeit nach Hause kam, mußte sie sich im Treppenhaus festhalten und abwarten, bis er vorüber war. Nach dem Gewächshaus und dem riesigen Garten, in dem jede Blume und jeder Strauch angepflanzt war, die mit der kurzen Wachstumsperiode in North Dakota zurechtkamen, konnten meine Mutter und ich jetzt nur noch in Kaffeedosen ein paar Geranien ziehen. Von der vornehmen Küche zur Kochnische, von den breiten Betten und geblümten Tagesdecken zu einer Koje in meinem Zimmer und einem brettharten Klappsofa in ihrem. Keine Badewanne mehr, nur eine Dusche mit schiefem Strahl. Bei Wind klapperten und schepperten die Fenster, und im Sommer speicherte die Seitenwandung aus Aluminium die Hitze und buk uns wie Brot in einer Blechdose. Wir hatten das Hochzeitsgeschirr zurückgelassen und aßen von nicht zusammenpassenden Sammeltellern, die wir für zehn Cent das Stück in der New Life Mission kauften. Wir besaßen selbstverständlich noch unsere teuren Kleider, aber es bot sich keine Gelegenheit, sie zu tragen, und keine Aussicht, neue zu kaufen.

Und doch gab es für meine Mutter spürbare Verbesserungen. Sie mußte nicht mehr überlegen, was sie für die Zeitung schreiben und für den Wohltätigkeitsbasar backen sollte oder wann die Versteigerung fürs Rote Kreuz stattfand. Sie marschierte nicht mehr mit der Ladies Auxiliary Society, sie leitete keine karitativen Sitzungen mit den anderen Gattinnen prominenter Männer. Sie veranstaltete keine großen Grillpartys im Haus am See und mußte nicht an das Motorboot denken. Sie mußte nicht mehr das riesige Haus in Ordnung halten, anderen Leuten Anweisungen geben oder hinter einer Gruppe von Pfadfinderinnen herräumen. Es durften überhaupt keine Pfadfinderinnen mehr in ihre Nähe kommen, und das war gut so, denn sie merkte, daß sie, von ihrer eigenen Tochter abgesehen, die in Fargo aufwachsenden Mittelschichtmädchen nicht ausstehen konnte und die meisten ihrer Mütter und Väter auch nicht, und in diesem Haß steckte etwas so Befriedigendes und Befreiendes, daß sie sich von einer gepflegten, recht kompakten und hübschen mittelalten Frau in ein Geschöpf verwandelte, das je nach Beleuchtung absolut phantastisch aussah.

Das lag vor allem daran, daß das, was die Leute über sie

sagten, absolut zutraf. Sie kannte keine Scham. Möglicherweise war sie die einzige Frau in ganz North Dakota, die in diesem Stand der Gnade lebte.»

Eleanor schwieg und versenkte sich in ihre Gedanken, sammelte sich für den Rest ihrer Geschichte. Sie rückte ein bißchen näher an Dot heran. Der Atem der Frauen hatte die Fenster bereits mit weißem Samt bedeckt. Jedes Wort, das Eleanor sagte, trug zu dem Eismuster bei. Die Vorstellung gefiel ihr. Da saßen sie, alle miteinander, eingeschlossen in die gesprochenen Wörter, zugleich gerettet und abgeschnitten durch die Erzählung, die durchs Dunkel schwebte und sich in kristallinen Mustern auf den Fensterscheiben von Jacks Explorer niederschlug.

Muß ich mir merken, schrieb sie. Die Tinte in ihrem Stift war gefroren und hinterließ keine sichtbare Spur, aber in der Dunkelheit konnte sie das nicht sehen, deshalb krakelte sie erregt weiter auf das linierte Blatt. *Wenn dem so ist, dann bedeutet es auch, daß man einen Teil der Vergangenheit auslöscht, wenn man auf das Fenster haucht und ein schwarzes Loch entstehen läßt. Wenn alles gesagt und getan ist und wir gerettet sind, wird dieser kathartische Bericht vielleicht helfen, unbewältigte Gefühle für Jack zur Ruhe zu betten.*

6. Januar, 1 Uhr 27 *Der rote Unterrock*
Eleanor

Ich machte Jack Mauser für unsere schreckliche Lage verantwortlich. Jedesmal wenn meine Mutter mit einem ungedeckten Scheck bezahlte, jedesmal wenn der Hausbesitzer anrief und Vorschläge machte, wie wir unsere Miete auch ohne Geld bezahlen könnten, jedesmal wenn unser Telefon abgestellt wurde, gab ich Jack Mauser die Schuld. Ich gab ihm die Schuld an dem Baum, dessen Zweig unser Fenster kaputtschlug. Ich gab ihm die Schuld an der scharrenden braunen Ratte, die in unserer Wand hauste, am lauten Brummen unseres Kühlschranks, am Fehlen eines Klaviers und daran, daß die Hand meiner Mutter unaufhaltsam steif wurde – eine frühzeitige Arthritis von der gräßlichen Putzarbeit in der Bar.

Ich beschloß, daß der Gerechtigkeit Genüge getan werden mußte. Jeden Sonntag in der Messe kniete ich nach dem Abendmahl neben meiner Mutter und betete um eine Lösung. Vielleicht würde mir Jack noch einmal halberfroren vor die Füße stolpern. Dann würde ich ihn sterben lassen. Jeden Samstag, am stillen Nachmittag, beichtete ich meinen Wunsch und wurde von seiner Last befreit.

Als Teenager hatte ich mir schon tausend, hunderttausend Todesarten für Jack Mauser ausgemalt – er brach im Eis ein, er aß vergifteten Kuchen, er wurde von einem tollwütigen Löwen zerrissen, der aus einem durchreisenden Zirkus entwichen war. Aber ich ließ ihn nicht immer durch einen Unfall sterben. Manchmal erschoß ich ihn auch, oder ich erschlug ihn mit einem schwarzen Hammer. Ich überfuhr ihn mit einer Straßenkehrmaschine, mit einer Teerwalze, mit einem John-Deere-Traktor, mit einem Mähdrescher, mit einem Maiskolbenpflücker. Wen wundert es da noch, daß sich solch angestauter Haß in Liebe verwandelte?

Jedenfalls hatte ich Jack Mauser so oft umgebracht, daß ich schon fast glaubte, er sei wirklich tot. Deshalb war ich überrascht, als ich ihn eines öden Nachmittags bei einem Pseudoeinkaufsbummel durch DeLendrecies plötzlich quicklebendig vor mir sah. Er schlenderte durch einen Gang mit Kristallwaren direkt auf mich zu. Ich versuchte mich abzulenken. Ich nahm irgendwelche kleinen Vasen in die Hand, studierte die Preise, hielt sie gegen das Licht, um eventuelle Mängel zu entdecken – als könnte ich dafür bezahlen. Ich hatte gerade eine Vase aus Kristallglas in der Hand, als Jack neben mich trat und mich begrüßte.

«Hey.» Seine Stimme war angenehm, neutral, unverkrampft. Er erkannte mich nicht, ich kam ihm nur bekannt vor.

Es schien mir nicht richtig, daß wir da so nah beieinanderstanden und die ganzen zerbrechlichen Gegenstände um uns herum heil blieben. Als Jack Mauser mich anlächelte und irgendeine belanglose Bemerkung machte, öffnete ich die Hand. Die Vase fiel mit einem so lauten Klirren zu Boden, daß es richtig nachhallte, ein so hohes, schrilles, eindeutiges Geräusch, daß die Leute sich nach uns umdrehten. Jack zuckte zusammen und musterte mich argwöhnisch. In diesem Augenblick stockte mir der Atem und stach dann zu, ein rostiges Messer, das Ende meiner Kindheit, und dann atmete ich von einem tieferen, heißeren Ort aus weiter. Es war keine große Tat, aber es schien mir meine erste als erwachsene Frau.

Nur war sie noch nicht abgeschlossen.

Jack bückte sich automatisch und höflich, um die hauchdünnen Scherben aufzusammeln. Als er mit der Hand danach griff, trat ich zu und drückte seine Handfläche in das Glas.

Er starrte mit weitaufgerissenem Mund zu mir hoch und sah in seinem fassungslosen Schmerz richtig gut aus. Ich kam mir plötzlich vor wie ein anderer Mensch, als lebte ich zwar noch in meiner Haut, würde aber mit aller Macht mein altes Wesen sprengen. Ein warnender Schauder fuhr mir durch die Brust, und dann saß dort ein Eiszapfen, krumm und schimmernd. Ich hatte noch nie einem anderen Menschen absichtlich weh getan. Was ich da tat, war derart abwegig, daß noch nicht mal die Zehn Gebote es untersagten.

Ich bekam einen trockenen Mund. Vor Aufregung. Ich konnte nicht sprechen.

Er war stocksauer. «Nimm deinen blöden Fuß von meiner Hand!»

Ich trat noch fester zu, bis er einen Schmerzenslaut von sich gab. Wenn er seine Hand zurückgezogen hätte, hätte er den Schmerz noch verschlimmert; wenn er den anderen Arm gehoben hätte, wäre er aus dem Gleichgewicht gekommen. Ein Verkäufer und mehrere Kunden hatten sich inzwischen um uns versammelt und glotzten entgeistert.

«Nimm gefälligst deinen Fuß weg», zischte Jack.

«Wir haben dir das Leben gerettet, Jack», sagte ich. «Meine Mutter und ich. Und du bist einfach abgehauen, hast dich nicht mal bedankt und auch nie angerufen oder meinem Vater gesagt, was *nicht* passiert ist. Du hast dich einfach aus dem Staub gemacht.»

«Nein, verdammt noch mal! Geh von meiner Hand runter.»

«Du wirst mir helfen. Ruf meinen Vater an!»
Ich ließ es ihn zweimal, dreimal versprechen, während der Manager mich wegzuzerren versuchte.

Plötzlich schweifte Eleanor ab. «Es war zu alldem auch noch eine teure, mundgeblasene Vase! Ich hätte lieber was Billigeres runterschmeißen sollen! Die ganze Woche hatte ich kein Geld fürs Mittagessen – und das Glas war natürlich völlig zersplittert.»

«Hast du die Scherben noch?» wollte Dot wissen.

«In einer kleinen Tüte», erwiderte Eleanor.

«Du bist pervers», meinte Marlis anerkennend. «Ich hab's gewußt. So was merke ich gleich.»

«Neurotisch», korrigierte Eleanor sie. «Das nennt man ‹neurotisch›. Ich will nicht behaupten, daß ich psychisch absolut gesund bin – schließlich bin ich katholisch. Wie könnte ich heutzutage Katholikin sein und gleichzeitig normal? Ich passe mich dem Leben und den anderen Menschen an, entwickle Strategien. Sadismus war eine Überlebensstrategie.»

«Das kann jeder sagen.» Candice gähnte. «Stell dir vor, ich wäre deine Zahnärztin und käme mit so einer Ausrede an.»

Aus dem nachdenklichen Schweigen, das auf ihre Bemerkung folgte, schloß Candice erfreut, daß sie mit ihrem Argument ins Schwarze getroffen hatte.

«Wochen vergingen», fuhr Eleanor fort, «und Jack rief Lawrence Schlick nicht an. Im Lauf der Jahre hatte ich meinem Vater immer wieder anonyme Briefe geschrieben, in denen stand, daß zwischen seiner Frau und Jack Mauser nichts vorgefallen war, aber mein Vater erkannte meine verstellte Handschrift. Meine Mutter sagte nie etwas dazu. Die beiden verschanzten sich trotzig in getrennten Leben.

Ich versuchte, meinen Vater für den Schmerz verantwortlich zu machen, den er meiner Mutter und mir mit seiner Sturheit zufügte, aber das wollte mir nie recht gelingen, denn mit der Nacht, als er Jack Mauser in seinem Schlafzimmer antraf, begann für meinen Vater eine Serie von Mißerfolgen, die in ihrer Dramatik fast schon bewußt herbeigeführt schienen.

Vieles ging ihm verloren, weil er sich einfach um nichts mehr kümmerte. Und zwar nicht nur irgendwelche Kleinigkeiten, sondern beispielsweise eine ganze Lieferung nagelneuer Autos. Er kaufte schlecht ein, spekulierte mit Wasserbetten. Er lagerte Inventar, vergaß es. In einer windigen Nacht gefror eine ganze Lagerhalle voller Matratzen für Wasserbetten, die er dort aufgestellt und aufgefüllt hatte. Sie platzten, und als die Heizung ansprang, überflutete das Wasser das halbe Warenlager von Karpet Kingdom, was der Firma über Jahre zu schaffen machte und sie schließlich in den Konkurs trieb. Sein Geschäftssinn ging flöten. Er konnte sein Haus nicht verkaufen, es aber auch nicht instand halten, was ihn wenig störte. Offenbar ließen ihn nur die Toten nicht im Stich, denn das Bestattungsinstitut machte gute Umsätze, auch wenn alles andere in die roten Zahlen kam. Vielleicht lag das daran, daß Beerdigungen der einzige Aspekt seiner unternehmerischen Tätigkeit waren, der ihn noch interessierte. Er ließ in der Zeitung eine Kolumne mit guten Ratschlägen drucken: ‹Lebendige Fakten zum Thema Tod›. Er plante die Arrangements von Familientrauerfeiern und spielte mit dem Gedanken, noch eine Ausbildung in Sachen Bestattungswesen zu machen. Am Ende, als ihm praktisch nur noch sein Haus und das Bestattungsunternehmen geblieben waren, beschloß er, das eine im anderen anzusiedeln.

Er beauftragte ein Bauunternehmen mit der Renovierung des vornehmen viktorianischen Hauses, das meine Mutter gehaßt hatte. Den Zugang säumten ungewöhnlich stattliche Eiben. Mein Vater wußte instinktiv, daß der schöne Weg den Trauernden Trost spenden konnte. Aber ansonsten trennte er sich von vielen Dingen, die ihm früher wichtig gewesen waren. Er ließ etwa den eleganten Salon mit dem Mahagoniholz und den Bleiglasfenstern in einen Aufbahrungsraum umbauen und spürte, daß diese Entscheidung richtig war. Sie gehörte zum Trennungsprozeß. Mit jedem Abschied fühlte er sich leichter, freier und fähiger, sich an das Undenkbare heranzuwagen.»

Zur gleichen Zeit entstand in meinem Kopf ein Angriffsplan. Ich hatte lange genug gewartet. Wenn ich Jack verführte, würde das meinem Vater beweisen, daß zwischen Jack und meiner Mutter nichts gewesen war. Er würde darum betteln, sie zurückholen zu dürfen. Verquer. Indirekt. Aber so arbeitet mein Gehirn. Ich brauchte Jack nur anzurufen und mich für den Vorfall im Kaufhaus, für meinen Fuß auf seiner Hand und dem Glas zu entschuldigen. Ich brauchte mich nur verfügbar zu machen, weil ich an seinem Blick, an der Art, wie er auf mich zugegangen war, genau gemerkt hatte, daß er sich für mich interessieren könnte. Ich wußte es einfach. An diesem Abend rief ich die Nummer von Jacks Onkel an, dem die Farm am Stadtrand von Fargo gehörte.

Jack nahm den Hörer nach dem vierten Klingeln ab.

«Ich bin's, Eleanor Schlick. Tut mir leid, daß ich dir auf die Hand getreten bin», sagte ich. «Ist alles in Ordnung?»

Es knisterte in der Leitung. Entweder hatte ich bei unserer ersten Begegnung sein Interesse für immer gewonnen, oder ich hatte ihn total abgeschreckt. Aber er hatte keine Angst. Jack doch nicht.

«Bist du immer so?» Seine Stimme war tief und klar und voll argwöhnischer Neugier.

«Kann schon sein.»

Ich spürte, daß sein Interesse wuchs.

«Gehst du oft aus, hast du 'nen Freund?»

«Ich hab mich für dich entschieden», sagte ich.

Es folgte eine komische, fast bedauernde Pause am anderen Ende der Leitung, dann erneutes Interesse. Dann Pläne.

Eigentlich war es ganz einfach: Ich traf ihn an einer Straßenecke. Um acht waren wir schon in den Feldern am Stadtrand, fuhren über die geschotterten, vereisten und menschenleeren Wege, die zwischen den Feldern untereinander verbunden waren und nirgendwohin führten. Manchmal war von weither ein Auto zu sehen. Die Scheinwerfer streiften kurz über das Innere des Wagendachs. Wir hatten Jacks Silverado genommen, einen Pickup, den er mit dem Geld gekauft hatte, das er im Sommer auf dem Bau verdient hatte. Wir machten die Lichter an, und es wurde langsam warm im Auto. Wenn der Wagen nicht abbog, sondern näher kam, fuhren wir ein Stück weiter, nackt wie wir waren, bis wir eine Stelle fanden, die noch abgelegener war, aber sicher genug, daß wir nicht steckenblieben so wie wir jetzt.

Hier hörte Eleanor auf zu erzählen. Die anderen warteten.

«Details?» erkundigte sich Candice.

Eleanor mißfiel der bohrende Tonfall, deshalb sprach sie nicht weiter. «Hier drin wird's langsam stickig. Wir sollten lieber mal nachsehen, ob der Auspuff frei ist. Wenn ihr eine Kette bildet und mich festhaltet, gehe ich raus.»

Die anderen Frauen rappelten sich auf. Eleanor quetschte sich durch das Fenster auf der Beifahrerseite und hielt dabei Dots Hand fest. Eingehüllt ins Brausen des Windes, tasteten sich dann beide seitlich am Wagen entlang zu Candices Seite der Rückbank. Candice öffnete ihre Tür und stieg aus. Mit der einen Hand klammerte sie sich an Dot, mit der anderen an Marlis. Marlis rief nach hinten, aber der Tramper, der sich zu einem weichen, atmenden Bündel zusammengerollt hatte, war nicht wach zu bekommen. Also hakte Marlis einen Arm ins heruntergelassene Wagenfenster, während die Frauen die Kette zum Auspuff hin spannten. Eleanor grub mit ihrem Fäustling im Schnee – da war eine Art Schacht unten am Kotflügel. Sie schaffte es, den Schnee wegzutreten und beugte sich dann hinunter, um in der rabenschwarzen Dunkelheit nach dem Auspuffrohr zu tasten und es möglichst gründlich zu reinigen. Aber während sie all diese schwierigen, überlebenswichtigen Dinge tat, wanderten ihre Gedanken. Sie dachte an die Details, die sie den anderen vorenthalten hatte.

Als der Wagen hält und er die Scheinwerfer ausmacht, sausen die Sterne herunter. Die gefrorenen Felder scheinen von innen heraus zu leuchten wie irisierende Platten, als unsere Augen sich allmählich der Dunkelheit anpassen. Es ist ja nicht so, als wären wir aus irgendeinem anderen Grund hier, also hören wir auf zu reden.

Er ist in mir, und schon kommt er. Wir müssen so beginnen, sozusagen zur Begrüßung. Wir neigen die Köpfe einander zu und schließen die Augen. Er überlegt, wie er weiter mit mir schlafen möchte, plant genau, damit er es weiß und der Ablauf in seinem Kopf gespeichert ist, wenn es dann soweit ist. Ich knie mich über ihn, umfange ihn mit den Beinen, beginne ihn zu berühren, gleite über ihn, höre auf, wenn er sagt, ich soll aufhören.

Eleanor torkelte gegen den Wagen; wie eine unsichtbare Hand warf der Wind sie um. Dot gelang es, ihr aufzuhelfen. Langsam kämpften sich die Frauen zurück ins

Innere, wo sie sich auf die Sitze fallen ließen. Drinnen schien es kälter zu sein als draußen, aber unglaublich still nach dem Brausen des Windes. Dot startete den Motor und ließ ihn ein paar Minuten laufen, bevor sie die Heizung anmachte.

Er dreht mich behutsam auf den Rücken und kniet vor mir, die Schenkel unter meinen Hüften. Sein Kopf drückt gegen die plastikbezogene Wagendecke. Er umfaßt meine Taille. Er lächelt, seine schrägstehenden Augen sind dunkel vor verborgenen Gedanken, und die Lichter des Armaturenbretts beleuchten uns mit ihren falschen Farben. Unter den Matten hervor und durch die Türdichtungen dringt eisige Luft, und uns ist teils heiß, teils sind wir taub vor Kälte. Ich bin zu allem bereit. Er kommt in mir, noch einmal, leise und gefühlvoll, blickt mir dabei in die Augen. «Du bist's», sagt er. «Ich weiß es.» Ich antworte. Selbst auf dem breiten Vordersitz ist nicht genug Platz, und Jack ist groß. Er kann sich nicht ausstrecken, und nach einer Weile geht uns diese Einschränkung auf die Nerven. Wir schieben den Sitz so weit wie möglich zurück und sitzen nackt da. Warme, trockene Luft weht auf uns wie Balsam. Gleich wird er fragen, und ich werde antworten, wir werden über unsere Liebe reden. Unsere Liebe. Wir diskutieren darüber, als wäre sie außerhalb von uns, heben mit klinischer Präzision Dinge hervor, und dann fallen wir wieder übereinander her, und wir machen weiter, wir ficken wie blöd, immer wieder, bis wir beide weinen, bis es Zeit ist, den Pickup zurückzubringen.

Manchmal gehen wir anschließend – und das gefällt mir fast so gut wie das Parken auf den Feldwegen – noch ins Restaurant. Wir haben ein Lieblingsrestaurant, ein echtes, das zu keiner Kette gehört und die ganze Nacht geöffnet ist. Es ist klein, langgestreckt, eng, hat überall Spiegel. Die

Nischen sind aus Holz, und es riecht nach brutzelndem Fett, nach gebratenen Zwiebeln, Kaffee und Zigarettenrauch. Das Roastbeef-Sandwich kommt auf Weißbrot mit einem Blatt Salat, und das Fleisch ist immer schiefergrau und sehnig. Ich bestelle Frühstück. Er bezahlt. Der dicke, weiße, ovale Teller, glitschige Bratkartoffeln und überbackene Spiegeleier mit geschmolzenen Butterkreisen, trockenem Toast, Ketchup. Ich esse schnell, schlinge, lasse nichts übrig, tunke stumm den Toast in Eigelb und Butter. Manchmal sieht er mir zu, und das ordentliche, trockene Dreieck seines Sandwiches liegt unberührt auf dem Teller. Als ich mit dem Essen fertig bin, stopft er sich das ganze Sandwich auf einmal in den Mund, kaut, schluckt, ohne je den Blick von mir zu wenden. An der Art, wie wir miteinander essen, merkt man, daß wir sehr, sehr verliebt sind.

Wie konnte ich nur solche Gefühle haben und mir nicht wünschen, daß sie ewig halten, trauerte Eleanor. Es krampfte ihr das Herz zusammen. Ich habe ihn einmal weggeschickt und noch mal und dann noch mal. Er ging nach Westen, blieb ein Jahr fort. Vielleicht war der Sex noch zu neu für mich. Ich konnte mich nicht darauf einlassen, wußte nicht, daß wir unserem Körper zu Dank verpflichtet sind. Vielleicht war ich auch schockiert von der unerwarteten Liebe, die ich für ihn empfand, da ich ja ursprünglich nur mit ihm ausgegangen war, um meine Eltern wieder zusammenzubringen. Wahrscheinlich trifft eher das zu. Wie dumm, wie egoistisch! Ich dachte, wenn mir Sex mit dem ersten Mann solchen Spaß macht, sind andere Männer vermutlich noch besser. Wie gierig! Ich wollte mich nicht festlegen, ehe ich sie alle ausprobiert hatte, jeden einzelnen.

«Was ist dann passiert?» unterbrach Dot Eleanors Gedanken. «Mit deiner Mutter und deinem Vater, mit Jack? Was ist passiert, als du ihnen von ihm erzählt hast?»

«Zuerst hat sich gar nichts getan», antwortete Eleanor. «Sie haben überhaupt nicht reagiert. Enttäuschend. Ich beschloß, noch einen Schritt weiterzugehen.»

Sie rieb sich heftig das Gesicht, um die Erinnerungen zu vertreiben. Ihr Herz schlug in panischer Trauer – er durfte nicht tot sein, das ging doch einfach nicht! Komm zurück! Sie war wütend vor Sehnsucht. Die widerstreitenden Gefühle, die sie empfunden hatte, als er noch lebte, waren jetzt zu einem ganz unmittelbaren Verlangen verschmolzen. Aber da Dot wartete und mit den behandschuhten Händen leicht auf das Lenkrad klopfte und im Sitz rukkelte, um sich warm zu halten, griff Eleanor ihre Erzählung dort wieder auf, wo sie aufgehört hatte.

Ich kam gerade mit einer Tüte Lebensmittel zur Hintertür herein, als ich meine Mutter und meinen Vater sah. Sie starrten mich reglos an, wie aus alten Porträts. Seit vielen Jahren saßen sie das erste Mal wieder gemeinsam am Küchentisch, beide mit verschränkten Armen. Sie wußten Bescheid. Sie hatten diesen erstaunten, unsicheren, argwöhnischen Gesichtsausdruck von Leuten, die einen gleich etwas Schwieriges fragen werden. Ich kam ihnen zuvor.

«Hat Jack euch schon gesagt, daß wir heiraten?»

Meine Mutter schwieg. Ihre tiefen Augen erwiderten meinen Blick.

Sie hat mich einmal gerettet. Sie hat mich zweimal, dreimal gerettet. Aber diesmal hatte ich eine so komplizierte Lage geschaffen, daß sie nicht wußte, wie sie reagieren sollte. Sie verharrte mitten in der Luft, streckte alle Fühler aus, setzte ihren ganzen Instinkt ein, um zu verstehen.

«Dann stimmt es also?»
Das klang leichthin und unverstellt, nur fragend.
Ich senkte den Blick. Um mich bestätigt zu fühlen, wollte ich unbedingt, daß sie mein Verhalten mißbilligte, also log ich. «Ich bin schwanger. Er ist der Vater.»
Einen Moment lang sah ich ihre Fassung bröckeln. Sie riß die Augen auf, und ein funkelnder Blick strich herausfordernd über meinen flachen Bauch. Ihr Gesicht verzerrte sich, als wollte es auseinanderbrechen, aber dann bekam sie sich wieder in die Gewalt.
«Du wirst bestimmt eine gute Mutter», sagte sie ernst, und augenblicklich wurde mir ganz flau vor Schreck. Kaum war sie einverstanden, wollte ich Jack los sein. Er trank zuviel, seit er von den Ölfeldern zurückgekommen war, redete komisches Zeug, wenn er blau war. Ich wollte, daß meine Mutter es mir verbot, daß sie sagte, ich sei dabei, einen Fehler zu machen, und schwanger sei ich auch nicht, das wisse sie genau. Wenn sie Widerstand leistete, konnte ich wütend werden und mein Verhalten mit einem rebellischen Ausbruch rechtfertigen.
«Du wirst *Großmutter* werden.» Ich war verzweifelt.
Als ich das gesagt hatte, bekam ich plötzlich fast wie zur Strafe für meine versuchte Grausamkeit, die sie nur mit einem Lächeln quittierte, einen Schwächeanfall. Übelkeit stieg in mir hoch, und ich setzte mich auf den Fußboden. Mein Vater kniete sich neben mich und kontrollierte meinen Puls.
«Es geht schon», beruhigte ich mich selbst.
Ich staunte über die Reaktion meines Körpers, denn ich war ja nicht schwanger. Es war Spätherbst, und ich trug eine schwere blaue Jacke mit dunkelviolettem Seidenfutter. Der Stoff fiel in einem gleichmäßig zerdrückten Kreis um mich herum. Ich sah aus wie die Jungfrau Maria oder ir-

gendeine Märtyrerin. Plötzlich fand ich alles unendlich langweilig. Ich wollte nicht heiraten, wollte kein Kind – in Wahrheit liebte ich Jack in der einen Minute und konnte in der nächsten seine Nähe nicht ertragen. Ich hatte mich mit meinen Gefühlen dermaßen in die Ecke manövriert, daß ich nun nicht mehr herauskam. Trotzdem hielt ich fast gegen meinen Willen Kurs.

Obwohl ich das mit dem Baby erfunden hatte, merkte ich, wie die vorgetäuschte Schwangerschaft in der folgenden Woche schnell voranschritt. Manchmal schien das Baby zu treten, sich abzustoßen, ein kleiner Schwimmer. Ich plünderte meine Gefühle, weil ich ein wenig Lauterkeit brauchte. Wenn man so Widersprüchliches empfindet, kann man sich nirgends festhalten. Dann gibt es keine Sicherheit. Ich haßte diese scheußliche Verlogenheit, die mich da in der Küche überkommen hatte. Aber wenn ich zu dem Punkt kam, zu dem eine Frau in meiner Lage selbstverständlich gelangt, nämlich zu der Frage: Warum hast du nicht die Wahrheit gesagt?, dann klopfte mein Herz sofort schneller. Ich wollte unbedingt herausfinden, was geschah, wenn ich gar nichts unternahm. Vielleicht war ich ja doch schwanger. Warum nicht, nach den vielen Malen im Auto? Warum sollte ich eigentlich nicht schwanger sein? Wir hatten Schaum verwendet, Kondome, öfter gar nichts. Nach der ersten Überraschung freundeten sich meine Eltern rasch mit dem Gedanken an.

Verzeihen kann etwas schockierend Leeres haben. Mein Vater wußte das nicht. Rache ist voller, runder, irgendwie menschlicher. Akzeptabel. Als mein Vater nach einer Reihe besonders niederschmetternder Finanzgespräche mit seinem Freund, dem Bankpräsidenten, eines Tages in Richtung Innenstadt ging, stand er plötzlich vor einer verklebten, kaputten Tür. Er blieb stehen. Leute gingen ein und aus. Dreimal wurde er angesprochen. Zuerst von einem Betrunkenen, der einen Vierteldollar wollte, dann von einem eifrigen Missionar und schließlich von seiner Ehefrau, die ihm lächelnd auf die Schulter tippte und an ihm vorbeiging, um ihre Tagesarbeit zu beginnen. Er fühlte das Beben ihrer Gegenwart, und die Sehnsucht tat ihm in den Knochen weh. Als sich die Tür hinter ihr schloß, schwankte er kurz, und dann folgte er ihr.

Wut verwandelt sich in ihr Gegenteil, aber was ist das? Ein Öl, ein Beruhigungsmittel, ein allgemeines Leuchten in den Augen anderer, bekräftigte Güte, Nicht-Wut. Vielleicht sogar etwas, das wie Liebe aussieht. Meine Mutter und ich zogen wieder ins renovierte Obergeschoß des großen Hauses und begannen ein neues Leben mit meinem Vater, ein Leben, das zwischen Mauern aus sandgestrahltem Backstein und Wänden aus nagelneuem, pastellfarbenem Rigips stattfand. Daß ich in anderen Umständen war, machte beiden Sorge. Mein Vater überlegte ständig, was alles schiefgehen könnte. Er las medizinische Artikel und schrieb mir eine strikte Diät vor, während meine Mutter Sachen buk, um mich in Versuchung zu führen. Wenn ich es mir in meinem ehemaligen Kinderzimmer bequem machte, das direkt unter dem Dachgebälk lag und von dem aus man auf das bewaldete Grundstück eines wohlhabenden Nachbarn hinausblickte, dann entspannte ich mich. Ich begann nachzudenken. Ich hing immer noch meinen wütenden Träumen nach, aber bald schon vermischten sie sich mit anderen Gedanken, Visionen, Verlockungen. Mich hatte kein echter Racheplan angetrieben, nur eine untergründige Wut, zäh, träge und drängend. Jetzt dachte ich über meine wahren Empfindungen nach, meine Ambitionen. Wenn man meine Eltern, meine Manipulationen und meine Angst wegnahm – was blieb dann von meinen Gefühlen für Jack übrig?

Ich war allein zu Haus, las und stopfte so viele Cracker in mich hinein, wie ich nur konnte, da klingelte es an der Tür. Ich hatte die Cracker heimlich in mein Zimmer geschmuggelt, sonst hätte mir mein Vater sanft die Schachtel weggezogen und mich daran erinnert, daß das Baby auch dicker wurde. Ich hatte kein Auto kommen hören, deshalb ging ich zu einem Fenster im Obergeschoß und schaute hinunter. Falls es jemand in schwarzer Kleidung war, wollte ich nicht öffnen.

Jack sah, daß ich ihn durch das Fenster oben beobachtete. Den Kopf in den Nacken gelegt, die Haut golden, die Augen dunkel, das Haar nerzbraun. Er zog eine Braue hoch, streckte die Hände aus. Ob ich ihn wohl hereinlassen könnte? Ich seufzte. Jetzt ging's los. Ich ließ den Vorhang sinken. Ehe ich die Tür öffnete, strich ich mir mit den Fingern das Haar aus dem Gesicht, biß mir ein bißchen auf die Lippen. Aber mein Entschluß stand fest: Er hatte es geschafft, meine Eltern wieder zusammenzubringen. Ich hatte ihn mit Sex bezahlt. Viel zu gut. Es war an der Zeit, ihn zu feuern, obwohl ich mich an ihn gewöhnt, mich vielleicht sogar in ihn verliebt hatte. Trotzdem, jedesmal wenn ich beschloß, daß er der Richtige für mich war, sagte er plötzlich etwas ganz Blödes, und ich überlegte es mir wieder anders. Umgekehrt, wenn ich beschloß, daß ich ihn haßte, dann wärmte er mir mit einer perfekten Geste das Herz. Er besaß körperliche Anmut. Er gewann mich mühelos, und zugleich machte er mich wahnsinnig.

Ich kannte seine Geschichte in Grundzügen, wußte von seiner Football-Karriere, seinen guten Noten, seinem unbekümmerten Verschleiß von Freundinnen. Von seiner großen Entscheidung, an den Stadtrand von Fargo und dann in die Stadt selbst zu ziehen, um sein Ingenieursdiplom zu machen. Alles ziemlich normal, viel zu normal für mich! Er erzählte mir, er sei schon mal verheiratet gewesen, aber nur kurz; er sei Witwer. Ich glaubte ihm nicht. Er arbeitete mit unglaublichem Einsatz, und am Wochenende sang er in einer grauenhaften Rockband, warf die Hände in die Luft und wippte auf den Zehenballen. Er hatte zwar eine eher mittelmäßige Stimme, aber er war zärtlich und schamlos, brachte Freude und Schmerz ganz direkt zum Ausdruck, und das beeindruckte die Leute. Oft sang er falsch, und trotzdem jubelten alle.

Ich versuchte ihn wegzuschicken.

«Es wäre sehr unhöflich, wenn du mich nicht hereinbitten würdest», sagte er mit einer Selbstverständlichkeit, die mich ärgerte und der ich zugleich nicht widerstehen konnte.

Ich holte tief Luft, riß die Tür auf und deutete mit einem Nicken zum Wohnzimmer.

Ich sprach so unbeteiligt, wie ich konnte, aber eine gewisse Schärfe lag schon in meiner Stimme. Ich wollte zurück in mein kleines Zimmer, zur Sicherheit meiner Bücher- und Poststapel, zu meiner emsigen kleinen Schreibmaschine, meinen düsteren Notizbüchern, meinen Taschenbuchausgaben von Thomas Merton. Zu meiner *Burg der Innerlichkeit*. Er ließ mich nicht. Er setzte sich in den schweren alten Sessel und trank die Cola, die ich ihm brachte. Als das Glas leer war, füllte ich es nicht wieder auf, aber er blieb trotzdem sitzen und sah mich an. Ich wollte es hinter mich bringen. Mir wurde richtig mulmig. Ich riß mich zusammen, um mich nicht in ihn und seine Gefühle hineinzuversetzen, sondern einen möglichst sauberen Schnitt zu machen.

«Zwischen uns ist es aus.»
«So ein Quatsch.»
Ich hatte keinen Widerstand erwartet.
«Schluß», sagte ich mit Nachdruck.
Er beugte sich vor und legte die Hände in den Schoß – große Hände, kantig und kräftig. Er rieb sich das Kinn, verschränkte die Finger ineinander. Offenbar hatte er noch mehr zu sagen, aber ich wollte kein Wort mehr über seine Lippen kommen hören. Ich deutete mit dem Arm vage in Richtung Tür und gab ihm zu verstehen, daß er gehen konnte. Er blieb sitzen. Der plötzliche Widerstreit in seinem Gesicht gab mir ein merkwürdiges Machtgefühl. Ich setzte ein kaltes Lächeln auf und zeigte jetzt richtig auf die Tür.
«Dein Po ist super, echt Spitzenklasse. Elegant», sagte er.
Ich ließ langsam die Hand sinken.
«Du kotzt mich an.» Ich klang wenig überzeugend, deshalb versuchte ich es mit Grobheit. «Raus.»
Darauf fiel ihm nichts mehr ein, und in seiner plötzlichen wortlosen Verlegenheit fehlte ihm jeglicher Charme.
«Was willst du noch?» fragte ich ungeduldig.
«Dich.»
«Mich kannst du nicht haben. Tut mir leid.» Meine Stimme bekam einen verlogen tröstenden, süßlichen Klang.
«Und jetzt hau ab, stimmt's?»
Ich zuckte die Achseln.
«Oh», sagte er. «Es ist sinnlos. Ich werde nie ... hier.»
Er öffnete den Knopf seiner Brusttasche und holte ein Foto heraus. Er betrachtete es einen Moment lang, dann hielt er es mir hin. Es war ein Bild von mir, das eine Freundin gemacht hatte, eine künstlerische Aufnahme. Ich lag seitlich auf dem Sofa, in einer Manet-Pose, sah fern und trug einen roten Seidenunterrock. Das Bild hatte ich ihm geschenkt. Er wedelte mir damit zu.

Ich weigerte mich, es zurückzunehmen.
«Ich will es nicht.»
«Ich will es auch nicht mehr.»
Das machte mich sauer.
«Du kannst es behalten!»
«Nein.» Er spürte, daß er die Oberhand gewann. «Es gehört dir.»
«Ich hab's dir geschenkt.»
«Tja, und ich geb's zurück.»
«Ich will es nicht zurück.»
«Okay.» Er beobachtete mich aufmerksam, und dann führte er das Foto an die Lippen. «Ich liebe dieses Foto von dir», sagte er leise. «Ich liebe dich bis ans Ende aller Tage.»
Manchmal, wenn sich unsere Blicke begegneten, kroch ich in den Raum zwischen uns und suchte Zuflucht unter unserem Wortwechsel wie unter einem schützenden Dach. Fast wollte ich mich schon wieder dort niederlassen. Aber dann blickte mir Jack über den Rand des Fotos hinweg ins Gesicht und steckte es wieder in die Tasche.
«Du bist schwanger.»
Ich hielt mir die Ohren zu.
«Du bist schwanger», wiederholte er.
Schon wieder dieses Wort.
Offensichtlich hatte meine Mutter es ihm erzählt, und in diesem Moment haßte ich sie und ihn gleichermaßen. Jack hielt meinem wütenden Blick errötend stand.
«Du und ich», sagte er, als sei es egal. «Wir sind nicht gerade füreinander geschaffen, höchstens vielleicht körperlich. Du kannst dich nicht ändern. Das weiß ich. Aber was ist mit dem Baby?»
«Es gibt kein Baby!» schrie ich. «Es stimmt nicht, ich hab das nur so gesagt. Ich gehe aufs College, das ist nur hinausgeschoben. Ich gehe aufs Carleton College, wo du in

tausend Jahren nicht angenommen würdest. Ich habe es satt, hier rumzuhängen.»

«Jetzt lügst du. Du bist schwanger.» Seine Stimme war rauh und leidenschaftlich. Er hörte mir nicht zu, und er begann, viel zu schnell zu reden, faselte irgend etwas von einer Reise nach Florida.

«Ich habe Urlaub», sagte er. «Zwei Wochen. Wir fahren runter, amüsieren uns, vielleicht können wir ja auch heiraten oder so.»

«Nein.»

Aber er redete und redete auf mich ein, bis ich schließlich sagte, ich würde es mir überlegen. Das sagte ich nur, um ihn loszuwerden, aber nach zwei Tagen, in denen mir das Foto nie aus dem Kopf ging, wurde ich unruhig.

«Ich fahre weg», sagte ich nach dem Abendessen zu meinen Eltern.

«Wohin?»

Ich hatte eine Freundin in Minneapolis, und ich sagte ihnen, ich würde diese Freundin besuchen. Meinem Vater paßte das gar nicht, aber ich bearbeitete ihn stundenlang, sagte ihm, daß ich einen Tapetenwechsel brauchte, versprach ihm, ich würde brav Sellerie essen, die vorschriftsmäßige Milch trinken und die Gymnastikübungen machen, die seine Bücher empfahlen. Schließlich stand ich auf und strich ihm die besorgte Stirn glatt. Ich nahm ihm die Brille ab und putzte sie mit dem Saum meines T-Shirts.

«Ich mach mir eben Sorgen.»

«Mir geht's bestens.»

Er nahm meine Hand zwischen seine Hände, aber dort wurde sie kühl. Schuldgefühle schlugen mir auf den Magen, höhlten mir die Knochen aus. Sonst war er so kühl und geschäftsmäßig, aber an dem Abend dachte ich, er spürte meine Lügen.

«Ich krieg das schon hin», sagte ich zweimal, dreimal, so oft, daß ich selbst daran zu zweifeln begann.

Wir wohnten in einem pinkfarbenen Hotel, einer gigantischen, stuckverzierten Sahnetorte. Jack verpulverte das ganze Geld, das er im vergangenen Jahr verdient hatte – er hatte auf dem Bau gearbeitet, in den Ölfeldern, im Westen von North Dakota, und jetzt wollte er mir mit dem Luxus imponieren, den er sich angeblich leisten konnte. Das Hotel war von gewaltigen Bäumen voller Luftwurzeln umgeben, dazu Hibiskus, überall Brunnen, von knorrigen Wurzeln eingerahmte Sitzgelegenheiten, gefliese Innenhöfe. Wir wurden in unser Zimmer in einem niedrigen Obergeschoß geführt. Vor dem Fenster Palmwedel.

«Da sind wir.» Jack klang müde, ausgelaugt. Wir waren steif von der langen Bahnfahrt. Er warf sich bäuchlings aufs Bett. Er versuchte ständig, mich zu beeindrucken. Ich hatte beobachtet, wie er die Romane in einem Regal durchgesehen hatte, und in einem Anfall von Grausamkeit hatte ich ihm *Finnegans Wake* gekauft und ihm ganz ernsthaft versichert, es sei mein Lieblingsbuch, seit ich es zu meinem zehnten Geburtstag geschenkt bekommen hätte. Jedesmal wenn er es aufschlug, begann er zu schielen, und dann kippte ihm auch schon der Kopf zur Seite. Das Buch betäubte sein Gehirn, ließ ihn sofort einschlafen. So auch jetzt. Ich öffnete die kleine Schleife unter meiner Kehle, das Ding, das meinen Kragen zusammenhielt. Ich begann die Knöpfe aufzumachen, dann hielt ich inne, setzte mich in einen Sessel ihm gegenüber und schlief ebenfalls ein.

Als ich aufwachte, war er verschwunden. Ich nahm ein Bad, zog ein blaues Baumwollkleid an und setzte mich auf den niedrigen Balkon. Es wurde langsam dunkel, und ich blickte über die Anlage. Direkt unter mir, zwei, drei Meter tiefer, befand sich ein neu angelegter Blumengarten und dahinter ein melodisch sprudelnder Brunnen mit zwei Bekken, deren Überlauf aus kleinen Löchern im bunten Mosaik bestand. Neben dem Brunnen wuchs ein großer Baum und berührte die rosarote Mauer über dem Balkon, auf dem ich saß. Die Blätter hingen tief herunter, dicke, glänzendschwarze Ovale. Leute gingen so nah vorbei, daß ich sie beinah anfassen konnte, schlenderten die Pfade entlang. Als die Dunkelheit fast den ganzen Himmel überzog, verschwanden die anderen Gäste in ihren Zimmern, um sich fürs Abendessen in teure Kleider zu hüllen und mit glitzernden Diamanten zu schmücken. Unter mir war nichts mehr außer dem plätschernden Wasser und vor mir die Schranke des schmiedeeisernen Balkongitters. Eine leichte Brise wehte. Die weißen Vorhänge bauschten sich nebelgleich aus unserem Fenster und fielen wieder zurück.

Jack kam herein.

Ich wandte mich ab. Wir schwiegen verkrampft. Schließlich sagte ich: «Morgen fahren wir nach Hause. Das hier war eine idiotische Idee.»

«Vielleicht.»

Er langte um mich herum und legte seine Hände unter meine Brüste, begann die Stelle zu streicheln, wo angeblich das Baby war, aber ich kümmerte mich zunächst gar nicht darum, war nicht bei der Sache. Ich war es gewöhnt, mich in der Abenddämmerung in meinem Schmerz zu suhlen. Er öffnete meine Bluse. Ich tat nichts. Er zog sie mir von den Schultern. Ich fühlte den Luftzug über meine Kehle streichen, und erst, als er sein Gesicht neben meines legte, registrierte ich plötzlich schockiert, was wir machten. Nahm ihn so wahr wie er mich. Einen Moment lang sah ich mit seinen Augen, wie er sich zurücklehnte und die Arme um mich legte, sah, wie er meinen bleichen Körper den Blättern, dem nimmermüden Brunnen zeigte.

Ich meldete Protest an.

«Sollen sie doch gucken», sagte er, aber niemand war zu sehen. Die Palmen und die schwarzen Blätter bildeten eine fransige Wand. Wir liebten uns im Stehen, bis die verzierten Stäbe des Balkongitters rasselten, und dann kniete er vor mir nieder, um mich zu küssen – aber ich hatte zuviel Angst, daß jemand uns sah, konnte mich nicht gehenlassen. Jack blickte sich um, murmelte leise, ich solle Ausschau halten, und dann stand er auf und drang von hinten in mich ein. Ich packte die Eisenstäbe, stützte mich mit unser beider Gewicht darauf, und wir machten weiter. Ein Schraubenbolzen, der sich vermutlich schon beim ersten Mal gelockert hatte, gab nun nach, und ich stürzte mitsamt dem Gitter nach unten, vielleicht zweieinhalb Meter, mehr nicht. Jack flog über mich hinweg. Zweige knackten und kamen mit ihm herunter. Ich landete relativ sanft in einem Begonienbeet. Jack krachte in eine Yucca-Palme und rollte in einen Dornenbusch, aber wir waren beide blitzschnell wieder auf den Beinen, knöpften unsere Kleider zu und strichen sie glatt, so daß jeder, den das Krachen und Poltern anlockte, den Eindruck haben mußte, hier seien zwei Menschen schlicht vom Balkon gefallen und nicht beim Vögeln abgestürzt.

Am nächsten Morgen begann ich mich komisch zu fühlen; ich spürte den dicken Blutklumpen meiner Periode. Jetzt konnte ich Jack loswerden. Der Gedanke erleichterte und ängstigte mich zugleich. Aber als ich es ihm erzählte, befand er, daß es sich um eine Fehlgeburt handelte, und ließ einen Arzt ins Hotel kommen. Doch der sagte nur, ich solle mich ausruhen.

«Wir bleiben hier», sagte Jack. «Wir heiraten sofort.»
«Vergiß es.»
Er setzte sich neben mich aufs Bett, stopfte mir ein paar Kissen in den Rücken, streichelte mir die Arme, brachte mir Eistee und Zeitschriften. Ich blätterte die Fotos der Frauen mit den gespitzten Lippen und dem dicken Lidstrich durch und warf die Zeitschriften auf den Boden. «Du hast ja keine Ahnung!» schrie ich einmal, wobei ich meine Stimme mit einem Handtuch dämpfte. Stürme brauten sich in mir zusammen, Böen von aufbrausender Gewalt, Tränen. Ich weinte runde, feuchte Flecken in die Kissenbezüge, und dann lachte und redete ich und schob Jacks besorgtes Gesicht weg.

Ich schickte ihn fort und bestellte beim Zimmerservice zweimal Frühstück. Als der Kellner weg war, nahm ich die Pfannkuchen vom Teller und aß sie wie große Brotscheiben. In meinem ganzen Leben war ich noch nicht so hungrig gewesen. Ich stopfte mich mit Würstchen, Eiern und Obst voll. Als alles verputzt war, schlief ich den ganzen Nachmittag tief und fest. Jack kam herein und räumte so leise das Geschirr weg, daß ich gar nicht aufwachte. Später blieb ich im Bett und beobachtete, wie sich draußen vor dem Fenster die Palmzweige, die Eichenblätter, die schwarzen Ovale berührten und überschnitten. Der Himmel war dunkelblau. Die Wände hatten ein warmes Pfirsichgelb. Vielleicht hatte meine Lüge doch einen Sinn erfüllt. Immer wieder sah ich mich schwanger, sah mich zwischen meinen Puppen und Briefmarkenalben dicker werden. Nur als Gebärende konnte ich mir mich nicht vorstellen. Ich glaubte nicht, daß ich die Geburt durchstehen würde. Trotzdem hörte ich nicht auf. Diese Schwangerschaft war meine erste komplexe Erfindung, und schon damals wußte ich, daß ich nie mehr so nahe daran sein würde, ein Kind zu haben.

Ich hatte mir gerade ein Notizbuch gekauft, um meine Eindrücke, mein Selbstmitleid schriftlich festzuhalten. Ich füllte zwei, drei oder vier Seiten mit dem Wort «leer». Dann hörte ich auf, an mich selbst zu denken und dachte statt dessen ans Essen. *Hungrig, hungrig!* Der Wind zog sanft durchs Zimmer. Schatten senkten sich herab, ein blasses Türkis, das über die Wand schwamm. Als es dunkel war, kam Jack ins Zimmer, setzte sich neben mich.

«Jack», sagte ich fast entschuldigend. «Ich brauche was zu essen. Viel zu essen. Meeresfrüchte.»

«Ich bestelle was.»

Wir aßen einen Cocktail mit süßen rosaroten Shrimps, dann einen Salat mit einer dicken Mohnsauce. Ich verspeiste ein blutiges, sehr zartes Steak. Ich bedeckte zwei gebackene Kartoffeln mit geschmolzener Butter und saurer Sahne. Ich bestreute alles mit gemahlenem Pfeffer. Ich wollte Kuchen, Nachtisch. Erdbeertörtchen. Orangensorbet. Eismeringue.

«Du Miststück!» unterbrach Marlis sie. «Hörst du endlich auf mit dieser Lebensmittelliste? Wo ist die Tüte mit den Süßigkeiten?!»

«Hör nicht auf!» sagte Candice. «Was ist dann passiert?»

«Ich habe alles aufgegessen, *alles*», prahlte Eleanor hungrig. «Jack war baff.»

«Wie fühlst du dich?» fragte er mich, als ich fertig war. Überall im Zimmer Besteck, Silberkuppeln, schwere Servietten und Teller.

«Ich bin immer noch hungrig», antwortete ich.

Ich ging ins Badezimmer, ließ aber die Tür offen, während ich mir die Haare bürstete, die Wanne vollaufen ließ und Badeschaum beigab. Die Binde, die ich den ganzen Nachmittag zwischen den Beinen gehabt hatte, war rot, und ich wußte, daß es vorbei war – egal, wieviel ich aß, der elementare Rhythmus meines Körpers ließ sich durch Essen nicht aufhalten. Mit meiner Periode war meine Phantasie ausgeträumt. Ich würde frei sein, und Jack würde seine zärtlich-besorgten Bemühungen einstellen. Ich glitt in die duftende Wärme und schloß die Augen. Jack setzte sich auf den Rand der schweren Wanne.

«Weißt du nun Bescheid oder nicht?» fragte er. Seine Augen waren ganz rund vor Angst. «Mit dem Baby.»

«Es hat nie eines gegeben. Ich hab's dir doch gesagt.»

Wir starrten einander in die Augen, bis seine feucht zu schimmern begannen und sich langsam mit Tränen füllten.

«Ich bin ein stinknormaler Mann, Eleanor!» Er sprach ganz abgehackt. «Ich komme aus einer armen Farmerfamilie in North Dakota – Indianer, ein Eisenbahnbeamter, wichtige und unwichtige Leute. Ich bin isoliert aufgewachsen, und ich war tatsächlich verheiratet – ein paar Stunden lang. Sie ist gestorben, aber das ist nicht der Grund, weshalb ich mich um dich bemühe. Du bist klug, das weiß ich. Das würde ich dir nicht nehmen wollen. Heirate mich, und ich gebe dir alles, was ich habe.» Er schwieg, stand auf. «Ich kenne dich besser, als du denkst. Ich kann deine Gedanken lesen. Ich wußte, daß du nicht schwanger bist. Aber ich werde dich trotzdem heiraten. Bestimmt.»

«Tu dir bloß keinen Zwang an.»

Er senkte sein Gesicht einschmeichelnd zu meinem herab und versuchte es mit einer anderen Taktik.

«Wenn du mich nicht nimmst, holt mich Uncle Sam.»

«Soll er doch», sagte ich. Ich ärgerte mich über diesen Trick, von dem selbst ich wußte, daß er verlogen war. Jack würde nie und nimmer zur Armee gehen.

«Du würdest mich zur Grundausbildung schicken!»
Das sagte er mit erhobener Stimme, gequält und drängend, und dann schwieg er, sah mich an, suchte nach einem Hinweis.

Ich musterte ihn ausdruckslos, bis er sich so unwohl fühlte, daß er ein verdrucktes Lachen von sich gab.

«Wir haben's nicht getan. Wir haben's nicht getan. Ich und deine Mutter», fügte er hinzu, damit ich ihn ja richtig verstand.

Er hatte das Foto in einem Umschlag in der Hemdtasche. Jetzt holte er es heraus, hielt es über den Schaum und ließ es aus den Fingern gleiten. Es landete, versank, streifte meinen Knöchel. Ich sah zu Jack hoch, und unsere Blicke verhakten sich. Wir starrten einander zu lang in die Augen und hatten erneut verloren. Jack kletterte mitsamt den Kleidern in die Wanne; das Wasser ließ seine Chinos erst dunkler werden und verschluckte sie dann, als er sie aufknöpfte, in die Knie ging und meine Schenkel und Beine um sich legte, fest wie ein Joch. Unter dem weißen Schaum schwamm ein dünner Farbstreifen. Ich oder das Foto. Als ich das Wasser und das träge Blut ablaufen ließ, war ich ausgelöscht, war mein Körper nichts als ein blasser Schatten vor einem Hintergrund aus körnigem Nebel, war nur noch die dunkle Kontur des Unterrocks zu sehen.

Ich schlief auf dem Fußboden, wachte auf und wickelte mich in einen dicken Frotteebademantel. Ich ging durchs Zimmer, berührte die Gegenstände, betrachtete sie, als hätte ich so etwas noch nie gesehen. Ich mußte meinen Körper für mich denken lassen, ihn genau das tun lassen, was er wollte. Ich staunte über meine Energie, über die erregte Beschwingtheit, die plötzliche Ahnung, die ich nicht in Worte fassen konnte, ein rein körperliches Gefühl der

Entschlossenheit. Immer wieder zog ich den Bademantel aus, drehte mich vor dem Spiegel hin und her, fuhr mir mit den Händen über die Wölbung der Brüste, des Bauches. Ich tunkte die Finger in Kokosnußsonnenöl, massierte mich mit langsam kreisenden Bewegungen und trat dann ans hintere Fenster, das zu dem schimmernden gekachelten Swimmingpool am Fuß des steilen Abhangs hinausging.

Von oben sah ich, wie Mauser an den Beckenrand trat. Er warf sein Handtuch weg. Ohne das Wasser zu testen, tauchte er hinein, sein Körper lang und blaßbraun. Er begann mit ungeschickten, aber ruhigen Zügen Bahnen zu schwimmen. Die monotonen Kraulbewegungen hypnotisierten mich, und ich verfiel in eine Art Trance. Nach einer Weile beugte ich mich weiter vor, und mein Blick brannte durch das Glas. Ich konnte die Augen nicht von Jack wenden. Fast spürte ich seine Bewegungen unter den Händen. Er war etwa eine halbe Meile geschwommen, als er sich auf den Rücken drehte und sich ausruhte, indem er sich mit kleinen Handbewegungen und Fußschlägen über Wasser hielt. Immer wieder krampfte sich mir das Herz zusammen, als würde eine Hand es durch Massieren zum Leben erwecken. Jack war so weit weg, so schutzlos, sein Körper nur irgendein Körper, seine Gestalt so klein und lebendig im Wasser. Er war so allein, so unerwartet zerbrechlich unter dem hohen Himmel. Vielleicht war ich bereit, für jemanden zu sorgen. Für ihn. Ich trat noch näher, und dann kletterte ich auf den breiten, rosaroten Fenstersims. Ich konnte die steile Hauswand nicht sehen, und es war fast so, als könnte ich zu Jack Mauser hinabschweben – wie ein Engel, wie eine Frau in einem Bild von Chagall. Ich breitete die Arme aus und hielt mich am Fensterrahmen fest. Der weiße Mantel mit der Kapuze breitete sich um mich wie weiche Flügel, und dann schwebten wir, flogen wir, Herz an Herz, durchs Wasser, durch die blaue Luft.

Wir heirateten in Florida, schnell und ohne Zeremonie. Platons These über den Verlust unserer Unschuld zufolge suchen wir nach unserer anderen Hälfte. Wir sind alle Teil eines Körpers, der in zwei Hälften zerschnitten wurde, und wir sehnen uns nach unserer Ergänzung. Ich habe oft geglaubt, mit Jack die andere Hälfte gefunden zu haben, meine Entsprechung, all die fehlenden Teile meines Körpers. Aber sein Kopf machte mich verrückt. Wenn ich die Frau aus dem Chagall war, war er eine Landschaft von Magritte, einer dieser Himmel mit lauter Löchern drin. Manchmal trat ich plötzlich durch eines davon und fand mich völlig orientierungslos auf einem unbebauten Feld wieder. Jack verschleuderte seine Intelligenz. Er hatte einen hohen IQ, ein gutes Gedächtnis, aber er rührte keinen Finger, um zu lernen, wovon er redete. Er kannte hunderttausend Tatsachen, aber nicht eine Wahrheit. Außerdem erstarrte er von einem bestimmten Punkt an. Ihr wißt, was ich meine. Dann spielte er den Eismann. Er konnte sich irgendwie verhärten, aber vielleicht konnte er auch nur nicht weich bleiben. Er watete im Seichten, wo sich nichts Gefährliches überraschend nähern konnte. Wir vögelten ständig, um einander zum Schweigen zu bringen, aber zwischen diesen erotischen Eskapaden merkten wir, daß wir einander nicht nur liebten, sondern auch mit einer fast rauschhaften Hingabe haßten.

Wir stritten uns ständig, über alles und jedes. Wir stritten über Banales und Wichtiges, über die Farbe des Sofas in unserem Hotelzimmer in Florida und die Größe unseres Bettes, über die Definition Gottes, über Frieden, über Krieg, über den hypothetischen Namen, den ich unserem

Baby geben würde, falls wir je eines bekamen. Leda. Wir stritten darüber, wie Jack mich mit seiner Kälte bestrafte. Wie er mit einem Kind umgehen würde, falls er je Gelegenheit dazu bekam. Ob er die ungeborene Leda schreien lassen oder hochnehmen würde. Wir stritten über die Geschichte mit dem Schwan, darüber, wer Zeus war, über die Definition einer Metapher. Als wir wieder in Fargo-Moorhead waren, zogen wir in eine kleine Wohnung, die ich haßte und wo ich nicht genug Platz für mich hatte, um angemessen gegen Jacks Gewohnheiten zu wüten – seine Oberflächlichkeit beim Lesen, seine Fernseherei, sein Trinken, die Jagd und den Rehbock, den er in unseren kleinen Garten schleppte, an einem Baum aufhängte und aufbrach. Wir stritten uns über die Kaffeetassen, wem welche gehörte. Wir schrien uns an, weil der Teppich bei der Tür umgeschlagen war. Wer war schuld daran? Wir stritten uns darüber, daß wir manchmal nicht streiten konnten, weil wir zu verliebt waren. Wir stritten uns darüber, ob wir Sex wirklich gut fanden oder ob alles nur Getue war. Wir stritten uns, bis wir nicht mehr reden konnten, bis uns die Zunge schwer wurde und die Worte fehlten, bis wir uns nicht mehr erinnern konnten, worüber wir uns stritten. Wir stritten uns, bis ich ihn verließ und zu meinen Eltern zurückging, die ihm die Tür vor der Nase zuschlugen. Wir stritten uns immer weiter, bis ich aufs College ging, wo ich den Namen Jack Mauser nie hören würde. Wir stritten uns auch da, per Post, Brief für Brief, den entweder er schickte und ich verbrannte oder ich schickte und er verbrannte oder zurückgehen ließ. Wir stritten uns so heftig, daß weder Zeit noch Entfernung uns trennen konnte. Wir konnten uns nicht mal auf die Scheidung einigen. Kaum entschied sich einer von uns dafür, war der andere schon gegen die Idee. Ein ganzes Jahr lang brüllten wir uns zu jeder Tages- und Nachtzeit in allen möglichen Verfassungen am Telefon an. Ich fuhr über die Sommerferien nach Fargo zurück, und nach einem Monat stritten wir uns so furchtbar, daß ich ein Austauschjahr in London machte. Erst als ich den ganzen Atlantik sowie einen halben Kontinent zwischen uns gebracht hatte, hörte das Streiten auf.

Winter 1983 ***Die Kiste***
Lawrence Schlick

Während der kalten Stunden, in denen Lawrence Schlick die Toten für die morgendlichen Trauerfeiern präparierte, saß oft eine Eule in den tiefen Zweigen der Kiefer draußen vor dem Fenster seines renovierten, gefliesten und neonerleuchteten Arbeitsraumes. Er fühlte sich dann weniger allein, freute sich über den ernsten, dumpfen Ruf, und die beharrliche Wiederkehr des Vogels beruhigte ihn. Obwohl er ihn nie zu sehen bekam, stellte er ihn sich klein und sein Federkleid grau und ungewöhnlich weich vor. Er fand auch eine Feder, die er in einen Spiegelrahmen steckte.

Die ständige Beschäftigung mit dem Tod brachte ihn allem Lebendigen näher. Er wußte um die Kürze des menschlichen Daseins, und das verstärkte seine Sehnsucht nach Liebe. Die Eiben vor seinem Haus, gestutzt und gepäppelt, waren der dunkle Ausdruck seiner Gedanken. Die Vögel im Futterhäuschen vor dem Fenster fesselten seine Aufmerksamkeit, genau wie die keckernden Eichhörnchen. Alles um ihn her war ominös und bedeutungsvoll. Er hatte sich von einem umgänglichen, geselligen Kleinstadtspekulanten in einen schmaleren, gelasseneren Mann verwandelt.

Oft spürte er eine menschliche Präsenz im Raum, und er behandelte das, was der Geist zurückließ, sehr respektvoll. Manchmal stieg der Rauch des Bösen auf. Ein Übermaß an Wissen wurde ihm zuteil, und Fragen tauchten auf. Selbstmörder stimmten ihn unbehaglich und machten ihm die Arbeit schwer – sie mußten friedvoll aussehen, nicht anklagend, aber die Gesichter trugen so oft die eigensinnige Maske des Triumphes. Sie schienen alle mit einem Wort auf den Lippen gestorben zu sein, das er nicht ganz verstand ... obwohl er sich hinunterbeugte, um es zu hören ...

Seit sie ihre Ehe wiederaufgenommen hatten, war es sein höchstes Ziel, Anna zu erfreuen, aber sie betrachtete seinen Beruf mit nachsichtiger Distanz und konzentrierte sich auf ihre Kirchenarbeit. Sie unterstützte Außenseiter, Säufer, Süchtige, Narren und Künstler, ihre Freunde. Sie überließ es Lawrence Schlick, sich um die Toten und deren ewige Ruhe zu kümmern, während sie für die verlorenen Seelen sorgte, die noch lebten. So teilten sie das Universum zwischen sich auf, und ihre Ehe funktionierte reibungslos. Meistens mußte er nicht daran denken, daß, wie seine Intuition ihm sagte, Anna ihre Gefühle für den Mann, den er für ihren Liebhaber hielt, Jack Mauser, immer noch nicht überwunden hatte, auch nicht nach seiner Ehe mit ihrer Tochter und seiner Scheidung von ihr, und daß seine Besuche, wenngleich unregelmäßig und selten, nicht aufgehört hatten.

Lawrence Schlick hatte die beiden nie ertappt, nie gesehen, nie gehört. Er hatte nur den Schrei der Eule als Hinweis – nichts Greifbares, nur diesen Klagelaut. Jack Mausers Präsenz in ihrem Leben war so geräuschlos wie der Flug dieses Vogels, seine Macht nicht mehr als eine schwache Andeutung, und doch blieb sie spürbar.

Eines Abends im Spätwinter kehrte Lawrence Schlick gezielt zwei Tage vor Abschluß der jährlich in Minneapolis stattfindenden Bestattungsmesse nach Fargo zurück. Es war schon dunkel, und er fuhr direkt nach Hause, wobei er sich die ganze Zeit einredete, er habe Anna aus reiner Nettigkeit nicht vorher angerufen, um sie nicht zu stören. Erst als er die Scheinwerfer ausmachte, ehe er in die Einfahrt einbog, erst als er extrem leise vorfuhr, gestand er sich ein, daß er aus niederen Motiven handelte. Das war ihm ein bißchen peinlich, und deshalb knallte er die Kofferraumklappe absichtlich laut zu, als er seinen Koffer herausgeholt hatte, um zu beweisen, daß er sich nicht heimlich ins Haus schlich. In der auf den Knall folgenden Stille stand er jedoch reglos da und wartete. Sein Herz klopfte heftig, und er konnte nicht entscheiden, ob er Geräusche hörte oder nicht oder ob er sich alles einbildete. Waren da wirklich Schritte im oberen Schlafzimmer zu hören, Geflüster, eine Tür, die sich schloß, sich öffnete?

Ein Licht ging an und wieder aus.

Eifersucht ist ein starkes Gefühl. Sie nimmt Formen an, die man sich nicht träumen läßt, und schaltet die konditionierte und erworbene Intelligenz aus. Sie ist ein Sieb, ein Flammenrost, durch den nur die Asche süßer Sehnsucht rieselt. Sie ist blind, unsichtbar, geistlos, wahrhaftig, und sie schwillt so jäh und gefährlich an, daß der menschliche Körper sie nicht in sich behalten kann. Das Gehirn scheint sich plötzlich selbst nicht mehr zu kennen. Die Seele ist so schneller Verdummung nicht gewachsen.

Als Lawrence Schlick mit dem Hausschlüssel herumhantierte, war er im Griff dieses rasenden Gefühls, das ihn vor langer Zeit schon einmal gepackt hatte, am Morgen nach dem großen Brand, nach jener Nacht, die immer noch den Rekord für den schnellsten novemberlichen Temperatursturz im Dreistaateneck hielt. Er drehte den Schlüssel im Schloß, zögerte, öffnete leise die Tür und betrat die dunkle Küche. Seine altmodischen Gummiüberschuhe klebten am Boden fest und lösten sich wieder, als er auf die Tür zuging, die zu dem kleinen Flur führte, über den man in den großen Lagerraum gelangte, wo er Särge, Pflanzenständer, Urnen und Rollgestelle aufbewahrte. Von seinem und Annas Zimmer führte eine Hintertreppe in dieses private Lager.

Er trat ein, knipste die schwache Glühbirne an. Absolute Stille empfing ihn, und er spürte sein Herz nicht mehr schlagen. Ein Schleier goldener Funken schien ihm vor die Augen zu fallen. Jegliche Luft schien aus dem Raum gesaugt worden zu sein; er japste und lockerte die Krawatte, setzte sich auf einen Klappstuhl, der manchmal geholt wurde, wenn ein Kunde zittrige Knie bekam. Nichts. Niemand. Natürlich. Und doch – der Flug der Eule. Die Schritte, die Geräusche. Er saß direkt gegenüber von einem teuren, schwarzlackierten Hartholzsarg, und während er so saß und saß und saß, durchzuckte ihn ein unmöglicher, absurder Verdacht. Er beugte sich vor, starrte auf die Kiste.

Verbarg sich darin Jack Mauser?

Er umklammerte seine Knie, als würde er sonst auseinanderfallen, und starrte grimmig auf das Holz. Nach einer Weile entspannte er sich, legte den Kopf zurück. Er bemerkte die Thermoskanne mit Kaffee, goß sich eine Tasse ein. Vergaß zu trinken. Seine Gedanken wurden sanfter, verwandelten sich in Fragen. Er streckte die Hand aus, zog sie wieder zurück, räusperte sich verlegen. Aber die Kiste auf dem eleganten, klappbaren Rollgestell, auf dem sie beliebig herumgeschoben werden konnte, die Kiste gab keine Antwort. Er wartete auf ein Zeichen.

Die Schnappschlösser aus Messing, die nach der Trauerfeier stets zugeklickt wurden, hingen offen herunter. Schlick konnte sich nicht erinnern, ob er sie offen oder zu gelassen hatte, offen oder zu, offen oder zu. Sinnliche, gewalttätige, zärtliche Bilder tauchten vor seinem inneren Auge auf. Annas warmer Körper, schattenhaft, ihre Brüste an ihn gepreßt, ihr Haar offen und wirr. Anna, fliegend. Er drückte sich das weiche Kissen seiner Handballen gegen die Augen, drückte fester und fester zu, bis die Bilder von roten Punkten verdrängt wurden. Er kam wieder zu sich, beugte sich vor, sagte aber nichts. Er verschränkte die Arme, schlug die Beine übereinander, starrte.

Um zwei Uhr nachts hörte er, wie Anna sich erhob. Etwas Schweres fiel zu Boden, vielleicht ein Buch. Dann Stille. Um drei Uhr sagte er sich, daß er sich bewegen, sich anders hinsetzen mußte, weil seine Arme und Beine taub wurden. Die Eule begann um vier Uhr morgens zu rufen und hörte nicht auf, bis die Dunkelheit um fünf so kalt wie Eisen wurde. Um sechs wurde der Himmel grau. Sieben. Halb acht. Viertel vor acht. Um acht erhob sich Lawrence Schlick, ging mit raschen Schritten zu der Kiste und ließ die Messingschlösser zuschnappen.

Er verließ den Raum und begab sich in die Küche. Um neun dampfte ein komplettes Frühstück auf dem Servierbrett – ein Stapel Pfannkuchen, echter Ahornsirup, geschlagene Butter. Stark geschüttelter Orangensaft, Eiswürfel im Glas. Kaffee in einer silbernen Thermoskanne. Er war fast irre vor Freude, flatterig. Er trug das Brett nach oben, setzte sich mit Anna auf den Bettrand, frühstückte ebenfalls und platzte damit heraus, daß er einen Überraschungsausflug nach Chicago plane.

Sie sah ihn an, bis ihr Gesicht leuchtete, wie er es gern sah. «Wie bist du auf die Idee gekommen?»

Lawrence Schlick fühlte sein Lächeln schwinden, und er blickte hinunter auf die Oberfläche seines teerschwarzen Kaffees. Er hob die Tasse an die Lippen und schloß die Augen. Dunkelheit hinter den Lidern. Er stellte die Tasse ab und spürte, wie seine Lippen ein seltsames neues Lächeln formten. Bitterkeit. Zarte Lust. Hauchfeine Federn streichelten seine Kehle.

Der Tag der Bestattung 5. Januar 1995
Fargo

Licht tröpfelte in die Höhle von Jacks Büro. Es war der Tag seiner Bestattung. Die Zeiten waren im *Forum* abgedruckt, und Jack hatte die Bekanntmachung samt der Mitteilung an seine Gläubiger herausgerissen. Ein paarmal hatte er einen Lastwagen gestartet, der zur Reparatur da war, und Radio gehört. Spät am Morgen hörte er, neugierig und voller Mitleid mit Dot, einen kurzen Bericht über einen Flugzeugabsturz, bei dem offenbar Gerry Nanapush ums Leben gekommen war. Er starrte auf das angeschlagene Metall des ausgemusterten schlammgrünen Armeeschreibtisches, an dem Dot und dann nur noch er und sonst niemand mehr sich vergeblich die Nächte um die Ohren geschlagen hatte, um Ordnung ins Chaos zu bringen. Doch die Zahlen waren vor langer Zeit aus dem Gleichgewicht geraten, und der Schreibtisch hatte die verhaßte Aura eines Schlachtfeldes angenommen. Mit rasender Geschwindigkeit war dort das Geld verschwunden. Jack wandte den Blick von Schreibtisch und Zeitungsausschnitt und schaute aus dem Büro hinaus zu den Werkstattfenstern, wo sich die blasse Mittagssonne in zitternden Gold- und Lavendeltönen im gewellten Industrieglas spiegelte, ein kalter Glanz in den Achtecken des Maschendrahts. Dann schlugen süßere, rötere Flammen gen Himmel, und Strahlen von sakraler Intensität, kühn und seltsam, zeigten Jack sekundenlang ein bruchstückhaftes Emblem.

Mein Sohn!
Wolken zogen vorüber. Jack erhob sich und überlegte, wie er sein Kind noch einmal sehen könnte, ehe er Fargo verließ und nach Norden fuhr – am besten mit Candices Zweitwagen. Das Auto würden sie nicht so leicht aufspüren; er mußte ihr nur eine Notiz hinterlassen, den Wagen bitte nicht als gestohlen zu melden. Den Gefallen würde sie ihm doch tun, oder? Wenn sie wußte, daß er der Dieb war? Jack versetzte sich ins Drama seiner eigenen Trauerfeier. Nun, da sein schlechtes Gewissen nachließ, machte es ihm richtig Spaß, sich die Szenerie auszumalen.

Er stellte sich vor, wie Lawrence Schlick in diesem Augenblick den falschen Rasen ausrollte. Zuerst für den Gehweg eine Unterlage aus Astroturf, dann noch eine Decke aus struppigem grünen Plastik, um die Erde auf dem Friedhof abzudecken. Schlick war bestimmt zufrieden und glaubte, Jack endlich in die Krallen gekriegt zu haben. Seine Augen waren Jack mit ruhiger, tödlicher Aufmerksamkeit gefolgt, wann immer sie sich im selben Raum befanden. Jack hatte eigentlich vorgehabt, in seinem Testament zu vermerken, daß seine Beerdigung von einem anderen Bestattungsinstitut ausgerichtet werden sollte. Aber natürlich hatte er gar nicht beabsichtigt zu sterben oder seinen Tod vorzugaukeln. Falls er je wieder einen Anwalt finden sollte, der bereit war, ihn zu vertreten, mußte er sich unbedingt um diese Angelegenheit kümmern. Dieser Tod war ein Probelauf.

Er kehrte zu seiner Phantasie zurück. Was taten sie wohl mit seinen angeblichen sterblichen Überresten? Wer weinte, und wer betete? Er sah es vor sich – lauter Ehefrauen, Wogen von Ehefrauen, die wie ein Meer auf den Sarg zustrebten! Er faßte sich an die Stelle links im Mund. Seine Brücke stand bestimmt im Zentrum der Diskussion, abgesehen von dem, was sie sonst noch von ihm in der Asche gefunden hatten, von der verbrannten Rinderseite.

Indessen würde Jack als gewöhnlicher Maschinenarbeiter verkleidet seine eigene Werkstatt verlassen und zwei Meilen zum Haus seiner dritten Ehefrau gehen, zu der Zahnärztin, die liebevoll die perfekt sitzende Brücke eingefaßt hatte und sich nun vielleicht fragte, wo in dem Inferno, das Jack verschlungen hatte, der Rest ihrer sorgfältigen Arbeit geblieben war. Er zog sich so warm wie möglich an, packte seine Füße in uralte Stinksocken und zerknülltes Zeitungspapier, stopfte seinen Trainingsanzug mit einer zerschlissenen Wolldecke aus. Er fand eine drekkige Schaffellmütze mit Ohrenklappen und Kinnverschluß. Arbeitshandschuhe. Er steckte das Geld ein, das er Hegelstead abgeschwatzt und aus dem Automaten geholt hatte.

Draußen dann dieser komische Freiheitsschock! Der Tag war so kurz, daß das Nachmittagslicht schon verblaßte. Er konnte den Schnee riechen. Seine Sinne waren so empfindlich geworden, seit er nicht mehr trank, eigentlich zu empfindlich. Es war unangenehm, vieles von dem zu wahrzunehmen, wogegen er sich durch das Trinken abgestumpft hatte – zum Beispiel das Wetter. Es gab jede Menge Wetter und so viele andere Dinge, gegen die er sich in den vergangenen Monaten erfolglos abzuschirmen versucht hatte. Nur gut, daß ihn die Prellungen und blauen Flecken so entstellten. Dazu noch der Stoppelbart – ein mickriger Dreitagebart, mit dem er keinen Staat machen konnte, aber doch ausreichend, um seine Kinnlinie zu verbergen. Er ging die Straßen entlang wie ein normaler Mensch, der ein Ziel hat, wie ein verdreckter Arbeiter. Er hatte sogar die Vesperbox dabei, die unter dem Schreibtisch gestanden hatte und die er mitgenommen hatte, damit er aussah, als würde er nach der Schicht, nach irgendeiner Schicht, heimwärts streben. Den Regenmantel hatte er ebenfalls im Büro gefunden, genau wie die großen und verblüffend eleganten Arbeitsstiefel, die jedoch unter den langen Hosenbeinen seines Overalls verschwanden.

Als er sich Candys hübschem kleinem Haus näherte, in das Marlis nach der Geburt mit ihrem ganzen psychischen und materiellen Ballast eingezogen war, bemühte er sich verstärkt, nicht verdächtig zu wirken. Was würde die Kinderfrau, wer immer sie war, von seinem Schmuddeloutfit halten? Vielleicht sollte er sich als Onkel des Kindes ausgeben, der zu Jacks Beerdigung angereist war und seinen kleinen Neffen sehen wollte. Das würde er probieren.

Er klopfte.

Eine ältere Frau, muskulös und schlank, mit exotisch grünen Augen und rabenschwarzem, streng zurückgezurrtem Haar, öffnete die Haustür und blieb hinter der gläsernen Windfangtür stehen.

«Was kann ich für Sie tun?» fragte sie.

Jack wollte die Glastür öffnen, aber genau in dem Augenblick drehte sie den Schlüssel herum.

«Auf Wiedersehen», sagte sie.

«Warten Sie. Ich bin Jacks Bruder, der Onkel des Babys. Wollte den Jungen nur mal sehen!»

«Ich werde Dr. Pantamounty anrufen.» Die Tür dämpfte die Stimme der sich abwendenden Kinderfrau.

«Nein!»

Jack rannte hektisch von der vorderen Veranda herunter. Er wußte noch, wo er und Candice früher den Ersatzschlüssel für die Hintertür versteckt hatten. Er sprang über den niedrigen Hundezaun, holte den Schlüssel unter der zweiten Latte der rückwärtigen Veranda hervor und schlich leise durch die Küche ins Haus, als die Kinderfrau gerade zum

Telefon griff. Sie wirbelte herum und drückte blitzschnell die 9 und die 1.

Jack legte seine Hand auf ihre und sah ihr ins Gesicht, wobei er sich sehr bemühte, keinen bedrohlichen Eindruck zu machen.

«Bitte», sagte er mit seiner sanftesten Stimme. «Ich will nur meinen kleinen Neffen sehen. Ich werde ihm nichts tun. Bitte. Und außerdem brauche ich die Schlüssel von Candys Wagen, von dem weißen in der Garage. Hören Sie zu. Ich schreibe ihr einen Zettel. Sie ist bestimmt einverstanden. Wir sind sehr gute Freunde, und sie wird das schon verstehen. Wie heißen Sie?»

«Ich habe keine Angst vor Ihnen!»

«Ich wollte nur, daß wir ... daß wir uns besser kennenlernen.»

Die runden Augen der Frau wurden hart, ihr scharfes Gesicht schmal und blaß, die perfekt geschminkten Lippen preßten sich reptilartig zusammen. Ihr dichtes Haar war mit Akribie zu einem dicken Knoten hochgebürstet. Sie trug kleine, flache Schuhe und eine schicke Stretchhose, dazu einen Glitzerpullover. Sie stand im Türrahmen, und das Licht schimmerte in der weißen Wolle ihres Pullovers und den flammenden Blumenpailletten auf ihrer Brust. Die Kinderfrau seines Sohnes war auf eine Weise attraktiv, wie er es bei Frauen ihres Alters noch nie gesehen hatte. Er fand sie schön, obwohl ihr Gesicht von Falten durchzogen und finster war. In ihren wachsamen Augen lag keine Spur von Angst. Er schien sie kein bißchen einzuschüchtern.

Damit hatte er nicht gerechnet. Er begriff, daß sein Charme hier nichts brachte. Die Frau wußte genau, was vorging.

«Wie war noch mal Ihr Name?»

«Ich bin Mrs. Tillie Kroshus!»

Der elegante Haarknoten auf ihrem Kopf neigte sich ein wenig nach vorn.

«Darf ich jetzt meinen Neffen sehen?» fragte Jack. Vielleicht gab sie ja nach. Vielleicht ließ sie sich durch irgend etwas in seinem Gesicht, durch eine gewisse Ähnlichkeit etwa, doch noch umstimmen. Sie überlegte eine Weile – mit strategisch ausdrucksloser Miene.

«Nun, ich habe offensichtlich keine Wahl», sagte sie schließlich. «Ich hole die Autoschlüssel.»

Konnte es wirklich so einfach gehen?

«Wo ist der Junge?»

«Oben», sagte sie. Sie seufzte in pantomimischem Eingeständnis ihrer Niederlage und wies ihm den Weg. «Die letzte Tür am Ende des Korridors.»

Voller Vorfreude rannte Jack die Treppe hinauf, den Flur entlang. Er öffnete die Tür zu einem Schlafzimmer, in dem – er wußte es, sah es, begriff es sofort – seine beiden Exfrauen miteinander schliefen. Er stand in der Tür und konnte keinen Fuß über die Schwelle setzen. Verworrene nostalgische Gefühle überwältigten ihn. Da waren tausend kleine Zeichen. Er hatte mit beiden zusammengelebt, kannte sie intimst. Die Kopfkissen. Candy rollte ihres beim Schlafen zusammen, Marlis ließ ihres flach. Candy kämmte sich ungeduldig die Haare. Marlis verbrachte Stunden mit ihren Bürsten, ihren Wicklern, und sie schlief nackt. Candy trug unglaublich niedliche Nachthemden ... oh, Mist! Der Schreck durchfuhr ihn. Die Kinderfrau, die alte Füchsin! Er dachte an das Telefon und raste wieder hinunter – aber sie war nicht in der Küche. Er blieb stehen. Sie war nirgends. Doch dann ein Rascheln, das leise Klicken eines Schlosses. Das Baby war bei ihr unten gewesen, vielleicht hatte es geschlafen. Mrs. Kroshus hatte ihn ausgetrickst!

Er rannte durch die Seitentür in die Garage, und da war

die Kinderfrau und schnallte das Kind in Candices weißen Wagen!

«Oh, Mrs. ...!»

Sie drehte sich um, das Gesicht entschlossen und entspannt. Ihr schwarzer Knoten hob sich. «Kroshus», sagte sie mit Nachdruck. Sie funkelte ihn böse an und warf die Autoschlüssel durch die offene Garagentür die Einfahrt hinunter, wo sie klimpernd übers Eis schlitterten.

Jack hob beschwichtigend die Hände.

«Hören Sie, ich wollte doch nur ...»

Mit einer flinken Bewegung schnappte Mrs. Kroshus eine Heftpistole von der Bank, auf der das Werkzeug lag. Es war eine sehr starke Heftmaschine mit Pneumatik. Jack hatte sie gekauft, um den Teppichboden zu befestigen. Mrs. Kroshus umklammerte sie mit beiden Händen. «Stehenbleiben!»

Jack machte einen Schritt auf sie zu. Eine schwere Teppichklammer sauste über seinen Kopf hinweg, landete im Türsturz. Der nächsten konnte er auch noch ausweichen. Dann hagelte es richtig, und er wurde am Wangenknochen getroffen, direkt unter dem Auge.

«Aua! Herrgott!»

Er versuchte, ihr das Werkzeug zu entreißen, und bei dem Gerangel hielt er plötzlich ihr schwarzes Haar in der Hand – eine Perücke! Entblößt wippte die Kinderfrau auf den Zehenballen, geschmeidig und berechnend wie ein trainierter Ninja. Unter der Perücke hatte sie weiches graues Stoppelhaar, und ohne die Umrahmung bekam ihr Gesicht eine kühne, entschlossene Prägnanz. Sie schoß weiter mit der Heftpistole, während er herumhopste und sich duckte. Dann gingen ihr die Klammern aus. Der Abzug klickte. Leer! Prüfend beäugten Jack und sie sich. Wortlos schleuderte sie die Maschine auf ihn.

Was für ein Wurf! Glocken und Sterne.

Irgendwie kam er doch an sie heran und verschloß ihr den Mund mit der Hand, als sie aus Leibeskräften zu schreien begann. Hilfe, Hilfe! Mörder! Mörder! Er zerrte sie ins Haus oder versuchte es jedenfalls. Schnell wie ein Leichtgewichtringer entwand sie sich ihm. Sie ließ ihn über ihren wohlgeformten Knöchel stolpern und rannte wieder zu dem Baby. Trotz seiner Erschöpfung schaffte Jack es, sie zu erwischen, aber sie befreite sich mit einem Ellbogencheck. Sie klinkte die Wagentür auf. Er schlang beide Arme um ihre Taille und zog sie zurück. Es war wirklich erstaunlich, daß noch niemand das Geschrei gehört hatte, denn sie schrie immer weiter, als er sie wieder ins Haus schleifte. Kidnapper! Kidnapper! Mit ihren spitzen Fingerknöcheln boxte sie gegen Jacks alte Wunden, und sie trampelte ihm auf den Füßen herum. Im Haus riß sie sich erneut los, griff sich einen Küchenspatel und attackierte Jack damit. Als er ihr das Ding wegnehmen wollte, ließ sie es plötzlich fallen und stieß ihm die Daumen in die Augen. Er packte geblendet wieder zu. Sie schlug um sich, kratzte wie eine Wildkatze mit kräftigen, lackierten Fingernägeln, biß ihn, trat und tobte, aber schließlich fesselte Jack sie mit tränenden Augen an einen Stuhl. Er nahm das Kabel einer wackeligen Lampe dazu, dann noch ein zweites, das er aus dem Toaster riß. Er durchsuchte die Kramschubladen in der Küche, fand Isolierband, umwickelte ihr die Fußgelenke damit und trat dann einen Schritt zurück, um sein Werk zu begutachten. Die Kinderfrau blickte ebenfalls an sich hinunter, auf die hängenden Kabel.

«Das können Sie aber nicht besonders», kommentierte sie.

Jack nahm ihr gegenüber Platz. Sie sah wirklich schlecht verpackt aus: Der gebrochene Hals der Leselampe baumelte am einen Arm. Und dann die Knöchel mit dem Isolierband. Aber er war fix und fertig, seine Wunden bluteten wieder, seine Prellungen schmerzten, und sein Gesicht war mit einer Klammer verziert. Er wagte es nicht, das Metallstück zu entfernen, warf aber Tillie Kroshus darüber hinweg einen wütenden Blick zu. Wirklich beeindruckend! Eine Tigerin! Er sah keinen Anlaß, sie zu knebeln – hier drin konnte sie schreien, soviel sie wollte. Er würde bald über alle Berge sein, aber jetzt hatte er das Baby! Er hatte das Baby am Hals! Das gehörte nicht zu seinem Plan. Sein Gesicht brannte ekelhaft. Er überlegte verzweifelt. Wenn er sie losmachte, rief sie sofort die Polizei, aber wenn sie nicht losgebunden wurde, konnte sie sich nicht um seinen Sohn kümmern. Er brauchte den Wagen. Er hatte seinen Sohn nur kurz sehen wollen – jetzt saß er im Auto. Plötzlich mußte er so vieles entscheiden, daß ihm fast der Kopf platzte.

Um ein Haar hätte er die gefesselte Kinderfrau gefragt, was er nun tun sollte. Sie keuchte auf ihrem Stuhl, und er hatte ein schlechtes Gewissen.

«Kann ich Ihnen was zu trinken oder zu essen anbieten?» fragte er. «Bevor ich gehe.»

«Mir nicht. Dem Baby. Geben Sie ihm eine Flasche. Aber tun Sie ihm ja nichts an!» flehte sie. Ihre Stimme klang plötzlich flehentlich, bebte vor Angst.

«Hören Sie zu», begann Jack. «Er ist mein Sohn, um ganz ehrlich zu sein. Ich werd ihm bestimmt nichts antun. Wo ist die Flasche?»

«Im Kühlschrank.»

Jack ging zum Kühlschrank, spähte hinein und holte zwei Babyflaschen heraus. Eine mit Saft, eine mit dünner bläulicher Milch.

«Da ist noch ein Beutel, auf dem Rücksitz, sein Windelsack», erklärte die Kinderfrau widerwillig. «Er kriegt leicht Ausschlag. Sie müssen ihn stündlich wickeln, immer zur vollen Stunde.»

Jack stand vor ihr, in jeder Hand eine Flasche.

«Ich bin tatsächlich der Vater, ich schwör's Ihnen», sagte er.

«Dann müßten Sie eigentlich tot sein», entgegnete Mrs. Kroshus streng.

«Ich weiß», sagte Jack, plötzlich beschämt. «Tut mir leid.»

«Mir auch», sagte Mrs. Kroshus.

«Ich schreibe Candy einen Zettel», sagte Jack. «Als Erklärung.»

«Und ich soll die ganze Zeit wie ein dressiertes Brathuhn hier sitzen und warten?» Mrs. Kroshus fixierte Jack vorwurfsvoll. «Bis Dr. Pantamounty von Ihrer Beerdigung zurückkommt?»

«Was sonst», entgegnete Jack matt. «Sie sind gefährlich.»

Er konnte nicht umhin, das in leicht flirtendem Tonfall zu sagen. Aber die Kinderfrau war weder erzürnt noch erfreut.

Jack schrieb eine Mitteilung auf das oberste Blatt eines zahnförmigen weißen Blocks.

> Liebe Candy,
> ich kann alles erklären! Bitte ruf nicht die Polizei. John wird nichts geschehen, ich schwör's bei meinem Leben. Ich liebe dich noch immer.
> Jack

Er klemmte den Zettel unter einen Kerzenständer auf dem Küchentisch und verabschiedete sich dann achselzuckend von der Gefesselten, deren mütterliche Instinkte sich noch einmal zu Wort meldeten. «Vergessen Sie ja nicht, ihn gut anzuschnallen!» rief sie ihm mit klagender Stimme nach.

Draußen in der Garage warf Jack die verräterische Perücke auf den Beifahrersitz zu den Schals und Decken. Er überprüfte, ob der Babysitz richtig befestigt war. Das Kind in seinem warmen Schneeanzug regte sich schläfrig. Sein Gesicht verriet schon einen gewissen Eigensinn; der Mund war voll und fest, eine Linie. Die violetten und rosaroten Augenlider waren entspannt in glückseligem Schlaf – John hatte keine Ahnung, daß er gleich auf Reisen gehen würde. Die süße Unschuld seines Sohnes war faszinierend, beängstigend. Was sollte Jack tun, wenn das Kind aufwachte? Er ging die Einfahrt hinunter, hob die Wagenschlüssel auf und setzte sich dann hinters Steuer von Candices Wagen. Er setzte rückwärts aus der Garage und fuhr über die von Bäumen gesäumten, silberhellen Straßen davon.

Er war noch sechs Querstraßen vom Stadtrand und der verbrannten Ruine seines Hauses entfernt, als ihm klar wurde, daß Candice *natürlich* sauer sein würde, weil er das Baby mitgenommen hatte. Ihr Gesicht tauchte vor ihm auf – unversöhnlich, die Augen so hart wie die Spitzen ihrer Bohrer! Sie würde eine ausführliche Beschreibung von ihm samt ihrer Autonummer durchgeben und ihn in ihrem Wagen verhaften lassen. Das hier lief nicht gut. Überhaupt nicht gut! Außerdem begann es zu schneien; die Flocken wirbelten in gleichmäßigen Spiralen durch die Luft. Er mußte sich eine andere Möglichkeit einfallen lassen, nach Norden zu kommen. Er fuhr an den Straßenrand. Zuerst dachte er an den Flughafen, aber da, wo er hinwollte, landeten keine Flugzeuge. Außerdem würde er den weißen Wagen in der Kurzzeitparkzone abstellen müssen. Als nächstes dachte er an die Bahn. Ein früherer Angestellter von ihm arbeitete dort als Stationsvorsteher. An bestimmten Tagen fuhr Amtrak immer noch nach Nordwesten, wenn auch nicht mehr so häufig.

Perfekt. Jack fuhr in Richtung Bahnhof. Niemand beachtete ihn. Er hielt in der Nähe der Schalterhalle, als gerade ein Zug ankam, der beim Bremsen furchtbar keuchte und stöhnte. Wenn nur – sein Herz hüpfte. Er konnte mitsamt dem Baby diesen Zug besteigen und dann weiter nördlich in irgendeiner Kleinstadt aussteigen. Von dort aus konnte er Candice anrufen und ihr seine Notlage erklären. Er ließ den Wagen im Leerlauf stehen und rannte in das kleine neue Gebäude. Leute strömten an ihm vorbei, mit Tüten voller Lebensmittel, mit Decken und Koffern beladen. Er fixierte den Mann, der für Mauser & Mauser gearbeitet hatte, aber der erkannte ihn nicht, hielt ihn offenbar für einen Penner. Er winkte ab, pfiff durch die Zähne, stellte weiter Fahrkarten aus. Jack wartete ungeduldig darauf, daß sich die anderen Kunden zerstreuten, als ihm plötzlich ein durchaus vernünftiger Gedanke kam: Es war keine gute Idee gewesen, das Baby allein im Wagen zu lassen!

Er rannte los, um nach seinem Sohn zu sehen. Der Wagen war ... weg! Da sah er ihn. Er fuhr in Richtung Straße davon. In Panik preschte Jack los und schaffte es gerade noch, hinten auf die Stoßstange zu springen. Als der Wagen vom Parkplatz herunterfuhr, lag er platt auf dem Kofferraum. Mühsam kroch er ein bißchen höher, um etwas zu sehen. Ein junger Mann saß auf dem Beifahrersitz, und gesteuert wurde Candys Honda von einem älteren Mann, dessen Gesicht Jack aus verschiedenen Phasen seines Lebens kannte – aus der frühen Vergangenheit, und neuerdings von dem gerahmten Foto auf Shawns Kommode. Im Verlauf der Jahre hatte sich ihm das Bild von Gerry Nanapush ins Gedächtnis eingeprägt.

Eine alptraumartige Entschlossenheit packte Jack. Er schrie und brüllte, während er versuchte, sich am Wagen festzukrallen. Er konnte sich am Dachrand festhalten, bis Gerry beschleunigte und um eine Ecke bog. Dann ging es nicht mehr. Das Blech unter ihm war zu glatt. Als der Wagen in die Kurve fuhr, verlor Jack den Halt. Er sauste herunter und überschlug sich ein paarmal, zusammengerollt wie ein Akrobat. Er landete wie im Traum auf den Füßen und kegelte dann ein paar Leute um, die an der Straßenecke standen. Sie purzelten übereinander. Jack sprang auf und jagte hinter dem Wagen her, und als dieser verschwunden war, hinter der Luft.

6. Januar, 2 Uhr 22 *Den Schlaf überleben*
Dot, Candice, Eleanor und Marlis

Die Leuchtziffern auf der Uhr im Armaturenbrett zeigten schon fast halb drei, und als Eleanor zu reden aufhörte, wurden die Körper der Frauen schwer vor Müdigkeit. Eine nach der anderen nickten sie ein, wachten auf, nickten erneut ein. Nur weil immer wieder eine von ihnen hochschrak und ihre Nachbarin verzweifelt schüttelte, tätschelte und stupste, ehe sie selbst wieder wegsackte, nur weil sie abwechselnd in Panik gerieten, gelang es ihnen, diesem traumgleichen und höchst angenehmen Tod zu entgehen. Sie ließen einander nicht zur Ruhe kommen, und so wurden sie nach und nach wieder munter, als wäre auch der Schlaf nichts als ein Unwetter, das sie überstanden.

Nachdem sie dafür gesorgt hatten, daß keine mehr schlief, indem sie einander rüttelten und schubsten, sich an den Haaren zogen und an den Ohren zupften, schwiegen sie nun derart mutlos, daß keine es wagte, sich ein Herz zu fassen und weiterzusprechen. Schließlich stellte Dot die Heizung an und begann zu schreien, daß ihre Stimme im Wagen widerhallte. Sie forderte die anderen auf, sich Klapse zu versetzen, Lärm zu machen, zu brüllen, mit den Füßen aufzustampfen. Als der Radau vorbei war, hatte Candice, obwohl am leichtesten bekleidet und am weitesten von der Heizung entfernt, als erste ihre fünf Sinne beisammen.

«Bestimmt ist der Auspuff wieder verstopft. Macht mal die Fenster auf und laßt mich raus. Ich bin dran.»

Candices Zähne klapperten, und ihr dröhnte der Kopf. Ihr Blut fühlte sich schwer und vergiftet an. Erneut zwängten sich die Frauen hinaus und preßten sich, Candice vorneweg, in einer Menschenkette an den Wagen. Eisige Flocken aufwirbelnd, schaffte Candice es, eine zusammengebackene Schneewehe am Wagenheck kaputtzutreten. Als sie fertig war, quetschten sich die Frauen wieder in den Fahrgastraum, bürsteten sich so gut wie möglich den Schnee von den Kleidern, trampelten und schimpften sich warm.

Dot rief nach hinten zu dem Tramper.

«Ist alles in Ordnung? Hey, sagen Sie doch mal was!»

«Laßt mich in Ruhe.» Es kam nur verschlafenes Gebrummel zurück.

«Würden Sie uns bitte mitteilen», begann Marlis ärgerlich. «Hey, schlafen Sie nicht wieder ein – würden Sie uns bitte mitteilen, wer Sie sind?»

Aber das monotone Seufzen und Schnarchen setzte sogleich wieder ein, und selbst als Candice nach hinten griff und an der Decke zupfte, ächzte der Tramper nur.

«Das ist doch eine Frau, oder?»

«Glaub ich nicht! Klingt wie ein Mann.»

«Vermutlich sturzbesoffen. Schläft seinen Rausch aus.»

«Ich glaube nicht, daß er betrunken ist», meinte Marlis.

«Du mußt es ja wissen», sagte Candice.

«Ich bin die Expertin», bestätigte Marlis.

«Ich hab mir überlegt ...» Candice hielt inne. Nach Worten suchend, wandte sie sich an Eleanor. «Für wie wahrscheinlich hältst du ein Leben nach dem Tod? Wieviel Prozent Chance? Das würde ich gern wissen!»

«Ein Leben nach dem Tod!» Eleanor versuchte sich zu konzentrieren. Sie klatschte in die Hände und blies sich auf die Knöchel. «Ich spüre meine Füße kaum noch.» Sie trampelte heftig auf den Wagenboden. «Was ich glauben möchte und was ich tatsächlich glaube, sind zwei verschiedene Dinge. Ich würde dem menschlichen Leben eine zehnprozentige Chance geben, daß es nach dem Tod weitergeht. Ich meine, in einer irgendwie wahrnehmbaren Form.»

«Derselbe Körper oder dieselbe Persönlichkeit?» fragte Dot leise.

«Ein intaktes Gedächtnis? Ein Teil des Ichs? Zehn Prozent Chance.»

Marlis lachte, aber es klang bemüht. «Du magst Prozentzahlen, was?» sagte sie. «Dann versuch's mal mit diesen: Du wirst geboren. Hey, du Idiot, willkommen im Casino! Und vergiß nicht, am Schluß gewinnt *immer* das Haus.»

«Vor zehn Jahren hätte ich noch gesagt, halbe-halbe», fuhr Eleanor mit pseudowissenschaftlicher Attitüde fort. «Aber jetzt, nach allem, was ich über die Funktionen des menschlichen Körpers gelesen habe ... Eine nach der anderen wird auf einen biochemischen Prozeß reduziert.» Sie zuckte die Achseln. «Die Zahl geht runter. Ich habe gehört, Gefühle sind Neuropeptide. Das ist deprimierend. Aber was kann man schon von einem Gott verlangen, der täglich unter Beweis stellt, wie gleichgültig ihm alles ist? In jedem Leben gibt es glückliche Fügungen und Leid.»

Eleanor setzte zu einem ausschweifenden Vortrag an. Marlis erkannte die Warnsignale und versuchte, den Redefluß zu stoppen.

«Wir sind nur Masse», sagte sie rauh. «Ein Haufen Zellen. Mineralien. Keinen Zehn-Dollar-Chip wert. Wem wollt ihr hier was vormachen?»

«Ich glaube an die Naturwissenschaften», fuhr Eleanor fort. Es war unmöglich, sie aufzuhalten. «An die Weiterentwicklung unserer Spezies. Jetzt, wo der medizinische

Fortschritt unsere körperliche Evolution bestimmt, müssen wir unser Vertrauen einfach in die Naturwissenschaften setzen. Ich bin ziemlich überzeugt davon, daß wir uns eines Tages durch Genmanipulation unsterblich machen können. Wir werden immer wieder unser eigenes geklontes Ich gebären und aufziehen können. Wie gesagt, ich glaube an die Naturwissenschaften. Sie sind eine Art Religion für mich. Wenn Naturwissenschaften und Religion zusammenkommen, gelangen wir auf eine neue Stufe der Evolution. Wir müssen begreifen, daß wir Teil eines komplexen Lebenssystems sind. Wir sind die intelligenteste Spezies, behaupten wir, aber das sind unsere eigenen Maßstäbe. Wir besitzen nicht die Langlebigkeit eines Nadelbaumes oder die Belastungsfähigkeit eines Steins. Was wir besitzen, ist die Klugheit der Ratte.»

«Die Klugheit der Ratte», überlegte Marlis. «Da hast du gar nicht so unrecht. Anders ausgedrückt – die Fähigkeit, Scheiße zu fressen.»

«Im Notfall, ja.»

«Um zu überleben», fuhr Marlis fort. «Das kenne ich. Das kommt mir bekannt vor. Ich bin schon an einem Punkt, den die Evolution erst in tausend Jahren erreicht.»

«Also, ich bin da ganz optimistisch», verkündete Candice und drückte sich die Isolierdecke ein bißchen fester an die Brust.

«Ach ja? Inwiefern?» nölte Marlis.

«Mir gefällt das Computermodell», sagte Candice. «Selbst wenn der Stecker rausgezogen wird und ich tot bin, überlebt vielleicht was von meiner Software. Und außerdem gibt's ja das Übersinnliche. Ich hab zwar selbst noch nie was in der Richtung erlebt, aber man hört ja immer wieder von solchen Sachen. Solchen Phänomenen. Niemand kann bis jetzt alles erklären, stimmt's? Vielleicht gibt es viel mehr als das, was unsere Sinne wahrnehmen können, mehr als diese Dimension, mehr als dieses eine Leben. Das ist zwar nur so ein Gefühl, aber sind Gefühle und Instinkte etwa nichts?»

«Was für ein Riesenquatsch!» rief Marlis, selbst verdutzt über ihre Wut.

Eleanor ignorierte sie. «Wozu besitzen wir ein Bewußtsein, wenn nicht dazu, daß wir im Tod unseren Körper transzendieren, so wie jetzt im Leben? Wie können Bewußtsein und Neugier ein reines Produkt der körperlichen Evolution sein?»

«Bewußtsein!» Dot war plötzlich ganz aufgeregt. «Was ist überhaupt der Sinn von so was Kompliziertem?»

«Es könnte natürlich ein Fehler sein – das Bewußtsein, meine ich», sagte Eleanor. «Ein Fehler in der natürlichen Selektion, ein Ausrutscher, eine Mutation, die in eine Sackgasse führt.»

«Genauso wie die hyperempfindlichen und überflüssigen Nerven in unseren Zähnen», fügte Candice hinzu.

«Vielleicht hat es die Evolution einfach übertrieben. Was ist der Sinn und Zweck von tanzenden Bienen?» Eleanor klang bekümmert. «Eine unsinnige Komplexität. Hirschhornkäfer. Der Tintenfisch. Laubenvögel. Habt ihr schon mal was über deren Nester gelesen? Es gibt viele Wesen, die in irgendeiner Hinsicht überentwickelt sind. Der Hund zum Beispiel. Denkt nur an den Hund.»

«Fang ja vor Candy nicht von Hunden an», sagte Marlis. «Nimm am besten in ihrer Gegenwart das Wort gar nicht in den Mund.»

«Deren Geruchssinn ist ebenfalls eine Form des Bewußtseins», legte Candice prompt los. «Sie sollten auch ein Leben nach dem Tode haben. Außerdem möchte ich nicht in einen Himmel kommen, in dem es keine Hunde gibt.»

«Sie ist komisch, was Hunde angeht», erklärte Marlis. «Sie mag sie lieber als Menschen.»

«Als die meisten Menschen», sagte Candice. «Nicht alle. Nicht lieber als dich. Oder unser Baby. Aber Hunde bedeuten nicht nur einfache Liebe, simple Befriedigung, Verehrung. Sie sind nicht nur Ego-Streichler. Sie kennen höhere Gefühle. Erst wenn du betrogen worden bist, kannst du verstehen, was für ein Trost die Loyalität eines Hundes ist. Weißt du, wie wertvoll Vertrauen ist. Hunde schenken einem ihr Vertrauen auch nicht so problemlos, wie manche Leute denken. Das Verhältnis zu einem Hund kann nicht einseitig sein. Du mußt wie ein Hund denken, dem Hund das vermitteln, was er braucht, dem Leben des Hundes eine Form geben, zu der die Loyalität dir gegenüber und klar definierte Aufgaben gehören. Genau wie Ehemänner müssen Hunde wissen, wo sie in deiner Gunst stehen.»

«Wo stand Jack in deiner?» fragte Eleanor.

«Ich habe ihm weh getan», erwiderte Candice. «Aber solange er die Nummer eins war, war er auch der einzige. Jedenfalls habe ich ihn nie mit einer Schwangerschaft reingelegt. Ihn nie betrogen. Ich hatte meine Zweifel, aber als ich mich erst auf ihn eingelassen hatte, war ich ganz für ihn da. Ein Hund hat uns zusammen- und auch wieder auseinandergebracht. Jack war kein Hundemann, wirklich nicht.»

«Ich habe gar nicht gewußt, daß er je einen Hund hatte», sagte Eleanor. «Einmal hatte er eine streunende Katze. Die ist ihm nachgelaufen wie ein Hund.»

«Er kam nicht zurecht mit Hunden. Überleg dir mal, was für eine Art Mann keine Hunde mag?» Candice war ernst, nachdenklich. «Einer, der herzlos oder einfach zu ehrgeizig ist? Einer, der keinen Kontakt zu seinem Gefühlsleben hat? Einer, der für alle anderen Formen des Lebens taub ist?»

«Na gut, dann mochte er eben keine Hunde», ärgerte sich Eleanor. «Was ist daran so schlimm?»

Alles daran ist schlimm, sagte Candices Schweigen. Erst nach einer langen Pause zog Candice Pantamounty unter der Decke Marlis an sich und begann zu sprechen.

Candices Geschichte 6. Januar, 2 Uhr 44
Die Wasserwaagen

Man könnte sagen, ich habe mich selbst in meine Arbeit investiert. Mein Reproduktionsapparat hat meine Karriere als Zahnärztin finanziert. Ich war nicht ernsthaft mit jemandem zusammen, aber ich ging ständig mit Männern aus. Deshalb ließ ich mir Mitte der siebziger Jahre als Spirale ein Dalkon Shield einsetzen. Das Ding hat mich fast umgebracht – durchstoßene Gebärmutterwand, schwere Infektion, Entfernung der Gebärmutter. Anfangs fand ich, daß ich Glück gehabt hatte, weil ich nur unfruchtbar geworden war. Ich schob das Problem einfach weg. Ich wollte sowieso keine Kinder, sagte ich mir, warum hätte ich mir sonst so ein Ding einsetzen lassen? Es dauerte sechs Monate, bis ich richtig wütend wurde, und da lief bereits ein Musterprozeß. Eine Freundin in Baltimore schickte mir das Material, und ich schloß mich den anderen Klägerinnen an. Zwei Jahre vergingen, ich beendete das College und fing sofort mit meiner Zahnarztausbildung an. Als ich den Abschluß machte, hatte ich mein Diplom und meine Schadenersatzzahlung in der Hand, die ich als erste Rate für ein Haus und eine Praxis verwendete. Ich biß mich durch, verwandelte eine Katastrophe in eine Chance. So bin ich eben: Ich gebe mich nicht geschlagen, ich mache weiter. Nichts kann mich aufhalten – keine Trennung, keine Tragödie, keine Krankheit, kein Hindernis, kein Jack oder sonst jemand.

Wir alle haben Jack überlebt. Was ist schon ein Blizzard

im Vergleich zu ihm, Ladies? Er war unberechenbarer als jedes Unwetter.

Ich rede vom Überleben, als wäre das so einfach, aber selbstverständlich ist es das Schwierigste auf der Welt. Manchmal braucht man einen Engel, ein bißchen Schutz, einen Besucher aus einer anderen Dimension.

Manchmal braucht man einen Hund.

Ich setzte mich gerade mit den Nachwehen der schokkierenden Erkenntnis auseinander, was es hieß, keine Kinder haben zu können. Ich lebte sie auf ganz verschiedene Arten aus: indem ich mir unmöglich viele Patienten aufhalste, im winzigen Becken im Fitnessclub eine Meile schwamm, Gewichte stemmte, jedes einzelne Selbsthilfebuch in der Fargoer Bücherei las, vier Stunden schlief und dann schon wieder zu meinem ersten Termin antanzte. Und das bei einem Arbeitstag, der um sieben Uhr morgens anfing und abends um acht endete. Das ist die norwegische Art, mit Schwierigkeiten fertig zu werden – verdrängen, hart arbeiten und noch mal verdrängen. Dann kam der Bourbon dazu. Ich ging zu einem Therapeuten namens Dr. Hakula, machte ein Zwölf-Schritte-Programm und kam in Kontakt mit meiner inneren Kraft. Dann ließ mich diese höhere Kraft im Stich, und die niederen Kräfte setzten sich wieder durch. Ich trank, wenngleich weniger als vorher. Ich fing an, mich ganz auf meine Patienten zu konzentrieren. Ich war wie besessen von ihrem Wohlbefinden. Ich machte Reisen, sah die Fjorde, sah Bergen, Hammerfest, die Mitternachtssonne. Dann kam ich nach Hause. Ich rechne mein Leben in den Zeiträumen «vor der Spirale», VS, und «nach der Spirale», NS. Eines Tages las ich mein Horoskop. Gehen Sie raus ins Freie, stand da. Ich saß in meinem gemütlichen, mit Teppichboden ausgelegten neuen Haus und sah mich um. Draußen wuchs das

Gras! Das Gras war so hoch, daß es schon umkippte. Zeit zum Mähen!

Der riesengroße Rasen, der zu dem Haus mit den zwei Schlafzimmern gehörte, wurde mit Hilfe eines fahrbaren Rasenmähers gemäht, und den nahm ich jetzt. Ich fuhr über zwei Acres hin und her, eine wunderbare Therapie, und dann stieg ich ab und stopfte das Gras in Säcke. Die Säcke packte ich hinten ins Auto und brachte sie, eingehüllt in den Duft von frisch gemähtem Gras, zur Müllkippe. Dort gab es einen Bereich für Kompost. Dahin fuhr ich, parkte, und als ich meine Säcke vom Rücksitz und aus dem Kofferraum hievte, sah ich diesen Mann, der aus einem Pickup ausstieg. Es war kräftig, aber nichts Besonderes, fand ich zuerst, unauffällig gekleidet. Dann kam noch ein Hund herausgesprungen, auch ziemlich unscheinbar, aber er hatte so was Hellwaches, Dreistes, und das gefiel mir. Mit erhobener Nase sprang er herum und überprüfte seine Umgebung. Er trottete zum Rand der Grube, blickte hinein. Schien hochzufrieden. Blickte zurück zu seinem Herrn, der eine Pistole lud.

Die Szene – der Hund, der Mann mit der Pistole – kam erst gar nicht richtig bei mir an. Ich war nur schockiert, daß man hier Ratten schießen durfte. Also, das war das erste, was mir einfiel. So was ist doch gefährlich. Ich hatte nicht vor, mich da einzumischen, aber ich erkannte Jack auch nicht, obwohl wir in der High-School zusammengewesen waren. Er gab dem Hund mit scharfer Stimme Anweisungen. Der Hund warf ihm einen verächtlichen Blick zu, ging zu ihm und hob das Bein an seinem Knie. Als Jack nach ihm trat, setzte er sich vor ihn hin und beäugte ihn erwartungsvoll.

«Brav», sagte Jack. «Brav, du blöder Köter. Schön ruhig sitzen bleiben, Hundchen.»

Er holte einen Hundekeks aus der Tasche, und während der Hund fraß, winkelte er den Ellbogen an, stützte die Pistole auf den Unterarm, trat einen Schritt zurück und zielte.

Ich griff ins Wagenfenster und hupte. Jack blickte sich um, sah mich, und ich winkte ihm zu, er solle warten. Ich stieg in mein Auto und fuhr die zwanzig Meter, die uns trennten. Bei potentiell gefährlichen Situationen sollte man immer das Auto in der Nähe haben, das ist meine Theorie, als Schutzmantel aus Metall und zur schnellen Flucht. Ich parkte neben Jack, stieg aber nicht aus, kurbelte nur das Fenster herunter. Da erst erkannte ich ihn als den Jack, mit dem ich zu Schulzeiten ausgegangen war. Ich rief ihn zu mir. Er schien erstaunt, verwirrt, betreten, wie man das eben ist, wenn man sich nach so vielen Jahren wiedersieht. Aber er schien sich nicht im geringsten wegen seines Vorhabens zu schämen.

Ich fragte ihn freundlich, was er so mache, und er antwortete mir genauso freundlich, er habe gerade seinen Hund erschießen wollen, als ich ihn gestört hätte, und wie's mir denn so gehe?

«Hat der Hund irgendwas Schlimmes gemacht?» fragte ich.

Als Antwort knallte Jack seine Pistole aufs Autodach, direkt über meinem Kopf. Dann rollte er die Hosenbeine hoch, um mir seinen Verband zu zeigen.

«Fünfzehn Stiche.»

Der Hund schien verdammt stolz auf sich zu sein. Er grinste richtig. Das sah komisch aus.

«Ich mach dir 'nen Vorschlag. Statt den Hund zu erschießen, gib ihn lieber mir. Was meinst du dazu?» sagte ich.

Jack lachte nur. «Der Hund ist bösartig.» Seine Stimme war wie ein Kopftätscheln. «Ist bettelnd an der Baustelle

aufgekreuzt, also hab ich 'ne Weile versucht, ihn zu erziehen. Der ist nichts für dich.»
Ich holte zehn Dollar aus der Tasche.
«Auf keinen Fall», sagte er. «Ich seh schon die Schadenersatzforderungen auf mich zukommen.»
«Wie wär's mit dem Tierasyl.»
«Wie?»
«Um alter Zeiten willen.»
Er kam näher.
«Vergiß es», sagte ich. «Ich merke schon, ich muß andere Saiten aufziehen.»
Ich habe immer einen Hundertdollarschein im Fotofach meines Geldbeutels – das ist etwas, was ich auf meinen Reisen gelernt habe –, und den zog ich jetzt hervor und wedelte damit, zusätzlich zum Zehner.
«Du wirst mir diesen Hund verkaufen.»
Jack beäugte das Geld, schüttelte den Kopf, grinste.
Als er die Zähne entblößte, sah ich, daß der rechte Schneidezahn an der Zahnwurzel von Karies befallen war.
«Mach mal den Mund auf», sagte ich, schaltete meinen Charme ab und steckte den Geldbeutel weg.
«Wa...»
«Wann hast du dir das letzte Mal die Zähne geputzt?»
«Ach du Scheiße.»
«Ich mein's ernst. Ich bin Zahnärztin.»
Mit einer gehorsamen, nur halb gespielten Demut ging er neben dem Auto in die Hocke und sperrte den Schnabel auf. Ich überprüfte, was ich mit bloßem Auge sehen konnte. Der Hund beobachtete uns.
«Ich mach dir ein Angebot.»
Er klappte den Mund wieder zu, erhob sich, fragte, ob es das sei, was er denke. Ich zuckte die Achseln.
«Ich hab keine Ahnung, was dir durch den Kopf geht,

aber ich biete dir folgendes an: Du gibst mir den Hund. Ich bringe deine Zähne in Ordnung. Ich mache so was schmerzlos. Ich schwör's dir – wenn ich dir weh tue, kannst du einfach wieder gehen. Du tust mir nur leid, Jack, echt!»

Endlich nickte er. «Du handelst dir bloß Probleme ein», warnte er mich noch.

«Normalerweise sind die billiger zu haben.» Ich blickte wieder auf sein Bein. «Fünfzehn Stiche?»

«Und das hier.»

Er hob die Hand, um meine Visitenkarte zu nehmen, und der Ärmel rutschte zurück: lauter vernarbte Bißspuren auf dem Unterarm.

Ich nahm den Hund mit nach Hause, und er war tatsächlich ein Angstbeißer. Er versuchte zu beißen, ehe man ihn biß. Ich verstand das. Es gab durchaus schwierige Momente. Manchmal packte ich mit jeder Hand ein Ohr, und er stand angriffsbereit mit gefletschten Zähnen, aber da hätte er erst seine Ohren eingebüßt. Oder ich trat energisch auf die Würgeleine, wenn er zur Attacke ansetzte. Ich durchschaute diesen Hund von Anfang an, und als er mich schließlich auch verstand, war es eine perfekte Beziehung. Pepperboy war zur Hingabe geschaffen. Ich war dazu geschaffen, sie entgegenzunehmen. Aber dann wurde das Leben natürlich komplizierter.

Jack ließ sich einen Termin geben, kam eines ziemlich späten Morgens vorbei. Öffnete den Mund, und meine Hygiene-Assistentin Andrea bemühte sich, nichts zu sagen, sondern nur die Röntgenaufnahmen zu machen. Wir machten etwa zwanzig. Sechs Zähne brauchten eine Wurzelbehandlung. Er hatte eine unheimlich hohe Schmerzgrenze, und wenn er doch etwas spürte, hatte er es bislang immer mit Jack Daniel's behandelt. Er meinte, er könne nicht feststellen, wo der Schmerz eigentlich herkomme, so durch und durch gehe er ihm. Er meinte, er habe seit Monaten schlecht geschlafen, und die Probleme habe er schon seit vielen, vielen Jahren. Wenn er seinen Kopf aufs Kissen lege, sei es, als würde ein elektrischer Kontakt hergestellt – als würden alle seine Zähne aufs Nervensystem beißen und nicht mehr loslassen.

Ich befahl ihm, sich auf dem großen Stuhl auszustrecken, betäubte ihn. Als der Schmerz in seinen Zähnen aufhörte, traten ihm Tränen in die Augen. Ich hatte solches Mitleid mit ihm. Dieser große Kerl, ein ehemaliger Freund etc., und so gestraft. Wie ein junger Hund. Ich behandelte ihn extrem behutsam, und dann sagte ich ihm, daß wir uns in den kommenden Monaten ziemlich oft sehen würden.

Bei diesen Terminen unterhielten wir uns dann immer, während er auf die Wirkung des Novocains wartete. Er erzählte mir von seinem Leben seit der High-School. Als ich hörte, daß er eine Scheidung hinter sich hatte, leuchtete mir der Zustand seiner Zähne eher ein. Leute, die in Scheidung leben, vernachlässigen oft ihr Gebiß. Nach dir, Eleanor, und vermutlich schon zu deiner Zeit hat sich Jack an jede Frau in seiner Umgebung rangemacht. Da war's natürlich aus mit der Mundpflege. Ganz zu schweigen davon, daß er immer schon eine Vorliebe für Süßigkeiten gehabt hatte. Von seinem Vater geerbt.

Wir gingen miteinander aus. Das erste Mal seit der Schule. Es war aber nur eine Verabredung zum Mittagessen. Ich hatte die letzte Krone auf den letzten Zahn gesetzt, und das Essen sollte sozusagen zu Ehren von Jacks Mund stattfinden. Aber es fand dann doch zu Ehren von Jacks anderem Lieblingskörperteil statt.

Was sagte er als erstes zu mir?

«Ich hab *alle und jede* in Fargo gefickt.»

Er sagte das in einem tragischen Tonfall, während wir in einer hübschen Nische mit antiken Messinggeländern und Milchglas die Speisekarte studierten. Im Old Broadway gab es große Salatteller, deshalb aß ich gern dort. Ich achte auf mein Gewicht.

«Mit dieser Aussage beschreibst du genau dein Hauptproblem, Jack – wenn du dir auch nur einen Moment lang die Mühe machen würdest, darüber nachzudenken.»

Als er die ersten Male zu mir gekommen war, hatte sich alles nur um seine Zähne gedreht, aber dann hatte er, wie gesagt, angefangen, mich öfter wegen seines Privatlebens um Rat zu fragen. Zuerst hatte ich sehr mißtrauisch reagiert. Ich wußte ja, wer und wie er war – so wie man nur die Männer kennt, die man sich in der Schule mit seinen Freundinnen geteilt hat. Jack war mehr als durchsichtig für mich, er war unsichtbar, eine Art Kindmann. Ich sah ihm beim Essen zu, nein, ich durchleuchtete den Teil von ihm, den ich noch nicht gesehen hatte, mit Röntgenstrahlen, sah den Fortschritt seines Mahls quasi wie ein wissenschaftliches Diagramm vor mir. Mir wurde ganz schwindelig. Jack aß ein riesiges Club-Sandwich mit Pommes. Dazu bestellte er zwei Drinks, eine Bloody Mary, ein Bier, und aß einen Sahnekuchen als Nachspeise. Er war kräftig, aber überhaupt nicht fett, nur schwer und muskulös, und seine Energien waren damals zwar reduziert, aber trotzdem grenzenlos. Er meinte, er käme über lange Phasen mit ein oder zwei Stunden Schlaf pro Nacht aus; er arbeitete dann rund um die Uhr, brüllte, schrie, trieb seine Männer auf den Baustellen an und zwang sie zu Höchstleistungen, bis sie vor Erschöpfung manchmal fast tot umfielen. Er war dafür bekannt, daß er seine Aufträge pünktlich und im

Rahmen des Kostenvoranschlags erledigte. Im Baugewerbe braucht man das nur einmal zu schaffen, und schon wird man zur Legende.

Ich glaube, ich betrachtete ihn damals als einen Mann, der einmal viel Geld verdienen würde – nicht, daß Kohle mich besonders beeindruckt, nein, ich spürte nur dieses Knistern, wenn er die Schultern bewegte. Frische Druckfarbe. Papier. Aber sein Grinsen war eine Geldfälscherpresse.

«Mein lieber Jack», sagte ich bei diesem ersten Rendezvous, wobei ich mich bemühte, es nicht so klingen zu lassen, als interessierte ich mich irgendwie für sein Liebesleben, mit dem ich, ganz ehrlich, auch wirklich nichts zu tun haben wollte. «Vielleicht mußt du endlich kapieren, daß du sexuell ein Neanderthaler bist.»

Ich ließ diese Bemerkung einen Moment lang wirken, aber Jack hatte seinen traurigen dunklen Blick schon abgewandt und beäugte jetzt unverhüllt eine breithüftige Kellnerin, die ihm den Finger zeigte.

«Du hast recht», sagte er entschlossen und biß kräftig in sein dreilagiges Sandwich. «Alle, die ich je angefaßt habe, habe ich mir zu Feinden gemacht, nur dich nicht. Wir sollten uns verloben oder so, Candy.»

Ich legte die Gabel weg.

«Sieh mich an.»

Jack gehorchte, hörte auf zu essen und schaute mir ins Gesicht. Ich weiß, wie ich aussehen kann, wie gut, vor allem, seit ich aufgehört habe zu trinken. Ich bin eine robuste Frau mit glattem, kurzem Haar und einem sommersprossigen Gesicht. Die Leute finden mich nett. Gut. Ich bin froh, daß ich so wirke. Ich habe einen ausgezeichneten Kreislauf. Ich wirke immer rosig und warm. Darunter bin ich knallhart.

«Ich bin die Sorte Frau, die dich sofort im Stich lassen

wird», teilte ich ihm mit. «Behandle mich richtig, und ich mache dich unglücklich.»

Jack streckte die Hände aus. «Ich versteh das nicht.»

«Es ist ganz einfach. Ich habe kein Interesse, Jack. Du bist nur verzweifelt. Aber du brauchst eine stabile und starke Frau und vor allem eine, die verzeihen kann.»

Jack begann wieder zu essen, stopfte sich beharrlich voll.

«Du hast vermutlich recht», sagte er. «Ich bin sogar ziemlich sicher, daß du recht hast. Aber das Problem ist folgendes – die Sorte Frau, die ich eigentlich lieben sollte, will ich nicht.»

«Du kannst meinen Rat befolgen oder nicht. Mir ist das schnuppe.»

Jack nahm sein Stück Kokossahnekuchen vom Mund, senkte die Gabel, sah mich das erste Mal richtig an und runzelte die Stirn.

«Das glaube ich gern», sagte er sanft. «Aber was ist mit dir? Ich habe einiges mitgemacht, und vielleicht hab ich ja tatsächlich was über meine Grenzen gelernt. Vielleicht kannst du mir bloß nicht glauben, weil du mich von früher kennst. Ich nehme junge Liebe ernst. Ich mache mir Gedanken darüber. Hast du je daran gedacht, daß wir vielleicht füreinander bestimmt waren? Bist du schon mal auf den Gedanken gekommen, daß du mich vielleicht dermaßen gut kennst, daß du einfach blind dafür bist, wie ich mich verändert habe? Natürlich kennst du mich nicht mehr in- und auswendig, jetzt nicht mehr jedenfalls.»

«Ich hab das alles vergessen.»

«Nein, hast du nicht.»

Wir starrten über die Ruinen unseres Mittagessens, die dreckigen Teller und die klebrigen Gläser hinweg. Ich musterte ihn genau, um zu sehen, ob das, was er sagte, vielleicht mit Hintergedanken verbunden gewesen war, aber er mied meinen Blick. Er taxierte mich nicht, lauerte nicht auf meine Reaktion, sondern widmete seine ganze Aufmerksamkeit der lackierten Maserung der Tischplatte. Während ich wartete, spürte ich eine minimale Veränderung, dieses leise Klick, und plötzlich war da etwas, was vorher noch nicht dagewesen war, etwas Spekulatives, der Hauch des Unbekannten, Neugier, diese elementare Komponente sexueller Zuneigung.

«Treib keine Spielchen mit mir.» Ich glaube, meine Stimme zitterte ein kleines bißchen.

Und da, in dieser Nische, mit all den Leuten um uns herum, die es aber gar nicht merkten, zog Jack ganz beiläufig die Halsschleife meiner roten Seidenbluse auf. Ich trug irgendwas aus schwarzer Spitze darunter, und als der Ausschnitt auffiel, merkte ich, daß Jack dieses Kleidungsstück registrierte. Mit kaltem Blick ließ ich ihn glotzen, dann band ich die Schleife wieder zu.

«Weiter kommst du nicht», sagte ich. Aber ich war ganz durcheinander.

Es war die Art, wie er mich anlächelte – reumütig, als die Schleife wieder perfekt gebunden war, und unverfroren, weil er wußte, daß wir noch mehr herausfinden mußten. Er wußte es einfach. Es war die Art, wie er sich wieder über die Sahne auf seinem Kuchen hermachte, wie er mich über den Kuchenrand hinweg anschaute. Es war seine breite Hand auf der Gabel, der Schatten unten an seiner Kehle, der Fingerbreit Sorge zwischen seinen Augenbrauen. Was mich überzeugte, war nichts, was ich richtig benennen könnte oder was eine rationale Basis gehabt hätte, und doch gab es plötzlich keine Rettung mehr. Gar keine. Bei jeder meiner Beziehungen habe ich einen ähnlichen Moment der Klarheit erlebt. Alles schien viel zu wirklich. Meine Zukunftsangst erdrückte mich fast mit ihrem Gewicht. Meine Hände zitterten, und meine Kleider waren plötzlich zu klein und zu eng. Ich spürte die Linien in meinem Gesicht, ein Brennen in den Schläfen, einen enormen Druck unter der Schädeldecke. Ich konnte nicht atmen, konnte meine Lungen nicht füllen. Wut überkam mich und dann Verzweiflung und schließlich reine Liebe, ein Mantel des Vergessens und der Hoffnung.

Anfangs war es ein Dreieck – ich, Jack und Pepperboy. Unser Hochzeitstag. Jack stand in einer Gruppe von Leuten, die in hellen Pastelltönen gekleidet waren. Er drehte sich um, einen Drink in der Hand, und suchte über die Köpfe hinweg nach mir. Er begegnete meinem Blick quer durch den Raum, zog die Stirn hoch und machte eine Handbewegung, um anzudeuten, daß er eine Frage hatte. Ich weiß noch, daß ich verneinend den Kopf schüttelte, egal, wie die Frage lauten würde. Jack neigte den Kopf zur Seite, stumm weiter fragend. Ich beugte mich hinunter und gab Pepperboy das erste Stück Hochzeitskuchen zu fressen. Jack schaute weg. Wir hatten uns darüber gestritten, ob Pepperboy mitkommen sollte, und Jack hatte verloren, so wie er alle Auseinandersetzungen über meinen Hund verlor. Immerhin hatte der Hund uns zusammengeführt. Was konnte Jack dagegen vorbringen? Ich ging zu ihm hinüber, beteiligte mich nett an der Unterhaltung, nahm Jacks Arm. Ich wußte, daß er keine Lust hatte zu trinken. Teilweise wegen Pepperboy. Der Hund hatte eine ernüchternde Wirkung auf Jack, vielleicht weil er nichts trank. Jack meinte, er fühle sich nie richtig wohl, wenn er sich was einschenkte, wenn er ein Bier aus dem Kühlschrank holte. Mit einem Satz war Pepperboy dann immer bei ihm und glotzte mit aufgestellten Ohren. Auch jetzt stand der Hund an seinem Knie und fixierte den Drink in seiner Hand. Jack hielt das Glas auf Armeslänge von sich weg. Pepperboy durchschaute es, wenn man ihn veräppeln wollte, wandte sich mir zu und leckte ruhig mein Bein.

Jack riß sich zusammen, kippte den Drink hinunter, ohne den Hund anzusehen, und ging. Ohne mich.

Er verließ unseren eigenen Hochzeitsempfang! Ich nehme an, das hätte ich als Omen betrachten sollen.

Er ging, und ich hatte niemanden mehr, der mich im Auto mitnehmen konnte. Er war nicht besonders gut im Umgang mit solchen Kleinigkeiten, obwohl er in vielen anderen Bereichen seines Lebens hervorragend klarkam, auch beim Sex. Da war er wie eine Katze. Er verlangte absolute sexuelle Hingabe von mir, aber genau nach seinen Vorstellungen und seinem Zeitplan, und er reagierte mit gelangweilter Gleichgültigkeit, wenn ich ihn ohne Erlaubnis zu streicheln begann. Ich hatte mich an unser Jede-dritte-Nacht-auf-dem-Center-Court-Arrangement gewöhnt. Es war ja, wie wir alle wissen, wirklich toll, wenn Jack in Stimmung war – also immer ungefähr ein Jahr lang.

Vielleicht kam's daher, daß sich Pepperboy in seiner Hundehütte so einsam fühlte. Nach ein paar Monaten hatte Jack mir das Versprechen abgerungen, den Hund unten zu lassen, aber manchmal, wenn er so bettelte und winselte, nahm ich ihn heimlich mit nach oben. Ich wachte kurz vor der Morgendämmerung auf, dachte daran, daß es Pi mal Daumen drei Tage her war, und begann, mein Bein an Jacks Bein zu reiben. Er streckte die Hand nach mir aus und erwischte den Saum meines seidigen T-Shirts. Immer, wenn ich seine Hüften berührte oder die Hüften irgendeines Mannes, aber vor allem die von Jack, die so glatt wie Seife waren und so federnd, begann mein Puls zu rasen. Ich rollte näher zu ihm, wollte ihn haben. Jack streckte sich und seufzte. Ich berührte ihn sanft, bittend, und nach einer Weile nahm er mich in die Arme. Gleich darauf bewegten wir uns gemeinsam, schnell, mühelos, vielversprechend – da grummelte es drohend unterm Bett.

«Was war das?» Jack hielt inne.

«Was?»

Er begann sich wieder zu bewegen. Der Hund knurrte.

«Halt die Fresse, Pepperboy», sagte Jack.

Wir hatten uns von der Seite geliebt. Ich erstarrte neben ihm. Jack spürte meine Wut und schrumpelte zusammen. Mein Blut pulste vor Verwirrung, und so lagen wir nun da, wie plötzlich umgepolte Magnete mit enormer Abstoßungskraft.

Ich setzte mich auf.

«Sag das nie wieder.»

«Was soll ich nie wieder sagen?» Jack stützte sich auf den Ellbogen. «Dieser Hund liegt unter meinem Bett. Da sage ich, was ich will!»

«Tust du nicht!»

«Hör gut zu!» Er beugte sich über den Rand der Matratze. «Hey, du blöder Mistköter! Hau bloß ab.»

Pepperboy erschien, robbte langsam über den Teppich. Er schüttelte sein Fell. Stand neben dem Bett. Im grauen Dämmerlicht schimmerten seine Augen haßerfüllt.

«Schon gut, Pepperboy», sagte ich.

Der Hund wich zurück, ohne seine blassen Augen von Jack zu wenden. Mir gefiel es, daß er die Verstohlenheit eines wilden Tiers besaß, eines Kojoten, einer Kreatur, die ganz und gar auf ihre Intelligenz angewiesen ist.

«Hungrig?» Ich wagte es, das Wort auszusprechen.

«Wer? Ich?» sagte Jack zu sich selbst. «Ich glaub, ich hör nicht richtig.»

Ich stand auf und begann das Bett zu machen, während Jack noch drinlag. Da erhob er sich ebenfalls und ging mit diesen eingeübten, übertriebenen Gesten, mit denen Männer ihre Wut zeigen, im Zimmer auf und ab. Er warf mit Dingen. Schwang seine Hose über dem Kopf herum. Schlug mit dem Hemd gegen einen Stuhl. Der Hund tappte hinter mir her, zur Tür hinaus und die Treppe hinunter. Seine Nägel klickten auf dem Holzparkett, den Fliesen, während ich ihm seine Frühstücksflocken in die Schale schüttete.

«Erstick dran!» schrie Jack von oben.

«Du bist eifersüchtig.» Ich ging wieder hinauf und blieb in der Tür stehen. «Eifersüchtig auf ein armes Tier, das du fast umgebracht hättest.»

«Er weiß es! Er weiß es. Er haßt mich. Er ist besessen. Außerdem – mir machst du nie Frühstück.»

Ich wandte mich dem Hund zu, der mir gefolgt war. Mit aufgestellten Ohren erwiderte Pepperboy meinen Blick, nicht unterwürfig, sondern eher wie ein Partner, als würde er fragen: «Was willst du von mir?» Also sagte ich es ihm.

«Sag, daß es dir leid tut», befahl ich. «Geh und entschuldige dich.»

Mit einer Kopfbewegung deutete ich auf Jack.

«Mach schon. Sag, daß es dir leid tut.»

Pepperboy krümmte sich zusammen, ließ den Kopf hängen. Jack beobachtete ihn fasziniert. Langsam ging der Hund auf ihn zu. Wieder fixierte er Jack mit diesem hypnotisierenden Blick. Am Bettrand angekommen, drehte er sich zu mir um, und seine Augen sagten: «Muß ich wirklich?» Ich antwortete mit einer bestätigenden Handbewegung.

Der Hund ächzte, legte sich hin und rollte sich dann auf den Rücken.

«Eine Unterwerfungsgeste», erklärte ich Jack. «Jetzt mußt du ihm den Bauch tätscheln. Mach schon. Auf die Art begreift er, daß du sein Alpha bist.»

Jack beugte sich hinunter und strich über die dünnen

Haare und die rosarote Haut am Bauch des Hundes. Durch die Finger konnte er den schwachen Strom der Abscheu des Hundes spüren, das sah ich, aber Pepperboy wagte es nicht, sich zu rühren, weil er wußte, daß ich zuschaute. Wie dumm, daß ich mich dann umdrehte, wie dumm, daß der Hund nach Jacks Hand schnappte, eine tiefe Zahnspur darin hinterließ und die Flucht ergriff.

Von da an kam es mir so vor, als würde ich das gleiche tun. Mein Körper war Jacks Körper immer irgendwie schwerelos entgegengeschwebt. Jetzt fühlte ich mich passiv, zäh wie Teig, so teilnahmslos, daß ich mich am liebsten umgedreht hätte wie eine gläserne Schneekugel, um mich zu schütteln, bis ich schneie. Jack lenkte sich mit seiner Arbeit ab, mit seinen Plänen. Seine neue Firma bekam den ersten großen Auftrag – ein riesiges, billiges, anspruchsloses Motel außerhalb der Stadt. Er nahm mich jeden Tag mit, damit ich mir alles ansah. Die Türen waren innen hohl und die Installationen billig.

«So würde ich das nie machen», sagte er und rüttelte an einem wackligen Türgriff. «Das Zeug da ist Scheiße. Aber für mehr zahlen sie nicht. Übernachte hier bloß nie. Du würdest keine Minute schlafen. Die ganzen Rohre sind aus Plastik. Verdammt laut!»

Ich schlug seine Hand weg und betrat das Motelzimmer. Der Hund folgte mir auf den Fersen. Jack kam ebenfalls hinterher. Der Hund knurrte jetzt immer, sobald ein Bett in Sichtweite war.

«Das ist doch lächerlich», meinte Jack mit leiser Stimme. Plötzlich trat er nach Pepperboy. «Beiß mich noch einmal, und ich jag dir tatsächlich 'ne Kugel durch den Kopf.»

Ich hielt die Luft an und atmete dann ganz langsam aus. Jedesmal wenn Jack meinen Hund bedrohte, stieg eine Wut in mir hoch, eine Blase so rabenschwarzer Finsternis, daß ich mich richtig unwirklich fühlte, als würde ich gleich aus der Haut fahren. Ich hatte vorher noch nie jemanden gehaßt und wußte damals gar nicht, daß ich aus einem so dunklen Brunnen trank, eine so tiefe Quelle anzapfte. Ich verachtete jeden, der auf einem Wesen herumhackte, das schwächer war als er selbst – ob Tier oder Mensch. Ich respektierte Jack nicht mehr, seit er Pepperboy getreten hatte.

Es gab zuviel, was ich nicht sagte, nicht sagen konnte, mich zu sagen weigerte, und weil Jack die Worte nicht sehen oder sich auch nur vorstellen konnte, füllte sich die Luft um mich herum plötzlich mit dunklen Tintenflecken. Er näherte sich mir, und mein Gesicht verschloß sich. Ich war wieder im Englischunterricht, wo ich immer gute Noten hatte, obwohl ich keinen Satz analysieren konnte. Die Zeichensetzung machte ich immer nach Gefühl; gelegentlich dachte ich zwar, ich hätte es endlich kapiert, aber oft hatte ich das blöde Gefühl, daß sich ein winziges Fenster öffnete und ich auf eine Landschaft aus dicken, verschlungenen Sätzen blickte, die ich niemals entwirren konnte. Genauso fühlte sich das jetzt um uns herum an – die emotionalen Botschaften flogen so dicht und schnell vorbei, daß ich sie nicht entziffern konnte, und die Haken der Fragezeichen und Pfeile der Kommata piksten mir ins Hirn.

Ich streckte ihm die Hände entgegen, eine Geste ohne Gefühl, und war erleichtert, als er sich abwandte und nur noch ich und Pepperboy übrig waren.

Wir – ich und mein Hund – fuhren nach Hause und gingen nach unten. Jacks Werkstatt war auf einer Seite sehr ordentlich, auf der anderen chaotisch. Auf der ordentlichen Seite hatte er Holzschränkchen und Haken, an denen sein Werkzeug hing. An der Wand standen ordentlich sortierte Glasbehälter mit verschieden großen Schrauben, Nägeln und Dichtungsringen. Auf einem Regal bewahrte er seine Lieblingswerkzeuge auf: ein paar Handhobel, alte Fuchsschwänze mit kunstvoll verzierten Griffen. Aber ganz besonders am Herzen lagen ihm die Wasserwaagen. Die älteste war aus hellem Holz mit Messingverzierungen. Er besaß auch ein französisches Modell, bei dem das Meßglas mit dem Alkohol von zwei fliegenden Engeln gehalten wurde. Daneben lagen eine Reihe schwedischer Wasserwaagen und ein paar alte Eigenbaumodelle, die er selbst restauriert hatte. Ich mochte Jack wegen dieser Wasserwaagen; es gefiel mir, daß er sie sammelte, und manchmal ging ich hinunter in seine Werkstatt, nur um vor diesen Regalen zu sitzen. An diesem Abend nun lag der Hund zu meinen Füßen. Ich stellte mir das zarte Röhrchen mit limonengrüner Flüssigkeit in meinem Inneren vor, wo nie ein Kind wachsen würde. Mein Herz bebte, ich ballte die Fäuste, aber ich atmete tief, bis sich die Luftblase genau zwischen den zwei schwarzen Strichen befand.

Der wandernde Raum 6. Januar, 3 Uhr 10
Candice

Jack brachte mir bei, wie man seine Hände als Werkzeuge benützen kann, das heißt zu anderem als zum Zähnefüllen. Er zeigte mir, wie man sie trainieren kann, wie man die Finger ruhig hält, wie man mit groben und feinen Dingen arbeitet, wie man Pfeile herstellt. Wir machten das an einem kleinen Holztisch in einer freigeräumten Kellerecke. Ich saß neben Jack auf einem knarrenden Stuhl und paßte auf seine Sachen auf, legte die Tuben mit Leim ordentlich hin, sortierte die gelben und orangenen Nocken in Gläser, die Befiederungen in Schachteln – grün, grau, weiß und rot. Wir saßen im Licht einer verstellbaren kleinen schwarzen Lampe, nur er und ich. Das waren intime Augenblicke – wir beide bei der Arbeit im Keller. Er visierte einen leichten Schlangenschaft entlang und schnitt ihn für das Zuggewicht seines Bogens zurecht. Behutsam holte er eine Broadhead-Pfeilspitze mit einer Dreiblattschneide aus einem speziellen Holzbehälter und begann sie zu fixieren. Wir arbeiteten stundenlang in diesem kleinen Lichtkegel, und als wir ein halbes Dutzend genau ausbalancierte Pfeile hatten, alle identisch, einsatzbereit und perfekt, reichte ich sie ihm einen nach dem anderen, und er stellte sie in einen Köcher über dem Regal, damit sie trocknen konnten, ohne daß jemand sie aus Versehen anfaßte und sich an den messerscharfen Jagdspitzen verletzte.

Ich kann mir das Lachen nicht ganz verkneifen, denn um diese Zeit bekam ich einen guten Rat: Teilen Sie seine Interessen. Okay, denke ich, und was sind seine Interessen? Andere Frauen! *Na toll. Denk weiter nach.* Na ja, die Jagd.

«Ich komme mit», sagte ich eines Tages.

«Aber klar doch.»

Er glaubte mir nicht. Ich war quasi Vegetarierin, eine typische Tierfreundin. «Du wirst mich doch nur hassen, wenn ich Bambi umbringe.»

«Ich bin nicht so schlicht gestrickt», sagte ich. «Die Jagd gehört zur natürlichen Ordnung der Dinge. Ich sehe das durchaus ein, Jack. Ich bin nur dagegen, daß man diese armen Kälber mästet und abschlachtet.»

Er befand also, daß ich mitkonnte. Daraufhin machte ich mir ziemliche Hoffnungen. Vielleicht entstand ja auf dem Jagdausflug eine neue Bindung zwischen uns. Vielleicht verliebte er sich in mich – richtig und für immer. Ich würde ihn schmelzen, ihn wärmen, ihn mit Käsebroten füttern und mit Thermoskaffee aufheizen.

Manche Leute gehen nur bei gutem Wetter gern auf die Jagd, aber Jack mochte es, wenn der Himmel gefährlich aussah. An einem kalten Morgen im November weckte er mich, und wir gingen los. Die Luft roch nach feuchter Erde, die Wolken hingen tief und trüb am Himmel, selbst in der pechschwarzen Dunkelheit um fünf Uhr morgens. Gegen sieben würde die Sonne wie eine schwache Glühbirne hinter ihnen zu leuchten beginnen, die Helligkeit würde zunehmen und sich ausbreiten, bis die kahlen Felder, die Straßen, die Sümpfe und das Marschland am Fluß einen gleichmäßig körnigen Glanz annahmen. Jack fuhr vorsichtig, ich saß angeschnallt neben ihm auf dem Beifahrersitz des Pickup und döste. Im Traum spürte ich, wie mein Kopf gegen den Gurt sackte und wieder zurückfiel. Der metallisch schmeckende Gurt legte sich immer wieder über meinen Mund wie Klebeband. Jacks Armeejacke, die auf dem Sitz zwischen uns lag, hatte tiefe Taschen, die ich vollgepackt hatte: Schokoriegel, Sandwiches und Äpfel für mich und Leberhäppchen und zwei große Milchknochen für Pepperboy, der zusammengerollt auf dem Wagenboden lag. Ich spürte die elektrische Spannung, die von seinem Fell ausging und mich wärmte.

Jack begann die Jagd immer auf der riesigen alten Farm, aus der er seinen Onkel ausgekauft hatte und die nun halb bewirtschaftet, halb als Nebensicherheit verpfändet war. Er spekulierte darauf, daß das Gelände einmal erstklassiges Bauland werden würde. Später versuchte er, wie wir wissen, es selbst zu erschließen. Es war wirklich schönes Land, und ich finde, er hätte es nicht anrühren sollen. Am östlichen Ende war es durch eine Flußbiegung begrenzt, und in dem Gestrüpp aus Büschen und umgestürzten Bäumen dort gab es genug Unterschlupf für ein paar Rehe, die die benachbarten Felder heimsuchten und von den vergessenen Maisstauden und Getreidestoppeln lebten. Jack war kein erfolgreicher Jäger. Er benutzte einen klassischen Martin Recurve-Bogen für Linkshänder und traf selten, aber zwischen uns gab es sowieso die unausgesprochene Vereinbarung, daß heute nichts passieren würde.

In meiner Vorstellung war das Zusammensein entscheidend, nicht die Beute. Obwohl Jack sagte, ich könne nur mitkommen, wenn ich mich anpaßte, war ich mir sicher, daß er in meiner Anwesenheit immer danebenschießen würde, und zwar absichtlich. Seit er einen Bogen verwendete, hatte er sowieso kein Reh mehr getroffen. Er sagte, es sei ihm nicht so wichtig, ob er etwas erlegte oder nicht, das Jagen sei eigentlich nur ein Vorwand, um im Wald spazierenzugehen. Ein Ziel. Was nun das Bogenschießen anging, so gab ihm allein schon das ein Gefühl der Überlegenheit gegenüber denjenigen, die töteten, indem sie durch das Visier eines Gewehrs schauten. Was verstanden diese Leute überhaupt vom Jagen, sagte er einmal zu mir, welche Nähe empfanden sie noch zu dem Tier?

Nähe? Wir bogen in eine fast unbenutzte Stichstraße ein und fuhren in Richtung Fluß, ließen die Vorderräder sanft durch die tiefen Furchen und Rillen gleiten und meisterten mühelos ein paar unmögliche Stellen, wo die Straße so gut wie ganz verschwand. Ich betrachtete die gekrümmten kahlen Eschen-Ahornbäume und zog die Füße unter meinem Hund hervor. Ich klappte den Beifahrerspiegel herunter, um mich zu versichern, daß mein Augen-Make-up nicht verschmiert war. Wir hielten, stiegen aus. Jack holte ein halbes Schinkensandwich aus der Tasche und legte es aufs Trittbrett. Als Pepperboy sich das Brot schnappte, packte Jack ihn am Halsband und band ihn mit einem Stück Nylonschnur an die Stoßstange. Dann stupste er meinen Hund aus Spaß mit dem Fuß, knurrte zurück, als Pepperboy ihn anknurrte. Ich packte Jack am Arm, lenkte ihn ab, während Pepperboy an seinem Strick zerrte. Jack wandte sich ab, holte den Bogen aus dem wattierten Behälter mit dem Tarnmuster, spannte ihn und entnahm dann dem Köcher einen Pfeil, den er locker mit der Nocke zwischen den Fingerknöcheln an die Sehne legte.

«Weshalb holst du den Pfeil raus?» fragte ich ihn spöttisch.

«Allzeit bereit», meinte Jack. «Das ist mein Motto. Und deins? Nie ohne Zahnseide?»

Er hatte mich liebevoll geneckt, und ich war dankbar dafür. So sollte es sein – lustig miteinander umgehen. Wie Gefährten. Wir liefen den immer schmaler werdenden Weg entlang, ich vorsichtig hinterher, und sagten kein Wort, als wir den Wald hinter den untergepflügten Stoppelfeldern betraten. Kein Zweig knackte. Es wurde langsam hell; das Licht drang in roten Strahlen unter einer umgedrehten Schüssel aus dicken, blaugrauen Wolken hervor. Noch wehte kein Wind, und jeder Schritt, jeder Atemzug hallte hohl nach. Wir folgten einem ausgetretenen Pfad ins dichtere Unterholz beim Fluß, und als der Weg aufhörte und der Fluß weiterfloß, um ein Stück westwärts eine neuerliche Biegung zu machen, steuerte Jack auf eine Gruppe von hohen Bäumen zu, wo er, wie ich wußte, im vergangenen Jahr einen kleinen Hochsitz zusammengenagelt hatte.

Der betreffende Baum befand sich direkt am Rand eines Maisfelds. Die verdorrten Stengel waren immer noch schulterhoch, und jetzt, da das Licht zunahm, kam genug Wind auf, um die flachen Blätter zu bewegen. Das lispelnde Geraschel war richtig befreiend. Hinter uns hörten wir Pepperboy bellen. Es war ein leises, merkwürdig gurgelndes Protestgebelfer. Der Baum mit Jacks Hochsitz befand sich genau am anderen Ende des Felds, und Jack war sich ganz sicher, daß dort Rehe im unabgemähten Mais standen und mit gespitzten Ohren jedes Geräusch registrierten. Er kauerte sich nieder und flüsterte mir seine Anweisungen zu.

Er würde einen weiten Bogen schlagen, um zu seinem Baum zu kommen. Das dauerte etwa eine halbe Stunde. Er legte mir seine Armbanduhr um und deutete auf die Zeit. In genau dreißig Minuten sollte ich langsam über das Maisfeld auf den Baum zugehen, den er mir zeigte. Immer nur einen Schritt pro Sekunde. Einundzwanzig, zweiundzwanzig. Dabei sollte ich die Hände ausstrecken und über die Stengel streichen, nicht übertrieben stark, aber doch genug, um die Rehe aufzustören. Sie würden dadurch nicht verscheucht werden, sagte er, aber vielleicht würden das

Hundegebell und meine Gegenwart sie dazu bringen, sich langsam in Bewegung zu setzen. Sie würden von einer Dekkung zur nächsten, möglichst noch dichteren ziehen, und dort würde er sie erwarten.

Ich blickte auf die schwere schwarze Taucheruhr. Mein Herz schlug gelassen. Jack sah mir in die Augen und tippte mir mit dem Finger auf die Nasenspitze.

«Ich gehe jetzt», flüsterte er. Er tippte auf sein Handgelenk, um mich an die Uhr zu erinnern, und bog dann scharf rechts ab. Ich sah, wie er fast geräuschlos einen dichten Schutzgürtel aus wilden Pflaumen und immergrünen Pflanzen durchquerte, sich an den Bäumen entlangschlich, heruntergefallene Zweige mied, die Füße vorsichtig um kritische Stellen aus Gestrüpp und Gras herumschob. Am Rand des nächsten Feldes verlor ich ihn aus den Augen. Schwarze Sonnenblumen, gebogen wie Schwanenhalslampen. Ich sah ihn noch einmal kurz wieder, als er den Feldrain entlangging und auf der rückwärtigen Seite in den Waldstreifen am Ufer des Flusses eintauchte. Dann war er verschwunden. Sein Baum, hatte er mir erklärt, war die zweithöchste Eiche, mit einem dicken, niedrigen Ast, den er als Stufe benutzte und in dem ein Nagel stak, an dem er seine Thermosflasche mit Kaffee aufhängte.

Ich stellte mir vor, daß er seinen Bogen und den Köcher zwischen den kahlen Zweigen hindurchhangelte, während er zu seinem selbstgebauten Ausguck hinaufkletterte. Er fand die geeignete Position, deponierte die Pfeile in Reichweite, machte sich bereit. Ich trug eine grellrosa Jacke. Er hatte mir befohlen, außerdem die orangene Mütze aufzusetzen, die als eine Art Leuchtsignal dienen sollte, wenn ich mich aufrichtete.

Ich sehe mich noch heute mit seinen Augen, ein orange- und pinkfarbener Fleck, der durch das Feld wabert, als ich losgehe, und halb verschwindet, als ich die erste Pflanzreihe betrete. Ich konnte meinen Hund nicht hören, und ich sah auch nirgendwo ein Reh. Jack spähte schußbereit kniend den Feldrain entlang und wartete darauf, daß der erste nervöse Bock heraustrat. Ich wußte, daß er ebenso wie ich mit angehaltenem Atem zählte, einundzwanzig, zweiundzwanzig. Er hatte mich ständig als leuchtenden Fleck im Augenwinkel, während er das Feld nach sich bewegenden Schatten absuchte. Grau wie Sand, als Schemen so weich wie verwehter Staub würden sie auftauchen, jäh und unangekündigt wie Geistererscheinungen, als würde die Luft Gestalt plötzlich annehmen. Da, jetzt. Ich sah zwei. Beides Ricken. Dann noch ein Tier. Ein mittelgroßer Bock. Ich blieb abrupt stehen und hoffte, daß er nicht in Jacks Schußfeld kommen würde. Er hatte ein kleines Gehörn und stand gut im Futter. Im Geiste dirigierte ich ihn fort, weg von den bleichen Stengeln, wo Jack ihn über die Pfeilspitze hinweg anvisierte.

Mein Herz pochte. Er konnte den Bock mit einem Schuß erledigen. Mit all meiner Willenskraft beschwor ich das Tier, umzukehren. Aber es hörte nicht auf mich und bewegte sich langsam und wie magnetisch angezogen in Jacks Richtung durch die ruhelosen Blätter. Immer wieder blickte es sich mißtrauisch um, blieb hinter den Ricken zurück, erstarrte und prüfte die Luft. Dreh um, dreh um, flehte ich. Einundvierzig. Einundfünfzig. Einundsechzig. Ich sah Jack die Bogensehne spannen. Ruhig, gleichmäßig, langsam, mit seiner ganzen Kraft spannte und zielte er.

Ich fixierte den Bock so konzentriert, daß ich das Zittern seiner Hufe spürte.

Dann traf ihn Jacks Pfeil.

Der Bock flog hoch. Ich glaubte Unmögliches zu hören: daß das Tier erstaunt auflachte. Ein wildes Lachen, wie das eines kleinen Mädchens, das an Halloween die Straße hinunterrennt. Dann flog der Bock wieder in die Höhe und sprang direkt über meinen ausgestreckten Körper. Ich hatte mich auf den Boden geworfen, aber jetzt rannte ich los. Der Bock, tödlich verwundet, raste zurück in den schützenden Mais.

Ich blickte auf. Jack hatte sich nicht bewegt. Sein Mund stand offen, der Bogen war ihm aus den klammen Fingern gefallen und hing an einem niedrigen Zweig. Irgendwo wußte ich, er hatte keine Ahnung gehabt, daß ich schon so nahe war; er hatte mich gar nicht gesehen. Ich stand unter dem Baum, direkt unter dem aufgehängten Köcher, und schaute zu ihm hinauf.

«Geh ganz langsam ein Stück zurück», befahl er mir mit ruhiger Stimme.

Dann nahm er den Bogen wieder an sich, kletterte den Baum hinunter und legte den Bogen ins Gras. Er stand vor mir, konnte mich aber gar nicht ansehen. Meine Arme fühlten sich schwer an, mein Gesicht so fett wie der Mond. Ich schüttelte den Kopf, schüttelte ihn immer heftiger, um meine Gedanken zu verjagen. Ich holte tief Luft, stöhnte, und noch einmal fuhr der wuchtige Schuß durch den lebendigen Körper und drückte mir das Herz ab. Tränen brannten hinter meinen Lidern, Salz in den Augenwinkeln.

Plötzlich fiel Jack mir in die Arme, vergrub sein Gesicht an meinem Hals, unter meinem Kragen. Ich roch die kalte Erde des Feldes, die leicht säuerliche Wolle seines Schals und seiner Handschuhe, einen Hauch von Seife. Seine Arme umschlossen mich enger, und hoffnungsvolle Gedanken setzten sich zu Satzgefügen zusammen, balancierten auf Drahtschleifen durch meinen Kopf. Es hatte sich gelohnt – die Gefahr. Ich hatte ihn aufgeschreckt, und jetzt fühlte er etwas. Sein Körper begegnete mir mit einer neuen Sensibilität.

Aber was er sagte, traf mich wie ein Schlag. «Er hat bestimmt einen Bauchschuß. Scheiße, Candy, warum?» Er war wieder ganz sachlich. «Ich muß hinter ihm her.»

Ich schlug meine Fäustlinge gegeneinander, verzweifelt bemüht, ihn festzuhalten.

«Ich komme mit.» Vielleicht konnte ich den Moment ja bewahren. Jack antwortete nicht, sondern folgte gebückt dem kleinen Trampelpfad. Er berührte den Rand eines Blattes und ging ein Stückchen weiter, rieb mit den Fingern über die dunklen Blutspuren.

«In den Bauch, o Scheiße.»

Ich ging ganz verkrampft hinter ihm her und konzentrierte mich auf die Blutspur und die Doppelhalbmonde der Hufspuren, die durchs Feld zurückführten, in das knorrige Wäldchen und das Dickicht am Ufer. Jack sagte, eigentlich müßten wir ein paar Stunden warten, bis der Bock sich niederlegte. Aber der Wind hatte aufgefrischt, war scharf vom erdrückenden Geruch nahenden Schnees, deshalb mußten wir ihm gleich folgen. Leichter Schneeregen wirbelte durch die Bäume und am Feldrain entlang. Der Bock folgte dem Ufer westwärts und strebte in ein Gebiet, wo viel gejagt wurde und wo nach Jacks Meinung bestimmt jemand anderes ihn für sich beanspruchen würde, wenn er ihn einfach laufenließ. Er sah mich noch einmal an. Ich starrte wortlos zurück. Wir stapften weiter.

Immer wieder bückte er sich, steckte den Finger in einen Schalenabdruck oder zeigte mir Blut. Ich paßte gut auf, sah Details, deutete auf den wackeligen Rand des Abdrucks, durch den sich die Fährte unseres Bocks von der anderer Rehe unterschied. Manchmal fand ich die Spur, wo Jack sie schon verloren hatte. Der Schnee wirbelte uns jetzt entgegen, war schon ein paar Zentimeter tief, und einmal war das Blut noch nicht gefroren, doch dann witterte uns der Bock und schoß quer über ein Feld davon.

«Da drüben finden wir ihn dann. Tot», erklärte mir Jack, und wir begannen das Feld diagonal zu überqueren. Er spürte, wie ich zurückblieb, mich bemühte, Schritt zu halten, aber langsamer wurde und mich dann wieder beeilte, aufzuholen. Der Wind war jetzt nicht mehr nur scharf, sondern eisig. Er legte mir ein stechendes Band um die Stirn und schürfte mir die Wangen auf. Meine Hände steckten in den Ärmeln wie Holzklötze, und Jack sagte, bei den Bäumen drüben würden wir pausieren und ein Feuer machen, ehe er den Bock aufbrach. Dann sah er sich richtig nach mir um, und unsere Blicke trafen sich. Ich war ausgehöhlt, leer, willenlos – nur noch verzweifelt entschlossen, nicht aufzugeben. Jack blieb stehen, wartete auf mich, und als er mich mit meinen weiß zerfurchten Wangen aus der Nähe sah, veränderte sich sein Gesicht. Er sog die Luft durch die Zähne und legte den Bogen auf die Erde.

«Merk dir, wo ich ihn hingelegt habe.» Als wäre das bei dem Schneefall überhaupt möglich gewesen.

Er zog mich an sich, schwankte, als ich mich an seine Brust schmiegte. Ich ballte die Fäuste gegen seine Jacke, drückte mein Gesicht an den offenen Reißverschluß seines Parkas, um die Wärme seiner Brust und seines Schals aufzunehmen. Der Schnee fiel dichter, in wehenden Schwaden, die sich ineinander verwoben, bis die ganze Welt um uns herum weiß war, geisterhaft. Wir schienen kaum noch voranzukommen. Wir versuchten, die Windrichtung als Orientierungshilfe zu nehmen, verloren aber jedes Gefühl dafür. Jack dachte, er habe den Rand des Feldes erreicht, aber da war kein Schutzgürtel. Er knurrte, machte kehrt und dachte, er ginge in Richtung Highway, aber keine Straßenböschung erhob sich unter seinen Füßen. Nirgends Zäune, nirgends Begrenzungen, kein Orientierungspunkt weit und breit, nur das Weiß, das uns als wandernder Raum umschloß.

Ich habe mich damals ebenso gefürchtet wie jetzt. Aber ich habe so ein Gefühl, daß Jack irgendwie hier ist und uns in Sicherheit bringen wird, so wie mich damals. In Extremsituationen hat Jack immer alles zu einem guten Ende gebracht. Er blieb nicht stehen; er wußte genau, daß er nicht stehenbleiben durfte. Er hielt den Arm um mich gelegt, sorgte dafür, daß ich mit ihm Schritt hielt. Manchmal trug er mich. Ich schimpfe oft schrecklich auf ihn, aber wenn ich mir überlege, wer er wirklich war, dann war er dieser Mann. Er war der Mann in diesem weißen Nichts, der Mann, der sich weigerte, mich zu verlassen oder in die Irre zu gehen. Und auch aus diesem Blizzard, diesem Schneesturm jetzt wird er uns retten, indem wir über ihn reden. Er leitet uns, er geht voran! Damals blieb er nicht stehen, und wir gelangten ans Flußufer, wo das Schneetreiben so weit nachließ, daß wir uns schließlich an der Straße in der Nähe des Pickup wiederfanden.

Jack hob mich in den Wagen, zog seinen Parka aus und legte ihn mir um, sprang dann hinters Steuer und drehte den Zündschlüssel. Der Motor sprang sofort an, und nach ein paar Sekunden legte Jack den Rückwärtsgang ein. Als ich über die Schulter zurückschaute, blickte ich direkt in Pepperboys Gesicht am Rückfenster. Ich hatte ihn vergessen, zum allerersten Mal.

«Jack, halt an!» sagte ich.

Er weigerte sich.

«Er ist angebunden, Candy. Das Seil ist lang genug, daß dein blöder Hund auf dem Stapel Planen sitzen kann.»

Während Jack ein Stück rückwärts fuhr, verschwand Pepperboy. Ich öffnete den Mund, aber meine Stimme kam von ganz weit weg. Halt an, halt an. Ich zitterte, tief in seiner Jacke vergraben.

«Es wird gleich warm werden.»

Er drehte den Pfeil auf Rot, und brausende Luft erfüllte das Führerhaus, während wir vom Feldweg auf den Highway einbogen. Das Schneegestöber hatte aufgehört, und der Schnee war vom Asphalt geweht, bedeckte Gräben und Felder. Der Himmel kam in blauen Fetzen zurück. Jack holte ein Sandwich aus der Tasche und verschlang es gierig. Ich rekelte mich auf dem Sitz und drehte die Hände in der Luft, während meine Zehen und Finger auftauten, aber als mir warm war, setzte ich mich plötzlich kerzengerade auf, wickelte ein Sandwich aus und begann mit Jack zu essen. Es ging mir wieder gut. Vielleicht rauschte die Heizung so laut und leerte uns den Kopf, oder vielleicht waren wir so damit beschäftigt, jeden Krümel der mitgebrachten Brote zu verschlingen – jedenfalls merkte keiner von uns beiden, daß Pepperboy bei der ersten Ampel von der Ladefläche gesprungen war. Da er an die Stoßstange gebunden war, überschlug er sich beim Losfahren, versuchte auf die Beine zu kommen, wurde erneut umgerissen, schnappte nach dem Halsband und dem Seil, das ihn festhielt. Dann gab er auf und erschlaffte, während der Wagen ihn zur nächsten Ampel zerrte.

Wir hörten das Auto hinter uns hupen, aber das Geräusch drang erst zu uns durch, als jemand heftig gegen die Rückwand der Pritsche donnerte. Das Gesicht eines Mannes erschien im Fenster. Sein Mund war zu einem langen Schrei aufgerissen. Jack kurbelte das Fenster herunter, drehte die Heizung ab, um besser hören zu können, machte dann auch noch den Motor aus. Ich sprang auf der anderen

Seite aus dem Wagen und rannte zu Pepperboy. Ausgestreckt, die Beine unter den Körper gezogen, lag er am Ende des Stricks, das Halsband dicht unter den Ohren. Jack beugte sich ebenfalls zu ihm hinunter, legte mir den Arm um die Schulter, wohl damit ich mich abwendete, mir den Anblick ersparte. Aber ich wehrte mich. Ich ließ mich nicht fortziehen. Ich stieß Jack beiseite und machte eigenhändig das Halsband ab. Ich weiß nicht, wie lange ich so kniete, denn als sich das kalte Auge meines Hundes öffnete, um mich mit einem matten Strahl des Verstehens zu fixieren, da ging mein Blick weiter, über diesen Moment hinaus. Über den Horizont der Straße hinaus. Über den Horizont meiner Ehe, über ihr Ende hinaus und mitten ins Herz der Hilflosigkeit.

6. Januar, 3 Uhr 38 *Marlis' Geschichte*
Glückstreffer

Am Ende der Geschichte herrschte Stille, weißes Rauschen in eisgrüner Luft. Der Wind fegte gegen den Wagen. Eine Wiege aus leeren Wörtern, ein Muskel aus Luft, so schüttelte er die Frauen rhythmisch hin und her. Marlis hatte sich eng an Candice geschmiegt, während diese redete, und zitterte und bebte im Halbschlaf. In Panik rüttelte Candice sie wach und rieb ihr die Hände warm.

«Jetzt rede du», befahl sie. «Bitte, du weißt, daß du mußt. Immerhin war's deine Idee.»

Marlis war starr vor Kälte und hatte Mühe, sich aufzurappeln. Sie drehte sich um und vergrub sich in Candices Mantel, widerspenstig wie ein Kind.

«Ach Scheiße, laß mich in Ruhe!» murmelte sie trotzig, aber Candice ließ sie nicht weiterschlafen.

«Komm schon, erzähl was!»

«Was denn?»

«Erzähl, woher du kommst, wie du Jack kennengelernt hast. Was danach passiert ist.»

Und so begann Marlis. Mund, Lippen, Gehirn – zunächst fühlte sich alles ganz steif und gefroren an, aber das Reden wärmte sie, und es machte ihr Spaß zu erzählen, wer sie war und wie sie Jack kennengelernt und geheiratet hatte – gerade lange genug, um sein Leben zu ruinieren.

Eine Weile habe ich von Unfällen gelebt. Ein Mann, der im falschen Moment die Wagentür öffnet, nietet mich um. Wir einigen uns außergerichtlich. Ich esse ein rohes Ei voller Salmonellen. Verklage die Farm. Dann sitze ich im Park in der Innenstadt von Fargo und beobachte die Spiegelungen auf dem Wasser, als es mir plötzlich dämmert – der Gedanke, die Eingebung, daß meine kleinen Schadensersatzforderungen nur das Vorspiel für den großen Unfall sind, bei dem ich dann ein Vermögen machen werde.

Zu der Zeit besitze ich nichts als meine Klamotten, drei Dollar und ein Dach überm Kopf: Ich wohne unter einem Trailer-Haus, in einem hübschen Fundament. Es gibt dort eine Notlampe und mehrere Planen aus schwarzem Plastik. Ich habe auch eine Matratze. Vielleicht könnte ich für abends einen Fernseher anschließen. Klar, es ist keine Wohnung, in der man aufrecht stehen kann. Aber es ist zumindest eine Bleibe, wo ich, bis ich mein Leben wieder in den Griff kriege, einigermaßen willkommen bin. Meine Schwägerin, die sich von meinem Bruder hat scheiden lassen, ist damit einverstanden, daß ich dort schlafe, obwohl ihr neuer Mann mich nicht leiden kann.

Ich kann alles hören, was sich über mir abspielt. Der Fußboden verstärkt die Stimmen. Manchmal kommt's mir so vor, als würde das alles direkt in meinem Kopf passieren.

«Solange sie da unten wohnt, kommen keine Stinktiere», sagt meine Exschwägerin.

«Dann noch lieber Stinktiere.» Ihr Mann. Dane.

«Ach, komm.»

«Stinktiere warnen dich wenigstens, bevor sie zubeißen. Sie dagegen stinkt die ganze Zeit.»

«Aber sie beißt nicht.»

«Das stimmt. Aber ganz so harmlos ist sie auch nicht.»

«Was tut sie denn Schlimmes?»

«Sie sitzt unterm Haus, verdammt noch mal! Die ganze

Zeit. Wenn wir Kinder hätten, die würden ganz schön staunen.»

Schweigen, als würden sie beide nachdenken und sich dabei ansehen. Dann Lindsays zitternde Stimme.

«Dane, du weißt doch, daß sie sonst nirgends hin kann. Diese Obdachlosenunterkünfte, wo sie die Leute reinstekken, können irre gefährlich sein.»

«Ich weiß. Stimmt schon, ich weiß. Aber das Haus hier ist noch nicht mal abbezahlt. Was würde denn passieren, wenn der Typ von der Bank vorbeikommt? Und deine kleine Schwägerin Marlis unterm Haus vorkrabbeln sieht?»

«Wir könnten ihr sagen, daß sie so tun soll, als würde sie nicht da wohnen, sondern irgendwie unterm Haus arbeiten.»

Plötzlich lachen die beiden. Das Lachen bricht aus ihnen heraus. Der Linoleumfußboden nimmt es auf, breitet es wie eine Decke über mich.

«Stimmt.» Lindsays Stimme klingt jetzt fröhlicher. Ich höre, daß sie Teller wegräumt, sie im Schrank stapelt. «Ich weiß. Blöde Idee. Aber es ist trocken da unten und um diese Jahreszeit auch ziemlich warm. Bis zum Winter haben wir sie raus. Und sie kommt ja auch hoch und duscht. Du weißt genau, daß sie nicht stinkt. Sie ist ziemlich sauber.»

«Ach, diese Streitereien hängen mir zum Hals raus. Ich hab keine Lust mehr.»

Es stimmt. Dane haßt Auseinandersetzungen. Aber er provoziert ständig welche.

«Warum legst du dich nicht 'ne Weile hin», sagt Lindsay. «Tut mir leid.»

«Ja, ich glaub, das mach ich.»

Ich höre, wie das Bett in der Ecke des Hauses nachgibt. Die Pfosten knarren leise, als er sich in die Decke wickelt.

Ich denke, er schläft auf der Seite, die Hände zwischen die Knie gepreßt. So stell ich ihn mir vor. Er mag mich nicht, aber ich habe Mitleid mit ihm. Ich verstehe ihn. Kredit. Das Haus gehört ihnen nicht, obwohl sie ein hübsches Fundament dafür gegossen und das Haus an den Rand des Trailerparks neben eine zerzauste Baumgruppe gestellt haben. Sie haben kleine Jobs gefunden, wackelige Jobs. Ich bin nicht die einzige, die von besseren Zeiten träumt. Alles ist geborgt. Selbst unsere Körper sind es. Die vor allem.

Wenn ich keinen Job als Sängerin kriege, werde ich eben als Telefonistin arbeiten. Ich glaube, ich bin gut am Telefon. Aber nach ein paar Wochen des ewigen Klingelns, Abnehmens und Antwortens mit sanfter Stimme wird es, wie immer, ein letztes Mal geben. Dann werde ich den Hörer abnehmen und hineinbrüllen: «Yo! Leck mich!»

Ich denke, vielleicht sollte ich doch lieber Zoowärterin werden, mit Tieren arbeiten. Ich kann mich nicht entscheiden. Ich könnte auch hier im Park den Rasen mähen, aber als ich ihn mir ansehe, sind da lauter Enten und Gänse, diese kanadischen Wildgänse, und haben den ganzen Gehweg grün verschissen. Ich kann mich nicht dazu bringen, hinter Enten herzuputzen.

Ich sehe also zu, wie der Wasserspiegel das Licht schüttelt, wie ein Tier. Es ist, als wäre das Wasser eine Kreatur, wenn es so künstlich eingefaßt wird. Ich frage mich, wie es von einem Ende zum anderen zusammenpaßt. Ich frage mich, wie es zusammenhält, wenn es Leute rein- und wieder rausläßt. Wenn jemand von einem anderen Stern herkäme, würde er staunen. Da ist diese Materie. Etwas taucht in sie ein. Verschwindet. Ein Augenblick vergeht. Noch einer. Nichts hat sich verändert.

Wie bei einem Unfall.

Der große Unfall kann bald passieren, jeden Moment,

hoffe ich. Angeblich geschieht so was, wenn man es am wenigsten erwartet. Ich suche nicht nach solchen Glücksfällen. *Shit happens*, wie es auf den Autoaufklebern heißt. Und dann ist die Kacke am Dampfen. Aber die Sache ist die: Ich muß den Dingen ihren Lauf lassen. Das, was ich anstrebe, tritt nicht ein, wenn ich weiß, was als nächstes passiert. Wäre ich sonst von der Bordsteinkante getreten? Hätte ich das Ei gegessen? Was zählt, ist das Ergebnis, was dabei herauskommt. Ich muß die kleinen Sachen ignorieren und zulassen, daß mich das Unerwartete überrascht. Schockiert.

Und genau das passiert dann.

Es macht mir großen Spaß, durch die Läden zu streifen, und um hinzukommen, muß ich nur von meinem Fundament quer durch die Bäume gehen. Der kürzeste Weg führt über unbebaute Grundstücke zum Parkplatz hinter dem Discountladen, und schon bin ich da. Ich möchte nichts von dem, was ich dort sehe, und sie sind mir genug hinterhergelaufen, um zu wissen, daß ich nicht stehle, daß ich noch nie gestohlen habe. Ich schau nur einfach gern, was es so gibt. Was für Zeug da verkauft wird! Nagelfeilen. Als ob ich Zeit hätte, mich um meine Fingernägel zu kümmern! Luftbefeuchter. Damit es im Zimmer nicht so trocken ist. Alle möglichen Vorhänge, Waschlappen. Ich gehe durch die Fahrradabteilung, wo sie gerade umbauen. Die Decke ist offen, lange elektrische Leitungen hängen runter wie Spaghetti. Das, was ich tue, geht blitzschnell. Es passiert einfach. Ich packe ein Kabel. Es ist kein Fahrradkabel. Bumms. Ich falle um.

Ich sehe direkt hinauf zur Decke des Discountladens. Der Stromstoß ist wohl so stark, daß meine Lunge kollabiert. Die ganze Luft geht plötzlich nach oben weg, durch Stahlpfeiler, Blech und Styropor. Durch Teerpappe und

Schindeln. Immer weiter. Ich habe keine Angst, denke nur: Jetzt muß ich aber Luft holen. Nichts tut sich. Sonst denke ich nichts mehr.

So habe ich Jack das erste Mal gesehen. Er ist der Mann, der mich rettet, aber er rettet mich auf die falsche Art. Ich werde ohnmächtig. Jack sieht mich umfallen, während er Schalterabdeckplatten kauft, kommt angerannt und macht Mund-zu-Mund-Beatmung. Das Problem ist nur, er ist so aufgeregt, daß er vergißt, mir die Nase zuzuhalten. Also verliere ich wertvollen Sauerstoff und bekomme Zuckungen. Das Ende vom Lied ist, daß ich einen Teil meiner Gesichtsmuskeln nicht mehr kontrollieren kann – meine Mundwinkel hängen runter, irgendwas stimmt nicht mit den Muskeln am Augenlid. Ein Nervenschaden. Es ist schwierig, mit so was einen Job zu finden.

Ich nehme mir einen Anwalt, der im Fernsehen Werbung für seine Dienste macht.

«Also gut», sagt er. «Ich denke, wir haben sie am Kanthaken.»

Ich glaube, daß ich mit seiner Hilfe was erreichen kann, aber später stellt sich das als falsch heraus.

«Den Discountladen?» frage ich ihn.

«Und den guten Samariter.»

«Oje.»

«Wollen Sie sagen, daß Ihnen der Kerl leid tut, obwohl Ihr Gesicht nie wieder so sein wird wie vorher?»

«Na ja, er wollte mir helfen. Das mußte er ja nicht.»

«Er hat Ihnen Schaden zugefügt, Marlis.»

«Stimmt.» Mein Auge zuckt ganz schnell, wie ein Flügel.

Dane und Lindsay lassen mich nicht mehr unter ihrem Trailer wohnen, aber mein Anwalt ist sich so sicher, daß er die Klage durchkriegt, daß er mich für einen Monat in einer Pension im Stadtzentrum unterbringt. Das Haus ist ziemlich alt; früher war es ein Hotel, aber jetzt muß man die Zimmer für eine Woche oder länger mieten. Sieben Dollar die Nacht oder hundertfünfzig im Monat. Mein Zimmer ist orange, hat Handabdrücke an der Decke und stinkt ziemlich widerlich, als wäre hier jemand sehr langsam gestorben. Der Tod ist in die Wände, den Fußboden und die Matratzen gesickert. Selbst das Wasser schmeckt schal und traurig. Die anderen Leute in der Pension sind größtenteils Kriegsveteranen oder alte Landarbeiter ohne Rente. Sie lassen die Türen zu ihren Zimmern offenstehen, in der Hoffnung, daß jemand vorbeikommt und ihnen Gesellschaft leistet, was ich auch tue. Ich sitze stundenlang mit diesen Männern rum und unterhalte mich über alles mögliche. Im ganzen Haus gibt's nur einen Fernseher, der steht unten in der Empfangshalle, die dunkel ist und nach Desinfektionsmittel riecht.

Wir unterhalten uns gerade, ich und der Mann, der mit seinen Siebenundachtzig der älteste im Haus ist, da kommt ein anderer Mann ins Zimmer, ein ziemlich kräftiger Typ. Ich erkenne ihn nicht.

«Ich bin Jack Mauser», sagte er. «Ich bin der Mann, der Sie gerettet hat.»

Ich fordere ihn auf, doch bitte Platz zu nehmen. Was sonst? Der alte Herr empfiehlt sich.

«Hören Sie zu», sagt Mauser. «Ich will ganz offen mit Ihnen sein. Ich möchte Sie bitten, die Klage gegen mich zurückzuziehen. Sie werden nicht gewinnen, weil es ein Gesetz zum Schutz von Personen gibt, die anderen zu helfen versuchen. Außerdem hat Ihr Anwalt gerade festgestellt, daß der gute Samariter der wichtigste Klient seiner Kanzlei ist. Nämlich ich. Sie müssen sich einen neuen Anwalt suchen, und – na ja, ich kann diese Scheiße jetzt wirklich nicht brauchen.»

Das ist mir zuviel. Mein Augenlid beginnt wie wild zu zucken.

«Das kann ich nicht tun», sage ich und deute auf mein Auge. «Sehen Sie.»

«Oh, ja.» Er ist fast verlegen. Seine Hände verkrampfen sich im Schoß. «Ich weiß, ich hätte's besser machen können, aber ich war einfach nicht darauf vorbereitet. Ich weiß eigentlich, daß man die Nase zuhalten muß. Aber ich war nicht ganz bei der Sache. Sie wären bloß gestorben, wenn ich nichts unternommen hätte. Warum zählt das denn nicht?»

Darauf habe ich keine Antwort parat. Ich weiß nicht, was ich sagen soll.

«Ich kann Ihnen nicht helfen», sage ich. «Ich kann die Sache nicht rückgängig machen. Zu spät.»

«Nein, das stimmt nicht. Es ist überhaupt nicht zu spät.»

Ich sitze da und denke darüber nach. Die Gesichtszüge des Mannes sind kantig, irgendwie sieht er gut aus, aber verbittert und kalt. Er hat ein Gesicht, das nie jung ausgesehen hat. Man kann sich nicht vorstellen, daß er je ein Baby war; ich meine, er hat überhaupt nichts Weiches. Sein Haar ist braun, seine Augen sind dunkel, aber ich habe keine Angst.

«Verschwinden Sie», sage ich zu ihm.

«Nein», entgegnet er. «Ich gehe nicht.»

«Ich mache das nur wegen dem Geld», sage ich.

Da wird sein Mund hart. Er sieht mich an. Er traut seinen Augen nicht, deshalb kläre ich ihn auf.

«Ich bin ein Nichts. Aber ich habe Sie in der Hand.»

«Allerdings.»

In diesem Moment kann er mich nicht ausstehen. Er

dreht das Gesicht weg. Vorgebeugt sitzt er da, die Finger ineinander verflochten, und nickt mit dem Kopf.

«Ich habe ein Kind», sagt er ruhig, nachdenklich. Ich weiß aber, daß er kein Kind hat, nur eine Frau. Instinktiv spüre ich, daß er mich anlügt. «Und eine Frau. Sie wünscht sich bestimmte Dinge. Ich würde sie ihr gern kaufen. Ich war in dem Kaufhaus, um ein paar Weihnachtsgeschenke zu besorgen, Sie kleine Spinnerin, als ich Ihnen das Leben gerettet habe.»

Die Art, wie er «Spinnerin» sagt, klingt ziemlich böse, als wollte er eigentlich «Schlampe» sagen. Er beißt sich auf die Unterlippe, und dann kickt er plötzlich mit dem Fuß gegen mein Stuhlbein. Ein kleiner Tritt. Aber er ist sehr groß, als er plötzlich mit wehenden Mantelschößen aufspringt und vor mir steht.

«Okay. Sie wollen mich wegen Körperverletzung anklagen. Wegen eines Nervenschadens. Dann werd ich mich mal um Ihr gottverdammtes Gesicht kümmern.»

Ehe ich's mich versehe, hat er mich umgeworfen und sitzt mir auf der Brust, die Knie auf meinen Armen. Vielleicht hat er in der Schule Ringen gelernt oder so, jedenfalls ist er sehr fix. Ich komme nicht hoch. Und ihr werdet es nicht glauben! Er bearbeitet mein Gesicht – nicht grob, auch nicht sanft, sondern systematisch. Er nimmt meine Nase zwischen die Fingerknöchel, drückt meine Augen so weit in die Höhlen, daß ich schon denke, er will mich blenden, klopft auf meine Schläfen und meine Backenknochen. Ich bin so perplex, daß ich mich nicht befreien kann. Ich liege da. Am Schluß trommelt er mir mit den Fingern übers ganze Gesicht, blitzschnell, von einer Seite zu anderen, hin und her. Tippeti-tippeti-tapp. Schließlich steht er einfach auf. Niemand hat's gesehen. Und es ist komisch – ich fühl mich besser. Es ist, als wäre ich massiert worden.

Ich weiß nicht, was ich denken soll – es ist ungeheuerlich, aber gleichzeitig irgendwie gut, was er da gemacht hat. Man könnte von Mißhandlung sprechen. Aber anderswo würde man für so was bezahlen. Exotisch. Ich bin durcheinander, und das, was dann passiert, ist wieder mal typisch für mich.

Am nächsten Tag gehe ich zu meinem Anwalt, um ihm von der unerhörten Begebenheit zu erzählen, und anfangs ist er begeistert. Er legt die Hände auf den Tisch.

«Tja, also, Marlis – ich muß Sie selbstverständlich an einen Kollegen weiterreichen, aber es gibt *Kompensationen*, wie wir sagen. Ich kann, unterderhand, versteht sich, stichfeste Beweise dafür liefern, daß Jack so was schon öfter getan hat.»

«Ja. Das wundert keinen.»

«Zeigen Sie mir mal Ihr Gesicht. Wir müssen eine Art Kostenvoranschlag machen.»

Aber als ich ihn ansehe – was merke ich da? Die Zuckungen sind weg. Weg! Einfach weg! Jacks Gesichtsmassage hat mich geheilt! Ich blinzele, aber es ist ein ganz normales Blinzeln. Es dauert einen Moment, bis ich kapiere.

«Na so was», sagt er, aber was will man machen?

Wir sind beide baff. Kein blauer Fleck. Keine Augenzeugen und eine Totalheilung. Wir reden. Ich sehe in den Spiegel. Aber nein, es kommt nicht wieder, und ich kann es auch nicht vortäuschen. Mein Anwalt und ich scheiden als Freunde. Mit einem gewissen Bedauern reichen wir uns die Hand, dann gehen wir unserer Wege.

Ein paar Wochen später, nur ein paar Wochen. Meine Lage hat sich gebessert. Ich hab einen Job, und Dane zieht aus, also wohne ich oben. Um meine neue Zukunft zu feiern, gehe ich in eine Bar.

Ich trage ein schwarzes T-Shirt mit abgeschnittenen Ärmeln. Ich habe Lindsays Schrank geplündert, und an den Armen habe ich lauter Silberringe mit hellen Steinen, Türkisen und Achaten. Ich trage eine kleine runde Filmstarsonnenbrille, und ich behalte sie auf, obwohl es ziemlich dunkel ist, denn gleich beim Reinkommen sehe ich Jack.

Er sieht mich auch, erkennt mich aber nicht. Ich habe die Haare toupiert, so daß sie in alle Richtungen abstehen, die totale Mähne, als hätte gerade einer mit der Nagelschere dran rumgeschnippelt oder sie auf einem Autorücksitz zerwühlt. Und jede Menge Make-up. Dazu schwarze Lederstiefel mit zehn Zentimeter hohen Absätzen.

Ich bleibe da stehen, wo er sitzt.

«Baby, ich hab den ganzen Morgen auf dich gewartet», sagte Jack ziemlich laut. Das soll ein Scherz sein. Er glaubt nicht wirklich, daß ich darauf eingehe oder ihn überhaupt irgendwie ernst nehme. Er kippt sein Bier hinunter, knallt einen Fünfer auf den Tisch, als ich mich mit elegantem Hüftschwung umdrehe. Dabei seh ich ihn an, seh ihn nur an. Dann schiebe ich langsam, ganz langsam, bloß um ihn mein zuckungsfreies Gesicht zu zeigen, Lindsays Sonnenbrille ein Stückchen die Nase hinunter. Aber mittendrin überlege ich's mir anders und schiebe sie wieder hoch, ehe Jack meine Augen sehen kann. Er findet mich attraktiv, erkennt mich aber noch immer nicht. Das seh ich ihm an. In dem Moment beschließe ich, ihn zu verarschen.

Ich setze mich. Jack prostet mir zu.

«Na, schwänzt du die Schule?» fragt er.

«Ich geh nicht mehr in die Schule», antworte ich. «Ich bin einundzwanzig.»

«Was tust du?» fragt er. «Jobmäßig.»

«Spielen.» Ich lächle. Sehe weg. «Klavier.» Ich wende mich ihm wieder zu.

Da erwidert er mein Lächeln, und die Sache wird komplizierter. Jetzt kommen die Probleme, und ich weiß es.

Jacks Lächeln geht mir nämlich durch und durch, als hätte er sein Leben lang nach mir gesucht. Ich bin seine Göttin, das kann ich jetzt schon sehen! Und Jack ist ein Mensch, der ganz tief unten in einem Brunnen, einem Entwässerungsgraben hockt, und er blickt zu mir hoch, damit ich ihn aus dem Loch hole. Wir sitzen einander in einer Bar gegenüber – zwei Suchende. Ich sehe Jack da unten und, okay, da ist es nicht besonders angenehm. Aber ich bleibe nicht oben im blauen Himmel, wo ich in Sicherheit bin. Ich klettre runter, um ihm Gesellschaft zu leisten, und plötzlich kapiert er, daß er sich nicht mehr allein besäuft. Wir lassen uns jetzt zu zweit vollaufen. Am hellen Mittag. Zu zweit. Zu zweit betrachten wir auch die Reihe von Nullen auf dem Scheck, den er mir zeigt – die erste Rate von der Bank. Darlehenstag. Grund zum Feiern! Zu zweit, den ganzen Tag! Zu zweit werden wir auch ins Bett gehen. Der Raum ist warm und behaglich. Jack sieht plötzlich älter aus, aber er hat so einen Sportlehrercharme. Ich beuge mich langsam über den Tisch, und Jack muß über meine Brüste nachdenken. Schwer? Leicht? Zart? Groß? Ich sehe genau, daß er nicht denken kann. Er spürt sie in den Händen, während er dasitzt und in den tiefen Ausschnitt meines T-Shirts glotzt.

«Was willst du?» frage ich.

Jack sagt nicht, was seine Hände wollen. Er sagt was anderes.

«Noch ein Bier.»

«Schon unterwegs.»

Ich gehe zur Bar, bezahle für ein Bier und bringe es ihm.

«Beim nächsten Mal bist du dran», sagte ich zu ihm. «Zum Ausgleich.»

Wir sitzen also eine Weile da und reden. Mit der Zeit beginnt Jack anders über mich zu denken als am Anfang. Etwas geschieht mit ihm, und er ist sich nicht sicher, ob er es will. Ich kann es sehen, spüren. Er hält mich für zu jung, und es macht ihn traurig, mich anzusehen.

«Was willst du wirklich?» frage ich ihn ein bißchen später und grinse dabei.

Er antwortet eine ganze Weile nicht, sondern starrt mich nur mit gequältem Gesicht an – nicht gerade das Gesicht eines Mannes, der sich einfach amüsieren will.

Ich beuge mich vor, packe ihn mit der Hand am Kinn.

«Mensch, du bist doch hier, oder?»

«Ja», lacht er über sich selbst. «Ich wollte gerade was Komisches sagen. Willst du's hören? Erst wollte ich sagen, daß ich nicht will. Aber eigentlich will ich ...» Er überlegt einen Moment. Dann sagt er ganz beiläufig, als sollte es ein Witz sein. «Ich will wirklich sein.»

«Wirklich reich. Was du willst, ist wirklich reich sein», beschließe ich für ihn. «Ich kenne dich besser, als du dich selbst kennst. Du denkst, wenn du reich bist, bist du wirklicher. Mein Dad war reich.»

«Ich bin auch reich.»

«Ich bin arm», sage ich. «Mein Dad hat mich rausgeschmissen.» Ich berühre Jacks Kragen. «Vielleicht brauchen wir einander.»

Wir fangen an zu lachen, und der Witz dabei ist, daß Jack sich erinnert. Er weiß jetzt, wer ich bin. Er erinnert sich! Wir können nicht aufhören. Wir lachen die ganze Zeit, bis wir aufgefordert werden zu gehen. Dabei kenne ich den Barkeeper.

«Bitte», sage ich. «Wir müssen nur noch was regeln.»

«Macht das woanders», sagt der Barkeeper, aber nicht unfreundlich.

Wir gehen also woanders hin. Wir gehen die Straße entlang, und Jack hört auf zu trinken. Dann fängt er wieder an. Er wird ernst. Er erzählt mir, er habe sich gerade scheiden lassen. Wir gehen weiter. Wir haben in der Nähe der Brücke begonnen, und im August ist es warm und lange hell, also machen wir sämtliche Bars in Moorhead durch, bis wir schließlich im Treetop landen. Jack tritt ein und blickt sich mit betrunkener Begeisterung um. Rosen in kleinen Vasen auf den Tischen. Große Speisekarten mit goldenen Quasten.

«Guten Abend, Mr. Mauser», sagt der Besitzer.

Jack hebt zwei Finger.

«Pour deux.»

Ich merke an der Art, wie der Besitzer uns ansieht, daß er hofft, ich bin Jacks Nichte, irgendeine jüngere Verwandte. Er führt uns zu einem Tisch beim Fenster, mit Blick über die Stadt, wo jetzt in der Abenddämmerung sanft die Lichter angehen. Den ganzen Tag hat Jack mich über mich ausgefragt, aber erst als wir über den Zwillingsstädten sitzen und auf den Fluß und das Hjemkomst Center runterblicken, teile ich ihm Details mit.

«Marlis aus Sobieski», sage ich, hackevoll. «Aus dem Piroggen-Gürtel. Marlis, die aus dem linken Schenkelknochen ihres Vaters geschaffen wurde. Aus dem Lehm, den ihre Mutter geschluckt hat. Marlis, die im Nest einer fetten weißen Henne gefunden wurde, die man blau angelaufen unter eine Schneewehe vorgezerrt und für den Rest ihres Lebens unter einen Haufen kleingeschnittenen Kohl gesteckt hat.»

Jack sieht mich an, als wäre er beunruhigt. Ich ziehe die Bremse.

«Ich will damit nur sagen, daß meine Mutter jung gestorben ist. Mich verlassen hat. Ich komme direkt aus einer

katholischen Schule», erzähle ich ihm affektiert. «Ich war ein Jahr in St. Bennie's.»
«Na klar.»
«Doch, ehrlich!»
Ich lache ein bißchen, und dann rutscht mein Mund auf einer Seite nach unten, während Jack mich ansieht, und es ist nicht so, daß ich eine Grimasse ziehen oder ein bestimmtes Gesicht machen will. Es geschieht total unfreiwillig, wie bei einer Irren, als wäre meine blöde Zuckung wieder da. Sie ist wieder da! Ich kann gar nichts dagegen machen, ich ziehe einfach dieses Gesicht. Und da tue ich es schon wieder!
«Du machst so ein komisches Gesicht», sagt Jack. «Ist alles in Ordnung?»
Ich lege meine Hand schnell auf die Stelle, wohin mein Mund gesackt ist, und lasse sie da, als würde ich eine Maske tragen, die immer wieder wegrutscht.
Jack bestellt einen Whiskey pur, und dann vergessen wir beide mein Gesicht und essen riesige blutige Steaks, schwarz gegrillt, Kartoffeln, die in der Mitte aufgeschnitten sind, Butterstücke, die in diesem Schlitz dahinschmelzen, und saure Sahne mit viel frischem Schnittlauch. Wir essen Salat mit gerösteten Walnüssen. Dann zwei Arten von Kuchen – braun und weiß. Wir stärken uns. Am Flügel sitzt ein Pianist. Es stellt sich heraus, daß wir beide die alten Songs mögen, daß wir beide gern singen, also treten wir ins Rampenlicht, und wir sind nicht übel. Gar nicht übel, finde ich.
Später finden wir uns am Ende der Main Street wieder. Wir sind in einem Motel namens Sunset. Jack steht draußen am Getränkeautomaten, und es ist dunkel. Ich beobachte ihn von unserem Zimmer aus, hinterm Vorhang. Er fummelt ein paar Münzen aus der Tasche und kauft sich

eine Orangenlimo, trinkt sie im kalten Licht. Als er die Dose leergetrunken hat, holt er sein Taschenmesser raus. Was macht er da, verdammt noch mal? Ich rühre mich nicht. Er blickt über die Schulter, kann aber nicht sehen, daß ich ihn beobachte. Ich sehe, wie er das Loch in der Dose erweitert, bis es so groß ist, daß er seine Autoschlüssel und seinen Rest Bargeld hineinstopfen kann. Den Scheck, den er mir gezeigt hat, wickelt er in ein Stück Plastik aus dem Müll und legt ihn unter einen Stein der Gartenanlage.

Ich lasse den Vorhang fallen. Soviel zum Thema Vertrauen!

«Marlis», sagt er, als er zur Tür hereinkommt. «Du mußt mich nehmen, wie ich bin. Ich bin arm. Meine Hände sind leer, siehst du?»

Ich stehe da im Badezimmerlicht. Habe das T-Shirt ausgezogen.

«Deine Hände sind nicht leer», schnurre ich, als er mich anfaßt.

Ich befinde mich in einer kleinen Nische der Nüchternheit, empfinde eine Art von Klarheit, die in dem langen Korridor, den ich betrunken entlangwanke, wie ein eingeschlagenes Fenster ist. Als wir in dem miesen Bett liegen, drückt er mich an sich. Obwohl ich völlig weggetreten bin, registriere ich noch, wie unbequem es ist.

«Hör zu», sage ich. «Das ist doch völlig sinnlos. Wir sind beide am Abstürzen.»

Er lacht über den Ausdruck «abstürzen», diese unglaubliche Untertreibung. Ich lege mich auf ihn, und dann, ich weiß gar nicht genau, wie es angefangen hat, lieben wir uns. Ich bin zu nüchtern. Ich reite auf ihm, das ganze Bett wackelt auf seinem klapprigen Metallgestell, und die Dämmplatten an der Decke verstärken unser lautes Geschnaufe, bis jeder in Ost-Moorhead uns hören kann. Ich nehme alles um mich herum mit übergroßer Deutlichkeit wahr. Ich lege Jacks Hände auf meine Hüften, und das ist eine freundliche Geste, keine erotische. Ich versuche nur, das Gleichgewicht zu halten! Ich versuche nur, mich nicht total lächerlich zu machen.

Ich beginne mich schneller zu bewegen, immer schneller, bis es sich anfühlt, als würden wir abheben. Es ist sehr langweilig, immer dasselbe. Ich drehe ihn, lege mich unter ihn. Noch schlimmer. Ich werde einen Orgasmus vortäuschen, denke ich, nur um die Sache hinter mich zu bringen, aber die Geräusche, die ich mache, erregen ihn wahrscheinlich zu sehr, jedenfalls wirft er sich nach vorn, verfehlt mich und knallt mit dem Kopf gegen die Wand über dem Kissen.

«Wie heißt noch mal das Wort, wenn eine Sache dich an eine andere erinnert?»

«Assoziation, Konnotation, Symmetrie», sagte Eleanor. «Ich nehme an, du denkst an den Balkon. Er konnte schon ziemlich ungeschickt sein – ich meine, vor Enthusiasmus! Das ist doch nichts Schlimmes.»

«Wer behauptet das? Aber Mannomann, man soll ja über Tote nicht schlecht reden», sagte Marlis, «nur der Geschickteste war er wahrhaftig nicht.»

Na, jedenfalls – es war eine billige Rigipswand, gegen die Jack donnerte. Bei der die Balken zu weit voneinander entfernt sind. Und wie das so ist, wenn man ein Bild aufhängen will, findet man nie einen Balken an der richtigen Stelle, aber Jack erwischt natürlich einen mit der Schädeldecke. Nach dem Zusammenprall sackt er auf mir zusammen und bricht mir praktisch alle Rippen. Ich rolle unter ihm vor. Zuerst weiß ich gar nicht, was tun – soll ich Mund-zu-Mund-Beatmung machen, braucht er Sauerstoff? Da fällt mir natürlich gleich ein, daß ich ihn verklagt habe. Warum soll er also mich nicht auch verklagen? Wenn ich was falsch mache, geht's mir schlecht. Also mache ich überhaupt nichts, sondern lasse ihn auf dem Bett liegen, schiebe ihm ein Kissen unter den Kopf und lasse den Dingen ihren Lauf. Er atmet. Seine Brust hebt und senkt sich. Er brummelt vor sich hin.

Ich, ich ziehe meine Kleider an. Während er langsam zu sich kommt, schnappe ich meine Handtasche. Ich gehe ins Freie, zu der Stelle, wo ich ihn beim Geldverstecken beobachtet habe. Ich hebe den Stein hoch, nehme den Scheck aus der Plastikhülle, falte ihn zusammen und stecke ihn in meinen Büstenhalter. Ich ersetze Jacks Scheck durch ein leeres Blatt Hotelbriefpapier. Die Limodose lasse ich da, wo Jack sie hingestellt hat. Die Geldscheine fasse ich nicht an. Ich gehe wieder rein. Jack starrt auf seine Hände, und ich tupfe ihm das Gesicht mit einem nassen Waschlappen ab, in den ich ein paar Eiswürfel gepackt habe. Nach einer Weile sieht er mich fragend an.

«Was ist passiert?»

«Du bist ohnmächtig geworden.»

«Ach du Scheiße», sagt er. «Das ist mir ja noch nie passiert.»

«Bei mir fallen die Männer dauernd in Ohnmacht», sage ich tröstend.

«Mein Gott!» Er setzt sich auf, sauer oder verlegen, vielleicht auch voller Respekt. Wahrscheinlich ist es reine Nervosität, daß mir der Mundwinkel wieder runterrutscht, wie im Restaurant. Ich gehe aufs Klo. Reiße mich zusammen. Als ich wieder rauskomme, finde ich, daß Jack ein bißchen schuldbewußt aussieht, deshalb beschließe ich, ihn auszuhorchen. Ich ziehe meine Klamotten wieder aus, werfe sie aufs Bett. Ich mache meine Stimme hart und schlüpfe in die hochhackigen Schuhe. Mehr habe ich nicht an.

«Hast du meine Handtasche durchsucht, solange ich weg war? Tu dir keinen Zwang an. Hier.»

Ich drehe ihm den Rücken zu, bücke mich langsam aus der Hüfte heraus und hebe meinen schweren Jeansbeutel auf. Dann drehe ich mich um, greife in den Beutel und hole einen fetten kleinen braunen Lederbeutel heraus. Jack hat Schwierigkeiten, geradeaus zu schauen – die Augen rutschen ihm weg, aber ich bestehe darauf, daß er genau hinsieht, weil er ja schon geguckt hat, sage ich. Ich öffne mein Portemonnaie. Das Geld ist da.

«Na ja, wenigstens bist du ehrlich.» Ich werfe ihm die Börse zu. «Kipp sie aus.»

Er dreht meinen Geldbeutel um und leert alles aufs Bett. Es sind sechs Kreditkarten, drei Gold, drei Platin. Ich bin nicht dumm – ich weiß, wenn ich sie benütze, gehe ich hoch. Es handelt sich bloß um Souvenirs. Außerdem fünf neue Eindollarscheine und zwanzig Dollar Kleingeld. Ein Bild von einer älteren Frau und ein Bild von mir, Marlis. Ein vierblättriges Kleeblatt in einer Plastikhülle.

Jack weiß nicht, was er sagen soll. Er inspiziert die Kreditkarten, alle mit verschiedenen Namen, Männernamen.

«Ich hab sie nicht gestohlen, falls du dich das fragst.»

«Ja, das habe ich mich gefragt.»

«Ich bin in Wirklichkeit schon fünfundzwanzig», sage ich. Ich mache die Lampe neben dem Bett an und lasse sie mir ins Gesicht scheinen.

«Du siehst aus wie vierzehn», flüstert Jack. Er kapiert gar nichts. Er ist nicht mehr betrunken, und er will auch nicht mehr betrunken sein. Er will nur eins: raus aus diesem Zimmer. Er hat das Gefühl, an jemanden geraten zu sein, den er unterschätzt hat. Er hat recht. Die ganze Situation ist völlig verquer und reizlos für ihn. Vielleicht denkt er an seine Ehefrau – geschieden, in Sicherheit, außer Reichweite. Er denkt an sein Unternehmen, Mauser & Mauser, seine Arbeit, sein Projekt, an seinen Scheck, den er unter dem Stein verstaut hat. Er kommt sich vor wie ein Idiot, weil er diese Komplikation, dieses Mädchen oder diese Frau, in sein Leben gelassen hat. Ganz offensichtlich bin ich niemand, der einfach wieder verschwindet!

«Wir bleiben noch», sage ich, «und schlafen erst mal 'ne Weile. Und morgen kommst du mit mir. Du wirst mein Dad, kaufst mir Klamotten und ein Auto.»

«Kommt nicht in Frage.»

«Wollen wir wetten?»

Ich öffne den Reißverschluß an einer kleinen Seitentasche meines Jeansbeutels und hole ein Kärtchen heraus, einen Führerschein, den Jugendliche bekommen, wenn sie auf einer Farm irgendwelche Maschinen fahren müssen. Darauf steht ein Geburtstag, der meiner Halbschwester, aber wie soll er das wissen? Schwarz auf weiß. Hochoffiziell. Jack subtrahiert. Fünfzehn.

«Du hast doch gerade behauptet, du bist fünfundzwanzig.»

«Ich hab gelogen.»

«Nichts wie raus hier.»

Jack packt seine Sachen und geht zur Tür.

«Hast du schon mal was von ‹Unzucht mit Minderjährigen› gehört?» rufe ich ihm nach.

Er kapiert, verbringt die Nacht auf dem Fußboden. Er bemüht sich, nicht darüber nachzudenken, was am nächsten Tag passiert. Er kann sich nicht darüber klarwerden, ob er verdient hat, was da auf ihn zukommt.

«Ich nehme an, du willst einen Sportwagen», sagt Jack am nächsten Tag müde. Wir sitzen in der Nische eines hellen Diners in der Pioneer Mall. Es ist, als hätte er plötzlich den Teufel zur Tochter, aber ohne die netten Seiten, ohne das Niedliche, das Heranwachsen. Plötzlich bin da ich, eine Klette von einer Bedrohung, die er beschwichtigen muß. Na und? Ich mußte ständig meinen überstrengen Vater beschwichtigen. So ist das Leben, jedenfalls dachte ich das damals. Man mußte dafür sorgen, daß die Männer sich gut und wichtig vorkamen.

«Erst die Schulklamotten, Dad!»

Jack nickt und zahlt das Frühstück mit den Scheinen, die er aus der Limodose gefischt hat. Sie kleben von dem süßen Zeug. Auf der anderen Seite der polierten Fliesen und der Topfpflanzen in der Lobby ist ein langer, niedriger Laden mit Teenagerzeug – Klamotten, flackerndes Neonlicht, laute Rockmusik, überall Glas und Chrom. Wir gehen rein. Ich fasse alles an, hole Sachen aus den Regalen und von den Bügeln und staple sie auf meinem Arm.

«Stell dir vor, bei uns hätte es gebrannt.» Mein Mund hängt vor lauter Glück herunter. «Ich brauche neue Sachen, eine total neue Garderobe. Stell dir vor, ihr hättet euch scheiden lassen, du und Mom, und du willst jetzt meine Liebe zurückkaufen, indem du mich verwöhnst. Stell dir vor, wir wären ein Paar.» Ich lecke mir die Lippen, und dann merke ich, daß mein Gesicht schon wieder so komisch wegrutscht. Plötzlich rede ich ganz unverstellt.

«Jack, Liebling, Jack, stell dir vor, wir wären wirklich verrückt nacheinander.»

Jack hat noch nie eine Frau erlebt, die so anprobiert, wie ich anprobiere. Der ganze Laden wandert durch meine Umkleidekabine, samt Gürteln, Schuhen und Kleidern, die von den Schaufensterpuppen gezerrt werden, Socken, Unterwäsche. Die Besitzerin kommt rein und hilft mir, weil sie ein dickes Geschäft wittert. Einmal jedoch vergesse ich in meiner Hektik, auf Jack aufzupassen, und ich reiche ihm etwas in Größe acht und sage, ich brauche Größe zehn. Ich sage, er soll es mir vom letzten Ständer rechts holen. Kapitaler Schnitzer. Jack geht zum Ständer, hängt die Hose zurück und geht einfach weiter. Ich spähe aus der Kabine, sehe ihn und weiß, ich habe keine Wahl. Ich renne in der Unterwäsche aus dem Laden, quer durchs Einkaufszentrum. Ich will nicht, daß er mich verläßt, meine Tränen sind nicht gespielt. Ich ersticke fast an meiner Traurigkeit, als ich schreie:

«*Dad, geh nicht weg! Bitte nicht!*»

Es ist ein jämmerliches Geheule, und ich kann nicht damit aufhören. Die Leute glotzen. Nur mit Büstenhalter und Slip und Socken bekleidet renne ich zwischen den Leuten durch und Jack hinterher. Ich renne heulend weiter, bis er sich umdreht. Er bleibt stehen. Was soll er machen? Der Ausdruck auf seinem Gesicht gefällt mir. Er kapiert. Das sehe ich. Er fängt an zu begreifen.

Es gibt kein Entkommen. Er kann sich nirgends verstekken. Ich werde alles tun, um ihn festzuhalten.

6. Januar, 4 Uhr 02 *Best Western*
Marlis

Ich bin nicht nachtragend. Ich habe ein schlechtes Gedächtnis. Ich vergesse, daß Jack abhauen wollte, und vergebe ihm über Nacht. Das kann ich mir leisten, denn am Ende des Nachmittags bin ich neu durchgestylt. Ich bin ein anderer Mensch, und Jack hat für alles bezahlt. Ich will aussehen wie eine Kombination von Thelma und Louise – beide in einem Körper und jünger, in meinem Alter. Und ich finde, ich habe es perfekt hingekriegt. Gefahr und Unschuld. Die Schlampe von nebenan.

Das Schicksal meint es immer gut mit mir. Ich begegne Jack an einem entscheidenden Punkt in seinem Leben. Er arbeitet an diesem großen neuen Projekt, und wie er gesagt hat, als er sturzbesoffen war: Er sitzt in der Scheiße, die unbezahlten Subunternehmer stehen quer durch North Dakota Schlange. Na gut. Er besitzt andere Talente, es gibt andere Dinge, die er immer schon machen wollte. Orte, wo er meiner Meinung nach mit mir besser hinpaßt als mit seiner zähneziehenden Exfrau – entschuldige, Candice!

Ich lasse Jack mein Gesicht bearbeiten und lasse ihn in einem Kleidergeschäft abhauen. Dann räche ich mich. Ich halte ihm den falschen Führerschein unter die Nase und zwinge ihn, bei meinem Job mit mir zu singen. In Lindsays Abschlußballkleid spiele ich jetzt an Wochentagen abends in der Elwood Lounge Klavier. Jack ist gar nicht so abgeneigt. Ich merke, daß er anfängt, mich zu mögen.

Ich habe die Grundlagen bei den Nonnen gelernt, und mir war gar nicht klargewesen, wie gut ich bin, bis ich von Sobieski wegging. Jetzt singt Jack schmachtend über meine Schulter: «Bye Bye Blackbird.» Wir machen das prima. Auch ihm gefällt es, trotz unserer Anfangsschwierigkeiten. Ich hätte es nie erwartet, aber es zeigt sich, daß wir viel gemeinsam haben. Früher war Jack der beste Tenor im Schulchor. Meine Stimme ist okay, mehr nicht, aber ich bin eine gute Begleiterin. Jack nimmt einen Drink, noch einen, einen dritten und dann einen vierten. Entweder vergißt er, daß ich ihn an der kurzen Leine halte, oder er findet es gut. Ich weiß es nicht. Beim fünften Drink beschließen wir jedenfalls, ein Duo zu bilden, die Midnite Specials. Es ist mein Plan. Es ist mein Traum. Ich überzeuge Jack davon, daß er Urlaub braucht. Klar, ich weiß, es ist eine Schnapsidee, und am nächsten Morgen hat er sie bestimmt vergessen. Deshalb gieße ich nach Drink Nummer fünf kräftig nach.

«Wir nehmen uns einen Agenten», sage ich. «Wir werden in Hotelfoyers auftreten, bei Hochzeitsfesten und in Bars mit Live-Musik. Von Oregon bis zu den traurigen Hinterwäldlernestern im oberen Michigan. Ich habe eine klare Altstimme, Jack. Ich habe kein Tonvolumen, keine Höhen, aber ich weiß, wie man sich fürs Rampenlicht anzieht!»

Das stimmt. Ich habe Zirkons an den Fingern, damit meine Hände auf den Tasten glitzern. *Tips für Teenager* hat mich gelehrt, wo man vertikale Streifen nimmt und wo man rafft, wie man Akzente setzt, wie man Modeschmuck verwendet, um positive Züge zu betonen beziehungsweise von schwächeren abzulenken. Ich bin das, was man als visuelles Kapital bezeichnen könnte. Aber Jacks Stimme trägt uns. Er hat von irgendwoher einen irischen Touch, eine deutsche Bodenhaftung, eine Prise ungarischer Seele und manchmal ein klares Falsett. Seine Stimme zehrt von ganz Europa, eine Welt, die er auch nicht besser kennt als ich. Wenn er singt, hat er diesen leidenden, schwermütigen Gesichtsausdruck. Bei «Volare» zeigt er seine ganze Leidenschaft. Er wirft den Kopf zurück, breitet die Arme aus. Gleichzeitig kann er mit seinem großen, kantigen Gesicht und dem priesterbraven Lächeln so gesund und normal aussehen.

Für mich ist Anerkennung nichts Selbstverständliches. In der High-School habe ich zu den Mädchen gehört, die bei einer Verabredung sechs Runden Minigolf spielen. Ich verliebe mich ständig. Da kann ich gar nichts machen. Filmschauspieler, Rockstars, Gesichter in der Werbung. Footballkapitäne, sämtliche Kotrainer, Sozialkundelehrer. Besessen, könnte man sagen. Das meinte jedenfalls die Schulschwester. Und auch der Psychologe. Wenn es mich erwischt, dann zerquetscht es mir das Herz, dann stiehlt es mir das Gehirn.

Ich wußte wahrscheinlich schon, daß es mich bei Jack erwischt hatte. Endlich jemand Richtiges! Und wir haben so viel gemeinsam! Er hatte auch eine merkwürdige Kindheit, jedenfalls behauptet er das. Während der ganzen Grundschule war er derjenige, den die anderen ausgeschlossen haben, der dicke Junge, der verprügelt wird, der heult, petzt und immer der Arsch ist. Seine Tante hatte ihn von seiner eigenen Mutter gestohlen, hat er gesagt. Darüber kam er nicht hinweg. Ich hatte Mitleid mit ihm. Wer hätte da keins gehabt? Er wurde hart, zeigte's der bösen Tante, brannte durch und zog zu ihrem Bruder, der damals eine Farm in der Nähe von Argus besaß, und in einem Jahr entwickelte er sich zum Klassenschläger. Er wurde Mitglied der Footballmannschaft und zahlte es den Leuten heim. Er hatte eigentlich keine Freunde, aber alle hatten Schiß vor ihm. Am Ende der zwölften Klasse hatte er sämtliche Mädchen durch, bis runter zu den verklemmten kleinen Zehntkläßlerinnen. So hat er's jedenfalls erzählt.

Ich gieße weiter nach. Wir gehen zurück ins Sunset. Die Nacht ist anstrengend, und er ist zu betrunken, um mit mir zu schlafen, aber das ist mir egal. Ich höre zu.

Er redet und redet. Darüber, gemeinsam durchzubrennen. Dann wechselt er das Thema und träumt davon, eine riesige Hochzeit zu veranstalten, zu der er alle Leute von seiner Firma einlädt und seine sämtlichen Exfrauen, und unsere Namen läßt er in Weingläser eingravieren.

«Und unsere Geburtstage?» frage ich.

Er wird still und rutscht unruhig hin und her.

«Ich weiß nicht, Babe. Ich weiß wirklich nicht.»

«South Dakota», sage ich plötzlich zu ihm. Ich hole unsere Kleider, ziehe ihm die Schuhe an. Ich zerre ihn aus der Tür des Sunset. Es ist soweit. In dieser Nacht, während ich hinter dem Steuer von Lindsays Wagen sitze, die ganze Strecke über, die Luft so frisch und kühl – in dieser Nacht habe ich das Gefühl, wir tanzen der Welt auf der Nase herum. Ich nehme den Superhighway, an dem Jack angeblich mitgebaut hat. Er sitzt zusammengesackt neben mir. Ich bin hellwach. Ich bin wild entschlossen. Er kann keinen Rückzieher machen.

Jedesmal wenn er aufwacht, gebe ich ihm einen Luftkuß. Er stöhnt nur und schläft wieder ein. Obwohl ich eigentlich schon ein Kleid wie Princess Di geplant hatte – weißer Satin, mit einem winzigen, edlen Diamantkopfschmuck und einer langen Spitzenschleppe –, weiß ich doch, daß meine beste und vielleicht einzige Chance darin besteht, mit ihm durchzubrennen. Um sieben Uhr morgens werden wir in South Dakota von einer Friedensrichterin getraut, die Zehensandalen an den Füßen trägt. Sie gähnt. Ihr Haus riecht nach eingemachten Gurken.

Ich sprühe Funken. Ich spüre es richtig. Als wir Mann und Frau sind, fahren wir zurück nach Fargo. Ich setze Jack am Sunset ab, damit er schlafen kann, und während er abgemeldet ist, hole ich Frühstück, schlage die Zeit mit Kaffeetrinken tot. Ich bin so aufgeregt, daß mir die Hände zittern. Der Kaffee schwappt in die Untertasse. Ich kann's kaum erwarten! Endlich stehe ich in meiner Bank am Schalter, mein Scheckheft in der einen Hand, die Heiratsurkunde in der anderen. Jacks Scheck liegt vor der Schalterbeamtin. Ich habe genau den richtigen Stift benutzt, um ein *s* an Jacks *Mr.* anzufügen.

Die Augen der Schalterbeamtin werden groß, als sie die Summe liest. Sie studiert die Heiratsurkunde mit dem Prägesiegel.

«Notariell beglaubigt», sage ich.

Sie zahlt den Scheck ein.

«Möchten Sie den Namen nicht auch gleich bei Ihrem Konto ändern?»

«Selbstverständlich.» Ich lächle.

Sie schickt mich an einen Schreibtisch hinter einer Holzwand, und dann wendet sie sich dem nächsten Kunden zu. Ich nehme Platz und führe mit dem Angestellten ein ausführliches, nettes Gespräch über ein Darlehen für einen Wagen. Ich bekomme Unterlagen zum Ausfüllen mit, winke im Hinausgehen der Schalterbeamtin zu. Draußen schmeiße ich die Papiere in den Mülleimer.

Was für ein wunderschöner Tag! Das Geld gehört mir. Und damit auch Jack. Das Geld ist unter meinem Namen angelegt. Genau wie Jack gesagt hat: *Mehr Nullen hintereinander, als du je gesehen hast.*

Wir verstecken uns einen Monat lang im Garden Court in Eugene. Jack hat Probleme wegen des Geldes, und ich nehme mir vor, wenn er eines Tages mal besonders nett zu mir war, hebe ich es ab und gebe es ihm in einem Batzen. Eigentlich interessiert mich das Geld gar nicht, mir geht's um was ganz anderes. Ich will, daß Jack auf mich angewiesen ist, ich will meinen Traum leben, meinen und seinen. Daß ich bekomme, was ich will, ist eher wahrscheinlich, wenn er seine Bautrupps im Stich läßt, wenn er unterwegs ist und das als Ausrede nimmt, warum er die Löhne nicht zahlt. Er hat die ganze Arbeit delegiert, und die Bauarbeiten laufen hervorragend. Außerdem kommt in einem Monat die nächste Rate des Darlehens, brummt er hoffnungsvoll, als er den Hörer des Moteltelefons auflegt.

Ich massiere ihm die Schultern, küsse ihm die Schläfen und sage, daß ich an ihn glaube! Was ja auch stimmt.

Er sieht mich nur mürrisch an und bemüht sich nicht mal um ein Lächeln. Aber er ist mein Mann, denke ich trotzig und bin stocksauer auf ihn, weil er nie über meine Witze lacht.

Wir leben in einem Zimmer mit einem schmalen Balkon und Bildern von Topfpflanzen an der vergilbten, rauhen Wand. Die Doppelglasfenster gehen auf einen Parkplatz hinaus. Aber das ist uns egal. Und ich merke, daß er mich immer mehr ins Herz schließt.

Eines Nachmittags kommen wir total erschossen von einem Vorsingtermin zurück. Wir sitzen in unseren Sesseln und trinken heißen Kaffee, um uns aufzuwärmen. Jack tut in seinen einen Schuß Alkohol. Wir reden nicht. Der Tag ist eher schlecht gelaufen. Jacks kindische Weigerung, mir in die Augen zu sehen, empfinde ich als vorwurfsvoll. Ich habe mich ein paarmal verspielt. Er hat über meine Fehler hinweggesungen. Jetzt starrt er verdrossen auf das Fischrestaurant nebenan. Plötzlich kommt eine langbeinige junge Blondine in Parka und Jeans um die Ecke, in der Hand einen Geigenkasten.

«Entzückend», sagt Jack. Zum einen begutachtet er ihre Beine, zum anderen fragt er sich, ob sie wohl übt. Seit wir zusammen sind, merke ich, daß unerwartete Dinge ihn stören. Er ist so empfindlich geworden. Lärm ärgert ihn.

Nach dem Mädchen taucht ein Junge hinter der Hecke auf, ebenfalls mit einem Geigenkasten bewaffnet. Dann kommt ein ganzes Rudel junger Leute, einige mit Cello, und schließlich erscheinen noch mehr Mädchen mit allen möglichen Instrumenten in den entsprechend geformten Lederkästen. Waldhorn, Trompete, Tuba, Pauke.

«Das muß 'ne Art Kongreß sein», sagt Jack beunruhigt. Wir sehen, wie sie quer über den Platz in unsere Richtung gehen, lachend, lärmend, scherzend. Sie strömen ins Garden Court. Wir hören sie im Treppenhaus. Sie rennen mit Donnergetöse treppauf, treppab. In ihre Zimmer. Knallen die Türen. Raus aus dem Zimmer. Wieder die Türen.

«Die Welt ist nichts als eine einzige wilde Party, Babe», sage ich zu Jack und werfe mich aufs Bett, ihm vor Augen.

«Nein, nein!» Er wird laut und hat einen hysterischen Unterton. «Ich brauche meinen Schlaf.»

Schlaf ist für Jack keine Routineangelegenheit. Ich habe nie viel über Schlaf nachgedacht, bis ich anfing, ihn mit Jack zu teilen. Liebe ist für ihn was Selbstverständliches. Schlaf dagegen ist was, wofür er sich anstrengen muß. An der Rezeption eines Motels fragt er immer nach dem ruhigsten Zimmer. Wenn er es betritt, stellt er das Gepäck ab und dreht den Kopf mißtrauisch von einer Seite zur anderen, überprüft, ob man den Verkehr rauschen hört. Geschrei vom Swimmingpool, Gepolter von oben oder das

Gejaule des Fernsehers von nebenan. Selbst in der traumlosesten Stille der Nacht fällt es ihm schwer, sich ans Vergessen heranzupirschen.

Ich spüre ihn neben mir in diesen ersten Wochen. Er summt ein bißchen vor sich hin, probiert im Kopf neue Arrangements aus oder geht die Ereignisse des Tages noch einmal durch, die Streitigkeiten, die er oft mit Barbesitzern hat, Auseinandersetzungen, die ich anzettle und die er dann zu schlichten versucht. Beim Einschlafen merke ich, wie er jeden einzelnen Körperteil anspannt und wieder entspannt, eine Art Yogaübung, die er aus Tarzanheften gelernt haben muß. Manchmal steckt er sich Stöpsel aus Schaumgummi in die Ohren, und manchmal sehe ich morgens beim Aufwachen, daß er den Kampf gewonnen hat, indem er sich eine schwarze Augenmaske aus der Apotheke aufgesetzt hat. Er behauptet, Schlafmangel würde das Timbre seiner Stimme kaputtmachen, und egal, ob das stimmt oder nicht – schlecht gelaunt ist er auf jeden Fall. Ich sorge ziemlich schnell dafür, daß er seine acht Stunden bekommt. Eigentlich ist es nicht meine Art, Männer so zu bemuttern, wie ihr euch sicher vorstellen könnt, aber schließlich bin ich polnischer Abstammung, und in meiner Familie sagten die alten Frauen immer, der Mann ist König. Ich meine, *einen Scheiß ist er das*, aber bei Jack probiere ich ihre Methode trotzdem aus. Ich bemühe mich, verantwortungsbewußt zu sein, erwachsen zu sein. Deshalb mache ich mir an diesem Nachmittag in Eugene, als er sich mir mit zerfurchter Stirn und halb offenem Mund zuwendet, so meine Gedanken.

Wie immer sind wir im Nichtraucherbereich. Seit Jack mit den Zigaretten aufgehört hat, haßt er Rauch. Plötzlich ist er da ganz snobistisch. Das Einatmen von Zigarettenrauch, sagt er, ist unser einziges Berufsrisiko.

«Komm, wir nehmen uns ein Zimmer im Raucherflügel», schlage ich vor. «Das sind Teenager, die dürfen noch nicht rauchen.»
Ich kann sehen, wie er diese giftige Alternative erwägt. Er gibt nach, und in dieser Nacht, in der gesegneten, nach abgestandenem Rauch riechenden Ruhe, beruhigt er seine Nerven mit dem atmosphärischen Rauschen des Radios und schläft in meinen Armen ein. Es ist so selten, daß er Schlaf findet – und dann auch noch in dieser Stellung, mit unbequem abgeknicktem Hals –, daß ich mich nicht zu rühren wage, obwohl sein schwerer Kopf auf meiner Brust eine Last ist, die ich mit jedem Atemzug anheben muß.

Diese Nacht im Garden Court ist ein Höhepunkt. Ich hätte wissen müssen, daß es danach nur noch bergab gehen kann. Das einzige, was ich in diesen Tagen unserer Ehe an Natur zu sehen bekomme, sind die Gartenanlagen der wechselnden Motels. Manchmal tauchen Erinnerungen auf. An Augenblicke. Orte. Wir sind in Knights Inn in Detroit, im weichen, frischen Schnee. Ich blicke auf die Straße, auf die Pflanzen an Parkplatz und Pool hinaus, sehe mir an, wie die flachen Eibenbüsche zwischen den gestutzten Nadelbäumen wachsen. Ich betrachte die weichen Formen der immergrünen Büsche, als ich mich plötzlich nach dem tiefsten Minnesota sehne. Nach der Central Standard Time. Ich bin ein bißchen konfus, weil ich mich vor dieser Reise noch nie außerhalb meiner Zeitzone befunden habe. Noch nie. Die Feder meiner inneren Uhr ist gesprungen. Ich will unbedingt irgendwo liegen, wo alles echt ist, in einer Schneewehe oder meinetwegen auch in irgendeinem blöden Straßengraben. Es ist Mittag, auf dem Parkplatz ist nichts los, aber Jack ist in unserem Zimmer, im Bett unter den gekreuzten Speeren an der Wand. Er holt seinen Schlaf nach. Ich brauche auch Schlaf, aber ich will nicht ins Zimmer zurück und ihn aufwecken.

Die Nadelbäume sind zwei Meter hoch, vielleicht auch höher. Ihre unteren Zweige berühren sich, bilden eine Art Höhle. Die Baumrinde, das geschredderte Holz und der frische Schnee auf dem Boden – es sieht alles so einladend aus, daß ich denke, *warum nicht?* Ich könnte mich auch auf eine Holzbank neben dem zugefrorenen Pool legen. Niemand würde mich belästigen. Aber warum nicht die kleine Schattenhöhle unter einem Baum? Ich meide die Kabel der Weihnachtsbeleuchtung und strecke mich aus. Und es ist wirklich bequem. Außerhalb der grünen Welt scheint kein Lüftchen zu gehen. Aber unter dem Baum spüre ich das Seufzen der Nadeln und höre den Gesang irgendeines winzigen, mir unbekannten Lebewesens, eines, das in Detroit heimisch ist, vermutlich. Es könnte ein Vogel sein, etwas Spatzenähnliches. Er singt. Dann murmelt er. Ich atme den Geruch von frischem Schnee, das dichte weiße Aroma der Winterluft.

In den Knochen spüre ich, während ich so liege, den Verkehr außerhalb der Höhle, das Beben des Lebens. Stimmen gehen vorbei, aber ich fühle mich geborgen. Um mich herum knistern die Nadeln, reiben sich die Zweige aneinander und schlucken das kalte Licht. Die Welt ist trunken vor Licht, aber ich gleite tief ins Dunkel. Unter dem Schnee und den Rindenstückchen, unter der Plastikplane, die verhindern soll, daß das Unkraut durchkommt, unter der Schicht aus zersplittertem Glas, Mutterboden und feinem Schlamm stelle ich mir eine Dunkelheit vor, die so total ist wie ein Gewebe aus Luft.

In diesem Moment weiß ich, daß ich ein Kind erwarte. Das Wissen fällt mir einfach so zu, als Fazit vieler kleiner Zeichen.

Ich bin schwanger, denke ich, und sofort schlafe ich ein. Ich bin sehr warm angezogen und wache erst auf, als die Weihnachtslichter um mich herum wie helle Sterne blinken. Als ich ins normale Leben zurückstolpere, begreife ich, daß Jack wütend wäre, wenn er mich jetzt sehen würde. Es ist doch wirklich verrückt, daß ich draußen im Freien schlafe, während drinnen im Motel mein Mann zwei breite Betten für sich hat, mit königsblauen Tagesdecken aus Rippensamt.

Aber für mich ist es schon ganz normal geworden, auf Jack aufzupassen. Ich mache ihn menschlich, beschütze den alten Arsch, sorge dafür, daß er schläft.

So richtig deutlich wird alles erst in Minneapolis-St. Paul, in der Big Sioux Lounge. Ich bin fest davon überzeugt, daß dieses Motel von Indianern verflucht wurde. Ein zehn Meter großer Häuptling aus Fiberglas winkt einem «How!» zu. Direkt am Eingang. Aber das ist erst der Anfang. Innen wimmelt es von kunstvollen Designs. Die Gummimatten, an denen man sich die Schuhe abtritt, die Teppiche, die Cocktailservietten, alles voll mit Quadraten und Karos, so daß es aussieht wie Perlenstickerei. Sehr seltsam. Außerdem sind in Glasschränken ein paar aufgeputzte, müde dreinschauende Gipsindianer ausgestellt. Die Tiere, von denen diese Leute einst lebten, sind ausgestopft und verstecken sich in den Dachbalken, sprungbereit. Füchse, Wölfe, Waschbären, Eichhörnchen, wilde Ziegen. Es ist eiskalt an dem Abend, als wir in der Big Sioux Lounge spielen. Die Heizung ist zu niedrig gestellt. Lauter Familien von einem abgesagten Northwest-Flug nach Billings. Leute aus Montana, die in einem Wetter festsitzen, das noch schlimmer ist als das bei ihnen zu Hause. Man kann sich ihre Laune lebhaft vorstellen. Unsere Show bietet ihnen nur eine Zielscheibe für ihre Frustration.

Aber die Sachen, die Jack ausprobiert, sind total daneben. Er behauptet immer, Plaudereien mit dem Publikum seien seine Stärke, aber da täuscht er sich. Er legt los, indem er eine Familie erfindet: «Mein Onkel war Tiefseetaucher, aber er war zu höflich, um es lange zu machen. Hat 'ne Meerjungfrau getroffen und den Hut vor ihr gezogen. Da war er hin. Eine Tante hatte ich auch, 'ne alte Jungfer. Unter deren Bett hat sich jede Menge Staub angesammelt, weil sie da nie geputzt hat. Warum? Sie hatte gehört, der Mann ist aus Staub geschaffen.»

Dann nimmt er mich dran, seine Frau. «Gestern abend wollte sie mich nicht küssen. Meinte: ‹Schatz, meine Lippen sind so aufgesprungen.› – ‹Na›, sage ich, ‹da ist der Zugang doch um so leichter.›

Ihr seid mit dem Flugzeug hergekommen? Ich hasse Flugzeuge. Ich muß immer gut geerdet sein. Bei mir schlägt so oft der Blitz ein.»

Müdes Gelächter. Ungläubig. Wo hat er bloß diese Kalauer ausgegraben? Gleich darauf beginnt unser Problem.

«Raindrops Keep Fallin' on My Head», «Let's Fall in Love», «I Fall to Pieces». Dann fragt Jack die Zuhörer nach Wünschen.

«Singt richtig», ruft eine Stimme von hinten. Jack wirft mir einen komischen Blick zu, und dann ist es, als hätten wir eine Richtung festgelegt, oder vielleicht haben ja auch unsere Flugpassagiere noch einen kleinen Schock, denn sie wollen jetzt – so wie man manchmal morgens aufwacht, und es geht einem ein Lied durch den Kopf, und dann merkt man, es ist ein Kommentar zum eigenen Leben – «Listen to the Falling Rain» und «When Autumn Leaves Start to Fall» hören. Wir singen weiter, erfüllen ihre Bitten. Ich finde, die Betonung auf «Fallen» schafft eine unangenehme Stimmung. Morbide. Und als wir uns hinsetzen, um eine Pause zu machen, passiert etwas Komisches. Klar, Jack hat nicht gut geschlafen, und ich bin sowieso kribbelig, aber er mustert mich kritisch.

«Dein Lippenstift stimmt nicht», sagt er.

Ich habe meine Handtasche da. Als er mir den Rücken zuwendet, hole ich einen kleinen Lippenstift mit Spiegel heraus, ziehe die Lippen nach.

«Wieder okay?» frage ich bissig.

Er blickt über meinen Kopf hinweg, betrachtet einen ausgestopften Bussard und sagt mit verträumter Stimme: «Es ist dein Mund, ehrlich gesagt – dein Mund sitzt schief im Gesicht.»

Das verletzt mich, also wirklich. Ich habe soviel Mühe auf mein Gesicht verwandt, soviel Geld für das richtige Make-up ausgegeben, so viele Ratgeber studiert. Nur damit er sagt, ich bin immer noch schief. Er hat ja keine Ahnung!

Jack dreht sein energisches Kinn von mir weg. «Und der Mund paßt zum Rest.» Er packt mich am Arm, zieht mich hoch. Ich kann gar nicht reagieren; vielleicht bin ich zu baff. Ehe ich seine Bemerkung richtig kapiere, sitze ich schon vor dem Publikum und spiele das Intro von «Snowbird». Und nachdem wir gespielt haben, bis die Lounge schließt, gehen wir nach oben ins Bett. Ich hänge unsere Kleider auf, ziehe die Tagesdecken weg, lockere die festgesteckten, sauberen Laken.

«Ich weiß Bescheid», sagt Jack. «Du warst es. Du hast den Scheck genommen, hast ihn irgendwie eingezahlt. Weiß der Himmel, wo.»

«Was meinst du damit?» Tränen steigen mir in die Augen. Ist ja egal, daß ich es getan habe. Aber daß er mich verdächtigt! Das tut weh. «Welcher Scheck? Spinnst du?»

«Es gibt Unterlagen. Es gibt einen gegengezeichneten

Scheck, Marlis. Ich habe Freunde bei der Bank. Entweder gibst du mir das Geld, oder ich gehe vor Gericht.»

Jack schließt die Augen, um mein Gesicht nicht sehen zu müssen. Ich lösche das Licht. Die Nacht, die Luft, alles so still und dunkel um uns. Die Vorhänge sind zugezogen, damit das Licht vom Parkplatz nicht hereinschaut. Hin und wieder hören wir Schritte im Flur. Türen schließen sich dumpf. Stimmen werden jäh gesenkt.

«Sie haben dir was Falsches gesagt», erkläre ich. «Wer immer sie sind. Alle Leute machen Fehler. Ich liebe dich. Ich liebe dich so sehr.»

Ich berühre Jacks Brust und setze mich auf ihn, umklammere ihn mit den Beinen. Vielleicht kann ich ihn ja verführen, vielleicht kann ich machen, daß er mich so verzweifelt begehrt wie am Anfang. Aber meine alten Methoden funktionieren nicht besonders gut, nicht mehr.

«Ein Bankscheck würde völlig reichen», sagt er und dreht sich weg.

Sexuell sind wir gehandicapt. Seit Jack sich den Kopf angeschlagen hat, ist er übervorsichtig. Wir stoßen mit den Zähnen zusammen, boxen uns mit den Ellbogen, machen schmatzende Geräusche, wenn er seinen Unterleib gegen meinen drückt. Ich wollte, es wäre leichter, seine Geliebte zu sein, aber es ist harte Arbeit, und ich bin am Verhungern. Ich esse enorme Portionen, mache jeden Abend Situps, aber es wird immer schlimmer. Ich habe nicht mehr die Kraft, ihn dazu zu bringen, mich zu lieben, und rolle gelangweilt von ihm herunter. Ein Wunsch beschleicht mich. Wenn Jack doch aus Pappe wäre oder ein Schauspieler, eine Fernsehberühmtheit! Dann könnte ich soviel besser mit ihm umgehen. Aber er liegt nun mal neben mir, sehr wirklich. Ich halte den Atem an, während er sich wegdreht, um einzuschlafen. Ich wage es nicht, ihn anzufassen oder was zu sagen oder auch nur einen Laut von mir zu geben. Selbst mein Atem, diese schnaufende Sehnsucht, selbst das Rascheln der Laken scheint viel zu laut.

«Bitte», sage ich. «Lieb du mich auch. Bis in den Tod.»

Unter dieser Tanne in Detroit ist etwas passiert. Ich habe die Bewegung unter der verschneiten Rindenmulche gespürt, den Zugriff der Erde. Sein Baby ist in mir, ich weiß es, und ich denke, er sollte sich lieber schnell entschließen, mich zu lieben, sonst fange ich noch an, ihn für Pappe zu halten, für nichts als Moleküle. Als er sich umdreht und die Laken rascheln, halte ich die Luft an. So wie bei meinen Phantasiemännern stelle ich mir jetzt vor, daß er die Arme ausbreitet und sich mir in der satten, schweren Luft zuwendet. Ich liege still. Jack zieht sich oft zurück oder wird plötzlich ganz kalt, wenn er spürt, daß ich ihn will. Um ihn zu bekommen, erstarre ich wie ein Kaninchen, erlaube seinen Händen, in groben Kreisen über mich zu wandern, bis die Spannung in ihm überläuft und mich befreit. Aber an diesem Abend reizt ihn gar nichts. Schließlich berühre ich seinen Arm, weil mir das Herz weh tut, als hätte eine Hand es zusammengequetscht. Er schüttelt mich ab und rollt sich ein, verbirgt seinen Schatz. Ich denke an seinen Penis. Sein bestes Stück. Sein schlechtestes. Ich werde sauer. Soll er ihn doch für sich behalten. Ich drehe mich ebenfalls weg, liege auf dem Rücken und starre in die Dunkelheit.

Der Raum weitet sich. Ich traue mich nicht, was zu sagen oder einen Laut von mir zu geben. Ich beginne den Brunnen zwischen meinen Hüften zu berühren, damit ich unter meinen eigenen Händen runder und feuchter werde, und spüre, wie sich die dunkle Lust, die gleichmäßig in mir verteilt war, zusammenzieht, bis sie wie geöltes Wasser gegen meine Haut preßt. Als es mir zuviel wird, nehme ich die

Hand weg und lasse mich treiben wie auf einem bequemen Floß. Jack schläft. Oder er lauscht. Mir doch egal. Ich fange wieder von vorn an, immer wieder, bis meine Beine sich plötzlich verkrampfen. Das trübe Wasser schaukelt sich hoch, wird eine Woge purer Einsamkeit. Ich habe noch nie das Meer gesehen, aber ich kenne seinen Klang. Eine dröhnende Leere. Ich umklammere ein Kissen, und die Wellen überschlagen sich.

Aber zum ersten Mal schlafe ich nicht mit diesem selbstmitleidigen Gefühl ein. Es passiert etwas anderes. Von tief innen her bekomme ich Bestätigung, Zustimmung, ein schlichtes Gefühl von Solidarität. *Das Baby*, denke ich zuerst. Aber nein, es ist etwas anderes. Ich bin es, die mich beruhigt. Ich bin es, die sagt: *Du* bist *wichtig. Du bist eine Beschützerin. Du bist eine Mutter. Leben zu schenken ist sexier, als mit Jack zu vögeln. Genieße das, Baby, genieße es!* Ich bin so glücklich, daß ich wie ein Garten schlafe, und mein Kind bleibt mein Geheimnis. Ich schlafe wie ein Aquarium, leise blubbernd und meinen kleinen Fisch sicher umschließend.

Seit meinem dreizehnten Lebensjahr beginnt für mich kein Morgen ohne das Ritual von Lidstrich, Wimperntusche, Rouge und Lippenstift. Der nächste Morgen ist der erste. Ich vergesse das Ritual, weil ich mich immer noch so gut fühle. Neue Gefühle, große Gefühle. Ich bin jetzt, mit diesem Leben in mir, so wichtig, daß ich nicht mal mein Gesicht und meine Frisur im Spiegel überprüfen muß. Jack ist unten beim Frühstück. Das heißt, er muß gut geschlafen haben. Nach einem langen Schlaf bestellt er immer das Superfrühstück mit kleinen Steaks, Bratkartoffeln und drei Eiern statt zwei.

Normalerweise gehe ich nach einer guten Nacht, wenn

wir, was alle Jubeljahre passiert, miteinander geschlafen haben, frisch hergerichtet nach unten – so perfekt, wie ich mich eben hinkriege. Jack und ich sitzen uns am Tisch gegenüber. Alles um uns herum ist interessant und spannend. Wir lesen uns laut vor, was auf den Platzdeckchen steht, und flippen die Zuckertütchen durch. Selbst die Texte auf der Speisekarte bringen uns zum Lachen. Aber an dem Morgen stehe ich in der Tür neben dem Bitte-warten-Sie-auf-die-Bedienung-Schild. Ich sehe Jack von hinten. Er sitzt allein an der Theke. Offenbar will er keine Gesellschaft. Er beugt sich über das Essen, und seine Ellbogen pumpen fleißig auf und ab, auf und ab. Er ißt wie ein mechanisches Pferd; alles an ihm widmet sich dieser einen Aufgabe.

Ich mache kehrt und gehe wieder. Trommelschläge, ein ferner Klageton, indianisch inspirierte Musik dringt aus den Lautsprechern. Diese Musik ist mir so fremd, daß ich nicht sagen kann, ob sie Traurigkeit, Fröhlichkeit oder irgendwie kompliziertere Gefühle ausdrücken soll. Ich setze mich in die Lobby, neben ein flaches, mit blauen Fliesen ausgelegtes Wasserbecken. In dem sich kräuselnden, von unten angestrahlten Wasser glitzern Münzen, hundert, zweihundert, und jede symbolisiert den Wunsch eines Menschen. Glaskästen stehen an der Wand, hell erleuchtet und mit Namen und Daten versehen. Da sitze ich – mit kleinen Wünschen im Wert von hundert Dollar. Ich hole einen Vierteldollar aus der Tasche. Ich will, daß auch meine Wünsche in Erfüllung gehen.

«Ich hoffe, der Blitz schlägt ein und brennt das Gebäude nieder», sage ich, aber ich meine es nicht ernst. Ich habe einen Halt gefunden. Zum ersten Mal habe ich Worte für das, was ich mir wünsche. Dieses Baby, sage ich. Dich. Ich rede mit einem winzigen Wesen. So gestaltlos, daß es noch nicht mal träumen kann. Echte Liebe erbitte ich, wahre

Liebe, geschenkt und erwidert. Wo immer sie herkommt, sage ich, wo immer sie hingeht.

Da kommt mir der Gedanke, daß ich das Geld in Fargo auf ein anderes Konto überweisen sollte. Oder es abheben. Das Baby braucht Unterstützung. Als ich noch eine Münze hineinwerfe, breiten sich die Wellen von dem kleinen Plumps immer weiter aus und werden den ganzen Tag hindurch immer größer.

Unser nächster Auftritt ist in Billings, Montana. Ein Best Western Motel. Falls zufällig welche von diesen Flugpassagieren von neulich anwesend sind, holen sie bestimmt zwei Stricke und knüpfen uns auf. Wir üben. Spielen Kassetten im Auto. Jack ist total wütend. Schließlich halten wir an einer kleinen Raststätte. Vorsicht, hier wurden Klapperschlangen gesehen, steht auf einem Schild, aber die halten jetzt doch bestimmt als gefrorene Bündel Winterschlaf. Ich sehe Jack an. Er merkt es, reagiert aber nicht.

Ein paar Oleasterbüsche, die Zweige piksig und silbern, leuchten neben den winterlichen Picknicktischen. Ich habe ein Mittagessen in eine Papiertüte gepackt, die ich jetzt vom Rücksitz hole. Es ist ein warmer Wintertag, die Leute gehen in der Sonne spazieren. Ich wische den Tisch ab und mache ein Sandwich, so wie Jack es mag. Drei Sorten Aufschnitt, zwei Sorten Käse und das dicke Weißbrot, das man für Texas-Toast nimmt. Mit so einem kleinen Schälmesser, das ich etxra gekauft habe, schneide ich gerade das Sandwich in zwei Hälften, da tritt Jack hinter mich und packt mich am Arm.

«Was tust du da?» will er wissen.

«Ich mache uns ein Sandwich», antworte ich und ziehe meinen Arm weg.

«Du tust ja Mayo drauf.»

Da beschließe ich, es ihm zu sagen, hier und jetzt. Vielleicht ist es nicht der beste Augenblick, aber trotzdem.

«Ich bin schwanger. Ich brauche die Kalorien, Jack.»

«Ich will aber Senf.»

Das ist seine Antwort. Ich warte drauf, daß er sagt, er freut sich, und wenn das schon nicht, daß er sagt, er hat Angst, oder wenigstens, wie schrecklich. Schwanger! Ich bin schwanger, du Arschloch! Plötzlich schreie ich es ihm ins Gesicht.

Er geht überhaupt nicht darauf ein. Er ignoriert mein Geschrei.

«Nur in Restaurants. Ich esse nur in Restaurants Mayo», murmelt er fassungslos, als hätte ich was ganz, ganz Schlimmes getan.

«Das ist mir scheißegal. Ich bin schwanger», sage ich leise, zum letzten Mal. Die Worte kommen zitternd heraus, und ich spüre die Wut von ganz unten hochsteigen.

«Was für Spielchen sind das?» Jacks Stimme ist brüchig. Dann dreht er mir den Arm um, und das Messer fliegt über den Tisch, landet mit der Spitze voran in einem Klumpen Schnee. Ich höre mich schreien, und ich sehe dem Messer beim Fallen zu. Ich sehe alles übergenau, weil der Schmerz in meinem Arm, der Ruck, mich elektrisiert. Die Holzbretter sind ganz klar zu erkennen. Die Textur des Brotes.

«Warum tust du mir das an?» fragt Jack und läßt mich los.

Ich wende mich ab, halte mir den Ellbogen. Die Wut verkriecht sich in eine kleine Ecke im Schrank meiner Angst. Ich habe gewußt, daß ich ein stromgeladenes Kabel berühren würde, wie früher so oft bei meinem Vater. Man wußte nie, an welcher Stelle es freilag und ob man einen Schlag bekommen würde.

«Warum ich dir das antue?»

Ich bin selbst wie ein Baby. Völlig durcheinander. Ich hab mir immer in die Hose gemacht, wenn ich die Schritte meines Vaters hörte, wenn er durchs Haus schlich und mich suchte. Plötzlich bin ich wieder dort. Ich kann nicht reden. Die Zunge klebt mir am Gaumen und ist sowieso nicht mehr ans Gehirn angeschlossen. Ich hebe den Kopf und begegne dem Blick einer Frau, die ein paar Schritte entfernt ihren Hund spazierenführt. Der Hund trägt ein winziges Strickpullöverchen. Der Frau bleibt der Mund offenstehen, also zucke ich nur die Achseln und schüttele den Kopf. Ich schäme mich für Jack, ob ihr's glaubt oder nicht, ich habe Angst, daß die Frau ihn verurteilt. Sie könnte denken, er mißhandelt seine Frau. Oder so was. Ich hoffe, daß er auch empört reagiert, aber er beißt nur in sein Sandwich, kaut, und dann erscheint auf seinem Gesicht ein breites, nettes Footballkapitänsgrinsen, lauter weiße Tasten. Ich halte mir den Arm und sehe ihm in die Augen. Klar, tief, braun. Starr wie bei einem Vogel. Die kleinen Muskeln um seinen Mund herum gefrieren.

Ich bin sehr gekränkt. Und doch merke ich, daß ich sein Lächeln erwidere. Meine Lippen zittern. Ich war noch nie schwanger. Er glaubt mir nicht. Ich weiß nicht, was ich tun soll.

Du hast doch keine Ahnung, denke ich. Ich sehe weg von seinem kauenden Mund, der mir jeden Trost verweigert, und schaue hinüber zu den Zweigen, die so dünn sind, so silbern, so unbewegt. In ihnen steckt ein Schmerz, der tiefer ist als meiner. Ihr Schweigen läßt mich frösteln. *Du hast doch keine Ahnung, was es heißt, eine Frau zu sein.*

Da kommt die Wut zurück, willkommen und erfüllend. Ich beschließe, es ihm heimzuzahlen.

Ich lächle immer noch, als wir in den Wagen steigen, als wir losfahren. Das Lächeln fällt mir jetzt leicht, weil ich einen Plan habe. Ich überlege. Das Grinsen ist aufgemalt, perfekt, als wäre ich gehäutet, getrocknet und ausgestopft worden. Kurz vor Billings halten wir an einer dieser großen Tankstellen, wo es alles zu kaufen gibt. Wir steigen aus. Jack geht zur Zapfsäule, drückt den Knopf für Barzahlung. Er stößt den Metallstutzen wütend in die Tanköffnung und drückt auf Start. Dann lehnt er sich gegen die Wagentür und glotzt geistesabwesend auf seine Stiefel. Ich mustere ihn distanziert. Ich gehe weg. Ich gehe zur Damentoilette, ziehe meinen Mantel aus, inspiziere meinen Arm von hinten im Spiegel, kann nichts feststellen. Aber er fühlt sich irgendwie locker an, als wäre das Gelenk ausgekugelt, obwohl es nicht weh tut. Ich gehe zum Telefon und wähle die Nummer der Bank in Fargo. Ich habe ein Paßwort. Den Mädchennamen meiner Mutter. Cook, so wie ich mich jetzt wieder nenne. Ich versichere mich, daß das Geld noch da ist, und dann lege ich wieder auf.

Ich hätte mir fast einreden können, daß Jack mir eigentlich gar nichts getan hat, nichts Schlimmes jedenfalls, nichts, was mir den Atem verschlagen hätte. Als ich aus der Kabine komme, stehe ich vor einem Kondomautomaten. Bitte bedienen Sie sich, steht vorne drauf. Fünfzig Cents.

Ich blicke ins Metall des Automaten und sehe mein Spiegelbild. Ich hole zwei Münzen aus der Tasche und stecke sie in den Schlitz. Ich ziehe an dem Griff, und eine kleine, quadratische Schachtel landet in meiner Hand. Wildes Glück. Wecken Sie die animalische Leidenschaft in ihr, steht darauf. Mir wird ganz kalt innerlich – es ist, als stünde da: *Ich will animalische Leidenschaft*. Also warum eigentlich nicht? Ich will wildes Glück! Ich stecke die Schachtel in meine Handtasche, gehe zur Tür hinaus und stelle mich neben Jack. Eine letzte Chance will ich ihm noch geben, denke ich. Das ist sie. Er steckt Geld in den Schlitz eines Plastikbehälters voller kleiner Stofftiere – Nashörner aus Plüsch, rosarote Elefanten und rotweißgestreifte Bären. Über ihnen schwingt der Greifarm eines kleinen Blechkrans. Jack bedient ihn mit einem Hebel.

«Welches willst du?» fragt er.

«Keins.»

«Komm schon, ich möchte dir eins rausfischen», sagt er. Er umwirbt mich charmant, und seine Stimme ist leicht und unbeschwert.

«So was brauch ich nicht», sage ich.

«Na ja, du kriegst trotzdem eins.»

«Warum fragst du mich nicht, was ich wirklich will?»

«Was willst du wirklich?»

Er lacht verlegen, als ich ihm sage, ich will animalische Leidenschaft. Er zuckt die Achseln, konzentriert sich ganz auf die Stofftiere. Die Blechklaue schwebt, senkt sich. Er hat es auf einen Elefanten abgesehen, mit schwarzen Schlitzaugen und einem langen Rüssel aus blauem Plüsch. Er versucht den Rüssel zu erwischen. Hinten in dem Behälter befindet sich ein Spiegel, der die Szene irgendwie in einen anderen Spiegel reflektiert, einer dieser Unendlichkeitstricks aus dem Kino. Die spitzen Greifer der Klaue berühren den Elefantenrüssel und schließen sich. Jack hat eine gute Feinmotorik, gewinnt immer irgendwelche Preise auf dem Rummelplatz, wenn er mit Bällen auf hölzerne Milchflaschen wirft oder Bleienten schießt. Ich bewundere dieses Geschick und verfolge den Vorgang im Spiegel.

Ich packe ihn am Arm, als wäre ich begeistert. Der Kran schwingt gegen den Rand des Behälters, die Klaue hüpft davon, und Jack läuft vor Wut rot an. Zum zweiten Mal tut er es jetzt – er schubst mich. Stößt mich einfach weg.

«Warum hast du das gemacht, verdammt noch mal?» sagt er.

«Was denkst du wohl, warum?»

Ich umklammere meinen Arm. Ich habe Angst vor ihm, aber ich weiß jetzt, wenn ich Schwäche zeige, haut er drauf. Ich stelle mich vor ihn und sehe ihm direkt in die Augen. «Du, Jack. Hör mir zu. Sag mir, daß du mich liebst. Daß du dich freust. Es ist dein Baby.»

Er starrt mich eine Weile an, dann fallen ihm mit einer lächerlichen Bewegung die Arme herunter. Er beißt sich auf die Lippe, fährt sich mit der Hand durchs Haar und zerwühlt es völlig.

«Bist du wirklich schwanger?» fragt er leise, verlogen. Er breitet die Arme aus, faßt mich an den Schultern, zieht mich an sich, bringt mich zum Schweigen.

Ich mache mich los.

«Und sag, daß es dir leid tut.»

Meine Worte kommen schriller heraus, als ich will, und eine ältere Frau, die gerade die Popcorntüten nach der frischesten abtastet, dreht sich um und starrt uns mit leeren, toten Augen an. Jack geht, also wende ich mich an die Frau und einen alten Rancher, der gerade mit offenem Geldbeutel in der Hand hereingekommen ist.

«Können Sie sich das vorstellen», sage ich und deute auf Jacks Rücken. «Er hat mir den Arm umgedreht, als er gehört hat, ich bin schwanger. Hat mich geschubst. Geschlagen. Ich bin fertig mit ihm, also braucht er das hier auch nicht mehr.»

Ich hole das Kondompäckchen aus der Tasche, gehe zu dem alten Rancher. Die mollige kleine Frau neben ihm wird plötzlich ganz hektisch. Sie weicht vor mir zurück. Ihre großen Augen sind feucht und wirr hinter den Brillengläsern, und sie hält die glänzende Popcorntüte zwischen uns, wedelt hektisch damit in der Luft herum. Ich gehe ihr aus dem Weg und nehme die trockene, harte Hand des Ranchers, ehe er sie zurückziehen kann. Er ist haarlos, gestählt von der Arbeit und schlank. Er trägt einen gefütterten Mantel aus Jeansstoff, und seine Hüften sehen noch ganz vielversprechend aus in den Jeans. Ich schließe seine Finger wie Lederhandschuhe um das kleine Päckchen.

«Mister, Sie haben grade 'nen Glückstreffer gelandet», sage ich zu ihm.

Er grinst, betrachtet die verpackten Präservative, dann begegnet er meinem Blick und nickt. Als er und ich zusammen aus der Tür gehen und dann weiter, über den Parkplatz, zu seinem Pickup, steigt etwas in mir hoch, dunkel, gewaltig, ein Wind, ein Gewässer. Ich laufe schnell, der schwarze Lärm begleitet mich. Mein Kopf ist ein summender Bienenkorb. Die Steine im Asphalt, die funkelnden Stückchen Glimmererde, die Aluminiumdosenringe, die sich in den Teer gedrückt haben – alles tritt so deutlich hervor, als wären meine Augen ein teures Mikroskop. Ich habe eigentlich keinen Plan. Ich könnte zwei Stunden mit diesem Kerl verbringen und ihn dann bitten, mich rechtzeitig für unseren Auftritt wieder hier abzusetzen. Etwas ist in Bewegung geraten. Daß Jack mir den Arm verdreht hat, ist wie der erste Ruck an einem Pumpenschwengel, und die Gefühle, die mit der Zeit ins unterirdische Becken geflossen sind, sickern den ganzen Tag über gleichmäßig heraus.

Als wir losfahren, füllt sich der Pickup mit dieser summenden Spannung zwischen dem Mann und mir. Ich sage ihm, er soll am erstbesten Motel halten und uns ein Zimmer mieten. Er parkt den Wagen an dem am weitesten entfernten Platz. Er stellt den Motor ab, wendet sich mir zu, und ich denke: *O Gott, er will's hier machen, gleich hier.* Aber er mustert mich nur ganz ruhig. Ich kann diesen Blick nicht deuten. Als täte ich ihm leid. Er öffnet den Druckknopf seiner Hemdtasche und holt das Kondompäckchen raus. Er hält es von sich weg, um es lesen zu können, dann schiebt er es wieder in die Tasche.

«Komm, wir benützen die Dinger», sage ich mit meiner heisersten Stimme und mache einen Augenaufschlag.

Aber er schüttelt den Kopf, streckt die Hand aus und streicht mir eine Haarsträhne hinters Ohr.

«Noch zu feucht dahinter», sagt er sanft. «Ich bring dich jetzt nach Hause.»

Die Freundlichkeit des Mannes tut mir gut und gleichzeitig weh. Sie zeigt mir, aus welchem Holz ein echter Mann geschnitzt ist, und diese kleine Offenbarung läßt meine Wut immer weiter herausströmen, so daß das Motelzimmer, das Jack und ich in Billings beziehen, schon kniehoch damit gefüllt ist, bevor ich auch nur eintrete. Und der Pegel steigt, das ölige Wasser schwappt schwarz.

An dem Abend brauche ich lange, bis meine Frisur richtig sitzt. Die Haare kräuseln sich in einer mit Haarspray fixierten Mähne bis über meine Schultern. Ich entscheide mich für ein rotes Chiffonkleid mit V-Ausschnitt und hochdramatischen Schmuck – eine große, filigrane Pfeilspitze, die an einem Halsband aus Draht hängt. Ich bleibe lange in dem kleinen, gekachelten Badezimmer, umgeben von meinen Schminkutensilien. Fön. Elektrische Lockenwickler. Sprays. Ein Lockenstab mit Stacheln. All diese Gegenstände gleichen Verteidigungswaffen. Sie knistern, heiß und weiblich.

Jack hält sich von mir fern. Er sitzt drinnen, in einem Sessel beim Fenster. Er trinkt aus einer durchsichtigen Tasse und beobachtet, was unter ihm im Hof passiert. Es ist schon eine ganze Weile nach dem Mittagessen, und die Sonnenstrahlen sind lang und blau, Schneemobilfahrer stehen auf der Terrasse, sitzen auf den weißen Stühlen, trinken ebenfalls aus Tassen. Ich höre einen von ihnen rufen: «Wollen Sie mitfeiern?»

«Nein, danke», höre ich Jack antworten. Ich weiß, daß er sich jetzt schon Sorgen macht, die Party könnte bis spät in den Abend gehen, vielleicht sogar bis nach unserer Show, direkt unterhalb von unserem Zimmer. Und ich weiß auch, daß es so sein wird. Ich kann es hören – an den sich erhebenden Stimmen, dem lauten, besoffenen Gelächter. Jack wollte nie hier landen. Ich war nie sein Ziel. Ich bin eine Haltestelle, eine Raststätte an einer Straße, die anderswohin führt, ein vorübergehender Wohnsitz, wo er abwarten kann, bis sich seine Lage klärt. Es hat lang gedauert, bis ich das kapiert habe, aber jetzt wird sich alles ändern.

Regen füllt seine Spuren. Das Pech klebt ihm an den Sohlen. Er läßt seine Brieftasche mit unserem Geld in der Hose, während er duscht, und ich nehme sie an mich, samt den Autoschlüsseln. Und meinem Koffer. Ich soll Eiswürfel für seinen Drink holen, aber ich komme nicht zurück. Er sieht sich um. Nichts von mir zu sehen. Jack sitzt allein im Best Western Motel in Billings mit zehn Dollar, einem Koffer und ohne Eiswürfel.

Zuerst kann er es gar nicht fassen. Er setzt sich einfach wieder in den Sessel. Der zertrampelte Schnee unten wird dunkler, reflektiert nichts, verschluckt Stimmen. Motoren werden jaulend hochgejagt, während Leute in Moonboots zu einem tragbaren Kassettenrecorder tanzen. Eine Frau kommt vorbei, bringt Eiswürfel, aber das bin nicht ich. Die Nacht um Jack Mauser wird immer dunkler. Er bestreitet das Programm allein, kommt zurück, beobachtet, wie sich viele numerierte Türen schließen, und dann geht er in unser Zimmer, schiebt sich das Kopfkissen unter den Kopf.

Er denkt an mich – daß ich mich doch eigentlich um ihn

kümmern sollte, wie eine Tochter, wie eine Ehefrau, wie das Nichts, die manisch Depressive, die ich bin. Er plant, wie er mich fertigmachen wird, wenn ich zurückkomme. Er glaubt, ich komme zurück, aber vielleicht sieht er im Geiste auch eine kaputte Hochzeitsglocke vor sich, dunkelblondes Haar, ein paar Blechdosen an die Stoßstange gebunden, hüpfend, klappernd, an einem knallroten Auto, das davonrast und verschwindet.

Ich haue nicht richtig ab. Ich schleiche mich ins Motel zurück, ohne daß er es merkt, und nehme mir ein Zimmer auf der anderen Seite des Innenhofs, gegenüber von ihm. Ein Tag vergeht. Noch einer. Morgen Nummer drei. Ich döse den ganzen Tag, sehe fern, feile und lackiere mir die Nägel, lese ein paar Zeitschriften und Westernromane. Ich bestelle Essen beim Zimmerservice, beobachte, wie Jack allein zu unserem Auftritt geht, in einem zerknitterten Frack und in Gedanken schon bei seinen krampfigen Witzen. Ich sitze hinter den Vorhängen, spiele Patience, als er nach der Show zurückkommt. Ich sehe ihn hinplumpsen, nachdem er müde den Schlüssel ins Schlüsselloch gesteckt hat. Er sieht erschöpft aus. Ich schlafe eine Stunde, sehe mir eine Stunde lang eine Talkshow an, dann gehe ich zu seinem Zimmer und schließe die Tür auf. Den Schlüssel habe ich vorsichtshalber behalten.

Ihr wüßtet sicher gern, ob ich da schon einen Plan hatte. Ja, ich hatte einen. Dazu gehörten mehrere Dinge, die ich am Morgen in einem Eisenwarengeschäft erstanden hatte – eine Wäscheleine, Isolierband. Und ein Lockenstab. Jack liegt also im Bett. Er schläft. Wenn er mal weg ist, ist er wirklich weg. Das weiß ich. Da hinzukommen ist für Jack Mauser das Problem.

Ich nehme ein langes Stück Klebeband und wickle es

rasch um Jacks Handgelenke, während er im Traumland ist.

«Wach auf», sage ich. «Ich bin wieder da, Schatz.»

Er tritt mit den Füßen nach mir, und ich fessele ihn wie ein Rodeokalb. Dann liegt er auf dem Bett, auf den schönen, breiten, weißen Laken, alle vier Kissen um sich herum, die gesteppte Tagesdecke aus Polyester ordentlich am Fußende zusammengefaltet.

Anfangs ist er ganz durcheinander. Total überrascht, das kann ich euch sagen. Seine Augen sind riesengroß, man sieht all das Weiße um die Iris.

«Was soll der Scheiß!» Er will noch lauter schreien, aber ich halte ihm ein Stück Isolierband unter die Nase.

«Okay», sagt er. «Ich bin ja schon still. Ich sag kein Wort. Aber erklär mir wenigstens, was hier vor sich geht.»

Statt ihm zu antworten, setze ich mich auf einen Stuhl neben dem Bett. Ich lege den Beutel mit meiner Schönheitsausrüstung zu meinen Füßen ab. Zuerst nehme ich den Lockenstab, zeige ihn Jack. Ich stecke das Kabel in die Dose, damit er heiß wird. Dann hole ich eine Pinzette aus einem Lederetui und überprüfe die Enden, um zu sehen, wie gut sie greifen.

«Es tut weh, ein Mädchen zu sein», erkläre ich Jack und blicke ihm tief in die Augen.

Die weiten sich.

«Und?» sagt er.

«Und das sollst du spüren.»

Ich halte ihm die Pinzette hin. Sein Blick folgt dem schimmernden Instrument nach oben, über seine Nase hinweg, bis er nicht mehr sehen kann, was ich mache. Was denkt ihr? Ich zupfe ein Härchen nach dem anderen aus seinen Augenbrauen.

«Au!» zetert er. «Hör auf damit. Laß das, Marlis, bitte.»

«Ich warte auf die Zauberworte, Jack.»

Er preßt die Lippen zusammen, also verbringe ich eine halbe Stunde damit, ihm die Brauen zu begradigen, und er ist halb wütend, halb schockiert. Danach kommt sein Schnurrbart dran, beschließe ich, der muß auch weg. Und die Beinbehaarung. Nur gut, daß ich gerade Enthaarungswachs gekauft habe.

«Ist dir schon eingefallen, was du sagen sollst?»

«Klar», antwortet er. «Ich weiß, was du hören willst, aber du kannst mich nicht zwingen, Marlis.»

Er ist stur. Ich setze den Wasserkocher auf und erhitze den kleinen Tiegel mit dem ledernen Stück Wachs. Ich trage es mit dem der Packung beiliegenden Holzspatel auf Jacks Beine auf, breite die kleinen Musselinstreifen darüber, drücke, hebe es an einer Seite an und reiße. Handtücher, Papier.

«Scheiße! Verdammt noch mal, das tut weh!»

«Ich weiß», sage ich mitleidig. «Ich mache das alle vier Wochen, nur damit ich schön weich und glatt für dich bin, Jack. Sagst du's jetzt?»

«Unter Druck? Unter der Folter? Würde dich das wirklich befriedigen?»

«Ja.»

Aber er macht nur ein stocksaures Gesicht, schweigt.

Ich finde, seine Ohren sehen nackt aus.

«Du brauchst da was», sage ich kritisch und fasse mir an beide Ohren. «Etwas, was genau hier hängt.»

Ich habe eine große silberne Vogelbrosche mit einer langen, spitzen Nadel. Ich hole sie aus meinem Schmuckkasten und erhitze sie. Jack haßt Spritzen. Das weiß ich. Ich erinnere mich gut daran. Ich reibe seine Ohrläppchen mit Alkohol ein und steche Löcher hinein. Perfekt. Ich habe eine feinere Nadel, eine normale Nähnadel, mit der ich jetzt eine Fadenschleife durch das Loch ziehe. Er verzerrt das Gesicht, die Augen rollen nach hinten. Mir zittern die Hände, und ich habe Tränen in den Augen.

«Hey, du bist doch ein Mann, stimmt's?» Meine Stimme ist belegt. Ich halte das nicht aus. «Du bist ein harter Mann, hart genug, um mir die Fresse zu polieren. Hart genug, um einer Schwangeren den Arm umzudrehen. Hart.»

Ich stütze ihn mit Kissen ab und breite die Handtücher unter seine Beine, um das Wachsen abzuschließen.

«An deine Achselhöhlen komme ich leider nicht ran», entschuldige ich mich. «Sonst würde ich sie dir auch noch enthaaren.»

Ich schneide ihm die Schlafanzughose auf, weil ich an den taillierten Schnitt der modernen Bikinis denke, aber seine Beine zucken weg, als ich sie berühre. Dieses unfreiwillige Zucken kriegt mich klein. Ich kann nicht weitermachen, denke ich, ich kann nicht. Ich lege die Schere weg.

«Sagst du's?» frage ich. Aber er hat sich völlig in sich zurückgezogen. Er funkelt mich nur böse an, wie ein Zweijähriger, und kneift die Lippen zusammen.

«Wie wär's mit Lockenwicklern, Süßer?» Ich bin rasend. Bürstenroller. Nadeln. Ich bearbeite Jacks Pony mit dem Lockenstab, streiche rosarotes Stylinggel in sein Haar und lege die starren kleinen Drahtrollen ein. Drücke ihn in die Kissen. Da. Soll er auf den Piksern schlafen.

«Du brauchst hier ein paar Implantate.» Ich berühre seine Brust leicht mit dem Finger. Er schaudert. «Aber vergessen wir's. Es gibt Schlimmeres.»

Dann erst zeige ich ihm die Stilettos.

Aus meiner Handtasche hole ich ein riesiges Paar Schuhe mit hohen Absätzen, rot und spitz. Ich habe sie im Ausverkauf gefunden. 12 Dollar 95. Die Zehen sind enge Keile, in die ich ein paar Tropfen Superkleber gebe, mit dem ich normalerweise Brüche in meinen Fingernägeln repariere.

«Du mußt nicht drin rumlaufen, das versprech ich dir», sage ich. «Du mußt sie nur anziehen. Darin sehen deine Knöchel so schlank aus.»

Ich gebe ihm eine letzte Chance. Ich stehe vor ihm, die Schuhe und das Isolierband in der Hand.

«Sag's schon – sag's, du Arschloch», flehe ich leise. «Sag, daß du mich liebst, daß du mich anbetest. Daß du verrückt nach mir bist. Sag, daß du noch nie so glücklich warst. Sag, daß du dich auf das Baby freust.»

Er sieht mich hilflos an und öffnet immerhin den Mund, das muß ich zugeben. Ein Laut kommt raus, aber es ist nur ein Ächzen, eine Art Schrei, kein richtiges Wort.

Also ziehe ich ihm die Schuhe an. Seine Füße passen genau rein; sie sitzen knapp, ideal. Ich befestige seine Knöchel mit Isolierband am Bett. Bevor ich gehe, küsse ich die roten Schuhspitzen, tippe mit dem Finger darauf und bleibe noch einmal kurz am Fußende des Bettes stehen.

«Was ist bloß mit dir los?» frage ich ihn leise.

«Ich weiß nicht», flüstert er zurück.

«Dann sind wir also beide verrückt.»

«Laß mich nicht so liegen.»

«Du willst das Baby nicht.»

Er schweigt, aber ich sehe, daß er mich wenigstens nicht anlügen kann. Das ist immerhin was. Selbst nach der Folter täuscht er mich nicht über seine wahren Gefühle hinweg.

«Okay, Jack. Du läßt mir keine Wahl.»

Ich schneide ein Stück Band ab und klebe es ihm über den Mund. Dann gehe ich. Ich verlasse den Raum, und ich lasse Jack und alle meine Hoffnungen zurück. Da überkommt mich eine verzehrende, erbarmungslose Trauer. Warum schweifen wir umher? Warum sehnen wir uns so? Warum öffnen wir je unser Herz?

Taufe im Fluß 6. Januar, 4 Uhr 41
Candice und Marlis

Obwohl die Frauen das Bild von Jack in Stöckelschuhen sehr komisch fanden, taten ihnen die eigenen, halb erfrorenen Füße so grauenhaft weh, daß sich zu ihrer Belustigung Mitgefühl gesellte und keine lachte.

«Da stand ich also ohne einen Cent», fuhr Marlis fort. «Und unerwartet schwanger, worüber ich hin und her gerissen war. Da ruft Candice an. Sie fragt mich, ob ich mit ihr nach Norden fahren will, zum Lake Superior. Ich sage: *Was?* Du bist seine Exfrau! Aber sie meint es ernst, und schließlich bin ich jetzt auch eine Ex. Außerdem habe ich ihm das Geld zurückgegeben, jedenfalls die Hälfte. Jack hat sich ausgerechnet, daß es ihn teurer kommt, wenn er mich anzeigt, um sich so den Rest wiederzuholen. Immerhin habe ich den Scheck erst nach der Hochzeit eingezahlt. Rein juristisch gesehen, hat er zur Hälfte mir gehört. Jack ist so stinkig, daß er meine Briefe nicht beantwortet. Meine Anrufe auch nicht. Ich habe keine Lust, nur rumzusitzen und mir zu überlegen, was ich jetzt tun soll. Ich schaffe es nicht, ein Leben lang ein Kind zu unterstützen, auch nicht mit Jacks Scheck, den er mir inzwischen wirklich schuldet, findet ihr nicht? Ich weiß nicht, wie es weitergehen soll, und ich brauche Platz. Also sage ich, ich komme mit, und wir fahren in einen hübschen Ferienort, wo wir selbstverständlich nie ankommen. Nie.»

Marlis schwieg, und Candice sprach weiter.

«Für mich stellte sich die Sache folgendermaßen dar. Ich war diejenige, die sich die ganzen Jahre hindurch ein Baby gewünscht hatte.» Obwohl sie sich eng an Marlis schmiegte, tat ihr vor Kälte alles weh, aber die alte Wut wärmte sie ein bißchen auf. «Warum ist Marlis nur einfach so schwanger geworden? Ich erfuhr davon, weil sie einen Brief an Jacks Postfachadresse geschickt hat. Sie wußte nicht, daß wir beide einen Schlüssel dafür hatten. Ich las den Brief. Ich faßte einen Entschluß. Das Baby hätte meines sein sollen – ich hatte es verdient! Ihr versteht das wahrscheinlich nicht. Ihr denkt bestimmt, ich hätte Ruhe geben, mich bemitleiden und meine Wut und Enttäuschung mit Saufen, Fressen, Heulen und so weiter an mir selbst auslassen sollen. Aber Selbstmitleid habe ich nicht im Repertoire. Ich bin eine berufstätige Frau mit beruflichen Verpflichtungen, mit Patienten. Ich war um ein Kind betrogen worden, und Marlis hatte, was ich wollte.

Ich mußte dranbleiben – ihr kennt ja alle den alten Spruch, *den Freunden nah, den Feinden näher*. An diese Devise habe ich mich gehalten. Ich ließ mir meinen Zorn auf Jack und Marlis nicht anmerken. Im Gegenteil, sobald ich aus der Lektüre von Jacks Briefen erfahren hatte, daß Marlis sich nicht einmal sicher war, ob sie das Kind behalten sollte, fragte ich sie, ob sie nicht mit mir in den Norden fahren wollte.»

«Ich hab aber gewußt, daß es eine Falle ist», sagte Marlis.

«Ich mußte dich alleine zu fassen kriegen.»

«Gut. Du hast mich ja auch gekriegt.»

«Heute sieht es besser aus in Silver Bay, Minnesota», fuhr Candice fort. «Aber als ich das letzte Mal dort war, bekam man die Immobilien nachgeschmissen. Die Stadt liegt wie ein spitzwinkliges Dreieck am Lake Superior. Damals hatte dort gerade ein Hüttenbetrieb zugemacht und im Wasser am Westufer eine Schicht Asbestablagerungen zurückgelassen. Man bekam eine Villa für den Preis eines Gartenhäuschens, ein Haus im Ranchstil für ein gutes Wort. Die Leute mußten nach Duluth fahren, um sich die Zähne richten zu lassen. Stellt euch das vor! Also fuhr ich mit der schwangeren Marlis nach Minnesota. Als wir ungefähr auf der Höhe von Silver Bay waren, ging die Sonne unter, und die Ladevorrichtungen am Highway, wo die Schleppkähne anlegten, um Eisenerz zu laden, standen leer. Düster und riesig ragten sie in die Dämmerung, die Fundamente von Wellen umspült.

Aus dem Schatten der waldigen Klippen flackerten die letzten Sonnenstrahlen. Ihr Glanz lag auf Marlis' Gesicht. Dramatisch. Hübsch. *Das Baby wird hübsch*, dachte ich. Marlis schlief nicht, sie schläft ja nie! Sie redete nur nicht. Gegen die Tür gelehnt, mit mürrischem Gesicht, die Hände zwischen die Schenkel gepreßt, so schützte sie sich vor mir.»

«Ich hab's gewußt!» rief Marlis. «Ich hab's gewußt!»
«Was hast du gewußt?» fragte Dot.
«Es war komisch, daß sie mich eingeladen hat. Der Lake Superior gibt seine Toten nie her. Dieser Satz ging mir dauernd im Kopf rum.»
«Warum bist du dann überhaupt ...», begann Dot. Dann dachte sie an das, was Marlis getan hatte, an die Stilettos, das Isolierband. Vielleicht hatte sie eine Verbündete gesucht, eine andere Frau, für den Fall, daß Jack ausflippte. Aber anscheinend hatte Marlis gar nicht an Jack gedacht.
«Was hat dich dazu gebracht mitzufahren?» fragte Eleanor neugierig, aber dann sah sie, wie Marlis sich Candice zuwandte und wie ihr Gesicht in seinem eigenen Schatten

sanft aufleuchtete, und sie wußte Bescheid. Wenn sie einander in die Augen schauten, erwärmte sich die Luft zwischen den beiden Frauen spürbar.

Dann erzählte Candice weiter.

Wir nahmen die nächste Ausfahrt. Der Himmel leuchtete mitternachtsblau. Ich sah das Mariner Motel, das Schild mit dem aufgerollten Neonseil. Ich wies Marlis darauf hin. Sie antwortete nicht, sagte kein Wort, obwohl das Mariner Motel nicht die versprochene Luxusabsteige war – mit Kamin, tollem Essen, geheiztem Swimmingpool, Fitnessraum. Samt phantastischer Landschaft, Felsen, die in rauschende Wellen ragen und so weiter.

«Morgen», versprach ich. «Morgen gehen wir ins Blue Dolphin. Da gibt's Tennisplätze und alles. Es ist ein Stück weiter das Ufer runter.»

Als wir den Wagen auf dem überdachten Abstellplatz parkten, stieg Marlis aus und streckte sich. Sie schien überhaupt nicht enttäuscht zu sein, kämmte sich den Pferdeschwanz mit den Fingern in ein breites, blaues Band, hüpfte auf und ab, um warm zu werden. Es war ein kühler Frühlingsabend, die Luft feucht von nicht gefallenem Regen, und von Nordwesten zogen Wolken und Wind auf. Ich nahm meine Handtasche und räumte das Auto auf – mein schicker Wagen war voll mit Tüten, Limodosen, Zeitungen, Pullis und Schuhen.

Na, egal. Unnötigerweise hatte ich reserviert, ein großes Doppelzimmer, weg vom Highway und der Zufahrtstraße, die, wie ich wußte, sehr befahren war. Ständig diese ächzenden Sattelschlepper. Jetzt war alles still, und vom Motel aus hörte ich sogar das Brechen der Wellen auf der anderen Seite des Highway.

Ich hatte so ein schicksalhaftes Gefühl, als wäre alles

übernatürlich, bedeutungsvoll im höheren Sinn. Ich prägte mir jedes Detail ein, alles, was wir an diesem Abend sahen und taten. Im Büro bei der Anmeldung roch es nach gebräunten Zwiebeln, Fleisch, Zitronencreme und Möbelpolitur. Die Frau, die auf unser Klingeln hin erschien, war gerade aus der Badewanne gestiegen und hatte sich ein Handtuch um den Kopf gewickelt. Ihr Gesicht leuchtete, ihre Haut wirkte weich und porös, sehr weiß. Sie befeuchtete sich die Finger mit der Zunge, bevor sie in ihrem Terminbuch blätterte, unsere Reservierung fand und mir den Schlüssel und einen Meldezettel zum Unterschreiben reichte.

«Nehmen Sie einen Prospekt mit», rief sie uns nach, als wir uns zum Gehen wandten. Neben der Tür stand ein kleiner Holzständer mit Reklamebroschüren. Ich nahm eine mit, Marlis entschied sich für verschiedene bunte Landkarten. Bald saßen wir in den Sesseln in unserem Zimmer und wärmten uns die Füße an den Spiralen eines kleinen, gefährlich aussehenden elektrischen Heizofens.

«Hey», sagte Marlis, «hier drin ist ja nur ein Bett. Es ist zwar ziemlich breit, aber ich schlafe nicht mit dir in einem Bett.»

Die Dame an der Rezeption hatte mich natürlich gefragt, ob das in Ordnung sei, hatte mir Rabatt gegeben und so. Das war alles schon genau besprochen. Marlis schien es nur jetzt erst zu kapieren. Sie warf die Landkarten auf den Boden, öffnete ihren Koffer und holte ein Taschenbuch mit metallisch glänzender, erhabener Schrift auf dem Deckel heraus.

Ich legte ihr die Hand auf die Schulter, aber sie schüttelte sie ab und vertiefte sich in ihre Lektüre.

«Ich schlafe in der Badewanne», verkündete sie.

Sie stand auf und ging auf Strümpfen mit ihrem Buch ins

Bad, wo sie die Tür verriegelte. Sie legte sich in die Wanne – stellte ich mir vor – und las weiter.

Ich legte die Broschüre weg und machte es mir auf dem Bett bequem, immer noch in meinem guten hellen Trenchcoat. Ein Spannungskopfschmerz war im Anzug. Ich mußte etwas sagen, und ich mußte die richtigen Worte finden. Auf der ganzen Strecke hatte ich mir den geeigneten Augenblick ausgemalt und wie ich mein Anliegen vorbringen wollte. Aber das Blut pochte mir so heftig in der Kehle, daß ich dachte, meine Stimme würde klemmen.

Ich atmete tief durch und formulierte meinen Satz.

Ich behielt ihn für mich, rund, ganz und fertig. Eine gute halbe Stunde. Als sich die Badezimmertür öffnete und Marlis erschien, ließ ich ihn heraus.

«Du bist schwanger.»

Ich erwartete keine Antwort. Marlis rührte sich nicht einmal. Sie stand nur wortlos da, bis ich mich schließlich aufsetzte. Da stellte ich fest, daß sie verschwunden war, daß sie sich aus dem Zimmer gestohlen hatte, stumm wie ein Reh.

Sie konnte nirgends hin, nur ins Motel-Café. Oder in die kalte Höhle des Autos. Ich ging ins Bad, wusch mir das Gesicht, legte frisches Make-up auf und bürstete mir das Haar. Dann ging ich hinaus, quer über den Parkplatz. Dort entdeckte ich den Hintereingang zu dem leeren Café. Die Frau, die vorhin an der Rezeption gesessen hatte, folgte mir in den großen Raum. Ihre nassen Haare waren jetzt frisiert und beinah trocken. Locker gekräuseltes Grau. Sie führte mich zwischen den säuberlich gedeckten Tischen durch, reichte mir eine Speisekarte, als ich Marlis gegenüber Platz nahm. Marlis hatte eine Tasse Kaffee vor sich. Die Speisekarte lag zugeklappt neben ihrem Ellbogen.

«Was nimmst du?» Ich schüttelte meinen Mantel ab, nahm den langen Schal, den roten Seidenschal, den Jack mir geschenkt hatte, faltete ihn zusammen und schob ihn in den Ärmel.

«Hübsch», kommentierte Marlis.

«Willst du ihn haben?»

Sie war perplex. Ich sah es ihr an, aber sie sagte nichts. Ich schlug die Speisekarte auf.

Marlis starrte mich unverwandt an. Ich spürte ihren Blick auf meiner Stirn und konzentrierte mich ganz auf die Beschreibung der Speisen. Bürgerlich, mit Tagessuppe. Erbsen. Als ich Marlis ansah, trank sie in winzigkleinen Schlucken ihren Kaffee. Dann kam die Frau zurück.

«Einen Taco-Salat», sagte Marlis.

Ich bestellte das gleiche und wollte eigentlich noch für uns beide Milch bestellen, aber ich traute mich nicht, noch nicht. Marlis faltete die Hände im Schoß und sah stur an mir vorbei, zum Kamin in der Wand, in dem noch nie jemand ein Feuer gemacht hatte. Ich ließ meinen Blick auf ihrem Gesicht ruhen und dachte immer nur daran, wie hübsch das Baby aussehen würde. Marlis' ausgeprägte, etwas hervortretende Wangenknochen. Das lange, glatt herunterfallende Haar, so lebendig mit den honigfarbenen Strähnen darin.

«Hast du mein Telefon abgehört? Oder was?»

«Du hast es Jack geschrieben.» Ich weigerte mich strikt, ein schlechtes Gewissen zu haben. «Ich hab den Brief in seinem Postfach gesehen, als ich meine eigene Post abgeholt habe.»

Ich schob den aufgeschlitzten Brief samt Inhalt über den Tisch. Sie beherrschte sich, grabschte nicht danach, sondern sah ihn nur an, wobei ihr Gesicht sich langsam rötete. Die Adresse war in großen, krakeligen Buchstaben geschrieben. Wichtigtuerisch, dachte ich. Kindlich. Sie hielt die Hand über das Papier, als würde es Hitze abstrahlen.

Ich mußte mich zusammennehmen, um mich nicht zu entschuldigen. Ich wollte Marlis in der Defensive haben, also sagte ich kein Wort. Ich gab mir Mühe, die Hände still zu halten, weil ich nicht nervös wirken wollte. Sie hätte das sofort registriert. Ich faßte mit der einen Hand den Henkel meiner Kaffeetasse und ließ sie dort, die andere legte ich in den Schoß. Aber Marlis war eine harte Gegnerin. Sie saß mir gegenüber wie eine Schachspielerin – ruhig, reglos, scheinbar nichtsahnend. Ich wußte, daß ihr Gehirn arbeitete, und ein Teil von mir bewunderte sie dafür, daß sie den Brief zwischen uns liegenließ, das weiße Rechteck als Vorwurf und Frage. Sie rührte sich nicht einmal, um der Bedienung zu danken oder ihr zuzunicken, als diese die geriffelten Tortillascheiben mit Salat vor uns hinstellte und mit Gabeln und Wassergläsern herumhantierte. Erst als wir wieder allein waren, bewegte Marlis die Hand. Behutsam schob sie den Brief auf ihr Tischset und holte das Papier heraus, ein dünnes Blatt, auf beiden Seiten mit dickem schwarzem Stift beschrieben.

Lieber Jack, stand da. Möchtest du dein Baby?

Sie las den Brief nicht. Sie sah ihn nicht einmal an, sondern riß ihn mittendurch, dann noch einmal und immer wieder, bis der Stapel zu dick war, um ihn weiter zu zerreißen. Dann zerriß sie jedes einzelne Fitzelchen noch einmal, so daß kleine Papierflocken entstanden, die sie auf ihren Salat streute.

«Marlis, du bist ...», begann ich, aber dann redete ich nicht weiter. Sie bedeckte die Papierschnitzel mit dem Inhalt von drei kleinen Pappschüsselchen – saure Sahne, Salsa und Guacamole. Nachdem sie den Salat mit dem

Papier vermischt hatte, begann sie ihn zu essen und zerstörte so das Nest, das sie gerade gebaut hatte.

Ich bin kein schlechter Mensch; normalerweise bringe ich andere Menschen nicht dazu, so etwas zu tun. Ich wollte Marlis nicht verletzen. Aber sie konnte das ja nicht ahnen. Sie konnte nicht wissen, was für ein Schatz ihr Problem war, von dem sie gesagt hatte: *Es ist auch dein gottverdammtes Problem, Jack.*

«Warum glotzt du so?»

Ihre Stimme klang feindselig, und ich nahm an, daß ich sie zu lange angestarrt und sie daran erinnert hatte, was in dem Brief stand. Und an das Baby selbst. Beziehungsweise, pardon, an die Schwangerschaft. Ich sagte nichts, schaute weg, fest entschlossen, genau die richtigen Worte zu wählen, als müßte ich Formulare für eine Agentur ausfüllen, die jedes bißchen Information in eine komplizierte, immer wieder abgerufene Datei einspeiste. Wir aßen unseren Salat, und ich bestellte ein Eis. Ich bot ihr etwas davon an. Sie winkte ab. Ihre Augen waren leer vor Müdigkeit, ihre Lippen bleich.

«Ich entscheide.» Sie sagte das ganz unvermittelt, mit einer beiläufigen Bestimmtheit, sehr erwachsen. Genau das hatte ich erwartet, was sonst? Trotzdem gingen mir die zwei Wörter durch und durch, und vorübergehend konnte ich nicht gleichmäßig atmen. Dann zwang ich meine Brust, sich wieder richtig zu füllen.

«Selbstverständlich entscheidest du», sagte ich langsam. «Du sollst nur wissen, daß du nicht bloß eine einzige Möglichkeit hast.»

Sie antwortete nicht, verschränkte nur die Arme vor der Brust, starrte in ihre halbleere Tasse, trommelte mit den Fingern auf ihre Ärmel.

«*Eine einzige?*» fragte sie spöttisch. «Eine Abtreibung, meinst du?»

«Was ich meine ...» Ich wollte nicht zu blöd dastehen. «Ich kümmere mich um dich. Ich helfe dir bis zur Geburt, und dann nehme ich das Baby.»

Sie hob den Blick, sah mir in die Augen. «Du tust was?»

«Ich adoptiere es.»

Sie umschlang sich fester, und ich merkte, daß ihr die Tränen kamen. Sie blinzelte, preßte die Faust gegen die Wange. So saß sie eine ganze Zeitlang da, ohne sich zu bewegen, dann schaute sie mich an, die Augen verquollen und rot. Ihre Stimme war heiser.

«Du arrogante Kuh», sagte sie. «Als würde ich dir mein Baby geben, *meins*!»

Die Wörter hingen zwischen uns in der Luft, im verschwommenen Raum, der die Seiten des Betts trennte, wo wir jetzt beide hellwach lagen und in den Himmel aus Dämmplatten starrten.

«Du verstehst nicht. Noch nicht», sagte ich.

«Ich verstehe sehr wohl.» Sie sprach ruhig, sachlich. Ihre Selbstbeherrschung, ihre Furchtlosigkeit, ihr Selbstvertrauen waren wie eine Mauer.

Eine Weile ließ ich mich dadurch aufhalten.

«Du würdest dich immer fragen.» Ich wußte, wo ich gegen diese Mauer angehen mußte, wie ich zu Marlis durchdringen konnte. Die Sätze rollten heraus, kompakt wie Steine. «War's ein Junge oder ein Mädchen? Was für eine Persönlichkeit, welche Haarfarbe? Wann war sein Geburtstag? Du wirst plötzlich grundlos zu weinen beginnen, wenn sich der Tag jährt, an dem du dein Baby abgetrieben hast. Du wirst dich im tiefsten Inneren hassen, dort, wo du nicht hinkommst. Du wirst eines Tages ein anderes Kind kriegen, und dann wirst du wissen, daß auch dieses Kind wirklich war. Oder du wirst keines kriegen, so wie ich.»

Sie knipste die Lampe an und saß hinter dem grellen Licht, so daß ich sie nicht sehen konnte. Ich muß eingeschlafen sein. Das nächste, was ich hörte, war, daß Marlis sich anzog, daß Flaschen im Badezimmer klirrten. Der Koffer fiel von seinem kleinen Hocker, aber ich wußte, sie würde nicht gehen. Ich hatte recht. Die Badezimmertür wurde geschlossen und verriegelt, und gleich darauf hörte ich sie schluchzen. Es klang, wie wenn der Regen in Böen gegen die Wand schlägt, wie Wellen auf kaltem Fels. Ihre klagende Stimme ertrank darin. Wenn das Geräusch leiser wurde, überlegte ich immer wieder, ob ich an die Tür klopfen sollte. Und jedesmal, wenn ich aufstand, erhob sich ein neuer Sturm, und ich sank unter die Decke zurück. Ich muß stundenlang geschlafen haben, versunken in der Leere, die auf heftige Gefühlswallungen und lange Autofahrten folgt, wenn man nur die Bewegung des Asphalts sieht, den gelben Streifen.

Lärm vor dem Fenster weckte mich. Das Licht im Badezimmer brannte noch immer. Auf dem Parkplatz knallten mehrere Autotüren. Ein Kofferraum wurde geöffnet. Dosen klapperten in einer Kühlbox. Ein Schlüssel drehte sich im Schloß. Die Tür des Nebenzimmers ging auf und wieder zu.

Ein Stuhl fiel um. Wasser lief ins Waschbecken. Ich setzte mich auf. Ich hatte im Unterrock geschlafen. Jetzt zog ich meinen Trenchcoat über, zurrte den Gürtel fest zu und schlüpfte in meine Schuhe. Ich schnappte meine Handtasche, öffnete die Tür und trat auf den schmalen Gehweg, der um den Innenhof des Motels führte. Der Wind war kühl, nebelfeucht und rüttelte an der Dachrinne. Ich stand vor der Tür des Nebenzimmers, horchte eine Weile auf das

Plärren des Fernsehers und versuchte, den Schlaf abzuschütteln. Eine Frau lachte, als ich scharf an die Tür klopfte. Sofort wurde es leiser, die Tür öffnete sich. Ich blickte auf eine dunkle Silhouette und konnte keine Gesichtszüge ausmachen.

«Könnten Sie bitte etwas leiser sein?»

«Scheiße, nee.» Ihre Stimme war rauh, freundlich. «Ich will feiern!»

«Und ich will nebenan schlafen», sagte ich. «Meine Schwester ist bei mir.»

«Schwester?» Neben der Frau erschien Marlis mit einem Glas in der Hand. Sie preßte die Knie zusammen, um stehen zu bleiben. «Deine Scheißschwester? Ich bin deine Schwester?»

Die Frau ignorierte sie.

«Willst du mitfeiern?» fragte sie mich.

Ich hatte Feindseligkeiten erwartet, sogar Drohungen, deshalb war ich angenehm überrascht von dieser Einladung.

«Komm schon. Ich mach das nur alle vierundzwanzig Jahre mal. Die haben mich hier abgesetzt, wollten mich loswerden. Ich bin ganz allein, bis auf deine Schwester hier oder was auch immer. Sie feiert mit.»

Die Frau trat einen Schritt zurück, knipste das Licht an. Marlis ging ins Bad. Ich hörte, wie sie sich bemühte, die Kotzgeräusche zu kaschieren. *Gut*, dachte ich. Die Frau und ich musterten uns gegenseitig. Ihr gelbbraunes Haar war dauergewellt, zu einer flippigen Zottelfrisur geschnitten, und ihr langes, unauffälliges Gesicht war jung und schutzlos, das Make-up fleckig verschmiert. Sie deutete auf einen braunen Motelsessel aus Plastik und nahm selbst etwas wackelig Platz. Ihre Füße waren nackt, und sie trug eine dezente lilabraune Bluse und enge neue Jeans.

«Ich hab keine Arbeit», teilte sie mir mit. «Scheiß drauf. Soll ich dir 'nen Screwdriver mixen?» Sie zog eine Orangensaftflasche aus einem Eimer mit Eiswürfeln, goß ein Glas halb voll. Ich sah zu, wie sie Wodka dazugab und noch einen Schuß hinterherkippte. Ich nahm das Glas.

«Eigentlich trinke ich nicht», sagte ich und starrte auf das Gebräu.

«Ich auch nicht.» Sie nahm eine Packung Zigaretten und schüttelte sie, bis sich eine lockerte. «Rauchen tu ich auch nicht.» Sie umschloß die Zigarette mit den Lippen und zog sie raus. Der Drink schmeckte nach Öl und Metall und war schlecht gekühlt. Ich stellte das Glas ab. Dann griff ich wieder danach und trank noch einen Schluck.

«Warum machst du das nur alle vierundzwanzig Jahre?»

«Weil ich vierundzwanzig bin. Heute ist mein Geburtstag. Wann ist deiner? Wie feierst du deinen Geburtstag am liebsten?»

«Mein Mann hat mich immer zum Essen ausgeführt.»

Ich fühlte mich ziemlich idiotisch; meine Überlegenheit war dahin. Außerdem war ich jetzt hellwach und horchte durch die Badezimmertür nach Marlis. Ich stellte das Glas auf den Nachttisch und erhob mich. Mein Mantel fiel auf.

«Hübscher Unterrock», meinte die Frau. «Wo ist denn deine Schwester?»

«Im Bad.»

Ich war zu schnell aufgestanden, deshalb wurde mir ganz schwindelig, und ich mußte mich wieder hinsetzen, aber nur auf die Kante meines Sessels. «Sie ist schwanger.»

«Na so was.»

«Vielleicht sollte ich mal nach ihr sehen.»

«Ja, klar.»

Da saßen wir, ich weiß nicht, wie lange, und dann erhob ich mich wieder. Die Frau stand ebenfalls auf, und wir betrachteten gemeinsam die geschlossene Badezimmertür, den schmalen Rahmen aus Licht, der sie umgab.

«Hey!» rief sie und klopfte auf das hohle Holz. «Hey, du da drin. Komm mal wieder raus!»

Keine Antwort.

«Vielleicht sollten wir den Verwalter holen», sagte ich. Auf einmal war ich innerlich ganz leer, ganz schwach, und ich hatte Angst, Marlis könnte ohnmächtig geworden sein, oder schlimmer noch – vielleicht war sie gestürzt, hatte sich den Kopf angeschlagen, sich die Pulsadern aufgeschlitzt, irgend etwas, was mein Baby gefährden würde. Die Frau rüttelte an der Tür. Die Tür war abgeschlossen, aber der Griff war locker.

«Wo ist deine Handtasche?» fragte sie. Sie blickte sich um, entdeckte die Tasche auf dem Sessel und holte meinen Geldbeutel heraus.

«Keine Sorge», sagte sie. «Ich raub dich schon nicht aus. Ich möchte nur irgendeine Karte.»

Sie nahm eine meiner Kreditkarten, schob sie vorsichtig zwischen Tür und Rahmen und führte sie langsam nach oben, bis sie die Schließe erwischte.

Ich wollte sie wegschubsen, aber sie schüttelte mich ab und beugte sich hinunter. Marlis drehte sich um, blickte zu uns auf und runzelte die Stirn. Sie lag auf dem Fußboden und hatte sämtliche Handtücher über sich gebreitet. Eins hatte sie als Kopfkissen zusammengerollt.

«Was willst du?» Sie sah der Frau ins Gesicht.

«Ist alles in Ordnung?» fragte die Frau.

«Bestens», antwortete Marlis. Sie stand auf und schüttelte die Handtücher ab. «Ich hab geschlafen. Ich bin schwanger.»

Die Frau nickte nachdenklich, als hätte sie endlich das Entscheidende begriffen. Sie schaute von Marlis zu mir und wieder zurück, sagte kein Wort, ging an mir vorbei und zog ihr T-Shirt herunter, strich sich die Haare glatt.

«Ihr zwei Was-auch-immers – jetzt hab ich kapiert», sagte sie. «Ich hab schon von so was gehört. Frauen ... Sie ist nicht deine Schwester.» Sie deutete auf mich. «Du hast sie künstlich befruchtet. Ich hab da schon mal was drüber gelesen.» Sie schwieg und starrte düster in den Drink, den sie sich gerade eingegossen hatte. «Ihr seid bestimmt von drunten aus der Stadt. Da machen die so was. Wir haben hier oben nicht mal die richtigen Instrumente dafür. Und jetzt raus hier. Macht das in 'nem anderen Motelzimmer. Ganz unter euch. Laßt mich in Ruhe feiern, okay?»

Marlis und ich gingen still hinaus. Wir mußten uns bemühen, nicht das Gesicht zu verziehen. Nicht herauszuplatzen. Was diese Frau uns unterstellte! So was Albernes! Unmöglich! Wir waren in unserem Zimmer, ich hörte, wie sie ihre Tür schloß, und dann war es im Motel und auf dem Hof wieder still, nur wir waren es nicht – wir konnten uns nicht mehr halten vor Lachen.

Marlis drängte sich an mir vorbei, zog die Tagesdecke weg, sprang immer noch lachend ins Bett und machte das Licht aus.

«Kannst du das glauben? O Gott!»

Wir konnten nicht mehr. Jedesmal wenn sich eine von uns wieder einigermaßen unter Kontrolle hatte, sagte die andere leise irgend etwas, «von drunten aus der Stadt» oder «ihr zwei Was-auch-immers», und wir gackerten wieder los.

Ich trug immer noch Mantel und Schuhe. Ich lag auf der Decke, es schüttelte mich, ich versuchte aufzuhören, schaffte es nicht – aber nach einer Weile beruhigten wir uns etwas, und das Lachen blubberte langsamer. Eine Stunde verging, vielleicht auch zwei. Ich döste kein einziges Mal weg. Ich glaube nicht, daß ich die Augen schloß. Ich horchte auf Marlis' ruhigen Atem, auf die Geräusche nebenan, den leisen Fernseher, dann das Hin und Her bestrumpfter Schritte. Ein paarmal rief die Frau leise irgend etwas. Einmal klingelte das Telefon. Sie redete und redete, aber ihre Stimme war nicht laut genug, ich konnte nichts verstehen. Der Morgen kam etappenweise, viel langsamer, als ich gedacht hätte – die Dämmerung schien sich über Stunden hinzuziehen. Erst war das Licht im Zimmer etwas weniger schwarz, dann fast grau. Danach wurde es körnig, wie Nebel, und die Umrisse der Möbel traten hervor. Als ich die Schubladengriffe und das Tapetenmuster genau erkennen konnte, begann ich zu reden.

«Tut mir leid wegen gestern abend.»

Keine Antwort, aber Marlis bewegte sich.

«Es ist nicht so, daß ich es nicht ernst gemeint habe», fuhr ich fort. «Ich meine es sehr ernst, ich hab mir alles genau überlegt. Ich respektiere deine Gefühle, es ist nur so, weißt du, so eine Gelegenheit kommt nicht wieder. Ich werde für dich dasein. Ich mache alles für das Baby, Marlis. Du weißt gar nicht, wie sehr ich mir ein Kind gewünscht habe. Ich kann nicht schwanger werden. Das ist das Problem. Das Kind braucht es ja nicht zu erfahren. Du kannst ein Geheimnis bleiben – oder auch nicht. Wie du willst. Marlis?»

«Was?» Sie war erledigt, unwirsch. «Was ist jetzt schon wieder?»

«Ich möchte gern ...»

Sie konnte mich hören.

«Ich möchte das Baby in den Armen halten ... Es versorgen, wenn es mitten in der Nacht weint. Ich möchte ihm einen Namen geben.»

«Hörst du denn nie damit auf?» Sie drehte sich weg, drückte sich das Kissen ins Gesicht. Ihre Stimme war gedämpft, flehend, zerrissenes Papier.

«Hör zu. Das ist eine Chance für uns beide. Für dich auch. Du wirst es nicht auf dem Gewissen haben.»

Ich spürte, wie sie sich aufrappelte, wach wurde, ihre Sinne sammelte. Sie nahm das Kissen weg, was ich als gutes Zeichen deutete.

«Von wessen Gewissen redest du, verdammt noch mal?»

Sie gab mir keine Möglichkeit zu antworten. Sie sprang auf, blickte auf mich herunter, wie ich da lag, in Mantel und Schuhen.

«Was weißt du denn schon?»

Sie zog ihr weißes Sweatshirt hoch und klopfte sich auf den flachen Bauch.

«Ich soll das Baby für dich austragen? Es kriegen? Damit es mich sein Leben lang haßt?»

Ich wich zurück vor ihrer Kraft, ihrer Wut.

«Du bist nicht diejenige, die Angst hat.»

«Doch, ich habe Angst», rief ich verzweifelt.

«Du bist voller Scheiße!»

«Deine Mutter hat dich weggegeben.» Ich sagte das auf gut Glück, instinktiv. «Du bist hier, weil sie dich weggegeben hat. Du bist hier das Baby. Du.»

Marlis sah mich an; ihr Gesicht wurde immer weißer, bis sie ein blutloser Vampir war, alt geworden, hungrig, verletzlich, ohne Schutz.

«Du hast doch keine Ahnung von irgendwas», sagte sie leise und erschöpft.

Dann brach sie zusammen. Sie weinte hemmungslos, weinte die ganzen frühen Morgenstunden. Aber diesmal konnte sie nicht weglaufen, sich nicht einschließen. Und ich konnte sie festhalten, sie trösten, ihr die Finger in die Schultern pressen, während sie hin und her schaukelte. Ich ließ sie nicht los. Ihre Haut wurde kalt, fühlte sich unangenehm an. Aber ich wich nicht von ihr, keinen Millimeter, auch nicht, als sie mich wegstoßen wollte. Auch nicht, als die Frau von nebenan, die jetzt zu schlafen versuchte, gegen die dünne Wand klopfte. Ich drückte sie auf den Boden und verhinderte, daß sie mit den Armen um sich schlug. Ich streichelte ihr übers Haar und drückte ihr den Kopf auf den Teppich, wenn sie ihn heben wollte. Als ihre Schluchzer tiefer und länger wurden, härter, weicher, sie von tiefer drinnen schüttelten, spürte ich hilflos den Beginn meiner Freude. Mir widerfuhr, was auch Marlis widerfahren würde. Ich fühlte, wie es sich bewegte, wie ein Spatz, wie ein kleiner Fisch strich es über die Innenseite meiner Haut. Ich fühlte sein Haar, weich wie der Flaum auf Marlis' Wange, und ich fühlte die tauben kleinen Seesternhändchen, die blinden Fingerspitzen, die nach den meinen griffen.

Candice 6. Januar. 5 Uhr

Ich muß euch noch was sagen. Euch ein Geständnis machen. Das, was diese Frau gedacht hat – also, daß wir *Lesben* sind –, das ließ mich nicht mehr los. Ich mußte dauernd daran denken. Zuerst fand ich die Idee absurd. Lächerlich! Dann regte es mich auf, tat ein bißchen weh, wie eine innere Verletzung. Ich mied den Gedanken, bis ich feststellte, daß ich ihn absichtlich mied. Wenn ich mich mit dem Thema überhaupt nicht auseinandersetzen wollte, hieß das womöglich, daß ich mich dadurch bedroht fühlte? Fand ich die Vorstellung vielleicht irgendwie verlockend? Und war das ungewöhnlich? Ich komme aus einer ganz normalen Familie, was immer das heißen mag, aber irgendwie kam mir die ganze Idee ebenfalls normal vor.

Nachdem ich begonnen hatte, das Ganze so zu sehen, beschloß ich, möglichst viel darüber nachzudenken, wenn es mir einfiel, um zu sehen, was dann passierte. Und plötzlich tauchte die Frage so oft auf, daß ich ihr nicht mehr ausweichen konnte. Ich wurde hypersensibel in bezug auf Frauen und ihre Brüste unter der Kleidung, die nur eine Handbreit von mir entfernt waren, wenn sie vorbeigingen. Ich dachte an ihre Füße, starr und gequält in spitzen Schuhen, oder schmale, empfindliche, affenähnliche Füße mit langen Zehen. Augen. Ich fragte mich, wie es wohl wäre, wenn ich einer Frau in die Augen blicken und sie mich so ansehen würde, wie sie einen Mann ansah. Ein Schauer überlief mich, wenn ich mir vorstellte, daß eine Frau mich so berührte, wie ich Jack berührt hatte, aber schlechter, oder besser. Ich konnte mich vor einer Frau stehen sehen, ihr Gesicht dem meinen zugewandt. Suchend. Ich konnte sehen, wie ich die Hände unter ihrem Haar verschränkte, während ich sie an mich zog, während meine Lippen ihre suchten, während sich unsere Brustwarzen in den Blusen streiften.

Ich mußte mich bremsen, um nicht weiterzumachen und ein Schlafzimmer vor mir zu sehen, in dem wir uns auszogen, denn dann wäre ich verloren gewesen wie in der Tiefe meines eigenen Spiegelbildes, wie in einer Reihe sich unendlich spiegelnder Spiegel. Ich dachte an Frauen. Ich dachte an Marlis. Anfangs nicht so, sondern nur beschützend. Besitzergreifend vielleicht. Ich dachte, daß sie das Baby für uns beide bekommen würde. Ich stellte sie mir irgendwie als mich vor, als wären unsere Körper schon verschmolzen, und ich erlebte alle ihre Gefühle. Mir war sogar morgens schlecht! Ich nahm zu. Mein Haar wurde fester. Ich fühlte mich pudelwohl mit dem steigenden Hormonspiegel. Eine sympathetische Schwangerschaft. Marlis war natürlich nicht besonders scharf darauf, mich in der Nähe zu haben. Ich mußte so tun, als würde ich rein zufällig bei ihren Voruntersuchungen auftauchen.

Das Wartezimmer
Candice und Marlis

Candice und Marlis erinnern sich an jede Einzelheit im Schwangerenwartezimmer. Zum Kotzen beruhigend, deprimierend vertraut, eine malvenfarben gestrichene Vorhölle mit Stapeln von Spielzeugreklame und Zeitschriften. Da sabberten Kleinkinder mit Strahleaugen auf den Titelseiten, posierten flotte Dickbäuche in Schwangerschaftskleidern, priesen sich Schnellkochrezepte an und machten leicht schielende Berühmtheiten ausgewogene Geständnisse. *Ich gehöre nicht hierher*, schrie Marlis' innere Stimme, *nein, nein, nein!* Wütend beäugte sie die anderen Schwangeren, ihre blöden Kragen mit den Hängeschleifen, ihr strähniges Haar, ihren clownesk geschäftigen Watschelgang und ihre ausdruckslose Selbstvergessenheit. *Nein, nein, nein! Ich bin keine von euch!* Aber man würde ihren Namen aufrufen, genau wie die Namen der anderen, und sie würde sich aus dem gepolsterten Plastikstuhl stemmen und zu Dr. Boiseart ins Sprechzimmer stapfen, der einen Klumpen Gel auf die violette Haut neben ihrem Bauchnabel spritzen, sein Stethoskop darauflegen und es hin und her schieben würde, bis es den aufgeregten Dreifachtempoherzschlag des Babys erwischte.

Marlis starrte auf das Buchstabengewirr in ihrem Buch und versuchte, das Gefühl von panischer Langeweile zu ignorieren, als plötzlich Candice zur Tür hereinkam, obwohl Marlis ihr doch gesagt hatte, sie solle ihr vom Leib bleiben.

Marlis öffnete zwar den Mund, schickte Candice aber nicht fort. Candice blieb vor ihr stehen und wartete.

«Gut siehst du aus», sagte sie dann.

«O ja, wie das *blühende* Leben!»

Marlis war sauer, weil Candice einen hautengen Pullover trug. Sie würde ein paar Scheine von Jacks Geld nehmen, das sie in ihrer Strumpfschublade aufbewahrte, und sich ein Outfit kaufen. Nein, einen Kindersportwagen. Einen Sportwagen brauchte sie unbedingt. Außerdem hätte sie gern neue Schuhe gehabt. Sie beneidete Candice um ihre Accessoires, um die kofferförmige Handtasche, die so elegant und professionell aussah. Wahrscheinlich, dachte sie muffig, ist die Tasche mit irgendwelchen blöden Zahnarztunterlagen vollgepackt.

Candice setzte sich ihr gegenüber und starrte auf das knubbelige Webmuster des Teppichs. Sie starrte so lange hin, bis Marlis' Augen automatisch ihrem Blick folgten – der Teppich war ebenfalls malvenfarbig, wie die Wände – und sich dort verhakten. Marlis' Füße wurden heiß. Zuerst nur an den Rändern mit der Hornhaut, den harten Stellen vom Barfußlaufen als Kind. Aber dann begann es auch in den Sehnen im Spann, den empfindlichen Vertiefungen zwischen den Zehen und den zusammengepreßten Zehen selbst zu pochen.

«Du.» Sie sagte das ganz leise und scharrte mit den schweren Gummisohlen ihrer Schuhe über den Teppich, um die Flammen, das Stechen zu ersticken. «Du.»

Sie wußte nicht, was sie sonst sagen, wie sie sich ausdrücken sollte. Beide Frauen schauten wieder auf den Teppich, und dann, als hätten sich ihre Gedanken subtil und unsichtbar zu einem einzigen Faden verflochten, erhoben sich beide und sahen sich an, als der Name Marlis Mauser aufgerufen wurde.

Eine heftige Übelkeit überkam Candice, und sie wollte Marlis an den Händen nehmen, aber Marlis schob die Hände schnell in die Tasche. Sie musterte Candice müde, aber konzentriert. Ihre Wangen waren zwar etwas eingefallen, doch klar konturiert. Ihre Züge weich, die Augenbrauen schwarz und kräftig. Die Augen ruhig. Sie ist so hübsch, dachte Candice, so unglaublich *hübsch*, obwohl sie dunkle Ringe unter den Augen hat und ihre Lippen schmal und blaß sind. Und jetzt fand sie sich achselzuckend mit Candices Anwesenheit ab. Die beiden Frauen durchquerten das Wartezimmer und verschwanden dann mit einer Assistentin hinter einer kleinen Tür am Ende des Flurs.

Die Austreibungsphase beginnt, Sie müssen pressen, und langsam tritt der Kopf des Kindes aus, das sieht aus wie bei einem Rollkragen. Sehen Sie?
Die Lamaze-Lehrerin drückte den Kopf einer lebensechten Plastikpuppe durch einen engen kleinen Pulli und zog dann den Rollkragen gleichmäßig darüber. Marlis saß im Schneidersitz auf einem quadratischen Kissen. Sie wirkte enorm in ihrem Herrenoverall mit Taillenweite hundertfünfzig. Bestimmt hatte er früher Man Mountain gehört, dem All-Star-Ringer. Sie hatte ihn bei einem Wohltätigkeitsbasar aufgetan. Sie hatte Jack überredet, ihr die Gebühren für Casino-Abendkurse zu bezahlen. Entweder das oder Alimente, hatte sie gedroht. Karten geben war etwas, was sie konnte, auch wenn sie so fett war wie jetzt. Ihre Hände waren schon vom Klavierspielen flink und beweglich. Ihre Hände waren wunderbar. Geschickt mit Karten. Candice bewunderte ihre Hände, schenkte ihr einen Topasring. Jack besuchte sie jetzt jeden Morgen. Er kam auf dem Weg zur Arbeit vorbei, und angesichts ihres wachsenden

Volumens schien er immer richtig verdattert. Sie wohnte in der Nähe des Island Park. Ihre Gedanken schweiften ab – war das nicht herrlich, sie könnte das Baby in dem kleinen Planschbecken dort schwimmen lassen. Aber halt – Candice wollte doch das Baby haben, so war's geplant! Während der letzten Wochen hatte Marlis öfter einen Traum, der in einen Alptraum überging – sie hielt jemanden in den Armen, den sie sehr mochte. Die Puppe schmolz. Sie sah ihr Baby auf das flache Blau des Planschbeckens im Park zustreben. Es verschwand darin. Wenn sie nur einen Monat lang einfach das Bewußtsein verlieren, das Baby zur Welt bringen und alles hinter sich haben könnte. Nicht die Wehen ertragen, den ersten Schrei hören müssen – davor hatte sie mehr Angst als vor allem anderen.

Candice beugte sich zu ihr, stützte sie, half ihr die Hocke üben. Marlis' Rückenmuskeln spannten sich. Ihre Beine waren schwach geworden, ihre Hüftgelenke lockerer. Sie war monumental, riesig, eine überlebensgroße Statue, aber ihr Haar war noch immer zu einem hübschen französischen Dutt frisiert, ihr Gesicht zart, glatt, die dunklen Augenbrauen perfekt in Form gezupft – und wütend.

Die beiden Frauen sitzen an dem gebraucht gekauften Tisch in Marlis' Wohnung und essen Brot, einen frischgebackenen Laib. Sie brechen mit den Fingern Stücke ab, ziehen das weiche Innere, die magische Kruste, jeden Krümel durch die dicke Rolle weißer, warmer, ungesalzener Butter. Das Fett glänzt auf ihren Fingern, Handgelenken, Mundwinkeln, auf ihren schimmernden Lippen, ihren leuchtenden Gesichtern. Marlis' Gesicht mit den ausgeprägten Wangenknochen, hübsch, ihr Nacken muskulös, ihr Haar eine ungeduldige Welle. Sie ißt eifrig, aber dann hört sie auf, neigt sich lachend zur Seite.

Sie ächzt, scheint an ihrem Gelächter zu ersticken.

«Hör auf!»

Sie reden davon, daß Marlis eigentlich an Stimmungsschwankungen leiden müßte, aber sie fühlt sich neuerdings ganz wunderbar. Sie wird nicht mehr von dieser unkontrollierbaren Wut gepackt. Sie ist gut gelaunt, glaubt, das sei der besänftigende Effekt der Hormone. Sie reden über den Vater des Babys. Darüber, daß Jack verunsichert und zugleich erfreut ist, daß er mit seinen Bautrupps doppelte Überstunden macht und jedes Wochenende durcharbeitet. Mit jedem Stückchen Butter scheint das Leben lustiger und schockierender zu werden, und ihr geteiltes Unglück kommt ihnen warm, gemütlich, vollkommen vor.

«O Gott!» schreit Marlis. «O Gott! Ich halt's nicht aus!»

Sie hat Schmerzen, schreckliche, überraschende Schmerzen. Man hatte ihr gesagt, daß es harte Arbeit sein würde. Unangenehm. Aber das hier hat nichts mehr mit «unangenehm» zu tun! Sie ist so fertig, daß sie hysterisch zu lachen beginnt, als die Wehe vorbei ist. Während der ersten zwei Stunden, vor einer Ewigkeit, hat sie sich gelangweilt und die Schwester gebeten, ihr Pitocin zu spritzen, um die Wehen zu beschleunigen. Jetzt kommen sie mit tausend Stundenkilometern daher, und Marlis fühlt sich überrannt. Sie läßt sich tiefer fallen, bemüht sich, nicht vor der nächsten Runde schlappzumachen.

«Nein, nein, nein!» brüllt sie. Dann kommt ein Schrei, der sich in ein kreischendes Trillern verwandelt und das, was die schwarze Zange der Schmerzen mit ihr anstellt, in eine irre Melodie umsetzt.

Candice versucht, ihre kühl professionelle Haltung zu bewahren, aber der Anblick der leidenden Marlis erschüttert sie. Sie schubst die Krankenschwester beiseite und legt Marlis selbst die Hände auf die Schultern.

Ein nervöses Grinsen erscheint auf dem Gesicht der Schwester, und als Dr. Boiseart kommt, zuckt sie die Achseln, zieht die Augenbrauen hoch und geht. Marlis bellt wie ein Hund, kläfft laut, gemeinsam mit Candice. Sie sehen sich tief in die Augen und bellen. Wuff! Wuff! Wufff! Der Arzt untersucht Marlis, gibt sich Mühe, behutsam zu sein. Marlis stellt ihm den Fuß ins Gesicht, drückt die Ferse seitlich gegen seinen Unterkiefer. Wuff! Er torkelt gegen die neue Krankenschwester, die gerade ihre Schicht beginnt, und sie stützt ihn mit den Händen. Sicher und gelassen führt sie ihn zur Tür hinaus.

«Schmerzmittel!» schreit Candice ihm hinterher.

«Wo sind die Spritzen?» fährt sie Dr. Boiseart an, als er zwei Wehen später zurückkommt. Marlis' Gesicht glänzt vor Schweiß, ihr Augen-Make-up ist verschmiert, ihre Lippen sind offen, gefährlich verzogen.

«Keine Sorge», sagt der Arzt betont sanft. «Sie ist schon sehr weit, es dauert nicht mehr lang. Ich folge gern den Anweisungen meiner Patientin, und Marlis» – er lächelt Marlis zu, die sich mit puterrotem Gesicht, hervortretenden Halsadern und knirschenden Zähnen windet –, «Marlis hier hat uns gesagt, daß sie eine natürliche Geburt möchte.»

«Wauuuu! Waaauuuu!»

«Ich bin da.»

Candice hält Marlis' Hände. Sie hält ihr die Schultern, den Kopf, sie atmet, hechelt mit ihr. Ein Geheul wie von einer Dampflok, dann wildes Gehechel; sie schaffen es bis auf den Berg, und dann geht's wieder runter. Schlaff wie ein Fisch, die Augen nach hinten verdreht, ruht Marlis sich aus.

«Okay.»

Candice packt Dr. Boiseart am Aufschlag seines Arztkittels. Ihre Arme sind dünn, aber ihre Muskeln stahlhart. «Okay, Sie Wichser.» Sie hält ihr Gesicht dicht vor sein sanftes, besorgtes, verdutztes Gesicht. *Sie machen jetzt sofort eine Periduralanästhesie, oder ich erwürge Sie mit bloßen Händen.*»

«Beruhigen Sie sich. Sie sind ja ganz außer sich», sagt Dr. Boiseart. «Lassen Sie mich mit Marlis sprechen. Ich will hören, was sie dazu sagt. Lassen Sie mich bitte los.»

Candice läßt den Arzt los, wischt sich die Hände ab, und sie beugen sich beide über Marlis, sehen ihr ins Gesicht. Der Arzt hält ihr Handgelenk, hat den Finger auf ihrem Puls, und seine Stimme ist ganz ruhig. Die Herztöne des Babys sind in Ordnung, normal, der Wehenschreiber spuckt beruhigende Ausdrucke aus.

«Marlis, Marlis?»

Marlis öffnet die Augen. Sie leckt sich die aufgesprungenen Lippen. Ihr Blick bleibt verschwommen.

«Marlis, Sie wirken etwas –»

Marlis schießt hoch, reißt sich los, und dann wippt sie auf und ab, als würde eine Riesenhand sie schütteln. Dann von einer Seite zur anderen. Ihre Faust holt aus, ein Haken, und ihre muskulösen Arme wirbeln herum. Während dieser Wehe bricht im Raum das Chaos aus. Edelstahlbecken fliegen durch die Gegend, Gummischläuche, Wagen knallen gegen die Wand, als wäre ein Poltergeist am Werk. Candice hopst hin und her wie ein Grashüpfer, bleibt in der Nähe, aber außer Reichweite. Dr. Boiseart, der wie eine Gummipuppe weggeschleudert worden ist, kommt zurück, um Marlis zu helfen.

Als die Kontraktion vorüber ist, macht er der Krankenschwester ein Zeichen, deutet auf Marlis. Er geht zur Tür.

«O nein, das werden Sie nicht tun!» kreischt Candice und springt über einen umgekippten Wasserkrug, einen Eiskübel, über verschiedene Mulldecken. Sie rutscht aus, fällt auf den Arzt, und zwischen zwei Wehen drückt sie ihm eine kleine gelbe Karte in die Hand. «Die Karte meines Anwalts», sagt sie wütend.

Dr. Boiseart winkt ab und verläßt mit schnellen Schritten den Raum. Draußen vor der Tür kann man seine Anweisungen hören – angespannt, knapp, ruhig.

Seit Wochen weint Marlis. Candice kommt es unmöglich vor, daß ein menschlicher Körper so viele Tränen produzieren kann. Marlis will Jack nicht sehen. Sie unterzeichnet auch keine Papiere, um das Baby wegzugeben. Sie tut überhaupt nichts von dem, was sie eigentlich tun sollte. Candice ist zu ihr in die Wohnung gezogen, um für sie und das Baby zu sorgen. Sie hat ihre Termine abgesagt und eine Woche Urlaub genommen, damit sie auf Marlis aufpassen kann. Marlis bleibt in ihrem Zimmer oder schlurft den kurzen Flur auf und ab, auf und ab, immer wieder. Sie ist noch ganz schlaff von der Schwangerschaft, ihre Haare sind verfilzt, das Gesicht ist wild und wirr. Sie hält das Baby in den Armen. Von Zeit zu Zeit bleibt sie vor der Wand stehen und schüttelt sich wie eine große Dogge, die den Regen abschüttelt. Sie läuft weinend in die Küche.

«Das sind nur postpartale Depressionen», sagt Candice, aber sie hat Marlis zu ihrem Psychiater geschickt. Candice hält das Baby, drückt es an sich und wiegt es sanft, bis es sich im Schlaf entspannt und sie es ablegen kann, worauf sie ganz verstohlen die Hände wegnimmt, als wäre es eine hochexplosive Bombe.

Es ist Nacht. Candice hört Marlis' dumpfe Schritte im Nebenzimmer, schleppend wie Frankensteins Monster, und sie hört die müden Seufzer. Ihre Seufzer sind Dampfrohre in dem alten Apartment im zweiten Stock. Sie scheinen durch die Wände zu dringen, zu dampfen, zu verdunsten und Hitze zu verbreiten. Im Schein des vollen Mondes läuft Marlis im Flur auf und ab, hält in der Küche an, um zu husten, zu stöhnen und sich die Tränen vom Gesicht in die Haare zu wischen. Immer wieder wird ihr Haar mit Tränen gewaschen. Auch ihr Gesicht glänzt frisch gebadet. Ihre Haut leuchtet, als sie den Kühlschrank öffnet. Das gelbe Licht ist beunruhigend künstlich. Sie beugt sich ins summende Innere, greift nach einem Becher Joghurt, einem Stück Käse. Aber sie zieht die Hand zurück. Die Kühlschranktür schließt sich langsam, und nun steht Marlis barfuß in ihrem Herrenschlafanzug da und blickt auf die Scheuerleiste.

Candice geht langsam auf sie zu und faßt sie mit beiden Händen am Arm. Sie denkt an die Ermahnung ihrer Großmutter. Sie hat gehört, wenn die Leute schlafwandeln, suchen sie nach ihren Seelen. Es ist gefährlich, Schlafwandler zu wecken. Ganz vorsichtig führt Candice Marlis den schwach beleuchteten Korridor hinunter, zurück in ihr Zimmer mit der grünen Rosenblütentapete. Mit einer abgezirkelten Bewegung, verhalten und doch zielstrebig, als würden sie zu einem Walzer ansetzen, dreht Candice Marlis am Bettrand um und hilft ihr, sich hinzusetzen, bettet die Erschöpfte zurück aufs Kissen. Im Zimmer steht eine Lampe mit goldenem Schirm, sie ist an, brennt die ganze Nacht, und in dem Licht wirkt Marlis' Gesicht mit den hohen Wangenknochen heiter und voll, ihre Lippen sind zu einem verschlafenen Lächeln geschwungen. Einen leicht verklärten Blick auf Candice gerichtet, knöpft sie sich das Schlafanzugoberteil auf und läßt es fallen, so daß es sich um ihre Taille bauscht. Ihre Brüste sind elfenbeinfarben und rosa, fest wie Marmor. Mit blauen Venen darin. Candice sieht weg, aber dann sieht sie wieder hin; ihr Blick wandert über die Rundung der Brüste zu Marlis' Gesicht. Im behaglichen Licht sehen die beiden einander an.

Keine von beiden wagt zu sprechen – Candice etwa, um zu fragen, ob Marlis wach ist, und Marlis, um zu fragen, ob das hier verkehrt ist. Sie sagen also nichts, und zwischen sie fällt wie ein Zauber das Licht, ganz warm, obwohl es im Zimmer kalt ist. Candice in ihrem seidenen Morgenmantel fühlt sich so schwerelos, als würde sie gerade das Ende eines Krimis lesen. Sie kennt die Indizien und hat es schon die ganze Zeit geahnt, aber jeder einzelne emotionale Schritt mußte erst getan werden, ehe dieser Augenblick kommen konnte. Es war von Anfang an so bestimmt, und deshalb ist es völlig richtig, daß sie sich jetzt vorbeugt, Marlis' Gesicht in die Hände nimmt und ins Gewirr ihrer Haare eintaucht.

Der erste Kuß sagt alles. Wenn man sich in diesem Moment verliert, findet man sich viele Jahre lang nicht wieder. Wenn man unerschüttert bleibt, wenn das Gehirn weiterklickt, wenn man sich überlegen kann, was man mit den Zähnen, mit der Zunge tun soll, dann passiert einem nichts. Es wird nicht weh tun, nicht richtig jedenfalls, egal, was geschieht. Aber das war bei keiner von beiden der Fall: Von der ersten Berührung an schien es ihnen, als hätten sie jenes zwischen den Körpern von Frauen bestehende elektrostatische Feld – einen Streifen bronzefarbenes Gras – überschritten und wären nun darin gefangen. Anfangs versenkten sie sich in die Faszination ihres eigenen Ebenbildes – wie weich ihre Gesichter waren, bartlos, unrasiert, und wie Marlis' Brüste langsam zu tropfen begannen, als sich ihre Brüste berührten. Als Candice ihre Hüften auf die von Marlis senkte, begannen sie beide zu lachen, aus keinem anderen Grund als aus Verwunderung darüber, welch gewaltige Lust ihnen das schenkte. Sie wälzten sich herum, begannen sich zu berühren, schnell, langsam, neugierig.

Während sie sich liebten, kam zumindest Marlis nicht auf die Idee, daß sie etwas taten, was in eine bestimmte Kategorie fiel, etwas, wofür es einen Namen gab. Ihr Körper schien so übermächtig, daß es sie physisch schier überwältigte. Beiden Frauen war, als würden sie jede Geste, jede Berührung während ihrer Ausführung neu erfinden, aus dem Nichts heraus. Sie versenkten sich ganz darin, hörten nicht einmal auf, um zu essen oder zu schlafen oder Geschirr zu spülen oder ans Telefon zu gehen oder zu arbeiten, blieben in den metallisch schimmernden Gräsern, erhoben sich nur gelegentlich, badeten und zogen einander an, versorgten das Baby und gingen dann wieder ins Bett, um erneut mit den Berührungen zu beginnen, und indessen sprachen sie manchmal wie im Traum darüber, was das alles bedeuten mochte. Deutungen boten sich Candice an und entzogen sich ihr wieder. Sie erinnerte sich auch vage daran, daß sie das, was sie nun als völlig normal empfand, früher für abwegig, absurd und anomal gehalten hatte. Das Baby lag zwischen ihnen – ein wunderschöner kleiner Junge mit schmalen langen Fingern und dunklem, kupferbraunem Haar.

Die Nachmittage tröpfelten dahin wie Honig, und die letzten, kräftigen Sonnenstrahlen warfen unverhüllten Glanz auf ihre Körper. Manchmal schliefen sie zu einer einzigen fließenden Form aneinandergeschmiegt, manchmal lagen sie mit ernst gefalteten Händen auf entgegengesetzten Seiten des Bettes und ließen ihre Gedanken die Wände hinaufranken.

6. Januar, 5 Uhr 52 *Der Wirbel*
Eleanor

«So!» meldete sich Eleanor in einem durchdringenden Analytikerton. «Du hast also auf Marlis aufgepaßt. Sie unter deine Fittiche genommen. Aha. Aha.» Sie trommelte die behandschuhten Finger gegeneinander. «Ich glaube das eher nicht. Ich glaube, du hast es für dich selbst getan, Candice.»

«Na und», entgegnete Candice, mit vor Kälte ganz ausgelaugter, schleppender Stimme.

«Nichts na und», sagte Eleanor scharf. Die gefährliche Erschöpfung in Candices Stimme hatte sie zu einem Entschluß gebracht. Sie würde das Band, das sie zwischen den Frauen auf dem Rücksitz spürte, einsetzen, um beide wieder wachzurütteln.

«Ich hasse sexuelle Heuchelei! Du warst doch von Anfang an schon lesbisch, Candice. Bei Jack warst du frigide – frag mich nicht, woher ich das weiß. Und jetzt tust du so, als ginge es bei deiner Liebe nur um das Baby, dabei geht es um dich selbst!

Du bist doch verrückt nach Marlis. Du liebst sie!» fuhr sie triumphierend und böse fort. Candice antwortete nicht.

«Sprich es ruhig aus!»

«Ich bin verrückt nach Marlis», sagte Candice ruhig und entschlossen. «Ich liebe sie sehr.»

«Um ihrer selbst willen», sagte Eleanor.

«Um ihrer selbst willen.»

Marlis begann plötzlich gefährlich abgehackt zu lachen.

«Halt lieber die Klappe, Eleanor.»

«Und jetzt zu dir», wandte sich Eleanor ihr zu. «Die du an all dem so unbeteiligt warst. Bist du manipuliert worden? Nicht wirklich. Du bist ein Parasit, das trifft den Sachverhalt schon eher. Eine Art Fadenwurm.»

Eleanor sprach, als würde sie das Vieh unter dem Mikroskop betrachten. «Ein Fadenwurm dringt in seinen Wirtsorganismus ein und pflanzt sich mit sich selbst fort, wobei er zwei verschiedene Geschlechtsorgane entwickelt. Man könnte ihn das egozentrischste Wesen der Welt nennen. Und genauso bist du – krabbelst in die Wärme einer Beziehung und stiehlst zwei Menschen ihr Reproduktionspotential.»

Zuerst sagte Marlis gar nichts. Das Schweigen dauerte so lang, daß es sich in lastende Spannung verwandelte. Aber als Marlis schließlich zu reden begann, tat sie es in einem ganz normalen Ton. «Du hast vermutlich recht, Eleanor, klug wie du bist. Aber es ist mal wieder an der Zeit, den Auspuff sauberzumachen – du bist dran.»

«Ich war schon dran.» Eleanor hätte darauf beharrt, aber ihre Rechthaberei hatte sich in wilde Eifersucht verwandelt. Sie wußte, daß sie zu weit gegangen war. Die Frauen machten sich bereit, nahmen sich an den Händen. Eleanor war ohnehin schon warm angezogen, aber jetzt zog sie sich noch die letzten alten Sachen von Jack über und stopfte sich die Stiefel mit alten Socken, dreckigen Lappen und Zeitungen aus. Sie wickelte sich die Isolierdecke um und zwängte sich in den schneidenden Wind hinaus. Mit der einen Hand hielt sie sich an Marlis fest, mit der anderen tastete sie sich am Wagen entlang. Die Frontpartie war völlig zugeschneit, was einen gewissen Kälteschutz ergab, aber an der hinteren Stoßstange hatte sich eine Art Schacht gebildet. Nur gelegentlich wehte dort Schnee hinein, wurde aber bald wieder hinausgepustet. Sonst wären die Frauen vermutlich schon längst erstickt gewesen. Trotzdem war es ein guter Vorschlag von Marlis, noch einmal nachzusehen, denn es stellte sich heraus, daß erneut Schnee ins Endrohr geblasen worden war, und womöglich hätte das Kohlenmonoxyd sie alle eingeschläfert, wenn sie das nächste Mal den Motor angestellt hätten. Eleanor schaffte es, den klumpig gewordenen Schnee zu entfernen, worauf sie fest an Marlis' behandschuhter Hand zog, um zu signalisieren, daß sich alle wieder durchs Fenster hineinhangeln sollten.

Bis zu diesem Augenblick hatte der Sturm sie mit gleichbleibender Heftigkeit attackiert, doch plötzlich schien er sich in jähen Böen auf Eleanor zu stürzen. Sie klammerte sich fester an Marlis, aber der Wind zerrte aus allen Richtungen an ihr. Marlis renkte es fast den Arm aus, denn von der anderen Seite zog Dot und hielt sie bombenfest. Mühsam versuchte sie sich im Gleichgewicht zu halten. Der bebende Haß, der ihr Herz erfüllte, durchströmte sie nun in schimmernden Wellen. Sie öffnete den Mund, wollte etwas hinausschreien, aber die Luft war voller Schnee. Eine Handvoll davon verstopfte ihr sogleich den Mund. Sie riß sich zusammen und zog weiter, so fest sie konnte, aber dann merkte sie plötzlich, mit fast zärtlichem Entzücken, wie die Muskeln im für Eleanors Hand zuständigen Arm von einem bösen Trotz befallen wurden.

Trotzdem gab sie nicht nach, sondern kniff die Augen zusammen, befahl ihren Händen Kraft und packte noch fester zu. Aber je fester sie zupackte, desto schwächer wurde das Gute in ihr. Sie spürte, daß sie losließ, statt festzuhalten. Sie zwang sich, es nicht zu tun. Das ging doch nicht, sie würde doch, konnte doch, durfte doch nicht ... aber das verführerische Bild sich öffnender Finger erschien vor ihrem geistigen Auge. Plötzlich schnappte, wie eine Feder, ihre Hand auf, und Eleanor Mauser wirbelte in die weiße Nacht davon.

Folgenschwere Freiheit. Obwohl Eleanor wußte, was passiert war, empfand sie anfangs nur die betäubende Seligkeit dessen, der im Traum fliegt. Sie überschlug sich. Kopfüber. Sie drehte sich wie ein Kreisel und schleuderte so leicht wie eine Steppenhexe, wie Salzkraut über die Spitzen der Verwehungen. Gepolstert mit Lagen von Daunen, mit Jacken, Hemden und Socken, wurde sie unversehrt vom Wind davongetragen. Es war wie auf der Achterbahn – nichts, wovor sie sich fürchten mußte, nirgends ein Hindernis. Sie befand sich in einem Kreis totaler weißer Finsternis, und sie fürchtete sich nicht. Ihr war nicht einmal kalt. Ihre Versuche, mit seltsam tänzerischen Bewegungen die Richtung zu beeinflussen, in die sie getrieben wurde, hielten sie warm, und die vielschichtige Kleidung speicherte die so entstandene Wärme, so daß sie, obwohl vom Nichts umgeben, das sichere Gefühl hatte, das Unwetter überleben zu können.

Taumelnd und torkelnd fegte sie über den gefrorenen Boden. Von einer Verwehung zur nächsten. Vielleicht geht das ja ewig so weiter, dachte sie. Vielleicht flog sie bis zur Morgendämmerung, bis zum Ende des Blizzards. Dann würde sie aufstehen und sich über die glitzernde neue Landschaft zum nächsten Orientierungspunkt aufmachen. Eine sanfte Müdigkeit überkam sie, aber sie gewöhnte sich daran und hörte nicht auf, sich zu bewegen. Unaufhörlich, wie in Trance.

Vielleicht ist der Tod nah, dachte sie und trieb weiter durch die Nacht. Vielleicht war dies ja auch der Beginn ihres Lebens, und sämtliche Ereignisse spulten sich von hier aus ab, flutend, in diesen Farben, unter diesem starken

Licht. Vielleicht war dies ihr eigentliches Sein, und alles, was sie bis zu diesem Augenblick erlebt hatte, war der Traum gewesen, den die Frau träumte, die sich mit solcher Leidenschaft dem Wind hingab, zusammengerollt wie eine Muschel in ihrer Schale, immer noch warm im brausenden Dunkel, geborgen, ein wilder Wirbel in den leeren, ungezähmten Elementen.

Die anderen Frauen zerrten Marlis zurück in den Wagen. Ein paarmal wollte sie sich losreißen, aber Dot setzte sich auf sie und hielt sie fest, damit sie nicht entkommen konnte.

«Ich muß sie zurückholen», japste Marlis.

«Du findest sie nie und nimmer!»

Doch dann gab Marlis so leicht auf, daß Dots Herz schuldbewußt zuckte. Noch einmal kletterte Dot hinaus und tastete die Umgebung des Autos ab, in der Hoffnung, Eleanor könnte neben das Auto gefallen oder dagegengedrückt worden sein. Aber da war nichts. Schließlich kroch sie zurück in den Wagen, kauerte sich auf den Vordersitz und versuchte, Marlis zu ignorieren. Aber die begann zu reden, redete immer schneller, immer lauter, jammerte und zürnte, tadelte und beglückwünschte sich und gab völlig unzusammenhängende Erklärungen zum besten.

«Du hast sie doch nicht absichtlich losgelassen», sagte Dot schließlich, um sie zum Schweigen zu bringen.

«Von wegen Fadenwurm!» sagte Marlis empört. «Klar hab ich's absichtlich getan.»

Teil 4 *Balanceakte*

Ein Gespräch 6. Januar, 6 Uhr 25
Eleanor

Eleanor stolperte, fiel, rappelte sich auf, prallte gegen irgend etwas. Sie sah Sterne, berstende Planeten. Ein Schwarm feuriger Atome schoß ihr durchs Blickfeld, dann erschien ein strahlendes Licht. Sie blinzelte, kletterte schaudernd aus einem dunklen, lichtlosen Schacht. Wieder war sie eine Luftblase, die wohlig und frei an die Oberfläche schwebt. Der Schnee teilte sich. Sonnenlicht glitzerte auf ihren Augenlidern. Wärme umschloß ihre Kehle. Das Licht bündelte sich zu einem blendenden Strahl, der von einer unbestimmten Quelle ausging. Es hüllte Eleanor ein, dann schien es sich zu entfernen, sich in die weißen Schatten zurückzuziehen. Als Eleanor ihm wie benommen folgte, sah sie, daß es unter einem Mantel hervorgekommen war, der sich nun in sanften Falten um diesen Glanz legte. Die Helligkeit war jetzt eingedämmt, aber sie drang noch immer durch die kleinen Spalten und Öffnungen in der Kapuze und dem Gewand dieser ungeladenen Erscheinung.

Es ist der Tramper, dachte Eleanor, weil sie an die Gestalt denken mußte, die hinten beim Ersatzreifen und beim Wagenheber geschlafen hatte, ohne einen Laut von sich zu geben. Er ist ausgestiegen, um mir zu folgen, um mich zu retten!

Sie sah, wie die Person gähnte und mit lautem Knacken die krummen Arme streckte. Sie ging im Gleichschritt neben Eleanor her, faßte sie, die größer war, an der Schulter und sprach dann mit dünner Klagestimme.

«Mein schönes, gesegnetes Kind», begann sie vorwurfsvoll. «Es ist schwer, so alt und schwach zu sein. Früher hätte ich den Stampfer des Butterfasses genommen und dir damit kräftig eins übergezogen!»

Eleanor bekam einen trockenen Mund, die Kehle tat ihr weh, und sie begann zu husten und zu zittern. Konnte das sein? Sie beugte sich ein bißchen hinab und hakte sich bei der Nonne unter. Erneut packte der Wind sie und ließ beide über den gefrorenen Boden taumeln.

«Ich war unterwegs, liebe Eleanor», sagte die Nonne in dem unwirklichen Licht. «Ich habe eine lange, interessante Reise unternommen. Es war keine Pilgerfahrt, wie du vielleicht glaubst, denn ich hatte kein Ziel vor Augen, als ich aufbrach, und unterwegs bot sich auch keines an. Es genügt hoffentlich, wenn ich sage, daß ich vom heiligen Feuer erfüllt bin und dorthin gehen muß, wo es brennt.»

Wo ist mein Notizbuch? dachte Eleanor. *Es ist nicht da. Aber jedes Wort gut merken!*

«Ihr habt von der Liebe gesprochen. Ich habe alles gehört», fuhr die Nonne fort. «Du und deine Schwestern, ihr seid blind. Ihr betastet den riesigen Körper eines Elefanten, und jede beschreibt die Fremdheit, die sie unter ihren Händen spürt. Liebe macht erbarmungslos, sie ist eine rohe Gewalt, zart wie Blütenblätter, zäh wie Darmsaiten. Verloren, wiedergefunden, mit wilden süßen Ölen benetzt – so verändert sich die Liebe und ist doch unveränderlich. Ihr alle habt die alltägliche Zufriedenheit studiert. Ihr kennt die tiefen langen Nächte, wo die Tücher des Zauberers, ständig die Farbe wechselnd, durch den Körper gefädelt, verknotet und wieder gelöst werden. Und ihr kennt und versteht auch die Liebe, die ein Kind seiner Mutter, seinem Vater entgegenbringt, die Liebe der Eltern zum Kind. Es ist eine Liebe, die nichts anderes ist als reine Erlösung, und durch sie wurde Christi Balanceakt inspiriert und geweissagt.»

«Welcher Balanceakt?» fragte Eleanor und begann noch heftiger zu zittern.

In dieser gefährlichen Kälte arbeitet das Gehirn bestimmt fieberhaft, sagte sie sich. Man bildet sich Dinge ein, sieht Erscheinungen – und das hier ist eine. Sie fürchtete, ihr Bewußtsein habe sich wie ein geisterhafter Schmuckkasten geöffnet und führe ihr in falschen Glitzerfarben die ersten verführerischen Halluzinationen eines blumigen Hirntodes vor. Sie versuchte ihren Gedanken nicht so freien Lauf zu lassen, denn sie spürte, daß die Vernunft sich verflüchtigte und das Phantastische an die Stelle ihrer vertrauten Wahrnehmung trat.

«Schwester ...» Sie begann zu stottern, zusammenhanglos zu reden. In ihren tauben Gliedmaßen, ihrem dumpfen Hirn, ihrer erschrockenen Ratlosigkeit begriff sie nun allmählich: Die Anwesenheit der Nonne – die sich doch im vergangenen Sommer praktisch vor ihren Augen in nichts aufgelöst hatte – bedeutete, daß sie selbst erfroren war. Diese blitzartige Erkenntnis erfüllte Eleanor mit Furcht, aber der unbeugsame, rationale Teil ihres Wesens versuchte, der Furcht Herr zu werden und die Initiative zu ergreifen. Wenn dies tatsächlich eine echte Heiligenerscheinung war, dann war sie, Eleanor, immerhin der Anlaß für Schwester Leopoldas Besuch – falls dies ein Besuch war und keine Halluzination –, und mit letzter Kraft und kaum merklich zitternder Stimme wandte sie sich wieder an die Nonne.

«Welchen Balanceakt Christi meinen Sie?»

Leopoldas Antwort schnitt wie Glassplitter durch das Schneegestöber.

«Na, seinen Trick am Kreuz!»

Ihr Lachen hallte im heulenden Wind wider und besänftigte Eleanors Herz. Es kam ihr vor, als schwebte sie selbst frei im Raum, so leicht war ihr Körper, so geweitet ihre Sinne, so gewaltig ihre Gedanken. Sie konzentrierte sich jetzt ganz auf Leopolda. Und nun, da die alte Frau zu lachen aufhörte und die jüngere mit ihrem Blick fixierte, trat Frieden ein. Als wären sie beide in ein Gewölbe aus Heiterkeit und Wärme eingeschlossen. Die Finsternis außerhalb ihrer Höhle wurde immer schwärzer. Drinnen jedoch erhellte der fahle Glanz aus den Falten von Leopoldas Gewand sanft ihre ausgemergelten Gesichtszüge, so daß die alte Frau aussah, als sei sie von melancholischer Heiterkeit erfüllt. Plötzlich roch es nach falschem Jasmin, nach unbestimmten Frühlingsdüften wie von einer Handvoll zerdrückter Blumen, und Eleanor neigte sich zu Leopolda.

«Balanceakt», krächzte die Schwester. «Wir brauchen so etwas gar nicht. Uns nageln unsere eigenen Wünsche ans Kreuz.»

«Was soll ich tun?» murmelte Eleanor. Ihre Lippen erstarrten, ihr ganzes Gesicht verkrampfte sich. Ihr schwand das Bewußtsein, aber das beunruhigte sie nun nicht mehr. «Was soll ich tun?»

«Zieh die Nägel heraus», sagte die Nonne freundlich, «... *zieh einfach nur die Nägel heraus.*»

Bis zu diesem Augenblick hatten sich Eleanors Hände an die Verzweiflung gekrallt, an das Fieber der Zwanghaftigkeit und an die Trauer. Jetzt öffneten sie sich, und ihr ganzer Körper entspannte sich und wurde in Anwesenheit der alten Nonne auf dem Kamm einer wunderbaren Welle getragen. Vorangetragen. Sie trieb noch immer durch das Unwetter, den Blizzard. Ihr ging die Frage durch den Kopf, ob sie nun vielleicht gestorben war, und sie wußte, daß in diesem Fall der Tod ein orgasmisches Ende war, reine Erlösung. In gewisser Weise, dachte sie nun mit stoischer Klarheit, waren ihre körperlichen Grenzen eine Form unerkannten Leidens, waren es immer schon gewesen. Nachdem sie einmal ihren Körper verlassen hatte, begriff sie, wie beengend diese lebenslange Gefangenschaft gewesen war. Und doch war ihr Körper gut zu ihr gewesen, ein Zufluchtsort, ein Schutz. Dies hier war nun allerdings etwas ganz Besonderes, diese Freiheit des Fliegens, Schwimmens, Schwebens – lauter schwerelose Dinge.

«Ist es nicht interessant», sagte sie zu der Nonne, während sie sich durch den flüssigen Raum bewegte, «daß wir tief im Innern die ganze Zeit wissen, wie man fliegt?»

«Wir schwimmen nicht im Mutterleib», erwiderte Leopolda. «In den ersten fünf Monaten fliegen wir darin auf und ab. Erst während der letzten Monate lernen wir, was es heißt, auf zu engem Raum zu leben, eingesperrt, eingeengt zu sein. Und dann kommt die furchtbare Reise der Geburt. Oh, was die uns lehrt! Glaubst du, irgendein Kind kommt ungezeichnet auf die Welt?»

«Verlangen», sann Eleanor. «Das Zeichen, mit dem wir geboren werden? Liebe?»

«Das Stigma, der Segen.»

«Herzen aus Spitzen, schwarze Rosen. Chopin!» rief Eleanor kämpferisch in die Nacht hinaus.

«Das willst du doch gar nicht», wies die Nonne sie zurecht. «Du willst endgültige Wahrheiten, eine Bestätigung deines Weges. Das wirst du nie bei einem Mann finden. Nein, diese imaginäre Überzeugung ist ein Kreuz, das ihm das Rückgrat brechen wird.»

«Endgültige Wahrheiten», wiederholte Eleanor.

«So wie sein Glaube dir das Rückgrat brechen wird», erwiderte die Nonne. «Nun halte dich an diesem niedrigen Ast fest.»

Vom Lion's Club International in Fargo gestiftete Bäume retteten Eleanor das Leben. Den ersten, an dem sie sich festhielt, wollte sie gar nicht mehr loslassen. Sie dachte, es sei nur ein Busch, eine Windschutzhecke, denn es war ein junger Baum, der bis zur Krone hinauf eingeschneit war. Dann ein weiterer Baum, zu dem sie geweht wurde. Wie der erste und genau in einer Reihe mit ihm. Und noch einer. Als sie bei dem ankam, heulte die Luft in ihren Ohren wie tausend Düsen. Sie hielt sich fest, und langsam dämmerte ihr, daß sie einer Baumreihe folgte und daß diese Bäume viel zu weit auseinander standen, um als Windschutz zu dienen. Ihr fiel ein, daß die Bäume die nagelneue Zufahrt zum Hector International Airport säumten. Der Flugplatz – warm, heimelig, sicher, die Türen eine Verheißung aus Chrom und Glas. Sie berührte den nächsten Baum, ließ sich am fünften vorbeitreiben, und dann folgten noch ein halbes Dutzend, bis sie schließlich mit Leichtigkeit über die Schranke des Kurzzeitparkplatzes sprang und die Ladezone erreichte.

Sie rannte über die letzten Verwehungen und landete schwungvoll auf der schneefreien Betonfläche vor der Tür. Sie warf sich gegen das Glas, hämmerte dagegen und schrie, obwohl sie gar keine Stimme hatte, bis sie durch eine automatische Tür stürzte, die sich unvermittelt öffnete, als hätte sie «Sesam öffne dich» gerufen. Plötzlich war alles still, und durch diese Stille hallte ihre Stimme wie eine Glocke. Aus der Tiefe des Flughafengebäudes erschien der Lichtstrahl einer Taschenlampe, gefolgt von einem Wachmann und dem gestrandeten Angestellten einer Autovermietung, der eine grüne Weste trug. Aufgeschreckt durch die seltsamen Laute, eilten sie herbei, den heißen Kaffee und die Zeitschriften noch in der Hand.

Die Geschichte des 6. Januar, 6 Uhr 37
unbekannten Passagiers

Der Tramper kletterte verstohlen und behende aus seiner beengten Koje, kauerte sich auf den Beifahrersitz und nahm die in sich zusammengesunkene Dot in die Arme. Er öffnete das Fenster, überprüfte ihren Atem, merkte, daß sie in Gefahr schwebte. Er hielt ihr die Nase zu, umfaßte ihr Kinn, versiegelte ihren Mund mit seinem und blies zweimal langsam und kräftig die Luft aus. Das wiederholte er ein paarmal. Schließlich bewegte sich Dot wie in einem Traum, tat dann einen erschreckenden, tiefen Atemzug und war wieder bei sich.

Die beiden anderen Frauen saßen dicht aneinandergekuschelt auf dem Rücksitz und atmeten normal neben dem zugigen Fenster. Einen Moment lang wurden sie unruhig, dann sanken sie wieder in tiefen, heilsamen Schlaf. Mit seinem dicken, beweglichen Daumen strich der Fremde über das Metallrädchen eines Einwegfeuerzeugs und leuchtete Dot in die Augen. Die Flamme erhellte die unergründliche Iris, so starr und fragil. Der Tramper löschte sie und lehnte sich zurück. Während er Dot weiter in den Armen hielt, begann er zu sprechen.

«Du kommst schon wieder in Ordnung, denke ich. Im Schnee hat sich eine Art Schacht gebildet. Das passiert manchmal. Das Zeug muß unterm Auto durch zum Fahrersitz gedrungen sein.»

Er öffnete die Tür und war fünf endlos lange Minuten verschwunden, um noch einmal den Schnee aus dem Auspuff zu entfernen. Als er vor Kälte schnatternd in den Wagen zurückkehrte, ließ Dot ihren gepolsterten, vor Sehnsucht schweren und kalten Körper gegen den seinen sinken. Gerry trug noch immer die Kapuze und dieselben zerlumpten Decken wie vorhin, als Dot ihm in der Bar eine Pizza spendiert hatte. Als ihm allmählich wärmer wurde, rückte er näher an sie heran. Er roch nach Schnee, Wolle, gebratenen Zwiebeln, Hitze. Trotz ihrer endlosen Trennungen und Leiden wallte nun unter ihren Händen für beide verblüffend das Leben auf. Sie schmiegten sich enger aneinander, und zwischen ihnen erblühte die Hoffnung. Dies war eine Zeit außerhalb der Zeit. Vor und nach diesem Moment würden Tage und Wochen vergehen. Dot würde wieder ohne Gerry sein. Aber wenn es ihm gelang, sich versteckt zu halten, würde es immer diese Augenblicke geben, in denen nichts anderes existierte – keine Irrtümer, keine Gesetze, keine mögliche Schuld oder Unschuld.

Aus dem Nichts kommt dein Geliebter. Seine Augen ruhen auf dir, als er in deinen Körper eindringt, obwohl es dunkel ist, so dunkel, daß ihr nichts sehen könnt, nur die Luft des anderen einatmen. Es ist so, wie es immer war und sein sollte. Gemeinsam singt ihr euer stummes Lied. Bewegt euch dabei. Und er ist lebendig, so lebendig in der grausigen Kälte. Und du auch, in der Spannung. Was auch geschieht. Wie lange es auch dauert. Ein Teller. Eine silberne Gabel: Hier ist noch ein Stück von dem Hochzeitskuchen, den du nie bekommen hast. Ein weißer Keil des Glücks.

«Der Plan hat fast zu gut funktioniert», sagte Gerry danach, Dot fest an sich drückend. «Das verdammte Schneetreiben da draußen hätte eigentlich längst aufhören müssen.»

«Ich hoffe, du hast mich geschwängert», flüsterte sie. «Ich liebe dich.»

Gerry senkte seine Stirn auf ihre, schloß die Augen. So saßen sie in dem roten Explorer, Kopf an Kopf, Geist an Geist. In Gerrys Herz erwachte der melancholische, ausgefallene Wunsch, die fingerbreite Knochenschicht zwischen ihnen könnte Gedanken leiten, damit er im Käfig seines Körpers nicht allein sein mußte. Obwohl er in der Einzelhaft längst mit seinem Geist ins reine gekommen war, konnte diese Nähe zu Dot ihn immer noch panisch machen vor lauter Hoffnung. Hoffnung, daß sie sich trotz allem öfter lieben könnten als alle zehn Jahre einmal. Hoffnung, daß er die alten Gerüche riechen und über die alte Erde schreiten könnte. Hoffnung, daß er seine Tochter umarmen und ihr Haar berühren könnte, ehe sie ganz erwachsen war. Seine Mutter um Verzeihung bitten. Ein eiskaltes Bier trinken. Auf einem Pferderücken sitzen. Schwimmen.

«Ich komme mir vor, als würde ich schwimmen», sagte er.

Die Kälte biß sie überall, wo ihre Körper sich nicht berührten, und obwohl sie sich aneinanderpreßten, verloren sie in den Extremitäten jedes Gefühl. Gerry strampelte mit den Füßen, um seinen Kreislauf in Schwung zu bringen, und Dot rieb ihre Finger kräftig gegen seine, als wollte sie noch mehr Funken schlagen. Sie zitterten beide.

«Haben die Schmerztabletten geholfen?» fragte sie.

«Ich war richtig high und habe nur geschlafen. Zum Glück, weil ich mich da hinten ja zusammenquetschen mußte wie ein Autoreifen. Zwischendurch habe ich immer mal wieder gelauscht, um zu hören, ob du was über mich sagst, aber meistens war ich weggetreten. Ich habe mir auch Sorgen gemacht. Ich weiß ja, Lyman ist mit dem Wagen noch mal losgefahren, um Lipsha und das Kind zu suchen, aber ...»

«Das Baby», sagte Dot.

«Okay, das Baby.» Gerrys Stimme bebte. «Er hat's bestimmt gemacht. Er hatte es fest vor. Aber trotzdem wüßte ich gern, was passiert ist.»

«Ich weiß, daß er's getan hat», sagte Dot mit etwas zuviel Nachdruck. «Ich weiß es.»

«Ja, natürlich hat er's getan», sagte Gerry.

Sie redeten nicht weiter, weil sie ja nicht wußten, was geschehen war, und die Vorstellung, daß etwas schiefgegangen sein könnte, die Ungewißheit, war einfach zuviel. Nach einer Weile zog Dot ihren Parka fester um sich, leckte sich die trockenen Lippen. Dieses Brennen. Die Tränen schmerzten. Sie griff an Gerry vorbei und startete den Wagen und die Heizung. Sie war so voller Verzweiflung, daß sie fast lieber erfroren und gefühllos geworden wäre. Als der Motor lief und die warme Luft sie belebte, machte sie sich an einem orange-weißen Perlenring zu schaffen und drückte Gerry den Schlüssel zu ihrer Wohnung in die Hand.

Die Blizzardnacht 5. auf 6. Januar 1995
Jack

Jack zog die zusammengeknüllte Rechnung heraus, die er als Keil ins Schloß der Werkstattür geklemmt hatte, und schlüpfte zurück ins fahlgraue Licht seines Verstecks. Seine Brust war wie eine leere Kühlbox. Das Atmen tat ihm weh. Er blieb stehen und versuchte, aus seinem Plan Energie zu schöpfen. Auf der Flucht vor den verschiedenen Helfern auf dem Bahnhofsparkplatz und der Straße hatte sein Gehirn fieberhaft gearbeitet.

Den älteren der beiden Männer, die Candices Wagen mit dem Baby auf dem Rücksitz gestohlen hatten, konnte Jack plazieren. Er hatte ihn kurz im Profil gesehen, die stumpfe Nase und die berühmten Augen. Gerry Nanapush, da gab's keinen Zweifel. Jack kannte sich mit der Sachlage gut genug aus, um zu wissen, welche Richtung der Wagen einschlagen würde. Dieselbe wie er. Zum Reservat und weiter, nach Kanada. Nach Norden.

Jack würde sich auf die Spur des Wagens setzen, und zwar, so hoffte er, vor der Polizei. Sein Plan war stimmig. Im bevorstehenden Zusammenprall der Wetterfronten gab es seiner Einschätzung nach auf den Straßen nur eine Möglichkeit durchzukommen. Mit einem Schneepflug. Jack holte den Schlafsack aus dem Büro und setzte sich zielstrebig ans Steuer des größten Fahrzeugs seiner Firma. Es war monumental, in vernarbtem Gelbblau gestrichen, mit einem schräggestellten Räumschild vorn und einem orangefarbenen Leuchtdreieck am stumpfen Heck. Jack kletterte ins

Führerhaus und drückte den Startknopf, dann legte er die Finger an den Hebel des elektrischen Werkstattoröffners, der an die Sichtblende geklemmt war. Er ließ den Motor warmlaufen, während sich das Tor öffnete, aber die Kälte im Gebäude war nicht so schlimm. Der Motor starb nicht wieder ab, ja er stotterte nicht einmal. Der Himmel draußen hing tief. Der Wind war launisch und ein bißchen zu warm, als daß man nicht die Feuchtigkeit darin gespürt hätte. Jack legte den Gang ein, hob den Schild an, fuhr langsam hinaus, schloß das Tor hinter sich und bog hoppelnd und ratternd auf die Straße ein.

Der Wind wurde böiger, Eisregen klirrte gegen die Windschutzscheibe. Die Gehwege waren so gut wie menschenleer. An den Kreuzungen blinkten Halogenampeln und spendeten geisterhaften Trost. In der dunklen, bläulichweißen Ungewißheit der Sturmdämmerung schien die Lage fast simpel zu sein: es gab nur Jack, den Schneepflug und irgendwo da draußen den Wagen, der sich schnell voranbewegte und ihn leitete wie ein Stern. Verborgenes zu Verborgenem, Geheimes zu Geheimem, das eine zum einzigen. Er war sicher, daß er ihn finden würde, nur das Wie war ungeklärt.

Schmerz und Sorge überlagerten sich im Chaos seiner Gedanken. Trotzdem begann er, sich ruhig und kompetent den Weg durch die Straßen von Fargo zu pflügen, in Richtung Interstate, der schnellsten Strecke nach Norden. Einmal verkantete sich der Schild und klemmte, weil ein vereister Lehmklumpen darinsteckte. Jack stieg aus, befreite sorgfältig mit einem Stemmeisen den Mechanismus und schmierte ihn dann mit kaltem Öl. Er schwang sich wieder ins Führerhaus und fuhr los, in den wirbelnden, glitzernden Trichter hinein. Die Seitenstraßen waren blaue Tunnel, still wie Unterwasserlandschaften. Wo schon geräumt war, sprühte der Schild Funken. Schon allein die Tatsache, daß er handelte, befreite ihn ein wenig von seiner Angst und verstärkte seine Entschlossenheit.

Das Führerhaus wurde warm, es roch nach Schweiß, Schmiere und Dreck – das und der vertraute beißende Qualm des Öls, das auf dem Motorblock verbrannte, trösteten Jack. Du vermasselst alles, was du anfaßt, hatte Candice einmal im Streit zu ihm gesagt, du bist ein Anti-Midas. Alles, was du berührst, verwandelt sich in Scheiße! Damals war sie völlig fertig gewesen, weil er aus Versehen ihren Hund getötet hatte, aber es war auch einfach alles schiefgelaufen! Sie waren alle drei sehr unvorsichtig gewesen, Jack, Candy und der Hund. Eigentlich war der Hund schuld gewesen. Schon verrückt, wie sich die Umstände gegen ihn verschworen, so daß er immer wieder in diese blöden Lagen geriet. Er sprang mit beiden Füßen hinein – und plötzlich steckte er bis zum Hals drin. Eins ergab das andere – wie zum Beispiel jetzt, nachdem ihm das Haus über dem Kopf abgebrannt war, alles ganz logisch: Er hatte sich versteckt, das Kindermädchen gefesselt, seinen Sohn verloren. Und nun war er mitten in einem Blizzard nach Norden unterwegs. Versuchte, das Baby zu retten, nachdem er zu stur und vernagelt gewesen war, sich zu ihm zu bekennen, als es allen Beteiligten noch etwas gebracht hätte.

Er dachte an das Schlafzimmer, an die Offenbarung über seine beiden Exfrauen. Daß sie miteinander schliefen – und das in dem Haus, das er früher mit Candice geteilt hatte! Irgendwo im Innern hatte er es ja die ganze Zeit schon gewußt, aber nicht den Mut gehabt, die Wahrheit zu sehen. Jetzt allerdings schien die Wahrheit leichter zu ertragen als die Selbsttäuschung.

Ihr wollt zusammensein? Warum nicht, zum Teufel?

Er konnte sich vorstellen, das zu Marlis und Candy zu

sagen und es sogar ernst zu meinen. Er hatte das Offensichtliche nicht wahrhaben wollen – daß nämlich seine zwei Exfrauen ihn und die Männer im allgemeinen abgeschrieben hatten, weil sie einander vorzogen. Das war stets seine geheime Angst gewesen. Die beiden zusammen. Ein Schlag ins Gesicht! Und trotzdem, wie konnte er ihnen Vorwürfe machen? Er hatte keine von beiden richtig behandelt. Warum sollte er sie nicht einfach in Ruhe lassen, ihnen das bißchen Spaß gönnen? Man mußte sich nur erst mal an die Idee gewöhnen. Er versuchte, wie ein Erwachsener zu denken, großzügig, obwohl ihm das im Kopf weh tat. Sein Sohn würde also umgeben von einem Doppelpaar herrlicher Brüste aufwachsen, die ihm, Jack, einmal sehr lieb gewesen waren und jetzt stolz nach ihren eigenen Vorstellungen lebten, zusammen mit anderen Brüsten. *Gut, okay, und wenn ich kein Arschloch bin, solange er klein und süß ist, und wenn er wirklich mein Sohn ist, was er ja ist, wird er den beiden als Teenager ganz schön einheizen, und sie werden mich anflehen, ihn ihnen abzunehmen.*

Aber zuerst mußte er ihn finden. Jack nickte in den verschwommenen Seitenspiegel. Ständig wie ein Wilder über den Augenblick hinaus zu denken war einer seiner großen Fehler, ja, eigentlich schon ein Charakterzug, den er nur allzu gut an sich kennengelernt hatte, seit er so in Schwierigkeiten steckte. Daß er das Kind in Gefahr gebracht hatte, war schwer zu verdauen. Und vielleicht irrte er sich ja auch. Nach Norden zu fahren war womöglich genau das Falsche, die falsche Richtung. Aber wohin sollte Gerry sonst?

Allmählich begann Jack das Muster seines Lebens zu erkennen. Fragmente, die er sorgsam gesammelt und vor sich verborgen hatte, fügten sich magisch zusammen. Endlich begriff er, wie das aussah, was andere Menschen für ihre

Kinder empfanden. Schützende Liebe wallte in ihm auf wie ein Sturm. Wie Luftblasen, die ihn von innen erstickten. In jäher Panik schlug er mit der Faust neben sich auf den Sitz, umklammerte das Lenkrad, schwor sich, nicht zu ruhen und nicht zu rasten.

Der Schnee fiel wie ein Vorhang. Auf einem geheimen Regal tief in Jacks Herz eine winzige Phiole der Hoffnung. Er bog mit empört aufjaulendem Getriebe auf die Interstate ein, schrammte einmal gegen den erhöhten Fahrbahnrand und pflügte sich dann seinen Weg, während der Schnee ihm unaufhaltsam entgegenwehte. Trotz seiner vielen Scheinwerfer konnte er die Straße kaum sehen, aber er fuhr weiter. Ruhig steuerte er das riesige Gefährt nordwärts und wartete darauf, daß Candices Wagen auftauchte. Er hatte Winterreifen und Vorderradantrieb, weshalb Jack annahm, daß Gerry Nanapush es trotz des Unwetters schaffen würde, wenngleich langsam und unter Schwierigkeiten. Für den Fall, daß die Entführer beschlossen hatten, an den Rand zu fahren und abzuwarten, behielt er die Standspur im Auge. Aber noch war dort kein Wagen liegengeblieben, nur delphinwellige Schneewehen hatten sich gebildet, Rippen und Bänder, die sein Räumschild teilte.

Hinter ihm tauchten Scheinwerfer auf. Ziemlich weit zurück erst, aber sie näherten sich schnell. Nicht schlecht, dachte er. Jemand nutzte die von ihm geräumte Spur. Natürlich konnte er nur das grelle Licht sehen. Es blendete ihn, wenn er in den Rückspiegel schaute. Die Polizei war es mit Sicherheit nicht. Auch kein großes Auto. Eher ein Mittelklassewagen, so wie Candys. Ein kleines Beiboot am Haken eines mächtigen Schleppdampfers. Jack überlegte: Wenn sie langsamer gefahren waren, wenn Gerry Maßnahmen ergriffen hatte, um der Polizei zu entkommen, wenn sie irgendwie aufgehalten worden waren, dann konnte der Wagen hinter ihm durchaus der sein, den er suchte. Er spähte nach hinten, überlegte. Wenn er stehenblieb, würde der Fahrer so dumm sein und ihn überholen? Was dann? Dann brachte er sie womöglich in Gefahr. Wenn er den Wagen nur genauer sehen, ihn identifizieren könnte! Beide kamen sie voran, aber mittlerweile im Zeitlupentempo. Jack wäre beinah stehengeblieben, als sich sein Fahrzeug durch eine schwere Schneeverwehung pflügen mußte. Durch eine Schneewand nach der anderen. Der Wagen blieb unbeirrbar hinter ihm, eine kleine Elritze. Jack empfand eine zartfühlende Sorge um ihn.

Seit dem plötzlichen Oster-Blizzard vor mehr als einem Jahrzehnt erfüllte ihn bei solchen Winterstürmen immer ein dumpfer Schmerz. Auch jetzt spürte er es, das aufkeimende Verlustgefühl. Zu der seltsamen Sorge um den Wagen und der Furcht um seinen Sohn kam die Erinnerung an jene Blizzardnacht, wie beiseite geflüsterte Gedanken. Er hatte June fast vergessen – ganz, hoffte er manchmal. Und dann tauchte plötzlich aus dem Nichts irgendeine Kleinigkeit auf. Mentholrauch. Ihr Haar, das wie eine Welle über seinen Handrücken fiel. Diese physische Intelligenz in ihren Bewegungen, ihren Hüften. Einmal fielen ihm ihre ovalen Fingernägel ein, der abgesplitterte rosarote Nagellack darauf. Sie hatte einen Türknauf in der Handtasche gehabt, den sie ihm lachend geschenkt hatte. Ein andermal erinnerte er sich daran, wie ihre Augen seinen Fingern gefolgt waren, als er sein Geld zählte. Und der erste Kuß – nebelhaft, vor einer ganzen Bar mit Fremden, der süße Geschmack eines Cremedesserts auf ihren sorgsam abgetupften Lippen. Mit den Jahren hatte er sich vermutlich alles in Erinnerung gerufen, noch das letzte gespeicherte Detail, und doch war es nicht genug. Nicht genug, um ihre Ab-

sicht, ihre Richtung zu ändern, um sie vom Kurs abzubringen.
Hau bloß ab, wollte er zu ihr sagen, *hör auf, mir zu folgen*. Aber ihr Geist war traurig und beharrlich, krallte sich mit langen Fingernägeln wie mit Silberhaken fest. Trotz all seiner anderen Ehefrauen war er mit einem Gespenst verheiratet geblieben. Junes Methoden waren simpel. Etwa der unterdrückte Hunger in ihrer Art, ein Steak zu schneiden. Jedesmal, wenn er sein Steak schnitt, dachte Jack daran. Ihr mädchenhaft verzweifeltes Lächeln strahlte auf, wenn eine andere Frau den Kopf zurücklegte, tanzte durch die Schleier aus Rauch. Wenn er hinter ihr hergegangen wäre und sie nach Hause gebracht, sie zum Umdrehen bewegt hätte, wenn er nicht so überrascht und so beschämt gewesen wäre, als er gemerkt hatte, daß er weinte, daß er keinen hochkriegte. Jung wie er damals war, hatte ihn das in Panik versetzt, als würde ein schlaffer Pimmel etwas bedeuten. Heute wollte keine mehr überhaupt einen, ob steif oder nicht. Egal. Wenn er keine Zahnschmerzen gehabt hätte, wenn er weniger betrunken gewesen wäre. Wenn er nicht seine Gefühle vergessen und die Orientierung verloren hätte, wenn er Eleanor nicht so weit und so schnell weggeschickt hätte, als sie noch so jung war. So viele Arten, die Dinge im Leben richtig zu machen. Diese Einabendehe lebte er jeden Abend neu. Auch jetzt, in dieser Schneewüste, dachte er an June Morrissey und lächelte verwundert, weil ihm ihr schiefer Schneidezahn einfiel.

O ja – seine Hände bewegten sich auf dem Lenkrad –, wenn sie nur auf diesem verborgenen Hügel stehengeblieben wäre und sich umgesehen hätte; wenn sie über die Schulter geschaut hätte, die Mähne vom schneidenden Wind verweht; wenn sie doch umgedreht hätte und zurückgekommen wäre. Sie hätte es tun können! Der Schneepflug kämpfte sich durch eine tiefere Verwehung, und Jack schaltete herunter, würgte fast den Motor ab, ging dann aber in den Rückwärtsgang, um diese schlimme Welle erneut anzugehen. Weil er befürchtete, der Wagen könnte ihm hinten reinfahren, blickte er in den Rückspiegel und wartete.

Kein Auto.

Nur der rote Schimmer seiner blinkenden Bremsleuchte. Kein Auto. Keine Scheinwerfer. Vielleicht hatten sie ja da hinten irgendwo angehalten, wer immer sie waren, irgendwelche Leute mit irgendeinem Schwachsinnsvorhaben. Jedenfalls Idioten, die dachten, sie müßten irgendwohin. Jack pflügte sich vorsichtig durch die Schneebank. Er fuhr weiter, in Richtung Norden, obwohl ihn jetzt etwas zurückhielt. Immer wieder fragte er sich, wer diese Leute gewesen waren. Wenn es sich zufällig um das besagte Auto handelte, saß dann sein Sohn drin? Oder wenn nicht, warum war es stehengeblieben? Warum war es in so einer Nacht überhaupt unterwegs?

Anfangs sagte er sich, daß es nicht der Wagen sein konnte, den er suchte. Wahrscheinlich waren es Leute, die nichts taugten – solche wie Marlis Cook, hoffnungslose Schmarotzer, die einen guten Samariter für einen hundsgewöhnlichen Unfall verantwortlich machten. Ganz abgesehen davon, daß sie ihn und seine Pläne verrieten, sagte er sich. Er fuhr weiter nach Norden. Außerdem waren sie bestimmt nicht ohne Decken, Lebensmittel, einen Schlafsack und Notleuchten losgefahren. Eben all diese Sachen, die man so im Auto hat. Natürlich. Selbst wenn sie aufgegeben hatten und jetzt irgendwie die Nacht überstehen mußten, würde man sie finden, wenn das Unwetter vorüber war. Am Morgen wäre der Wagen bestimmt ganz vereist von ihrem Atem, vielleicht gäbe es die eine oder andere Frostbeule, aber sie würden gesund und wohlbehalten sein. Er rief sich das Bild seines Sohnes vor Augen, die kleinen Spatzenhändchen und das runde, gelassene Gesicht, das ihn mit ehrfürchtigem Staunen erfüllte. Sein Kind, sein Sohn – da lag seine Aufgabe, aber hier kam keiner durch, das sah er genau. Selbst das Auto mit seinem Sohn würde irgendwo weiter vorn angehalten haben, weil der Motor schlappgemacht hatte oder weil es auf eine Schneewehe gestoßen war, die es nicht bewältigen konnte. Dann wäre Gerry Nanapush da, und zu dem mußte er jetzt. Die armen Arschlöcher hinter ihm, die versucht hatten, sich an seinen Schneepflug zu hängen, würden eben frieren müssen.

Aber sein Sohn könnte sich doch in dem Wagen befinden, oder? Unwahrscheinlich? Vielleicht.

Er blickte instinktiv in den Rückspiegel, und einen Moment lang sah er nicht die schwarze Nacht, die Reflexion seiner Rücklichter oder das Nichts aus wehendem Schnee, sondern Junes Blick. Sie sah verfroren und müde aus, aber irgendwie fast hoffnungsvoll, als würde sie noch immer erwarten, daß ihr im Leben Gutes widerfuhr, obwohl es nicht so war. Ein Lächeln glitt über sein Gesicht, als er an den Türknauf dachte. Sein Hochzeitsgeschenk. Und dann der Bus, der nie kam, das buntgescheckte Pony, der Himmelspfad, die Nordlichter. Sie sah aus, als würde sie sich noch immer ausmalen, daß er sich zu ihr herunterbeugte und sie hochhob und nach Hause trug, daß es noch ein Erbarmen gab.

Damit war die Entscheidung klar. Im niedrigsten Gang wendete er vorsichtig und machte sich auf die Suche nach dem Auto. Er suchte alles gründlich ab, die Gräben auf beiden Seiten der Straße. Meilenweit kam er sich albern vor. Sichtverwehungen zwangen ihn immer wieder zum Anhalten. Er blieb wachsam, rechnete immer damit, mit einem anderen Fahrzeug zu kollidieren, das sich langsam voranarbeitete, aber nichts, und so fuhr er langsam, mit über den Asphalt schrappenden Schneeketten weiter.

Er hätte den Wagen nie gefunden, wenn er nicht während einer kurzen Pause im Schneetreiben die tiefe Schleuderspur gesehen hätte. In einer Oase der Ruhe sah er zwei undeutliche, aber tiefe Fahrrillen, die von der Straße abgingen, quer über den aufgefüllten Graben ins Feld. Er hielt den Schneepflug an, legte den Leerlauf ein und zog den Reißverschluß seines Schneeanzugs hoch bis zum Kinn. Dann sprang er aus dem Führerhaus. Als er am Straßenrand stand, hinter sich die dröhnende Maschine, erfaßten die ins leere Dunkel gerichteten Scheinwerfer kurz einen flacheren, blaueren Streifen Weiß, und er dachte, das sei der Wagen. Er kletterte zurück ins Führerhaus, durchwühlte den Sitz, den Werkzeugkasten, die Vorratskiste hinterm Sitz, fand ein Seil und knotete das eine Ende an den Griff der geschlossenen Tür hinter ihm. Das andere Ende schlang er sich um den Bauch. Dann warf er es zu Boden. Wie blöd! Egal wie lang, es war nicht lang genug. Er öffnete die Tür, warf das Seil hinein, zog seine Parka-Kapuze über und begann gegen die kompakte Luft anzukämpfen. Er sah nichts vor sich, nichts hinter sich, doch er zählte auf die Tür im Schnee, die ihn aufhalten würde.

Er hob den einen Fuß, zog den anderen nach und ging weiter, obwohl er schon dachte, daß alles ein Irrtum war und er von Glück sagen konnte, wenn er auf einen Zaun stieß. Dann fiel ihm ein, daß er sich hier im Zuckerrübengebiet befand. Hier gab es keine Zäune. Wenn er den Wagen, den er suchte, verpaßte, stapfte er womöglich endlos weiter. Dann ging er direkt nach Westen, bis in die Welt der Ojibwa-Toten, wo Skelette Würfelspiele mit menschlichen Handwurzelknochen machten. Er sah sie schon die Arme heben und zum Wurf ausholen, stolperte aber trotzdem weiter. Er dachte an das Lachen seiner Mutter, an ihre Augen. In seiner Erinnerung war sie ein Schatten, ein schützender Arm, ihr Gesicht wieder wild und enthusiastisch. Er sah, wie ihre Hand die Karten hinwarf, und hörte das Rauschen ihres Blutes. Ihr Herzschlag pochte in seinem Ohr, und er vermißte sie wie ein Kind. Im Winter hatte sie ihm immer den Weg gebahnt, die ganze Strecke bis zur Schule. Er schritt aus und prallte gegen eine taillenhohe Wand.

Zuerst dachte er, es sei das Auto – aber konnte der Schnee schon so hoch sein? Das war doch unmöglich. Noch ein Schritt, und er stand oben drauf, wie auf einer niedrigen Verwehung. Er stapfte hin und her, aber plötzlich war er sich sicher, daß sich unter seinen Füßen nichts als Schnee befand. Er drehte sich im Kreis, dann noch einmal, und war ganz durcheinander. Die Angst stach ihn in die Brust, schmerzhaft wie spitze Nadeln, und dann ging er dorthin, wohin der Wind ihn trieb, weil er nicht anders konnte, der Wind war stärker. Er wußte nicht mehr, woher der Wind kam, vielleicht hatte er die Richtung gewechselt. Er ging einfach weiter, vorwärts. Im Wissen, daß er den Wagen verpaßt hatte, breitete er die Arme aus, als käme ihm eine Frau entgegen.

Er ging und ging. Selbst als er stürzte und auf allen vieren weiterkriechen mußte, mit Armen und Beinen wie Holzstümpfe – er bewegte sich voran. Er bewegte sich noch voran, als sein Körper sich verkrampfte und völlig gefühllos wurde. Der gute alte Körper hielt ihn nur einen Augenblick lang auf, und dann fühlte er, wie er sich in einer neuen, ausdauernderen Gestalt wieder erhob.

Er strebte weiter. Die Sonne strahlte jetzt über den Horizont. Oder war das nur Einbildung, sah er Dinge, die gar nicht da waren? Eine schwarze Wolke saugte die Sonne wieder auf. Er glaubte sie verschwinden zu sehen, und wieder umgab ihn dunkle Nacht. Einmal lächelte er staunend vor Glück. Er sah June direkt vor sich. Der Wind blies ihr das Haar nach hinten, schlug ihre Handtasche gegen den Oberschenkel. Sie trug ein Hochzeitskleid, ein richtiges diesmal, weißer Tüll mit Spitzenbesatz. Zuversichtlich stapfte sie über die schimmernden Verwehungen. Ihr Schleier war ein Nebelbausch, der ihr Gesicht verhüllte. Jack drehte sich um und konzentrierte sich auf den Weg, den er gekommen war. Inzwischen hatte er eine so lange Strecke zurückgelegt, daß er nicht mehr kehrtmachen konnte. Er hatte soviel Zeit darauf verschwendet, dorthin zu kommen, wohin er gegangen war. Und es war gut so. Seine Spuren waren verschwunden, der Pfad verweht, sein Weg zurück zu den Lebendigen weggeblasen. Er folgte June bereitwillig. Sie brachte ihn nach Hause.

Er ging im Kreis, in einem großen zunächst, dann in einem kleineren, in einem noch kleineren, immer hinter June her. Er brauchte die ganze Nacht, um wieder dort zu landen, wo er aufgebrochen war. Aber kurz vor Ausbruch der Dämmerung stieß er wieder auf die hüfthohe Wand, auf die er geklettert war, kurz nachdem er den Schneepflug verlassen hatte. Er taumelte, prallte dagegen, tastete sie mit seinen tauben Fäustlingsfingern ab, schlug gegen die glatte Kruste, schrie nach einem Türgriff. Er fand eine Klinke, zog daran und befand sich in einer abgrundtief schwarzen, unverschneiten, eisigen Höhle. Er tastete sich hinein und stieß auf eine Gestalt, eine einzige Gestalt, eine menschliche Gestalt, einen Jemand, ein Irgendwas, jedenfalls war da ein Kopf, ein Körper, den er rüttelte und schüttelte.

Jack zerrte eine mittelgroße, aber sehr schwere Person

aus dem Wagen – er konnte nicht feststellen, ob es Candices Auto war oder nicht. Hinten war ein Kindersitz, aber in dem war nichts, und auf dem Wagenboden war auch nichts, und das Chassis war schwarz, und er würde hier sterben, zusammen mit diesem Fremden. Er schleppte die in zerlumpte Decken gehüllte Gestalt, einen jungen Mann, durch das schwächer werdende Schneegestöber ins Führerhäuschen seines Schneepflugs. Der Motor war ausgegangen, sprang aber gleich wieder an, und Jack fuhr los, fuhr nach Norden, auf Reserve inzwischen, aber vollgetankt mit Adrenalin. Gerettet.

Der Blizzard ließ nach, die Straße wurde wieder sichtbar. Der Schnee fegte darauf hin und her wie die Fäden eines mechanischen Webstuhls, der das Weiß zu einem hauchdünnen Vorhang wob, so daß es die flache Welt von einem Himmel zum nächsten bedeckte. Jetzt begrüßte Jack das fahle Grau der schwindenden Nacht, und er schaute hinüber in das schlafende Gesicht des Mannes, den er gerettet hatte – das Gesicht war jung, kaum älter als zwanzig, und vertraut, so wie ihm viele Chippewa-Gesichter vertraut vorkamen. Nicht schlecht aussehend, womöglich ein Cousin. Unter einer schwarzen Wolkendecke strahlte jetzt die Sonne über den Horizont und stieg höher, ein Band aus gehämmertem Messing.

Während sich das blendende Licht schwerelos in den dunkel hängenden Himmel erhob, wachte der Mann neben Jack auf, drehte sich um und lächelte verblüfft, als er Jack sah. Ein Zahn stand etwas schräg, leicht vor den Nachbarzahn geschoben. Jack sah wieder weg und konzentrierte sich auf die Straße.

Dann das Gewimmer. Neben ihm, unüberhörbar.

«Was zum Teufel –», rief Jack und brachte das Fahrzeug scheppernd zum Stehen. «Nur keine Panik –» Er glaubte schon, Halluzinationen zu haben, aber da fing das merkwürdige Gewimmer von neuem an – eindeutig das ungehaltene, streitlustige Hungergeschrei eines Babys. Es kam aus der Jacke des jungen Mannes. Jack öffnete den Reißverschluß und enthüllte – winzig, schutzlos, schreiend, rot – sein Ebenbild.

Das Verschwinden 6. Januar, 7 Uhr

Die Schneemobil-Rettungsmannschaft von Trollwood hielt mit heulenden Sirenen vor dem Eingang der Notaufnahme. Die Leute vom Nachtdienst, deren Schicht bald zu Ende war, kamen mit Tragen und Isolierdecken angelaufen. Aber irgend etwas war schiefgegangen. Nur drei Frauen. Der Schneemobilfahrer, der die Nachhut gebildet hatte, hatte direkt vor der Tür der Notaufnahme entsetzt feststellen müssen, daß nur zwei leere Handschuhe in seinem Gürtel steckten. Die korpulente Frau auf dem Sitz hinter ihm, die dringesteckt hatte, war verschwunden. Fortgeweht in die Schreckensnacht.

Einfach aus den Handschuhen gepustet!

Er hielt die Handschuhe in die Luft, als könnte er die Frau so zurückzaubern, und stieg entschlossen wieder auf sein Gefährt, aber eine Reihe von schweren Böen, die nun um das Krankenhaus peitschten, vereitelten jeden Versuch, zurückzufahren und die arme Frau zu suchen. Die Retter konnten kaum noch aus den beleuchteten Türen sehen, und obwohl der Mann, der die gerettete Frau verloren hatte, hysterisch wurde und festgehalten werden mußte, damit er nicht erneut nach draußen stürmte, bis man ihn schließlich mit Orangensaft und Valium beruhigte, konnte man doch wenigstens die Rettung der anderen Frauen feiern.

Eine interessante Versammlung von Ehefrauen, und eine von ihnen, offenbar die Fahrerin des roten Explorer, teilte der Polizei auf Befragen mit, es handle sich bei der nicht identifizierten Frau, die vom Schneemobil gefallen war, um niemand anderes als ihre Mutter.

Nach Bekanntwerden dieser traurigen Tatsache wurde auch dieser Frau, Dot Mauser, ein Beruhigungsmittel verabreicht.

Zwei Artikel auf Seite eins

Trauernde Witwen fast erfroren

Sie erzählten sich bis zur Morgendämmerung Geschichten und aßen Halloween-Bonbons. So schilderten vier Frauen aus Fargo und Umgebung ihre qualvolle Blizzard-Nacht, die erst nach Sonnenaufgang durch eine wagemutige Rettungsaktion mit Schneemobilen ausgerüsteter freiwilliger Helfer zu Ende ging. Candice Pantamounty, Dot Nanapush Mauser, Eleanor Mauser und Marlis Cook Mauser saßen nach der Trauerfeier für ihren verstorbenen Gatten Jack Mauser (siehe auch nebenstehenden Artikel) gemeinsam in ihrem Wagen fest. Die Frauen hatten nach dem Leichenschmaus im West Fargo Steak House beschlossen, noch in die Stadt zurückzufahren.

«Ich war als Fahrerin leider etwas zu leichtsinnig», sagte Dot Mauser. «Man liest doch so was ständig in der Zeitung und ist natürlich immer klüger als die Blizzard-Opfer. Ich hätte das Risiko nie eingehen dürfen.»

Die anderen geretteten Frauen stimmten Mrs. Mauser zu, lobten sie jedoch für ihre Umsicht, für die Notausrüstung im Wagen und für ihre Klugheit, die ihnen vermutlich das Leben rettete. Zur Notausrüstung gehörten kalorienreiche Nahrung, Kerzen, eine Isolierdecke und andere lebenswichtige Dinge. Da die Frauen wußten, daß die Opfer solcher Katastrophen meist an Kohlenmonoxydvergiftung sterben, achteten sie sorgfältig darauf, daß der Auspuff ihres Wagens nicht verstopfte.

«Etwa einmal die Stunde bildeten wir eine Kette, und die vorderste reinigte den Auspuff», erklärte Candice Pantamounty, eine renommierte Fargoer Zahnärztin. «Während einer dieser Aktionen wurde Eleanor Mauser vom Wind erfaßt und fortgerissen.»

Eleanor Mauser schlug sich jedoch trotz Minustemperaturen und Schneetreiben bis zum Hector International Airport durch, wo sie einen Wachmann auf sich aufmerksam machen konnte, der wiederum die Polizei und die Feuerwehr von Fargo alarmierte und diese auf das Schicksal der eingeschneiten Frauen hinwies. Den Schneemobilrettern von Trollwood gelang es, das Fahrzeug, einen Ford Explorer, ausfindig zu machen und die Insassen mit Ausnahme einer Person in Sicherheit zu bringen. Die Retter vermuten, daß die Vermißte auf dem Weg zum Krankenhaus vom Schneemobil fiel, doch bisher fehlt jede Spur von ihr. Dot Nanapush Mauser hält sich noch im Krankenhaus auf, ihr Zustand ist stabil. Die anderen Frauen konnten nach der Behandlung leichter Erfrierungen aus dem Fargoer Merit Care Saint Luke's Hospital entlassen werden.

Aufgebrachte Kinderfrau bezichtigt Bauunternehmer, Tod nur vorgetäuscht zu haben

Mrs. Tillie Kroshus, Kinderfrau von John James Mauser Jr. aus Fargo, erstattete bei der Polizei Anzeige, weil ihr Schützling möglicherweise vom eigenen Vater entführt wurde. John Mauser Sr., Chef von Mauser & Mauser, Inc., war verantwortlich für den Bau der umstrittenen Crest-Siedlung. Seine Leiche wurde angeblich am 1. Januar im Kellergeschoß seines niedergebrannten Eigenheims gefunden. Man war davon ausgegangen, daß er bei dem Brand ums Leben gekommen war.

Mrs. Kroshus hingegen behauptet, daß Mr. Mauser gestern nachmittag ins Haus seiner früheren Frau, der Zahnärztin Candice Pantamounty, eingedrungen sei. Nach Aussage von Mrs. Kroshus verschaffte sich Mr. Mauser mit einem Schlüssel Einlaß durch die Hintertür und überraschte sie, als sie gerade die Nummer des Notrufs wählte. Der als Jack Mauser Sr. beschriebene Mann fesselte daraufhin Mrs. Kroshus an einen Stuhl und verschwand mit dem Baby im Auto. Die Polizei hat Mr. Mauser, der vermutlich mit dem Wagen seiner früheren Frau, einem weißen Honda Civic, Baujahr 1993, die Stadt verlassen hat, zur Fahndung ausgeschrieben.

6. Januar, 7 Uhr 40 *Das Lächeln der Wölfin*
Gerry und Shawn

Körniges Frühlicht in einem alten Apartment am zugefrorenen Fluß. Gerry schlüpft in den braunen Eingang und dreht den Schlüssel im Schloß, zieht ihn dabei ein bißchen nach außen, so wie Dot es ihm erklärt hat, schließt die Tür hinter sich und schleicht leise die mit katzengrauem Teppich ausgelegten Stufen hinauf. Oben ist ein wackeliges kleines Geländer. Er hält sich daran fest und blinzelt, damit sich seine Augen an das Licht gewöhnen. Die Türen zu ihren Zimmern sind offen. Zwei kleine Zimmer. Seitlich eine Küche. Das eine Zimmer gehört seiner Tochter, das weiß er. Shawn atmet darin, friedlich und ahnungslos. Auf dem Schulfoto von diesem Jahr sah sie kräftig aus, hatte die scharfen Augen ihrer Mutter und die Haare von beiden Eltern, dunkelbraun mit einem rötlichen Schimmer. Sie schob das Kinn leicht vor. Ohne die Spange waren ihre Schneidezähne jetzt gerade und gleichmäßig, und sie hatte ein herzergreifendes kleines Lächelgrübchen. Und ihre Augen, ihre Augen, ein bißchen traurig, aber zu allen Schandtaten bereit.

Sie ist wach. Jedenfalls, als er sich auf den Hocker neben ihrem Bett setzt und sie die Augen öffnet. Eine ganze Weile sieht sie ihn nur an. Dann bewegt sie die Lippen, und er versteht kaum, was sie flüstert.

Sei bitte kein Traum.

Da beugt er sich zu ihr, und Shawn wirft sich an seine Brust, und sie halten sich fest, sie halten sich fest im dämmrigen Morgenlicht, so daß er weiß, wie gut es sich anfühlt, wenn er Shawn an sich drückt und die Arme um sein wirkliches Kind und nicht um ein Phantasiekind schlingt. Er preßt die Stirn gegen den Wirbel ihres Scheitels, und sie wiegen sich hin und her. Wortlos. Sein Herz ist angekommen. Der Duft ihres Haars, Schlaf in ihrem Atem. Eine schale, ungeduldige Süße. Aber dann vergeht der langsame, lange Augenblick.

Schwaches Licht dringt durchs Fenster, aber es pustet und schneit noch immer. Graupeln schlagen gegen das Haus, und er hat dieses verheißungsvolle Gefühl, eine wachsende Freude, als der Morgen kräftiger wird. Ein weiterer Blizzard ist zu erwarten. Der Wind wird wieder auffrischen und ihn verstecken.

«Jetzt geht alles klar, du wirst schon sehen», sagt er nach einer Weile, er weiß auch nicht, warum. Dann lehnt sich Shawn zurück, hält seine Hand fest, und sie saugt ihn mit hungrigen Blicken auf, während sich unter den Sternenlidern ihrer schmelzend braunen Augen Tränen sammeln.

«Du bist raus. Jetzt bleibst du hier», sagt sie mit Entschiedenheit und sieht durch ihn hindurch.

Gerry neigt den Kopf zur Seite, aber er kann nicht sprechen. Es formuliert sich keine Antwort. Also legt er die Handflächen auf ihr weiches, entschlossenes Gesicht. Er streicht ihr Strähne für Strähne die Haare aus der Stirn, streicht sie hinters Ohr, an den Schläfen entlang. Es gibt hier zuviel zu fühlen, und an diversen Stellen zwackt es ihn, an anderen tut es furchtbar weh, weshalb sich alle ankommenden Botschaften irgendwie gleich anfühlen. Aber er blickt auf Shawn hinunter und weiß, daß sie nur eines klar empfindet. Scham überkommt ihn, weil er es gewagt hat, ihr irgendwas über Klarheit zu erzählen. *Jetzt geht alles klar. Quatsch.* Er ist doch derjenige, der alles vermasselt hat. Sie weiß genau, was läuft, und sie weiß natürlich auch, daß sie ihn nicht aufhalten kann. Aber als Tochter ihrer Mutter wird sie das nicht zugeben. Und er auch nicht.

«Klar, mach ich», sagt er.

Sie lehnt sich in die Kissen zurück und lächelt ihn an. All die Jahre. All die Gutenachtgeschichten, die er ihr hätte erzählen können und wahrscheinlich sowieso nicht erzählt hätte, und jetzt ist sie aus ihnen herausgewachsen, wenngleich noch nicht allzu lange ... Sie folgt ihrer Eingebung und grinst.

«Dann erzähl mir 'ne Aufwachgeschichte.»

Ihr Gesicht rundet sich wie durch Zauberhand. Fünf Jahre fallen von ihr ab, und sie verwandelt sich in ein gespannt wartendes kleines Mädchen.

«Lieber nicht», sagt Gerry. «Du kennst mich doch.»

Sie runzelt die Stirn, als wollte sie sagen: *Wie kann er nur so behämmert sein?* Natürlich kennt sie ihn nicht. Er versucht zu erklären.

«Ich bin kein guter Geschichtenerzähler.»

«Könntest du vielleicht ausnahmsweise mal einer sein – nur heute morgen?»

Sie dreht sich um und zieht die Decke hoch. Zur Hälfte sind es die Rundungen einer Frau und zur anderen Hälfte die eifrigen, ungelenken Ecken eines Kindes. Ihre Knie berühren sich. Ihr Gesicht ist ein leuchtender Kelch. Gerry ist geblendet vom Licht.

«Eine Geschichte», sagt er, nach einer Idee fischend.

«Worüber denn?»

Ihre Miene ist heiter und fordernd. «Über das Gefängnis.»

Seine Hand zögert, streicht dann wieder langsam über ihre Stirn.

«Da gibt's keine Geschichten.»

«Dann darüber, als du so alt warst wie ich», sagt sie. «Wie du in der Schule Ärger hattest. Oder wie dich deine Freunde mal versetzt haben.» Sie rutscht zur Seite, macht Platz, damit er sich auf dem niedrigen Bett ausstrecken kann. Was er auch tut. Dankbar legt er die Füße hoch, den Kopf zurück, und da überschwemmt ihn schon der Schlaf, ein reißender Strom.

«Als ich so alt war wie du», beginnt er, döst tiefer ein, schreckt wieder hoch. «Du mußt wissen, daß ich eigentlich kein guter Mensch war, kein richtig guter jedenfalls. Ich konnte mich zwar benehmen, wenn der entsprechende Druck da war, aber angeboren war's mir nicht.»

Dann unterbricht er sich. «Aber du. Erzähl du mir 'ne Geschichte. Irgendwas.

«Was?»

Ihre Stimme ist so sanft und wärmend. Sie beugt sich über ihn, beschützt ihn, paßt auf.

«Was aus deinem Alltag. Einfach, was so passiert.»

Gerry schwebt; sein Körper treibt auf einem Floß des Wohlbehagens dahin. Es ist zuviel. In den vergangenen zwölf Stunden hat er eine solch intensive Lust erfahren, daß es für Geist und Körper keine Grenzen mehr zu geben scheint. Alles dehnt sich aus. Mit Lichtgeschwindigkeit, und genauso dunkel. Und es wird wieder schneien. Und niemand weiß, daß Dot und Shawn hier wohnen, noch nicht, weil sie gerade erst umgezogen sind. Er ist seinen Verfolgern mindestens ein paar Stunden voraus. In Sicherheit zu sein, frei zu sein, bei seiner Tochter zu sein, all das bringt Gerry aus dem Gleichgewicht, und außerdem kribbelt es ihm sanft in den Ohren von den Schmerztabletten. Er möchte keine Geschichte mit Handlung hören. Er möchte nur dem Klang von Shawns Stimme lauschen.

«Was ist mit den Nachbarn?»

Shawn zieht ihm die Decke hoch bis zum Kinn, fast mütterlich. «Okay. Da wohnt so eine Frau. Sie hat 'nen Kater, der heißt Onkel Louie.»

Shawns Stimme wird leiser, beschreibt, wird lauter, erzählt.

«Und Mr. Morton. Der hat 'ne Macke mit seinem Schneemobil. Echt total komisch. Er ist ewig in der Garage, weißt du, direkt hinterm Wohnblock. Nummer 21. Den Schlüssel versteckt er oben auf dem Türrahmen. Dann poliert er zum Beispiel seinen Helm. Er hat 'nen Schneeanzug und Moonboots, was man so braucht. Das hat er alles da im Schrank. Einmal ist er mit Mrs. Morton hundert Meilen flußaufwärts gefahren. Da haben sie dann ein Feuer gemacht. Und 'ne Flasche Champagner getrunken.»

«Klingt nett.»

«Ja, schon.»

Gerry nickt ein, gleitet über die Klippe; das bewußte Erleben ist wie die klare Luft oben, und darunter treibt endlos der Schlaf, eine weiche Wolke, die ihn auffängt, ihn trägt.

«Wo hat der Typ seinen Benzinkanister?» murmelt er im Einschlafen.

Shaw spricht weiter, mit heller, manchmal kindlicher, dann wieder tiefer und gereifter Stimme. Sie ist fast soweit. Beim nächsten Mal wird sie ganz erwachsen sein. Sie streicht die Decke glatt, bricht ab, verliert den Faden der Sätze, horcht auf den rieselnden Schnee. Unter dem Ansturm eines weiteren Sturmtiefs schlägt die Seitenverkleidung des Hauses. Shawn starrt ernst vor sich hin, lauscht dem Atem ihres Vaters und lächelt nicht. Er atmet schön, leise und tief aus der Brust heraus. Sie beschließt, mit ihm zu atmen und sich einzuprägen, wie das geht.

Es hämmert gegen die Tür, als würde sie gleich eingeschlagen, und Shawn reißt im trüben grauen Licht des Schneesturms die Augen auf. Während die Männer drunten Warnungen ins Megaphon brüllen und herumschreien, schlüpft Shawn in die Jeans, die zerknäult auf dem Boden liegt. Kickt Unterwäsche und eine vereinzelte Socke unters Bett. Zieht das Bison-Sweatshirt ihrer Mutter über und stopft ihren Schlafanzug unters Kissen. Während sie unten die Tür einschlagen, tritt Shawn ins Treppenhaus. Sie setzt sich auf die oberste Stufe, sieht zu, wie das alte Holz ums Schloß herum zersplittert. Als die Männer durchbrechen und um die Ecke stürmen, wie in den Fernsehshows, nur lauter und ohne Musik, umklammert Shawn ihre Knie. Ihre Handflächen brennen. Erst als die Männer mit gezückten Pistolen und in kugelsicheren Westen an ihr vorbeitrampeln, läßt sie den schweren Tränen, die sie hinter ihren Augenlidern aufgestaut hat, freien Lauf. Sie hört sie schreien, in die Zimmer rennen, Schränke aufreißen. Etwas zerbricht. Ihr schnürt es die Kehle zu. Ihre Tränen sind elektrisch geladen. Heiß. Beschleunigen die Zeit. Sie unterdrückt sie nicht, empfindet sie aber auch nicht wie sonst als Erleichterung. Die Tränen bewirken nicht, daß die Männer die Durchsuchung abbrechen oder ihr auch nur die geringste Beachtung schenken. Schließlich hört sie auf.

Er ist weg. Sie finden ihn nicht. Kein Hinweis darauf, daß er neben ihr gesessen hat, daß sie mit ihm reden und reden konnte, kein Hinweis darauf, daß er ihr Haar gestreichelt hat. Sie legt sich die Hand auf die Seite des Gesichts, die seine Hand berührt hat. Es ist, als würde sie ihn auf diese Art schützen, sein Geheimnis bewahren. Zwei der Männer kommandieren sie nach unten und lassen sie am Küchentisch Platz nehmen. Der eine ist klein und hat eine sanfte Stimme, der andere ist groß und sagt, er habe keine

Geduld. Aber der Kleinere, der Haare hat wie der Sand in ihrem Sandkasten damals in Argus, sagt mit traurigen, runden grünlichen Augen: «Wir haben ihr 'nen furchtbaren Schrecken eingejagt. Sei mal still, Ted, laß mich mit ihr reden.»

Der Kleinere sieht ihr direkt ins Gesicht, kauert sich vor sie, so daß sie den Kopf abwenden muß, um ihm nicht in die Augen zu schauen.

«Wie heißt du, Schätzchen?»

Sie sagt es ihm.

«Hör zu, Shawn. Wir wissen, daß dein Dad hier war. Er wollte dich wahrscheinlich besuchen, und das ist ja auch in Ordnung, aber du weißt vermutlich, daß er ausgebrochen ist, und wir müssen ihn wieder zurückbringen. Wir wollen ihm nichts tun, aber wir brauchen deine Hilfe. Hat er dir gesagt, wohin er will?»

Der Mann lächelt ein ernstes Lächeln, seine freundlichen Augen machen wirklich einen mitfühlenden, gelassenen Eindruck. Sie will schon nicken, aber etwas läßt ihren Nakken erstarren. Die Kälte, die von dem anderen Beamten ausgeht, der die Hand in die Hüfte gestemmt hat.

«Bitte, sag's uns, Shawn», fährt der Mann mit dem sandfarbenen Haar fort. «Wir müssen ihn vor den anderen finden. Einige von denen sind ... na ja, man könnte sie wohl als schießwütig bezeichnen. Shawn, das wäre eine Möglichkeit, deinem Vater zu helfen.»

Tränen verschleiern ihr die Augen. Sie versteckt sich hinter dem Schleier und wartet, überlegt. Endlich beginnt sie zu reden, und ihre Stimme ist so klein, wie sie sie nur machen kann.

«Er ist raus? Ausgebrochen? Wo ist meine Mom?»

Der kleinere Mann blickt zum größeren hoch. Bewegt die Lippen.

«Laß uns erst noch über deinen Dad reden.»

Shawn nickt, merkt, daß er ihr erlaubt hat, den Blick zu senken, so daß sie jetzt ihre im Schoß gefalteten Hände studieren kann. Sie überlegt weiter.

«Sieh mal, Shawn», sagt der Mann. «Du bist doch ein kluges Mädchen. Du hast eine gute Mutter. Du kannst wirklich froh sein, daß du so eine Mutter hast. Die möchtest du doch bestimmt nicht in Schwierigkeiten bringen, oder? Gibt sie dir jemals gute Ratschläge?» Er wartet, dann wird seine Stimme schärfer. «Gibt sie dir Ratschläge?»

«Ja», antwortet Shawn.

«Und sagt sie, daß du immer die Wahrheit sagen sollst?»

«Ja.» Shawn legt die Hände anders zusammen. Ihr Mund ist trocken. Sie muß aufs Klo, preßt die Knie zusammen. Die Worte des Mannes wickeln sie ein wie Schnüre. Weiche, dünne Stricke. Sie bemüht sich, normal zu atmen und nicht mit den Füßen zu wippen. Sie kennt die ganzen alten Tricks – weinen, verstummen, schreien –, aber mit Trotz kommt sie hier nicht raus.

«Also du würdest deine Mom nicht in Schwierigkeiten bringen wollen», sagt der Mann. Seine Stimme wird ein bißchen leiser, sanfter. «Shawn, war dein Daddy hier?»

Bei dieser Frage kapiert sie. Er hat behauptet, sie wüßten es, aber sie wissen gar nichts.

Shawn läßt die Lüge des Mannes auf sich wirken. Jetzt muß sie etwas tun, das Richtige. Die Stricke winden sich um sie wie hungrige Schlangen, und sie kann sie nicht abschütteln. Sie wickeln sich wie Strickgarn um ihre Arme. Wenn sie das Richtige sagt, werden sie sich lösen. Der Mann atmet heftig aus und flucht. Shawn fühlt, wie ihr die Schere in die Hände fällt.

«Mein Vater ist ein Arschloch», sagt sie mit ausdrucksloser, kalter Stimme. Sie blickt erst dem einen, dann dem anderen Mann in die Augen und schneidet die Fesseln durch. «Ich hab furchtbar Angst vor ihm und meine Mom auch. Wenn er herkäme, würd ich sofort 911 wählen.»

Der kleinere Mann läßt sich auf die Fersen zurücksinken, den Ellbogen auf die gebeugten Knie gestützt.

«Hm», sagt er, als wäre ihm gerade etwas erklärt worden. Während die beiden Männer sich über Shawns Kopf hinweg ansehen und Worte wechseln, ohne einen Ton von sich zu geben, sagt etwas in ihr *Tut mir leid, tut mir leid, tut mir leid*, zu ihrem Vater und *Du weißt, ich mein das nicht so*, und, an ihre Mom und ihren Dad gerichtet, *Wo seid ihr?* Und die ganze Zeit über fallen die Wortfesseln des Mannes von ihr ab, landen in Schnipseln auf dem Boden.

«Okay.» Er steht auf. «Das genügt. Hör zu, Shawn – deiner Mutter geht es gut. Ich weiß, du machst dir Sorgen um sie. Sie ist in dem Schneesturm steckengeblieben, und da gab's wohl ein paar Komplikationen. Aber im Krankenhaus sorgen sie dafür, daß es ihr gutgeht. Und wir bringen dich jetzt hin. Hol deinen Mantel.»

Shawn geht zum Schrank, beugt sich hinunter, um ihre Stiefel zu binden, richtet sich dann auf und zieht den Parka mit der Kunstpelzborte über, die sie im Gesicht kitzelt.

Die anderen Männer sind alle schon weg, bis auf die beiden Beamten, die jetzt an der Tür auf sie warten. Der Hellhaarige, der mit ihr gesprochen hat, zieht Handschuhe an und rückt seine Mütze zurecht. Der andere, der Ted heißt und keine Geduld hat, starrt aus dem Fenster auf die geschlossenen Garagen, die im Schneetreiben nur halb zu sehen sind. Das Weiß bewegt sich schneller und weht plötzlich wie ein Vorhang gegen das Fenster. Er schüttelt den Kopf und kratzt sich an der Schulter. Etwas stimmt da nicht, aber er ist zu nervös, um noch länger stillzusitzen und herauszufinden, wie sie das Mädchen hätten befragen sollen, ganz zu schweigen von der Mutter, die zu hypothermisch war, um eine richtige Aussage zu machen. Er dreht sich um und fragt die Tochter, ob sie fertig sei. Sie starrt ihn an. Deshalb hat es ihn an der Schulter gejuckt. Im dunklen Flur sieht er kurz ihr Grinsen. Wie eine junge Wölfin, denkt er, kneift die Augen zusammen, tritt näher zu ihr hin. Er mustert sie genauer, weil er wissen will, was sie denkt. Aber ihr Gesicht, gefährlich und leer, ist jetzt die Maske einer Frau.

7. Januar 1995 *Mauser & Mauser*
Jack, Jack Junior, Lyman Lamartine

Als er näher kam, konnte Jack den Unterschied selbst in der aufgewärmten, trockenen Luft riechen, die das Gebläse auf sie pustete. Er konnte es immer riechen, wenn er ins Reservat kam. Die Bäume und die vereisten Seen. Obwohl die alten Leute wie seine Mutter das Land als Reste, als Krümel bezeichneten, die die Weißen nicht haben wollten, liebten sie diesen Ort. Jetzt wurde auch Jack von seiner Liebe überrumpelt. Durch den Schleier der Erschöpfung tauchten Erinnerungen auf, klar und doch fremd. Plumpe kleine Eiderenten im raschelnden Schilf. Das Zischen des Eises, das sich im Oktober auf dem See bildete. Vergangene Tage und Zeiten waren wie Wolken in seinem Kopf. Ein Halbmond aus weichem Gras an einem Hügel, wo er sich einmal den ganzen Tag verkrochen hatte, während seine Mutter rhythmisch heulte. Eine laute Glocke über den winterlichen Feldern. Ein Rosenkranz in einer rauhen Hand.

Er öffnete das Fenster. Der Wind in seinem Mund schmeckte nach Holzrauch. Erst waren es wenige Farmen, dann größere, dann kleinere, dann eine Ansammlung von Pritschenwagen vor einer Tür, wo eine Totenwache oder Hochzeit stattfand. In jedem Haus ein Mensch, eine Erinnerung an ganz früher. Manchmal gefiltert durch das irre Schweigen seiner Mutter. Birken auf weißen, verlassenen Weiden und ihre blauen Schatten, die das Weiß im weißen Schnee reflektierten. Das Sonnenlicht kam und ging und machte ihn schwindelig. Der junge Mann, der bei seinem

Sohn gewesen war, schlief die ganze Zeit, mit bekümmert verzogenem Mund, erschöpft. Das Baby war fest eingeschlafen, nachdem es eine aufgetaute Flasche getrunken hatte. Immer noch hinter dem Reißverschluß seines Retters.

Candice war völlig hysterisch am anderen Ende der Leitung, und Marlis schrie dauernd im Hintergrund, ihre Brüste würden weh tun und sie solle ihr endlich den Hörer geben. Candice preßte die Lippen dicht an die Sprechmuschel. Jack hielt das Baby ganz nah ans Telefon, bis es ein gurgelndes Geräusch machte.
«Hörst du?»
«Das ist er!» kreischte Candice wieder und reichte dann den Hörer an Marlis weiter.
«Sie ist ganz schön angefressen», sagte Marlis. «Bring ihn her.»
Jack zögerte. «Könntet ihr nicht irgendwie hier raufkommen?»
«Angst vor der Polizei?»
«Ich weiß nicht, wie das ist jetzt, ob die Bank –»
«Hör zu», sagte Marlis. «Wir wären schon längst unterwegs, aber sie hat irgend so 'nen Virus. Es war schließlich scheißkalt in dem Wagen, Jack. Also beweg deinen Arsch hier runter.»
Jack zögerte. Marlis holte tief Luft.
«Ich bin die leibliche Mutter deines Kindes. Ich könnte dich wegen Kindsentführung drankriegen.»
«Herrgott, Marlis ...»
«Aber du hast ihn gerettet.»
«Ja», sagte Jack kleinlaut.
«Jedenfalls hat Hegelstead», fuhr Marlis etwas gnädiger fort, «verlautbaren lassen, daß du seines Wissens im Urlaub warst, als dein Haus einfach so, puff, abgefackelt

ist. Samt deinen Zähnen drin und allem. Als ob das einer geglaubt hätte! Candice ist übrigens immer noch sauer wegen der Brücke.»

«Es tut mir ... ach, wie oft muß ich es denn noch sagen. Tut mir leid! Tut mir echt leid!»

«Laß den Scheiß, Jack. Wie gesagt, ich erstatte keine Anzeige oder so, gegen keinen, auch nicht gegen den Typen, den du da aufgelesen hast. Immerhin hat er John das Leben gerettet. Ich meine, denk bloß mal drüber nach.»

Jack dachte drüber nach.

«Ich nehme an», sagte Marlis, «du hast gedacht, ich würde dich wieder reinlegen, so wie damals im Kaufhaus, als du mich gerettet hast. Mund zu Mund.»

«Kann schon sein», sagte Jack.

«Na ja, vertrau mir.»

Sie schwieg.

«Haben sie seinen Bruder gefaßt, diesen entsprungenen Häftling?» fragte sie dann.

«Noch nicht. Es war idiotisch von mir, den Motor anzulassen.»

«Ganz was Neues. Bring ihn einfach her. Jetzt sofort. Und schnall ihn gut an.»

«Im Schneepflug?»

«Nimm dir 'nen Mietwagen.»

«Im Reservat?»

«Klau dir 'n Auto.»

«Sehr witzig, Marlis. Ich fahr los, sobald ich Hegelstead angerufen habe. Sorgst du gut für Candy?»

«Als würde dich das interessieren.» Marlis senkte auf einmal die Stimme. «Es geht ihr bestimmt gleich besser, wenn sie den Leuten wieder in den Zähnen rumbohrt. Sie hat da echt 'ne künstlerische Ader, findest du nicht, Jack? Es bekommt ihr gar nicht, wenn sie nicht arbeiten kann.

Wir haben schon Termine bis Ende März gebucht – Candy war richtig erleichtert, als sie das gehört hat, deshalb weiß ich, daß sie bald wieder auf der Höhe ist. Es gibt ein paar Notfälle. Morgen gleich ein abgebrochener Backenzahn. Sie ist sicher froh, wenn sie wieder an einem Patienten rummachen kann.»

«Bis dahin solltest du ihr Novocain geben.»

«Direkt in den Kopf.»

«Wie geht's denn dir?» Jack zögerte. «Bist du nüchtern? Clean?»

«Das mußt grade du fragen.»

«Stimmt.» Jack schwieg kurz. «Seit Neujahr bei mir. Seit Neujahr nichts mehr.»

«Seit deiner Auferstehung», sagte Marlis sarkastisch. «Hör auf, dich zu beglückwünschen, und bring das Baby her, und zwar schnell.»

Jack verließ die häßliche Motel-Lobby, holte sich ein *Forum* und las den Artikel über die Leiden seiner vier Ehefrauen. Irgendwie gefiel ihm die Vorstellung, daß sie alle zusammengewesen waren, die ganze Nacht miteinander geredet hatten. Als hätte sich dort sein ganzes Leben konzentriert, ohne daß er es wußte oder sich dafür verantwortlich fühlen mußte, obwohl er es eigentlich war. Schließlich war es seine Trauerfeier gewesen. Nostalgische Stiche durchzuckten ihn, ein vorübergehendes Schwächegefühl. Er nahm sich zusammen. Dann überlegte er, worüber sie wohl gesprochen hatten, und war froh, daß er es nicht wußte. Er war müde, aber am Morgen hatte ihm das Baby immerhin vier Stunden Schlaf zugestanden. Sie hatten sich Seite an Seite auf dem Bett ausgestreckt.

Mauser & Mauser, hatte er gedacht.

Es war fünf Jahre her, seit Jack das letzte Mal mit Lyman Lamartine gesprochen hatte. Lyman hatte sich seither weniger verändert als konsolidiert. Er war der, der er immer schon gewesen war, nur in verstärktem Maße. In geradezu professionellem Maße. Energieschübe, verzettelte Pläne und begeisterte Einfälle von ehedem hatten sich zu den ernsthaften Projekten eines Mannes entwickelt, der über genug lokales Ansehen und entsprechende staatliche Gelder verfügte, um tun und lassen zu können, was er wollte. Lyman kam nie normal durch eine Tür, er stürmte mit wachem Blick herein, jederzeit bereit, sich auf etwas zu stürzen und initiativ zu werden. Als er Jack erspähte, plusterte er seinen durchtrainierten Körper auf und nahm eine drohende Haltung ein, wie ein muskulöser Hund. Er kam näher, den Blick auf Jack gerichtet, musterte ihn kritisch mit seinen schlauen grünbraunen Augen. Er grinste über Jacks Aufmachung, über das Baby in seinen Armen. Etwas in seinem Verhalten verriet Jack, daß in der Begrüßung ein verborgenes Gefühl mitschwang. Lyman starrte fasziniert auf das Baby, betrachtete Vater und Sohn mit einem Ausdruck, der der Situation, soweit Jack wußte, nicht angemessen war. Dankbarkeit. Erleichterung. Als er Jack die Hand schüttelte, schien er sich ehrlich zu freuen. Seine Augen leuchteten hinter der abgetönten Brille, die seine scharfen Augen verdeckte.

Dann saßen sich die beiden in der gepolsterten Nische des Motel-Coffeeshops gegenüber.

«Überbackene Spiegeleier, Toast ohne Butter», sagte Lyman zur Kellnerin, und dann zu Jack: «Du hast alle Hände voll.»

«Suppe», sagte Jack. «Zwei Teller.»

Er wiegte seinen Sohn ein bißchen. Innerlich war ihm immer noch höllisch kalt, als säße in seinem Bauch ein Eiszapfen, als hätte er sich seit der vergangenen Nacht noch kein bißchen aufgewärmt. Suppe würde helfen. Wenn sie heiß war. John Jr. trank aus einer im Drugstore erstandenen Flasche, nuckelte zufrieden die Trockenmilch, die Jack akkurat nach den Anweisungen mit Wasser gemischt hatte.

«Das Zeug schmeckt ihm – ist zwar nicht das Original, aber passabel, hm?»

«Wann kommt denn seine Mom?»

«Ich bring ihn zu ihr.» Jack hielt inne und lagerte das Baby um. «Hat Hegelstead dich angerufen?»

«Ich habe gestern mit ihm gesprochen, Jack», sagte Lyman und rührte dabei nachdenklich in seinem Kaffee. «Wir haben nicht erwartet, daß du so schnell hier aufkreuzt. Und dann noch auf diese Weise! Ganz schön dramatisch.»

«Die ganze Welt ist Bühne», sagte Jack.

«Spar dir deine Zitate.»

Jack zuckte die Achseln. «Meine zweite Frau war oder besser ist ein Superhirn. Sie wurde von Nonnen ausgebildet.»

«Das heißt also, eine tot, die nächste im Kloster –»

«Zwei lesbisch geworden, eine okay, und alle hassen mich», beendete Jack die Aufzählung.

Lyman ließ das Thema fallen. Über June, seine verstorbene Schwägerin, wußte er alles. Er erinnerte sich bei jedem Menschen an jede Einzelheit, und Jack hatte längst begriffen, daß man Lymans gerissener, selbstsüchtiger Ehrlichkeit am besten damit begegnete, daß man alles zugab und ihn noch übertrumpfte. Ihre Nische grenzte an ein rückwärtiges Fenster. Sie schauten beide schweigend durch die Scheibe und dachten über den Schnee nach, während sie über die verwehten Felder blickten. Noch Tage nach diesem Wettersturz würden die Leute Schnee schaufeln müssen. Würde man unter sanft auslaufenden Verwehungen weitere Autos finden. Mehr alte Männer und Kinder, die sich in ihren Gärten verlaufen hatten. Immer wieder wehte das Weiß in Schwaden aufwärts und verstreute Diamantkristalle, die glitzernd in der Luft hingen.

Jack trank seine Suppe. Kippte sie in sich hinein. Drückte das Baby an sich. Als sich die Wärme ausbreitete, spürte er, wie sein Inneres lebendig wurde. Als würde er schmelzen. Der Gedanke an seine Ehefrauen, an ihre absurde, grausige Gefangenschaft, an ihr Überleben. Er spürte, wie die Wärme ihn langsam durchströmte, wie ein Freiheitsgefühl seinen Körper durchdrang und wie ihm beim Versuch, es zu unterdrücken, Hände, Beine und Füße zu zittern begannen. Ein paarmal schüttelte es ihn hilflos, und der kluge Säugling musterte ihn hellwach und neugierig. Lyman beobachtete ihn ebenfalls, als würde er die geistige Gesundheit des Mannes auf ihren Geldwert hin taxieren. Wieviel. Wiewenig. Was würde für Lyman dabei herausspringen?

Eine halbe Stunde später aß Jack zu Mittag, während das Baby an seiner Flasche nuckelte, die diesmal mit Apfelsaft gefüllt war. Auf Jacks Teller lag ein halb aufgegessenes Clubsandwich. Lyman erläuterte ihm sein neuestes Projekt, und Jack schaffte es, den Mund zu halten und ernst und nachdenklich dreinzusehen, während er seinen Plänen und Ideen lauschte. Lyman hatte Listen und Angebote mitgebracht. Und Landkarten. Er hatte eine detaillierte Skizze des geplanten Casinos dabei, samt einer Auflistung der amtlich registrierten Besitzer des Landes. Verwandte. Jack kannte die Namen. Er sagte nichts. Das Baby schlief in seinen Armen, schwerelos an ihn geschmiegt, ein winziger Bohnensack. Jack trug immer noch den alten Overall. Lyman trug einen perfekt geschneiderten dreiteiligen Anzug aus leichtem Wollstoff. Sein Façonschnitt war exakt ausgeführt, und seine Revers lagen flach. An den Füßen trug er weiche Cowboystiefel aus Wapitileder.

«Und hier» – Lymans breite Hand schwebte liebevoll über einem sichelförmigen Gebäude, das auf einen zittrigen Kreis Blaupausenwasser hinausging –, «hier planen wir also das Casino. Wir haben die Entwürfe, aber noch keine Baufirma. Wir brauchen einen Bauleiter, einen Projektmanager. Jemanden, den die Leute hier akzeptieren.»

Jack nickte unverständig.

«Du bist von hier», sagte Lyman scharf.

Jack streichelte den Kopf seines Sohnes. «Hör zu, Lyman, du weißt genau, ich stecke in Schwierigkeiten, und zwar in Geldschwierigkeiten. Ein großes Siedlungsprojekt, das baden gegangen ist, zu hohe Kredite, mit denen ich nicht umgehen konnte, Subunternehmer, die mir an den Kragen wollen.» Jack sah erschöpft sein Kind an.

«Ich habe mit Hegelstead gesprochen», sagte Lyman.

«Der hat da so seine Ideen. Also, um es kurz zu machen, ich hab meinen eigenen Tod inszeniert.» Jack lachte abrupt auf, trank einen Schluck Kaffee. «Es war nicht so geplant – kam mir nur in dem Moment ganz praktisch vor.»

«Klar», meinte Lyman, als wäre das alles völlig einleuchtend. «Aber du kapierst nicht, worauf ich hinaus will.»

Jack neigte den Kopf zur Seite, begann Lyman zu fixieren.

«Worauf denn?»

Lyman wedelte abwehrend mit den Händen, zog entschuldigend den Kopf ein. «Bisher hat niemand Anzeige erstattet. Und ich kann dir vielleicht sogar eine Funktion bei diesem Projekt anbieten, vorausgesetzt, du hilfst uns bei der Investorensuche.»

Jacks Lachen hallte über die Tische.

«Ich? Warum sollte ... Tut mir leid, aber ich bin absolut nicht kreditwürdig. Hegelstead unterschreibt meine

Kredite, er kann mich jederzeit fertigmachen. Bis jetzt hab ich mich durchgemogelt, hab meine Gerichtstermine rausschieben können. Aber jetzt, wo ich wieder am Leben bin –»

«Du kapierst immer noch nicht.»

Lyman saß seelenruhig da, studierte seine gefalteten Hände, blickte dann ernst in seinen schwarzen Kaffee. Er war gut gealtert, und mit dem Älterwerden hatte er nicht Weisheit, sondern Macht errungen. Seine gepflegten Hände, das erstklassig geschnittene Haar und die perfekte Rasur sagten alles. Er war unangreifbar, untadelig. Und kam nun zum Kern dessen, was er Jack mitzuteilen hatte.

«Die einzige Art, wie dein Banker seine Verluste ausgleichen kann, ist, dir noch mehr Geld zu leihen. Ich weiß, daß du dir dessen auch bewußt bist. Tu nicht so naiv, Jack. Hier hast du endlich was Großes an der Angel, ein garantiert lukratives Projekt, eine Sache, die auf lange Sicht sehr viel Geld bringen wird, mit einer eingebauten Finanzierungsquelle. Jack, das ist die einzige Möglichkeit für die, ihre Investition zurückzukriegen. Indem sie gutes Geld hinter, entschuldige, schlechtem herwerfen. Ich habe eine Familie in Reno an der Hand – eigentlich ein Unternehmen –, aber ich brauche die entsprechende Parallelfinanzierung, um dem staatlichen Bevollmächtigten ein attraktiveres Profil zeigen zu können. Und an diesem Punkt kommst du ins Spiel, Jack, als Teil des Profils. Leitung, Angestellte, Management – alles in Stammeshand. Das heißt, wenn das Management erst mal da ist. Aber zuerst und vor allem: gebaut von einem Bauunternehmer aus dem Reservat.»

«Sieht auf Papier gut aus», sagte Jack. «Wieviel bin ich wert?»

Lyman grinste. «Wieviel? Wie wär's damit: Ich zahle deine Subunternehmer aus und rette deinen Arsch?»

Die beiden sahen sich in die Augen. Jack senkte den Blick. Sein Ton war bekümmert.

«Ich werde bis an mein Lebensende dein Schuldner sein.»

«Ich glaube nicht, daß du lang genug leben wirst, um mir alles zurückzuzahlen», sagte Lyman mit abschätzendem Blick, aber nicht gemein. «Wenn du wieder im Rennen bist, bleibst du für immer drin. Auf meiner Seite.»

«Lieber auf deiner als auf Hegelsteads.»

«Ach ja?» Lyman betrachtete mit gerunzelter Stirn seine Fingerspitzen.

Jack wiegte schläfrig das Baby, und das Herz wurde ihm leicht und schwer zugleich. Er war die Geisel seiner Vergangenheit, eines von provisorischen Lösungen geprägten Lebens. Und jetzt würde er Teil der provisorischsten aller Lösungen werden – der Verlockung des schnellen Geldes. Der Macht des Hausvorteils. Der Voraussagbarkeit der unvermeidlichen kleinen Verluste. Nichts Neues. Er konnte unmöglich ablehnen oder sich dem entziehen. Es gab nicht die geringste Aussicht auf irgendein anderes Angebot. Trotzdem, sie kam so unvermutet, diese Rückkehr, diese Rettung. Er hatte das Gefühl, daß unter dem lackierten Resopaltisch ein starker Sog an ihm zerrte. Heimwärts. Eine alte Angst meldete sich. Er hatte gedacht, er könnte hierher zurückkommen, falls er je scheitern sollte. Aber nie, daß er heimkehren würde, um seine Haut zu retten. Und das auch noch so grandios, das heißt, mit einem Auftrag, für den er sich sonst jederzeit ruiniert, für den er gekämpft hätte, um ihn zu kriegen. Schon überkam ihn ein leiser Enthusiasmus. Ein Hauch von Vorfreude. Das Baukonzept, der Komplex selbst, heute noch auf Papier, morgen schon reale Fundamente. Balken, Planken, Stahl, Stein, und unter seinen Füßen die Erde seiner Kindheit.

Februar-Tauwetter
Dot

Am ersten Tag im Krankenhaus sehe und höre ich nichts. Am zweiten Tag Millionen Löcher in der mit Dämmplatten verkleideten Decke. Ich schließe krampfhaft die Augen. Ich hasse solche Decken, den Zwang zu zählen. Meine Mutter und meine Tante wechseln sich an meinem Bett ab, lesen stumm ihre großformatigen Bücher aus der Bibliothek, Liebesromane, die aufgeschlagen auf ihren Knien liegen. *Fast beiläufig preßte er sich an sie, ohne auch nur den Versuch zu unternehmen, die eindeutige Botschaft seines Liebeszepters zu verbergen.* Habe ich da richtig gehört? Später öffne ich die Augen wieder. Shawn ist da und starrt zum Fenster hinaus. Sie dreht sich zu mir um, mustert mich traurig und kaut Kaugummi. Lichter wirbeln. Ich mache die Augen wieder zu. Shawns Stimme wird immer lauter: Ma? Ma? Ma? Jedesmal wenn ich aufwache, will ich mich aufrappeln, aber etwas in mir wirft mich mit einem sanften Stoß nieder. Ich schlafe und schlafe.

«Schläft sie zuviel?» höre ich meine Mutter den Arzt fragen.

«Sie hat ein Trauma erlitten. Schlaf ist eine gute Kur.»

Seine Stimme ist freundlich, ruhig, gleichgültig.

«Wir sähen sie allerdings gern ein kleines bißchen aktiver», sagt er.

Ich spüre Tante Marys Hände. Ich kenne ihren Griff. Sie schüttelt mich, aber die Dunkelheit läßt mich nicht los. Der Schlaf rauscht mir in den Ohren, und ich gleite leicht hinein. Ich beginne mich in klaren, unerwünschten, aber wunderschönen Bildern daran zu erinnern, daß ich mit Gerry zusammen war. Einzelheiten. Die tiefen Küsse, seine Gier. Und meine. Man versucht, mich wach zu halten, aber ich möchte in den wispernden Seufzern des Traumes versinken, wo Gerry noch ist, wo er noch real ist. Meine Mutter spricht mich an, aber ich kenne ihre Stimme so gut, daß mir sogar ihre Angst und ihre Lautstärke ein Gefühl von Geborgenheit, Wärme und Müdigkeit geben wie einem Kind, das draußen im Schnee war. Und das bin ich ja auch. Sie packen mir Eis auf die Augenlider. Sie singen mir krächzende Lieder vor und massieren mir Arme und Beine. Aber ich gleite die Stange hinunter, die lange, eingefettete Stange, hinab in warme Federn.

«Wach auf! Riech mal, Toast!» ruft Tante Mary.

Ich lächle darüber, wie grob sie ihrer Sorge Ausdruck verleiht. Dann tauche ich zurück in die Federn, in den Traum, zurück zu Gerry. Es dauert Tage, bis ich schließlich aufwache.

Aber als ich aufwache, gerate ich in Panik. Ich erinnere mich jetzt an jedes Detail, vor allem daran, daß ich von der Polizei über den Tramper befragt worden bin. Ich weiß, daß ich ihnen gesagt habe, es war meine Mutter. Celestine!

Die Krankenschwester erscheint. Nicht besonders nett. Ich komme mir vor wie in einem Film – könnte ja sein, daß man mich durch einen Einwegspiegel beobachtet, darauf lauert, ob ich etwas über Gerry sage; eine Kamera, Leute, die sich hinter der täuschenden Glasscheibe Notizen machen. Womöglich werden meine ersten wachen Worte aufgenommen, der Saftkrug oder der Tropf könnten verwanzt sein. Aber ich kann nicht anders, ich sage das, was ich auch als Fünfjährige gesagt hätte. «Ich will zu meiner Mom!»

Die Krankenschwester wirft mir einen finsteren Blick zu.

Vielleicht ist sie vom FBI. Aber vielleicht bin ich auch nur eine nervige Patientin. Dann kommt mir ein guter Gedanke: Hey, wenn sie mich aushorchen wollten, würden sie eine einfühlsamere Schwester nehmen, die sich mein Vertrauen erschleicht. Die hier interessiert sich überhaupt nicht für mich, nicht die Bohne. Ich entspanne mich, lächle sie dankbar an. Sie deutet auf das Telefon. Offenbar weiß sie nicht, daß meine Mom gleich um die Ecke ist, denn bevor ich noch entscheiden kann, was ich in den Hörer sagen soll, falls die Leitung abgehört wird, kommt meine Mutter mit einem Truthahn-Pittabrot auf einem roten Plastiktablett ins Zimmer. Sie hat noch nie so gut und so selbstzufrieden ausgesehen.

«Mom!» Ich versuche, meine Augen sprechen zu lassen.

Sie stellt das Tablett weg und kommt zu mir. Auf ihrem Gesicht zeichnet sich genau die gleiche Erleichterung ab, wie wenn ich tatsächlich fünf wäre. Neben dem Bett steht ein Plastikstuhl. Sie setzt sich, wirft einen schnellen Blick über die Schulter zurück, beugt sich an mein Ohr und flüstert.

«Es geht ihnen gut. Beiden.»

«Shawn?» sage ich. «Gerry?»

Sie nickt. «Und Jack.» Dann, sie kann es sich nicht verkneifen, ein spöttischer Blick. «Deinen beiden Ehemännern. Shawn war hier, erinnerst du dich?»

Ich richte mich auf, um ihr über die Schulter sehen zu können. Sie erzählt mir, wie Jack aus dem brennenden Haus entkommen und wo er wieder aufgetaucht ist. Keine Spur von einem Arzt, einem Polizisten oder sonst irgendeiner Amtsperson. Aber ich bin trotzdem nervös und versuche, in einer Art Stenografie-Code zu sprechen.

«Dir geht's also gut», sage ich beiläufig und nicke ihr aufmunternd zu. «Keine *Erfrierungen*?»

Mom senkt das Kinn, und ihre braunen Augen halten meine fest, während sie sich eine Antwort überlegt. Ich bin maßlos gespannt. Sie weiß das, aber sie weiß auch, daß diese Spannung ein geringer Preis für das ist, was sie für mich getan hat.

«Tante Mary war zum Frühstück da, und sie hat den Hörer abgenommen. Als die ihr erklärt haben, was passiert ist, hat sie nur gesagt ...» Hier leuchten Moms Augen auf, und ich sehe, daß sich darin Tante Marys Spaß an der Intrige widerspiegelt.

«Tante Mary hat gesagt ...», helfe ich nach.

«Sie hat gesagt: ‹Oh, machen Sie sich mal keine Sorgen um Celestine. Die ist wahrscheinlich vom Schneemobil gesprungen, um sich 'ne Tasse Kaffee zu holen. Die kommt schon durch.›»

Ich lasse das auf mich wirken. Die dachten bestimmt, sie hätten eine Irre am Apparat, aber das ist ja egal.

«Ich bin dann gleich hierhergefahren. Hab im Krankenhaus vorgesprochen», erzählt sie weiter. «Man hat mich gründlich untersucht und für gesund erklärt. Seither bin ich hier.»

Ich umschließe mit den Fingern ihre grobknochige Faust, und dann, weil wir uns aus irgendeinem Grund nicht lange direkt ansehen können, weil wir das partout nicht können, betrachte ich unsere Hände. Meine sind wund, geschwollen, rot. Zum Glück sind mir im Schlaf keine erfrorenen Finger abgehackt worden. Ich weiß noch, daß ich diesbezüglich einen Alptraum hatte. Das ist nämlich mal einem Mann passiert, den Mom vor vielen Jahren im Reservat kannte. Ich schließe meine Finger um ihre, erleichtert, daß ich noch alle zehn habe, obwohl sie weh tun, und dann legt Mom zu meinem Erstaunen ihre andere Hand auf meine, so daß sie meine Hand zwischen ihren beiden hält. Ich sehe

Mom an, und dann scheint es ganz natürlich, ganz leicht, es kommt mir einfach richtig vor, ihr ins Gesicht zu sagen, daß ich sie liebe.

Es passiert nicht allzu oft, daß wir den Mut aufbringen, einander das persönlich zu sagen. Normalerweise geht es leichter, wenn wir telefonieren. Und oft kriegen wir es nicht so richtig hin – manchmal ist der Zeitpunkt schlecht gewählt, und eine von uns geht gerade zur Tür raus, und die Tür knallt zu, oder es kommt zu überraschend, und eine von uns ist ganz gerührt, und wir versuchen, die plötzliche Reaktion zu verbergen, und es wird ein Riesenaufstand. Das Risiko dieser Worte ist einfach schlecht kalkulierbar. Aber diesmal paßt alles.

Mom sagt: «Ich liebe dich auch.» Einfach so, ganz direkt, und dann ist es vorbei, und die Krankenschwester kommt herein, so daß kein peinlicher Moment folgt, in dem wir es irgendwie relativieren wollen.

Früher wollte ich jede Minute mit ihr zusammensein. Meine Gefühle waren ihre Gefühle. Ich lebte in ihrem Bannkreis. Nachts überkam mich die Angst, wenn ich mir die ganzen Gefahren vorstellte, und um sie abzuwenden, kreuzte ich die Finger, die Beine unter der Decke, schielte, verknotete vor dem Einschlafen die Haare unterm Kinn, nur damit meiner Celestine kein Schaden zustieß. Ich nannte sie manchmal Celestine, weil mir der Name so gut gefiel – er gab ihr etwas Besonderes. Aber sie unterschied sich auch durch ihre Größe und ihr unabhängiges Leben von den anderen. Durch ihre Kleidung, bei der es sie nicht kümmerte, ob sie für Männer oder Frauen gedacht war, und durch ein Lachen, das sich im Verlauf meiner Kindheit in ihr entwickelte. Es kam zwar selten, aber es war wie ein großer Springbrunnen, der so unerwartet aus dem Boden emporsprudelt, daß man verblüfft mitlacht – über nichts.

Und das tun wir auch jetzt, was uns einen Blick von der Krankenschwester einträgt, der alles noch schlimmer macht; das Gelächter perlt nur so aus uns heraus. Es ist, denke ich, unsere Art, mit der glücklichen Fügung umzugehen, daß ich nicht tot bin.

«Da bist du ja wieder», stellt Tante Mary wenig beeindruckt fest.

«Was?»

Ich bleibe in der Ladentür stehen, über der noch die Glocke klingelt. Ich breite die Arme aus und kriege den Mund nicht mehr zu. Ich habe sie nicht mehr gesehen, seit ich quasi bewußtlos war. Ich kann's nicht fassen.

«Sehen wir uns diese Szene mal genauer an, Tante Mary», sage ich. «Ich erfriere fast, weil ich die ganze Nacht in einem Wagen festsitze – zusammen mit Jacks Exfrauen, von denen ich vor meiner Hochzeit nicht die geringste Ahnung hatte. Ich überlebe ihr endloses Gelaber. Halb verhungert, halb erfroren komme ich zu meiner Tante nach Hause. Und meine Tante sagt: ‹Da bist du ja wieder.›»

«Komm her!» befiehlt Tante Mary und bildet mit ihren Armen ein V. Sie trägt eine lustig geblümte Kattunschürze über einem ausgebeulten Jeanskleid. Ihre braunen Strümpfe sind zu weichen Ringen um ihre Knöchel heruntergerollt. Ihre Füße sind klein, rund, leicht und stecken in weichen Hush Puppies.

Ich trete vorsichtig näher, als könnten ihre Arme jederzeit zuschnappen. Als ich Tante Mary an mich drücke, merke ich, wie sie geschrumpft ist, ausgetrocknet bis auf die harten Knochen. Sie riecht sogar nach sauberen Sehnen, nach ledrigen Eichenblättern.

Tante Mary winkelt feierlich die Ellbogen hinter meinen Schultern ab und beginnt mich zu tätscheln, tätscheln, tätscheln. Ihre Berührungen sind genau abgezirkelt, als befolge sie ein Ritual, aber als sie mich losläßt, haben ihre gelben Augen einen zärtlichen Schimmer. Das ist eine unbeabsichtigte innere Reaktion. Aber ich verspüre keine Erleichterung. Im Gegenteil, ich bin sauer, daß ich ihr die Zuneigungsbeweise immer entlocken muß. Was soll ich nur tun? Die kleinste Geste fällt den beiden derart schwer.

«Celestine ist am Kochen», sagt Tante Mary. «Wir machen ein großes Überraschungsessen für dich.»

In der Küche streiten sich Shawn und Mom. Wir hören das beruhigende Auf und Ab ihrer Stimmen. *Dein Finger ist mitnichten rein zufällig im Zuckerguß gelandet. Außerdem war's die ganze Hand! ... Na ja, tut mir leid, also, ich wollte das nicht ... Hier, streich's wieder glatt ... Nein, nicht mit dem Finger, nimm 'nen Spatel ... Du tust grade so, als hätte ich Aussatz, Grandma! ... Stimmt doch gar nicht. Bazillen sind Bazillen. Vielleicht hast du 'ne Erkältung. Du willst doch nicht, daß deine Mutter wieder krank wird.*

Dann tritt Stille ein, während Shawn vermutlich den Schaden repariert.

«Was machen sie?» frage ich Tante Mary.

«Geh ruhig nachsehen», sagt meine Tante und wendet sich, endlich von ihren Gefühlen überwältigt, ab.

Später, in der Küche, während ich die Tomaten in kochendes Wasser tauche, sie wieder heraushebe und unter kaltes Wasser halte, um die Haut abzulösen, überrollt mich ein Gefühl, für das ich keinen Namen habe. Ich meine – ich weiß nicht, wie ich es nennen soll. Bedauern? Liebe? Wehmut? Erschöpfte Zufriedenheit? Ich habe keine Lust mehr, mich so anzustrengen. Das Gefühl setzt ein, als meine Mutter sich nach meinem Familienstand erkundigt. Ob ich schon von meinem zweiten Mann geschieden sei; ob ich mich endlich entschlossen hätte, die Verbindung zu meinem ersten zu beenden. Die überbrühten Tomaten liegen einen Moment lang heiß in meiner Hand, dann rollt das kalte Wasser die Haut zurück wie Pergament, und das Fleisch wird sichtbar – glitschig, fest, rot, wie das Innere eines menschlichen Mundes.

Ich antworte ausweichend, denn ich habe Gerrys Papiere in letzter Minute weggeworfen. Jacks Dokument ist sowieso nicht gültig. Ich habe keine Lust, ihr die komplizierte Situation zu erläutern. Ich ziehe die Haut in einem Stück ab, entferne das Weiße mit einem Schälmesser und setze die Tomaten in eine Backform. Beim Arbeiten komme ich mir plötzlich vor, als wäre ich zu groß für mich selbst, als wäre mir meine Haut zu eng.

Freude darüber, daß ich noch lebe, denke ich als nächstes. *Ich freue mich sicher, daß ich noch lebe.*

Aber das scheint zu einfach für das verquere, chaotische, unruhige Gefühl in mir. *Freude darüber, daß ich Jack los bin, mitsamt seinem Netz von Komplikationen? Froh, weil ich mit Gerry zusammensein konnte, wenigstens dieses eine Mal?* Ich lege ein Stückchen gelbe Butter in jede kreuzförmig eingeschnittene Tomate, salze und pfeffre und streue reichlich mit Kräutern gewürzte Brotkrumen obendrauf. Dann decke ich die Backform zu und schiebe sie in den Ofen.

Das Telefon klingelt. Tante Mary redet ein paar Minuten, dann ruft sie mich ins Nebenzimmer, und während sie mir den Hörer reicht, formt sie mit den Lippen das Wort «Jack».

«Was willst du?» Meine Stimme ist heiser.

«Ich bin hier in Argus», antwortet er. «Wir schließen den Straßenbau hinterm Kloster ab. Und rat mal, wer wieder für mich arbeitet? Dein alter Freund Moon.»

«Du machst Witze.»

«Wenn's nur so wäre. Ich schulde ihm und seinem Dad mehr denn je. Ich steh bei allen in der Kreide», sagt Jack.

«Bei dir auch.»

«Tust du gar nicht.»

«Ich dachte, ich könnte vielleicht vorbeikommen und dich besuchen.»

«Wozu?»

Gekränktes Schweigen. *Welches Recht hat er, gekränkt zu sein? Er schuldet mir tatsächlich was – er soll mich in Ruhe lassen!*

«Du schuldest mir nichts. Ich will nichts von dir.»

Ich sehe alles vor mir. Oder kann es mir jedenfalls vorstellen. Ich kenne ihn gut genug. Am anderen Ende der Leitung, in dem fast leergeräumten Büro-Trailer der Firma, sitzt Jack und macht ein gequält sarkastisches Gesicht, redet aber, als wenn nichts wäre.

«Also dann. Deine Sachen.» Betont neutral, hilfsbereit. «Deine Sachen, die nicht verbrannt sind, liegen in meinem Wagen. Deine Jacke, Nagellack, ein bißchen Schmuck.»

«Stopf alles in eine Papiertüte. Pack die Tüte ins Auto. Fahr zu Tante Mary. Nimm die Tüte und stell sie hier auf die Stufen.»

«Das ist alles?»

«Ich hab um dich geweint, Jack.»

«Ich weiß ... ich meine, ist das wahr?»

«Als ich es erfuhr, hab ich geweint wie ein kleines Kind. Wenn eine Frau mal so um einen geweint hat, ist nichts mehr übrig.»

«Selbst dann nicht, wenn der Mann wieder lebendig wird?»

«Dann erst recht nicht. Ich will dich nicht mehr sehen, Jack. Kapiert?»

«Ja. Und was ist mit Shawn?»

«Ich geh gleich weg. Du kannst ihr ja hallo sagen, wenn du meine Sachen vorbeibringst. Und noch was, Jack.»

«Ja?»

«Geh zu Eleanor zurück. Ich meine das ganz ehrlich. Ihr zwei habt einander verdient.»

«Danke, Dot.»

Ich kann nichts machen. Es überrascht mich, aber Tränen brennen mir heiß hinter den Augen, und ich lege auf. Ich reagiere schnell, versuche mich dem Gefühl zu entziehen. Das war's. Keine Liebe. Liebe ist das, was ich für Gerry Nanapush empfinde. Eine verlorene Sache. Enttäuschte Hoffnung. Aber es ist immerhin etwas. Es ist alles, was ich habe. Ich schnappe mir einen alten Mantel und gehe nach draußen. Hinter Tante Marys Geschäft ist ein kleines Grundstück – manchmal als Garten genutzt, manchmal voller Gerümpel, manchmal eine Art Zwinger für Tante Marys Hunde. Im Augenblick ist nur ein Hund da. Er ist an seine Hütte gekettet, eine Mischung aus Golden Retriever, Schäferhund und Labrador, mit einer Spur Beagle drin. Ich mache ihn los und folge ihm; die Kette schleift zwischen uns auf dem Boden, und der alte Hund führt mich, wohin er will.

Zuerst will er offenbar die Grenzen seiner Freiheit erforschen und zieht einfach an der Kette, während ich ihm in verschlungenen Kreisen folge. Dann bleibt er stehen; seine feuchte schwarze Nase prüft die Luft, die dunklen Augen sind auf die winzige Gestalt eines Mannes gerichtet, der ein ganzes Stück entfernt gerade mit seinem Hund um die Ecke biegt. Das Gesicht von Tante Marys Hund bebt, er stemmt sich mit durchgedrücktem Körper gegen das Ende der Kette. Selbst nachdem die beiden längst außer Sichtweite sind, behält der Hund seine wachsame Haltung bei, bleibt sehnsüchtig auf die Verschwundenen fixiert. Ich stehe hinter ihm, und ich weiß, er kann den anderen Hund noch immer riechen und sehen, obwohl er weg ist. Tante Marys Hund sieht den anderen Hund vor seinem inneren Auge. In diesem Moment ist sein ganzes Sinnen und Trachten darauf fixiert, an diesen Hund heranzukommen.

Aber dann läßt er sich doch ablenken. Durch den Schnee trottet er zu den Bäumen, deren Stämme spannende Botschaften vermitteln. Wir betreten einen Baumstreifen, der einst einem wertvollen Acre Winterweizen als Windschutz diente und jetzt auf drei Seiten das Footballfeld einer HighSchool umgibt. Es sind Eschen-Ahornbäume, struppig und schnell wachsend, nicht langlebig, aber sie vermehren sich leicht. Zwischen den beiden Baumreihen verläuft ein Trampelpfad, und die Bäume sind hoch genug, um über Kopfhöhe ineinanderzugreifen. Der Hund und ich drehen darin unsere Runden, gehen durch einen der beruhigenden Tunnel, biegen dann rechts ab, folgen auch diesem Tunnel bis zum Ende, biegen um eine weitere Ecke. Jedesmal, wenn wir um die Ecke biegen, an der keine Bäume stehen, betreten wir ein blendendes Lichtfeld und müssen blinzeln, bis sich unsere Augen daran gewöhnt haben. Und jedesmal spüre ich, wie sich mir vor Vergnügen das Gehirn kräuselt, wie sich mein Gesicht gen Himmel hebt, wie ich mich ganz öffne.

Bei der letzten Runde spähe ich aus dem schützenden Baumtunnel, ehe ich ins Freie trete, und sehe Jacks roten Explorer mit dem Mauser & Mauser-Logo auf der Seitentür. Er fährt ganz langsam, als würde er die Straßen patrouillieren. Ich bleibe stehen, beobachte ihn und den Wagen – *in diesem Wagen wäre ich fast gestorben* – vom Tunnelausgang her. Ich lasse den Hund Sitz machen und drücke jedesmal, wenn er aufspringt, sein Hinterteil nach unten, und so stehe ich da, wo mein Exmann mich deutlich sehen kann.

Jack parkt den Wagen und steigt aus, als wüßte er, daß dieses Spielfeld der logische Platz ist, wo ich spazierengehe, als hätte er gespürt, daß ich hier bin. Er hebt die Arme, legt die Hände an den Mund und ruft meinen Namen. Ich will ihm schon entgegenlaufen, da merke ich, daß er nicht genau in meine Richtung schaut. Er ruft noch einmal, wendet mir dabei den Rücken zu, dreht sich weiter, einmal im Kreis. Er brüllt direkt in meine Richtung, ohne mich zu sehen. Meine Fausthandschuhe sind knallorange. Er würde sie gleich sehen, wenn ich die Hände heben würde. Er ruft erneut. Ich beschließe, nicht zu winken.

Jack zuckt die Achseln, steckt die Hände in die Taschen, wandert hinten um seinen Wagen herum und setzt sich wieder ans Steuer. Fährt weg.

Ich gehe weiter.

Ich versuche mir folgendes zu sagen: Alles in allem genügt es mir, alle paar Jahre ein paar Stunden lang einen Mann bei mir zu haben – mehr Ehe kann ich nicht ertragen. Hey, es funktioniert! Ich habe diesen Typen, den ich liebe. Er ist nur eben ... na ja, *nicht verfügbar*. Manche Leute finden einander eben so, wie der Himmel die Erde findet, unvermeidlich; deren Liebe kann man nicht bremsen oder aufhalten. Sie existiert in einer eigenen Welt, jenseits der Kriterien des gesunden Menschenverstandes. So liebe ich Gerry. Als ich ihn das letzte Mal gesehen habe, konnte ich ihm nicht folgen, nicht ohne unsere Tochter; ich konnte nicht auf der Flucht leben, jenseits aller menschlichen Zuwendung, jenseits des Gesetzes. Ich muß unsere Shawn großziehen, das ist meine Seite der Vereinbarung. Und jetzt weiß ich nicht, wo er ist. Keiner weiß es.

Ich versuche ihn mir unter Wasser vorzustellen, warm

aufgehoben unter dem Eis, die kleinen Luftblasen atmend, während er den Fluß hinuntertreibt. Oder in den nördlichen Wäldern von Minnesota, ohne Spuren zu hinterlassen, ohne Feuer zu machen. Vielleicht auch noch weiter nördlich, wo die Felsen am Ufer wie rosarote Trutzburgen gen Himmel ragen. In den Seen, auf den Inseln, da findet einen keiner. Er könnte Obdach in verlassenen Kirchen oder Ortschaften finden. Es gibt hier draußen mehr einsame Orte, als die Leute sich vorstellen oder wahrnehmen, denn viele liegen im menschlichen Herzen, denke ich, erschrocken darüber, wie mir der leere Raum in meinem eigenen Herzen entgegengähnt.

Sehnsucht nach Gerry packt mich.

Ich komme nicht dagegen an. Sie ergreift mich, wirft mich zu Boden, auf die eisigen Stoppeln. Das einzige, was ich tun kann, ist, mich niederdrücken und festhalten zu lassen. Neben mir der Hund, rätselhaft und unbesorgt. Ich atme den Trost der Erde, weil ich sonst vor lauter Kummer gar nicht atmen könnte. Der Kummer erfüllt mich und sprudelt aus mir heraus. Sehnsucht, und noch mehr Sehnsucht, bis ich noch leerer bin, als ich schon ahnte. Ich gehe, sinke weit durch die Jahre zurück. Er ist alles, was ich vermisse, und alles, was ich nie haben werde. Aber mehr noch als das ist er er selbst. Er ist das tröstende Glück, das zwischen unseren getrennten Körpern lebt. Meine Augen sind offen. Meine Augen sehen ihn. Wenn ich schon wie gelähmt hier liegen muß, möchte ich dieselbe Welt sehen, die er jetzt sieht. Irgendwo. Wir werden zusammensein, bestimmt.

Eiszapfen auf Augenhöhe. Nasse, nackte Erde. Zu Schnee zermahlenes Eis. Kristalle. Es tut nicht nur weh, es ist mehr, es ist schon eher eine Krankheit. *Irgend etwas stimmt nicht mit mir*, denke ich angstvoll, während mich die Tränen schütteln.

Aber es geht vorbei. Es zieht durch wie ein Unwetter. Schlägt zu, schüttelt mich, zieht weiter. Beinah tut's mir leid. Jedesmal denke ich, ich bin für immer verloren. Aber wenn ich auf der anderen Seite wieder herauskomme, bin ich intakter als zuvor. Das Schlimmste ist fast, denke ich, daß der Schmerz, die Sehnsucht nach jemandem, einen nicht umbringt. Wahrscheinlich werde ich das immer wieder durchleiden müssen, immer wieder; es gibt keine andere Wahl, nur den Schmerz.

Wie immer kommt der Ach-was-soll's-Moment. Ich stehe auf. Mein Gesicht ist verquollen, erhitzt. Meine Nebenhöhlen fühlen sich an, als wären sie mit Gips gefüllt. Ich gehe los.

Ich drehe noch eine Runde. Zwei.

Alle wollen immer, daß ich mit ihnen in ein Geschäft einsteige, denke ich jetzt, um mich auf andere Gedanken zu bringen. Meine Tante. Meine Mutter. Sie wollen unbedingt eine Tankstelle wie den Super Pumper aufmachen.

«Ach, verdammt, warum nicht», sage ich laut und wütend. Ich schreie es quer über das Footballfeld. «Warum nicht?»

Die Frage hängt gefroren in der Luft. Meine Gefühle verändern sich beim Gehen. Ich fange an zu planen. Der Gedanke an so ein Geschäft verlockt und ärgert mich zugleich. Es könnte doch ganz toll werden! Tante Marys Laden liegt ideal, und wir müßten eine Konzession kriegen, ein Alleinverkaufsrecht. Als meine Mutter gehört hat, daß man Eiswürfel für neunzig Cents die Tüte verkaufen kann, fand sie das zwar schwachsinnig, aber irgendwie auch gut. Eiswürfel wird's bei uns dann massenhaft geben. Wir werden Getränke anbieten. Und eine Videoabteilung haben, fertige Mittagsgerichte, Espresso, leckere Frühstücksbrötchen, Harley-T-Shirts.

Ich rufe den Hund, gebe ihm den halben Müsliriegel, den ich in der Tasche habe. Eine Gratistüte Popcorn für jeden vollen Tank. Noch mehr solche Kaufanreize. Das einzige, was man angesichts eines Verlusts tun kann, ist, sich verbeugen und ihn akzeptieren. Sich wie ein Rohr im Wind biegen, denke ich, *aber das liegt mir nicht*. Der Hund läuft fröhlich neben mir her. Er freut sich, daß er den Weg kennt. Ich gehe ums Feld herum, und mit jeder Umkreisung werde ich ruhiger. Ich rieche die Erde unter dem Schnee, breche zwischendurch einen gefrorenen Zweig ab, um daran zu kauen, zerdrücke mit meinen Handschuhen das Springkraut, das Duft spendet, wo es zwischen den Baumreihen aufschießt.

Frühlingsmorgen März 1995
Marlis

Der rote Traktor mit der Sämaschine zog regelmäßige Furchen von Ost nach West und von West nach Ost, in gerader Linie von der Böschung der Interstate bis zur Crest-Siedlung. Chuck Mauser hatte unlängst sein Land von Jack zurückgepachtet. Der Vertrag spezifizierte eine Zehnjahrespacht, mit einer Option auf weitere zehn Jahre. Außerdem hatte Chuck das große Haus am Ende der Sackgasse gekauft. Und seine Frau war zurückgekommen. Wer viel verliert, gewinnt auch viel, und Chuck ließ es sich wohlsein. Er säte. Er war fest davon überzeugt, daß er ein Superjahr haben würde. Endlose Sonnenblumenfelder. Prall, protzig, golden, Licht versprühend. 1-A-Samen. Er freute sich schon auf den Anblick.

Wenn hinter ihm der Staub aufwirbelte, war es sein Staub, und wenn der Dünger nicht erste Qualität war, war es immerhin sein Dünger, und wenn er alles richtig machte und dieses Jahr einen Profit einfuhr, war es sein Profit. Waren es seine Felder. Seine Blumen. Die Sämaschine wendete in weitem Bogen.

Candice Pantamounty und Marlis Cook hatten ebenfalls eines der Häuser in Jacks Siedlung gekauft, zu einem lächerlich niedrigen Preis. Samstag morgen, und Jack war zu Besuch. Auf dem Küchentisch eine große Schachtel Pralinen, Marlis' Lieblingssorte. Durchs Fenster blickte man auf gepflügte, noch schwarze Felder. Chucks Felder. Jack beobachtete die rote Maschine, die mit irritierend nüchterner Geduld ihre Bahnen zog. Einen Moment lang war er gefesselt, wie verzaubert von der Stille des Himmels, des Feldes, vom Frieden der ganzen Szene. Der Anblick vertrieb seinen Ärger, und er atmete tief durch, als er sich abwandte. Es gab kein goldenes Leben da draußen. Nur das unsichere Reifen auf den Feldern. Im Haus schien das Sonnenlicht auf die schimmernden Holzdielen, und John Jr. trippelte durch den hellen Glanz.

John Mauser Jr. wollte noch immer gestillt werden, obwohl er schon in einem Alter war, in dem die meisten Kinder mehr daran interessiert sind, die Treppe hinunterzupurzeln und Pennies zu verschlucken. Er war groß, kräftig und gesund, mit einem rundfäustigen Gang und einem kantigen Gesicht. Sein Haar war mittelbraun und stand widerspenstig vom Kopf ab. Er konnte schon mit dem Löffel essen, benützte ihn aber lieber als Katapult, um pürierte Bohnen, Spaghetti, Kürbisbrei und Aprikosen durchs Zimmer oder auf seine Mutter zu schleudern.

Marlis hatte es sich auf dem Sofa gemütlich gemacht. Ihre weichen, schlanken Beine steckten in dunkelbraunen Leggings, und ihre Strickjacke aus einem neuen Material, das aussah wie gewobener Samt, wurde vorn von winzigen Glitzerknöpfen aus Meerohrschnecken zusammengehalten. John Jr. beugte sich in ihren Schoß und berührte vorsichtig, wie ein Kätzchen, das zurechtgewiesen worden ist, weil es gekratzt hat, mit gekrümmten Fingern ihre linke Brust.

«Die mag er lieber», sagte Marlis und nahm den Kleinen auf den Schoß. «Ich weiß auch nicht, warum. Vielleicht schmeckt sie besser oder was.»

Jack öffnete den Mund, schloß ihn wieder, merkte, daß ihm das Wasser im Mund zusammenlief, schluckte. Er hatte einen Kloß im Hals und hustete.

«Ist was?»

John Jr. saugte sich hingebungsvoll an Marlis' Nippel fest. Mit der Faust packte er ihren Jackenkragen und grub rhythmisch seine Finger in das Gewebe. Jack fuhr sich mit der Hand übers Gesicht, schüttelte den Kopf, um den Anblick auszublenden, versuchte, anderswo hinzusehen.

Marlis' Mundwinkel verzogen sich langsam nach oben und bildeten feine Linien um ihren Mund, keine Fältchen, auch keine Grübchen, eher Gänsefüßchen, dachte Jack, als wäre ihr Lächeln ein Zitat. *Kein Wunder, daß ich mit ihr Probleme hatte. Sie ist das Problem. Man braucht sie doch nur anzusehen.* Sein Blick fiel auf die eigenen Hände, und plötzlich konnte er sie nicht mehr anschauen, konnte es nicht ertragen, sie auf seinem Schoß liegen zu sehen. Es waren keine normalen Hände, die noch nie eine Frau geschlagen hatten. Er hatte ihr damit weh getan, ihr den Arm verdreht, und jetzt war sie die Frau, die sein Kind stillte. Die Hände krochen hastig wie aufgeschreckte Krebse unter ein Sitzkissen.

«Hey», sagte Marlis leichthin und wechselte John Jr. ebenso selbstverständlich wie schamlos von einer Brust zur anderen. «Denkst du denn je an ... du weißt schon, an uns?»

Ihre Brustwarzen waren dunkler geworden und hatten jetzt dieselbe kräftige Pinktönung wie ihre Jacke, eine Kreuzung aus Fuchsie, Malve und Mohn. Dunkelmohnorange. Blutorange. John Jr. ließ sich ihr mit einem gierigen Seufzer entgegensinken, und Jacks Augen brannten. Er klopfte sich mit den Fingern gegen die Knie, schüttelte die Hände aus. Von den Erfrierungen hatte er einen kleinen Nervenschaden zurückbehalten, nichts Ernsthaftes. Ein alter Schmerz schoß ihm vom Kiefer ins Gehirn. Candice war heute morgen völlig ausgebucht, aber sie wollte ihn am Nachmittag drannehmen. Es war ihr freier Nachmittag, und die Hälfte davon wollte sie ihm widmen, um eine alte Füllung auszuwechseln und eine neue Brücke vorzubereiten.

«Nein, nie.» Jack setzte sich im Sessel zurecht, dann sprang er auf, ging im Zimmer auf und ab. «Ich hab den Kopf zu voll mit anderen Sachen, Marlis.»

«Aha. Werden wir dir so langsam gleichgültig?»

«Nein! Ich meine, still ihn erst mal fertig und so.» Jack nickte in John Jr.s Richtung. «Laß ihn einschlafen. Ich hol mir ein Glas Wasser, dann reden wir weiter.»

«Okay, hol dir dein Glas Wasser und bring mir die Pralinen mit», rief Marlis. Ihr Haar war anders geworden – länger, glatter. Es fiel ihr fedrig ums Gesicht und hatte einen erdroten Schimmer oder Ton – vielleicht ihre natürliche Haarfarbe. Sie blickte durch einen Vorhang von Strähnen zu Jack auf, als er ihr die offene Pralinenschachtel hinhielt.

«Such du mir eine aus», sagte sie.

Jack wählte eine schwere, wie ein Blatt geformte, und Marlis öffnete den Mund. Er legte ihr die Praline auf die Zunge, und ihre Lippen schlossen sich blitzschnell und trocken um seinen Finger. Dabei fixierte sie ihn weiter.

«Ich denke an uns», sagte sie schlicht, ohne den Blick zu senken.

Jack wandte sich ab und setzte sich wieder ihr gegenüber auf den Sessel, wo er sich sicherer fühlte und seine Erektion verbergen konnte. Marlis war so wunderschön, wie sie da saß, das Baby, den kleinen Rüpel in den Armen. Und ihre Praline aß. Sie war völlig anders als die Marlis, die sich mit ihm betrunken und auf eine endlose Sauftour begeben hatte, bis schließlich ... Er wollte nicht daran denken. Völlig anders! Oder projizierte er dieses Bild bloß auf sie? Sie preßte die Zungenspitze gegen die Oberlippe und nahm

John Jr. sanft von ihrem Nippel. Das Baby war jetzt ganz schlaff. Sein Mund saugte stur weiter, an nichts.

«Nimm du ihn, Jack», flüsterte Marlis.

Jack stellte sein Glas Wasser ab. Er beugte sich über die beiden. John Jr.s Kinn klappte im Schlaf nach unten; er nuckelte jetzt sanfter und reflexartig. Er hatte noch immer eine kleine Saugschwiele an der Oberlippe. Er hatte Zähne.

«Hat er dich schon mal gebissen?» flüsterte Jack.

«Ja, einmal. Ich hab laut geschrien. Er fing an zu heulen und hat ewig geschluchzt.»

«Das würde ich auch tun.»

John Jr.s klare Stirn war feucht vor Anstrengung, sein Atem süß und heiß. Jack trug ihn in sein Zimmer und legte ihn ab, die Arme in trotziger Glückseligkeit ausgebreitet, die Beine gespreizt, die Zehen nach oben gestreckt. Marlis trat hinter Jack ins Zimmer und schlang ihm langsam die Arme um die Taille. Jack umschloß ihre Handgelenke mit den Fingern. Ihre Finger strichen abwärts über seinen Bauch. Er zog sie an den Handgelenken hoch. Sie fuhren wieder hinunter. Er zog sie wieder hoch, und dann stand er da und blickte auf John Jr. hinunter, die Hände um Marlis' Gelenke geklammert, während ihre Brüste sich zu beiden Seiten seiner Wirbelsäule an ihn drückten, ihre weichen Brüste, die härter wurden, sich mit dünner, süßer Milch füllten. Er tat so, als sei das alles echt: er, sie, das Baby. Ihre Brüste rieben sich an seinem Kreuz. Sein Herz tat einen Sprung. Er ließ ihre Handgelenke los. Sie nahm ganz platonisch seine Hand und zog ihn ins Nebenzimmer, eine Art kleines Wohnzimmer mit Einbauschränken auf der einen Seite und einem Sonnenfenster mit Patchwork-Kissen.

Von den Entwürfen wußte Jack noch, daß das kleine blaue Quadrat als Gästeschlafzimmer gekennzeichnet worden war.

Marlis ließ die Jalousie herunter und öffnete seinen Gürtel.

«Leg dich hin», befahl sie.

«Du redest wie Candice.»

Marlis lachte, hörte aber gleich wieder auf, setzte sich auf ihn und begann sich zu bewegen, aber ganz anders als früher, damals. Sie war so sanft wie Regen, leicht und behutsam.

«Warte.» Er war nackt, verlegen. «Ich hab ein schlechtes Gewissen, als würde ich dich benutzen –»

«Halt die Klappe, Jack», sagte Marlis. «*Ich* benutze *dich*.»

«Na, wenn das so ist», murmelte Jack.

«Mach ja nicht mittendrin schlapp», flüsterte Marlis und bewegte sich schneller.

Sie trug immer noch ihre rote Jacke, und als es vorbei war, strich Jack zwanghaft über das unregelmäßige Webmuster, nahm das Material in die Finger, ließ es wieder los. Marlis saß auf ihm, üppig und schwer, wortlos. Verwirrung. Er wollte einschlafen, die Jalousie hochziehen, die Sonne auf sie beide scheinen lassen, tief atmend, friedlich. Das Zimmer roch nach sauberem Holz und frischer Farbe, aromatisch, scharf, nach Fensterreiniger und Bodenwachs. Er sog die Luft in sich auf, den Geruch des neuen Teppichs, den leisen Hauch von Mörtel und Keramikstaub von den Badezimmerfliesen auf der anderen Seite des Flurs. Marlis bewegte sich, als wollte sie sich erheben. Er nahm spielerisch ihre Haarspitzen in den Mund. Eine leise Schwermut überkam ihn bei dem seifigen Koriandergeschmack.

Frühlingsnachmittag März 1995
Candice

Candice saß an dem cremefarbenen Empfangsschreibtisch und hakte etwas mit sauberen Strichen in einer Kladde ab, als er ihre Praxis betrat. Sie hatte ihre Schutzbrille und den Mundschutz nach unten geschoben, und ihre Augen wirkten unbehaust, spröde und so blau wie diese Blumen, deren Namen er einmal erfragt hatte – Kornblumen. Oder die am Straßenrand – Wegwarten. Sie blickte kurz von ihrer Büroarbeit auf, lächelte ihm zu und deutete nach hinten, auf den Behandlungsstuhl.

Konzentriert über ihren großen Kalender gebeugt, grübelte sie über einer Terminänderung. Ihr Haar war hellblond, mit Sonnensträhnchen drin, glatt und stand hinter dem Gummiband des Mundschutzes ab wie bei einem Kind, rührend unkompliziert mit dem schlichten Pagenschnitt. Jack grinste matt auf ihren Scheitel hinunter, als er am Schreibtisch vorbei zum Behandlungszimmer ging.

Er ließ sich auf dem gepolsterten Stuhl nieder.

Immer noch der tannengrüne Teppichboden. Immer noch dieselben Poster – Birkenhain im Winter, sehr unberührt, sehr beruhigend, direkt über ihm an der Decke. Die Sumpfeiche an der Wand hatte ihm immer schon gefallen. Mit lindgrünem Moos behangen. Und das Bild der herbstlichen Prärie befand sich ebenfalls noch an seinem Platz an der entgegengesetzten Wand, das aschfarbene Hochgras, die knorrige Eiche. Da war auch noch derselbe Eisbär in der Ecke, mit seinem mürrischen Jungen zwischen den dikken Pelzpfoten. Jack atmete tief durch; sein Kiefer klopfte, und er versuchte, den Hals entspannt an die feste Kopfstütze zu lehnen.

«Dann laß mich mal sehen.»

Candice war auf leisen Gummisohlen eingetreten. Jack öffnete brav den Mund, und sie knipste die ovale Lampe über ihnen an. Mit dem steifen rosaweißen Mundschutz über der unteren Gesichtshälfte sah sie aus wie eine geheimnisvolle Priesterin. Sie untersuchte seinen schmerzenden Zahn vorsichtig, aber gründlich, und legte dann beruhigend ihre behandschuhte Hand an seinen Kiefer.

«Ich werde erst mal röntgen», sagte sie. «Das mach ich selbst.»

Sie legte ihm den bleigefüllten Körperschutz um und ließ ihn auf einen mit Plastik überzogenen Film beißen. Bevor sie die surrende Maschine in Gang setzte, sagte sie warnend: «Nicht bewegen.» Er erstarrte.

Sie entwickelte das Bild und kam zurück.

«Unter der Füllung ist überall Karies, genau wie ich vermutet habe, Jack. Ich muß die alte Plombe entfernen und den Zahn neu füllen. Gut, daß du gekommen bist – demnächst wäre der Nerv in Mitleidenschaft gezogen worden. Du bist mit knapper Not um eine Wurzelbehandlung herumgekommen. Marlis hat angerufen. Das hier dauert wahrscheinlich länger, als ich dachte.»

«Marlis hat angerufen?» sagte Jack beklommen.

«Kurz bevor du hergekommen bist», sagte Candice.

Sie fuhr mit einem Gazetupfer über die Innenseite seines Unterkiefers und legte ein Wattestäbchen mit einem örtlichen Betäubungsmittel ans Gelenk. Er biß sachte auf den Holzstab. Da ihre Assistentin nach Hause gegangen war, mußte Candice alles, was sie brauchte, selbst vorbereiten.

«Du warst also da und hast John besucht?»

«Ja.» Jack biß die Zähne zusammen und blickte tief in den Birkenwald.

Candice lächelte in sich hinein, das hörte er ihrer Stimme an. «Wie nett von dir. Er ist schon ganz schön groß, findest du nicht?»

Sie rollte auf ihrem gepolsterten Hocker hinter ihn. Er wußte, was jetzt kam. Dann sah er auch schon ihre um den Kolben geschlossenen Knöchel. Sie hielt die Spritze so, daß er die lange, schimmernde Nadel unter seinem Kinn nicht sehen konnte. Seine Augen blickten flackernd in ihre, in die blauen Blumen, die von unten plötzlich so groß aussahen. Mit der anderen Hand nahm sie ihm das Wattestäbchen aus dem Mund.

«Und Marlis?»

Candice sprach sanft und gelassen, während sie ihm die Nadel direkt unter die Nase hielt, wo er sie wieder nicht sehen konnte. «Wie geht's ihr?»

Die Nadelspitze berührte sein Zahnfleisch, aber Candice stach nicht zu, weil sie seine Antwort abwartete.

«Ahnn.» Er gab einen kehligen, panischen Hundelaut von sich.

«Entspann dich. Atme mit dem Zwerchfell.»

Die Nadel drang ein.

«Du hattest also den Eindruck, es geht ihr gut?»

Jack konzentrierte sich auf seinen Atem, bemühte sich, nicht zu sehr gegen ihre Hand zu hecheln. Sie hatte einen sicheren Griff und viel Geduld und Kraft in ihren schmalen Fingern – die trainierte sie abends immer mit einer grünen Lehmkugel. Deshalb konnte sie eine Novocainspritze so langsam geben, daß sie – o Gott! – zu seiner großen Erleichterung nicht weh tat, überhaupt nicht, kein bißchen. Jacks Augen rollten wieder nach oben, begegneten ihren, und sein Herz schlug schneller. Ihre Iris hatte plötzlich die

Farbe eines Sees im Sturm, ein windgepeitschtes Grau. Was? Erwartete sie wirklich eine Antwort von ihm? Sie wußte bestimmt längst alles!

Ein dumpfer Druck von der Nadel. Sein Herz begann zu rasen, und er kämpfte gegen Erstickungsgefühle an.

«Eigentlich ist es gar nicht so schlecht, über Vierzig zu sein», sagte Candice so leise, als führe sie ein Selbstgespräch. «Man hat dann schon einigen Mist hinter sich. Marlis hat natürlich noch eine Menge zu erleben, sie ist ja auch noch jünger. Aber ich liebe sie sehr, Jack, und sie ist eine wunderbare Mutter.»

Jack blickte wieder auf, und er wußte auf einmal, wann er Candys Augen schon einmal so gesehen hatte – als sie sich ihm hingegeben hatte und leidenschaftlich in ihn verliebt gewesen war. Als er begriff, wie tief sie für Marlis empfand, klopfte sein Herz langsamer, beschämt. Sie zog die Nadel energisch wieder heraus, genauso erleichtert wie er, daß es vorbei war. Mit einer effizienten Bewegung legte sie die Spritze hinter sich auf ein Tablett. Jack begriff, daß sie ihn sehr behutsam behandelte, darauf bedacht war, ihm nicht weh zu tun. Während sein Kiefer taub wurde, leicht prickelnd zuerst, dann dumpf, dann als wäre er dick geschwollen, merkte er, wie sehr er seine beiden Exfrauen liebte. Er begehrte sie beide so sehr, so sinnlos, und zugleich war er ungeheuer erleichtert, daß sein Ausrutscher mit Marlis noch nicht herausgekommen war. Er hatte plötzlich das komische Gefühl, mit Stroh ausgestopft zu sein. Jemand hatte ihn auf diesen Stuhl geknallt. Da saß er nun, knochenlos, irre lachend wie die Vogelscheuche im Film, dann sackte er wieder in sich zusammen, ohne Nerven, still.

«Okay so?»

Absolut. Sie lächelten und redeten über John Jr., bis

Jacks Kiefer völlig taub und seine Sprache unverständlich wurde. Candice weiß tatsächlich nicht, was gerade mit Marlis passiert ist, dachte Jack. Oder? Moment. *Weiß sie es doch?* Halb ohnmächtig vor Angst sperrte er den Mund auf, und Candice beugte sich mit ihrem präzisen kleinen Bohrer darüber.

August 1995 ***Ein Licht aus dem Westen***
Anna und Lawrence

Du hast es wieder versäumt, im Schlaf zu sterben, war ihr erster Gedanke beim Aufwachen, und weil Anna Schlick diese ersten Gedanken immer auf ihren Gehalt an Wahrheit und Erkenntnis überprüfte, blieb sie ruhig und mißmutig liegen. Seit Wochen wartete sie nun schon auf den Trommelwirbel, auf ihren Tod. Aber der Tod rächte sich jetzt an ihr. Als Gegenleistung für ihre dreisten Rettungstaten verlangte er Präzision und perfektes Timing. Sie hatte keine Lust mehr zu üben. Sie war ungeduldig, aber offenbar bekam sie trotz aller Willenskraft das Kunststück nicht richtig hin. Sie hielt sich zu lange fest. Ließ zu früh los. Strengte sich zu sehr oder zu wenig an. Es gehörte Geschick zu diesem Kraftakt, aber das hatte sie vorher nicht gewußt. Sie war müde.

Und mit jedem Tag kam ihr das Zimmer, in dem sie auf den Tod wartete, schöner vor. Es lockte sie ins Leben zurück, weg von der Leere hinter ihren Augenlidern. Die Wände waren hellbeige gestrichen, die Holzleisten in einem etwas helleren Elfenbeinton. In einem braunen Tontopf wuchs ein zierlicher Feigenbaum. Vorhänge aus durchsichtigem Stoff filterten das Licht, während die Sonne von Ost nach West wanderte. Viele Jahre lang war die Sonne zu ihren Füßen auf- und hinter ihrem Kopf untergegangen, über sie hinweggewandert, aber natürlich hatte sie das nie bemerkt, bis sie im Zimmer geblieben war und die Veränderungen in der Beleuchtung miterlebt hatte.

Auch das Blau. Die Vase mit den Blumen, die Lawrence jeden zweiten Tag auswechselte, hatte einen kräftigen Blauton. Kein Blau ist alltäglich. Blau ist die Farbe der Seele. Aber dieses Blau, so hatte Anna beschlossen, war die Bläue des Lebens. Das tiefe Blau der Vase reflektierte funkelnd das Licht. Tschechisches Glas, in einem Antiquitätengeschäft in Fargo erstanden, vermutlich vor hundert Jahren hierhergebracht, mit alten handwerklichen Fähigkeiten in einem alten Land hergestellt. Von einem alten Mann! Für eine alte Frau! Sie lachte. Die Vase schien manchmal eine heimliche Heiterkeit zu verbreiten.

Das Juliblau von Eisschlamm in einem See, der das gleichmütige Himmelsleuchten widerspiegelt. Die blättrige Bläue kindlicher Einsamkeit. Das Blau einer Sommernacht um drei Uhr morgens, wenn man einen kühlen Lufthauch spürt und die Vögel eine halbe Stunde lang schweigen, diese blaue Stunde, ehe sie wieder zu singen beginnen. Und das Sexblau des gebleichten Baumwollhemdes eines Mannes, das das dunklere Blau seines Schweißes aufsaugt. Und das Blau des Zwielichts und der Morgendämmerung, die Farbe, die aus ihrem tiefen Inneren aufstieg, wenn sie sich einem Mann ganz öffnete.

Sie mußte Atem holen.

Sie mußte Atem holen.

Auf einem Ständer gleich neben ihrem Bett befand sich der Sauerstofftank, und eine leuchtende Maske aus orangegoldenem Plastik baumelte an dem mit Schnitzereien verzierten Kopfende. Annas Hand war schwer, mit grobem Schrot gefüllt. Zu schwer, um an die Maske zu kommen. Die Maske hatte die gleiche Farbe wie die Eidotter ihrer Lieblingshühner, damals, in Hungry Horse, wo die Hühner noch richtige Eier legten. Anna, die früher so schnell und sicher den Trapezbügel umschließen konnte, schaffte es jetzt nicht einmal mehr, die Hand zu heben. Die Hand wollte sich nicht bewegen, und der Atem wollte nicht in ihre Lungen dringen, dabei brauchte sie unbedingt Luft, es tat furchtbar weh, ein qualvoller Stich, und dann stand sie hoch oben in glitzernd warmer Luft.

Zirkusluft. Das Rauschen von Turbinenventilatoren.

Sie starrte ins Nichts. Eine leichte Pumpbewegung mit den Knien, und sie schwang sich durch den Schmerz hindurch, diesen zähen Sirup, der ihren Schwung bremste, bis ihr Körper die Bedürftigkeit hinter sich ließ. Die Kabel brachen, sie spürte die Erschütterung. Dann vier oder sechs laute Reißgeräusche, und sie fiel. Das helle Zelt sank zusammen. Eine Silberstange schwang außer Reichweite.

Sie hatte Zeit zum Überlegen.

Ihre Mutter und ihr Vater angelten am Dock. Segel auf einem Wasserreservoir, blaugrün und blautopas. Schmalblättrige Weidenröschenbüsche, über und über mit lilarosa Blüten bedeckt. Endlich bekam sie Luft, und es war ein Gefühl, als würde sie pures Licht atmen. Eine Hand griff verzweifelt nach ihrer. Sie wußte, es war die Hand ihres ersten Mannes, und sie ärgerte sich, weil sie wußte, daß das hieß, sie stürzten ab, alle beide, und nur, weil er sich fürchtete, allein zu sterben. Sie hingegen wollte es lieber allein tun! Sie bog einen nach dem anderen die Finger auf, dann war sie frei. Tief unten schlugen ihre Beine auf die Matratze, traten nach Sauerstoff. Wasser, das ihr Herz nicht abpumpen konnte, füllte jetzt ihre Lungen. Sie fiel immer schneller. An der blauen Vase und dem Wirbel ihrer Wölbung vorbei, an den verschwommenen Rosen, den Goldfäden im Lampenschirm, vorbei an Eleanors Gesicht, eine Minute alt, zwei Monate, zwei Jahre, dann eine rasche Abfolge von Jahren und Gesichtern, die sich zu ihrem erwachsenen Gesicht vermischten, während Anna an ihrer Tochter vorbeifiel, ihr dabei liebevoll mit der Hand über die schönen Wangenknochen strich und kurz mit den Lippen die Stirn des Mädchens berührte, als wollte sie überprüfen, ob sie Fieber hatte. Und weiter. Knapp an Lawrence vorbei, der eine Handbreit entfernt die Arme ausbreitete, um sie aufzufangen. Sie blickte in seine erschrockenen blauen Augen. Ein stummes Starren.

Der weißkehlige Sperling sang. Fünf klare Töne.

Licht regnete herein. Ein vibrierendes Licht aus Osten. Die Blätter des Feigenbaums breiteten sich aus, reglos und scharf umrissen.

Lawrence Schlick stieg die Treppe hinauf. Er trug bereits sein braunes Freizeithemd und eine alte Gartenhose. War aber noch unrasiert. Er brachte den Kaffee nach oben, einen Becher in jeder Hand, einer schwarz, einer mit Sahne. Er stieß mit dem Ballen seines nackten Fußes die Tür auf und wußte, daß der Tod vor ihm eingetreten war. Er ging zu Anna, stellte die Kaffeebecher vorsichtig auf einer dicken Zeitschrift auf dem Nachttisch ab. Mit beiden Händen nahm er ihre Hand. Der Puls in seinem Daumen war so kräftig, daß er sich einredete, es wäre ihrer. Aber schon beim ersten Blick auf ihr Gesicht hatte er Bescheid gewußt. Ihre Augen standen offen. Sanft schloß er sie mit einem Finger, legte Arme und Beine zurecht und entfernte das Kissen unter ihrem Kopf, damit sie flach lag. Er zog einen Stuhl ans Bett und setzte sich.

Lawrence Schlick trank seinen Kaffee mit Milch. Als er die Tasse ausgetrunken hatte, stellte er sie weg und griff gedankenverloren zu Annas Tasse. Schwarz. Er führte sie an die Lippen. Mindestens eine halbe Stunde lang hob er sie immer wieder, atmete das bittere Aroma ein und stellte sie wieder ab, den Blick verschwommen auf Anna gerichtet.

Zwischendurch trank er einen Schluck. Als die Tasse schließlich leer war, seufzte er und stellte sie weg. Er ging ins Bad neben dem Schlafzimmer, ließ mit der ihm eigenen Umsicht Wasser ins Becken laufen und seifte sich das Gesicht ein. Er rasierte sich, den Rasierapparat locker in der Hand, die Haut sorgfältig straffziehend. Dann wusch er die Klinge aus und fuhr sich mit den Handflächen über Wangen und Kinn. Ein weißes Hemd, frisch gestärkt. Seine beste Hose. Ein Paar teure, schmucklose, bequeme schwarze Lederschuhe.

Er ging zurück ins Schlafzimmer, beugte sich über Anna, strich das weiße Nachthemd glatt und hob sie hoch. Sie war viel zu leicht. Seine Augen brannten. Er trug sie nach unten, dann in die renovierte Leichenhalle. Er konnte sie mit einem Arm halten und mußte sie nur leicht mit dem Knie abstützen, als er die Tür öffnete. Behutsam legte er sie auf den Arbeitstisch, sah ihr ins Gesicht, strich ihr eine Haarlocke aus den Augen. Er lächelte sie nachdenklich an. Ihre Gesichtszüge schienen noch von Leben erfüllt. Seinen Kasten mit Cremes und den verschiedenen Pudersorten würde er gar nicht brauchen. Eine Schüssel lauwarmes Wasser. Ihre Lieblingsseife, mit Mandelaroma. Eine Schere, um das Nachthemd aufzuschneiden. Niemand sollte es je wieder tragen.

Er riß das Hemd in breite Streifen, dann in Vierecke. Er befeuchtete ein Stück des Tuchs, wrang es aus und strich ihr damit als erstes übers Gesicht. Die Ohren. Er fuhr über die elegante Biegung ihres Halses, die kleine Kuhle unterhalb der Kehle und dann über die beiden geschwungenen Schlüsselbeinknochen und die glatten, gerundeten Knubbel oben an den Schultern. Er fächerte die Finger ihrer rechten Hand auf seiner eigenen auseinander und wusch jeden Finger einzeln, indem er mit dem feuchten Tuch daran zupfte.

Dann die andere Hand. Beide Handflächen waren übersät mit sichelförmigen Narben. Mit einer kleinen Diamantfeile bearbeitete er die Fingernägel seitlich und oben. Die beiden kleinen Finger ließen ihn innehalten. Er verglich sie miteinander, runzelte die Stirn – der eine war ein bißchen krumm. Es störte ihn, daß er das nie bemerkt hatte. Er rieb den Finger, legte die Hand nieder, wusch die Achselhöhlen, dann am Oberkörper entlang, quer über den Bauch und schließlich wieder aufwärts, über ihre schweren Brüste. Vorsichtig strich er mit beiden Händen darüber, dann umschloß er sie hart und beugte sich über Anna, wobei er fast ohnmächtig wurde.

Er atmete gegen ihre Haut, ein dumpfer, schwacher Geruch und ihr Parfüm und der qualvolle Geruch des Todes und der Geruch seiner eigenen Berührung und der Bergamottduft vom Bügeln und das Bleichmittel und das Bor vom Waschen. Die Gerüche belebten ihn wieder. Rasch wusch er sie fertig und zog ihr dann das Kleid an, das sie an ihrem Hochzeitstag getragen hatte, ein helles Chiffonkleid zwischen Pink und Elfenbein. Er hatte sie sehr gemocht in diesem Kleid. Sorgfältig strich er die Falten glatt, kämmte ihr mit kritischem Blick das Haar, lockerte es ums Gesicht herum etwas auf. Kein Haarspray. Als letztes zog er ihr weiße Pumps an. Dann trat er einen Schritt zurück, wie er es immer tat, und begutachtete sein Werk. Beugte sich noch einmal vor, entfernte die Schuhe. Besser. Er streichelte über die Wölbung des einen Fußes. Versonnen und mit einer langsamen Bewegung wischte er eine Staubspur aus ihrem Gesicht, seinen Fingerabdruck.

Er trug sie durch den Raum und legte sie auf eine Rollpritsche auf einem langen, niedrigen Eisenrost, der vor einer Tür in der Wand befestigt war. Behutsam legte er sie dort zurecht, dann drehte er an zwei weißen Knöpfen auf einer Schalttafel und setzte sich neben seine Frau auf den Rand der Pritsche. Er studierte seine Schuhe, bearbeitete die Spitze mit einem Lappen aus dem Nachthemdstoff, richtete sich auf und blickte sich um, als sähe er den Raum zum ersten Mal. Jeden Gegenstand nahm er in sich auf – die Regale, die sauber glänzenden Instrumente, die Chemikalien, die runden, hellen Lampen. Er strich sich mit den Händen seitlich über den Kopf und glättete sein dünnes Haar. Sein breites Gesicht glänzte, das Licht fiel gleichmäßig darauf – ein weiches Gesicht, das Leid nicht vornehm ausdrücken konnte. Der Schmerz ließ seinen Mund zittern wie Gummi. Aber er nahm sich immer wieder eisern zusammen. Ließ seinen Blick hart werden. Beugte die Finger. Kniff die Lippen zu einer schmalen Linie zusammen, als er die in die Wand eingelassene niedrige Keramiktür öffnete.

Jetzt rollte er die Pritsche, auf der Anna lag, zu sich heran und schob sie, immer wieder das Kleid flachstreichend, behutsam durch die Öffnung ins schwarze Innere. Er holte tief Luft, ein Eisbatzen saß ihm in der Kehle, und sein Puls raste so heftig, daß er beinah erstickte. Er mußte sich seitlich an dem Gestell festhalten, als er hinter ihr hineinkletterte. Einen Augenblick lang lag er neben seiner Frau, als wollte er ausprobieren, ob der enge Raum für sie beide ausreichte. Ein Laut entrang sich ihm, die schaudernde Klage einer Frau in den Wehen. Er keuchte, um das Schwindelgefühl loszuwerden. Dann beugte er sich vor und zog die Tür an den Zugfedern von innen zu. Sie schloß dicht. Im pulsierenden Dunkel drückte er Anna so fest an sich, wie er nur konnte. Noch fester, noch enger, bis die Zeituhr auf der anderen Seite der Wand klickte und das alles verschlingende Feuer aufbrauste.

Die steinerne Jungfrau April 1995
Jack

Auf der Straße, auf der alles nach Argus hereinkam und wieder hinausfuhr, näherte sich ein Laster, schaltete langsam herunter und rollte auf die erste Ampel zu, wo der Fahrer von einer Seite zur anderen blickte. Der Mann hatte nur einen Wunsch: abladen, umdrehen und nach Hause fahren. Es war eine ungewöhnliche Fracht, die Adresse ein Kloster. Er transportierte eine kunstvolle Statue aus speziell zu ihrer Ausführung gehauenem Stein – ein makelloser Porphyr aus Carrara. Die Statue war von einem anonymen Wohltäter gestiftet und von einem ebenfalls anonymen Steinmetz in groben Zügen ausgearbeitet worden, der sie dann seinerseits an einen Bildhauer weitergereicht hatte.

Dieser Bildhauer, ein Italiener, dessen Frau kurz zuvor ihr lang ersehntes Kind, einen Sohn, verloren hatte, hatte ein wunderschönes Gesicht vor Augen, das ihm in seiner unendlichen Trauer erschienen war. Es gelang ihm, seinen Schmerz und den seiner Frau mit Hilfe seiner Werkzeuge zu überwinden. Doch als die Statue fertig war, wandte er sich erschrocken ab, denn er hatte ein Bildnis geschaffen, das weder das Leid seiner Frau noch sein eigenes widerspiegelte, sondern statt dessen heftigen untergründigen Zorn und Leidenschaftlichkeit zum Ausdruck brachte. Er verpackte die Statue höchstpersönlich, ohne sie einem Menschen zu zeigen. Sie ergab sich nicht demütig in ihr Leiden, sondern blickte unberechenbar wütend drein, wie eine der

Frauen aus den Bergen des Südens. Als er ihr eine gepolsterte Kapuze aus Wolle und Musselin überzog, spürte er die Glut ihres Blicks auf den Fingern. Er ließ den Stoff los, als hätte er sich verbrannt, bekreuzigte sich Brust und Stirn, küßte seine Fingerknöchel und eilte nach Hause, um seiner reglosen Frau eine Tasse Blutsuppe zu reichen. Zwei Monate später entlud ein Transportunternehmen aus Duluth-Superior die Statue aus einem Frachtschiff der Great Lakes Company und brachte sie über Land nach Argus.

Kurz vor dem Kloster gab es Probleme, denn die Arbeiten an der Zufahrtsstraße waren eingestellt worden, als Mauser pleite ging. Jetzt, nachdem er halbwegs auf die Beine gekommen war, hatte man sie wiederaufgenommen, aber es herrschte trotzdem noch ein ziemliches Chaos. Überall offengelegte unterirdische Wasserleitungen und halb ausgehobene Gräben, unsauber planierte Straßen und aufgerissene Standspuren, die auf eine neue Asphaltdecke warteten.

Die Bauarbeiten waren den Nonnen längst mehr als lästig. Sie waren zu einer Strafe, einem Kreuz, einem ständig scheuernden Büßerhemd geworden. Das Rattern und Rumpeln der Maschinen gleich jenseits der Klostermauern war unberechenbar, es begann und endete nach seinem eigenen Zeitplan, nicht nach dem Gottes. Zischende Druckluftbremsen, knirschende Gangschaltungen und brüllende Männer sägten an den Nerven der Frauen. Preßlufthämmer vibrierten ihnen im Kreuz, und ihre Gebete wurden vom warnenden Gepiepse zurücksetzender Baufahrzeuge punktiert. Dampfbagger rissen erfolglos Gräben auf, aus denen stinkendes Faulgas waberte – eine dunkle Feuchtigkeit, eine Zumutung! Blinker stellten noch ihren Träumen ein Bein. Und der Lärm begann mit Sonnenaufgang. Es gab kein Entkommen. Die Luft wurde trocken und grau. Staub stieg auf, drang in die Bettwäsche, setzte sich in Wellen und Bahnen an den Wänden fest. Sand rieselte in den aufgehenden Brotteig, und wenn die Schwestern auf die Körnchen bissen, schlossen sie die Augen und sprachen schnell ein Stoßgebet, um nicht die Beherrschung zu verlieren.

Doch nun, da die Statue geliefert wurde, erwies sich die Anwesenheit der Bauarbeiter endlich einmal als Vorteil. Der Laster hielt, und der Fahrer sowie eine Vertreterin der Mutter Oberin überredeten die Männer eines Bautrupps, beim Herunterheben der Statue zu helfen. Mit Hilfe eines Ladekorbs und eines Krans von Mauser & Mauser sollte sie auf der unebenen Straße abgeladen und ins Kloster gehoben werden, wo seit langem das Podest auf sie wartete. Während der Mittagspause versammelten sich die Arbeiter. Der Fahrer öffnete die Ladeklappe. Beim Zoll war die Statue bereits aus ihrer Lattenkiste geholt und auf Drogen untersucht worden. Sie war jetzt nur noch in Schaumstoff und Segeltuch gewickelt. Zwei Männer rissen die Verpackung herunter, so daß die Statue ungeschützt im Dunkel des Lasters stand. Während sie ihr Ketten anlegten, betrachteten sie verstohlen ihr Gesicht. Die ernsten Züge blickten mild und freundlich, aber irgendein entscheidendes Detail barg die Andeutung gewaltiger, unbenennbarer Emotionen.

Sie stand aufrecht, in den Armen ein starres Bündel Marmorweizen, der leicht zu zittern schien. Ihr Gesicht war unverhüllt, kühl und blaß, hart und rein – keine Adern oder sonstige Makel in der Maserung. Als sie auf einem Rollwagen aus dem dunklen Laster gezogen wurde, begann sie im stumpfen Mittagslicht schwach zu leuchten. Die Männer verstummten, zogen sie weiter, wickelten sie wieder ein und hängten sie vorsichtig in ein Netz aus Stahlketten. Am

Arm des Krans immer höher gezogen, schwebte sie dann langsam dem Klostergarten entgegen.

Sie hätte ihren neuen Platz auch problemlos erreicht, wenn nicht die Straße unter dem Kran auf einer Seite nachgegeben hätte. Sand und Steine rutschten aus der Kiesbettung, die Maschine neigte sich leicht seitwärts, blieb stehen, geriet weiter aus dem Gleichgewicht. In diese prekäre Lage platzte nun Jack Mauser.

Er kam schon übel gelaunt beim Kloster an. Der Morgen war nicht gut gelaufen. Er war stocksauer, weil er sich wieder einmal von seinem Anwalt Maynard Moon genötigt gesehen hatte, um des lieben Friedens willen seine Nemesis, den ewig arbeitslosen, schmierigen Caryl, weiterzubeschäftigen. Maynard Moon hatte ihn freundlichst dazu überredet, seinen Versager von einem Sohn nicht rauszuschmeißen, sondern ihn möglichst weit außerhalb des Großraums Fargo weiterarbeiten zu lassen. Caryl Moon! War er, Jack, etwa ein Wohltätigkeitsunternehmen? Der Typ gehörte doch in die Anstalt! Jack hätte ihn wegen schwerer Körperverletzung, wenn nicht sogar wegen versuchten Mordes hinter Gitter bringen sollen! Statt dessen bediente Moon schwere Maschinen. Tonka-Spielzeug im Wert von vielen hunderttausend Dollar. Jacks Spielzeug! Das der Banken! Schon der Anblick von Caryl Moon verursachte ihm Herzschmerzen.

Auf dem ganzen Weg zur Baustelle dachte er angewidert an Caryls blödes Grinsen. Und als er den schiefen Kran, die gefährlich in der Halterung schwingende Statue, die aufgeregt diskutierenden Männer drum herum und den noch in der Kabine sitzenden, wild gestikulierenden Kranführer sah, begann ihm sofort das Blut in den Schläfen zu hämmern.

Er spürte die Wut in sich kochen und blieb stehen. Er versuchte sich zu konzentrieren, senkte den Kopf. Auf seiner Stirn pochte eine einzige Ader. Es war verblüffend, wie sehr und wie wenig Jack sich verändert hatte. Er war es gewöhnt, Befehle zu geben, war es gewöhnt, daß man ihm gehorchte. Es lag ihm in der Natur. Er war noch immer ein harter Mann mit einem dunklen Kommandoblick, der seine Männer aufmerken ließ. Nun sah er zu der Statue hoch, hob den Arm, deutete auf sich selbst und nickte dem Kranführer zu, *Caryl Moon, ausgerechnet dieses Granatenarschloch Caryl Moon*, signalisierte ihm, er solle noch ein Stück, ein kleines Stück weiterfahren. An der Farbe der Kiesbettung konnte er sehen, daß der Untergrund gleich wieder stabil wurde, und also dirigierte er Moon weiter und noch ein Stück weiter, obwohl die Statue wie ein Pendel schwang.

Jack ging dabei rückwärts vor ihm her, gestikulierte ruhig und nachdrücklich. Moon grinste nervös, wagte es aber nicht, sich ihm zu widersetzen. Es war offensichtlich, daß die Räder die Bodenhaftung zu verlieren drohten und die Last in einem sehr ungünstigen Winkel hing, der die Ketten bis zur Zerreißgrenze belastete, aber Caryl Moon hatte schon öfter scheinbar schwachsinnige Befehle von Jack erfolgreich ausgeführt. Er befolgte auch diesen. Plötzlich gab die Bettung nach, ein eingerissenes Stück Teer brach weg, und ein Ruck ging durch die Kettenhalterung. Jack fuchtelte wütend mit den Armen und schrie zu Caryl Moon hinauf, der vergebens versuchte, auf festen Boden zu gelangen. Bei einem Versuch, die Schwingbewegung der Statue zu bremsen, bewegte er den Ausleger des Krans im falschen Moment.

Die Ketten rissen. Die Verpackung der Statue wurde mit einem Geräusch weggefetzt, das Moon das Grinsen im Gesicht gefrieren ließ und die Umstehenden in panische Flucht trieb. Dann sauste die Madonna abwärts. Jack stolperte über eine Unebenheit, fiel, und in seinem Schrecken warf er sich noch auf den Rücken herum, bevor er sie in Empfang nahm.

Es ging alles blitzschnell: Die Statue landete der Länge nach auf Jack Mauser und begrub ihn unter sich im Sand. Ihre Hände und Schultern trafen seine Brust, ihr Kuß knickte ihm den Hals ab, ihre undurchdringlichen Röcke hätten ihn fast entmannt. Sein Blut befleckte ihr Gewand, ihre Kehle und ihre Schultern. Ihr Abdruck sollte seine Knochen nie wieder verlassen.

Sie riefen über CB-Funk einen Krankenwagen, ehe sie überhaupt wußten, ob Jack tot oder lebendig unter der steinernen Frau lag. Er wollte um Hilfe schreien, aber sein Mund füllte sich sofort mit Sand. Er hatte Angst zu ersticken, obwohl er sich weder verletzt noch tot fühlte, im Gegenteil, ihm war sofort klar, daß die Verletzungen nur oberflächlich waren. Dann drang etwas Luft an seine Nase und füllte seine Brust. Er spürte, wie seine Lungen sich ausdehnten, als die Statue hochgehievt wurde. Als er in einer Schlinge aus dem Loch gezogen wurde, das er in die Erde gedrückt hatte, und sich von Männerarmen wegtragen ließ, fühlte er sich bestens. Er wurde blutbeschmiert auf die Trage geschnallt, und sein Körper fühlte sich ganz leicht und kraftvoll. Dabei hätte er einer der schlimmsten Notfälle aller Zeiten sein sollen, in zu schlechter Verfassung, um auch nur mit dem Helikopter in eines der besser ausgestatteten Krankenhäuser von Fargo geflogen zu werden. Im Krankenwagen wurde ihm eine Infusion gelegt, man überprüfte seine Lebenszeichen, war verblüfft und spritzte ihm Morphium. In der Notaufnahme wischte der philippinische Arzt hinter geschlossenen Vorhängen mit großen Augen das Blut weg, lachte verdutzt und wies die Krankenschwester an, Jacks Schnittwunden zu säubern und ihn zu verbinden, während Jack ihr erzählte, wie hübsch sie sei und was für wunderschöne Schlüsselbeine, Fingernägel und Wimpern sie habe. Im Dämmerschlaf wurde Jack geröntgt. Kein einziger Knochen war gebrochen.

Am nächsten Morgen war er putzmunter, hellwach. Beim Aufwachen dachte er: *Ha, nicht tot! Ich bin nicht im Krankenhaus gestorben! Ich bin nicht im Krankenhaus gestorben! Noch nicht!* Er rief bei einem Herrenausstatter an und bestellte Hosen und Hemden im Wert von fünfhundert Dollar. Seine Pechsträhne war zu Ende, das spürte er. Die Frau, von der die alte Nonne gesagt hatte, sie werde ihn töten, hatte Gnade walten lassen. Ja, sie hatte Erbarmen mit ihm gehabt, und das, obwohl sie aus Stein war! Eine Stunde später kam der Verkäufer. Jack zog die neuen Sachen an, füllte die Entlassungspapiere aus, traf in der Lobby einen Reporter des Lokalblatts und gab ihm ein Interview. Seine Darstellung des Unfalls fiel ausgesprochen enthusiastisch aus. Er habe genau gewußt, daß er nun sterben werde, als die Statue vom Himmel fiel. Es stimme, was die Leute sagten, bestätigte er bescheiden. Sein Leben sei tatsächlich an ihm vorbeigezogen, so wie man das immer befürchte.

«Aber dann habe ich sie wiedererkannt», erzählte er dem Reporter. «Ich kannte sie, diese Statue. Ich hatte sie schon mal gesehen, und da wußte ich, mir würde nichts passieren.»

«Sie hatten sie schon mal gesehen?» fragte der Reporter. «Wer war sie?»

Aber Jack konnte sich ihren Anblick nicht vergegenwärtigen, konnte nicht antworten. Sie sah aus wie seine Mutter. Sie sah aus wie June. Wie Eleanor. Wie alle seine Ehefrauen. Alle Frauen, die er je geliebt hatte. Er lachte auf, schwieg, starrte in den öligen schwarzen Kaffeekreis in seinem weißen Styroporbecher. Grinste. Als die Statue auf ihn zugekommen war, hatten ungeheuerliche Gefühle, ein wahrer Ansturm von Angst und Freude, Jack Mauser überwältigt. Der Aufprall schien ihm wie in Zeitlupe geschehen zu sein. Das Gesicht, das sich ihm da genähert hatte, war so vertraut gewesen. Er war in das sprachlose Entsetzen des Kleinkinds zurückgeworfen worden, wenn die Mutter sich jäh herunterbeugt und es in die Arme nimmt. Ihre Größe, ihr Körper! Ein Blizzard von Panik, und dann der Moment der Erkenntnis – bereichernd, ausgedehnt und großartiger als alles, was er je gebaut hatte. Noch umfassender, noch seltsamer war dann der Schock der Reue. Schließlich schmerzliche Liebe. Sie erfüllte ihn so ganz und gar, daß er mühelos im weichen Sand unter der Statue versank und überlebte.

Ein Brief an den Bischof 6. Juli 1995

Lieber Bischof Retzlaff,
die jüngsten Ereignisse im Zusammenhang mit der Statue der heiligen Mutter Gottes, die dem Kloster unserer lieben Frau vom Weizen von einem anonymen Wohltäter gestiftet wurde, veranlassen mich, Ihnen zu schreiben. Ich finde, Sie sollten wissen, daß die Statue seit dem Tag ihrer Ankunft bei uns in der Diözese für Aufsehen gesorgt hat.

Wie Sie schon gehört haben mögen, rissen beim Versuch, sie aufzustellen, die Ketten. Sie stürzte zu Boden und landete direkt auf dem Chef eines Bauunternehmens, der die Aufstellung geleitet hatte. Obwohl ihn die enorme Wucht des Aufpralls in die Erde drückte, blieb er bis auf ein paar Kratzer und Schürfwunden unverletzt und ist heute, ein paar Monate später, kerngesund. Alle, die den Zwischenfall miterlebt haben, sind der Meinung, dies sei mehr als erstaunlich.

Als die Statue dann auf dem für sie vorgesehenen Podest aufgestellt war, zeigten sich plötzlich ungewöhnliche Flecken auf ihr. Man hielt sie für Blutflecken und nahm an, daß sie von den Wunden stammten, die der Mann bei dem Unfall erlitten hatte. Er lag nämlich kurze Zeit unter der Statue begraben, ehe sie hochgehoben werden konnte. Diese Vermutung bestätigte sich, als es der mit der Säuberung der Statue beauftragten Reinigungsfirma gelang, die Flecken mit einem starken Putzmittel zu entfernen, das speziell zur Entfernung organischer Verschmutzungen benutzt wird.

Das Problem, über das ich Sie nun in Kenntnis setzen möchte, ist folgendes: Die Flecken sind wiedergekehrt, *jedoch nicht an denselben Stellen wie vorher.* Die Vertreter der erwähnten Reinigungsfirma schwören, daß die Flecken nagelneu sind und keine Folge des Unfalls sein können. Es ist – und ich zitiere den Manager des Unternehmens, einen Protestanten –, «als würde der Stein selbst Blut schwitzen».

Die Statue steht nun im Garten des Klosters unserer lieben Frau vom Weizen und wird von uns auch in Zukunft genauestens observiert werden. In den letzten Jahren habe ich immer wieder den Eindruck genommen – und die Erscheinungen an der Statue bestätigen ihn –, daß es im Zusammenhang mit Menschen, Orten und sogar Gegenständen, die mit der inzwischen verstorbenen Schwester Leopolda in Berührung gekommen sind, Dinge gibt, die zu erforschen sich lohnen würde.

Schwester Leopolda hat, wie Ihnen zweifellos bekannt ist, die letzten, etwas schwierigen Jahre ihres Lebens in unserem Kloster hier in Argus, North Dakota, verbracht.

Ihr Bruder in Christo
Vater Jude Miller

Ein letztes Kapitel
Eleanor und Jack

Der Winterschnee, der so zerstörerisch und schonungslos erschienen war, stellte sich als Segen heraus, als im Frühjahr große Mengen von Schmelzwasser in die Erde drangen. Über Nacht fiel noch einmal unzeitiger Schnee, wie Manna, und blieb einen Tag lang liegen, um für guten Stickstoff zu sorgen. Die Farmer säten mit einer Hoffnung, wie sie seit Jahren keine mehr zu haben gewagt hatten, und schon bald nach der Pflanzzeit schickte die Sonne zwei Tage lang heißes, schweres, keimtreibendes Licht auf die Erde herunter. Unter sanftem Regen wurden die Schößlinge kräftig. Das Wetter erfüllte viele Männer und Frauen mit verstecktem Optimismus, nicht nur diejenigen mit einer doppelten Hypothek, sondern auch die, die nicht von der Zuckerrüben- oder Sonnenblumenernte oder von Termingeschäften mit Soja und Getreide profitierten, sondern das Wetter nur als einen beiläufigen Kommentar betrachteten, als erfreuliche, ungewöhnliche oder günstige Randerscheinung ihres Lebens. Bis Ende August blieben die Tage mild, lang und sonnig, die Nächte kurz und ruhig. In der letzten Woche fiel kein Regen.

Die Ernte würde alle Rekorde brechen.

Monatelang nach ihrer Erfahrung mit Leopoldas jenseitiger Schroffheit und Güte war Eleanor sehr unruhig gewesen. Sie beschloß, nicht in den akademischen Betrieb zurückzukehren, jedenfalls nicht in eine Institution, wo man sie von früher kannte. Ihre Lebensaufgabe würde ein privates Forschungsprojekt sein, das, wie sie hoffte, Licht auf Schwester Leopoldas Leben und mögliche Heiligkeit werfen würde – es gingen nämlich schon Gerüchte um, Berichte über Heilungen und Visionen und Stimmen, die aus köchelnden Töpfen oder heruntergefallenen Schüsseln kamen.

Eleanor war sogar von einem indianischen Geschäftsmann aus der Gegend angesprochen worden; es war Jacks Casino-Partner Lyman Lamartine, der die Richtigkeit dieser Geschichten unbedingt beweisen wollte und anbot, bei der Finanzierung der Recherchen und eines möglichen Buches zu helfen. Er hoffte natürlich auf einen Profit, falls sich die Wunder als solche erwiesen. Statuen verkaufen, Reliquienpostkarten, Weihwasser, so wie die Städte Knokke und Lourdes. Boomtowns der Religion. Schreine des Kitsches. Eine echte Heilige oder göttliche Erscheinung bedeutete doch mindestens eine ökonomische Erlösung.

Es ging die Rede von Stigmata, bei deren Auftreten die alte Nonne zugegen gewesen war. In Argus studierte Eleanor Fotos von einer Erscheinung von Christi Gesicht im Eis auf einem Kinderspielplatz, die die junge Leopolda gemacht hatte. Das leidende Antlitz war darauf mühelos zu erkennen. Und es gab noch andere Beispiele: Krankenheilungen, die Wundern gleichkamen, Bekehrungen und nicht zuletzt Jacks Rettung nach dem Sturz der schweren Statue just außerhalb des Klosters, wo Schwester Leopolda vom Blitz getroffen worden war – eine schreckliche Himmelfahrt. Es war auf unheimliche Art faszinierend.

Diese Phänomene hatten Anlaß zu allerlei Tratsch gegeben, die Geschichten wurden überall und ohne kritischen Blick für die Wahrheit weitererzählt. Eleanor fand, daß man, anstatt zuzulassen, daß die Fakten durch das Gerede noch mehr entstellt wurden, den Geschichten nachgehen mußte. Soviel sie wußte, gab es bisher noch keine Wunder, die einer genauen Untersuchung standgehalten hatten. Es gab keine hieb- und stichfest dokumentierten Krankenheilungen und auch keine neueren Erscheinungen, außer der, die nur sie gesehen hatte und für die folglich keine Zeugen existierten.

Anfangs hatte sie sich in jeder Hinsicht betrogen gefühlt, als sie am Eingang des Hector Airport feststellte, daß sie ganz allein war. Aber während sie mit sich selbst haderte und zweifelte und Streitgespräche führte, ging ihr mit einer gewissen Verzweiflung auf, daß sie nicht mehr wußte, was sie glauben sollte. *Keine endgültige Wahrheit*, notierte sie, *alles ist relativ, subjektiv, gefärbt, und Beweise sind unzuverlässig.* Trotz ihrer Enttäuschung begab sie sich voller Schwung auf neues Terrain. *Wo alles unbekannt ist*, schrieb sie, *gibt es viel zu entdecken!* In Gedanken redete sie wieder und wieder mit der Erscheinung und erhielt Leopoldas zynischen Segen.

Du mußt nur die Nägel herausziehen.

Eleanor versuchte es, pferchte streunende Gedanken ein und verdrängte, was das Zeug hielt, aber viel zuviel Zeit war schon vergangen. Sie war um die Nägel herumgewachsen, wie lebendiges Holz, wodurch ihre Sehnsüchte für immer fixiert wurden. Schließlich kam ihr eine Idee. Wenn sie sich ihre Wünsche erfüllte, konnten es per definitionem keine Wünsche mehr sein. Wenn sie auslebte, was sie sich ersehnte, gab es nur noch die Möglichkeit des Versagens. Und davor fürchtete sie sich noch mehr als davor, unerfüllte Sehnsüchte in sich herumzutragen. Deshalb schien das einzige mutige Vorgehen eindeutig darin zu bestehen, daß sie ihren Wünschen folgte. So vollständig wie nur möglich, beschloß sie, so intensiv und schnell wie möglich.

Eleanor mietete ein Haus auf einer aufgelassenen Farm am Rand des Reservats, wo sie einen alten Priester interviewen konnte, Vater Demian, der Leopolda in ihrer Jugend gekannt hatte. Und sie würde sich noch andere Interviewpartner suchen. Sie nahm einen Teilzeitjob als Englischdozentin an der Volkshochschule an. Die Tage dehnten sich, die Wochen breiteten sich vor ihr aus wie leere Blätter, und sie machte sich ans Schreiben, als würde sie übers Wasser gehen, stets getragen von ihrem Entschluß: *Vergiß die Frage, ob du wirklich glaubst, verhalte dich einfach so, als tätest du's!* Schwester Leopoldas Erscheinen, ob nun real oder eingebildet oder ein bißchen von beidem, gab ihr Hoffnung und Ruhe. Früher hatte sie unwiderlegbare Beweise dafür gebraucht, daß es jenseits der materiellen Wirklichkeit, der Welt des Verstandes, der biologischen Sackgasse des Körpers eine andere, eine spirituelle Ebene gab. Jetzt begnügte sie sich dankbar mit einer möglicherweise zusammenphantasierten Erscheinung – die ihr allerdings in jener Nacht das Leben gerettet hatte.

Für Eleanor war die alte Nonne eine Heilige. *Heilige sind Menschen mit der Krankheit der Sehnsucht.* Während sie sich Schwester Leopoldas Raubvogelblick ins Gedächtnis rief, tippte sie ausführliche Notizen in ihren Computer. *Heilige sind obsessiv. Sie sind monoman in ihren Neurosen und hingebungsvoll in ihren Instinkten. In mancher Hinsicht sind sie wie andere Menschen auch, nur hungriger. Wölfe. Mit scharfen Zähnen reißen sie die Welt in Fetzen, um ihre spirituellen Sehnsüchte zu stillen. Selten, sehr selten gibt es den schwachen kleinen Heiligen, der die schwierigste aller Aufgaben meistert: maßvoll und freundlich zu sein, bescheiden zu leben, aber nicht unanständig bescheiden. Heilige kennen kein Gleichmaß. In ihrem Opferwillen steckt enormer Egoismus.*

Ein wettergegerbter Apfelbaum, der dick und geduldig im Garten stand, verstreute süß duftende Blütenblätter und trieb kleine, harte grüne Kugeln aus. Die Äpfel reiften. Selbst der Donner grollte milder in diesem Sommer, in rollenden Wellen, nicht in Explosionen, und die Blitze spannen feinere Netze. Der Wäschedraht hing schlaff zwischen den Holzpfosten, und der Wind schwirrte leise darin. Ulmen und Eschen-Ahornbäume wuchsen verschlungen in der Ferne, und Eleanor sah alles durch die klapprigen kleinen Fenster über dem alten Holztisch, den sie im ehemaligen Wohnzimmer aufgestellt hatte. An kalten Tagen heizte sie den Ofen ein, einen schwarzen Glenwood mit hübschen Nickelverzierungen. Verschiedenfarbiges Linoleum bedeckte den knarrenden Fußboden, und alles – die tapezierten Wände, die schiefen, handgearbeiteten Schränke und Bücherregale – rochen nach sauberem, ernstem Leben. Eleanor hatte fürsorgliche Gefühle gegenüber diesem Haus. Die Farbe auf den Schwellen und Türen im Innern war so dick aufgetragen, daß nichts richtig schloß, und die Türknäufe waren ebenfalls mit Farbe verschmiert, so daß man sie nicht drehen konnte. Es gab keine Rückzugsmöglichkeit im Haus, aber das spielte keine Rolle. Gewöhnlich war Eleanor ohnehin allein.

Genährt von Einsamkeit! schrieb sie triumphierend. *Und tütenweise Fritos-Chips!* Sie hatte merkwürdige Eßgewohnheiten. An manchen Tagen nichts als gedämpften Brokkoli und braunen Reis und an anderen Tagen massenhaft Maischips, Eis und dunkles Importbier. Sie nahm wieder ein bißchen zu, nachdem sie im Kloster so viel abgenommen hatte, und ihre Haut glättete sich. Von der Gartenarbeit wurden ihre Arme kräftig, und an den Beinen bekam sie Muskeln, weil sie immer zum Briefkasten und noch weiter joggte, manchmal ein Quadrat von sechs Meilen Umfang auf schnurgeraden Straßen, an den alten Stromleitungsmasten mit den glockenförmigen Keramikisolatoren entlang, die noch immer Stromnetze in der Stadt versorgten. Sie hatte ein Telefon mit Wählscheibe, einen Computer, der aus einer ungeerdeten Steckdose gespeist wurde und von schlechten, blitzanfälligen Leitungen abhängig war, aber durchaus seinen Zweck erfüllte. Sie fütterte eine Katze, die so grau wie verwehte Asche war und mager und gierig aus den Windschutzhecken kam, und nachts fürchtete sie sich nicht. Leopoldas Besuch hatte ihre schlimmste Angst, die vor der Vernichtung, beseitigt, und sie fühlte sich, als wäre sie in jener bitteren Kleinen Christnacht in Fargo geprüft und für würdig befunden worden.

Wir werden mit Platitüden überschwemmt, mit Klangpartikeln, mit winzigen Bruchstücken erstarrter Rhetorik, schrieb sie. *Es ist an der Zeit, stillzusitzen und dem vernünftigen Gras zu lauschen.*

Draußen vor ihrem Fenster ging der Garten in eine kleine Wiese über, und das Gras wiegte sich in hypnotisch bildhaftem Ausdruck.

Eines Abends im Mondlicht, bei geöffneter Fliegengittertür, umweht von satter spätsommerlicher Augustluft sowie dem üppigen Duft von umgegrabener Erde, wachsenden Pflanzen, uraltem Stinktiermoschus und süßen rosaroten Heckenrosen, las Eleanor im Lichtkreis einer Zitronengraskerze. Sie wartete auf nichts und niemand, aber da kam er, näherte sich mit seinem Laster in leichten Schlangenlinien über die Zufahrt, um den Schlaglöchern auszuweichen. Eleanor drückte sich die Handflächen ins Gesicht, lächelte irre. Ihr war schwindelig. Schwindelig. Das Geräusch seines Lastwagens traf sie wie ein Schlag gegen die Beine. Sie warf das Haar zurück, ging zur Tür, um die schwankenden Scheinwerfer zu beobachten, und blinzelte verblüfft, weil alles so einfach war, genau so, wie es sein sollte, so normal. Ihr Herz klopfte mit einer Mischung aus Zufriedenheit und leisem Erstaunen. Liebe – die jungen Menschen erwarten sie; die in den mittleren Jahren fürchten sie oder ringen mit ihr oder finden sie unerträglich oder ersticken sie; und die, die im Alter Zufriedenheit gefunden haben, sind ihr in schmerzlicher Dankbarkeit zugetan. Sie und Jack waren heimgesucht worden wie Jakob – wie Jakob vom Engel am Fuß der Himmelsleiter. Vielleicht hatten sie im Lauf der Jahre genügend Kraft gesammelt, um mit der Liebe ringen zu können, um sie festzuhalten und nicht loszulassen.

Aber es war jetzt anders, völlig anders. Sie hatten nicht wieder versucht, zusammenzuziehen. Das hatte schon einmal dazu geführt, daß sie einander an die Kehle gingen. Beide führten jetzt ihr eigenes Leben. Nur in Nächten wie dieser geschah es, daß sie sich mit solcher Leichtigkeit begegneten. Sich einander ohne Angst vor Komplikationen mit ihrem ganzen Gewicht in die Arme warfen. Der Mond war flach und silbern, Vögel wiegten sich im Schlaf. Um die Lampe im Garten summte blaß schimmerndes Mottengeschwirr. Das Bett oben war genau richtig, breit und schlicht, dazu eine leichte Brise, die durchs Gebälk wehte, und eine Eule, die Wache hielt. Vom Tage drang noch der Duft der Sonne durch die Bretter, die Isolierung aus alten Zeitungen, das Zedernholz. Ihr eigenes myrrhendunkles Parfüm hüllte sie ein, und da war Jack, die Hände wieder hart vom Bau, an dem er gerade arbeitete, und seine Stimme tiefer, rauher.

Mehr er selbst, hatte sie geschrieben. *Was immer das heißen mag.* Manchmal fand sie sich hysterisch. *Nichts mehr von dieser furchtbaren Ambivalenz*, schrieb sie in bebender

Vorfreude, *Reife, auf dem Weg, meine eigenen widersprüchlichen Impulse in den Griff zu bekommen?* Manchmal machte sie sich selbst angst. *Ich will nicht so verletzlich sein! Ich muß Distanz wahren. Was würde ich zum Beispiel tun, wenn er tatsächlich gestorben wäre? Mein Innerstes ist in Gefahr!* Sie betrachtete es wie einen Kern: er umschloß harte, bittere, vielleicht sogar giftige Samen, die ihr sehr teuer waren. Selbst in Momenten, wenn er sie unendlich glücklich machte und ihr unfreiwillige Tränen entlockte, zwang sie sich, etwas Abstoßendes an ihm zu bemerken – seine Ohren, die ungleichmäßig am Kopf saßen und sich an einer Ecke merkwürdig krümmten. Seinen schlechten Haarschnitt. Eine ungeschickte Bemerkung von ihm tröstete sie.

Jack parkte den Laster im Hof und stieg aus. Schnell und erwartungsvoll ging er auf Eleanor zu. Er spürte schon ihr Gesicht in den Händen, ihre zarten Knochen. Die ganze Strecke über hatte er sich vorgestellt, wie sie neben ihm lag, das Haar struppig, dunkel und graumeliert auf dem Kissen ausgebreitet. Vielleicht stimmte es ja, daß sie einander wie Diebe vertrauten. Jack fand, daß etwas so Gutes von anderen Herzen gestohlen sein mußte. Vielleicht ist tiefe Liebe immer gestohlen, weil es gar nicht genug davon gibt, daß sie für alle reichen würde. Das Zusammensein mit Eleanor war so, daß alle Körper und Lieben und Stimmen und Bindungen, von denen sie sich verabschiedet hatten, um wieder zueinander zurückzukehren, in eine rasende, vollgepackte Dimension davonwirbelten und die Gegenwart leer zurückließen, nur für sie beide. Er hatte beinah das Gefühl, ihr treu sein zu können, aber die Vorstellung stimmte ihn friedlich und verdrossen zugleich. Noch ein Schritt, noch ein Fall, und er würde tatsächlich treu sein! O nein! Und sie auch. Das hatte sie selbst gesagt, fast zornig und mit zusammengebissenen Zähnen. Überrascht. Er blieb stehen und holte tief Luft, nahm die Fülle der Nacht in sich auf. An Kehle und Armen ihre neugierigen Finger, bald, und ihre Lippen, schon geöffnet, als sie jetzt Stufen hintereilte und ihm rasch durch das stoppelige Gras entgegenkam.

Eine Lampe schien golden auf einem niedrigen ovalen Holztisch.

Zerdrücktes Gras und Bügelgeruch, ein Hauch von Karamel und Bienenwachs. Sie überquerten den unebenen, abgetretenen lilaroten Teppich. Schatten glitten neben ihnen her, als sie zur Treppe gingen. Jack sah Eleanor fragend an und strich ihr das Haar hinters Ohr, wie einen Vorhang. Er fuhr ihr mit dem Finger über die Wangenknochen, das Kinn, die Ohrläppchen, die geschwungenen Lippen, legte dann die Hände um ihre Taille und drückte ihre Hüften nach unten, bis sie auf den nackten, polierten Holzstufen saß, aufrecht wie ein kleines Mädchen. Sie trug einen Rock, den er ihr geschenkt hatte, weit und seidiggrün mit einem zarten Rankenmuster, fast, aber nicht ganz durchsichtig und dünn genug, daß er sich jetzt in weichen Falten quer über ihre Beine legte, als er ihn nach oben schob.

Sie sah ihm lächelnd in die Augen.

Er kniete ein paar Stufen unter ihr und schob seine Hände die Innenseite ihrer Schenkel hinauf, bis seine Daumen auf dem kleinen Stück nackter Haut neben den Schamhaaren lagen. Er beugte die Stirn zu ihrem Bauch hinab, umschlang sie dann mit den Armen und blies auf sie, als würde er Glas behauchen, ehe er ihre Schamlippen spreizte und seine Zunge auf ihren Kitzler senkte. Er begann sie langsam, behutsam zu küssen und ließ dabei seine

Gedanken wandern. Ein alter Film, in dem eine Frau einen ähnlichen Rock wie Eleanor trug, fiel ihm ein, dann überlegte er, was für ein Gesicht sie wohl gerade machte, und die Knie taten ihm weh. Sie schmeckte ein bißchen säuerlich, warm, nach Apfel, dachte er und erinnerte sich an seine Suche im Kloster, ein kleines bißchen salzig, und dann schmeckte sie nach gar nichts mehr, und er spürte sie deutlich im Mund und fühlte sich mächtig und den Tränen nahe und wollte in ihr sein.

Laß mich, hätte er fast gesagt, aber sie war kurz vor dem Höhepunkt. Er nahm sie schnell wieder in den Mund. Grauer Regen, der kalt und ruhig fiel und den Boden tränkte. Oder kühles Moos und ein fließender Bach. Wenn sie das erste Mal so leise kam, würde es eine der besseren Nächte werden. Jack würde durchhalten; er war jetzt besser als bei den ersten Malen, als sie auf die verlassenen Wege gefahren waren und sich dort ausgezogen hatten, nicht wahr? Sie meinte, sie könne sich nicht erinnern. Er wiegte ihre Hüften in den Armen, legte seinen Kopf auf ihren Bauch. Sie beugte sich mit dem Rock über ihn, und die leichten Falten des Stoffs hüllten ihn ein. Jack ging in der Liebe eher so vor wie bei den Regalen und Spielsachen, die er bastelte, und Gott sei Dank nicht wie bei seinen Siedlungsbauten. Das hatte Eleanor jedenfalls mal gesagt. Er fand es nicht witzig. Manchmal liebte er sie zu sehr. Jetzt berührte er ihre Schamlippen voller Zärtlichkeit, schloß sie mit einer sanften Geste. Dann öffnete er jäh seine Jeans und stieß in sie hinein, hart, auf den Knien. Er begann sich Stufe für Stufe die Treppe emporzuarbeiten wie ein Pilger, der die Steintreppe einer Kathedrale abwetzt.

«Manche Stufen sind besser», keuchte Eleanor lachend.

«Die erste hat dir am besten gefallen.»

Er hob sie leicht an. Sie hielt sich am Geländer fest, und

er begann vorsichtig seinen Schwanz in ihr zu reiben, wobei er auf sie heruntersah. Sie erwiderte seinen Blick, und er schüttelte den Kopf, um ihn freizukriegen, um sich abzulenken und nicht sofort zu kommen. Er legte eine Pause ein.

«Die hier. Die Stufe gefällt mir.»

Zielloses Dahintreiben, dann war der Rhythmus weg. Eine weitere Stufe. Er bewegte sich langsamer, drang tiefer ein, und sie starrten sich an. Er beugte sich zu ihr und küßte sie innig, und beide ließen sich in den Kuß fallen und vergaßen alles außer dem Rätsel, wie gut sie ineinanderpaßten. Nach einer Weile erklommen sie die nächste Stufe. Dann noch eine, schneller, schreiend. Er glitt aus ihr heraus und verlor das Gleichgewicht. Gierig drang er wieder in sie ein, tat ihr weh. Sie stieß ihn weg, atmete langsam durch, nahm ihn wieder in sich auf, aber er rutschte ab und sie auch, schrammte sich die Schulter auf. Jack landete fluchend auf den Knien. Er half ihr auf, neigte sie dann leicht zurück, wie einen Kelch, hielt sie fest, schloß die Augen und stieß zu, stieß zu. Vertrauen. Der Duft von Oleander. Von altem Holz. *Mein Gott* – er hielt in absurder Besorgnis inne. «Du könntest dir einen Splitter holen.» Sie hielt ihn mit den Beinen fest.

Noch eine Stufe. Sie beobachteten einander. Dann blickten sie zwischen sich ins Leere.

Wir werden stimmlos aus dem Nichts herbeibeschworen und müssen in den Zustand des Nichtwissens zurück. Was dazwischen geschieht, ist ein unkontrollierter Tanz, und das, worum wir in der Liebe bitten, ist nichts als die vorübergehende Chance, die Schritte richtig zu machen, uns in Harmonie zu bewegen, bis die Musik endet.

Sie gelangten an den oberen Treppenabsatz und lagen friedlich atmend im Korridor. Den Blick auf die rissige, niedrige Decke gerichtet, auf der ein Kind beim Ballspielen runde Schmutzflecken hinterlassen hatte, so lagen sie schweigsam da.

Über ihnen acht, vielleicht zehn Neumondflecken in einem zufälligen Bogen.

Durch dich, in dir, mit dir, so lange und so oft ich dich ertragen kann, dachte Eleanor, und als sie nach seiner Hand griff, fühlte sie sich durch ihre Bedürftigkeit gedemütigt, jedenfalls ein bißchen.

Als sie seine Hand berührte, rückte Jack zuckend näher. In diesem Moment löste sich etwas in ihm und gab nach – Sand, Kies, unsicherer Grund –, und er schloß die Augen, glitt auf eine tiefere, intensivere Ebene. Die Macht seiner Gefühle für Eleanor überwältigte ihn mit solcher Glut, daß er erschauerte und glatt zerschmolz. Tränen liefen ihm über die Wangen, und er weinte neben dieser Frau um jene andere Frau, aber so leise und natürlich, daß er keinen Trost brauchte und keinen Laut von sich gab. Nein, der Tod im Schnee war June nicht leichtgefallen. Aber es war auch schwer, den Schmerz der Rückkehr ins Leben zu ertragen.